Günther Schwab

Der Tanz mit dem Teufel

Ein abenteuerliches Interview

12. Auflage

ADOLF SPONHOLTZ VERLAG · HAMELN

12. Auflage 1979

Adolf Sponholtz Verlag, Hameln

Gesamtherstellung: CW Niemeyer, Hameln

ISBN 3 87766 0401

VORWORT

Wie man heute mit Selbstverständlichkeit über die ersten Probleme des Lebensschutzes, über die steigende Verderbnis von Luft, Wasser, Boden, Nahrung und Gesundheit, über die Erkrankung und Entartung des Geistes, über die Bevölkerungsexplosion usw. schreibt, so konnten noch vor Jahren, als dieses Buch zum ersten Mal erschien, Rezensenten sich darüber lustig machen, es als übertrieben, utopisch, pessimistisch, unwissenschaftlich und verfehlt hinstellen.

Es fand sich sogar die Vertretung einer Gruppe der Großindustrie, die Verlag und Autor offen mit vernichtenden Prozessen bedrohte, weil der Autor es gewagt hatte, ihre Produkte als für die Gesundheit schädlich zu bezeichnen, ja für eine Reihe von schweren Zivilisationsleiden verantwortlich zu machen.

Was Günther Schwab vor Jahren als warnendes Menetekel schrieb, ist heute längst zur bestürzenden Tatsache geworden. Es ist daher selbstverständlich, daß dieses Buch in seiner soeben erschienenen 12. Auflage (62. bis 66. Tausend) ohne jegliche Änderung, ohne jede Neubearbeitung oder „Modernisierung" dargeboten wird. Man kann daran erkennen, daß der Autor schon vor langer Zeit — und früher als andere Schriftsteller — jene damals noch weithin unbekannten Gefahren genau umrissen hat, die heute drohend über jedem einzelnen und über der ganzen Menschheit stehen.

In unserer schnellebigen Zeit ist dieses Buch in seiner unveränderten Fassung bereits ein historisches Dokument geworden. Der Leser wird sich der Wucht und Überzeugungskraft dieses Standardwerkes über alle Fragen der Umweltgefährdung und des Lebensschutzes nicht entziehen können.

ES IST NICHTS UNMÖGLICH
FÜR DEN, DER FÜR DAS LEBEN KÄMPFT

Den genialen Vorkämpfern für das Leben

GÜNTHER ANDERS

MAXIMILIAN O. BIRCHER-BENNER

MORTON S BISKIND

MAX OTTO BRUKER

ALBERT GIERCKE

ALBERT VON HALLER

WOLFGANG VON HALLER

ANNIE FRANCÉ-HARRAR

LUDWIG KLAGES

WERNER KOLLATH

KARL KÖTSCHAU

KURT LENZNER

FRANZ XAVER MAYR

HELMUT MOMMSEN

WILHELM MÜNKER

WESTON A. PRICE

HANS ADALBERT SCHWEIGART

ALWIN SEIFERT

ARE WAERLAND

in Ehrfurcht gewidmet

I

DIE GRAUE LIMOUSINE

Der Mann, der dem Lift entstieg, sah aus wie ein Kriminalkommissar im Ruhestand. Er knallte die Tür zu, nahm den Hut vom Kopf und blies die Luft von sich, als hätte er den zweiten Stock aus eigener Kraft erklimmen müssen. Lauernd stand er eine Weile, dann näherte er sich mit kleinen schleppenden Schritten der Tür, die den Namen „Bob Harding" trug.

„Vom Finanzamt!" sagte er dem Diener. Er nahm im Vorzimmer Aufstellung und wartete. Die Miene des jungen Journalisten war überrascht und leicht beunruhigt.

„Legen Sie ab!" sprach er.

„Nicht nötig!"

„Nehmen Sie Platz!", als sie im Zimmer waren.

„Ich stehe."

„Ein Drink gefällig?"

„Ich bin im Dienst." Argwöhnisch beobachtete der Besucher die Bewegungen des Dieners. Als er verschwunden war, trat er an Bob Harding heran und flüsterte:

„P — Z — O, achtundneunzig, sechsundsechzig, vierhundertdrei."

Bobs Spannung löste sich in einem unnatürlichen Lachen.

„Guten Tag!" sagte er und reichte dem Gast die Hand, der sie kurz und uninteressiert nahm.

„Der Boß ist mit Ihnen nicht zufrieden, Mister Harding."

„Wieso?" fuhr der junge Mann auf. „Habe ich nicht immer und überall seine Interessen vertreten? Habe ich in meiner Zeitung die Sensation, die Menschlichkeit, die Entartung, die Lüge nicht groß auf die erste Seite gestellt?"

„Das haben Sie und sind daher ein angesehener und vermögender Mann. Aber Sie scheinen vergessen zu haben, daß jeder unserer Leute alljährlich eine bestimmte Verpflichtung zu erfüllen hat. Sie sind drei Jahre im Rückstand, Bob Harding, und deshalb ist der Boß mit Ihnen unzufrieden, und deshalb bin ich hier. Ich gebe Ihnen eine Woche Zeit. Bis dahin haben Sie das Versäumte nachzuholen. Der Boß erwartet Sie."

„Ja, aber — "

„Das ist alles, Bob Harding. Guten Tag!"

Bob Harding galt als ein Mann, der völlig auf der Höhe der modernen Zeit und jeglicher Situation stand. Er wußte auf alles und jedes Antwort. Seine Leitartikel waren gehärtete und geschliffene Instrumente eines glasklaren Intellekts, die kein Gegenargument duldeten. Man buhlte um sein Interesse und sein positives Urteil. Er gab sich mit vollendeter Sicherheit oder Arroganz, und das eben war es, was man an ihm bewunderte. Er hatte einen großen Bekanntenkreis. Wo immer etwas los war, konnte man sicher sein, den begabten jungen Journalisten zu treffen, und die Parties, die er seinen Freunden gab, waren beliebt und stark besucht.

Umsomehr war der alte Diener erstaunt, daß die Zahl der Gäste dieses Nachmittags sich auf drei beschränkte. Aus der Ecke heraus, wo er die Brötchen bereitlegte, beobachtete er sie. Er kannte die Leute: den Techniker oder Chemiker Alfred Groot mit seiner jungen Frau — oder war sie das gar nicht? Man sah die beiden immer beisammen, den hochgewachsenen, stämmigen Deutschen und die schlanke blonde Ärztin — sie mochte Französin sein, der Aussprache nach; und Herrn Sten Stolpe, diesen bescheidenen und etwas unbeholfenen Mann, der Schwede und Bücherschreiber war. Der Journalist strich sich mit einer behutsamen Bewegung die Windstoßfrisur in die Schläfe.

„Worüber ereifert ihr euch, Freunde? Ihr seht die Dinge falsch! Die Menschheit fährt auf einem sinkenden Schiff. Eine Welt, die untergehen will, hat alle Vorzeichen verkehrt. Der Wert wird zum Unwert, der Unwert zum Wert. Die Lüge herrscht, und die Wahrheit tötet den, der sie ausspricht."

Das Gesicht des Dichters Sten wandte sich langsam dem Sprecher zu. Aus weit geöffneten Augen sah er auf ihn. Dann flüsterte er:

„Ich bewundere die Offenherzigkeit, mit der du deine Berufsgeheimnisse preisgibst..."

Bob Harding winkte ab. „Ich bin ein moderner Mensch, der mit offenen Augen durch die Welt geht, und was ich ausspreche, weiß heute jedes Kind: die Mächte des Lebens sind zu bösen Feinden erklärt, aber alles, was der Entartung dient, wird gepriesen."

„Dann wäre die Welt des Teufels...!" sprach leise das Mädchen.

Bob lachte. „Du bist ein intelligentes Mädchen, Rolande! Die Welt ist des Teufels und der Untergang der Menschheit unaufhaltbar. Es ist infolgedessen sinnlos, sich dem Ablauf der Dinge zu widersetzen. Viel vernünftiger ist es, sich der Situation anzupassen und herauszuholen, was möglich ist. Warum sollen wir dem Teufel nicht dienen, da er es uns lohnt? Zeiten des Untergangs sind immer die Zeiten der besten Geschäfte gewesen. Soll man sich ausschließen? Können wir's ändern? Lassen wir es uns gut gehen, solange es noch Zeit ist! Nach uns die Sintflut!"

Der Techniker schüttelte langsam den Kopf. „Du siehst im Fortschritt den Untergang. Ich sehe im Fortschritt die Rettung."

„Und ich glaube", sagte Sten, „daß es verbrecherisch und dumm wäre, an der Menschheit zu verzweifeln und alle Hoffnung aufzugeben, allen Glauben — "

„Welchen Glauben?" fragte höhnisch der Journalist.

„An das Gute oder an Gott, wenn du willst, obwohl du es nicht gern hörst. Ich bin überzeugt, daß trotz aller anscheinenden

Gegenbeweise unseres Zeitalters die ewigen, unzerstörbaren Werte des Menschentums am Ende den Sieg davontragen müssen."

„Ein tönendes Programm, mein Lieber", ächzte Bob Harding, „aber ein aussichtsloses Programm, ja ich möchte sagen: gar kein Programm."

Alfred schaltete sich ein: „Mit dem passiven Glauben an Güte und Schönheit lockt man keinen Hund hinterm Ofen hervor!"

Bob schlug dem Dichter aufs Knie. „Ich habe dir schon vor zehn Jahren gesagt, daß du dich umstellen mußt. Mit solchen Ansichten wirst du in der Welt nie vorwärts kommen. Und der Entwicklung darf sich niemand ungestraft widersetzen!"

„Wenn diese Entwicklung den Untergang bedeutet, ist jeder ein Lump oder Dummkopf, der es nicht tut."

„Als freier Künstler mußt du mit der Menschheit gut umgehen, sonst geht sie mit dir schlecht um."

„Dann wäre das keine Freiheit, also auch keine Kunst mehr."

Der Journalist wandte sich ab, um nach der Flasche zu greifen. „Deine Kunst wird mit der Menschheit untergehen oder noch früher. Es lohnt sich nicht mehr!"

Rolande, die junge Ärztin, hatte sinnend vor sich hin gesehen. Leise sprach sie: „Man müßte Gott fragen können . . ."

Der Techniker verzog spöttisch den Mund und sah sie an. „Was wollen wir noch mit Gott? Wir brauchen ihn nicht mehr. Wir haben ihm seine Geheimnisse abgeguckt, ja wir machen alles besser als er. Sein Thron wackelt. Er täte gut daran abzudanken, ehe der souveräne Mensch ihn stürzt und auf Erden und im Weltall die Republik ausruft!"

„Ja", sprach Sten zu Rolande, „Sie haben recht: man müßte Gott fragen können. Aber ist irgendwo noch einer, der seine Sprache spricht?"

Bob winkte ungeduldig ab. Er wand sich in seinem Sessel, stürzte ein Glas Whisky hinunter. Der Gegenstand des Gespräches schien ihm peinlich zu sein. Der Dichter beachtete ihn nicht. Er verfolgte seinen Gedankengang. „Dann: wir fragen ihn, und er antwortet in tausend Jahren. So lange können wir nicht warten!"

„Vielleicht wäre es unsere Aufgabe", sprach das Mädchen, „seine Antworten zu hören auf die Fragen, die der Mensch vor tausend Jahren an ihn stellte ..."

„Gut. Aber wer versteht heute noch seine Sprache?"

„Fragen wir den Teufel!" meckerte Bob.

„Du bist ein Spötter!"

„Ich meine es ernst! Der Teufel ist nah, der Teufel ist unter uns. Ich pflege gute Beziehungen zu ihm ..."

Rolande sah ihn lächelnd an. „Dir ist sogar das zuzutrauen."

„Warum nicht?" lachte der Journalist. „Die hohe Kunst der Presse hat schon immer als die schwarze Kunst gegolten! Ich schlage vor: wir besuchen den Teufel und interviewen ihn, ganz einfach!"

„Was hat er vor?" fragte Rolande, als sie am anderen Tag mit Alfred allein war.

„Gar nichts. Er führt oft solche Reden!"

Das Telefon klingelte. Bob meldete sich. „Es ist abgemacht, Freunde! Ich hole euch morgen um fünf. Wir fahren zum Teufel!" Er lachte unbändig und hängte ab.

Spät abends erschien Sten Stolpe bei der Ärztin.

„Was soll der Unsinn?" fragte er.

„Ach nichts! Bob will mit uns eine Fahrt ins Blaue machen ..."

Rolande erwachte lange vor Tag. Das Gespräch mit den Freunden kam ihr wieder in Erinnerung. Die Welt lag im argen, gewiß. War sie endgültig und unentrinnbar des Teufels? Man müßte Gott fragen ... Gott ist weit, der Teufel ist nah ... Heute nachmittag fahren wir zum Teufel ... Ein Scherz, zweifellos. Aber war dieser Bob Harding nicht selbst ein vollendeter kleiner Teufel mit seiner satanischen Dialektik, mit seiner unwiderlegbaren Argumentation auch in Entscheidungen, die gegen alle Vernunft und das gesunde Leben gingen?

Rolande war ein nüchtern denkender, moderner Mensch oder glaubte zumindest, es zu sein. Aber sie war eine Frau. Und noch ehe es hell wurde, erhob sie sich, öffnete eine Lade und entnahm ihr ein winziges Leinwandsäckchen. Sie tat es in ihre Handtasche, schloß sie, stopfte sie unter ihr Kopfkissen. Gleich darauf schlief sie wieder.

Am frühen Nachmittag traf Rolande mit Alfred zusammen. Sie griff in ihre Tasche und holte das Säckchen hervor. „Weißt du, was darin ist?"

Alfred schüttelte zerstreut den Kopf. „Schau!" sprach Rolande und ließ aus dem Säckchen ein wenig goldgelben Weizen auf die flache Hand rieseln.

„Was ist damit?" fragte der Techniker mürrisch.

„Wir fahren doch heute zum Teufel, wie?"

Alfred brummte etwas Unverständliches. Das Mädchen fuhr fort: „Bei Bob ist man vor Überraschungen nicht sicher..."

„Was meinst du?"

„Ich meine: es ist gut, einen Talisman bei sich zu haben..."

„Du bist kindisch!"

„Diese Weizenkörner sind ein kleines Heiligtum." Da Alfred nichts sagte, sprach sie weiter: „Meine Vorfahren waren Bauern."

„Meine auch."

„Das Dorf mußte geräumt werden, weil ein Stauwerk errichtet wurde. Am Tage des Auszugs segnete mein sterbender Großvater das Saatgetreide der Vertriebenen. Aber meine Eltern gaben das Bauerntum auf, und eine Handvoll des geweihten Kornes ist auf mich gekommen. Hier ist es."

„Und?"

Rolande lachte halb verlegen, halb belustigt. „Es soll mich vor dem Teufel beschützen, verstehst du?"

Nun lachte auch Alfred. „Sie sind ein großes Kind, Frau Doktor!"

12

Bob war pünktlich. Sein großer grauer Wagen stand um fünf Uhr vor dem Haus. Sten Stolpe saß schon darin. Es wurde ja doch nur eine frohe Fahrt in den sonnigen Nachmittag, wie vermutet. Einer von Bobs Freunden hatte ein ausgedientes Forsthaus zu einer modernen Gaststätte umgestaltet. Sie sollte an jenem Abend eröffnet und eingeweiht werden. Der Journalist und seine Freunde wurden laut und fröhlich begrüßt. Es war ein unbeschwertes Fest mit Gang durch den Wald und Fahrt auf dem Teich, Essen und Trinken, Musik und Tanzen bis in die Nacht.

Sie waren müde, als sie heimwärts fuhren. Rolande nickte sogleich ein, an Alfreds Schulter gelehnt, dann entschlief Sten. Der Techniker widerstand lange Zeit der Müdigkeit, versuchte mit Bob in ein Gespräch zu kommen. Der aber antwortete nicht, sondern widmete alle Aufmerksamkeit der nächtlichen Straße, über die er mit hoher Geschwindigkeit seinen Wagen lenkte.

Als sie die Stadt erreichten, schlief auch Alfred. So konnte es niemand bemerken, daß Bob nicht in den heimatlichen Stadtteil fuhr, sondern in die entgegengesetzte Richtung. Plötzlich blinkte an seinem Wagen ein kleines giftgrünes Licht auf. Das gleiche Signal antwortete jenseits des großen Platzes, unter dicht belaubten Bäumen. Als Bobs Wagen näherkam, fuhr von dort ein anderer Wagen hervor, nahm den Weg nach dem Stadtrand. Bob folgte dichtauf.

Schon im Dämmern, das dem Erwachen vorausgeht, spürte Rolande, daß etwas Außergewöhnliches geschehen war. Dann kam ihr zum Bewußtsein, daß sie angekleidet im Bett lag. Sie öffnete die Augen, und ein überraschendes Bild bot sich ihr: ein Zimmer in entzückendem, kostbarem Rokoko umgab sie. Sonne schien herein. Eine gemütliche alte Uhr tickte. Auf dem Tisch stand ein taufrischer Strauß von hell- und dunkelblauem Rittersporn. Das Mädchen richtete sich auf, sah erstaunt und prüfend umher. Watteau, Delacroix, Renoir, stellte sie fest, als sie die Bilder bemerkte.

„Guten Morgen!" sprach es plötzlich neben ihr, so daß sie erschrocken herumfuhr. Aber niemand war zu sehen. Mikrophonstimme, vermerkte Rolande nachträglich. Die Lautquelle war nicht zu entdecken. Es sprach weiter: „Herzlich willkommen im Hause des Teufels!" Rolande glaubte, Bobs Stimme zu erkennen. Ein leises Lachen erklang vor dem Mikrophon. Der Spaß ging also weiter. Wozu Bob imstande war, überstieg alle Erwartungen!

„Wir hoffen, daß unsere lieben Gäste wohl geruht haben. Für ihre Bequemlichkeit wurde auf das beste gesorgt. Sollten dennoch Wünsche offen geblieben sein, bitten wir zu klingeln. Es ist neun Uhr zweiundzwanzig Minuten. Um zehn Uhr wird das Frühstück in den Zimmern serviert. Um zehn Uhr dreißig wird der Teufel die Ehre haben, seine Gäste zu empfangen."

Rolande lächelte. Wenn er auch ausgefallene Ideen hatte, so blieb Bob doch immer originell! Sie sprang aus dem Bett, machte eine Runde durch das Zimmer, sie strich über die Möbel, betastete die Bilder an der Wand und erkannte, daß es vorzügliche Kopien oder gar Originale waren. Sie durchschritt eine Tür und fand ein komfortables Bad.

Sie öffnete das Fenster. Sonnenwarme Morgenluft strich herein. Das Haus hatte kein Gegenüber. Rolande lehnte sich hinaus und erschrak. Tief unterhalb sah sie Hausdächer, darüber hinaus das Bild einer ihr unbekannten Stadt. Sie mochte im zwanzigsten oder dreißigsten Stockwerk eines Hochhauses sein, genau war das nicht abzuschätzen.

Angst erfaßte sie. Aber da die Stimme im Lautsprecher von „Gästen" gesprochen hatte, mußten Alfred und Sten in der Nähe sein.

„Fred!" rief sie, „Sten!" Wenn sie die Fenster geöffnet hatten, mußte sie gehört werden... Keine Antwort. Rolande wandte sich um, suchte den Ausgang. Aber außer der Tür, die zum Bad führte, schien es keine zu geben... Oder doch?

Die Ecke verbarg einen Einbauschrank, der nicht zum Stil der Einrichtung paßte. War hier eine Tür? Es gab weder Griff noch Schloß. Rolande versuchte sich daran, aber vergeblich. Sollte das bedeuten, daß sie gefangen war? Da man sie in diesen Raum gebracht hatte, mußte er eine Tür haben! Sie drückte auf den Klingelknopf.

„Sie wünschen?" fragte die Stimme.

Das Mädchen mußte sich sammeln, ehe es imstande war, sich mit einer Sprechapparatur zu unterhalten.

„Ich will wissen, wo Alfred und Sten Stolpe sind! Ich will wissen, wo ich bin! Ich will wissen, warum es hier keinen Ausgang gibt! Ich will...!

„Aber Rolande!" besänftigte Bobs Stimme. „Hab doch keine Angst! Fred und Sten sind ebenso gut aufgehoben wie du. Sie sind ganz nahe. Fehlt es dir an etwas? Du bist im Hause des Teufels, das hörtest du bereits, und ich werde die Ehre haben, dich ihm heute persönlich vorzustellen! Mache dich fertig! Gleich wird das Frühstück serviert werden! In einer halben Stunde sehen wir einander!"

Bob war da, und die anderen auch, das war ein Trost. Langsam, nachdenklich begann Rolande, sich zu entkleiden. Plötzlich fiel ihr das Säckchen mit den Weizenkörnern ein. Sie eilte nach ihrer Tasche, die auf einem Sessel lag, öffnete sie. Mit einem Seufzer der Erleichterung erfühlten ihre Finger das Gesuchte. Dann mußte sie über sich selbst lachen.

Das Bad erquickte sie. Als sie es verließ, war der Tisch gedeckt. Auf feinstem Porzellan hatte man ihr eine Fülle auserlesener Morgengerichte serviert. Das machte Mut. Und Appetit hatte sie ja! Froh setzte sie sich zu Tisch und griff bedenkenlos zu. Da kam ein Geräusch aus der Sprechanlage. Eine Frauenstimme sprach:

„Zehn Uhr und fünfundzwanzig Minuten. Bitte begeben Sie sich zum Fahrstuhl."

„Da müssen Sie mir erst die Tür zeigen!" rief Rolande. Ein kurzes leises Rollen ließ sie aufblicken. Die Tür stand offen.

15

Am Lift kamen von verschiedenen Seiten Rolande, Alfred und Sten zusammen.

„Bob ist ein verdammter Bursche!" sprach Alfred nicht ohne Anerkennung.

„Ich finde, er übertreibt ein bißchen!" ereiferte sich Sten.

„Ich bin neugierig, was er uns heute noch präsentieren wird!" lachte Rolande. Das Zusammentreffen mit den Freunden nahm ihr alle Schwere ab. Die Männer hatten im wesentlichen das gleiche erlebt wie das Mädchen. Keiner wußte zu sagen, wo sie sich befanden.

Der Lift hielt, ein uniformierter Boy lud sie ein.

„Jetzt also geht's tausend Stock tief zur Hölle, nicht wahr?" scherzte Rolande.

Das Gesicht des Liftboys zeigte keine Regung. Er drückte einen Knopf.

„Falsch, Mädchen!" lachte Alfred, „wir fahren hinauf!"

Der Lift hielt, der Boy öffnete. „Zweiundachtzigstes Stockwerk!"

„Wie, was haben Sie gesagt?" fragte Rolande.

„Ich glaube, wir werden heute noch manche Überraschung erleben", flüsterte Sten.

Auf dem Gang stand Bob, begrüßte die Freunde laut und herzlich.

„Wo sind wir?" fragte Rolande.

„Das werdet ihr sehen!"

„Du bist ein Ausbund! Was spielt man hier mit uns?"

„Der Spaß geht zu weit!" ereiferte sich Sten.

„Kommt!" sprach Bob.

„Wohin?"

„Zum Teufel!"

„Gut!" Rolandes gute Laune riß die anderen mit sich. Sie folgten dem vorausschreitenden Journalisten, betraten ein modernes Büro.

Eine elegante junge Dame erhob sich.

16

„Das ist Do", stellte Bob vor, „die Generalsekretärin des Teufels!"

Die Männer grüßten mit komischer Grandezza. Die Dame war anscheinend in den Scherz eingeweiht.

Sten sprach sie an: „Darf ich etwas fragen, Frau Generalsekretärin?"

„Ich heiße Do."

„Verzeihung, Frau Do! Unser Freund Bob Harding hat uns hierhergeführt, um uns dem Teufel vorzustellen." Er mußte lachen, Do blieb ernst. „Sie werden uns nachfühlen können, daß die Situation für uns ungewöhnlich ist. Könnten Sie uns etwas über das Aussehen des Herrn verraten, der uns empfangen soll? Damit wir vorbereitet sind . . ."

„Wie sieht denn Seine höllische Majestät aus?" fragte das Mädchen.

„Sprechen Sie ihn ja nicht so an", erwiderte Do, „sonst wird er unfreundlich! Sagen Sie einfach ‚Boß' zu ihm!"

„Gemacht", sagte Alfred munter. „Und wie sieht er aus, Ihr Boß?"

Die Generalsekretärin wurde spöttisch. „Ach, Sie denken wohl an den Satan mit Hörnern und Zottelschwanz, der nach Pech und Schwefel stinkt?" Jetzt mußte auch sie lachen. „Sehen Sie auf den Bildschirm!"

Do schaltete. Das glatt rasierte feiste Antlitz eines Spießbürgers erschien, mit Glatze und Doppelkinn. Es sah sie lächelnd an.

„Das ist der Teufel?" lachte Sten. „Der sieht ja aus wie ein Mensch!"

Sachlich erwiderte Do: „Warum sollte er anders aussehen? Es ist nur eines seiner tausend Gesichter. Haben Sie geglaubt, daß unsereiner als Bockmensch verkleidet über die Erde tanzt? Dann würden wir unsere Aufgaben kaum erfüllen können."

„Soll das heißen", fragte Alfred, „daß Sie auch ein Teufel, ich meine: eine Teufelin sind?"

„Genug!" schnitt Bob ab. „Ich denke, wir setzen uns."

„Hast du uns eigentlich gestern einen Schlaftrunk eingegeben?"
fragte das Mädchen.

„Keine Spur!" entgegnete Bob. „Ihr habt trotzdem fest geschlafen."

„Wie tot."

„Ich verstehe es nicht", sprach Alfred. „Mir passiert das sonst nie!"

„Und wo sind wir nun eigentlich?" fragte Rolande.

„Psst! Es wird eine ganz große Überraschung..."

„Ich habe heute nachmittag eine Verabredung. Hoffentlich bringst du mich rechtzeitig nach Hause..."

„Sei beruhigt!"

Die sehr modern aufgemachte Dame, die Bob als Generalsekretärin des Teufels vorgestellt hatte, schien tüchtiger zu sein, als sie aussah. Mit sachlicher Miene sortierte sie Akten, führte einige Ferngespräche, schaltete an der Sprechanlage und gab Weisungen, kurz und selbstbewußt. Die Gäste verfolgten aufmerksam alle ihre Bewegungen und Worte, aber sie fanden darin keine Antwort auf die Fragen, die sie bewegten. Bob saß mit schelmischer Miene neben ihnen und schwieg.

„Was ist eigentlich los, Bob?" fragte der Dichter. „Ich glaube, der Spaß hat lange genug gedauert. Ich habe Arbeit zu Hause."

„Heute ist Sonntag!"

„Das macht nichts aus."

„Sie müssen warten, der Boß ist besetzt", sprach Do.

Allmählich nahm eine leichte Unruhe von Rolande Besitz. Die Sekretärin war echt. Sie spielte nicht. Als mit einem leisen Summton das grüne Licht auf Dos Sprechanlage aufleuchtete, faßte Rolande nervös nach Alfreds Arm. Ihre Hand war kalt und feucht. Plötzlich stand die Generalsekretärin vor ihnen. „Der Boß bittet!"

Bob ging voran. Das Mädchen folgte, dann kamen Alfred und Sten. Als sie die vierte Tür durchschritten hatten, erstarrten sie, erschreckt durch eine Erscheinung, auf die sie nicht vorbereitet waren: Vor ihnen im Raum stand, lang und hager, das Gestalt gewordene Entsetzen: ein Greis, der in eine zerlumpte graue Toga gekleidet war. Sein Gesicht glich einem halb verwesten Totenschädel. Nur die stechenden Augen waren lebendig.

In diesem Augenblick wußte Rolande, daß dies alles kein Scherz war. Darüber hinaus freilich konnte sie sich weder etwas vorstellen noch denken. „Erschrecken Sie nicht!" ertönte eine freundliche Stimme. „Mein Chefmanager ist nicht schlechter oder besser als ich und alle meine Mitarbeiter!"

Der Greis blieb ohne Regung, wie ein höllisches Standbild, sah die Kommenden mit einem abgründigen Haßblick an. Bob verbeugte sich tief vor ihm und die anderen taten unwillkürlich das gleiche. Dann schritten sie weiter. An der Stirnwand des Saales, vor einem breiten und schweren Gobelin, stand mit goldenen Zieraten ein riesiger Schreibtisch aus Mahagoni. Hinter einer Batterie von Fernsprechern aus purem Gold saß der freundliche Dicke, den sie auf dem Bildschirm gesehen hatten. Er verzog sein breites Gesicht zu einem gemütlichen Grinsen und sah aus funkelnden kleinen Augen auf die Gäste.

„Wollen Sie mich Ihren lieben Freunden nicht vorstellen, Bob Harding?" fragte er.

Der Amerikaner verbeugte sich gehorsam. Man hatte ihn nie so unterwürfig gesehen. „Das ist mein Herr und Meister, der Boß, der Teufel, der allgewaltige Beherrscher der Welt!"

„Ich habe mir den Teufel anders vorgestellt!" spottete Sten.

„Die Komödie ist gut!" lächelte Alfred, aber eine seltsame Unsicherheit hatte ihn ergriffen.

„Ihre Anerkennung ehrt uns!" höhnte der Boß. „Nehmen Sie Platz!"

Er wies auf einen Halbkreis von breiten Polstersesseln, die nach der anderen Stirnwand ausgerichtet waren. Aber das war keine Wand. Das Viereck war leer. Ein Spiegel? Nein. Ein Fenster? Es stand weder Himmel noch Landschaft dahinter. Erstaunt sah Rolande danach. Der Dicke hatte sich von seinem Schreibtisch erhoben und kam heran.

„Jetzt würden Sie gerne wissen, was das ist, nicht wahr? Gehen Sie nicht zu nahe heran! Es ist alles und nichts, Leben und Tod, Enge und All, Zeit und Ewigkeit. An der Stelle jener Wand erscheint mir die Welt, wenn ich auf den Knopf drücke: das Leben mit Farben, Tönen und Düften, mit allen Bildern der Gegenwart, Vergangenheit und Zukunft. Mit Hilfe dieses Bildschirmes kann ich die Welt kontrollieren und meine Maßnahmen treffen, ohne mein Büro verlassen zu müssen. Das ist bequem."

Rolandes Pulsschlag zerriß ihr den Atem in kleine Stücke. Das graue Gespenst blieb hinter ihnen stehen, ohne Laut. Sie waren froh, es nicht mehr ansehen zu müssen. Lächelnd und prüfend blickte der Boß von einem seiner Besucher zum anderen. „Sie sind mir sympathisch!" begann er. „Bob Harding hat gebeten, Sie mir vorstellen zu dürfen, da Sie für mich arbeiten wollen."

„Wie bitte?" Alfred sprang hoch, aber der Teufel beachtete ihn nicht, sondern fuhr fort: „Das ist löblich. Aber zuerst muß ich Sie kennenlernen und prüfen. Zum zweiten müssen Sie, ehe Sie in meine Dienste treten, von der Größe und Unüberwindlichkeit meiner Macht überzeugt sein."

Sten und Rolande sahen einander an. Bob blickte zerstreut nach oben. Alfred starrte ausdruckslos vor sich hin. War das alles ein Traum? Sie faßten es nicht.

„Wir sind nicht überzeugt, Herr Teufel, und wir werden niemals von Ihrer Allmacht zu überzeugen sein!" sprach obenhin der Schwede. Sie waren nun einmal da, und er beschloß, Bob den Spaß nicht zu verderben und heitere Miene zu dem anscheinend gut vorbereiteten Spiel zu machen.

„Und warum, wenn ich fragen darf?"

„Weil das Gute immer stärker ist als das Böse, die Liebe größer als der Haß, der Edelmut strahlender als die Niedertracht."

Der Teufel wandte sich ächzend ab. „Kindermärchen!" quetschte er verächtlich hervor.

„Wieso?" fragte Sten.

„Weil ich da bin! Weil ich vorgesorgt, weil ich eine weltweite Organisation des Unterganges aufgebaut habe, und — glauben Sie mir! — meine Organisation klappt. Wir haben den Menschen eingekreist, wir haben ihn in die Zange genommen, aus der es kein Entrinnen gibt. Idealistische Narren wie Sie werden überfahren oder unschädlich gemacht. Wollten Sie etwas sagen? — Ich sehe, Sie glauben mir nicht. Hören Sie: ich habe alle Gebiete des menschlichen Lebens mit meinen Prinzipien durchsetzt. In allen Ämtern, Behörden, Ministerien, Gesellschaften und Vereinigungen, welchem Zweck immer sie dienen mögen, habe ich meine Agenten, Beauftragten, Mitarbeiter und Vertrauensleute. Ich vergifte planmäßig alles, was der Mensch zu seiner Existenz braucht: die Atemluft und das Wasser, die menschliche Nahrung und den Boden, auf dem sie wachsen soll. Ich vergifte die Tiere, die Pflanzen, die Landschaft, die ganze Natur, ohne die der Mensch nicht leben kann. Das habe ich getan, und ich tue es weiter. Ich propagiere dieses heulende Elend als Wohlstand, und die Menschen merken den Schwindel nicht. Und ich vergifte die Seelen. Ich streue den Haß. Ich mache die Lumpen reich und die Edlen arm. Ich pflanze den Menschen den Hochmut ins Herz, die Überheblichkeit, so daß sie die Welt und sich selber verkennen; ich schlage sie mit Dummheit und Blindheit, so daß sie die Wahrheit nicht mehr finden. Ich habe ihnen die Habgier eingepflanzt und besteche sie mit Wohlleben oder mit der Aussicht darauf. Es ist mir gelungen, mit allen mir zu Gebote stehenden Mitteln der Propaganda eine Gesinnung zu schaffen, die auf die Zerstörung aller lebenerhaltenden Werte abzielt."

„Ein wahrhaft teuflisches Programm!" sagte Sten. Er lächelte dazu, und doch dämmerte ihm, daß dies kein Programm war, sondern ein realistisches Abbild der Wirklichkeit sein konnte . . . Und um die Selbsttäuschung zu vollenden, fügte er hinzu: „Aber Sie werden es nicht durchführen können."

„Warum nicht?" fragte freundlich der Teufel.

„Weil noch zu viele gute Kräfte in der Menschheit lebendig sind, die das nicht zulassen werden!"

Der Boß drehte sich schwerfällig nach dem Journalisten um. „Was ist mit ihrem Freund Stolpe los, Bob? Er scheint für den Eintritt in den teuflischen Dienst verdammt wenig vorbereitet zu sein. Haben Sie mir einen Spion ins Haus gebracht?"

„Sten Stolpe ist in Ordnung, Boß! Er hat Freude am Widerspruch. Er windet sich nur aus Befangenheit. Ich bürge für ihn!"

„Das bedeutet nicht viel. Sie wissen, was auf ihn und auf Sie wartet, wenn . . ."

„Keine Sorge!"

Der Teufel wandte sich wieder dem Dichter zu. „Was die guten Kräfte anbelangt, an die Sie zu glauben scheinen, Herr Stolpe: Es tut mir leid, Sie enttäuschen zu müssen. Ich bin anders informiert, und ich bin gut informiert. Und wenn es so wäre, wie Sie sagen: auch der Einsatz der sogenannten guten Kräfte wäre sinnlos gegenüber der lückenlosen Front der Vernichtung, die ich gegen das Menschentum aufgerichtet habe. Ich habe einen unbesiegbaren Bundesgenossen: die Natur."

Sten: „Schwer zu glauben, daß die Natur mit dem Teufel verbündet sein soll . . ."

Der Teufel: „Sie werden lernen, mich zu verstehen."

Alfred schaltete sich ein: „Der technische Mensch hat mit Tatkraft und kühler Berechnung sich die Natur untertan gemacht."

„Die kühle Berechnung hat sich tausendfach als tödlicher Irrtum, die Tatkraft als krankhafte Geschäftigkeit erwiesen."

„Die Wissenschaft steht auf nie zuvor erreichter Höhe. Das allgemeine Wohl wird aus den unerschöpflichen Vorräten der Erde gespeist. Wir haben Raum und Zeit überwunden."

„Sind Sie sicher, daß Sie keiner Selbsttäuschung zum Opfer fallen? Verwechseln Sie nicht Machtzuwachs mit Wertzuwachs!"

Alfred richtete sich auf: „Vergessen Sie nicht den großartigen menschlichen Fortschritt! Wir bleiben niemals stehen. Probleme, die heute unlösbar scheinen, werden morgen gelöst sein — durch den Fortschritt."

Der Teufel wandte sich seinem Chefmanager zu. „Man spricht vom Fortschritt, Murduscatu!"

Sie hörten das Gespenst Atem schöpfen. Beklommen warteten die Menschen auf das erste Wort des Furchtbaren. Dann rasselte eine dürre, dennoch durchdringende Stimme, sachlich, eintönig, müde.

„Das ist gut. Fortschritt ist auf jeden Fall gut. Fortschritt ist das Beste von allem!"

Ohne den Kopf zu drehen, um nicht in das grauenerregende Antlitz sehen zu müssen, sagte Alfred: „Es scheint, daß wir in einer Krise stehen, zugegeben. Aber durch den unaufhaltbaren Fortschritt wird der sieghafte Menschengeist alle Hindernisse überwinden."

Der Boß sah zum Fenster hinaus in den leeren Himmel, überließ es dem Alten zu antworten. Langsam begann der, und eine Spur von Verbindlichkeit schien seine Rede zu tragen:

„Sie kennen die Geschichte von den Menschen, die den Apfel aßen und vertrieben wurden . . ."

Die Pause, die entstand, schien eine Stellungnahme zu fordern. Rolande gab sie. „Sie meinen Adam und Eva im Paradies . . ."

„Namen sind belanglos. Die Geschichte ist uralt und umreißt in tiefgründiger Weisheit und prophetischer Klarsicht den Weg des Menschen vom Anfang bis zum Ende. Was ihr Paradies nennt, ist das Leben. Adam und Eva: die Menschheit. Der Apfel: Wissen und Willen, die ihr pflücktet, ohne damit Erkenntnis zu ernten. Ihr selbst habt euch aus dem Paradies des Lebens verbannt, weil ihr euren freien Willen gegen das Leben einsetztet anstatt dafür. So begann euer Schritt fort vom Leben. Ihr nennt ihn richtig, ohne es zu ahnen: Fort-Schritt. Die Vertreibung dauert an. Am Ende steht der Tod."

Alfred sah fragend nach Bob, dann auf Rolande. Sie blickten geradeaus und schwiegen. Der Boß beobachtete sie. Dann schaltete er auf einem kleinen Tischchen, das vor seinem Sessel stand. „Mondo soll kommen!" sprach er. Er wandte sich erklärend an seine Gäste. „Er ist der Fortschrittsteufel und wird Ihnen einige Informationen geben."

Er bot Rolande Bonbons und den Männern Zigaretten an, entzündete selbst eine große, schwarze Brasil. Murduscatu, der Chefmanager, war plötzlich verschwunden. Sie hatten sein Gehen nicht wahrgenommen.

II

DER SCHRITT FORT VOM LEBEN

Mondo trat ein. Er war ein hochgewachsener, sorgfältig und nach der letzten New Yorker Mode gekleideter Mann unbestimmbaren Alters und sah gut aus. Seine Erscheinung hatte nichts Teuflisches an sich. Mit elastischen, lautlosen Schritten kam er heran, verbeugte sich vor Rolande, dann vor dem Boß.

„Ich brauche Sie, Mondo! Meine Gäste wünschen einige Informationen aus dem Fortschrittsdezernat. Sie können offen reden."

Mondo trat einige Schritte rückwärts, dachte eine Weile nach, mit gesenktem Kopf. Dann begann er, und er sah in erster Linie auf das Mädchen.

„Seit etwa zwei Milliarden Jahren gibt es Leben auf der Erde. Es trug schon bei seiner Entstehung jene grundlegenden Lebensgesetze in sich, die für das ganze Weltall gültig sind. Diese Gesetze sind unabdingbar, unveränderlich und für alles Lebende bindend. Die Natur ist älter als der Mensch. Mag das Leben auf der Erde auch andere Bilder gezeigt haben: die Gesetze, denen es unterstand, sind nicht andere gewesen als heute. Jedenfalls waren sie schon an Millionen Formen millionenfach erprobt, korrigiert, verfeinert, vollendet, lange bevor der Mensch sich aus den Vorformen seiner Entwicklung löste und in seiner heutigen Gestalt die Erde unter die Füße nahm. Im Dasein dieses kleinen Sternes Erde ist die Epoche der Menschenzeit nur ein Augenblick."

Mondo unterbrach und mußte lächeln über das andächtig lauschende und seltsam staunende Gesicht Rolandes. „Was wollten Sie sagen?" fragte er.

Das Mädchen hatte eine Verwirrung zu überwinden. „Nichts", sprach es, „gar nichts. Nur — ich . . . ich hatte anscheinend vom Teufel eine falsche Vorstellung . . ."

„Das gibt sich", warf der Boß ein.

„Der Mensch ist ein Bestandteil der Natur. Die Natur ist auf langsame Entwicklung eingestellt. Wenn die Umwelt sich so schnell verändert, daß das Leben nicht folgen kann, stirbt es."

Alfred fiel eifrig ein: „Das eben ist der Sinn des Fortschrittes, daß er den Menschen in die Lage versetzt, sich geänderten Verhältnissen anzupassen."

Mondo: „Das eben ist der Sinn des von mir erfundenen Fortschritts, daß der Mensch in krankhafter Sucht und in steigender Hast seine eigene Umwelt dauernd verwandelt. Der Mensch aber vermag sich nicht im gleichen Tempo zu verändern."

Sten: „Dann werden die Menschen zur Natur zurückkehren."

Mondo: „Sie haben die Fähigkeit dazu vernachlässigt und verloren. Der Naturgewalt gegenüber sind sie nicht mehr lebensfähig. Jedes Tier, jeder Baum ist tüchtiger als sie. Nehmen Sie dem Menschen sein Geld, sein Haus, seine Nahrung! Nehmen Sie ihm Kleider, Auto und alle Hilfsmittel seiner Dekadenz, und stellen Sie ihn nackt und hilflos der Naturgewalt gegenüber, vor der jeder Wurm, jeder Grashalm sich bewähren muß! Es wird in der ganzen Naturgeschichte keine erbärmlichere Figur geben als den Menschen!

Ich habe die Phrase vom alleinseligmachenden Fortschritt geprägt und unter die Menschen geworfen. Ich habe sie gelehrt, den Fortschritt zu preisen und allen Überlegungen und Planungen zugrunde zu legen. Ich habe sie verführt, das Ruhende, das Zeitlose, Unveränderliche, Bleibende, das langsam in sinnvoller Entwicklung Wachsende, das Ewige zu verachten, zu belächeln, geringzuschätzen, zu verspotten. Ich habe dem Menschen das hysterische Hasten nach dem jeweils Allerneuesten eingepflanzt."

Sten: „In Asien, in Afrika gibt es noch genug Völker, die zeitlos in gesunder, naturgewollter und glücklicher Armut leben. Ihre Zahl ist größer als die der Zivilisierten!"

Mondo: „Unsere Beauftragten bezeichnen solche Völker als unterentwickelt und bringen ihnen das Gift des Fortschritts, damit sie seelisch und körperlich erkranken."

Alfred fragte: „Ihrer Auffassung nach wären demnach auch alle Erfindungen teuflisch inspiriert und teuflisch wirksam?"

Mondo: „Nur solche, die die Gebote der Natur überschreiten."

Alfred: „Kein Erfinder denkt an etwas anderes als an seine Arbeit, an ihr Gelingen, an den Erfolg."

Mondo: „Die Leidenschaft des Erfindens ist ein persönlicher krankhafter Trieb. Jeder will für sich den Triumph genießen, Reichtum und Ruhm."

Rolande: „Oder im guten Glauben der Menschheit helfen!"

Mondo: „Ob seine Erfindung nützlich oder verhängnisvoll ist, ficht den Erfinder nicht an."

Der Teufel: „Soweit es sich um Erfindungen handelt, die dem Leben dienen könnten, sind meine Agenten beauftragt, sie den Erfindern aus der Hand zu nehmen und gegen das Leben einzusetzen oder zu unterdrücken."

Mondo: „Wenn das Kind ein Spielzeug konstruiert hat, will es damit auch spielen, ohne Rücksicht auf die Folgen. Ich habe den Fortschritt und seine Erfindungen für den Menschen zum Selbstzweck gemacht."

Der Techniker hob unwillig den Kopf. „Sie entwerfen ein Bild, das Ihren Wünschen und Plänen entsprechen mag. Manches von dem, was Sie sagten, hat seine Richtigkeit. Aber Sie unterschätzen den Menschengeist. Die Errungenschaften der Medizin, der gesamten Wissenschaft und Wirtschaft werden alle teuflischen Pläne durchkreuzen!"

Mondo lächelte fein und höflich. „Sie werden sich damit sehr beeilen müssen. Uns ist bekannt, daß alle unlebendigen, technisch-chemischen Errungenschaften bisher fast ausschließlich gegen das Leben eingesetzt werden, selbst dort, wo der Mensch großsprecherisch von der Förderung des Lebendigen redet. Jede solche Einwirkung ist eine Maßnahme gegen die Natur und führt zur Krankheit. Krankheit ist der Anfang des Sterbens. Schon heute ist der Tribut, den die Menschheit für den Fortschritt zahlt, erfreulich groß. Allen anfänglichen Vorteilen des Fortschritts schleichen die Spätfolgen nach. Für jede Bequemlichkeit des zivilisierten Lebens muß der Mensch ein Teilchen seiner moralischen Substanz preisgeben. Fortschritt ist eine teuere Ware. Man muß sie mit den ewigen Werten des Daseins und mit dem Leben selbst erkaufen."

Alfred: „Gerade der Fortschritt hat der Menschheit eine Fülle ewiger Werte erschlossen, ja den Menschen erst zum Menschen gemacht!"

Mondo: „Das ändert daran nichts, daß die fortschrittlichsten Länder die meisten Selbstmorde und Nervenzusammenbrüche, Spitäler und Irrenhäuser haben. Beweis dafür, daß das Nervensystem der Beanspruchung durch die künstliche technische Welt nicht mehr gewachsen ist."

Der Techniker begehrte auf. „Sie geben eine durchaus einseitige und unzutreffende Darstellung! Ganz im Gegenteil, durch den auf der ganzen Welt zielbewußt gehobenen Lebensstandard wird das Leben immer besser, gesünder und schöner werden!"

Mondo wechselte einen Blick mit dem Teufel.

27

„Was heißt eigentlich Lebensstandard?" fragte Sten den Techniker. „Kannst du ihn definieren?"

Alfred dachte ein wenig nach. „Eine Heimat haben, durch gesunde Tätigkeit sich und seine Familie ausreichend ernähren und sich am Leben freuen können."

„Gut", rief der Teufel freudig. „Ausnahmsweise stimmen wir miteinander überein! Meine Beauftragten im Wirtschaftsleben aber haben die Menschheit mit einer völlig anderen, abwegigen Definition beschenkt: Der Lebensstandard eines Volkes ist die Kaufkraft seines Einkommens, ausgedrückt in Geld."

Mondo: „Das ist in jedem volkswirtschaftlichen Buch nachzulesen, und keinem Volkswirtschafter ist es bisher aufgefallen, wie niedrig diese Einschätzung des menschlichen Daseins ist. Der mit Geld meßbare Lebensstandard ist zum Maß und Ziel menschlicher Zufriedenheit geworden."

Der Teufel lachte in sich hinein und rieb sich die Hände. „Damit habe ich die Menschen in ihren komfortablen Wohnungen heimatlos, die menschliche Tätigkeit und die Ernährung ungesund gemacht. Ich habe die einfache reine Lebensfreude zum Talmivergnügen verkehrt und propagiere dies alles als Steigerung des Lebensstandards."

Der Techniker ließ sich nicht einschüchtern. „Immerhin ist das Ergebnis von 150 Jahren technischen Fortschrittes eine Verdoppelung des durchschnittlichen Nahrungsmittelverbrauchs und eine Verhundertfachung des Verbrauches an Industrieprodukten. Was wollen Sie mehr?"

„Ja, was will ich mehr, nicht wahr? Ich, der Teufel, bin zufrieden. Und ist die Verhundertfachung der Produktion an Arzneimitteln und Spitalsbetten nicht auch ein erfreulicher wirtschaftlicher Fortschritt?"

Mondo setzte fort: „Der vom Herrn Ingenieur richtig definierte Standard ist für alles Lebende gleich. Er muß als Norm unveränderlich bleiben, wenn das Leben lebendig und von Dauer sein soll. Sinkt die Lebensform darunter oder steigert sie sich

28

darüber hinaus, so bedeutet das unweigerlich den Untergang, im ersten Fall früher, im zweiten Fall etwas später. Die Verfeinerung der Lebensweise über den Standard, das heißt über das Elementare und Naturgesetzliche hinaus, bedeutet Luxus zum Nachteil der anderen Lebenden und ist nur auf Kosten der natürlichen Substanz möglich, ich meine, durch Zerstörung der Natur und der leiblichen und seelischen Gesundheit des Menschen. Ich fördere daher den höheren Lebensstandard und vermittle den Massen damit die absolut logisch anmutende Vorstellung, daß sich mit Hilfe der Errungenschaften der Technik und der vermehrten Einsicht in die soziale Gesetzgebung eines Tages ein Stück Paradies auf Erden etablieren lassen wird."

Der Boß lachte: „Wir wissen nämlich noch, was wir die Menschen vergessen gemacht haben: daß Glück und Zufriedenheit nur durch Steigerung der Anspruchslosigkeit erreicht werden können. Der größte Reichtum liegt in der Armut an Bedürfnissen!"

Mondo: „Daher peitsche ich mit allen Mitteln die Begierde auf. Ich rede ihnen ein, daß der Besitz eines Autos, Fernsehers, Kühlschranks, einer zum Bersten gefüllten Garderobe zu den Grundlagen des Menschentums gehört. Ich bin nur ein Teufel, Herr Groot, aber ich könnte mir einen unveränderlichen, ewigen Standard denken, unabhängig von Mode und Geschäft, einen Standard, der nicht das äußerliche, lächerliche Beiwerk des Menschenlebens pflegt, sondern die Werte des wirklichen Lebens; der aus dem Geiste kommt und sich im Geiste vollendet; der durch Innerlichkeit und Stille bestimmt wird, der sich im Glauben, in der Güte, in Liebe und Schönheit erfüllt."

Rolande hatte wieder den Ausdruck eines maßlos verwunderten Kindes. „Sie sprechen wie ein edler Mensch", sagte sie.

Der Boß fuhr dazwischen. „Er ist ein Teufel, zweifeln Sie nicht daran! Und er ist es, der den Menschen die Einsicht in diese lapidare Wahrheit versperrt hat. Ein Feldherr, der siegen will, muß wissen, wo die Kerntruppen des Feindes stehen, um sie zu zerschlagen."

Mondo: „Die Menschen arbeiten uns ausgezeichnet in die Hände. Wer einmal mit den Elementen des fortschrittlichen Wohllebens in Berührung kam, verlangt immer mehr davon, und noch mehr, je primitiver er ist. Und sie merken dabei nicht, daß durch die künstlich gesteigerten Lebensansprüche alle sozialen Errungenschaften, die im vorigen Jahrhundert blutig erkämpft wurden, wieder verlorengehen!"

Sten sprach: „Die Menschheit wird umkehren, sobald sie das erkannt hat."

„Es gibt keine Umkehr, Herr Stolpe! Die Fortschrittsmaschinerie hat sich selbständig gemacht und ist der Kontrolle durch den Menschen entwachsen. Sie läuft von selbst und reißt ihn mit sich, und der Mensch weiß nicht, wo der Teufelstanz enden wird."

Der Boß lachte: „Aber wir wissen es. Jede gesunde Entwicklung entspringt aus Ruhe und Beständigkeit. Wir haben daher den Menschen zur Rastlosigkeit verdammt. Sie werden nun verstehen, warum wir die ständig wechselnde Mode zum Idol gemacht haben. Jedes Jahr neue Automodelle, jedes halbe Jahr ein neuer Kleiderschnitt oder eine neue Kunstrichtung, jede Saison ein neuer, revolutionärer Theaterstil, lauter großartige, allerneueste Errungenschaften, die man morgen zum alten Plunder werfen wird. Das alles sind nur kleine, unwichtige Symptome einer von mir gelenkten Entwicklung. Nicht mehr die Frage ‚Gut oder schlecht' ist für Qualität der Dinge und Zustände entscheidend, sondern die Frage ‚Modern oder unmodern'. Ja, wir haben die krankhafte Manie, alles zu verändern, so sehr gesteigert, daß die Menschen etwas Beständiges neben sich nicht mehr vertragen können. Erzählen Sie die Sache mit dem schwedischen Professor!"

Mondo: „Sie meinen Gustafson. Er glaubt, daß das Getreide veraltet sei. So habe zum Beispiel die Gerste sich seit 500 000 Jahren kaum verändert. Die moderne Forschung müsse daher mit Hilfe von radioaktiven Isotopen die Getreidearten im gewünschten Sinne verändern und modernisieren."

Der Boß grinste. „Typisches Beispiel von wissenschaftlichem Wahnsinn: was in 500 000 Jahren sich bewährte, muß eben deswegen geändert werden. Noch etwas, Mondo?"

Der Fortschrittsteufel verneigte sich leicht vor seinem Herrn und Gebieter. „Gestatten Sie mir einige kurze Schlußworte, Boß! Da wirklicher Fortschritt immer nur geistig-seelischer Art sein kann, gibt es in der Menschenwelt keinen wirklichen Fortschritt, und inmitten ihrer überspitzten Zivilisation steht die Menschheit heute noch und wieder auf dem Niveau von Kannibalen. Ahnungslos, naturentfremdet, sittenlos und unbekümmert legen sie die Hand an die Grundfesten der Welt und des Lebens.

So habe ich die Möglichkeit völliger Zerstörung durch die Jahrhunderte herangezüchtet und gesteigert, langsam, verschwiegen, unter der Oberfläche. Und die Menschheit, berauscht von ihrem sogenannten Fortschritt, hat es nicht gemerkt. Mit Stolz und Genugtuung darf ich es heute aussprechen, daß wir dem Endchaos ganz nahe gekommen sind."

III

ALARM, GIFTGAS

Mondo ordnete seine Papiere, barg sie in der Aktentasche. Dann verbeugte er sich knapp vor dem Boß und den Gästen, warf Rolande noch einen freundlich lächelnden Blick zu und verließ mit federnden Schritten den Raum.

Der Teufel drückte den Knopf der Sprechanlage. „Fünfhundertsechs!" befahl er.

Ein überschlanker junger Mann trat ein. Der Boß stellte vor: „Das ist 506, der Stinkteufel. Sein Name ist Erek. Und das sind gute Freunde: Presse, Technik, Medizin. Ich habe keine Geheimnisse vor ihnen. Erek ist noch nicht lange im Amt —"

„Ungefähr 120 Jahre", beeilte sich Erek zu erklären.

31

Bob fragte: „Welches Fachgebiet bearbeiten Sie?"

„Vergiftung der Luft."

„Es wird gut sein", — mit einer verbindlichen Handbewegung schaltete sich der Teufel ein, — „wenn Sie meinen Gästen einige Erklärungen abgeben."

Erek verbeugte sich stumm. „Ohne Atemluft gibt es kein Leben. Sie ist wichtiger als Wasser und Nahrung."

Der Boß unterbrach ihn: „Es ist eine Schwäche meiner Mitarbeiter, daß jeder von ihnen sein Fachgebiet für das wichtigste hält."

Rolande lächelte: „Sie hat den Vorteil, den Ehrgeiz zu steigern."

„Und die Erfolge", gab der Boß zu.

„Verzeihung!" verteidigte sich Erek, „der Mensch atmet täglich 26 000mal, während er nur drei- bis viermal ißt oder trinkt..."

„Schon gut. Weiter!"

„Wenn es gelänge, das Lebensgas zu vergiften, so müßte dies unfehlbar zur Erkrankung und späteren Austilgung des Menschen führen."

Der Teufel erklärte dazu: „Ich habe den Menschen die Köder des Profits und der übersteigerten Bedürfnisse reichen lassen. Sie haben angebissen und sind seither in krankhafter Hast und angestrengter Arbeit bemüht, die eigene Atemluft zu verpesten."

Der gut gekleidete, bescheidene und anscheinend wohl erzogene junge Mann, der gar nicht aussah wie ein Stinkteufel, öffnete seine Mappe, blätterte in Papieren. Dann begann er seinen Bericht:

„Die Zahl der rauchenden Schornsteine ist auf der ganzen Welt im Steigen begriffen. Die Industrialisierung marschiert auf allen Linien —"

„Nicht Ihr Verdienst, Erek!" unterbrach der Boß. „Diese Entwicklung habe ich schon vorbereitet, lange bevor es einen Stinkteufel gab. Weiter!"

„Die Völker glauben, im Wohlstand zu baden. Sie sonnen sich im sogenannten Wirtschaftswunder."

„Erfreulich!" lachte der Boß. „Wohlleben schwächt Geist und Körper, Reichtum schädigt den Charakter."

Erek sprach: „Viele Staatsoberhäupter und Wirtschaftsführer halten sich für Genies und Wohltäter der Menschheit."

Der Teufel: „Eingebildete Laffen! Wenn ich nicht meine Hand im Spiel hätte, würde die ganze Welt erkennen, wie lächerlich sie sind!"

Erek: „Die Industriewüsten wachsen ständig und in zufriedenstellendem Umfang."

Der Teufel: „Ersparen Sie sich Vorschüsse auf meine Zufriedenheit!"

Erek: „Die natürliche Erdoberfläche wird durch neue Werksanlagen immer mehr zurückgedrängt."

Der Teufel: „Sie pfuschen Ihrem Kollegen vom Dezernat für Bodenverwüstung ins Handwerk! Kommen Sie zu Ihrem Fachgebiet!"

„Um die Voraussetzungen für das Gelingen meiner Arbeit zu schaffen, habe ich vor allem jene Unmoral gefördert, die darin besteht, daß die Industriewerke und Verkehrsmittel ihre Abfallprodukte wie Rauch, Ruß, Kohlen-, Zement- und Gipsstaub sowie chemische Giftgase einfach der Atemluft übermitteln, die allen gehört."

„Gut, Erek! Einer macht Stunk, und tausend atmen ihn ein. Das korrumpiert die sozialen Instinkte."

Erek: „Die Fabrikschlote des amerikanischen Stahlzentrums Pittsburg schleudern alljährlich sieben Millionen Tonnen Kohlenstaub in die Luft."

„Verzeihung!" unterbrach Bob Harding, „ich habe erst kürzlich eine Meldung gebracht, wonach Pittsburg die Staub- und Gasentwicklung durch moderne Filteranlagen so sehr gedrosselt habe, daß die dortige Luft nunmehr die beste in USA geworden sei..."

Aufgescheucht wandte sich der Teufel dem Journalisten zu: „Wie lange stehen Sie in meinem Dienst?"

„Acht Jahre."

„Dann sollten Sie wissen, was solche Meldungen, die mein Dezernent startet, zu bedeuten haben: Das Volk muß beschwichtigt werden, damit es kuscht. Man rechnet ihm vor, wieviele Millionen man in Filteranlagen investiert habe — zum allgemeinen Wohle —, und es glaubt daran und freut sich. Im Grunde bleibt alles beim alten. Die Steigerung gegenüber dem letzten Mal ist löblich, Erek. Weiter!"

„Durch die Verbrennung von Kohle und ihren Derivaten wird Großbritannien jährlich von sechzehn Millionen Tonnen Staub zugedeckt."

„Zu wenig!" fuhr der Teufel auf. „Vergleichen Sie mit Pittsburg und erkennen Sie, daß die Briten eine viel zu gute Luft atmen! Wohin soll das führen?"

„Der Sauerstoffgehalt der Luft in Industriestädten wurde um ein halbes Prozent gesenkt."

„Ist das der Rede wert?"

„Das Gewebe des Zentralnervensystems reagiert schon auf die geringfügigste Sauerstoffveränderung. Dafür werden Kohlensäure, Schwefeldioxyd, Ammoniak und Salpetersäure in hinreichendem Umfang beigemengt, um die Bereitschaft für chronische Leiden zu schaffen. Die letzten Folgen dieser Dauervergiftung können die Menschen mit ihren heutigen wissenschaftlichen Möglichkeiten und der noch mangelnden Erfahrung durch mehrere Generationen keineswegs abschätzen."

„Gut!" lachte der Boß. „Neue wissenschaftliche Möglichkeiten zu finden, verwehrt die absinkende Intelligenz, sie anzuwenden wird die wachsende Profitsucht verhindern. Und um Erfahrungen über Generationen hinweg zu sammeln, lasse ich ihnen keine Zeit mehr."

„Die Schlote von Manchester jagen jeden Tag zehn Millionen Kubikmeter Kohlensäure in die Atmosphäre. Beim derzeitigen Stande der Industrialisierung würde die Atemluft in hundert Jahren doppelt so viel Kohlensäure enthalten wie heute."

„Was versprechen Sie sich davon?" fragte Sten.

„Absterben verschiedener Pflanzenarten, die für die menschliche Existenz wichtig sind. Krankheit und Tod für Mensch und Tier. Rückgang der Ernten, Qualitätsminderung der menschlichen Nahrungsmittel. Ferner: das Kohlendioxyd in der Atmosphäre nimmt die von der Erde abgegebene Wärme auf und hält sie fest. Das führt zu einer Milderung des Klimas, damit zum Auftauen des Polareises und Ansteigen des Meeresspiegels. Dies kann die Überflutung der Kontinente bewirken. Heute schon geht die Eisdecke der Pole um 60 cm jährlich zurück."

Der Teufel: „Bin neugierig, ob Sie halten, was Sie versprechen."

„Auf Berlin senken sich täglich mehr als zweitausend Tonnen Ruß und Asche, über 170 000 Tonnen auf die westdeutsche Bundesrepublik, davon allein zwei Drittel auf das rheinisch-westfälische Industriegebiet. Auf eine Durchschnittsfläche von zehn mal zehn Metern im Bezirk Hamborn, Ruhrgebiet, setzen sich monatlich sechs Kilogramm Staub ab."

Der Teufel bewegte sich unwillig. „Das sind lächerliche Zahlen, Erek! Sehen Sie nach USA, sehen Sie nach England! Sollen die Deutschen überleben?"

Erek verbeugte sich entschuldigend. „Ich werde das deutsche Wirtschaftswunder mit allen Kräften vorantreiben, Boß!"

Der Teufel wandte sich an seine Besucher. „Sie sehen, wir sorgen dafür, daß die Luft an Todeskeimen nicht verarmt!"

„Wieso Todeskeime?" Zum ersten Mal schaltete das Mädchen sich ein. „Für uns Ärzte gelten Ruß und Kohlenstaub als steril. Meines Wissens sind Infektionen nicht beobachtet worden..."

„Dann darf ich zur Ergänzung Ihres Wissens beitragen", sagte Erek von oben herab. „In New York gewann man aus Ruß, den man von den Dächern kratzte, eine Lösung. Man spritzte sie Mäusen ein. Alle erkrankten an Krebs."

Rolande richtete sich auf. Sie verteidigte ihre Berufsehre. „Eine künstlich konzentrierte Lösung, zweifellos. In der Industrieluft erscheinen hingegen die Teer- und Säurestoffe in allerkleinsten Mengen."

„Die Sie täglich mit 26 000 multiplizieren müssen. Wenn bei jedem Atemzug nur ein Zehntel Gramm Ruß aufgenommen wird, so hat der Körper Tag für Tag 2½ Kilogramm Ruß zu verarbeiten. Zudem: bei krebserregenden Stoffen gibt es keine unterschwelligen, das heißt ungefährlichen Dosen. Gerade die kleinsten Gaben, wenn sie sich über längere Zeiträume hin erstrecken, sind die gefährlichsten. Das Luftgift greift zuerst die Schleimhäute an und mindert ihre Abwehrkraft. Die Todesfälle infolge Lungenentzündung, Tuberkulose und Lungenkrebs liegen im Industrieviertel vier- bis fünfmal höher als im Gartenviertel derselben Stadt. Die Sterblichkeit der englischen Schornsteinfeger war schon um die Jahrhundertwende achtmal höher als beim Durchschnitt der männlichen Gesamtbevölkerung im Alter von 25 bis 65 Jahren. Bei Rußarbeitern, die mit den Füßen den Ruß in Fässern feststampften, fanden sich Krebswucherungen an den Zehen."

„Schon gut!" brummte der Boß. „Weiter!"

„Der in der Atmosphäre schwimmende Kohlenstaub verringert die Sonneneinstrahlung bis auf 4 %. Infolgedessen kann die menschliche Haut nicht mehr genug Vitamin D bilden. Dadurch entstehen Schäden am Knochenbau. Auf diese Weise haben wir die Englische Krankheit in die Welt gesetzt."

„Sie ist überwunden", fiel Alfred ein. „Alle Vitamine können heute in beliebiger Menge synthetisch hergestellt werden. Das Sonnenlicht hat also an Bedeutung verloren und damit auch der Kohlenstaub."

„Und die künstlichen Vitamine sind genau so wirksam wie die natürlichen", ergänzte Rolande.

Der Boß lachte vor sich hin. „Meine Leute sind beauftragt, diese Unwahrheit zu verbreiten, und in seinem Wahn, die Natur beherrschen zu können, vergißt der Mensch, daß Lebendiges niemals durch Totes ersetzt werden kann."

Erek fuhr fort: „Die Dunsthauben der Städte filtern die blauviolette Energie der Sonne aus und lassen die gelbrötliche und ultrarote übrig, welche die Menschen seelisch erregbarer, psychisch unfrisch, verdrossen, müde, reizbar und unzufrieden macht."

„Gut, Erek! Damit spielt die Sache ins Politische."

„Es ist nachgewiesen, daß die Luftpest akute und chronische Schädigungen aller lebendigen Organismen zur Folge hat. Sie fördert Thrombose und Embolie. Verstaubte Atmosphäre fördert die Nebelbildung. Der Nebel zeigt die nützliche Eigenschaft, eine Reihe giftiger Gase festzuhalten und zu häufen, die für Mensch, Tier und Pflanze schädlich sind. Wir erzielen auf diese Weise jedes Jahr einige Tausend Nebeltote, vor allem unter den Herz- und Lungenkranken.

Phosphatfabriken und Aluminiumwerke geben Fluor an die Luft ab. Fluor ist ein hochwirksames Gift und verursacht die schwersten Schäden: die Knochen verlieren den Kalk, werden weich und brechen bei geringer Belastung. Die Zähne bekommen weiße Flecke, werden schadhaft und fallen bei fortgesetzter Einwirkung aus. Kühe, die Fluornebel einatmen, erkranken. Die Milchleistung sinkt auf die Hälfte. Alle Pflanzen im Bereich der Fluornebel zeigen Verätzungen und welken ab. Die Wälder der Umgebung sterben. In weiterer Entfernung noch zeigen die Waldbestände beträchtlichen Verlust an Zuwachs. Fluorhaltige Abgase des Aluminiumwerkes Rheinfelden verursachten schwere Schäden an Wiesen, Feldern und Obstbäumen. Vieh und Bienen wurden vergiftet, so daß Landwirtschaft und Imkerei in ihrer Existenz bedroht sind."

„Gut", nickte der Boß. „Die Zahl der Phosphat- und Aluminiumwerke muß innerhalb der nächsten Jahre vermehrt werden! Propagieren Sie das als unabdingbare Forderung des Fortschritts!"

„Ich notiere."

„Und wie wirkt die Luftpest sich auf den Menschen aus?"

„Es zeigen sich Vergiftungserscheinungen im Blut, Zerstörungen in der Lunge, Appetitmangel, unheilbarer Husten, chronischer Kopfschmerz, Atembeschwerden, Asthma, Blutarmut, Schwächezustände, Nervosität, Migräne, Schlaflosigkeit, Kreislaufstörungen, Rachitis, Lungenkrebs und erhöhte Anfälligkeit gegen Bakterien. Aber es gibt noch eine Reihe anderer Krankheitserscheinungen, die auf chronische Vergiftung durch unreine Luft zurückzuführen sind, ohne daß die Menschen dies bisher erkannt haben."

Der Boß schien nicht zufriedengestellt. Mürrisch wiegte er den Kopf. „Nun ja, eines zum andern!" sagte er dann. Erek sprach weiter: „Die Universität Oxford hat nachgewiesen, daß durch Industriegase schwerwiegende, im einzelnen noch nicht untersuchte Schädigungen der Erbanlagen erfolgen können."

„Schon besser", brummte der Teufel. „Man darf das aber nicht an die große Glocke hängen!"

„Auch Tiere, sogar Fische, zeigen ernste Schäden durch Industrieabgase. Die Hüttenrauchkrankheit des Rindviehs und des Wildes entsteht durch Aufnahme von Fluor, Blei, Arsen, Mangan, Eisen und schwefliger Säure mit Futter und Atemluft. Die Schäden an der natürlichen Vegetation sind in erfreulichem Ausmaß angestiegen."

Sten richtete sich auf. „Ich dachte, Sie hätten sich die Vernichtung lediglich des Menschen zur Aufgabe gemacht...", sprach er resigniert.

Der Teufel winkte ab. „Der Mensch kann ohne die Natur nicht existieren. Wir lassen ihn die Natur zerstören. Damit zerstört er sich selbst."

Alfred Groot, der Techniker, schaltete sich ein: „Sind Tiere und Pflanzen etwa auch schuldig und sündig geworden?" Es klang spöttisch.

Der Boß maß den Fragenden erstaunt: „Es kommt selten vor, daß sich ein Techniker um Tiere und Pflanzen kümmert. Im übrigen und zu Ihrer Beruhigung: die Natur wird sich schnell wieder erholen, sobald wir die Menschheit liquidiert haben. Weiter, Erek!"

„Durch die Luftverpestung wird der Holzzuwachs der Wälder herabgesetzt. In Sachsen sind 200, in Nordrhein-Westfalen 500

Quadratkilometer Wald durch Rauchsäuren geschädigt, aber auch die Räume um Mannheim, Heidelberg, Ludwigshafen, Salzgitter, der Harz, das Saargebiet und Teile von Franken sind betroffen."

Alfred begann: „Meines Wissens versuchen manche Industrien, durch Schutzvorrichtungen das Entweichen giftiger Gase und schädlichen Staubes zu verhüten."

„Das ist mir bekannt, mein Herr", erwiderte 506. „Obwohl ich nichts unversucht ließ, ist es mir leider noch nicht gelungen, alle Industriellen restlos unseren teuflischen Prinzipien zu unterwerfen."

„Soll dies das Geständnis eines an seiner Aufgabe Gescheiterten sein?" fragte mit Stirnrunzeln der Boß.

Erek wandte sich ihm unterwürfig zu: „Sie wissen selbst, daß wir auch in der Industrie immer noch erbitterte Gegner haben, in denen bedauerlicherweise Spuren von Verantwortungsgefühl und Anständigkeit wirksam sind. Sie haben es unternommen, unser Programm zur Verpestung der Luft durch Entstaubungs- und Entrußungsanlagen zu durchkreuzen. Aber ihre Zahl ist so gering, daß sie nicht ins Gewicht fällt. Die Filteranlagen sind zudem unzulänglich, so daß der größte Teil der Gifte dennoch in die Atmosphäre entweicht."

Der Boß nickte. „Wir sorgen auch dafür, daß solche Anlagen sehr teuer kommen. Ihre Anschaffung würde viele Produktionen unrentabel machen. Und so bleibt alles beim alten. Sind Sie fertig, Erek?"

„Nein, Boß. Ich habe frühzeitig erkannt, daß ich meine Aufgabe mit Hilfe der Fabriken allein nicht würde lösen können. Auch bei stärkster Industrialisierung müßten weite Gebiete für mich unerreichbar bleiben, wo Rauch und Staub nicht hinkommen. Es gibt da einen ausgezeichneten, krebserregenden Stoff, der bei der Verbrennung von Erdöl und seinen Derivaten entsteht, das Benzpyren. Ich versuchte es zuerst mit der Petroleumbeleuchtung, aber sie wurde durch den Fortschritt bald abgelöst. Mir schwebte also eine Art fahrbarer Anlagen vor, die durch Verbrennung von Erdöl Giftgas erzeugen und es, indem sie Tag und Nacht über alle Straßen und Wege fahren, an die Atemluft abgeben. Ein beinahe aussichtsloses Vorhaben.

Aber der Mensch erfand das Auto, und ich nahm die Sache in die Hand. Seit meinem letzten Bericht hat sich die Motorisierung des Verkehrs verzehnfacht."

„Selbstverständliche Voraussetzung und Folge des modernen Fortschritts...", wandte Bob ein.

„Nur zum Teil. Vor allem habe ich die Einbildung gefördert, daß der Mensch erst beim Auto beginnt. Ein Mensch ohne Auto wird heute in der Systematik der Tierwelt zugeteilt. Zum zweiten habe ich den Menschen die Meinung eingetrommelt, daß Rollen vornehmer sei als Gehen. Man verbirgt die eigene Belanglosigkeit hinter lackiertem und verchromtem Blech. Das innere Heimatlossein drängt nach der Ferne. Die entwurzelte Seele will fahren. Man beschwichtigt das verborgene Bewußtsein des persönlichen Minderwerts durch Geschwindigkeit und Lärm und glaubt, damit mehr zu gelten. Man versucht, der eigenen Jämmerlichkeit mit 150 Sachen zu entrinnen und merkt nicht, daß sie mitfährt. Der Tritt auf das Gaspedal und der Gestank der Auspuffnebel sind zu Kriterien der modernen Pseudopersönlichkeit geworden."

„Reden Sie nicht so groß!" fuhr der Teufel den Dezernenten an. „Dies alles ist ein Teilergebnis unserer Gesamtarbeit, nicht Ihr alleiniges Verdienst!"

„Das habe ich nicht behauptet."

Den Gästen zugewandt, sprach der Teufel: „Alle meine Dezernenten sind einseitig, selbstgefällig und gehässig. Es gibt leider immer noch Autofahrer anderer Sorte."

Erek fuhr fort: „Die Zahl der Motorfahrzeuge in aller Welt steigt unaufhaltsam. 69 Millionen Stinkwagen laufen derzeit in USA, davon 6 Millionen in der Stadt New York; in Westdeutschland 5 300 000, das sind fünfmal so viel wie 1939. 1960 dürfen wir in Westdeutschland 130, im Jahre 1970 180 Stinkfahrzeuge auf 1 000 Einwohner erwarten. Die Entwicklung verläuft allenthalben auf den von mir vorgezeichneten Bahnen. Absprachen zwischen den Regierungen und der Automobilindustrie sind im Gange, um die Zahl der Stinkwagen weiter zu steigern. Jedes Auto jagt im Jahresdurchschnitt 2 000 Kubikmeter giftige Abgase in die Luft. Die Luftvergiftung in den Städten und auf den Landstraßen darf als hervorragend bezeichnet werden. Die Hauptverkehrswege liegen unter einem dichten Nebel von Auspuffgasen."

„Ich glaube Kohlenmonoxyd, nicht wahr?" fragte Alfred.

„Kohlenmonoxyd", nickte Nummer 506. „Das CO bindet den Blutfarbstoff 200mal stärker als Sauerstoff und verhindert die innere Atmung. Der Organismus erstickt von innen her. Die Motorabgase enthalten 7 bis 15 % CO. Bereits 0,01 Volumenprozent beeinträchtigen die Lebenskraft. Bei starkem Verkehr zeigen Meßgeräte in Atemhöhe 0,023 bis 0,038 % CO an. Ein Gehalt von 0,18 bis 0,26 % CO bringt in 30 Minuten den Tod. Verkehrspolizisten tragen nach mehrstündigem Dienst die Hälfte der tödlichen Menge im Blut.

Die Symptome der CO-Vergiftung sind Kopfschmerz, Schwindelgefühl, lähmende Müdigkeit, in schweren Fällen Herzschäden, Depressionen, Krebs. Im Tierversuch zeigten Ratten und Kaninchen erhöhte Thrombosebereitschaft, wenn man ihnen längere Zeit hindurch täglich kleinste Mengen von Autoabgasen zu atmen gab."

Der Teufel schaltete sich ein. „Übrigens Sie kennen doch Phosgen, wie?"

„Sie meinen Gelbkreuz?" fragte Bob.

„Ja. Das gefährlichste Kampfgas. Leider wurde es nur in geringem Umfang angewendet. Die Menschheit ist schon zu nervenschwach geworden, um das furchtbare Schauspiel des Gaskrieges zu ertragen. Phosgen ist $COCl_2$, Kohlenstoffoxydchlorid. Es entsteht unter der Einwirkung des Sonnenlichtes aus der Verbindung von Kohlenmonoxyd und Chlor. Nun, stellen Sie sich vor: Sie gehen durch eine verkehrsreiche Straße, atmen eine Stunde lang

Auspuffgase ein, tragen also Kohlenmonoxyd im Blut. Sie haben Durst und trinken ein Glas Wasser. Es ist gechlort, selbstverständlich. Wir sorgen schon dafür, daß es kein sauberes Trinkwasser mehr gibt! Und plötzlich spüren Sie das Bedürfnis, ein Sonnenbad zu nehmen. Nun, was entsteht in Ihrem Körper aus Kohlenmonoxyd und Chlor unter der Einwirkung des Sonnenlichtes?"

Mit einem satanischen Grinsen sah der Teufel seine Besucher der Reihe nach an. Die blieben stumm, eine Weile. Sten raffte sich zuerst auf:

„Sie glauben..." Aber er schwieg sogleich wieder. Eine Hand schnürte ihm die Kehle zu. Rolande sprang für ihn ein:

„Eine vom wissenschaftlichen Standpunkt aus völlig unhaltbare Hypothese!" behauptete sie mit Nachdruck.

Der Boß lächelte überlegen. „Ich bin weder Arzt noch Chemiker", entgegnete er gelassen. „Ich bin nur der Teufel. Aber ich weiß vieles, was andere nicht wissen. Krebs ist eine Folge von Sauerstoffnot der Zellen. Weiter, Erek!"

„Apropos Krebs. Motorisierung und erhöhte Häufigkeit von Lungenkrebs treffen zusammen. Immer mehr nimmt das Brustkarzinom gegenüber den anderen Krebsarten überhand. In der Zeit von 1936 bis 1956 nahmen die Krebserkrankungen insgesamt um 27 %, die Erkrankungen an Lungenkrebs aber um 210 % zu. Vor dreißig Jahren haben etwa 4 % aller Karzinomtoten an Lungenkrebs gelitten, heute 33 %. Damit steht der Lungenkrebs an zweiter Stelle hinter dem Magenkrebs. Er hat sich verachtfacht. In der gleichen Zeit hat der Blutkrebs sich nur verfünffacht."

Der Teufel schüttelte mürrisch den Kopf. „Das sind Erfolge, die Sie nicht allein für sich in Anspruch nehmen können! Um die Ausbreitung des Krebses ist eine Reihe anderer Mitarbeiter auch bemüht."

Erek versuchte sich zu behaupten. „Ich spreche vom Brustkrebs, Boß! Die Sterblichkeit bewegt sich parallel zur Verkehrsdichte: die Straßenkreuzungen der Städte sind krebserregende Knotenpunkte geworden. In verkehrsreichen Gebieten ist die Zahl der Lungenkrebsfälle siebenmal größer als in verkehrsarmen, die Krebssterblichkeit in den Hauptstraßen größer als in den Nebenstraßen. Freilich ist die Zunahme des Lungenkrebses auch auf die Verwendung von Teer und teerähnlichen Stoffen beim Straßenbau zurückzuführen. Der feine Staub gelangt in die Lunge und erzeugt krebsige Wucherungen an der Bronchialschleimhaut. Von 100 000 Menschen sterben in England 178, in Österreich 154, in Norwegen 32 an Lungenkrebs."

Sten fragte: „Hat man eigentlich herausgefunden, welcher Bestandteil des Auspuffnebels in erster Linie als krebserregend angesehen werden kann?"

Rolande: „Herr Erek sagte es bereits: Benzpyren."

„Sehr richtig", bestätigte Erek, „3,4-Benzpyren, ein Ringkohlenwasserstoff. Er ist im Teer ebenso enthalten wie in den Treibmitteln der Stinkwagen. Bei Mäusen und Ratten hat man durch Einspritzungen oder Bepinseln der Haut mit Benzpyren einwandfrei Krebs erzeugt."

„Was für Ratten und Mäuse gilt, braucht nicht für den Menschen zu gelten!" wandte Alfred ein.

„Mäuse und Ratten sind in mancherlei Hinsicht widerstandsfähiger als der Mensch. Was für sie schädlich ist, kann für den Menschen verheerend sein."

„In den Auspuffgasen kommt dieser Stoff aber in nicht so hoher Konzentration vor", wandte Rolande ein.

„Nein", antwortete Erek. „Immerhin ist Benzpyren in den letzten Jahren zu einem Bestandteil der Großstadtluft geworden. Genaue Messungen in Los Angeles und London ergaben, daß der Mensch in diesen Städten im Laufe von dreißig Jahren 75 Tausendstel Gramm Benzpyren einatmet. Diese Menge reicht aus für die Entstehung von Krebs."

„Meines Wissens kommt es nur in den Abgasen von Dieselmotoren vor, wie?" fragte Bob.

„Vor allem dort. Ein Dieselmotor kann in einer Stunde zwei Milligramm Benzpyren abgeben."

„Haben sich daraus schon statistisch erfaßbare Schäden ergeben?" fragte Alfred.

„Nein", beschied Erek. „Es mag daran liegen, daß Dieselmotoren erst seit etwa zehn Jahren in größerem Umfang verwendet werden."

„Nur immer Geduld, meine Freunde!" rief der Teufel aus. „Abwarten, wie es in zehn, in zwanzig, in fünfzig Jahren aussieht!"

Erek verneigte sich zustimmend gegen seinen Herrn und Meister. „Die Inkubationszeit für Krebs infolge Luftvergiftung dauert viele Jahre. Im übrigen ist man uns vor kurzem in ausgezeichneter Weise zu Hilfe gekommen. Ich verlese ein Bulletin der Bonner Bundesregierung aus dem Jahre 1957: ‚Eine eingehende Analyse der Abgase von Dieselmotoren hat ergeben, daß die darin auftretende Menge von Ringkohlenwasserstoffen nicht als krebsfördernd angesehen werden kann. Die bisher vorliegenden Versuchsergebnisse haben keinen Gehalt an schädlichem 3,4-Benzpyren oberhalb der Nachweisgrenze ausgewiesen, das heißt, in 500 Litern Abgas war weniger als ein Millionstel Gramm vorhanden.' "

Der Teufel lachte. „Wer hat die Untersuchung angestellt?"

Erek grinste. „Die von mir beauftragten Stinkfachmänner im Ruhrkohlensyndikat."

„In Ordnung. Die Steigerung der Bronchialkrebsfälle geht allerdings auch zu einem wesentlichen Teil auf das Rauchen zurück..."

„Ich bin meinem großen Kollegen Tox vom Dezernat ‚Vergiftung des Lebens' sehr verbunden!"

„Sie werden seinen Bericht noch hören", sagte der Teufel.

„Mit allen Inhalationsschäden zusammen hoffen wir, bis 1990 einen Anstieg des Bronchialkarzinoms auf das Sechsfache von heute erzielen zu können. Das bedeutet, daß dann mehr Menschen an Lungenkrebs sterben werden als heute an allen Krebsarten zusammen. Auf alle Fälle bin ich bemüht, die Dieselstinkwagen unter dem schlagenden Argument der höheren Wirtschaftlichkeit zu vermehren."

„Benzingase sind also weniger gefährlich...?" meinte Sten.

Erek wandte sich ihm zu. „Wie man es nimmt, mein Herr! Benzin enthält fast immer einen Zusatz von Tetra-Ethyl-Blei. Jedes Auto gibt unentwegt giftige Bleiverbindungen an die Atemluft ab. Der Bleigehalt im Straßenstaub von New York hat in den letzten Jahren um 150 % zugenommen. Aber der Auspuffnebel enthält außerdem noch Nitrogase, Formalindämpfe und Schwefeldioxyd."

„Welche gesundheitlichen Schäden haben Sie damit — außer dem Lungenkrebs — erzielen können?" fragte der Boß.

Erek richtete sich auf. „Sehstörungen, Schwindelanfälle, plötzliche Bewußtseinsstörungen, Gedächtnislücken, aber auch Allergien und Hautkrankheiten. Die Großstadtluft enthält über fünfzig verschiedene chemische Verbindungen. Von keinem einzigen dieser Stoffe wissen die Menschen mit Sicherheit zu sagen, welche Folgen eine jahrzehntelange Einwirkung auf den menschlichen Körper und auf andere Lebewesen haben wird."

„Sind Sie fertig?"

„Nein."

„Was noch?"

„Die Abgase der Stinkwagen sind schwerer als die Luft. In den verkehrsreichen Straßenschluchten sind daher die Kleinen mehr gefährdet als die Großen, die Kinder mehr als die Erwachsenen."

„Sie langweilen mich, Erek! Das alles haben Sie mir schon vor zwölf Jahren erzählt. Und ich erinnere mich sogar, Ihnen damals einen Auftrag erteilt zu haben. Sie haben ihn notiert und natürlich vergessen!"

„Sie meinen —"

„Ich meine die Kinderwagen."

„Er wurde nicht vergessen, Boß! Tun Sie einen Blick in welches Kinderwagengeschäft Sie wollen! Sie werden überall meine neuen, niedrigen Typen mit den kleinen Rädern vorfinden. Auf ihnen durchfährt das Kleinkind die tiefsten, also dichtesten Giftschwaden, die auf dem Boden liegen. Ich versehe meine Modelle mit Stromlinie, blitzendem Lack, Chrom und Plastik und allem Firlefanz, der den Dummen imponiert, und ich gebe ihnen bestechende Namen: Torpedo, Mondrakete, Stratocruiser... Für die niedrige Bauart präsentiere ich eine ganze Reihe von Vorteilen: Schwerpunkt nahe am Boden, Wagen kann nicht umkippen, Kind kann nicht herausfallen, und wenn schon, na, dann fällt es nicht tief!" Der Gasteufel lachte.

„Gut, Erek! Genau so habe ich mir das vorgestellt. Man muß den Dingen nur einen klingenden Namen geben und sie als das Neueste, Modernste und Eleganteste anpreisen, dann werden sie gekauft, auch wenn der Teufel dahintersteckt. Was treiben unsere Gegner?"

„Sie sind rührig, aber erfolglos. In Hamburg sind zum ersten Male Mittel zur Erforschung der industriellen Geruchsbelästigung bereitgestellt worden."

„Wieviel?"

„61 000 DM."

„Lächerlich! Was weiter?"

„Die Automobile Manufacturers Association in Detroit hat 2,5 Millionen Dollars für Forschungsarbeiten zur Verfügung gestellt. Aber vorläufig wissen sie keinen anderen Rat als die Anlage von luftreinigenden Wald- und Wiesenzonen in den Städten und um die Städte."

„Aussichtsloses Beginnen! Die Baumgürtel der Städte werden immer mehr verbaut. Und Baugründe in Wälder oder Parks umzuwandeln — es glaubt doch niemand, daß unsere wackeren Grundstücksspekulanten für ein so schlechtes Geschäft zu haben sein werden!"

Erek: „Außerdem sind fast alle Versuche der Industrie, durch Schutzpflanzungen die Abgase zu filtern, fehlgeschlagen. Über den Grünzonen steht die gleiche Dunstglocke wie über Fabriken und Wohnvierteln. Eine größere Gefahr für meine Arbeit ist vor kurzem in Frankreich aufgetaucht."

„Welche?"

„Darf ich den Bildschirm einschalten?"

„Tun Sie das! Was zeigen Sie uns?"

„Professor Cardan hält einen Vortrag in der Académie Française über die Luftvergiftung. Hören Sie!"

Der große Saal im Palais Luxembourg in Paris war bis auf den letzten Platz gefüllt. Gespannt horchte die Menge, was der berühmte Gelehrte ihr zu sagen hatte. Sein Vortrag ging dem Ende zu.

„Mesdames, Messieurs, mit meinen Ausführungen glaube ich, überzeugend dargestellt zu haben, daß die Verseuchung unserer Atemluft einen Grad erreicht hat, der uns berechtigt, von einer Gefahr schwerer chronischer Vergiftung zu sprechen. Es scheint indes auf der ganzen Welt Kräfte zu geben, die bestrebt sind, diese Erkenntnis zu unterdrücken, weil sie ihren Geschäftsinteressen zuwiderläuft. Lassen Sie sich nicht irreführen! Ich lade Sie, meine Damen und Herren, hiermit höflich und dringend ein, sich meinem Konsortium anzuschließen, das ich als ‚Internationale Liga zur Bekämpfung der Luftpest' ins Leben gerufen habe. Und ich bitte Sie, mit allen Mitteln den Vorschlag unterstützen zu wollen, den ich Ihnen hiermit unterbreite: Die Regierung möge einen hoch dotierten Forschungsauftrag an Wissenschafter aller Sparten erteilen, um die Gefahren der Luftvergiftung genau zu untersuchen und Gegenmittel zu entwickeln."

Die Masse der Zuhörer erhob die Hände zu stürmischem Applaus.

Sten war begeistert. „Sehen Sie! Es gibt doch noch Tapfere, die es wagen, den Teufel bei den Hörnern zu packen!"

Der Satan lachte. Wegwerfend meinte er: „Äh! Auch einer jener Narren, die sich einbilden, das Rad der Entwicklung anhalten zu können. Wie steht die Öffentlichkeit zu dem Vorhaben?"

„Uninteressiert."

„Gut. Sorgen Sie dafür, daß es so bleibt! Unsere Verbindungsmänner in den Ministerien sind zu informieren! Kein Franc aus öffentlichen Geldern für Cardan, verstanden?"

„Ist vorgemerkt."

„Und kein Wort in die Presse über die Gefahren der Luftvergiftung."

„Ist veranlaßt, soweit unsere Beziehungen reichen. Ich darf aber darauf aufmerksam machen, daß uns noch nicht alle Redaktionen hörig sind."

„Für diesen Fall beschaffen Sie sogleich das Gutachten eines prominenten Gelehrten, sagen wir Professor Dr. Skeltons, der im vorigen Jahr durch meine Vermittlung den Großen Preis erhielt. Das ist unser Mann. Geld spielt keine Rolle. Er soll bestätigen, daß es Gas-, Staub- und Rauchschäden nicht gibt, daß die Luftvergiftung ein Hirngespinst verblödeter Fortschrittsfeinde und Cardan ein Idiot ist, daß die angeblich beobachteten Gesundheitsstörungen eingebildet sind oder andere Ursachen haben. Sorgen Sie dafür, daß dieses Gutachten groß aufgemacht durch die gesamte Weltpresse geht!"

„Ich habe notiert, Boß."

„Teuflisch ist das, wahrhaft teuflisch!" empörte sich Sten.

Der Satan wandte ihm langsam den dicken Kopf zu. Er war nicht unfreundlich. „Dank für die Anerkennung!" sagte er. „Sie haben das rechte Wort gefunden. Bei uns klappt der Laden, Herr Stolpe! Was noch, Erek?"

„Nichts mehr, Boß."

„Ich bin mit Ihren Erfolgen nicht ganz zufrieden. Werden Sie nicht müde! Vervielfachen Sie Ihre Bemühungen, und seien Sie auf der Hut! In fünf Jahren will ich Ihren nächsten Bericht haben."

Erek verbeugte sich und ging.

„Nun, was sagen Sie, meine lieben Gäste?"

Rolande und Sten sahen einander bestürzt und ratlos an. Alfred versuchte, den Teufel anzublicken, und nahm Anlauf, etwas zu sagen. Aber er kam nicht dazu. Verwirrt sah er zu Boden. Der Satan lachte in sich hinein.

„Ich sehe, Sie sind beeindruckt. Es ist mir recht. Dabei ist das, was Sie bis jetzt hörten, nur ein winzig kleiner Ausschnitt aus meinem Gesamtprogramm. Ich werde eine Reihe weiterer Dezernenten vor Ihnen referieren lassen, damit Sie Einsichten und Überblick gewinnen. Sie werden dann von selbst erkennen, daß meine Weltherrschaft total und unangreifbar ist, und daß es für vernünftig denkende Menschen keine andere Möglichkeit gibt, denn als meine Freunde und Mitarbeiter auf der Welt ein Leben in Ansehen, Reichtum und Freuden zu führen."

IV

DER STICH IN DIE SCHLAGADER

Das grüne Licht leuchtete auf. Der Teufel horchte stumm in die Sprechanlage.

„Eiw kommt", sagte er dann, „ein tüchtiger Mitarbeiter, Sie werden sehen!"

„Wie heißt sein Dezernat?"

„Durst und Dürre."

Ein junger Mann von mittlerer Größe trat ein. Er würdigte die Besucher keines Blickes. Ohne Umschweife begann er seinen Bericht: „In der Rangordnung der Lebensvoraussetzungen steht das Wasser an erster Stelle."

„Er ist eingebildet wie alle!" brummte der Teufel.

„Wasser ist ein besonderer Saft. Wer es zerstört, vernichtet das Leben. Es ist kein Rohstoff, sondern etwas Lebendiges. Kohle,

Eisen und Öl werden eines Tages vielleicht durch andere Stoffe und Energien ersetzt werden können. Das Wasser bleibt unersetzlich und unvermehrbar. Jedes Gewässer ist ein Glied der atmenden Natur, und jede Wassersünde greift in ihren Folgen stets auf das ganze Land über.

Wasser ist Organismus. Es hat einen Stoffumsatz, es zeigt Bewegung. Um sich entfalten zu können, braucht es ein natürliches Gefäß: die ursprüngliche Landschaft. Die Beschaffenheit der Ufer und des Untergrundes, die unmittelbare Umgebung, der natürliche Pflanzenbewuchs sind für die Erhaltung des Wassers wie des Lebens von gleicher Wichtigkeit. Das fließende Wasser ist die schöpferische Kraft der Täler. Es muß Bewegungsfreiheit haben, es muß sich regen, schlängeln und winden, weiten und verengen können, wie es seiner naturgesetzlichen Dynamik entspricht.

Der Wasserkreislauf der Erde ist ein Vorgang wie der Umlauf des Blutes im Körper. Jeder gesunde Kreislauf ist an einen bestimmten, unveränderlichen Rhythmus gebunden. Der Rhythmus des Wasserumlaufes ist ruhig. Es liegt in der sinnvollen Absicht der Natur, den Weg des Regentropfens vom Fall zum Meer so sehr wie möglich zu verlängern, das heißt, die Umlaufgeschwindigkeit des Wassers zu verzögern.

Sie bremst seinen Abfluß durch das Blätterdach der Bäume, durch das Wurzelwerk der Wälder und Prärien. Sie schafft Speicherräume im Moos, im lockeren Humus, in den Sümpfen und Mooren, die in der Schneeschmelze und bei Dauerregen die Überschüsse aufsaugen. Die natürlichen Rinnsale durchziehen das Land in zahllosen Schlingen und Windungen, damit der Abfluß verzögert wird und der Landschaft das kostbare Wasser möglichst lange erhalten bleibt. Die Seichtheit und Langsamkeit der natürlichen Gewässer sichert die Grundwasservorräte und die Verdunstung. Ohne diese beiden gibt es keine Fruchtbarkeit und damit keine menschliche Existenz.

Wenn es mir auf meinem Arbeitsgebiet gelingen sollte, die Existenz des Menschen zu untergraben, so ging es vor allem darum, die Überheblichkeit und Selbstherrlichkeit des Menschen zu steigern. Damit war die Voraussetzung für alles übrige geschaffen: Er verlor die Achtung vor dem Wasser als Lebenselement und begann, es als toten, je nach der Sachlage notwendigen oder überflüssigen Rohstoff zu betrachten. Ich gab ihm ein, die Beschaffenheit der Ufer und des Untergrundes zu verändern, dem Wasser die natürliche Bewegungsfreiheit zu nehmen und den durch Jahrmillionen erprobten und bewährten Umlaufrhythmus zu stören.

Wenn der Blutkreislauf beschleunigt wird, erkrankt der Organismus. Wird der Wasserumlauf beschleunigt, so erkrankt die Landschaft. Kranke Landschaft erzeugt krankes Leben —"

„Das ist das Ziel, das mir vorschwebt!" unterbrach der Teufel. Er war zufrieden.

„Wenn ich von Erfolgen spreche, so darf ich das Verdienst dafür nicht für mich allein in Anspruch nehmen. Meine Kollegen von den Dezernaten für Waldvernichtung, für Bodenzerstörung und für Vergiftung des Wassers, die Karst-, Wüsten- und Jaucheteufel, haben an diesen Ergebnissen hervorragenden Anteil."

„Es hängt alles mit allem zusammen. Zur Sache!"

„Wenn dem Wasser seine Ruhe genommen wird, so rächt es sich. Wenn man ihm seine Gesetze stört, wird es zum zerstörenden Element. Wir begannen mit der Vernichtung der Wälder. Der Augenblickserfolg: von den kahl gewordenen Hügeln und Bergen fließen die Regen- und Schmelzwasser wild und ungehemmt zu Tal; der Späterfolg: die Quellen verschwinden. In Südafrika und USA versiegten nach umfangreichen Abholzungen in weiten Gebieten Quellen und Brunnen, so daß die Landwirtschaft schwere Einbußen erlitt und ganze Siedlungen wegen Wassermangels aufgelassen werden mußten.

Die zweite Maßnahme war die Entwässerung der Sümpfe und Moore. Torfmoos vermag das 34fache seines Gewichtes an Wasser aufzunehmen. Moore und Sümpfe sind die natürlich eingebaute Katastrophensicherung. Ich und meine Beauftragten propagieren daher nach Kräften die Trockenlegungen. Wir sprechen von ,Meliorierung', also Verbesserung, obwohl wir genau wissen, daß die Lebensverhältnisse dadurch verschlechtert werden. Wir preisen die Fruchtbarkeit des entwässerten Moorbodens, der in Wahrheit nur einen geringen landwirtschaftlichen Wert besitzt. Die an Moore angrenzenden Gebiete bringen infolge erhöhter Luftfeuchtigkeit und Niederschläge höhere Ernten. Durch die Kultivierung der Moore werden nicht nur sie selbst wertgemindert, sondern auch die angrenzenden Gebiete. Dennoch gebe ich die Trockenlegungen als beachtlichen Fortschritt aus. Den aus den entwaldeten Gebieten kommenden Fluten gesellen sich nun jene Wassermengen zu, die in den entwässerten Mooren und Sümpfen keine Speicherungsmöglichkeit mehr finden, und bei stärkeren Niederschlägen können die Bäche und Flüsse den plötzlichen Überschuß nicht schnell genug ableiten. Geröll und abgeschwemmte Erde verstopfen die alten Betten, das Wasser tritt aus und verwüstet das Land. Die Gerinne müssen also reguliert, das heißt begradigt, in hohe Dämme eingezwängt und eingemauert werden. Die Arterienverkalkung und damit das langsame Sterben der Landschaft hat begonnen."

Das Mädchen meldete sich. Mit einer stummen Geste erteilte der Teufel ihm das Wort.

"Das sind lauter bekannte und selbstverständliche, meiner Ansicht nach unvermeidliche Dinge", sagte es. "Der Mensch braucht das Holz, er braucht den Ackerboden, wenn er leben will..."

Eiw wandte sich fragend seinem Herrn und Meister zu. "Ist über die Ernährung und die Parasitennatur des Menschen schon gesprochen worden?"

Brummend schüttelte der Boß den dicken Kopf.

"Sie müssen erst diese Referate hören", erklärte Eiw den Gästen, "um richtig urteilen zu können!"

Alfred schaltete sich ein: „Die ersten Regulierungen sind schon vor langer Zeit geschehen . . ."

Eiw: „Vor 140 Jahren etwa."

Alfred: „Und dennoch sind die Schäden nicht ins Auge fallend."

„Was die Zeiträume anbelangt, so haben wir verschiedene Begriffe. 140 Jahre mögen Ihnen lang erscheinen. Für uns und für das Naturgeschehen ist das nur ein Augenblick.

Von 1815 bis 1874 wurde der Rhein zwischen Basel und Mainz nach den Plänen des Wasserbaumeisters Tulla reguliert, der Flußlauf um rund 100 Kilometer verkürzt, die Strömungsgeschwindigkeit um 30 % beschleunigt. Die verheerenden Hochwässer hörten auf, und die Rheinstädte hatten es eilig, ihrem Retter und Wohltäter Denkmäler zu setzen. Über Tullas Tod hinaus wirkten seine Ideen und Erfahrungen befruchtend auf den Wasserbau aller Erdteile . . ."

Der Boß schien gelangweilt. „War nun dieser Tulla unser Mann oder nicht?"

Der Dezernent lächelte undurchsichtig. „Ich bitte um Geduld. Seit der Rheinkorrektion sinkt der Rheinspiegel jährlich um 4 Zentimeter. Das Hochwasser tritt nicht mehr über die Ufer, gut. Aber dafür gibt es bald überhaupt kein Wasser mehr, und im Sommer bleiben die Schiffe stecken! Der Grundwasserstand hat sich bei Basel um drei Meter gesenkt, bei Neuenburg um vier Meter noch in einer Entfernung von drei Kilometern vom Strom; an anderen Orten um acht Meter, um fünfzehn Meter, ja sogar um vierundzwanzig Meter!

Was sind die Folgen? In Südbaden zeigen heute 10 000 Hektar Land alle Merkmale der Versteppung. Im Elsaß sind 80 000 Hektar Kulturland durch die Grundwasserabsenkung geschädigt. Die landwirtschaftlichen Erträge sind um drei Viertel zurückgegangen. In einem neuen Bericht des badischen Landwirtschaftsministeriums wurden für ein kleines Teilgebiet die durch die Rheinregulierung verursachten Schäden genau berechnet: in der Landwirtschaft in den letzten fünfzehn Jahren 47 Millionen DM, seit der Rheinkorrektion 258 Millionen DM; in der Forstwirtschaft 45 Millionen DM, in der Fischerei 15 Millionen DM, macht zusammen 318 Millionen DM nur für einen Teil von Südbaden. Im Elsaß, in der Pfalz und in Hessen liegen die Dinge ähnlich. Die verhängnisvolle Tat des Pioniers Tulla kommt dem Land teuer zu stehen! Das ist noch nicht alles. Das Grundwasser wird weiter absinken, das einst fruchtbare, blühende Land wird verdursten und versteppen, und die Bauern werden ihr Bündel schnüren und ihre Dörfer verlassen müssen, weil ein angeblich genialer Wasserbauingenieur ihnen die Lebensader abgeschnitten hat.

Der Chefarzt einer Irrenanstalt pflegte einen eigenartigen Test zu machen: er führte den Patienten in ein Zimmer, wo eine mit Wasser randvoll angefüllte Badewanne stand. Dann drehte er alle Hähne auf, gab dem Kranken einen Eimer in die Hand und befahl ihm, die Wanne auszuschöpfen. Je nachdem, ob nun der Patient vor Beginn seiner Tätigkeit die Wasserhähne zudrehte oder nicht — oder nach dem Zeitraum, den er brauchte, um die Notwendigkeit des Zudrehens zu erkennen und die Erkenntnis in die Tat umzusetzen — beurteilte der Arzt Wesen und Grad seines Irreseins."

Der Teufel: „Was soll der Schwefel?"

Eiw: „Er soll bedeuten, daß es als ein Merkmal des Wahnsinns gelten darf, wenn die Wirkung an Stelle der Ursache bekämpft wird."

„Ich entziehe Ihnen das Wort, wenn Sie nicht aufhören, mich mit Ihren Plattheiten zu langweilen, Eiw! Daß die Menschheit dem Wahnsinn verfallen ist, wissen wir. Wir haben mit vereinten teuflischen Kräften alles getan, um sie dahin zu bringen und ihren Wahnsinn unentwegt zu steigern. Kommen Sie endlich zur Sache!"

„Würde in einem großen Industriewerk jemand sich unterfangen, alle elektrischen Sicherungen aus den Leitungen herauszunehmen, so würde man ihn für unfähig, böswillig oder verrückt erklären. Nicht so im Wasserbau. Hier lobt man sich die Leute, die

unentwegt daran sind, die von der Natur in die Landschaft einge-
bauten Sicherungen zu beseitigen. Man kommt sich klug vor und
ist bereit, jeden mit Empörung niederzuknüppeln, der es wagen
sollte, die Verantwortlichen anzuklagen.

Ich bin diesem Herrn Tulla zu sehr großem Dank verpflichtet.
Er gab das Signal, und nach seinen Prinzipien haben seither Tau-
sende von Wasserbaumeistern in aller Welt die Gewässer regu-
liert und damit die Wasserwirtschaft ganzer Kontinente gestört.
Kanalgleich und seelenlos öden die Wasserläufe dahin, mit Reiß-
schiene und Rechenschieber festgelegt, zwischen schnurgeraden
Betondämmen, des natürlichen Uferschutzes an Bäumen und
Sträuchern beraubt.

Ein Flußsystem ist eine Ganzheit von der Quelle bis zur Mün-
dung. Wird der Oberlauf korrigiert, so muß der Unterlauf reguliert werden und umgekehrt. Die von den Auwäldern abgeschnit-
tenen Wasser schießen in künstlichen Rinnen dahin. Statt
Monate und Jahre benötigt das Wasser jetzt nur wenige Stunden
und Tage, um vom Ursprung ins Meer zu gelangen.

Das Gute dabei ist, daß das Wasser nicht allein rinnt. Von den
kahlgelegten Waldflächen, von den Äckern trägt das eilig ver-
strömende Wasser Hekatomben von fruchtbarem Boden, an dem
die Fische ihre Freude haben, mit sich ins Meer. Die schöpferische
Ruhe des Wassers ist gestört, sein Rhythmus zerbrochen. Die
Schlange des Stromes ist in die Gerade gezwungen. Wenn aber
die Fluten kommen, schlägt sie um sich, weil es ihrer Natur
entspricht, sich zu winden, und zerbricht die lächerlichen Ufer-
bauten des Menschen. Überall schreien sie dann nach weiterer Regulierung und Erhöhung der Dämme, womit das Übel nur noch
gesteigert wird. Hier habe ich ein Faß ohne Boden etabliert, in
das Millionen und aber Millionen Geldes hineingeschüttet werden
müssen, ohne daß dadurch die Katastrophe abzuwenden wäre."

„Sie vergessen zu sagen", bemerkte Alfred bissig, „daß die Korrektur der Rinnsale einen entscheidenden und kostensparenden
Vorteil mit sich bringt: durch die Beseitigung der zahllosen über-

flüssigen Krümmungen, durch die Verengung der Flußbetten und die Steigerung der Strömungsgeschwindigkeit wird der Fluß daran gehindert, Sand- und Schotterbänke aufzuwerfen. Die Fahrrinnen brauchen nicht mehr im früheren Umfang ausgebaggert zu werden, und die Schiffe können gefahrlos, wenn stromauf auch etwas langsamer, fahren."

Rolande fragte: „Wo bleiben aber nun die Schottermassen? Irgendwohin müssen sie doch schließlich?"

„Gewiß", sagte Eiw. „Der Strom schiebt sie auf seinem Grund vor sich her. Die Flußsohle ist immer in Bewegung. Im Unterlauf freilich und in den Mündungsgebieten, wo die Strömung langsamer wird, bleiben die Schottermassen liegen. Am Oberlauf gewinnt man ein weniges infolge Freihaltung der Fahrrinne. Der Unterlauf und die Seehäfen versanden. Sie schiffbar zu erhalten, kostet viel mehr Geld.

Der Po fließt bei Ferrara schon elf Meter über dem alten Niveau. Die Dämme müssen ständig erhöht und verstärkt werden. Bei Legnago haben die Dämme der Etsch schon die Höhe von dreizehn Metern erreicht. Der Flußboden liegt höher als die Dächer der Häuser. Und immer noch trachten die Wasserbauer, wo immer es geht, die Flußbetten zu verengen, die Schlingen zu durchstechen, die Krümmungen mit Buhnen zu verbauen, um die Strömungsgeschwindigkeit und die Erosion weiter zu steigern. Oh, sage mir keiner etwas gegen die Wasserbauer!"

Rolande widersprach: „Die Fachleute müßten nun doch aber erkennen, was für verhängnisvolle Wirkungen diese Maßnahmen zeitigen ..."

Eiw lachte. „In den Wasserbauämtern sitzen keine im biologischen Denken verankerten Fachleute, sondern Techniker, verstehen Sie? Sie werden nicht müde, mit dem Wasser weiter und immerfort gefährliche Experimente zu machen. Unsere Verbindungsmänner sind beauftragt, jede Änderung der Praktiken zu unterbinden."

„Gut", nickte der Teufel.

„Jeder, der in die natürlichen Gewässer eingreift, muß die Dynamik des fließenden Wassers kennen und achten, sonst schafft er Unheil. Das Wasser läßt sich nicht versklaven."

„Wir sorgen dafür, daß der Mensch nichts hinzulernt", bemerkte der Teufel, „und jeder Staat, jeder Erdteil legt den größten Wert darauf, seine üblen Erfahrungen selber zu machen, ohne daß sie dadurch zur besseren Einsicht bekehrt würden. Die Kettenreaktion des Unheils hindert ihn, die ersten, die anfänglichen Fehler wiedergutzumachen."

Eiw: „Gewiß, Boß, wir dürfen unbesorgt sein, was unsere Wasserbauer anbelangt. Und wenn die Welt unterginge: sie begradigen, kanalisieren und meliorieren weiter! Ein Beispiel für viele: Der Hochwasserschäden-Etat in Rheinland-Pfalz wurde 1957 um eine halbe Million DM erhöht. Gleichzeitig wurde ein Betrag in derselben Höhe für Arbeiten im Landkreis Kirchberg freigegeben, die beim nächsten Hochwasser zu einer weiteren Steigerung der Schäden führen müssen: Drainage, Begradigung, Vertiefung und Steinfassung an Bächen und Flüssen, um die Fließgeschwindigkeit zu erhöhen."

„Ich glaube", begann Sten Stolpe, „von einer Wende im Wasserbau gelesen zu haben, wobei nach ganz neuen Erkenntnissen das Urbild der Gewässer wiederhergestellt, die Versteinung und übersteigerte Begradigung vermieden und die Ufer grün verbaut werden sollen . . ."

Eiw nickte: „Ich weiß davon. Einige meiner Widersacher haben entdeckt, daß die Wurzeln von Bäumen und Sträuchern die beste und billigste Uferbefestigung sind. Sie ergänzen sich immer wieder von selbst. Aber wir fördern Neuerungen nur, wo sie dem Untergang dienen. In diesem Falle habe ich rechtzeitig einen dicken Riegel vorgeschoben. Die Verfechter der Grünverbauung werden als gefährliche Narren abgelehnt, verspottet und lächerlich gemacht. Sie können uns nicht schaden!"

Rolande schüttelte resigniert den Kopf. Wie zu sich selbst sprach sie: „Niederträchtig!"

Sten hob die Hand, und der Boß erteilte ihm das Wort. „Das würde Ihnen passen, wenn die Menschheit sich von Ihnen und Ihren Beauftragten willenlos abwürgen ließe! Dazu ist sie aber keineswegs bereit, meine Herren! In fast allen Ländern der Erde gibt es schon Gesellschaften, Vereine, Organisationen und Behörden, die die Fahne des Naturschutzes erhoben haben gegen die finsteren Mächte der Unwissenheit, der Gedankenlosigkeit und der kurzsichtigen Gewinnsucht!"

Eiw winkte gelangweilt ab. „Ein Häuflein lächerlicher Phantasten, die von der Geschäftstüchtigkeit immer wieder überrollt werden. Und wie viele solcher Vereinchen es geben mag: sie arbeiten nebeneinander, anstatt gemeinsam, sie werkeln ein jeder für sich, ja sie streiten untereinander gegenüber der geschlossenen und entschlossenen Front der Zerstörungskräfte. Ich kann dazu nur lachen!"

Sten ließ sich nicht beirren. „Lachen Sie ruhig! So unbedeutend und erfolglos, wie Sie glauben machen wollen, sind die Naturschützer gar nicht! Die Vereinigten Staaten von Amerika bemühen sich verzweifelt, die Sünden der Vergangenheit wiedergutzumachen!"

„Sie sind nicht mehr gutzumachen!"

„Durch Anlage von Tausenden von Teichen, künstlichen Mooren und Sümpfen versucht man, den Grundwasserstand zu heben und unfruchtbar gewordenes Gelände wieder fruchtbar zu machen. In der Sowjetunion geht eine großräumige, über Millionen Hektar sich erstreckende Planung der Verwirklichung entgegen, um auf gleiche Weise die Fruchtbarkeit des Landes zu retten und zu steigern!"

„Versuche, die ebenso kostspielig wie verzweifelt und vergeblich sind!"

„Abwarten, Herr Eiw! In abgelegene Quellgebiete Canadas wirft man mit Fallschirmen Biberpärchen ab, die sich vermehren und durch ihre Dammbauten den Wasserabfluß verzögern sollen, damit das Kulturland vor Überschwemmungen bewahrt bleibe."

„Ich finde das großartig!" begeisterte sich das Mädchen.

Eiw blieb ungerührt. "Mit solchen Mätzchen werde ich mir mein weltweites Dürreprogramm nicht durchkreuzen lassen! In meinem Auftrag und unter meiner Anleitung haben die Wasserbauer der Welt mit großem Aufwand an öffentlichen Mitteln alles getan, um das Lebenselement Wasser so schnell wie möglich außer Landes zu schaffen. Damit sind nicht nur der Zusammenbruch der Wasserwirtschaft, sondern auch die Verwüstung und Versteppung der Kulturlandschaften — was gleichbedeutend ist mit dem Erlöschen der Menschheit — bestens eingeleitet. Und schon macht sich auf allen Gebieten des Lebens der Wassermangel bemerkbar. Der Dürreherbst 1953 hat in vielen Gebieten zu ausgezeichneten Ergebnissen geführt: in ganz Europa herrschte Wassermangel. Vierhundert Gemeinden in Niedersachsen litten an Trinkwassernot. Die Küstengebiete Oldenburgs, die Lüneburger Heide und Süd-Hannover dursteten. Die Wasservorräte der großen Harztalsperren galten als letzte Trinkwasserreserven Norddeutschlands. In einzelnen Gemeinden Frieslands mußte das Wasser bis zu 30 Kilometern weit herangeschafft werden. Es kostete infolgedessen so viel wie Magermilch. Wassermangel gab es auch im oberösterreichischen Mühlviertel und im Lande Salzburg. Die Wiener Randgemeinden waren in kritischer Lage. Die Donauschiffahrt lag still. Die Stromversorgung konnte trotz der vielen großen Wasserspeicher nur mit Hilfe der Dampfkraftwerke aufrecht erhalten werden. 1957 wiederholte sich das Spiel."

„Wackere Wasserbauer!" grunzte der Teufel.

„Schon in den Dreißigerjahren dieses Jahrhunderts waren die großen Ebenen der USA von der Dürre heimgesucht worden. Der Süd- und Mittelwesten, der früher ob seiner Fruchtbarkeit berühmt war, kämpft seit fünf Jahren gegen die Dürre. Für die 2 000 Bewohner von Williamstown, Arizona, müssen aus dem 60 Kilometer entfernten Chinotal täglich 500 hl Wasser mit der Bahn herangeschafft werden. Am stärksten sind die Viehzüchter betroffen. Mehrere der riesigen Herden mußten aufgelöst werden. Es setzte eine Massenflucht der Farmer ein. Nur unter großen Anstrengungen und mit staatlicher Hilfe konnte das Land für die Agrarproduktion zurückgewonnen werden. Man baute Bewässerungsanlagen für 45 Millionen Dollar, aber sie reichen nicht aus. Die nächsten Dürrejahre werden die von langer Hand vorbereitete Katastrophe endlich herbeiführen."

„Keine Vorschußlorbeeren, Eiw!" warf der Teufel ein.

„Das mag für einzelne begrenzte Gebiete vorübergehend Geltung haben. Ich kann aber nicht an eine Weltkatastrophe infolge Wassermangels glauben." Alfred sagte es. „Sieben Zehntel der Erdoberfläche bestehen aus Wasser. Es ist nicht nur Fläche, sondern Raum. Meines Erachtens kann es überhaupt nicht erschöpft werden . . ."

„Verbreiten Sie diese Meinung immerhin, Herr Groot!" grinste der Dürreteufel. „Es wird die Menschen veranlassen, mit dem Wasser noch großzügiger umzugehen. Solange die Menschen kein wirtschaftliches Verfahren kennen, um aus Meerwasser in unbegrenzten Mengen Süßwasser zu machen, helfen euch die sieben Zehntel wenig."

„In USA haben wir bereits Fabriken, die aus Meerwasser Konsumwasser destillieren."

„Die Verfahren sind kompliziert, mangelhaft, zu teuer, und die Produktion reicht bei weitem nicht aus."

„Augenblick!" schaltete Sten sich ein. „Und dieser Wassermangel soll durch die Regulierung der Flüsse verursacht sein? Das verstehe ich nicht. Es ist doch noch das Grundwasser da . . ."

Eiw zwang sich zur Geduld. „Es ist eben nicht mehr da, Herr Stolpe! Die Flüsse und Ströme, die in früherer Zeit langsam und breit durch das Land flossen, konnten ihre Betten nicht tief in den Boden einsenken. Durch die Eindämmung aber sind die Flüsse in enge Betten eingezwängt, die sie nicht mehr verlassen können, und durch die Begradigungen sind die Wasserläufe verkürzt. Das Gefälle ist vergrößert und die Strömung um vieles stärker geworden. Der erhöhte Wasserdruck auf verengtem Raum und die gesteigerte Strömungsgeschwindigkeit vertiefen dauernd das Flußbett."

„Ich verstehe", nickte Bob. „Es ist so, als hätte man ein stumpfes Messer scharf gemacht, das in den Boden einschneidet."

„Sie haben es begriffen. Zwischen Ulm und Passau tieft die regulierte Donau sich jährlich um 1,5 cm ein."

„Nicht viel!"

„Es macht in zehn Jahren fünfzehn, in hundert Jahren 150 cm."

„Na, wenn schon!"

„Ihnen erscheint es wenig für einen so langen Zeitraum! Aber schon heute macht sich an vielen Stellen der Donauebene die beginnende Versteppung bemerkbar. Der Rhein senkt seine Sohle zwischen Duisburg und Arnheim jedes Jahr um 5 cm. Der Lech grub sich bei Lechhausen um 6 Meter ein. Die Wertach, ein Nebenfluß des Lech, wurde um 1900 reguliert. Heute fließt sie bei Schwabmünchen zehn Meter unter dem Gelände. Wenn nicht schon bei der Regulierung die Grundwasserströme angeschnitten werden, so geschieht das unfehlbar etwas später, sobald das Gerinne sich von selber eingetieft hat. Der schneller fließende Wasserstrom wirkt wie eine Pumpe auf das Grundwasser: er saugt das Land leer.

Die natürlichen Bäche und Flüsse im Urzustand flossen langsam. Der Grundwasserstrom floß noch viel langsamer. Allmählich durchsickerte er den Boden und brauchte lange Zeit, ehe er in einen Bach oder Fluß gelangte. Auf seinem Weg durch die Jahre erhielt er ein weites Gebiet fruchtbar. Nun aber ist das anders. Die entnervende Hast des Menschen hat sich dem stillen Element mitgeteilt."

„Ein beachtlicher Erfolg, Eiw!" lobte der Teufel.

Alfred hatte einen Einwand: „Gut. Das Wasser fließt schneller, aber es ist doch noch da! Der Mensch braucht es nur zu nutzen!"

Eiw zog eine verdrießliche Miene, da Alfreds Einwand ihn zu langatmigen Erläuterungen zwang. „Der Tiefenschurf der korrigierten Fließgewässer senkt das Grundwasser zu beiden Seiten kilometerweit und macht die durch Korrektion gewonnenen Flächen für die landwirtschaftliche Nutzung unbrauchbar. Ja, der Grundwasserschwund wirkt sich bis auf die Berghänge aus. Vor achtzig Jahren wurde die Donau bei Wien reguliert. Das Grundwasser sank um acht Meter. Die Senkung im Traungebiet beträgt sechs Meter. Nach dem Bau des neun Meter tiefen Nord-Ostsee-Kanals sank das Grundwasser noch in acht Kilometern Entfernung um zwanzig Meter. Es gibt nun Böden, die bei zu tief abgesunkenem Grundwasserspiegel und in trockenen Jahren keine guten Ernten mehr hervorzubringen vermögen. Die Wurzeln der Pflanzen können das Wasser nicht mehr erreichen."

„Ich dachte, daß die Pflanzen vom Regenwasser leben...", meinte Rolande.

Eiw wandte sich ihr zu, und die Verdrießlichkeit seines Ausdrucks milderte sich um einen Grad. „Die jährliche Niederschlagsmenge beträgt in Mitteleuropa durchschnittlich etwa 600 Millimeter. Auf ein Hektar fallen demnach rund 6000 Kubikmeter Wasser. Nur ein Drittel davon kommt dem Wachstum der Pflanzen zugute. Der Rest versickert, rinnt ab, verdunstet. Zu einer Vollernte sind aber rund 4 000 Kubikmeter Wasser je Hektar nötig. Das ergibt eine Fehlmenge von beinahe 50 %, die nur aus dem Grundwasser gedeckt werden könnte."

Bob: „Infolge der Kapillarwirkung kann auch ein sehr niedriger Grundwasserspiegel die Erde hinreichend durchfeuchten."

Eiw: „Wenn das Flußbett bis in den felsigen Untergrund vertieft ist, der das Wasser nicht mehr aufzusaugen vermag, kann es der angrenzenden Landschaft auch nicht mehr zugeleitet werden."

Alfred: „Dann muß man zur künstlichen Bewässerung greifen!"

Eiw: „Ausgezeichnet! Zu den Kosten der Flußregulierung kämen dann noch die Kosten der Bewässerungsanlagen. Und auch der künstlichen Bewässerung sind Grenzen gesetzt. In vielen Gegenden Kaliforniens wurde der Grundwasserspiegel durch die Pumpwerke zur Bewässerung der großen Obstplantagen schon bis zu 20 Metern unter den Meeresspiegel gesenkt. Infolgedessen dringt das Meerwasser alljährlich um 300 Meter weiter landeinwärts in die leergepumpten Grundwasserräume ein. Bis 1975 werden diese Brunnen nur noch Salzwasser fördern und damit unbrauchbar werden. Dann ist das Schicksal jener Obstplantagen besiegelt.

In allen Teilen der Welt schreitet die Verminderung des Grundwassers fort. Dabei werden 75 % des Trink- und Brauchwassers den Grundwasserbeständen entnommen! Der Wasserspiegel unter der Millionenstadt Baltimore USA ist von 1916 bis 1948 um 44 Meter gefallen. Im Falle einer größeren Brandkatastrophe gäbe es nicht genug Löschwasser mehr.

Das Trinkwasser New Yorks weist zunehmende Versalzung auf. Die Stadt bezieht den größten Teil ihres Wassers aus dem Grundwasservorrat von Long Island. Hier aber schwimmt das Süßwasser auf Salzwasser, das infolge der fortschreitenden Übernutzung immer mehr in die Leitungen eindringt. Der Versuch, durch künstlichen Dauerregen Abhilfe zu schaffen, schlug fehl.

Die städtische Bauweise stört den natürlichen Wasserkreislauf. Die Riesenflächen der Städte vermögen Wasser nicht nutzbringend aufzunehmen. Ein großer Teil des Regenwassers verdunstet sogleich wieder, der Rest geht in die Kanalisation ab. Es kann nicht versickern. Unter den Städten kann also eine Anreicherung des Grundwassers durch Niederschläge nicht mehr erfolgen. Das städtische Grundwasser ist zudem ständig der Gefahr der Verseuchung ausgesetzt durch Einsickerung von Treibstoffen, durch das Absinken von Giften aus Müll- und Schutthalden oder Industriebetrieben.

In Schleswig-Holstein haben sich infolge Moorentwässerung und Waldverwüstung die Verhältnisse entscheidend verschlechtert. Durch die nach modernen Grundsätzen regulierten Gerinne fließen Regen- und Grundwasser auf schnellstem Wege zum Meer ab und überfluten Zehntausende von Hektaren Marschlandes. Infolge des mangelnden Grundwasserdruckes aber dringt das salzige Meerwasser in die Grundwasserhorizonte ein, so daß es manchenorts weder Trink- noch Brauchwasser mehr gibt. Nun, eine Gegend ohne Wasser wird zur Wüste!"

Der Teufel lachte. Der Techniker bat um das Wort. „Man geht jetzt allenthalben daran, in den Flüssen Stauwerke zu errichten, um elektrische Energie zu gewinnen. Die genial fortschreitende Technik wird demnach zwei Fliegen auf einen Schlag treffen."

„Künstliche Stauseen ersetzen niemals die natürlichen Wasserspeicher. Wenn der Stromspiegel übernormal gehoben wird, geschieht das gleiche mit dem Grundwasser. Dadurch können ebenso große Flächen unfruchtbar werden wie durch das allzu tiefe Absinken. Sie werden wohl nicht glauben, daß ein solcher Eingriff in den lebendigen Organismus einer Flußlandschaft ohne schwerwiegende Folgen bleiben wird?"

„Was soll man tun, wenn der Energiebedarf unausgesetzt ansteigt?"

„Die erfolgreiche Arbeit meines Kollegen vom Dezernat Lebensstandard! Haben Sie noch nichts von seinen sogenannten Elektro-Aktionen in den Städten gehört? Jedem Haushalt seinen elektrischen Herd, seinen Kühlschrank, seine Musikapparatur! Geringe Anzahlung, bequeme Monatsraten, Kredit bis zu drei Jahren! Die Stadtväter werfen sich stolz in die Brust ob ihrer Väterlichkeit. Das gute Geschäft indes — für das städtische E-Werk und für die Elektro- und die Kraftwerksindustrie, das als treibender Motor im Hintergrund steht —, bleibt außerhalb der öffentlichen Erörterungen.

Mit diesen Aktionen erreichen wir eine beträchtliche fortlaufende Steigerung des Strombedarfs. Eines Tages wird in den Zeitungen stehen, daß der Energiebedarf sich vervielfacht habe, daß die Stromquellen nicht mehr ausreichen, daß weitere Wasserreserven des Landes zur Stromerzeugung herangezogen, Flüsse aufgestaut, Seen angezapft und Wasserfälle abgedrosselt, immer weitere Teile der gesunden Landschaft überflutet, ausgetrocknet, geschändet und krank gemacht werden müssen. Und die Milliarden Kilowatt werden dem Land die Fruchtbarkeit und gesunde Unversehrtheit nicht wiedergeben können. O, Herr Ingenieur, die Entwicklung, die Sie meinen, und auf die Sie stolz zu sein scheinen, ist durch uns von langer Hand vorbereitet und gelenkt, seien Sie getrost! Einmal, wenn es zu spät ist, werden die Menschen vielleicht merken, daß der Teufel dahintersteckt!"

„Es ist gut, Eiw", sprach der Boß. „Machen Sie endlich weiter!"

Eiw: „In Bayern leben 2,25 Millionen Menschen ohne geregelte Wasserversorgung, das sind 25 % der Bevölkerung. In manchen Dörfern müssen die Lehrer den Kindern das tägliche Waschen verbieten, weil jeder Tropfen Wasser für die Ernährung von Mensch und Vieh gebraucht wird. Auf eine Anfrage im bayerischen Landtag wurde erklärt, daß dies auf die Entwaldung und die Vergewaltigung der Wasserläufe zurückzuführen sei."

Der Teufel: „Wir dürfen nicht dulden, daß solche Erkenntnisse um sich greifen!"

„Ohne Sorge, Boß! Freilich dämmert den Menschen jetzt schon hin und wieder, daß die Wasserbauingenieure das Blut der Landschaft vertan haben, anstatt es festzuhalten. Aber das Geschrei ist ohne Bedeutung. Zusammenfassend darf ich mit Stolz behaupten, daß es mir gelungen ist, die Lebensordnung der Welt auf dem Wassersektor von Grund auf zu stören. Die Versorgung ist an einem Tiefstand angelangt, der hoffen läßt, daß in Kürze nicht nur jede weitere Entwicklung, sondern auch die Aufrechterhaltung des gegenwätigen Standes der Industrie und das Leben des Menschen überhaupt unmöglich werden. Schon jetzt kommt man um die mehrmalige Verwendung desselben Wassers nicht mehr herum. Freilich kann diese Flüssigkeit nicht mehr als Wasser, sondern bestenfalls als chemisierte Brühe bezeichnet werden.

Die Wasserkalamität ist also unentwegt im Steigen. Ebenso steigt aber der Wasserbedarf der Menschheit in der ganzen Welt. Nehmen wir zuerst die Landwirtschaft! Durch die künstliche Fütterung von Acker und Pflanzen sowie Züchtung von anspruchsvollen Sorten hat der Mensch gelernt, das Letzte aus dem Boden herauszupeitschen. Der durchschnittliche Ertrag eines mitteleuropäischen Getreidefeldes hat sich in den letzten hundert Jahren von 8,5 auf 32 Doppelzentner je Hektar gesteigert. Die Mehrerzeugung an Feldfrüchten bedingt einen Mehrverbrauch an Wasser gegenüber früheren Zeiten. Zum Aufbau von einem Kilogramm Pflanzensubstanz ist die Aufnahme und Verdunstung von 1000 Litern Wasser nötig. Ein Kilogramm Weizensamen braucht zum Keimen 500 Liter Wasser. Auch die Milchproduktion ist durch zielbewußte Züchtung gesteigert worden. Vor 100 Jahren gab eine Kuh durchschnittlich 650 Liter Milch im Jahr, heute 4000 Liter. Zur Verarbeitung von 1000 Litern Milch in einer Molkerei wird ein ganzer Lastzug voll Wasser benötigt. Die Erzeugung von einem Kilogramm Brot verschluckt 70 Liter Wasser.

Angesichts der enormen Vermehrung der Menschheit ist also die Bedeutung des Wassers als Lebenselement größer geworden als je zuvor.

Der infolge der Flußregulierung eingeleitete Grundwasserschwund wird durch die Pumpwerke gesteigert. Am Rande des Rheintales bei Köln ist das Grundwasser seit 1930 um acht Meter abgesunken. Und die Ansprüche an den Grundwasservorrat wachsen täglich. Der Wasserverbrauch auf der ganzen Welt ist seit der Jahrhundertwende um das Achtzigfache, in manchen Gegenden der USA um das Hundertfache gestiegen. 1970 wird die Menschheit doppelt so viel Wasser benötigen wie heute. Da ich indes alles daransetzen werde, um das gegenwärtige Tempo der Waldvernichtung, Bodenverwüstung und Flußregulierung zu beschleunigen, wird dann nur noch halb soviel Wasser verfügbar sein wie heute."

„Optimist!" brummte der Boß.

„Wo früher ein paar Häuschen standen, stehen heute Dörfer. Aus Dörfern wurden Städte, aus Kleinstädten wurden Metropolen. Und ich habe dem Menschen die Wasserverschleuderung bequem gemacht. Wo früher jeder Trunk vom Fluß geholt werden mußte, kostet er heute nur den Griff nach dem Wasserhahn. Kein Mensch denkt daran, mit dem Wasser zu sparen. Im Gegenteil!

Die Fließwasserleitungen werden immer weiter ausgebaut. Unter dem Schlagwort der Hygiene fördere ich Badewannen und Spülaborte und erreiche damit nicht nur eine weltweite Vergeudung von Wasser und wertvollen Düngestoffen, sondern auch die Verpestung der Flüsse. Der Mensch könnte mit 20 bis 30 Litern Wasser am Tage leicht auskommen. In den Städten aber stieg die Kopfquote des Verbrauches auf 300 bis 400 Liter."

„Es lebe der Lebensstandard!"

„Der Wasserkonsum der USA steht bei 17 Milliarden Kubikmetern jährlich. In zehn Jahren wird er 30 Milliarden betragen. Aber er wird dann nicht mehr befriedigt werden können, weil es so viel Wasser nicht gibt.

In allen Großstädten und Industriezentren arbeitet die Wasserwirtschaft bereits mit Unterbilanz, das heißt: die Entnahmen aus dem Grundwasserbestand sind größer als die natürliche Ergänzung. Jeder Unternehmer hält es für ein selbstverständliches gutes Recht, auf seinem Werksgelände Tiefbrunnen bohren zu lassen und ihnen so viel Wasser zu entnehmen, wie sie nur hergeben, ohne Rücksicht auf die Folgen für die Umwelt. Unsere Experten und Fachwissenschafter unterstützen diese Entwicklung mit ausgezeichneten Begründungen und gut bezahlten Einzelgutachten."

„Immer noch fließen Tag und Nacht enorme Wassermassen ins Meer. Warum nutzt man sie nicht?" fragte Bob.

Eiw: „Die Industrie fördert ohnehin 35 % aus den Flüssen. Aber das Oberflächenwasser ist nicht für alle Industrien geeignet, vor allem: es ist nicht sauber genug."

Rolande schüttelte den Kopf. „Ich habe keine Vorstellung, wieso und wozu die Industrie so enorm viel Wasser braucht . . ."

Dienstbeflissen griff der Dürreteufel nach einer seiner Mappen, die auf dem Nebentisch lagen, suchte darin. „Bei der Erzeugung von einer Tonne Zement werden 3500 Liter Wasser verbraucht. Je eine Tonne Eisenerz erfordert 4500, Kohle 5000, Koks 17 000, Stahl 20 000, synthetisches Benzin 90 000, Papier 22 bis 380 000, Zellwolle 550 000, Kunstseide 750 000, gebleichte Zellulose 800 000 Liter Wasser. Die Herstellung von einem Liter Bier erfordert 35 Liter, die Erzeugung einer Tonne Kunstfaser 750 000 Liter Wasser. Die Weltproduktion an Kunstfaser beträgt derzeit 15 Millionen Tonnen jährlich. In der Textilmanufaktur werden 80 bis 600 000 Liter Wasser für eine Tonne Fertigware verbraucht. Genügt das?"

„Unglaublich!" flüsterte das Mädchen.

Eiw sprach weiter: „Dabei hat sich in den letzten 50 Jahren die Förderung der Steinkohle in Westdeutschland von 85 auf 154 Millionen Tonnen, die Roheisenerzeugung von 6 auf 16 Millionen Tonnen, die Schwefelsäureproduktion von 0,6 auf 2 Millionen Tonnen erhöht. Die deutsche Industrie benötigt zur Zeit 4800 Millionen Kubikmeter Wasser jährlich, das ist doppelt so viel wie die Haushalte. In manchen Gegenden verbrauchen die Fabriken, besonders Textil-, Papier- und Aluminiumindustrien, zehn- bis zwanzigmal mehr Wasser als alle Haushalte des Bezirkes zusammen. Von der Gesamtwassermenge beanspruchen die chemische Industrie einschließlich der Chemiefaser 26 %, Hochöfen, Stahl- und Warmwalzwerke 22 %, der Kohlenbergbau 13 %, die Papier- und Zellstoffindustrie 8 %, die Mineralölverarbeitung 6 %, die übrige Industrie 22 %.

Rolande hob die Hände an die Stirn. „Genug!" rief sie. „Ich kann nicht folgen!"

Eiw: „Also, auf der einen Seite wurde mit ausgeklügelter technischer Gründlichkeit alles getan, um das Wasser zu verschleudern, auf der anderen Seite wächst der Bedarf ins Astronomische. Eine ausgezeichnete Entwicklung, die nur mit der Katastrophe enden kann, ja, die Katastrophe hat schon begonnen!"

Der Satan erteilte dem Techniker das Wort. „Was sagt Herr Eiw dazu, daß es zwei Dortmunder Hüttenwerken gelungen ist, den industriellen Wasserverbrauch weitgehend zu drosseln? Anstatt je Tonne Stahl wie bisher 20 Kubikmeter Wasser zu verbrauchen, kommt man heute mit 5 bis 6 Kubikmetern aus, wobei es außerdem gelang, die Reinigung der Abwässer so weit zu treiben, daß sie ebenso keimfrei wie Trinkwasser sind. Was in Dortmund möglich ist, wird in anderen Industrien möglich werden!"

Eiw: „Der Versuch blieb vereinzelt und ist für mich ungefährlich!"

Alfred: „Außerdem muß ich Ihnen sagen, daß die Wissenschafter und Experten die Wassermisère allerdings nicht den Fehlern der Wasserbauer zuschreiben, sondern den Trockenheitszyklen, den Schwankungen der Meerestemperatur, ungewöhnlichen Luftströmungen, abnormen Temperaturverhältnissen auf dem Festland und sogar der Häufigkeit der Sonnenflecken."

Der Teufel grinste. „Die Wissenschafter und Experten! Wenn ich das nur höre, lacht mein teuflisches Herz! Experten haben die Taktik aller Übeltäter: die Schuld allen anderen zuzuschieben, nur nicht sich selbst!"

Eiw: „Gerade unter ihnen habe ich doch meine Leute! Hören Sie zum Beispiel meinen Freund, Oberbaudirektor Dr. Brandstetter, Koblenz!" Er schaltete.

Sie drehten die Köpfe. Ein greises hageres Beamtengesicht erschien:

„Es ist ein von unverantwortlichen Naturschwärmern, die von Sachkenntnis und fachlicher Bildung ebenso weit entfernt sind wie von praktischer Erfahrung, immer wieder gegen den modernen Wasserbau erhobener Vorwurf, daß durch die Begradigung und Eindämmung der Wasserläufe das Grundwasser abgesenkt und damit die besonders in dichtbesiedelten und industrialisierten Gebieten auftretende Wassernot verschuldet worden sei.

Als international anerkannter Gelehrter und Experte muß ich die Berechtigung solcher kindischer Anwürfe an dieser Stelle ausdrücklich und nachdrücklich bestreiten! Denn das durch die Flußbegradigung betroffene Gesamtgebiet macht nur wenige Prozent des ganzen Landes aus, die Schäden können also schon aus diesem Grunde für die Volkswirtschaft, im ganzen gesehen, gar nicht erheblich sein.

Ich behaupte vielmehr, daß das Absinken des Grundwassers klimatisch bedingt ist. Es ist die Folge einer säkularen Klimaänderung, die für unsere Breiten geringere Niederschlagsmengen, seltenere Westwetterlagen und zunehmende Erwärmung, im ganzen also eine Annäherung an das kontinentale Klima bedeutet. Dies, und keineswegs die Arbeit unserer Wasserbauer, begünstigt das Absinken des Grundwassers und die Versteppung Mitteleuropas. Es ist also völlig abwegig und laienhaft, diese Erscheinungen und alle daraus sich für den Menschen ergebenden Unzukömmlichkeiten den Wasserbaumeistern in die Schuhe zu schieben!"

Eiw schaltete aus. Er blickte selbstgefällig von einem zum anderen. „Das ist nur einer von meinen Experten, die ich über die ganze Welt verstreut habe. Darüber hinaus bin ich bemüht, Leute ohne Naturwissen und charakterliche Befähigung in Schlüsselstellungen vorzuschieben. Auf diese Weise werden Unkenntnis und Verantwortungslosigkeit in manchen Behörden ihre festen, unveräußerlichen und durch keinerlei Einwirkung von außen beeinflußbaren Stellungen erhalten. Der Laden läuft, sozusagen, von selber."

„Ich finde aber die Ansicht Dr. Brandstetters durchaus plausibel", warf das Mädchen ein. „Könnte es nicht sein, daß —"

Der Boß: „Es steht außer Zweifel, daß die Wasserkatastrophe vor allem anderen auf die Eingriffe des Menschen zurückzuführen ist. Und was die Klimaänderung anbelangt: Sie hörten, was mein Dezernent für Luftvergiftung behauptete: Die Industrieabgase steigern den Kohlensäuregehalt der Atmosphäre. Das führt zur Erwärmung des Klimas, und diese wiederum trägt zum Versiegen des Wassers bei. Es hängt alles mit allem zusammen, der Teufelskreis ist geschlossen."

Eiw: „Die Klimaänderung hat lediglich die Auswirkungen der allgemeinen Wassernot verstärkt. Ich fördere aber in der Öffentlichkeit die Meinung, daß die steigende Wasserverknappung mit Entwaldungen und Flußkorrektionen nichts zu tun habe. Ich darf bei dieser Gelegenheit auf die gute Zusammenarbeit unserer Agenten in der Presse und den Filmwochenschauen hinweisen. Sie berichten ausführlich über alle möglichen Katastrophen, ohne jemals auch nur mit einem Wort die Ursachen zu berühren. Dadurch verschleiern wir die Zusammenhänge und sichern uns die ungestörte Weiterarbeit.

Um über die Schwere der Situation hinwegzutäuschen, sind meine Beschwichtigungsapostel dauernd unterwegs und geschäftig. Sie gehen unbeirrt den von mir vorgezeichneten Weg. Sie machen die blöde Masse glauben, daß unsere Wasserverschleuderung im Dienste der Wirtschaft und des Menschheitswohles stehe. Sie lassen sich von Biologen und Naturschützern nichts dreinreden und erfüllen getreulich die Aufgaben, die ihnen als Techniker oder Industriellen gestellt sind und die ihr technisches oder kaufmännisches Gewissen gutheißt."

„Bemerkenswert!" unterbrach Sten. „Gibt es auch ein chemisches Gewissen?"

Eiw beachtete ihn nicht. „Ahnungslos und unbekümmert leben sie von der Substanz der Landschaft und lassen es sich gut gehen. Sie wissen nicht, daß sie auf den eigenen Gräbern tanzen. Alle künftige Planung wird davon abhängen, ob das dazu nötige Wasser vorhanden ist oder nicht. Da es nicht vorhanden sein wird, hört jede künftige Planung auf. Ich werde das mir vom Boß gesteckte Ziel in kürzester Frist erreichen und erkläre die Warner als Nichtwisser, Laien und verstiegene Schwärmer."

„Sind Sie fertig?" fragte der Teufel.

„Ich bin fertig, Boß!"

„Ich hörte nur wenig über die Vergiftung des Wassers", äußerte sich Sten Stolpe. „Sollte es dem Teufel entgangen sein, daß er damit einen wesentlichen Beitrag zur Ausrottung der Menschheit leisten könnte?"

Mitleidig wandte der Boß sich ihm zu. „Wir haben nichts vergessen, mein Herr Dichter."

Der Dürreteufel löste ihn ab. „Im Gegenteil! Das Arbeitsgebiet erschien mir umfangreich und wichtig genug, um dafür eine neue

71

Unterabteilung zu bilden. Sie sollen meinen Kollegen, den Jauche-teufel, sogleich hören, wenn Sie darauf begierig sind. Ich habe ihn bestellt, er wartet."

V

JAUCHE IM BLUT

Es war Mittag geworden. Man führte die Menschen in einen Salon. Der Teufel öffnete eine große Hausbar. „Alkohol oder Saft?" fragte er.

„Cognac!" rief Bob, „aber einen doppelten, wenn ich bitten darf!"

„Mir auch!" bat Alfred. Er kippte sein Glas und reichte es dem Boß zum Nachfüllen. „Ich muß gestehen, daß ich bisher im-mer noch im Zweifel war, ob wir uns tatsächlich im Hause des Teufels befänden. Nach dem, was wir soeben gehört haben, aber glaube ich . . ."

Der Teufel lachte und hob das Glas. „Glauben Sie, daran glau-ben zu müssen, wie?"

Bob hielt den Augenblick für gekommen, um eine Erklärung abzugeben. „Ich bin seit vielen Jahren beim Boß registriert und habe es nie zu bereuen gehabt. Es bringt indes Verpflichtungen mit sich."

„Nicht allzu schwer erfüllbare!" beschwichtigte der Teufel und schenkte ein.

„Vor allem muß jeder Mitarbeiter des Teufels jedes Jahr einen neuen bringen. Ich war drei Jahre im Rückstand, und da —"

„Und da meintest du, wir drei wären dazu gerade gut genug!" unterbrach Sten zornig.

„Ich habe die allerbesten Absichten mit Ihnen!" schmunzelte der Boß. „Jetzt aber zu Tisch!"

Das Essen war vorzüglich. Zwei Livrierte bedienten lautlos und vollendet. „Ich hoffe, es gefällt Ihnen in meinem Haus!" sagte der Boß.

„Warum sind wir eigentlich eingesperrt?" fragte Rolande.

„Wer sagt, daß Sie eingesperrt sind? Sie können lediglich die Tür nicht öffnen."

„Das kommt auf dasselbe hinaus."

„Sie brauchen nur einen Wunsch auszusprechen. Er wird Ihnen auf der Stelle erfüllt werden. Aber gedulden Sie sich noch einige Tage! Sie werden klarer sehen."

„Und wann werden Sie uns gütigst und allergnädigst entlassen?" fragte die Ärztin.

„Sobald wir alles besprochen haben", sagte hinterhältig der Teufel.

„Bis eure Schulung beendet ist und ihr euch bereit erklärt habt, als Agenten des Teufels zu arbeiten. Er wird euch reich machen!" fügte Bob hinzu.

„Und wenn wir uns nicht bereit erklären?" fragte Sten.

Der Boß sah ihn von unten her an, ohne mit Kauen auszusetzen. „Dann — aber das kommt nicht in Frage!"

Rolande: „Und was wird man sagen, wenn wir so lange von zu Hause fortbleiben? Man wird uns vermissen, man wird uns suchen, man wird die Polizei —"

„Nichts wird man. Die Zeit, die Sie hier zubringen, zählt in der Menschenwelt nicht. Selbst wenn Sie meinen sollten, jahrelang in meinem Hause zu wohnen: Sie werden am Ende in derselben Nacht heimkehren, in der Ihr Freund Bob Harding Sie entführte."

Der Jaucheteufel war ein kleiner, zierlicher Mann in einem pflaumenblauen Anzug. Sein Gesicht war so gelb wie seine Schuhe. Aus dem Rockausschnitt hing ihm unordentlich eine Krawatte, die in grellen Farben ein unflätiges Motiv zeigte.

Er stellte sich vor die Gäste hin, verbeugte sich knapp und sagte: „Soft". Dann drehte er sich auf dem Absatz um und verneigte sich stumm vor dem Teufel. Er trat zur Seite und öffnete seine Mappe.

„Mein größerer Bruder Eiw hat Ihnen vom Wasserschwund erzählt. Ich habe die Spezialaufgabe, das schwindende Naß zu verseuchen, damit der Mensch sich daran vergifte. Ohne reines Wasser wird das Leben unmöglich. Im pflanzlichen und tierischen Organismus dient es als Lösungs- und Transportmittel und durchdringt ihn in einer Dichte von über 50 %, bei manchen Formen von über 90 %. Es muß, um seine Aufgabe erfüllen zu können, von störenden Elementen frei sein.

In weitesten Gebieten der zivilisierten Welt gibt es keine Gewässer mehr, die vom Unrat der Städte und Industrien verschont blieben. Wo Flüsse, Bäche und Seen überlastet sind, werden sie krank und sterben. Ich habe das Wasser krank gemacht. Krankes Wasser macht kranke Menschen. Totes Wasser tötet die Landschaft.

Sie hörten bereits, wieviel Wasser die Menschheit verbraucht. Gebrauchswasser ist immer zugleich auch Abwasser, und der Abfall steigt im gleichen Ausmaß wie der Verbrauch. Alles, was der Mensch fortgießt, stellt eine Gefahr für das Leben und ihn selbst dar. Die Urvölker hatten, als Rest ihrer paradiesischen Reinheit, die religiöse Vorstellung von der Heiligkeit des Wassers. Jeder Trunk war ihnen eine Weihe, jede Waschung eine symbolische Opferhandlung. Herodot schreibt von den Parsen: ‚Sie harnen weder in den Fluß, noch speien sie hinein. Sie waschen sich nicht darin, gestatten es auch keinem anderen, sondern sie haben vor den Flüssen ganz besondere Ehrfurcht und glauben, daß jeden ein Fluch trifft, der ein Gewässer schändet'.

Ich habe meine Tätigkeit damit begonnen, den Primitiven diesen Aberglauben zu nehmen. Damit wurde der Weg frei für die Entwicklung, der wir heute gegenüberstehen: mit Selbstverständlichkeit und Überheblichkeit macht man das Wasser zum bequemen und kostenlosen Schuttabladeplatz, zur Jauchengrube für Dreck und Unrat. Die Flüsse sind zu Kloaken geworden, und das Wasser kann ohne vorherige chemische Behandlung nicht mehr getrunken werden. Der Fluch der alten Flußgötzen hat sich erfüllt.

Und aus Zehntausenden von Fabriken und Betrieben rinnt Tag und Nacht giftige Jauche in die Flüsse: aus den Spinnereien, Molkereien, Flachsrösten, Kupferhütten, Verzinkereien, Erzwäschereien, Zink- und Bleigruben, Sodawerken, Glashütten, Härtereien, Chromereien, Färbereien, Brauereien, Brennereien, Schlachthäusern, Fischverwertungsbetrieben, Eisenwerken und Zechen; aus Pappe-, Hefe-, Kraut-, Kunstseide-, Zucker-, Stärke-, Leder-, Sperrholz-, Zellstoff-, Textil-, Farben-, Buna-, Bakelit-, Plastik-, Leim-, Zellwolle-, Pektin-, Kartoffelflocken-, Papier-, Porzellan-, Brikett-, Seifen-, Holzfaser- und Kunstdüngerfabriken; aus den Steinkohlen- und Teerölindustrien, Gaswerken und Kokereien, den Petroleumraffinerien, den Metall- und chemischen Industrien.

Wenn ich sagte ,Jauche', so meine ich: organische Gift- und Hemmstoffe, konzentrierte Fäkal- und Jauchestoffe, Aldehyde, Zyanide, Rhodanide, Blei-, Arsenik-, Chrom- und Kupferverbindungen, Karbolsäuren, Alkalien, Azetylen, Verbindungen aus dem Phenolkomplex, Teerderivate, anorganische Metallgifte, Salze, Farbstoffe, Fette, Öle, Braun- und Steinkohlenschlamm und tausend andere Mischungen verschiedenster Abfallstoffe. Alle Flüsse der Welt sind verdreckt, der Colorado so gut wie die Seine, der Rhein, die Oder, die Elbe, der Po, der Ebro. Ich habe daraus verschmutzte, übelriechende, verfärbte und verödete Kanäle gemacht. Nicht mehr befruchtend durchrinnen sie das Land wie einst, sondern vergiftend."

„Soviel ich weiß, hat jedes Gewässer die Fähigkeit, sich selbst zu reinigen..." Rolande sagte es.

„Dies trifft für einen Teil der organischen Verunreinigungen zu, sofern die natürliche Mikroflora und Mikrofauna des Wassers am Leben bleibt. Aber je mehr ein Fluß reguliert ist, umso weniger Lebewesen enthält er, umso mehr verliert er die Fähigkeit der Selbstreinigung. Sie sehen: der Mensch hat die natürliche Genesungskraft der Gewässer gewaltsam herabgesetzt oder zerstört in dem Augenblick, wo er begann, ihnen immer mehr Unrat zuzuführen."

„Es geht nichts über die menschliche Intelligenz!" grunzte der Teufel.

„Und die Tüchtigkeit meiner Agenten, Boß!" ergänzte Soft. Er wandte sich wieder dem Mädchen zu. „Zudem reichen die Abwasserfahnen der Städte und Fabriken viele Kilometer weit, und ehe sie abgebaut sind, kommen andere dazu. Anorganische Gifte hingegen vermag das Wasser zwar abzulagern, aber nicht abzubauen. Sie bleiben. Noch 95 Kilometer unterhalb einer Kunstseidenfabrik am Shenandoahfluß, USA, starben die Fische an Zinkvergiftung."

Alfred hob den Kopf. Herausfordernd fragte er: „Haben Sie etwa die Absicht zu verschweigen, daß die Industrie bemüht ist, durch Klär- und Filteranlagen die Verschmutzung der Flüsse zu unterbinden?"

Freundlich erwiderte der Jaucheteufel: „Ich habe nicht nötig, das zu verschweigen, mein Herr, denn es stellt für mich und meine Arbeit keinerlei Gefahr dar. Erstens ist nur ein verschwindend kleiner Teil der Fabrikanten wirklich darum bemüht. Zweitens gibt es für die meisten Abwässer noch kein Reinigungsverfahren. Und wenn auch: rund 7 Milliarden DM wären erforderlich, um nur die wichtigsten Kläranlagen in der westdeutschen Bundesrepublik zu schaffen. Dies würde die Profite schmälern. Wir brauchen also nicht zu befürchten, daß in dieser Hinsicht etwas unternommen wird. In Österreich werden nur 3 % der Abwässer geklärt. Alle Landeshauptstädte und Wien leiten ihre Jauche direkt in die Flüsse ab. Zudem sind sich die Experten über die Verfahren nicht einig. Sie streiten, ob man mechanisch oder chemisch oder biologisch klären soll, und unterdessen rinnen auf der ganzen Welt die stinkenden Dreckströme weiter. Ja, die Vergiftung der Gewässer schreitet viel schneller fort, als Abwehrmaßnahmen in Gang kommen. Immer neue Industrien werden geschaffen, ohne Rücksicht darauf, ob auch genügend starke Vorfluter zur Aufnahme ihrer Abwässer vorhanden sind. Immer neue Giftsäfte werden gefunden und abgelassen, so daß auch die kostspieligsten Filter- und Absetzanlagen in wenigen Jahren überholt und wirkungslos würden."

„Was soll man denn aber tun?" fragte die Ärztin.

„Nichts, meine Dame, gar nichts. Es gibt keinen Ausweg. Es weiß überhaupt kein Mensch, wie man die Wasserverseuchung beseitigen soll. Der Industrieabfall ist so vielfältig zusammengesetzt wie die Industrieprodukte selbst. Man hat keine Ahnung, auf welche Weise man bestimmte Abfallstoffe behandeln soll, besonders in der chemischen Industrie, noch weiß man, wie die Bergwerksabwässer und dergleichen ausgeschieden werden sollen. Und kein Landstrich bleibt von dieser Dauervergiftung verschont."

Der Teufel lachte. „Wahrhaftig, man kann die Wasserwirtschaft des Menschen nur noch als grandios bezeichnen!"

Alfred: „Selbstverständlich wird man Möglichkeiten finden, die Wasserverschmutzung einzudämmen oder zu vermeiden. Man muß unseren Erfindern Zeit lassen, die richtigen Verfahren zu entwickeln!"

Soft: „Sie sind mit den Erfindungen für neue Produktionsverfahren viel schneller zur Hand als mit ihren Erfindungen zur Rettung des Lebens."

Alfred: „Schon versuchen einige Industrien, ihre Abwässer einfach verrieseln zu lassen, um die natürliche Filterungskraft des Bodens auszunutzen..."

„Gut, daß Sie davon sprechen, Herr Groot! Im Aargau ließ

eine chemische Fabrik ihre Abwässer einfach verrieseln. In allen Bächen und Flüssen der Umgebung setzte ein riesiges Fischsterben ein."

Alfred: „Na, wenn schon!"

Soft: „Ehe die Fabrikanten sich entschlossen, Kläranlagen zu bauen, waren alle Brunnen im weiten Umkreis vergiftet. Seither sind zehn Jahre verstrichen. Das Wasser ist immer noch unbrauchbar. Oder nehmen wir die Abraumhalden des Aluminiumwerkes Ranshofen: sie vergiften die Quellen und das Grundwasser; 28 Brunnen mußten gesperrt werden, da sie Zyanverbindungen aufwiesen. Nein, Herr Groot, so einfach, wie Sie sich das vorstellen, ist die Sache nicht!"

Der Techniker hob die Schultern. „Die Industrie muß leben!" sagte er. Sonst nichts.

Soft: „Gewiß, Herr Groot, die Industrie muß verdienen, auch wenn die Menschheit daran zugrunde geht. Sehr gut!"

Rolande fragte: „Wie wirkt sich die Wasserverseuchung hauptsächlich aus?"

„Die Jauchekrankheit bringt die Gewässer aus dem biologischen Gleichgewicht und zieht mannigfache Schadenswirkungen nach sich. Sie ist einer Verderbnis des Blutes in einem lebendigen Organismus zu vergleichen, die den ganzen Körper vergiftet. Sie führt zur Vernichtung allen Lebens. Faulstoffe entziehen dem Wasser den Sauerstoff. Ohne ihn gibt es keine Atmung. Auch noch die Ausläufe mechanischer Kläranlagen können das Wasser völlig veröden. Wo Sie den Pflanzenwuchs verbräunt, verkümmert und vernichtet sehen, wo die Steine mit grünen und blauen Algenhäuten überzogen sind und mißfarbige, übelriechende Pilzschwaden schwimmen, dort haben Sie den Jauchetod vor sich. Die chemische Reaktion des Wassers ist geändert. Kein Tier lebt mehr. Die schützenden Schleimhäute der Fischkiemen werden aufgelöst, die Sauerstoffversorgung der Lebewesen ist gestört oder unterbunden. Sie versuchen, in gesundes Wasser zu entweichen, oder sie sterben. Im Gebiet der westdeutschen Bundesrepublik wurden

1956 hundertzwanzig Fischsterben registriert. Davon wurden fünf durch wasserbauliche Maßnahmen hervorgerufen. In 12 Fällen konnte die Ursache nicht festgestellt werden. Von den restlichen 103 Fällen waren verursacht 26 überwiegend durch städtische, 36 überwiegend durch industrielle und 41 allgemein durch städtische und industrielle Abwässer.

Im Rhein ist der Fischbestand nahezu vernichtet. Bis 1910 wurden im Rheingebiet jährlich 175 000 Lachse gefangen, heute nur noch 3 000. Davon sind 80 % phenolverseucht und ungenießbar."

„Die Industrie ist wichtiger als die Fischerei!" warf Alfred ein.

„Das Leben ist wichtiger als die Industrie!" erwiderte Soft. „Was das eine Lebewesen tötet, ist einem andersgearteten meist auch dann abträglich, wenn es keinen sofort spürbaren Schaden bringt. Organische Jauche in Gewässern bringt die Gefahr bakterieller Infektion mit sich. Typhus, Paratyphus, Ruhr, Kinderlähmung, Weilsche Krankheit, ansteckende Gelbsucht verdanken wir dem verjauchten Wasser. Aus diesem Grunde ist das Baden in vielen Flüssen leider verboten worden. Aber auch nur das Waschen mit solchem Wasser ist gesundheitsschädlich. Verdünnte Giftlauge greift die Schleimhäute an, vom üblen Geruch, der die Umgebung der Giftströme verpestet, ganz zu schweigen. Die faulenden Abwässer der Senkungssümpfe haben wiederholt Epidemien verursacht. Mit der ständig steigenden Verschmutzung werde ich Flüsse und Seen zu Katastrophenherden machen, denen gegenüber die Typhus- und Choleraepidemien vergangener Zeiten unbedeutend erscheinen werden."

„Neugierig, ob Sie wahr sprechen!" sagte der Boß.

„Aber die Wirtschaft schlägt sich mit der Wasserverseuchung selbst. Die volkswirtschaftlichen Schäden der Rheinverschmutzung werden mit etwa 20 Millionen DM, die der Verjauchung überhaupt mit mehreren Hundert Millionen DM jährlich beziffert. Die Menschen haben in ihrer Blindheit noch nicht erkannt, daß die Abwasserfrage ein Teil der Produktion ist, und daß die allheilige Produktion in der eigenen Jauche ersticken wird, und damit der Profit. Sie sehen nicht, daß sie sich mit ihrem übertriebenen Fortschrittsoptimismus festgerannt haben. Sie reden weiter vom höheren Lebensstandard und verpesten die Flüsse, um ihn zu schaffen. Ohne reines Wasser aber hört das Leben überhaupt auf, es wird also auch keinen Lebensstandard mehr geben."

Der Boß: „Gut. Der Teufelskreis ist geschlossen."

„Weil die Rheinjauche das Wachstum der holländischen Anpflanzungen bedroht, hat die niederländische Regierung bei den Vereinten Nationen Schadenersatzansprüche gegen Deutschland in Höhe von 800 Millionen DM angemeldet."

Der Schwede sprach leise, wie zu sich selbst: „Vernichtetes Leben läßt sich nicht durch bedruckte Zettel, denen der Mensch Geldeswert zuschreibt, wiedererwecken."

„Bravo, Sten!" lobte der Teufel. „Er wacht auf, unser Kleiner, er begreift!" Er lachte höhnisch.

Soft: „Andererseits sind verschiedene Produktionen auf völlig reines Wasser angewiesen, wie etwa die pharmazeutische und die des weißen Papieres."

„Solche Industrien filtern das Wasser vorher, soviel mir bekannt ist", warf Alfred spöttisch ein.

„Der Ohio ist so verschmutzt, daß alle Filtereinrichtungen versagen. Die Industrie ist gezwungen abzuwandern, weil das ätzende Ohiowasser die Maschinen zerfrißt, ihre Lebensdauer herabsetzt und zur Ursache ständiger Schäden wird. Dasselbe Wasser aber müssen die Menschen der Halbmillionenstadt Cincinnati trinken. Es ist Wasser, das zuvor schon andere Menschen tranken und ausschieden oder das durch die Säure- und Giftküchen irgendwelcher Industrieanlagen floß."

„Herrlicher Fortschritt, herrlicher Fortschritt!" frohlockte der Teufel.

Soft: „Überhaupt wird der Mensch sich an Schlammbrühe und Giftgetränke gewöhnen müssen, weil es kein gesundes Wasser mehr gibt. Denn das, was durch komplizierte und kostspielige

Verfahren aus der Jauche gewonnen wird, ist alles andere als Trinkwasser."

Alfred: „Dem Flußwasserwerk Krefeld-Verdingen, der modernsten derartigen Anlage in Europa, ist es gelungen, Abwasser in reines Trinkwasser zurückzuverwandeln."

Der Teufel: „Prosit, Herr Groot, aber nach Ihnen!"

„Ein Wassertrinker in Duisburg hat das Vergnügen, Wasser zu trinken, das vor ihm schon fünf andere Menschen getrunken und ausgeschieden haben."

Der Boß höhnte: „Welche Klugheit! Hier wird das Wasser zur Einsparung von Kosten in lebensgefährlicher Weise verschmutzt, dort wird es unter weit höheren Kosten wieder geklärt! Wer das nicht versteht, begreift nicht die Genialität der menschlichen Wirtschaft."

Soft: „Es ist mit den heutigen Reinigungsverfahren nicht möglich, gewisse Giftstoffe, Spurenelemente, Schwangerschaftshormone und krebserregende Kohlenwasserstoffe aus dem Wasser zu entfernen. Sie müssen also mitgetrunken werden. Die vollbiologischen Abwasserreinigungsanlagen Hamburgs vermögen trotz einwandfreier Funktion die im Rohabwasser zwangsläufig vorhandenen Keime der Typhus-Paratyphus-Gruppe nicht zu entfernen." Er lachte plötzlich schrill und ungeartet auf, so daß die anderen erschrocken hochfuhren. „Das, meine Freunde, ist das Ende! Hier hängt der Hals schon in der Schlinge, die der Mensch in seiner Gier sich selber geknüpft hat. Eine Landschaft, die kein Trinkwasser mehr bietet, ist unbewohnbar geworden!"

Rolande wandte ein: „Man braucht doch kein Flußwasser zu trinken!"

„In weiten Gebieten ist man heute schon auf das Oberflächenwasser angewiesen!"

„Die Trinkwasserwerke pumpen meines Wissens Grundwasser —"

„Gewiß", bestätigte Soft, „sie pumpen zum größten Teil noch Grundwasser, so wie die Industrie. Als Folge davon aber sind die Grundwasserhorizonte leer geworden. Was geschieht nun? Vordem floß der Grundwasserstrom in die offenen Gerinne ab. Heute dringt aus den verseuchten Flüssen die Giftjauche in die leergepumpten Grundwasserräume ein, jene Jauche, die nun auch von den Trinkwasserwerken gehoben und über die Wasserleitungen frei ins Haus geliefert wird. Und die Möglichkeiten der Grundwasserverseuchung sind erfreulich mannigfach. Das Grazer Wasserwerk Süd, das mit einem Aufwand von 13 Millionen Schilling in der Nähe des Gaswerkes errichtet wurde, ist durch Benzol im Grundwasser gefährdet. Infolge der planlosen Streuung von Siedlungen, Fabriken, Einzelhäusern und Baracken, die die Landschaft in zahllose kleine Stücke zerreißt, gibt es im Umkreis von dreißig Kilometern um die Stadt Salzburg kein reines Grundwasser mehr."

Der Teufel lachte: „Brave Städteplaner!"

„Sie vergessen, daß man solches Wasser durch Chlorzusatz unschädlich machen kann", bemerkte der Journalist.

„Stimmt. Und was — wenn ich fragen darf —, bezweckt man damit?"

„Man tötet Bakterien ab."

„Richtig. Aber bakterielles Protoplasma ist aus demselben Stoff gemacht wie menschliches Protoplasma, und es wird nicht mehr geschädigt als dieses. Übrigens ist die Zusammenarbeit zwischen den Trinkwasserexperten und den Getränkefabrikanten und Gastwirten vorbildlich und erfreulich."

„Zweifellos eine unbewußte Zusammenarbeit...", schränkte Alfred ein.

„In vielen Fällen unbewußt und ungewollt. Aber mir liegen Berichte vor, wonach die Herren vom Trinkwasserreferat bestochen wurden, um noch eine Tonne Chlorkalk mehr ins Wasser zu schütten. Damit wurde es ungenießbar, und die guten Geschäfte der Wirtshäuser und ihrer Lieferanten waren gesichert. Als man die Experten zur Rede stellte, verschanzten sie sich hinter ihre eigenen pseudowissenschaftlichen Gutachten und erklärten aufgebläht, sie könnten andernfalls die enorme Verantwortung für die Gesundheit ihrer Mitmenschen nicht auf sich nehmen . . ."

Der Teufel lachte.

„Zudem bietet auch die Chlorung des Trinkwassers einen nur beschränkten Schutz. Von 1945 bis 1952 wurden in der westdeutschen Bundesrepublik durch verseuchtes Trinkwasser aus zentralen, das heißt gechlorten Versorgungsanlagen 7 657 Krankheitsfälle, meist Typhus und Paratyphus, mit 448 Todesfällen, verursacht.

Eine vierköpfige Durchschnittsfamilie in Deutschland hinterläßt jährlich 150 000 Liter Abwasser, das die meisten Städte ungeklärt den Flüssen überantworten. In diesem Zustand ist Abwasser nichts als flüssiger Unrat.

Der Rhein führt an jedem Tag bei Konstanz 500, bei Basel 1000, unterhalb der elsässischen Kaligruben 8 000, unterhalb des Ruhrgebietes 30 000 Tonnen chemischer Salze mit sich. Durch Versalzung verschmutztes Wasser kann nicht mehr brauchbar gemacht werden. Es eignet sich weder zum Viehtränken noch für die Industrie. Fünf Millionen Tonnen Industrieschlamm trägt der Rhein jährlich ins Meer. Die Flüsse führen mehr Unrat und Gifte, als Güter darauf transportiert werden.

Bei Düsseldorf enthält ein Liter Rheinwasser 400 000 Keime. Die Weser ist eine strömende Kloake. Die Saar ist ein völlig verdorbener, toter Industriefluß. Stärker verjaucht als der Rhein ist die steirische Mur. Bei Leoben transportiert sie täglich 250 Tonnen Unrat. Die Mürz führt täglich 800 bis 1500 Tonnen Phenol. Die Todesgrenze für Fische liegt bei 10 Milligramm Phenol je Liter Wasser. Der Bodensee ist durch Industrieabwässer vergiftet. Vor 40 Jahren gab es hier 40 Berufsfischer, jetzt nur noch zehn.

Eine mittlere Brauerei liefert täglich 6000 Kubikmeter Abwasser, eine kleine Käsefabrik erzeugt so viel Unrat wie eine 15 000-Stadt. Die täglichen Abwässer einer mittleren Pappefabrik entsprechen der Jauche einer 30 000-Stadt, der Abfall eines großen

Farbenkonzerns übertrifft alltäglich jenen einer Dreimillionenstadt.

1952 mußten Taucher ihre Arbeit bei Frankfurt aufgeben, weil das Mainwasser so sehr verschmutzt war, daß man trotz Einsatzes von Scheinwerfern nichts mehr sehen konnte. Es handelt sich dabei nicht um naturechten Schlamm, sondern um Lebensgifte."

„Es ist immer das gleiche", erklärte der Teufel, zu den Menschen gewendet, „einzelne machen das Geschäft, das Volk aber muß Wasserwerke, Reinigungsanlagen und hundert Kilometer lange Wasserleitungen bezahlen, wenn es reines Wasser trinken will. Was treiben die Widersacher?"

Soft lächelte spöttisch und mitleidig. „Ach", sagte er, „sie schreien und schreiben ab und zu, aber niemand will sie hören, niemand liest sie. Oder man tut beides und nimmt sie nicht ernst. Diese läppischen Versuche einzelner Naturschutzphantasten und Fortschrittsfeinde dürfen nicht überschätzt werden. Der aussichtslose Kampf um die Reinhaltung der Gewässer wird schon seit rund hundert Jahren geführt. Er begann in England etwa 1840. Im Jahre 1852 bereits fand der Breslauer Botaniker Ferdinand Cohn, daß an der Zusammensetzung der in den Flüssen und Abwässern lebenden oder fehlenden Organismen der Grad der Verunreinigung zu erkennen sei. In Köln wurde 1877 ein ,Verein zur Reinhaltung der Flüsse, des Bodens und der Luft' gegegründet. Und was hat das alles geholfen? Gar nichts. Das Rad, das ich einmal in Bewegung gesetzt habe, läßt sich weder anhalten noch zurückdrehen. Auch ich habe Blindheit und Überheblichkeit unter die Menschen gesät. Sie dünken sich zu erhaben, als daß so lächerliche Dinge wie Vergiftung und Versiegen des Lebenselementes Wasser sie berühren könnten. Und die Wissenschaft weiß auch auf diesem Gebiet, wie gewöhnlich, nur so viel, daß sie nichts weiß. Man kennt keine Möglichkeiten der Abhilfe, und wenn auch: sie sind finanziell untragbar, sie würden die Industriegewinne herabsetzen. Das bedeutet: sie können der an der Profitsucht erkrankten Menschheit nicht zugemutet werden. Lieber krepieren als weniger verdienen!"

„Tote können keine Geschäfte mehr machen!" sagte Sten.

Soft: „Wenn sie erst merken werden, daß es ihnen an den Kragen geht, werden sie retten wollen, was zu retten ist. Dann aber wird es zu spät sein. Die allgemeine Vernichtung wird nicht halt machen vor denen, die heute noch glauben, ihre Rentabilitätsberechnungen über das Leben stellen zu können.

Abschließend darf ich noch auf eine erfreuliche Erscheinung aufmerksam machen, die sich im Zusammenwirken mit dem Dezernat für Atomtod ergeben hat: je reiner ein Wasser ist, umso weniger vermag es radioaktive Isotopen aufzunehmen. Je schmutziger es ist, umso größer wird die Gefahr und Möglichkeit der Atomverseuchung, die durch das ständig in Bewegung befindliche Element von einem Ende der Welt zum anderen getragen wird. Ich bin also auch aus diesem Grunde um eine dauernde, möglichst intensive und immer noch sich steigernde Verjauchung der Gewässer bemüht.

Damit, Boß, bin ich fertig. Ich hoffe, daß Sie zufrieden sind. Ich habe das Wasser, die Quelle der Gesundheit und des Lebens, zum Feind des Lebens gemacht. Der gesunde Duft des reinen Elements ist zum Stunk geworden. Die Dreckbrühe steht dem Menschen bis zum Halse, und er weiß keine Hilfe. Man untersucht, man befindet, man streitet ab. Inzwischen steigt die Dreckflut an. Da aber niemand die Profitkrankheit einzudämmen vermag, ist alles vergebens!"

VI

WIR MACHEN MUSIK

Zolp, der Lärmteufel, war ein kleiner, unbedeutend aussehender Mann. Umso höflicher gab er sich. Er beugte den Kopf vor den Gästen tiefer als vor seinem Herrn.

„Ich trage die Nummer 16 711", begann er mit einem freundlich bedauernden Ton. „Daran mögen Sie erkennen, wie gering man mich und meine Aufgabe einschätzt. Das ist so in unserem Betrieb: je wichtiger das Amt, umso kleiner die Nummer. Ich hoffe jedoch, Ihnen und meinem hohen Herrn und Gebieter beweisen zu können, daß mein Dezernat —"

„Quatschen Sie nicht so viel und fangen Sie an!" unterbrach der Boß ungnädig. Er schien für den Lärmteufel keine großen Sympathien zu hegen. Der Kleine tat einen schielenden Blick auf die Besucher und hatte eine Geste wie: Na also, da haben wir's! Der Teufel trommelte auf die Tischplatte. „Wird's bald? Wir haben wenig Zeit!"

Höflich sprach der Lärmteufel die Menschen an: „Meine sehr verehrten Gäste! Sie haben oder werden hier erfahren, daß wir auf vielerlei Art den Menschen und seine Umwelt zu vergiften wissen. Die Quintessenz aber, das Gift aller Gifte, jenes, das die Wirkung aller anderen vervielfacht, gebe ich dazu: die Hast."

Der Boß drehte sich mit einer gelangweilten Miene weg, schlug ein Bein über das andere und sah aus dem Fenster.

„Zwischen den Polen der zeitlosen Ruhe und der kraftvollen Tat springt der Funke des Lebens. Ohne Ruhe gibt es keine Kraft. Ohne Zeit gibt es kein Leben."

„Ich liebe die philosophierenden Teufel nicht", murrte der Satan.

Zolp ereiferte sich. „Ich habe die Menschen totgeschlagen! Ich sagte ihnen, Zeit sei Geld. Sie glauben daran und verkaufen seither ihr Leben an den Meistbietenden. Ich habe ihnen die Zeit genommen und damit das Menschsein. Ich habe ihnen die Unrast ins Herz gepflanzt, an der sie sich zu Tode zappeln. Ich predigte, und meine Beauftragten tun dies unausgesetzt, daß Tempo ein neuzeitlicher, fortschrittlicher Wert sei, Kriterium der modernen Pseudopersönlichkeit und der gesellschaftlichen Geltung, Garantie für den Erfolg. Seither rasen sie dem Untergang zu und sind noch stolz darauf. Durch die unablässige und zielbewußte Arbeit meiner

Agenten ist eine Atmosphäre geschaffen worden, in der jeder als lächerlicher Dummkopf erscheint, der es versuchen wollte, sich dem modernen Tempo zu entziehen oder ihm entgegenzuwirken. Man verspottet ihn und geht über ihn und seine Rückständigkeit zur Tagesordnung über.

Das vielgepriesene Tempo aber ist ein Zustand, der dem Wesen des Menschen durchaus entgegengesetzt und abträglich ist. Es hindert ihn, die einfachsten Erkenntnisse zu gewinnen und die selbstverständlichsten Forderungen des Lebens zu erfüllen. Es nimmt ihm die Zeit zum Nachdenken über sich selbst und die Welt, die Zeit zur schöpferischen Ruhe und zur schöpferischen Arbeit, die Zeit, ein Mensch zu sein, die Zeit zum Leben. Ich habe den Menschen tempokrank gemacht."

„Wie wollen Sie das erreicht haben und welche Beweise gibt es dafür?"

„Jede Zeit hat ihre Vorbilder, ihre Idole, ihre Tyrannen. Das jeweils herrschende Prinzip prägt die Lebensform des Menschen. Es gab Zeiten, da man sich römisch oder französisch oder amerikanisch zu benennen, zu unterhalten, zu gebärden und zu kleiden beliebte. Darin zeigt sich die Neigung des Menschen, den Machthaber in den Äußerlichkeiten zu kopieren. Es offenbart sich eine unterbewußte, atavistische Tendenz der menschlichen Natur zur Anpassung, zur Assimilation; nämlich das Bestreben, die gefährliche Willkür der übergeordneten Gewalt zu bannen dadurch, daß man ihr ähnlich wird, daß man seine Eigenart opfert und die fremde annimmt, das heißt, daß man sich ihr unterwirft."

„Wie lange wollen Sie mich noch langweilen?" fuhr der Teufel seinen Dezernenten an.

„Ich komme zur Sache!" beeilte sich Zolp. „Die Maschine ist die Herrin der Menschenwelt. Ihre Merkmale sind Lärm und Hast. Die Maschine als das Machtprinzip der Gegenwart prägt dem menschlichen Dasein ihre Eigenschaften auf, und der Mensch müht sich, es dem Tyrannen gleich zu tun, damit er ihm gnädig sei.

Maschinen müssen arbeiten, um Gewinn zu bringen. Die Pausenlosigkeit der Erzeugung hat die Pausenlosigkeit des Verbrauches zur Voraussetzung. Ich muß an dieser Stelle meinem Kollegen vom Dezernat Lebensstandard großen Dank sagen. Er hat mir entscheidend geholfen, die entnervende Hast allgemein zu verbreiten. Er bläst ihnen die Ohren voll, und sie, als gehorsamste Diener der Maschine, hasten seither, Geld zu verdienen, um es für überflüssige Dinge wieder auszugeben. Und wenn wir die Menschen hasten und jagen und rasen sehen, so wissen wir jetzt die Antwort darauf: damit irgendeine Maschine rechtzeitig zu fressen bekommt."

„Die Antwort war mir bekannt. Ich warte, Zolp!" krächzte der Teufel ungnädig.

Der Dezernent schöpfte tief Atem. „Sie haben verlernt, auf etwas zu verzichten, aber sie haben keine Zeit mehr, etwas zu genießen. Sie sind geschäftig ohne Unterlaß für nichts und um nichts. Sie hetzen, aber sie schaffen nicht. Sie sind rasend und rasen doch gegen sich selbst und auf der Stelle wie ein Eichhörnchen, das immer schneller in der Trommel läuft, ohne vom Fleck zu kommen.

Tempo in der Bewegung indes wäre nicht allzu schlimm. Aber sie hasten, ohne sich zu bewegen. Und das, Boß, die Ruhelosigkeit in der Ruhe, die körperliche Erstarrung in der seelischen Hast, ist meine Erfindung, eine teuflische Erfindung! Ein Wundermittel ist das, sage ich Ihnen! Es zerstört Nerven und Muskeln zugleich, es frißt die Kraft. Ich bin stolz darauf! Sie hasten im Denken und Sprechen, im Essen und Schlafen, an den Schreibtischen und Maschinen. In ihrer Freizeit hasten sie nach dem Vergnügen, nach dem Scheinleben, und ahnen nicht, daß das wahre Leben ihnen verlorenging, weil sie die Zeit verloren haben. Sie sitzen bewegungslos in ihren Fahrzeugen und jagen doch fiebernd durch die Landschaft. Der Reisewahn, der nur Kilometer zählt, peitscht sie über die Erde, die doch für sie so sehr das Gesicht verloren hat, wie sie selbst es verloren haben. Was sich in einer Handvoll heimatlicher Erde begibt, davon haben sie keine Ahnung. Aber massenweise fahren sie in ferne Länder. Was suchen sie? Ruhe, Erholung, Selbstbesinnung, Vertiefung des Wissens und Erlebens? Keine Spur! Man reist nicht, um dort zu sein, sondern um dort gewesen zu sein. Die neuen Düsenverkehrsflugzeuge fliegen im gleichen Schritt mit der Sonne um die Erde, in sechs Stunden von München nach New York. Der Funk erreicht auch die entferntesten Stellen der Welt im vierzehnten Teil einer Sekunde."

„Was ist dagegen einzuwenden?" fragte Alfred. „Ich halte dies für einen echten Fortschritt und großartigen Zeitgewinn."

„Zeitgewinn wozu? Zur weiteren Hast, zum größeren Geschäft, zur schnelleren Zerstörung der Welt, zum früheren Untergang? Ausgezeichnet! Dann: ist es wirklich gewonnene Zeit? Ist es nicht vielmehr geschrumpfte Zeit? Und ist es am Ende — da Zeit gleichbedeutend ist mit Leben — nicht geschrumpftes, also verkürztes und verlorenes Leben? Haben Sie wohl acht, mein Herr! Der Teufel gibt nichts umsonst!"

„Weiter, Zolp!"

„Durch die Unrast habe ich das Leben und den Menschen abgewertet. Ich habe den Feierabend liquidiert. Sie haben keine Zeit mehr für sich, für Freundschaft und Liebe, für die Familie und die eigenen Kinder. Die Werte des Menschlichen sind zu Unwerten geworden, weil sie Zeit kosten, die man besser zum Geldverdienen verwenden kann.

Sie haben keine Zeit mehr, weder für Kunst und Wissen noch für ein gutes, stilles Buch. Damit habe ich unwirksam gemacht, was tausende Weise in Jahrtausenden für die Menschheit zusammengetragen haben, und was in den Bibliotheken der Welt in Millionen Bänden aufbewahrt und bereit liegt für alle, die nach Erkenntnis streben. Aber keiner sucht mehr danach. Ich habe Erkenntnis und Weisheit ausgeschaltet durch Zeitmangel.

Sie haben keine Zeit mehr, in sich zu gehen, um aus den Quellen der eigenen Kraft zu trinken. Damit habe ich sie kraftlos gemacht. Sie haben keine Zeit mehr, nach dem Richtmaß der eigenen Moral zu forschen. Damit sind sie sittenlos geworden. Sie kennen die schöpferische Pause nicht mehr. Die kräftezeugende Ruhe ist ihnen fremd. Das ist der Grund, warum sie keine bewegenden Gedanken mehr entwickeln und keine wahrhaft großen Taten mehr vollbringen können. Die Hast hat sie dumm und schlecht gemacht."

Der Teufel wiegte brummend seinen dicken Kopf. „Hm. Man könnte auch sagen: Dummheit und Schlechtigkeit haben sie das Hasten gelehrt . . ." Er sprach die Gäste an: „Wenn man ihm zuhört, könnte man glauben, er sei der Boß, und seinem Konzept allein sei die Verteufelung der Welt zu verdanken . . ."

„Ich bin nicht anmaßend!" versicherte Zolp. „Ich tue nur das meine."

„Mir scheint, daß Sie Gutes tun, Zolp. Ich habe Ihr Dezernat bisher unterschätzt. Aber etwas anderes: Kranker Leib macht kranken Geist. Kranker Geist macht kranken Leib. Welche Erfolge haben Sie gegen die körperliche Verfassung der hastenden Menschheit verbuchen können?"

„Gute, Boß, sehr gute!" versicherte der Unrastteufel. „Die Hast frißt an der Gesundheit. Vor allem werden die Nerven gestört, die bis in die kleinsten Verästelungen jeden Lebensvorgang regulieren. Sobald das Hirn zu hasten beginnt, fängt der Organismus zu laufen an wie das Wild vor der Meute. Er reagiert mit Reizbarkeit, Dystonie, nervlicher und hormoneller Fehlsteuerung, Fermententgleisungen, Neurasthenie, Kreislaufstörungen, Managerkrankheit. Am Ende steht der Herztod."

„Gut, Zolp! Noch etwas?"

„Jawohl, Boß. Hast ist ansteckend. Ein Hastender bringt zehn andere aus der Ruhe. Ja, ein Ruheloser verachtet und haßt alle, die weniger rastlos sind als er, beschimpft sie als untüchtig und unfähig und setzt alles daran, sie in den Strudel der wilden Jagd nach dem Nichts hereinzuziehen. Und Hast erzeugt Angst.

Die Hast hat die Menschen und das Leben leer gemacht. Würden sie der Hast entsagen, bliebe nichts als Leere. Vor der Leere bekommen sie Angst; vor der Ruhe, vor der Stille, vor dem Alleinsein, weil daraus möglicherweise ein Augenblick der Besinnung und die Erkenntnis von der Größe der eigenen Verirrung und Verlorenheit, von der Sinnlosigkeit des eigenen Daseins erwachsen könnte. Sie fürchten sich. So schalten sie wenigstens das Radio ein. Oder sie flüchten zu dem Haufen zusammengedrängter, lärmender Angsthasen auf den Straßen, in den Schenken, in den Kaffeehäusern und Tanzlokalen. Sie laufen vor sich selbst davon und wissen nicht, daß sie dem eigenen Schatten entfliehen wollen."

Der Teufel unterbrach. „Genug, Zolp! Sie verlieren sich! Sind Sie am Ende?"

„Im Gegenteil, Boß, ich fange erst an!"

„Dann bitte ich um Greifbares!"

Unbeirrt verfolgte der kleine Berichterstatter die Linie seines Referates, das er sorgfältig vorbereitet zu haben schien.

„Wie die Bewegung einer Maschine nicht denkbar ist ohne Geräusch, so ist die Hast die Quelle des Lärms in der Menschenwelt. Beide haben die gleichen Wirkungen. Ich habe die Stille erwürgt. Die Stille ist der Ursprung aller guten Dinge."

„Damit ist noch nicht gesagt, daß der Lärm die Quelle alles Bösen ist!" warf Alfred ein. Er fühlte sich bemüßigt, immer und überall die Technik zu verteidigen.

„Nein", erwiderte sanft der Referent, ohne von seinen Papieren aufzublicken. „Die Ruhe ist die Wiege der guten Tat. Ich habe die Ruhe zerhämmert. Ich habe die Quellen des Guten verstopft."

„Haben wir bereits gehört!" polterte der Boß.

„Ich habe den Menschen das Rauschgift des Lärms gereicht. Sie haben es geschluckt und sind danach süchtig geworden. Lärm tötet den Geist. Lärm verscheucht die Besinnung. Lärm verhindert Erkenntnis. Lärm dörrt das Herz aus und erschöpft das Gehirn. Lärm macht die Menschen leer."

„Graue Theorien!" schimpfte der Boß.

Zolp war eigensinnig. „Und auch der Lärm ist ansteckend. Lärm zeugt Lärm. Je mehr einer lärmt, umso mehr muß der andere lärmen, um sich Gehör zu verschaffen, um sich selbst zu hören und damit sein sogenanntes Selbstbewußtsein zu retten. Wer einmal Säufer des Lärms geworden ist, kann ohne Lärm nicht mehr sein. Er nimmt ihn mit in die Freizeit, er trägt ihn in seinem Kofferradio mit sich. Er ist zum Sklaven des Lärms geworden. Der Lärm ertränkt die Kraft, die Güte, die Liebe."

„Bringen Sie Konkretes!"

„Sehen Sie auf den Bildschirm!"

„Was soll das?"

„Ein lebendes Gehirn in starker Vergrößerung. Es gehört dem Gemüsehändler Antonio Feschi, Rom, Via Dante Alighieri 36. Der Patient liegt auf dem Operationstisch. Ein Teil der Schädeldecke ist abgehoben. Die Sonde, die von der Seite her ins Bild reicht, liegt in der Hand von Doktor Alcide Mosso, dem Primararzt der Klinik —"

„Tumor?" fragte Rolande. Sie hatte sich interessiert vorgeneigt, um besser zu sehen.

„Tumor. Achten Sie auf das, was jetzt kommt!"

In diesem Augenblick hörte man von einer Kirche Roms einen Glockenschlag. Sogleich überschwemmte eine Blutwelle das Gehirn. Noch einmal. Wieder. Sechsmal schlug die Turmuhr. Sechsmal färbte sich das Gehirn rot, im gleichen Rhythmus.

Die Operation schritt fort. Die Uhr hatte zu schlagen aufgehört. Die Blutwellen hatten aufgehört. Es war Stille. Plötzlich kam die Blutwelle wieder, schwächer als vorhin.

„Was war das?" fragte Bob.

„Dr. Mosso hat sich geräuspert. Herrn Feschis Gehirn reagierte prompt darauf, selbst im Narkoseschlaf."

Zolp schaltete aus. Tief atmend setzten die Gäste sich zurecht.

„Wozu zeigten Sie das?" fragte der Boß.

„Um zu beweisen, daß jedes Geräusch Ebbe und Flut im Blutkreislauf erzeugt."

„Wohl nur in diesem klinischen Einzelfall . . .", wollte Alfred einschränken.

„Sie irren. Sie haben die Reaktion des Gehirns auf Einzelgeräusche gesehen und können sich nun vorstellen, wie es auf Dauerlärm oder auf Lärmsteigerung über eine bestimmte Grenze hinaus antwortet."

Alfred zog blasiert die Brauen hoch. „Der Lärm gehört zur Zivilisation wie der Schatten zum Licht. Man muß sich daran gewöhnen."

„Es gibt keine Gewöhnung an Lärm. Jeder dritte Bewohner zivilisierter Länder ist lärmkrank, ohne es zu wissen."

Alfred schmunzelte überlegen. „Das mag für überempfindliche Naturen oder für Halbkranke gelten. Mir bekommt der Lärm ausgezeichnet. Ohne meine Großstadtmelodie kann ich nicht mehr arbeiten oder einschlafen. Und wenn ich aufs Land fahre, stört mich die Stille."

Zolp lächelte zurück. „Wenn ein Rauschgiftsüchtiger behauptete, das Gift schade ihm nicht, weil er es nicht entbehren könne, so sind Sie also bereit anzuerkennen, daß der Süchtige nicht süchtig und Gift kein Gift ist."

„Wer den Lärm nicht hört, dem kann er nicht schaden."

„Meine Agenten sind beauftragt, diese irrige Meinung unter den Menschen zu verbreiten, damit sie umso mehr lärmen und sich dem Lärm völlig hingeben. Auch unter der Oberfläche scheinbarer Gewöhnung entstehen ernsthafte Schäden durch Lärm."

Der Boß wandte sich an Zolp. „Welche Krankheitserscheinungen schreiben Sie der Geräuscheinwirkung zu?"

„Druckgefühl, Benommenheit, nervöse Überreizung, Gleichgewichtsstörungen, Herz- und Gefäßkrankheiten, Anämie, Hyperämie der Haut, der Magenschleimhäute, des Gehirns, Neurosen; Magengeschwüre und Störungen im Magen-Darm-Trakt."

Alfred schüttelte ungläubig den Kopf. „Welchen Einfluß kann Lärm auf die Verdauung haben?" fragte er.

„Es ist erwiesen, daß unter Lärmeinwirkung die Tätigkeit der Magenwände ebenso erschlafft wie die Peristaltik des Darmes."

„Weiter!" drängte der Teufel.

„Schallwellen dringen über den Gehörgang und durch den Schädelknochen hindurch ins Zwischenhirn ein und erzeugen Kopfschmerz, Schwindel, vaso-vegetative Übererregbarkeit, quälende Reizbarkeit, Schlaflosigkeit und Angstzustände, Abgespanntheit, schließlich Stumpfheit, Interesselosigkeit und Resignation."

Der Boß nickte wohlgefällig. „Ein Zustand der menschlichen Psyche, der uns für die Erreichung unserer Ziele bestens förderlich ist."

Rolande wandte sich an Zolp: „Die von Ihnen aufgezählten Symptome gleichen denen der Managerkrankheit."

„Jawohl", bestätigte der Teufel, „und an der Entstehung und Verbreitung dieses Leidens arbeitet eine Reihe anderer Dezernenten auch . . ."

„Ich beanspruche das Verdienst nicht für mich allein, Boß!" ereiferte sich Zolp. „Ich tue mein Bestes auf m e i n e m Sektor. Hier wie dort geht es um die Zerstörung der Gesundheit des einzelnen wie der Völker. Meine Aufgabe ist es, den a k u s t i - s c h e n Lebensraum einzuengen. Lärm ist eine der furchtbarsten und quälendsten Strafen, zu der ich die Menschheit verurteilt habe. Er erregt einen körperlichen und seelischen Alarmzustand, der auch im Schlaf entsteht und aufrecht bleibt. In den letzten Folgen führt starker Dauerlärm zur allgemeinen Schwächung der Widerstandskraft, der Arbeitsfähigkeit und Verminderung der Intelligenz."

„Paßt mir ausgezeichnet in mein Konzept für den Kampf gegen den Geist!" erkannte der Teufel an.

„Die Unruhe greift auf alles übrige Leben über. Die Sinneszellen und nervösen Regelorgane des menschlichen Körpers sind von Natur aus nicht für solche Dauerbeanspruchung eingerichtet. Die Schäden, die infolgedessen auftreten, werden vorerst nicht beachtet, später ihren Ursachen nach nicht erkannt. Die Behandlung ist daher zumeist eine Fehlbehandlung und erfolglos.

Lärm quält den Naturnahen und Gesunden mehr als die anderen, weil er Naturwidriges stärker empfindet. Lärm zerstört die Individualität und löscht die Persönlichkeit aus. Er ist der Schrittmacher der Vermassung, des kollektiven Denkens, der Diktaturen. Wer Sklaven braucht, muß laute Musik machen. Ich mache Musik!" Zolp lachte ein hohes, heiseres Lachen und zog den Rücken krumm.

Der Teufel nickte. „Eine Musik, die mir sehr wohl gefallen will, Zolp!" Es war das zweite Mal, daß der Boß seinem kleinen Dezernenten Lob zollte.

Der Lärmteufel fuhr fort: „Ich habe das pausenlose Getöse der vielstöckigen Wohnmaschinen erfunden und lobe mir die baumeisterliche Unfähigkeit und Profitgier, die sich in schallfördernden Wänden und Fußböden austobt. Ich züchte den Terror des Lärms. Ich habe die große, alles umfassende Maschinerie der Geräusche konstruiert, die das menschliche Nervensystem täglich hundertmal durchlaufen muß, um darin zerrieben zu werden. Ich überschwemme die Menschheit mit der steigenden Lärmflut der Technik. Nach Kräften habe ich dazu beigetragen, das Verkehrsgewühl zu verdichten, damit das Höllenkonzert des fortschrittlichen Straßenlärms von Jahr zu Jahr mächtiger anschwelle. Es steht in seiner akustischen Wirksamkeit dem Trommelfeuer des Krieges nicht nach.

Die Geräuschpegel der Stadtstraßen sind in den letzten zehn Jahren um das Doppelte angestiegen, und sie steigen weiter. Im Straßenlärm herrschen die tiefen Frequenzen vor, die vom Gehör nicht mehr wahrgenommen werden, dafür andere nervöse Empfangsorgane erregen. Diese aber dienen neben der Erzeugung bewußter Empfindungen auch der reflektorischen Steuerung der Gesamtfunktionen eines Organismus."

„Sehr gelehrt!" spottete der Boß.

„Den Druckschwankungen der Schallwellen ist auch ein Teil der Haut ausgesetzt. Alle diese Erregungen greifen störend in den Ablauf des körperlichen Geschehens ein. Sogar im Lärmversuch an Tieren haben wir Neurosen festgestellt. Die geschlossenen Häuserfronten geben ausgezeichnete Resonanzböden ab, besonders wenn sie — Dank sei unseren Baumeistern! — aus Beton und Glas sind. Sie verstärken den Krach um vierzig Phon."

„Kann mir darunter nichts vorstellen", brummte der Boß.

„Geräusch bis zu 40 Phon ist erträglicher Lärm. Die Atmosphäre stiller Wohngebiete aber wurde schon mit 60 bis 70 Phon gemessen. Bei 80 Phon verändert sich sprunghaft der Blutdruck. Die Straßenbahn lärmt mit 90, ein Moped, ein Laster, eine Sirene, eine Hupe lärmen mit 100 Phon. Die Hauptverkehrsstraßen erzeugen 110 Phon."

Bob sagte: „Das ist noch weniger als ein starker Donner, der alltägliche Lärm der Natur!"

Zolp nickte. „Er liegt bei 120 Phon, gewiß. Aber er ist ein kurzer Schlag, nicht mehr. Dauerlärm der gleichen Stärke übersteigt die Schmerzgrenze. Noch stärkerer Lärm kann töten. Das Geräusch der Flugzeuge mit Strahltriebwerk liegt bei 180 Phon. Es verursacht beim Vieh Nervosität und Frühgeburten, Rückgang der Milchleistung. Durch die bevorstehende Verdichtung des Flugverkehrs hoffe ich, die Qualen der Lärmhölle noch wesentlich verschärfen zu können."

Der Teufel lächelte beifällig. „Scheint doch ein braver Bursche zu sein, der Zolp! Wir werden ihn in der Rangordnung vorrücken lassen. Was treiben unsere Feinde?"

„Sie faseln, daß durch Grünanlagen der Lärm um 30 bis 40 Phon herabgesetzt werden könnte. Aber welcher städtische Grundbesitzer wird seinen kostbaren Boden für lächerliche Bäume und Sträucher opfern wollen? Wir können unbesorgt sein. Im übrigen redet und schreibt man gegen die Lärmplage, man schickt Meßtrupps aus, die den Straßenlärm messen sollen. Dabei aber wird es wahrscheinlich bleiben. Die allmächtige Industrie läßt sich vom Menschen nicht vorschreiben, wie, wo, wann und wieviel sie lärmen darf."

„Weiter!"

„Ich habe die Menschen lärmtaub gemacht. Bedauerlicherweise zeigt die menschliche Natur immer noch die Fähigkeit, den Organismus zu schützen. So hat die Empfindlichkeit des Gehörsinnes in den Großstädten um 15, auf dem Lande um 5 % abgenommen."

Rolande erwiderte: „Sie deuten es als Schutzmaßnahme, also als Positivum, ich könnte eine anwachsende Taubheit nur als Erkrankung ansehen . . ."

„In einer von teuflischen Prinzipien beherrschten Welt wechseln die Begriffe ihre Plätze, Mademoiselle. Die Grenzen verschwimmen. Das Gute wird böse, das Böse gut. Sie hören schlechter, umso mehr glauben sie, lärmen zu können. Unbekümmert unterwerfen sie ihre Mitwelt dem Terror ihres Bau-, Fabriks- und Verkehrslärms und würden jeden für unverschämt und verrückt halten, der sich dagegen verwahrte. Lärm ist das Merkmal der Barbarei und Dummheit. Am Geräusch des modernen Lebens gemessen, sind beide im Wachsen."

„Gut, Zolp!"

„Da Lärm dumm und roh macht, wird es dem Lärmenden nicht klar, daß er seinen Mitmenschen akustische Körperverletzungen zufügt und durch Lärm den friedlichen Besitz eines andern gewaltsam enteignet."

„Ich hörte, daß einige Länder über eine Lärmgesetzgebung beraten . . .", warf der Boß ein.

„Sie beraten, jawohl. Aber das ist ungefährlich. Was wird dabei herauskommen? Etwas, das weder den vielen Automobilisten, den Baufirmen, den Eisenbahn- und Fluggesellschaften noch der Masse der lärmenden und im Lärm badenden Wähler wehtut. Ein neues Paragraphenverzeichnis, nichts weiter. Meine Beauftragten werden auf jeden Fall dagegen stimmen. Oh, wir sind auf der Hut!"

„Noch etwas?"

„Besonders durch den Lärm gefährdet sind die Nerven des geistig arbeitenden Menschen. Ich habe daher zuerst die Städte zur Lärmhölle gemacht, die die seelische, geistige und leibliche Gesundheit untergräbt. Da aber die Städte sich anmaßen, Geburtsstätten aller Entscheidungen zu sein, verdanken wir dem Lärm zweifellos eine erfreulich lange Reihe von Fehlleistungen auf dem Gebiet der Politik, der Verwaltung, der Kunst und Wissenschaft."

„Klingt reichlich übertrieben, Zolp! Wenn ich mit Ihnen auch zufrieden bin, so heißt das doch nicht, daß Sie überheblich sein sollen!"

Zolp tat, als hätte er nicht hingehört. „Aber auch auf dem Lande habe ich die Stille abgeschafft. Die Landschaft braucht ihre Ruheräume, wenn sie lebendig bleiben soll. Da unnatürliche Geräusche eine Beschmutzung der Landschaft sind, habe ich alles getan, um sie zu besudeln. Sturmflutartig brandet der Verkehrslärm geschlossener Talsiedlungen an den Hängen hinaus bis zu den Gipfeln der Berge. Es gibt kein Dorf, das nicht mehr Motorräder als Höfe hat. Traktoren, Autos und Omnibusse walzen die ländliche Ruhe nieder. Kein Wald, der nicht durch Motorengeratter geschändet ist. Unsere Freunde im bayerischen Landtag forderten im Interesse des Fremdenverkehrs die Freigabe der Forststraßen. Der Erfolg ist, daß heute schon eine ganze Anzahl angeblich gesperrter Forststraßen gegen eine Gebühr befahrbar ist. Für viele Waldgebiete läßt sich die Preisgabe an den motorisierten Fremdenverkehr nicht mehr aufhalten."

Sten schaltete sich ein: „Für den Augenblick wird der Fremdenverkehr vielleicht dadurch profitieren. Dann aber werden die Erholungsuchenden und die nichtmotorisierten Feriengäste sich nach stillen und ursprünglichen Gebieten verziehen."

„Die ich ihnen nach Kräften auch lärmverpesten werde!" lachte Zolp. „Mit Lärm habe ich alle verschwiegenen Winkel der Land-

schaft entheiligt, sogar den legendären Abendfrieden der ein-
schlummernden Erde habe ich liquidiert: Wenn am Abend der
Traktorführer ermüdet von der Maschine steigt, naht die Ab-
lösung, macht die Scheinwerfer an und ackert weiter, die halbe
oder die ganze Nacht hindurch. Die Erde schläft nicht mehr. Der
Lärm zertrampelt die Seele der Landschaft."

„Ich sehe, Sie nehmen Ihre Aufgabe ernst!" sagte der Teufel.

„Es bleibt keine Lücke."

Alfred hob den Kopf. „Ein Mann mit einem Traktor leistet so
viel wie zehn Männer mit zehn Paar Pferden. Es ist daher für den
Bauern ganz selbstverständlich und unvermeidbar, mit Maschinen
zu arbeiten. Lächerlich, ihm das zu verübeln oder gar verwehren
zu wollen!"

„Tun wir gar nicht, Herr Groot, wollen wir gar nicht, im Gegenteil!" erwiderte der Boß. „Und das ist das Merkmal des Teuflischen in der Welt: daß es selbstverständlich, notwendig, natürlich, logisch, unvermeidbar und vor allem wirtschaftlich ist!"

„Ich halte das nicht für allzu wichtig", sagte Alfred — er war
überheblich wie immer —, „das mit der Landschaft. Wer hört hier
schon den Lärm?"

Der Teufel antwortete ihm. „Ich verstehe. Weil Ihnen als Tech-
niker die Landschaft, die Natur, die Erde unwichtig erscheinen.
Landschaft und Mensch sind eins, merken Sie sich das! Stirbt die
Seele dort, so stirbt sie hier."

„Und um den Tod der Seele geht es!" ergänzte Zolp. „Ich habe
sie in Lärm getaucht, hihi! Im Lärm vergißt sie zu atmen. Der
Lärm vergewaltigt sie, vernichtet Gefühl und Gewissen. Der
Lärm ist meine Hypnose, der sich keiner entziehen kann. Ich habe
die Menschen unterjocht. Ich habe ihren arteigenen Rhythmus gestört, ich habe ihren Wesenskern zertrümmert. Mit dem Getöse
der äußeren Welt habe ich sie von ihrer inneren Welt abgeschnitten, vom Menschsein, vom wirklichen Leben."

VII

FEINE LEUTE ESSEN FEINE SACHEN

„Nun", schmunzelte der Teufel, als sie allein waren, „wie gefällt Ihnen das?"

Keiner der Menschen antwortete. Jeder war mit seinen eigenen
Gedanken beschäftigt. Die Fülle des Gehörten verwirrte und be-
lastete.

„Ich sehe, Sie sind beeindruckt!" stellte der Boß mit Befriedigung fest. Er hielt es für gut, das Trommelfeuer nicht abreißen
zu lassen. Er drückte auf den Knopf.

„Ist Morf bereit?" Dann wandte er sich wieder den Gästen zu.
„Die Nahrung ist der Umweltfaktor Nummer eins. In einer über
Jahrmillionen reichenden Versuchsreihe hat die Natur den lebenden Organismus den vorhandenen Ernährungsmöglichkeiten angepaßt. Die naturgegebene Nahrung enthält tausend Stoffe, die
der Mensch niemals alle kennen wird. Jeder davon hat eine oder
mehrere Aufgaben, aber sie können zumeist nur in harmonischer
Verbindung mit den anderen Stoffen gelöst werden. Die biologische Ganzheit der Nahrung ist die Voraussetzung für die Ganzheit des Lebens. Die Entartung der Kost aber führt zur Entartung
des Menschen. Zu diesem Zweck habe ich ein wichtiges Dezernat
geschaffen, um der Nahrung durch künstliche Veränderung die
Wertstoffe zu entziehen."

Der Dezernent für Feinkost trat ein. Es ist schwierig, dachte
Rolande, das Alter dieser Kreaturen des Teufels abzuschätzen.
Alle waren von der gleichen Vitalität, ob sie nun alt oder jung
aussahen. Und wahrscheinlich konnte der menschliche Begriff des
Alterns auf sie nicht angewendet werden.

„Das ist Morf", stellte der Teufel vor, „Nummer 26. Die Gäste
sind vorbereitet. Beginnen Sie!"

„Unveränderte, natürliche Nahrung aus gesundem Boden ist ein Mittel des Lebens. Der in der Erbmasse gegenwärtige Bauplan kann nur verwirklicht werden, wenn die von der Natur vorgesehenen Baustoffe vollzählig und vollwertig zur Verfügung stehen. Nur die naturbelassene einfache Nahrung gewährleistet die volle Entwicklung aller körperlichen, geistigen und seelischen Möglichkeiten des einzelnen, eines Volkes, der Menschheit. Ich blies dem fortschrittshörigen Menschen den überheblichen Glauben ein, die Nahrung willkürlich nach wirtschaftlichen, technischen, organisatorischen, feinschmeckerischen und modischen Gesichtspunkten verändern zu sollen, ohne auf die biologischen Voraussetzungen Rücksicht zu nehmen. Dadurch verliert sie den größten Teil ihrer Lebensstoffe. Aus minderwertiger Nahrung erwächst eine minderwertige Welt. Wer Totes ißt, stirbt daran. Mein Dezernat hat die überaus schwierige und wichtige Aufgabe übernommen, Lebensmittel in Todesmittel zu verwandeln. Mein Programm ist verhältnismäßig einfach und schnell umrissen: möglichst intensive und wiederholte Bearbeitung und Erhitzung der Nahrung, Verdrängung der aus dem vollen Korn bereiteten Getreidekost, Steigerung des Verbrauches von tierischem Eiweiß und Fett, Einführung und Anpreisung weicher Nahrung an Stelle von harter, fortschreitende Verfeinerung der Zubereitungsarten.

Auf diese Weise habe ich die zivilisierten Völker einer krankmachenden, Körper, Geist und Seele schwächenden Halbernährung unterworfen. Durch meine weltweite Propaganda lasse ich gerade jene Kost als gesund, bekömmlich, fortschrittlich, modern und schmackhaft erscheinen, die möglichst wenige Lebensstoffe enthält. Sie gehört sozusagen zum guten Ton. Die übliche zivilisierte Mangelkost ist zur selbstverständlichen Norm geworden, und die Großen, die Reichen sind es gerade, die den übrigen die Dekadenz der Ernährung in verführerischen Bildern vorleben. Und damit die große Masse davon nicht ausgeschlossen bleibt, predigen wir die Steigerung des sogenannten Lebensstandards, worunter der kleine Mann in erster Linie mehr und raffiniertes Essen versteht.

Ich habe die Nahrung zum Handelsgegenstand gemacht und die Profitgier vor meinen Wagen gespannt. Tausende ahnungsloser oder skrupelloser Verdiener besorgen meine Geschäfte, indem sie eine hemmungslos auf Absatzsteigerung ausgerichtete Technik auch in den Dienst der Lebensmittelversorgung stellen."

Sten sprach: „Überall in der Welt gibt es Vereine, die sich die Bekämpfung solcher Mißbräuche und die Einführung einer gesunden Ernährungsweise zum Ziel gesetzt haben."

Morf: „Ich dulde sie gewissermaßen als Sicherung für den Fall, daß ein Teil meines Dezernats einmal auffliegen sollte. Dann werden die Menschen glauben, es geschehe ohnehin etwas, und sich wieder beruhigen. Im übrigen sind die Reformer zahlenmäßig schwach und ohne Einfluß. Meine Agenten haben den Auftrag, sie allenthalben als Narren und Phantasten zu deklarieren.

Kein menschliches Laster ist so tief verwurzelt wie die Ernährungsunsitten, und nichts kann die Menschen so böse machen wie ein Angriff darauf. Der Gaumen ist ein unbarmherziger Tyrann. Er rebelliert, wenn man ihm seine raffinierten Freuden vorenthalten will. Jedes von der Natur bereitgestellte Lebensmittel ist in sich vollkommen. Werden ihm auch nur einzelne Lebensstoffe entzogen, so verhindert ihr Fehlen die Aufnahme und Verdauung auch anderer Lebensstoffe, so daß sie praktisch wertlos geworden sind. Kalk und Phosphor der Magermilch können vom Körper nicht aufgenommen werden, weil das Butterfett fehlt. Von entscheidender Bedeutung ist, daß durch Mangelnahrung die Erbmasse geschädigt wird."

„Eine kühne Behauptung!" entgegnete die Ärztin.

„Geben Sie ein Beispiel!" forderte der Boß.

Morf dachte eine Weile nach. „In meinem Laboratorium verkümmern gesunde Tierrassen von einer Generation zur anderen. Bei einer Nahrung, in der nur ein einziger lebenswichtiger Stoff fehlt, verlieren Ratten ihre Zeugungsfähigkeit und vergreisen.

Kälber werden blind geboren, Schweine zeigen verkümmerte Kiefer, Kaninchen werden so anfällig, daß sie jeder Infektion zum Opfer fallen. Ich habe Versuche mit Katzen angestellt."

„Warum nicht mit Menschen?" fragte Sten spitz.

Der Teufel drehte sich nach ihm um. „Wir experimentieren selbstverständlich auch mit Menschen. Sie werden diese Abteilung vielleicht sehen. Hier ging es um die schnelle Folge der Generationen."

Morf: „Mein Versuch erstreckte sich über acht Geschlechterfolgen. Wir haben Katzen ausreichend, aber ausschließlich mit gekochtem Fleisch gefüttert. Sie zeigten schon in der ersten Generation auffallende Entartungssymptome. In der zweiten Generation traten bereits starke Abweichungen vom Rassentyp auf, die auch beim Menschen zu beobachten sind: verengtes und zusammengeschobenes Gesicht infolge Zurückbleibens des mittleren Gesichtsdrittels, spitzes Kinn, Verengung der Zahnbögen, Unregelmäßigkeit der Kieferbildung und der Zahnstellung. Die dritte Generation wäre ausgestorben, wenn sie nicht durch eine vollwertige Ernährung gerettet worden wäre. Aber es dauerte vier volle Generationen, bis wieder normale Tiere geboren wurden."

Bob warf ein: „Dabei ist Fleisch die natürliche Raubtiernahrung!"

„Durch das Kochen waren die Lebensstoffe zerstört worden."

„Soll das heißen, daß der Teufel Rohköstler ist?" fragte Rolande lächelnd.

Morf: „Unser Beispiel ist nicht maßgebend. Da die Rohkost die natürliche und lebendige ist, propagieren wir in der Menschenwelt selbstverständlich das Gegenteil."

Rolande: „Der menschliche Organismus hat sich völlig auf gekochte Nahrung eingestellt."

Morf: „Gewiß. Und da der Verdauungstrakt fast aller zivilisierten Menschen entartet und erkrankt ist, vermag er gesunde Lebensstoffe gar nicht mehr völlig zu verwerten. Tatsache bleibt, daß durch Kochen der Nahrung Vitamine, Enzyme, Nährsalze und Auxone geschwächt oder vernichtet, die wichtigsten Mineralstoffe verändert werden. Das Blut von Krebskranken zeichnet sich durch einen auffallend geringen Enzym-Gehalt aus."

„Mag sein. Ich für meinen Teil fühle mich völlig gesund", sagte der Techniker.

„Ich verstehe. Man fühlt sich vollkommen gesund. Und sollte das nicht immer ganz zutreffen, so stempelt man alle diese auf die sogenannte gutbürgerliche Kost zurückgehenden Mißstimmungen und Schwächen, die das Erscheinungs- und Leistungsbild des Menschen herabsetzen; die schnelle Ermüdbarkeit, die Minderung der Abwehrkräfte, die Stoffwechselträgheiten und Kreislaufkrankheiten, die Selbstvergiftung vom Darm her — man stempelt sie ganz einfach zur Gesundheit, nicht wahr, und bildet sich damit ein, gesund zu sein. Aber das ist nur eine Scheingesundheit, die ohne die Tabletten in der Nachttischlade oder ohne den Arzt mit der Spritze im Hintergrund rasch zusammenfallen würde."

Der Techniker winkte ab. „Ach", sagte er, „ich esse seit je, was mir schmeckt, und das schadet mir nicht!"

Morf: „Mein wirksamster Bundesgenosse bei der Erreichung meines Zieles ist die Überheblichkeit, die der Ignorant Ernährungsfragen gegenüber zeigt."

Der Boß unterbrach: „Machen Sie weiter, Morf!"

Morf: „Durch Vitaminmangel der Mutter wurden im Tierversuch Mißbildungen des Gaumens hervorgerufen. Dieselbe Entartung findet sich in USA bei 19 % der Bevölkerung, bei 55 % der Kriminellen, bei 70 % der Epileptiker, bei 80 % der Geisteskranken und bei 82 % der Geistesschwachen."

Rolande: „Und Sie wollen behaupten, daß diese Erscheinungen auf falsche Ernährung zurückgehen?"

Morf: „Darüber kann kein Zweifel bestehen. A-Vitamin-Mangel in der Nahrung der Mutter verursacht Blindheit, Sterilität, Wolfsrachen, Klumpfüße und andere Mißbildungen."

Alfred: „Die Ernährungswissenschaft hat es uns ermöglicht, der Nahrung fehlende Lebens- und Mineralstoffe in beliebiger Menge und Mischung beizugeben ..."

Morf: „Die menschliche Ernährungswissenschaft ist noch sehr jung, Herr Groot, und für die unendlich komplizierten Vorgänge bei Auf- und Abbau, Erhaltung und Verfall der lebendigen Substanz hat sie nur einen Urwald von Fragezeichen. Was sie weiß oder zu wissen glaubt, ist Stückwerk. Geben Sie sich nicht der Illusion hin, daß entlebendigte Nahrung etwa durch Vitamingaben vollwertig zu machen sei! Die lebendige Nahrung enthält 50 Vitamine, 40 Mineralien, 20 Aminosäuren, 150 Enzyme in verschiedener harmonischer Mischung. Mehr als 107 Elemente haben als Aktivatoren der Enzyme am biologischen Geschehen ihren Anteil. Diese hohen Zahlen allein machen eine bewußte Anwendung oder gar künstliche Komposition unmöglich. Dazu kommen noch die Aromastoffe und Fermente, ferner die Stoffe, die von Darmbakterien gebildet werden. Ein unübersehbares Gemisch, das der Körper von selbst zu ordnen vermag, wenn alles vorhanden ist. Er kann aus dem Angebot auswählen und dorthin lenken, wo ein Bedarf besteht. Wenn aber nur Mangelhaftes angeboten wird, kann er das nicht. Es ist dem Menschen keine Methode bekannt, durch die alle Stoffe der Nahrung analysiert und berechnet werden können. Der Ganzheitswert der lebendigen Nahrung ist unerforschbar wie die Entstehung des Lebens. Selbst dem Auge des Arztes bleibt oft verborgen, daß die nicht ausreichende Zufuhr von Lebensstoffen, Mineralsalzen und Spurenelementen die Gesundheit eines Menschen langsam, aber unerbittlich vermindert und zu Abbau, Rückbildung, Degeneration führt."

Sten: „Ich denke, daß in einer quantitativ ausreichend ernährten Menschheit etwaige Mängel durch die Vielfalt des Verfügbaren ausgeglichen werden."

Morf: „Sie haben es nicht erfaßt. Gerade im Überfluß hungern die Völker. Degenerationserscheinungen infolge von Mangelnahrung sind zum Beispiel bei den Dänen, die 3 300 Kalorien, und den Iren, die 3 485 Kalorien täglich verzehren, besonders verbreitet."

Bob: „Wir wissen längst, daß der Kalorienzauber faul ist."

Morf: „Er wurde vor nicht allzulanger Zeit der Menschheit durch unsere Beauftragten als der Stein der Weisen aufgedrängt, um sie glauben zu machen, daß in der Ernährung die Quantität Trumpf und die Qualität Nebensache sei."

Der Boß lachte: „Viele unserer lobenswerten Hausfrauen legen immer noch großen Wert auf die Menge und nicht auf den Wert der Nahrung, die sie auf den Familientisch bringen. Ich wette, keine von ihnen weiß, wie sehr sie des Teufels ist!"

Morf fuhr fort: „Oder nehmen wir die Schweiz mit ihrem hohen Lebensstandard! 1936 waren nur 23 % der Rekruten ausreichend mit Vitaminen versorgt. 57 % wiesen eine latente Hypovitaminose und 10 % eine ausgesprochene C-Hypovitaminose auf. Bis zum Jahre 1941 hatten sich diese Zahlen auf 11 und 67 und 32 % weiterentwickelt. Hier hilft keine künstliche Anreicherung der Nahrung mit einigen dem Menschen zufälligerweise bekannt gewordenen und von ihm synthetisch hergestellten Substanzen. Es gibt nur eine Möglichkeit, das Leben gesund und edel zu erhalten: Die Nahrung muß in dem von der Natur bereitgestellten Zustand belassen werden. Ein aus den lebendigen Zusammenhängen herausgerissenes Nahrungsmittel bleibt für immer zerstört und minderwertig. Umso mehr propagiere ich die überhebliche Meinung, daß das Leben durch die chemische Fabrik zu ersetzen sei. Sehen Sie auf den Schirm, um meinen Freund J. Rosin, Direktor der Versuchsanstalten der Montrose Chemical Company, zu sehen und zu hören!"

Rosin: „Es ist gelungen, Duftstoffe, Gummi, Textilfasern durch chemische Synthese billiger und weit besser herzustellen. Wenn wir wollen, werden Getreide, Reis und Mais überflüssig. Aminosäuren, aus denen unser Körper die nötigen Eiweißstoffe bildet, können wir künstlich bereiten. Auf dem Wege zur Synthese des Fettes sind wir heute schon ein großes Stück weitergekommen durch die Härtung der Margarine, die kein Ersatz für Butter ist, sondern eine chemisch hergestellte Butter. Margarine ist billiger und gleichmäßiger zusammengesetzt als Butter, beide sind praktisch identische Substanzen."

Der Teufel hob die Hand: „Merken Sie sich das Wort dieses hervorragenden Experten! Lebende und tote Substanz sind praktisch identisch!"

Rosin sprach weiter: „Die Menschheit muß alles daransetzen, die chemischen Industrien mit genügend Geldmitteln zu versehen. Das ist nur mehr die einzige Voraussetzung, um das machen zu können, was die Pflanze macht. Die Chemie wird es erfolgreicher und vor allem billiger machen!"

Morf schaltete aus. Der Boß lachte. „Hoffentlich gelingt es unseren wackeren Chemikern bis dahin auch, den Menschen synthetisch zu erzeugen, besser und billiger als bisher. Neuzeitliche Menschen werden es vermutlich ablehnen, sich noch auf natürliche Weise fortzupflanzen. Und wer würde das viele gute Essen, das die chemische Industrie herstellen wird, verzehren?"

Morf: „Durch die Entfernung der Lebens- und Schutzstoffe gewinne ich die denaturierten Nahrungsmittel des sogenannten Wohlstandes."

Alfred: „Es haben sich aber viele Generationen mit dieser von Ihnen als Mangelkost bezeichneten Nahrung ernährt und gesund erhalten, fast alle haben ein hohes Alter erreicht . . ."

„Das Leben ist zäh. Es wehrt sich generationenlang gegen den Tod. Fehler in der Ernährung brauchen nicht sogleich zur Krankheit zu führen. Sie zeigt sich allmählich, zuerst bei einem kleinen Kreis von Anfälligen. Die Inkubationszeit für Erkrankung infolge falscher Ernährung beträgt 20 bis 40 Jahre. Wer in der Jugend fehlt, muß später die Rechnung begleichen. Der schleichende Tod tut nicht weh, und darum glaubt keiner daran, bis es zu spät ist!"

Alfred: „Sollte man nicht annehmen, daß der natürliche Instinkt des Menschen einfach durch den Appetit das Richtige treffen muß? Ich stehe auf dem Standpunkt: Wonach ich Verlangen habe, das braucht mein Körper."

„Gut, daß Sie davon sprechen", lachte der Teufel. „Was die Natur im Laufe von Jahrhunderttausenden als für das Leben notwendig und tauglich ermittelt hat, erhebt sie zum Gesetz und erzwingt den Gehorsam durch die Instinkte. Aus den Instinkthandlungen entwickelt sich die Tradition, durch die das Leben gesund weitergeführt werden kann, wenn die Instinkte geschwunden sind. Mein erster und entscheidender Sieg über das menschliche Leben war die Auslöschung der Instinkte. Die Überlieferung zu zerstören ist schon wesentlich leichter. Sie werden nun verstehen, warum ich auf allen Gebieten des Lebens gegen die Tradition wirke!"

Morf: „Wir haben auch den natürlichen Futterinstinkt des Menschen ausgelöscht. Keine Rasse der Welt weiß heute noch zu unterscheiden, welche Nahrung ihr bekommt und welche ihr schadet. Ich habe die Eßlust irregeführt, ich habe die Gaumen verwöhnt. Und ich habe dafür gesorgt, daß die Industrie nur noch krankmachende Kost erzeugt und die Läden nur noch entartete Nahrungsmittel feilhalten."

Der Teufel: „Umreißen Sie die Auswirkungen!"

Der Berichterstatter griff nach einer Mappe, die auf dem Ecktischchen lag, blätterte darin. „Das Defizit der Industriekost an Lebensstoffen wirkt sich schon auf das Keimplasma aus. Von einer Generation zur anderen nimmt die Anfälligkeit zu. Jeder Mensch erleidet bereits vor der Geburt Schäden infolge falscher Ernährung der Mutter. Das Kind wird geboren, geliebt, umsorgt und mit Dingen gefüttert, die seine Gesundheit und damit sein Lebensglück untergraben. Und es bereitet mir Genugtuung, Ihnen mitteilen zu dürfen, daß gewisse vielgerühmte und allenthalben durch Gelehrtengutachten propagierte Kindernährmittel am Knochengerüst und schon lange vor dem Durchbruch an den Zähnen bleibende Defekte verursachen. Diese Schäden gehen in erster Linie auf Kalkmangel zurück, der schon von der Kalkarmut des Ackerbodens seinen Ausgang nimmt. Wenn die Nahrung zu wenig Calcium enthält, reißt der Körper sogar seine eigene Struktur nieder, um daraus den für die Drüsensekretion und andere Stoffwechselprozesse nötigen Kalk zu holen. Er zehrt dann von dem ihm einzig zugänglichen Calciumvorrat in Zähnen und Knochen. Den brüchigen Knochenbau habe ich in der zivilisierten Welt allgemein einführen können. 80 % aller Knochenbrüche könnten verhütet werden durch lebendige, vollwertige Kost aus gesundem Boden. Die Folgen des Kalkmangels sind Kiefermißbildungen, Gebißanomalien, Zahnfäule, Hasenscharten, Gaumenspalten. Der verengte Brustkorb schafft die Veranlagung für Tuberkulose, die Unterentwicklung des Beckens verlängert die Wehen, führt zu Fehl- und Totgeburten oder einfach zu Schwierigkeiten, die Kinderarmut zur Folge haben, weil man das Risiko einer weiteren Geburt nicht mehr tragen will."

Rolande wandte ein: „Durch entsprechende Kalkgaben seitens des Arztes können alle diese Erscheinungen geheilt oder gemildert werden."

Der Teufel: „Womit wieder einmal das Symptom an Stelle der Krankheit behandelt wäre."

Morf setzte fort: „Mineralmangel in der Nahrung führt zu Erschlaffung, Absinken der inneren Organe, inneren Blutungen, Krampfadern. Die Vitalität schwindet. Die Batterien erschöpfen sich, der Körper wird müde, das Leben erscheint wertlos und sinnlos."

Der Teufel: „Gut, Morf. Gleichgültigkeit und Resignation dienen mir bestens zur Förderung des Untergangs!"

„Es folgen Leistungsabfall, verminderte Konzentrationsfähigkeit, innere Unruhe, fortschreitender Gesundheitsabstieg, Herzbeklemmungen und Herztod im besten Alter, auf jeden Fall vorzeitige Invalidität und damit Beschäftigungsausfall."

Alfred: „Wir hörten eine Reihe anderer Dezernenten, die solche Erscheinungen für sich buchen!"

Der Teufel: „Es arbeiten alle zusammen. Haben Sie das noch nicht begriffen?"

Morf: „Um das Jahr 1800 datiert ein Wendepunkt in der Ernährung. Seither ist der Verbrauch an Fett um das Doppelte, an Rindfleisch um das Vierfache, an Schweinefleisch und Weißmehl um das Neunfache, an Zucker um das Zehnfache gestiegen. Demgegenüber steht eine Abnahme der Vollkornnahrung auf ein Neuntel."

Alfred wandte ein: „Der menschliche Organismus hat sich aber umgestellt und könnte diese Kost ohne Schaden sicherlich nicht mehr entbehren."

„Anpassung des Lebens an Umweltveränderungen ist nur in unendlich langen Zeiträumen möglich. Alle kurzfristigen Umwandlungen führen zu Krankheit und Tod. Der menschliche Organismus war auf natürliche Grobkost eingerichtet. Er läßt alle Organe verkümmern, die nicht ihrer Bestimmung gemäß benutzt werden. Daher führt die Feinkost zur krankhaften Entartung oder Verkümmerung von Leber, Niere, Magen und Darm. Die multiple Sklerose, eine reine Stoffwechselkrankheit, tritt nun schon zwischen dem 30. und 40. Lebensjahr auf. Die Zuckerkrankheit breitet sich immer mehr aus. Dazu kommen vorzeitiges Altern, allgemeine Anfälligkeit, Körperschwäche, Störung der Sinnesorgane, Unfruchtbarkeit, degenerative Abweichungen von der Norm, Unterentwicklung, die als Prädisposition für die Kinderlähmung anzusehen ist."

Die Ärztin schaltete sich ein: „Für die Kinderlähmung vermutet die Wissenschaft andere Ursachen!"

Morf: „Völker, die Primitivkost essen, kennen keine Kinderlähmung. Und nicht zu vergessen: die Verunstaltung der Lebensmittel führt zur Verkrebsung der Menschheit. In Afrika gab es keinen Krebs, ehe die zivilisierte Ernährungsweise eingeführt wurde. Der nur von Ladenkost lebende Mensch merkt nichts von der allmählichen Vergiftung des Organismus. Plötzlich ist der Krebs da. Er befällt immer mehr junge und jüngste Menschen.

In Nordschweden, wo jeder sechste Mensch krebskrank ist, sind schon anderthalbjährige Kinder an Krebs gestorben.

Mit Hilfe der Zivilisationskost habe ich aus der Menschheit eine stumpfe und scheinsatte Herde fetter, verstopfter, zahnloser und plattfüßiger kranker Tiere gemacht. Ganz besonders aber muß ich als Feinkostteufel meinen Beitrag im Kampf gegen den Geist hervorheben. Das Gehirn ist von der ausreichenden Zufuhr organischer Mineralien wie Eisen, Calcium und Natrium abhängig. Da sie in der modernen Feinkost nahezu fehlen, kümmert allenthalben der Geist."

Der Teufel lachte: „Das gefällt mir wohl, Morf!"

„Mangelnahrung kann zu schweren Fällen geistiger Entartung führen. Nur der völlig gesunde und gesund ernährte Mensch vermag kulturschöpferisch zu sein. Daher hat die Menschheit die kulturbildende Kraft verloren."

„Leicht übertrieben, so wie fast alles, was wir hier zu hören bekommen!" quengelte der Techniker. Morf kehrte sich nicht daran.

„Gerade auf das Seelenleben hat die Mangelnahrung eine ausgezeichnete Wirkung. Schlackenarme und entwertete Kost, vor allem reichliche und einseitige Fleischernährung, führt zu einer Übersäuerung der Gewebesäfte und damit zu einer gesteigerten Erregbarkeit des Nervensystems. Die Säure überträgt sich auf das Wesen des Menschen.

Darmfäulnis führt zur Selbstvergiftung von Körper, Geist und Seele. Wir haben es an zwei Rattenkolonien ausprobiert. Die eine wurde reichlich mit Mangelkost gefüttert. Die Tiere wurden bissig und unverträglich. Die anderen, vollwertig ernährten, boten ein Bild des Friedens.

Die saure Stoffwechsellage hat erhöhte Entzündungsbereitschaft, körperlich vom Schnupfen bis zum Krebs, seelisch von depressiver Reizbarkeit bis zur explosiven Streitsucht, zur Folge. Primitive, die sich von ihrer angestammten natürlichen Kost nähren und infolgedessen völlig gesund sind, zeigen Ausgeglichenheit, Beständigkeit, Freundlichkeit und Harmonie, sie sind arbeitsam, verträglich, gastlich, redlich und hilfsbereit. Der zivilisierte, das heißt durch Industriekost krank gemachte Primitive wird heimtückisch, reizbar, unruhig, sprunghaft und unberechenbar.

Meine Propaganda hat daher ganz besonders bei den Farbigen eingesetzt. Hinter der Maske eines gesteigerten Lebensstandards vermitteln wir ihnen entartete Nahrungsmittel und damit Krankheit und Aufsässigkeit. Sie alle wollen nur noch essen, was der weiße Mensch ißt, und der versorgt sie um des guten Geschäftes willen reichlich mit Zivilisationskost."

Der Teufel lachte schallend. „Und da wundern sich die Europäer, daß die Eingeborenen allenthalben gegen sie aufstehen!"

Alfred fragte: „Welche Nahrungsmittel haben Sie vor allem im Auge?"

„Meine besten und zuverlässigsten Krankheitsmittel sind weißer Zucker und weißes Mehl. Ihnen fehlen die fettlöslichen Pflanzenstoffe, die Vitamine A und C, die Antiskorbutstoffe, sowie der größte Teil der Mineralstoffe. Sie sind völlig aus ihren natürlichen Zusammenhängen herausgerissene, tote Substanzen."

Alfred: „Nahrungsmittel, die allgemein als unschädlich angesehen werden."

Morf: „Die so häufig angewendete irreführende Etikettierung als ‚unschädliche Nahrungsmittel' stellt die ganze Ahnungslosigkeit des modernen Menschen bloß. Gewiß sind denaturiertes Mehl und raffinierter Zucker zunächst scheinbar unschädlich. Aber hat die Nahrung nicht noch andere Aufgaben, als unschädlich zu sein? Wie die Folgen eindeutig beweisen, sind diese ‚unschädlichen' Nahrungsmittel auf die Dauer weit schädlicher als eine einmalige Giftdosis.

Dem Getreidekorn entziehe ich zunächst durch die kunstvollen Mechanismen der Hochmüllereitechnik die Randzonen und den Keimling, also die Speicher der Sonnen- und Lebenskraft. Weizenkleie enthält dreizehnmal so viel Eisen wie Weizenmehl, Roggenkleie 47 mal so viel wie das Roggenmehl. Weißes Brot steht mit seinem Eisengehalt von 0,03 Tausendstel Teilen in der Trockensubstanz beinahe auf der untersten Stufe aller Nahrungsmittel. Der Eisengehalt des Blutes regelt die Aufnahmefähigkeit des Organismus für Sauerstoff. Aus Sauerstoffmangel der Zellen entsteht Krebs.

Weißbrot enthält nur 0,4 Teile Kalk auf 1 000 Teile Trockenmasse. Damit steht es auf der untersten Stufe der Skala der kalkarmen Nahrungsmittel. Muttermilch dagegen enthält 5,8 %, Gemüse und Früchte haben 5 und 10 bis 38,5 % Kalk.

Mein zweiter bewährter Bundesgenosse im Vernichtungskampf gegen die menschliche Gesundheit ist der weiße Industrie-Zucker."

„Was ist gegen den Zucker vorzubringen?" fragte Alfred. „Meines Wissens ist er unentbehrlich!"

„Sie haben recht. Der Zucker, den die Pflanze als Nahrungs- und Baustoff bildet, ist ein Grundelement des Lebens. Er kommt im Zuckerrohr mit 14 %, in der Zuckerrübe mit 17 bis 20 % vor, zusammen mit Chlorophyll, Spurenelementen und Mineralien. In dieser Konzentration und Zusammensetzung ist der Zucker als lebendiges Naturprodukt ein vollwertiges Lebensmittel, unübertrefflich und unersetzbar, weil er alle für das Leben notwendigen mineralischen Baustoffe in organischer Form enthält. In der Zuckerfabrik aber wird er einem langen und komplizierten industriellen Verfahren unterworfen.

Der Zuckersaft wird mit Kalkmilch erhitzt, wobei Calciumsalze und Eiweißstoffe ausfallen. Durch die alkalische Reaktion werden alle Vitamine vernichtet. In der weiteren Verarbeitung kommt der Zucker mit Ätzkalk, Kohlensäure, Schwefeldioxyd, Natriumbikarbonat in Berührung. Die Masse wird dann mehrere Male gekocht, abgekühlt, kristallisiert, zentrifugiert. Die Melasse noch wird durch Strontiumhydroxyd entzuckert.

Dann kommt die bereits leblose Masse in die Raffinerie. Sie wird mit Kalk-Kohlensäure gereinigt, mit schwefliger Säure gebleicht, durch Knochenkohle filtriert, mit Indanthrenblau, einem Teerfarbstoff, oder dem giftigen Ultramarin gefärbt. Das Endprodukt dieses raffinierten Prozesses ist ein chemischer Stoff, Saccharose, C 12 H 22 O 11, der in den Kaufläden als Kristall-, Staub-, Würfel-, Hut- oder Kandiszucker dargeboten wird. Mit Schlauheit und Tücke haben wir aus einem natürlichen Lebensstoff ein Krankheitsmittel gemacht. Fabrikzucker hat jeden Kontakt mit den vitalisierenden Salzen und Oxydationsfermenten verloren und ist ein völlig toter Kunststoff, für dessen Verdauung der Organismus nicht eingerichtet ist. Alle Lebens- und Schutzstoffe sind entfernt, verdünnt, denaturiert. Das Endprodukt der Zuckerfabrikation hat eine Dichte von 98,4 bis 99,5 % und wirkt in solcher als Gift."

„Ein großes Wort, das Sie erst beweisen müssen!" murrte die Ärztin.

Morf: „Fragen Sie einen Landwirt, was geschieht, wenn er seine Äcker mit einem siebenmal stärkeren Konzentrat düngt, als sie aufnehmen können! Alle Pflanzen würden absterben. Der Industriezucker wirkt reizend auf die Schleimhäute, Gewebe, Drüsen, Blutgefäße und Verdauungsorgane des Menschen. Zucker ist das einzige Nahrungsmittel, das kein Wasser enthält. Er ist die Mangelnahrung Nummer eins. Er wirkt wie ein Einbrecher im Organismus, der alle ihm fehlenden, zu seinem Abbau jedoch notwendigen Vitalstoffe, Spurenelemente und organischen Mineralien brutal an sich reißt. Zucker verbindet sich leicht und gerne mit dem Kalk. Er baut daher — ebenso wie das weiße Mehl — Knochen und Zähne von innen her ab.

Andererseits verändert er den Speichel, so daß die Zähne auch von außen her angegriffen werden. Die Flüssigkeiten des Zahngewebes haben einen Druck von etwa 7 Atü. Der Industriezucker steigert den osmotischen Druck des Speichels bis zu 33,8 Atü. Er dringt wie ein Sprengkeil mit einem Überdruck von nahezu 27 Atmosphären durch alle Ritzen und Lücken in die Zähne ein.

Ferner: mineralreiche Grobstoffe in der Nahrung regen die Darmbewegung an. Da sie dem raffinierten Zucker völlig fehlen, eignet er sich vorzüglich dazu, die Eigenbewegung des Darmes zu lähmen. Je mehr Zucker der Mensch aufnimmt, umso träger wird der Darm, und der Darmträgheit verdanken wir eine Fülle wirkungsvoller Krankheiten."

Rolande: „Gegen Darmträgheit gibt es Mittel."

„Das ist das Gute daran", erwiderte Morf. „Die chemischen Laxiermittel vollenden das Werk der inneren Unterhöhlung. Die durch den Zucker — besonders im kindlichen Organismus — verursachten Zerstörungen sind erfreulich. Von den 80 000 Kleinkindern, die jährlich in Frankreich sterben, sind mehr als die Hälfte die Opfer des Zuckers, den man in ihre Milch tut. Nicht die in der Milch enthaltenen Keime, sondern der Zucker verursacht die Verdauungsstörungen, Enteritis, akute Diarrhöe, Unruhe und nervöse Erscheinungen der Kinder. Zucker ist zudem die indirekte Ursache infektiöser Störungen, unter denen die Kinder zu leiden haben. Ich fördere daher mit allen Kräften den Wahn der Eltern, Tanten und anderen lieben Verwandten, daß sie den Kindern Gutes tun, indem sie sie mit Zucker, Süßigkeiten und Schokolade füttern. Keine Pflanze vermöchte aus weißem Fabrikzucker Wurzeln, Knospen, Stengel, Blätter, Blüten oder gar Früchte zu entwickeln. Er läßt sich bedingungslos und ohne jedes Risiko lagern. Unbegrenzt haltbar sind nur tote Dinge. Wer tote Dinge in sich aufnimmt, stirbt daran."

Sten: „Da der braune Rohzucker verderblich ist, muß man annehmen, daß er noch einiges Leben enthält. Er wäre demnach vorzuziehen . . ."

Morf: „Er hat noch Lebensstoffe und Mineralien, die dem weißen Zucker fehlen. Aber vergessen Sie nicht, daß die Zuckerrübe zu den am stärksten kunstgedüngten Feldfrüchten gehört! Der Rohzucker enthält wenig Kalk und weniger Eisen als Weißbrot, dagegen ziemlich viele Alkalien und Chlor."

Bob fragte: „Was für einen Süßstoff soll man also verwenden? Honig reicht für die große Masse nicht aus und wäre zu teuer..."

Der Teufel lachte. „Wenn die Menschen schon so klug und tüchtig sind, ein wertvolles Geschenk der Natur in einem langwierigen und kostspieligen Fabrikationsprozeß zu zerstören, müssen sie sich mit dem wertlosen Endprodukt begnügen oder auf den Zucker verzichten! Der Fortschritt duldet keine Kompromisse!"

Morf: „Störungen im Stoffwechsel sowie die andauernde Vergiftung durch Darmträgheit bereiten den Boden aufs allerbeste für den Krebs vor. Der weiße Zucker ist einer seiner zuverlässigsten Wegbereiter.

Trotz beachtlicher Fortschritte des Menschen bei Diagnose und Behandlung hat sich die Zuckerkrankheit zu einem Leiden ersten Ranges entwickelt. Die Sterblichkeit daran war noch nie so hoch wie jetzt, und sie steigt weiter."

Die Ärztin widersprach: „Zuckerkrankheit und Zuckergenuß haben miteinander gar nichts zu tun!"

Morf: „Warum verbieten Sie dann dem Diabetiker zu allererst den Zucker? Und wie kommt es, daß die Zahl der Diabetestoten mit dem Zuckerverbrauch steigt?"

Rolande: „Das wäre erst zu beweisen!"

Morf: „Nehmen wir Dänemark! Ich setze nebeneinander die Zahl der Diabetestoten auf 100 000 Einwohner und den Zuckerverbrauch pro Kopf und Jahr:

1880 — 1,8 Tote und 13,5 Kilogramm,
1911 — 8,0 Tote und 37,6 Kilogramm,
1934 — 18,9 Tote und 51,3 Kilogramm.

Im Jahre 1936 betrug die Todeszahl der Zuckerkranken 2,29 je Tausend. Sie ist weiter im Ansteigen. Die entsprechenden Zahlen in anderen Ländern laufen parallel."

Rolande: „Sie vergessen, daß wir im Insulin ein ausgezeichnetes Heilmittel haben."

Morf: „Sagten Sie Heilmittel? Ich verbeuge mich vor der Schulmedizin. Aber sehen wir nach England! Vor Einführung des Insulins starben dort an Diabetes im Jahre 1920 : 110, 1922 : 119, 1925 : 112 Menschen auf eine Million Einwohner. Nach der Einführung des Insulins starben an Zuckerkrankheit: 1926 : 115, 1928 : 131, 1929 : 142, 1931 : 145 Menschen je Million. Insulin verzögert das Sterben, aber es verhindert es nicht. Nein, meine Dame, eine so verheerende Krankheit wie Diabetes kann überhaupt nicht bekämpft werden, solange es Menschen gibt, die raffinierten Zucker essen. In USA sind heute schon 21 von 100 000 Kindern zum Zuckertod verurteilt, sofern der Zuckerverbrauch gleich bleibt. Da er aber im stetigen Steigen begriffen ist, können wir mit wesentlich größeren Erfolgen rechnen.

Aus diesen Gründen sind meine Beauftragten und Agenten unausgesetzt bemüht, den raffinierten Zucker zu propagieren, seine Reinheit und Weiße zu loben und die Zuckerfabriken als Wohlfahrtsinstitutionen der Menschheit zu glorifizieren. Unsere Experten, Ernährungswissenschafter und medizinischen Autoritäten vertreten und verbreiten konsequent die Auffassung, daß der Zucker eines der höchstwertigen Lebensmittel sei. Ich verlese ein Flugblatt, das der schwedische Zuckertrust an alle Lehrer und Lehrerinnen des Landes richtete: ‚Lassen Sie die Kinder dieses Flugblatt lesen und mit nach Hause nehmen! Zucker erzeugt Kraft, stellt die Muskelenergie wieder her, die während des Sports und der Arbeit verbraucht worden ist. Zucker ist unser billigstes Nahrungsmittel, er ist 99,95 % Nahrung. Man spart durch erhöhten Zuckerverbrauch. Den Zähnen wird dadurch nicht geschadet. Zucker ist konzentriertes Sonnenlicht!' "

Eine schneidende, rasselnde Stimme durchschnitt plötzlich den Raum. Der Furchtbare stand im Zimmer, und sie begriffen, auf welchem Wege er aufzutauchen und spurlos zu verschwinden pflegte: durch die leere Stirnwand. Morf drehte sich nach ihm um. Murduscatu sprach, wie immer, ohne Mienenspiel, mit halb geschlossenen Augen, wie aus einer Trance heraus: „Im Stadtmagistrat von Upsala wurde von unseren Gegnern ein Antrag eingebracht, wonach in einem Umkreis von dreihundert Metern um jedes Schulhaus keine Zuckerwarengeschäfte geduldet werden sollen. Was haben Sie dagegen unternommen?"

„Meine Beauftragten im Zuckertrust haben den Antrag zu Fall gebracht. Die Süßwarengeschäfte bleiben, und neue werden dazukommen."

Murduscatu: „Wie konnten Sie dulden, daß der Bischof von Paderborn die Kinder in einem Fastenhirtenbrief aufforderte, keine Zuckerwaren zu kaufen und dafür Lebensmittel in die Ostzone zu schicken?"

Der Satan und Morf lachten. Der Feinkostteufel wehrte sich: „Verzeihung! Da muß sogar der Boß lachen! Was vermöchte ein Teufel gegen einen Kirchenfürsten? Aber seien Sie beruhigt! Meine Agenten in der süßen Industrie haben ihm in einem unverschämten Brief ein Gerichtsverfahren wegen Geschäftsstörung und Verdienstentgang angedroht."

Murduscatu: „Der Erfolg?"

Morf zuckte mit den Achseln. „Er blieb aus, wie zu erwarten war. Ich sorge dafür, daß die Zuckerfabriken selber ständig auf die Trommel schlagen. Diese Propaganda wird von den dort angestellten, gut bezahlten Chemikern und Experten geführt. Mit ihrer bewährten Hilfe habe ich die süße Industrie sowie den Zuckerverbrauch in aller Welt bestens fördern können. Die USA-Bevölkerung bezieht ein Viertel ihres Kalorienbedarfs vom raffinierten Zucker her. 1870 war die Zuckerkrankheit dort fast unbekannt. 1880 betrug der Verbrauch an Zucker und Süßwaren 18 Kilogramm, 1927 - 70 Kilogramm je Kopf. Zugleich rückte die Zuckerkrankheit an die neunte Stelle der meistverbreiteten Krankheiten auf. 1953 hatte die westdeutsche Süßwarenindustrie 55 000 Beschäftigte und einen Jahresumsatz von 1,419 Milliarden DM. Die Zuckerindustrie, die Roh- und Verbrauchszucker herstellt, hatte für sich allein im Jahre 1953 einen Jahresumsatz von 1,451 Milliarden DM.

In Dänemark ist der Zuckerverbrauch größer als in den anderen europäischen Ländern. Hier hat jede fünfte Person Krebs. Der Zuckerkonsum Schwedens stieg in 50 Jahren um das Neunfache. 1880 betrug er 5,5 Kilogramm, 1914 - 28,5 Kilogramm, 1929 55 Kilogramm auf den Kopf der Bevölkerung. Jeder sechste ist krebskrank. Der Zuckerverbrauch Norwegens auf den Kopf übersteigt den Italiens um das Fünffache. Dafür beschäftigt Norwegen mehr Zahnärzte als Italien. Norwegen hat 3,3 Millionen, Italien 46,6 Millionen Einwohner. Trotzdem ist der Zahnverfall bedeutend größer als dort. Von sechs Personen leidet je eine an Krebs."

Sten schüttelte den Kopf. „Ist es zu verstehen, daß die Menschheit auch hier die Gefahr nicht erkennt?"

Morf lächelte überheblich und selbstsicher. „Wir haben die Menschen zu blind gehorchenden Sklaven ihrer Gaumenfreuden gemacht."

Der Boß mengte sich ein: „Natürlich gibt es welche, die uns ins Handwerk pfuschen und das Konzept stören wollen. Berichten Sie, Morf! Was treiben die Fortschrittsfeinde?"

Der Furchtbare schaltete sich ein. „Auf dem Internationalen Ärztekongreß in Beaulieu 1954 hielt Professor Dr. Arthur Colbert vor rund 500 Ärzten aus aller Welt einen ungemein dokumentierten Vortrag gegen den weißen Zucker. Was hat Dezernent dagegen unternommen?"

Morf rechtfertigte sich: „Ich habe ihm drei Tage nachher eine Abordnung des Zuckertrusts ins Haus geschickt, die ihm unter Gewaltandrohung seine Beweismittel abkaufen wollte. Er hat leider abgelehnt."

„Was haben Sie gegen ihn veranlaßt?"

„Ich habe den Halsstarrigen abserviert, aus seiner Kollegenschaft heraus. Er ist unschädlich gemacht."

„Abwarten, ob das wahr ist!" grunzte der Furchtbare.

„Keine Sorge!" frohlockte Morf. „Industriezucker, Schokolade, Weißbrot, Kuchen, Bonbons, Feingebäck sind angesichts der Gewohnheit und des verwöhnten Gaumens der Menschen viel zu gut eingeführt, als daß irgendeine Kraft hier etwas ändern könnte. Ein Kampf gegen diese Degenerationsmittel würde eine schwere Erschütterung der wirtschaftlichen Grundlagen bewirken. Er wird daher nicht geführt werden. Auf der einen Seite stehen die Millionenkapitalien der Zuckersyndikate und die Macht der von ihnen gekauften Gewissen und Ansichten, auf der anderen Seite die kapital- und wehrlose Wahrheit. Es ist klar, welche Entscheidung wir in diesem Kampf herbeiführen werden!"

„Sind mit Mehl und Zucker Ihre Kampfmittel erschöpft?" fragte spottend der Techniker.

„Keineswegs!" erwiderte der Feinkostteufel. „Sie müssen wissen, daß die menschlichen sogenannten Nahrungsmittel erst durch meinen großen Kollegen Azo, der das Dezernat ‚Gift in der Nahrung' glanzvoll und erfolgreich leitet, ich erwähnte ihn schon einmal, den rechten Segen bekommen. Ich bemerke in meiner angeborenen Bescheidenheit —"

„Ehem!" machte der Boß.

„ — daß ich eigentlich nur vorbereitende Arbeit leiste. Dadurch werden die Nahrungsmittel mechanisch, physikalisch, chemisch verändert, aus den natürlichen Zusammenhängen herausgerissen und abgetötet. Dies gilt für Zucker und Mehl ebenso wie für Milch, Butter und Käse, alle Konserven in Blechdosen und anderen Behältnissen, für Fleisch und Fett wie für alle künstlichen Getränke."

Sten fragte: „Sind Sie fertig mit Ihrem Küchenzettel?"

Morf: „Es würde zu weit führen, alles aufzuzählen. Den Rest können Sie sich zusammenreimen."

Der Techniker: „Ich kann nur wiederholen, daß ich zeitlebens von Zivilisationskost gelebt habe, und ich erkläre hiermit, daß ich völlig gesund bin."

Morf: „Haben Sie noch niemals Zahnschmerzen gehabt, Herr Groot?"

Alfred: „Selbstverständlich, aber das ist keine Krankheit."

Morf: „Ich wußte bisher nicht, daß Gesundheit weh tut. Besitzen Sie noch alle Ihre Zähne?"

„Nein, aber sie sind vollwertig ersetzt."

„Aha. Und die Zähne — soweit Sie sie noch haben — sind sie alle makellos gesund, ohne Faulstellen, ohne Füllungen?"

„Was wollen Sie mit den endlosen Fragen?"

„Darüber wird Ihnen meine Kollegin Karies berichten." Morf klatschte in die Hände. Eine zierliche, kleine und bleiche Frau mit fanatischem Gesichtsausdruck trat ein. Die Gäste wandten sich ihr mit wiedererwachtem Interesse zu.

„Eine Teufelin!" flüsterte Alfred.

„Well! Warum sollen immer die Männer die Teufel sein?" brummte Bob.

Die Teufelin nahm von den Anwesenden keine Notiz. Sie ging mit kleinen Schritten bis vor die Mitte des großen Schreibtisches, neigte kurz den Kopf zur Begrüßung. Mit einer hohen und dünnen, dennoch einprägsamen Stimme begann sie.

„Die Schöpfung hat den Menschen längst abgeschrieben. Er atmet nur noch, weil er sich das Weiterleben zu erschleichen versteht, gegen die Gesetze und den Willen der Natur."

„Hehe!" Alfred unterbrach die Berichterstatterin, kaum daß sie begonnen hatte. „Leicht übertrieben und unverständlich!"

Karies schwieg eine Weile, mit gesenktem Kopf. Im gleichen Tonfall sprach sie weiter.

„Die Natur schützt das Individuum nur, solange es dem Leben dient. Wenn es alt und kraftlos wird und seine Schuld dem Leben gegenüber beglichen hat, darf es sterben. Es fallen ihm die Zähne aus. Das ist das Signal. Es heißt: du bist unnütz. Du sollst nicht mehr fressen. Das heißt: du mußt sterben."

„Ein natürlicher, physiologischer Vorgang, der nichts Erschreckendes hat", warf die Ärztin ein. Die Teufelin war ihr unsympathisch.

Karies: „Kein natürlicher physiologischer Vorgang, wenn dem Menschen in der Jugend, in der Vollkraft seiner Jahre, ja dem Säugling die Zähne im Munde verfaulen!"

„Eine Erscheinung, die der Mensch durch seine Kunst längst überwunden hat", sprach Alfred.

Die Teufelin drehte sich kurz nach ihm um. „Ich gestehe zu, daß die Zahnärzte mir manchen Strich durch die Rechnung gemacht haben. Auf weite Sicht aber werden sie mein Programm nicht stören können."

„Erst einmal abwarten", erwiderte Rolande.

„Der Zahnschmelz ist die härteste Substanz des Wirbeltierkörpers. Die Zähne vorzeitlicher Tiere liegen 100 000 Jahre in der Erde, ohne ihren makellosen Glanz einzubüßen. Sogar der gesunde Menschenzahn, wenn alle anderen Teile des Körpers sich längst aufgelöst haben, vermag durch Jahrzehntausende allen Einflüssen: Hitze und Frost, Nässe und Trockenheit, Bakterien und Erdsäuren zu widerstehen. Der Zahn ist eine Bastion des Lebens. Wo er erkrankt, siecht das Leben dahin. Der Feinkostteufel hat mich mit der besonders schwierigen und ehrenvollen Aufgabe beehrt, diese Bastion zu erstürmen. Ich darf bei aller Bescheidenheit aussprechen, daß mir dies gelungen ist."

„Triumphieren Sie nicht zu früh, Frau Karies!" widersprach Rolande. „Der Mensch ist auf der Hut. Er ist gerüstet. Die Wissenschaft setzt zum Gegenstoß an. Die Zahl der Zahnärzte und Dentisten steigt auf der ganzen Welt, die Schulhygiene selbst bei den Primitiven wird ständig ausgebaut."

Karies lächelte geringschätzig. „Der Zahnschwund ist kein isolierter Vorgang, sondern Symptom einer viel tiefer greifenden Allgemeinerkrankung, ein Alarmzeichen, daß der Stoffwechsel gestört und die Gesundheit im ganzen bedroht ist. Der Mensch versteht es so wenig wie alle anderen. Er verstopft die Löcher in den Zähnen und glaubt, gesiegt zu haben, wie der Nigger, der mit seinem Pfeil den Regenvogel vom Baum schießt und meint, damit den Regen verhindern zu können.

Aber noch von den geflickten Zähnen aus lauern an den kranken Wurzeln sekundäre Herdinfektionen, die zu Rheuma, Nieren-, Leber-, Magen-, Darm-, Herz- und Augenkrankheiten, sowie zu allgemeiner Sepsis führen. Zwischen der Zahnfäule und den Zeichen allgemeiner Degeneration bestehen Zusammenhänge. Von da bis zum Absinken der Begabung, zum Ansteigen der Geisteskrankheiten und der Kriminalität führen geheimnisvolle Verbindungen."

„Das sind unbeweisbare Vermutungen", widersprach Roland. Karies ließ sich nicht beirren.

„Wäre der Gebißverfall eine Einzelerscheinung in einer sonst heilen Welt, so wäre die Lage schlimm genug. Denn er entwickelt sich auf der ganzen Erde in noch viel rascherem Tempo als die sogenannte Zahnhygiene. Alle Bemühungen des Menschen in dieser Richtung werden den Untergang nur ein wenig verzögern, aber nicht verhindern können. 98 % aller zivilisierten Menschen haben schlechte Zähne."

Rolande blieb störrisch. „Umso wichtiger und verantwortungsreicher ist die Aufgabe der Ärzte und Zahnärzte geworden. Und sie sind sich dessen durchaus bewußt. Aber es wäre verlorene Mühe, einem Teufel das Ethos des Arztes erklären zu wollen."

Karies: „Menschen, die besonders stark von mir befallene Zähne haben, zeigen häufig eine Verengung der Zahnbögen und eine Schrumpfung des mittleren Gesichtsdrittels, die man nur als Verkümmerung bezeichnen kann. 25 % der US-Amerikaner weisen eine Verengung der Zahnbögen auf. In manchen Gegenden der USA steigt dieser Prozentsatz bis zu 75 %. In einer Gefährdetenschule in Cleveland ergaben die Untersuchungen, daß fast sämtliche Kinder deformierte Zahnbögen hatten. Von 2 400 untersuchten Kindern in der Schweiz zeigten 70 % Anomalien der Zahnstellung. Eine Untersuchung 1926 in Bonn ergab 43 % ausgesprochene Anomalien bei 6- bis 7jährigen, 55 % bei den 14jährigen. Nach 1945 stieg der Prozentsatz der Anomalien auf über

70 %. Es handelt sich also offenbar um einen rasch fortschreitenden Entartungsvorgang. Die Kiefer verkümmern und werden
für die ihnen bestimmten Zähne zu schmal. Infolgedessen brechen
die Zähne ungeordnet durch und können ihre Aufgabe als Kau-
werkzeuge nicht mehr ganz erfüllen."

Rolande: „Auch solche Störungen werden vom Zahnarzt ge-
bessert oder beseitigt."

Karies: „Zum Teil. Aber die Unterentwicklung des Knochen-
gerüstes, die mit der Zahnfäule vielfach parallel geht, ist durch
keine Korrektur zu beheben. Die Zivilisation ist eine Seuche, die
bei jeder Berührung den Keim der Degeneration überträgt. Mit
unerschütterlichem Selbstbewußtsein teilt der weiße Mann an die
angeblich rückständigen Rassen seine segensreichen Gaben aus:
feines, schneeweißes Mehl, raffinierten Zucker, Konserven aller
Art, Süßigkeiten, gesüßte Früchte und Marmeladen, Schokolade,
Feingebäck, kurz alles, was eine auf Hochtouren laufende Nahrungsmittelindustrie an entarteter Ware hervorbringt."

Der Teufel lachte. „Damit werden die Goldfelder für die Medizinmänner, die Krankenkassen und die pharmazeutische Industrie der Zukunft erschlossen, Sie verstehen!"

Karies fuhr fort. „Und im guten Glauben an die Weisheit des
weißen Mannes nimmt der Primitive die Mangelkost entgegen.
Die übliche denaturierte und konservierte Zivilisationsnahrung
genügt, um den unaufhaltsamen Zahnverfall auch bei einer ungewöhnlich gesunden und widerstandsfähigen Bevölkerung heraufzubeschwören.

Seit Anfang der Welt haben die Eskimos in Alaska ihre Gesundheit makellos durch alle Anfechtungen und Härten ihres
rauhen Lebens getragen. Mit dem Import von Industrienahrung
ist es mir gelungen, innerhalb einer einzigen Generation den völligen Zahnverfall herbeizuführen. Parallel damit laufen Veränderungen der Gesichtsbildung, Schwierigkeiten bei der Geburt,
Tuberkulose."

„Können die Eskimos nicht zur früheren Ernährungsweise zurückkehren, wenn sie die verheerenden Folgen der Zivilisierung erkennen?" fragte Sten.

Karies: „Warum sollten sie erkennen, was nicht einmal der weiße Mensch in seiner Blindheit zu erkennen vermag? Zudem ist infolge der Zivilisierung die natürliche Ernährungsgrundlage der Eskimos im Schwinden. Seit die großen Konservenfabriken zur Fangzeit Zehntausende von Hilfskräften nach Alaska ziehen, um jährlich 120 Millionen Kilogramm Lachskonserven in alle Welt zu exportieren, seit die modernen Waffen den Wildbestand verwüstet haben und auch die Robben selten geworden sind, gibt es für die Masse der Ureinwohner gar keine Möglichkeit mehr, sich natürlich und gesund zu ernähren."

Der Boß schaltete sich ein. „Und auch unsere Pelzmode trägt dazu bei, daß die Eskimos entarten."

Sten: „Wieso?"

Der Teufel: „Wenn die Eskimos auf Veranlassung der Pelzhändler zum Fuchsfang ausziehen, können sie keine ausreichenden Vorräte für den Winter anlegen. Es bleibt ihnen also nichts übrig, als die Ladenkost zu kaufen — und Zahnschmerzen zu kriegen."

Karies: „Nicht anders geschieht es den Indianern des hohen Nordens. Mit der Einführung der Industriekost treten früher unbekannte Mißbildungen auf, und der allgemeine Gesundheitszustand sinkt tief ab. Schon in der zweiten Generation nach Aufgeben der hochwertigen Urkost entstehen Kümmerformen, die vom ererbten Rassetyp auffallend abweichen. Die sichtbarsten Warnsignale aber sind Mißbildungen der Gebisse und Zahnschwund."

„Sie erzählen Märchen!" schrie Murduscatu. „Der Gesundheitszustand der Nordindianer ist hervorragend, ihre Körperbildung vollkommen, ihre Ausdauer und Gewandtheit auf der Jagd, die Schärfe ihrer Sinne: Auge, Ohr, Geruchssinn bewundernswert. Die Form der Zahnbögen ist durchweg schön gerundet, die Gesichtsbildung harmonisch, der Zustand der Zähne ausgezeichnet. Was hat Karies zu ihrer Rechtfertigung vorzubringen?"

Die Teufelin wechselte plötzlich ihr Gehaben. Aus der überlegenen, sachlichen Rede wurde ein erregtes Keifen mit gestikulierenden Händen. „Das Bild ändert sich rasch in jenen Gebieten, die wir mit der zivilisierten Welt in Verbindung brachten."

Alfred meldete sich zu Wort: „Sie bestreiten also grundsätzlich, daß der weiße Mann berechtigt und befähigt sei, Kulturbringer zu sein?"

Der Teufel antwortete: „Ich frage zurück: Ist der weiße Mann in seiner kulturunschöpferischen Dekadenz noch in der Lage, kulturellen Hoch- und Tiefstand zu unterscheiden? Zudem: was bezeichnet er als Kultur? Wenn er damit Autos, Fernseher und entartete Nahrung meint, so ist er auf dem Holzweg. Die Schuld, die der weiße Mann in seiner Überheblichkeit seit Jahrhunderten gegenüber den sogenannten Primitiven auf sich lädt, ist kaum noch zu messen, geschweige denn zu sühnen!"

Alfred: „Ich kann nur entgegnen, daß der weiße Mann dennoch auf diesem Gebiet Hervorragendes geleistet hat."

Der Boß höhnte: „Ich bin begierig, mich belehren zu lassen."

Alfred: „Die kanadische Regierung hat den Indianerstämmen fruchtbares Land zugeteilt, hat sie mit den Methoden der modernen Landwirtschaft bekannt gemacht, ihnen Schulen und Krankenhäuser gebaut. In manchen Reservaten herrscht Wohlstand. Der Lebensstandard der Indianer unterscheidet sich kaum von dem der weißen Farmer. Im größten Reservat in Brantford, Ontario, leben Indianer verschiedener Stämme. Vom Auto angefangen, verfügen sie über jeden modernen Komfort."

Der Boß: „Was sagt unser Feinkostteufel dazu?"

Morf trat vor: „Er hat recht! Aber nach dem üblen Vorbild des weißen Mannes sind ihre Äcker für diese Indianer weniger Quelle der Nahrung und des Lebens, als mechanisierte Betriebe zur Erzeugung von Waren. Die landwirtschaftlichen Erzeugnisse werden verkauft, die Indianer leben von den Nahrungsmitteln

126

der Stadt. Und mit ihrer alten Lebensweise haben sie auch ihre alte Gesundheit verloren. Die Ausbreitung degenerativer Krankheiten nimmt zum Teil solche Ausmaße an, daß die indianische Bevölkerung einer Lethargie verfällt und die Reservate den Eindruck des Elends machen."

Karies fuhr fort: „Im Indianerreservat am Winnipegsee sind 40 % aller Zähne faul, im Tuscarora-Reservat leiden 83 % der Einwohner an Karies. Der Hundertsatz der infolge Ladenkost angegriffenen Zähne beträgt bei den Seminolen 40, bei den Uraustraliern 70, bei den Maoris 55, bei den Indianern Perus und im Amazonasdschungel 40. Das bedeutet, daß tatsächlich 100 % dieser Menschen an Zahnkaries leiden. Angehörige derselben Stämme, die in Gebieten mit Primitivkost leben, kennen keine Zahnfäule. 75 % der Indianer und Eskimos im Krankenhaus zu Juneau leiden an Tuberkulose, die Hälfte von ihnen ist noch nicht 21 Jahre alt."

Der Satan lachte sein heiseres, triumphierendes Lachen. „Segen des weißen Mannes!"

Der Dichter erwachte aus seiner Nachdenklichkeit.

„Man sollte doch annehmen, daß die Primitiven bei ihrer auf jahrhundertealter Erfahrung und Lehre, vielleicht auf Instinkt beruhenden Nahrungsweise beharren. Wie kommt es, daß sie die alte Stammeskost so leicht aufgeben, um instinktlos die moderne Ernährungsweise und damit das Siechtum zu wählen?"

Morf erwiderte: „Bei den alten Völkern war es Aufgabe der Priester, Vorschriften für die Ernährung zu geben. Die Nahrung war bei den von der Zivilisation unberührten und daher kulturell hochstehenden Völkern noch geheimnisvolles Geschenk der lebenspendenden Mächte, das Gute wie das Böse bergend, und in weiser Anwendung erst die Wohlfahrt des Menschen sichernd. Mein Dezernat ist unablässig daran, diese lebenerhaltenden, im Religiösen wurzelnden Anschauungen zu zertrümmern, und allgemein die leichtfertige und überhebliche Art einzuführen, mit der der zivilisierte Mensch sich bei der Wahl und Zubereitung seiner

Nahrung nach Bequemlichkeit und Geschmack richtet. Auch die anpassungsfähigste Rasse ist der Wirkung moderner Mangelnahrung nicht gewachsen, mögen die anderen Umweltbedingungen noch so günstig sein. Sobald das primitive Lebenssystem durch den Eingriff der Zivilisation zerstört ist, gilt der jungen Generation auch die Tradition der Ernährung nicht mehr. Und wir machen es ihnen bequem. Überall richten wir unsere Faktoreien und Läden ein, die mit wirkungsvoller Reklame und in bunter Verpackung Dekadenz feilhalten."

Murduscatu erhob seine widerliche Stimme. „Neukaledonien scheint die Referentin vergessen zu haben. Dort sind die Menschen immer noch völlig gesund und tragen keinen einzigen verfaulten Zahn im Mund!"

„Ganz einfach", erwiderte die Teufelin. „Als 1907 an dieser Küste eine Zuckerplantage angelegt werden sollte, erhoben sich die Eingeborenen und töteten die Weißen."

Der Boß: „Das hätten Sie verhindern müssen!"

„Gewiß", gab die Teufelin zu, „aber ich war anderwärts voll beschäftigt..."

„Merken Sie Neukaledonien vor! Bis zu Ihrem nächsten Bericht will ich das Paradies zerstört sehen!"

„Ich notiere, Boß."

Der Journalist regte sich: „Also auch das Paradies der Südsee steht vor dem Untergang..."

Karies: „Es besteht längst nicht mehr."

Murduscatu: „Wieder falsch! Die Eingeborenen der Cook- und Tongainseln sind immer noch völlig gesund und kennen die Zahnfäule nicht. Sie unternehmen abenteuerliche Bootfahrten über tausende Meilen des offenen Ozeans, noch heute!"

„Ich gebe das zu", sprach kleinlaut die Teufelin. „Die Küsten, die durch vorgelegte Riffe den Schiffen der Weißen das Anlaufen unmöglich machen, erweisen sich leider auch heute noch als Horte der Gesundheit. Aber wo der moderne Verkehr hinreicht, habe ich die ursprünglichen gesunden Lebensverhältnisse gründlich zerstört. Die Qualen, die ich diesen arglosen Menschen unter dem Aushängeschild der Kultur gebracht habe, sind erfreulich, Selbstmorde infolge Zahnschmerz nichts Seltenes. Die früheren Generationen kamen ohne ärztliche Hilfe aus. Heute reicht die Organisation der Gesundheitsämter nirgends hin. Tuberkulose, Masern, Pocken und andere Infektionskrankheiten haben den morsch gewordenen Volkskörper zerstört. Ich muß hervorheben, daß mit der Ernährung sich auch der Charakter dieser Menschen geändert hat, mit der körperlichen Schönheit und Vollkommenheit haben sie die paradiesische Unbeschwertheit ihres Wesens und Lebens, ihren Frohsinn, ihre harmonische Ausgeglichenheit und Friedlichkeit verloren. Zweifellos ist in den lebenspendenden Vitaminen, die trotz des hysterischen Jubelgeschreis der verschiedenen Forscher und Chemiker durch synthetische Drogen niemals ersetzt werden können, etwas enthalten, das nicht nur die schöne menschliche Gestalt bildet, sondern auch auf Gemüt und Geist wirkt, ein höheres Menschentum ermöglicht und damit eine Welt, in der die materiellen Güter an zweiter Stelle stehen."

„Vom Zahnschwund bei den zivilisierten Völkern spricht Frau Karies überhaupt nicht!" wandte die Ärztin ein.

Der Teufel nickte. „Anscheinend ist er so selbstverständlich, daß man darüber kein Wort mehr zu verlieren braucht. Aber wir wollen auch hierüber etwas hören!"

Die Teufelin griff nach einer neuen Mappe. „Bis ins 16. Jahrhundert war die Zahnfäule in Europa selten. In den Jahrhunderten danach, während eine Reihe unserer anderen Dezernenten den sogenannten Fortschritt vorantrieb, stieg sie langsam an. Vor etwa 150 Jahren wurde innerhalb des Feinkostdezernates die Unterabteilung Karies geschaffen. Im Zeitalter der industriellen Lebensmittelerzeugung konnte ich die Zahnfäule zur allgemein verbreiteten Seuche machen. Der Zahnschwund steigt mit dem sogenannten Lebensstandard. Die Schweiz, Holland und Schweden stehen an der Spitze. Nur noch 2 % der britischen Bevölkerung haben fehlerlose Gebisse, 40 % tragen Voll- oder Teilprothesen.

Auch bei den Kindern Norwegens konnte ich ausgezeichnete Erfolge erzielen. Zahnprothesen als Konfirmationsgeschenk sind hier nichts Seltenes. Meine Beauftragten in Deutschland haben den Ehrgeiz, alle diese Vorsprünge aufzuholen. Im Gebiet der westdeutschen Bundesrepublik sind jährlich 10 Millionen Wurzelbehandlungen nötig. In Eßlingen hatten beim Schuljahrgang 1953/54 von 1 605 Kindern nur 3,1 % ein naturgesundes Gebiß. In Ulm waren von 700 untersuchten Kindern im Alter zwischen 4 und 6 Jahren 78 % zahnkrank.

In einem Berliner Bezirk erwiesen sich von den im Jahre 1943 geborenen Kindern beim Schuleintritt 49,5 % als kariesfrei, beim Jahrgang 1944 nur noch 42,8 %, beim Jahrgang 1945 24,3 %, 1946 17,1 %, bei den Jahrgängen 1947 bis 1954 nur noch 10,9 %. Das heißt, daß 90 % der Kinder an Zahnfäule erkrankt waren; das Tempo des Fortschritts ist erfreulich."

„Wie steht es in Amerika?" fragte Sten.

„Von 12 000 Kindern in San Franzisko hatten nur 720, also 6 %, gesunde Zähne. Als in Canada die Rekruten für das Koreakorps gemustert wurden, mußten von 6 750 Männern 6 550 zunächst einer dringenden Zahnbehandlung zugewiesen werden.

In der Schweiz leiden 85 bis 98 % der Bevölkerung an Karies. Ich darf also ohne Übertreibung sagen, daß die Gebisse in den zivilisierten Ländern gründlich und unwiderruflich zerstört sind. Ohne die Spitzfindigkeiten der Zahnärzte und Dentisten würde hier kein Mensch mehr leben."

Rolande ergriff das Wort: „Die Wissenschaft hat eine Fülle anderer Erklärungen für den Zahnverfall als die Mangelkost."

Morf: „Ich weiß, es gibt die parasitäre und die chemische Theorie, die Korrosionstheorie, die organotropische Theorie, die Säuretheorie und viele andere. Aber der Siegeszug der Zahnkaries ist dadurch nicht aufgehalten worden."

Rolande: „Ich bin überzeugt, daß zwischen Zahn und Gewebeflüssigkeit kein ständiger Austausch erfolgt. Die Ernährung kann daher hinsichtlich des Zahnverfalls keineswegs eine so große Rolle spielen, wie Sie behaupten."

Morf: „Langfristige Versuche haben den von Ihnen bestrittenen Säfteaustausch erwiesen, und zwar ist nicht nur das Dentin, sondern auch der Zahnschmelz daran beteiligt. Der Beweis dafür ist auch dadurch erbracht, daß aktive Karies sich durch Koständerung zum Stillstand bringen läßt. Der amerikanische Zahnarzt Price, dessen Forschungen die Menschheit unbeachtet ließ, die aber für meine Tätigkeit ausgezeichnete Grundlagen boten, behandelte drei Jahre lang eine Gruppe von 17 Patienten zwischen 12 und 20, die alle eine ausgebreitete, offensichtlich aktiv fortschreitende Karies aufwiesen. Price verordnete sofort eine zusätzliche, vollwertige Kost und erreichte den Stillstand der Karies. Ja, es setzte sogar Erneuerung ein. In den Röntgenbildern ist zu erkennen, daß sich in den die Pulpa bloßlegenden Höhlen sekundäres Dentin gebildet und die Pulpa gewissermaßen überdacht hat."

„Fertig, Morf?"

„Noch nicht ganz, Boß."

„Also kommen Sie zum Ende! Meine Gäste sind müde!"

„Das weltweite Ernährungsexperiment ist heute noch ein Spiel mit dem Siechtum. Bald wird es ein Spiel mit dem Tode sein. Die Armut an Lebensstoffen in der Nahrung und die exaltierte Gaumenlust steigern die Eßbegier. Der zivilisierte Mensch ißt drei- bis fünfmal soviel, wie er braucht. Der Verdauungsapparat ist auf eine solche ständige Überforderung nicht eingerichtet. Schon dem ahnungslosen Milchkind wird das Laster durch die liebenden Eltern eingetrichtert. Magen und Darm werden überdehnt, schlaff, verstopft. Der lebenslang auf Hochtouren laufende Verdauungsapparat zieht das Blut an sich. Damit ist der Schwerpunkt des menschlichen Wesens vom Gehirn in den Bauch gesunken, der Menschenleib ist zum Kotbehälter geworden.

Mit der allgemein verbreiteten Schwerleibigkeit steigern sich alle Anfälligkeiten und Krankheitsfolgen entarteter Kost, besonders die degenerativen Herz- und Kreislaufstörungen, Gallen-

und Leberleiden, hoher Blutdruck, Zuckerharnruhr, gichtische und rheumatische Gelenkserkrankungen. Leibesumfang und Lebensdauer stehen im umgekehrten Verhältnis zueinander. Von zehn Dreißigjährigen erreichen das achtzigste Lebensjahr drei, wenn sie schlank, aber nur einer, wenn sie dick sind. Die Zuckerkrankheit tötet viermal so viel Dicke wie Magere. Leute, deren Bauchumfang um 5 cm größer als der Brustumfang ist, haben 53 % größere Aussichten, zwischen dem 30. und 45. Lebensjahr an Krebs zu sterben, als der normale Typus.

Und schließlich ist es angesichts des täglich bedrohlicher werdenden Mangels an Ackerfläche von ganz entscheidender Bedeutung, ob die Menschenmassen der zivilisierten Welt zu ihrer Ernährung ein halbes oder drei Hektar je Kopf brauchen."

Der Dezernent wandte sich seinem Herrn und Meister zu. „Damit, Boß, bin ich am Ende meines Referates. Ich habe der Menschheit den scheinbaren Nahrungsüberfluß beschert und damit ihren Übermut gefördert, mit den Gaben der Erde zu experimentieren und Schindluder zu treiben. Ich habe sie dem Diktat des Gaumens und der Nahrungsmittelindustrie unterworfen."

„Sie können einer kulturell hochstehenden Gesellschaft nicht zumuten, sich auf primitive Art und Weise zu ernähren!" wandte Alfred ein.

Morf: „Sie verfallen in den Fehler aller Intellektuellen: Sie schätzen die Primitiven wegen ihrer Lebens- und Ernährungsweise gering und übersehen dabei, daß diese Einfachen dem weißen Menschen eben dadurch himmelhoch überlegen sind. Mit ihrem kargen Mahl genießen sie den wahren Reichtum der Erde.

Die Menschheit befindet sich, ebenso wie der Körper des einzelnen, in einem krankhaften Zustand allgemeiner Desorganisation, in dem auch sonst unschädliche Faktoren zu Gefahren werden. Ich bin der Ansicht, daß es eine gewaltige, zumindest anerkennenswerte Leistung ist, die Gesundheit der menschlichen Rasse, die sich über Jahrhunderttausende hinweg unversehrt erhalten konnte, in wenigen Jahrzehnten so sehr erschüttert zu haben, daß die Menschheit dadurch an den Rand des Abgrunds gebracht wurde."

Der Teufel nickte. „Ich erkenne es an."

Nachdenklich meinte der Dichter: „Man sollte glauben, daß in den Staaten des angeblich vernunftbegabten Wesens Mensch alle Behörden, Organisationen und Gesellschaften, die um die sogenannte Volksgesundheit so sehr bemüht zu sein vorgeben, sich tatkräftig dafür einsetzen, daß jedermann mühelos und sicher von biologisch hochwertigen Nahrungsmitteln leben kann."

Morf lächelte: „Die Regierungen und Parlamente haben andere Sorgen als die Gesundheit ihrer Völker. Vielfach unterstützt man unsere Bemühungen um den Niedergang der Menschheit in hervorragender Weise. Denaturierte Nahrungsmittel, die einer kostspieligen Manipulation unterzogen werden müssen, sind billiger als die natürlichen und vollwertigen Lebensmittel, und manche Staaten erheben auf naturbelassene Nahrung einen höheren Zoll als auf die Mangelkost."

Der Dezernent sammelte seine Mappen ein, verbeugte sich knapp und ging. Karies folgte ihm.

Der Boß sah mit einem hintergründigen Lächeln von einem seiner Gäste zum anderen. Auf jedem Gesicht stand eine Frage, eine Fülle von Fragen. Der Teufel hob die Hände und wehrte ab.

„Ich weiß, ich weiß!" sprach er. „Sie möchten jetzt noch unendlich viel von mir wissen. Aber ich muß Sie enttäuschen. Am Ende unseres Lehrkurses werde ich Ihnen gerne zur Verfügung stehen. Heute wäre alles verfrüht. Die Verwirrung wird sich in den nächsten Tagen von selbst lösen. Im übrigen darf ich Sie bitten, mich zu entschuldigen. Ich habe beinahe den ganzen Tag Ihnen gewidmet. Ich habe viel Arbeit! Bis morgen früh hoffe ich, das Wichtigste erledigt zu haben."

„Gehen Sie denn nicht schlafen?" fragte das Mädchen.

„Der Teufel schläft nie, mein Fräulein. Ihnen aber wünsche ich einen schönen Abend und eine gute Nacht!"

Gut, dachte Sten. Wir werden ohne ihn abendessen. Wir werden sprechen können. Wir werden beraten, wie wir aus dieser Mausefalle herauskommen. Bob wird uns helfen müssen!

Aber der Dichter täuschte sich. Ein Diener erschien, lud Rolande ein mitzukommen. Dann wurde Alfred weggeführt, schließlich Sten. Ein jeder landete in seinem Zimmer, die Falltür schlug herab, sie waren allein und hatten kein Wort miteinander reden können.

VIII

DIE RACHE DER WALDGEISTER

Ein Gongschlag weckte die vier Menschen gleichzeitig. Noch ehe Rolande die Augen richtig geöffnet hatte, sprach es schon aus der Anlage: „In dreißig Minuten wird das Frühstück in den Zimmern serviert. Die Gäste werden gebeten, Punkt sechs Uhr sich vor Lift drei einzufinden."

Sten und Rolande trafen zuerst ein. „Was hat man mit uns vor?" fragte das Mädchen. Sten zuckte die Schultern. Gleich darauf erschienen Bob und Alfred. Der Lift hielt, und der freundliche Boy öffnete. Sie traten ein. Der Aufzug hob sich.

„Wohin bringen Sie uns?" forschte Bob.

„Ich glaube, man wird Sie spazierenfliegen", erwiderte der Junge und öffnete die Tür. Ein mittelgroßer, breitschulteriger Mann erwartete sie, verbeugte sich höflich. „Karst", sagte er.

„Wieso?" fragte Bob. „Ist das Ihr Name?"

„Mein Name."

„Und Ihre Aufgabe?"

„Ihnen einen Teil der Erde zu zeigen."

„Ich meine: Ihr Dezernat."

„Vernichtung des Waldes, Nummer 312. Bitte, kommen Sie!"

Sie betraten das flache Dach des Gebäudes. Ein weites quadratisches Loch gähnte darin. Plötzlich tauchte daraus eine milchige Kugel empor. Ein riesiger Rundflügel umschloß sie in der Mitte. Sie sah aus wie ein Saturnmodell, dessen Ring indes keinerlei Zwischenraum ließ zwischen sich und dem Planeten.

„Eine Untertasse!" rief Rolande.

„Eine Untertasse, wenn Sie wollen", bestätigte Karst.

Das Monstrum stand. Die Öffnung, aus der es hochgestiegen, war geschlossen. Staunend traten sie näher. „Es ist tatsächlich ein Ufo!" Alfred sagte es. „Wie kommt es hierher?"

„Die Ufos sind unsere Luftverkehrsmittel", erklärte Karst. „Wir haben eine ganze Menge davon."

Zwei Gehilfen rollten die Treppe heran.

„So sind Sie es also, die die Menschheit durch Ihre Fliegenden Untertassen ins Bockshorn jagen!"

Alfred musterte sachlich den geheimnisvollen Flugkörper. „Man hat lange nichts mehr von Ihren Ufos gehört", sprach er.

„Sie sind dennoch täglich scharenweise unterwegs, Herr Groot. Aber wir machen sie nur sichtbar, wenn wir wollen." Er öffnete eine Tür. „Steigen Sie ein!"

Alfred half Rolande hinauf. Der Pilot grüßte freundlich. Die Kugel war hohl. Ein Steg trug eine Reihe bequemer Drehsessel. Karst wies die Plätze an. „Sie müssen sich anschnallen!"

„Wo kann man denn hinaussehen?" fragte Rolande. Die Wände der Kugel waren blind.

„Warten Sie ab!" beschied Karst. Die Tür wurde von innen und außen verschraubt. Der Pilot griff an die Hebel, und ein sanfter und doch unwiderstehlicher Druck preßte die Menschen auf ihre Sitze.

Der Karstteufel lachte. „Die Sekunden des Abfluges sind unangenehm, aber man gewöhnt sich daran." Er griff an einen Hebel, der über seinem Kopf stand. Plötzlich entfuhr Rolande ein

Ausruf des Entzückens. Die Sicht war klar geworden, als wäre die Kugel aus reinstem Glas. Man konnte den Blick uneingeschränkt nach allen Seiten richten. Tief unter ihnen blaute die Erde.

„Wo ist die Stadt?" fragte Bob.

„Achthundert Kilometer hinter uns", erwiderte der Pilot. Plötzlich jagten sie über dem Meer dahin. Am Horizont tauchte eine langgestreckte sonnige Küste auf. Brandung leuchtete. Ein vielfach gewundener Fluß wischte unter ihnen hin, führte sie in eine weiträumig gegliederte Hochebene. Im Norden und Süden ragten Gebirgsketten. Wälder, Wälder und wieder Wälder zogen vorbei ohne Ende, kaum von Siedlungen unterbrochen.

„Was für ein paradiesisches Land ist das?" fragte Sten.

„Spanien", erwiderte Karst.

Die Menschen sahen ihn verwundert an. „Spanien hat, soviel ich weiß, keine Wälder . . ." Bob sagte es.

„Ich hätte nicht Spanien, sondern Hispania sagen sollen. Wir sind in das Jahr 1200 vor Beginn Ihrer Zeitrechnung geflogen."

„Wie bitte?" fragte Alfred.

Karst wies auf einen kleinen Apparat, der aus der Kuppel der Gondel herabhing. „Ich habe die Zeitspindel zurücklaufen lassen."

Bob: „Was bedeutet das?"

„Die Spindel versetzt uns in die Vergangenheit oder Zukunft, indem man sie vor- oder rücklaufen läßt. Jede Umdrehung bedeutet ein Jahr."

„Wie schnell läuft sie?" fragte Alfred.

„Ich habe auf 20mal in der Minute eingestellt. Sehen Sie nach unten! An den Küsten landen die ersten phönizischen Handelsschiffe. Aus dem Norden kommen die Keltiberer ins Land. Noch ist der Wald im wesentlichen unversehrt. Nach Süden, Ago!"

Der Pilot gehorchte. Karst dozierte weiter. „Die Phönizier bauen Kupfer und Silber ab. Schauen Sie!"

Langsam, ganz langsam begannen die Grenzen des Waldes sich zurückzuziehen, von den Küsten zuerst, von den Siedlungen und Flußufern. Rauchfahnen standen über den Wäldern. Karst beschleunigte die Spindel, aber der Wälderschwund blieb gering, durch Jahrhunderte.

Karst: „700 vor der Zeitrechnung. Die Hellenen versuchen, sich anzusiedeln, müssen aber den Karthagern weichen."

Der Ufo kreuzte über dem Süden der Halbinsel. Fern, jenseits des Meeres, sah man Afrika liegen.

„Ich wundere mich über die Klarheit der Sicht aus dieser Höhe", sagte Alfred. Es war eine Anfrage.

„Der Blick über Raum und Zeit durchdringt alle Unklarheiten. Es liegt an der Infraroteinrichtung der Kuppel."

Sten: „Was war weiter?"

„Sehen Sie! Das Wäldersterben beschleunigt sich. Wir stehen im Jahre 236. Hamilkar Barkas ist im Süden gelandet und überzieht das Land mit Krieg. Kriege fressen die Wälder. 206: die Karthager sind vertrieben, die Römer herrschen. Sie brauchen Holz, viel Holz."

Deutlich war das Zurückweichen des Waldes erkennbar, von Jahr zu Jahr schneller. Aber immer noch war dies ein Waldland mit geschlossenen Beständen. Karst erklärte:

„Vierzig Jahre Krieg der Römer gegen die Lusitanier. Dann Kriege der Römer untereinander. 19 vor der Zeitrechnung: Endlich ist Frieden. Der hispanische Wald hat ein Achtel seiner Substanz eingebüßt. Aber noch ist das Land reich, weil es genug Wälder hat. Es ist die Kornkammer Roms und ein wahrer Garten Eden. Der Wald indes wird weiter opfern müssen: man baut Heerstraßen, Militärlager, Kastelle, Schiffe, Kolonien, Städte. Das wichtigste Baumaterial ist Holz."

Die Spindel surrte. „Nach Norden!" befahl Karst, und der Pilot schaltete. Eine Minute später drehten sich wie eine drohende Wolkenwand die Pyrenäen über den Horizont herauf.

Karst erklärte: „409 nach Beginn Ihrer Zeitrechnung. Über das Gebirge im Norden kommen die Germanen ins Land. Das bedeutet siebzig Jahre Krieg. 700: die Araber kommen. Sie sind ausgezeichnete Waldzerstörer, sehen Sie!"

Die Veränderung der Waldgrenzen steigerte sich gewaltig. Immer mehr schrumpfte die begrünte Erdhaut gegen die Gebirge hin, zerriß in den Niederungen in tausend Stücke, die zusammenschmolzen und im Nu verschwunden waren. Wie große Räudeflecken leuchtete die Dürrefarbe Aragoniens, Neukastiliens, die Täler des Guadalquivir und seiner Nebenflüsse.

Karst: „Krieg der Goten gegen die Araber, der Araber untereinander, der Franken gegen die Araber. 1492: die neue Welt wird entdeckt. Von da an baut man mehr Schiffe als je zuvor, Goldflotten, Silberflotten, Kriegsflotten. Woraus? Aus dem Holz der Wälder. Wir sind in Spaniens großer Zeit. Das Reich entstand, in dem die Sonne nicht unterging. Achten Sie auf die Wälder!"

Ein packendes und erschütterndes Schauspiel entwickelte sich jetzt unter den Füßen der Fliegenden: der Waldbestand, ohnehin schon auf die Gebirgsmassive zurückgedrängt und in zahllose Inseln zerrissen, schmolz dahin wie eine dünne Schneedecke in der Frühlingssonne. Die dunkel-blaugrünen Töne schwanden aus der Landschaft, und die helle Färbung der Steppen nahm von der Weite des Raumes Besitz.

„Es ist, als fräße ein gefährlicher Bazillus die gesunde Haut eines lebendigen Körpers in sich, um nichts zu hinterlassen als Wüste." Sten sagte es.

Karst nickte ihm zu. „Sie ahnen nicht, wie gut Sie damit die Funktion des Menschen auf der Erde charakterisiert haben. — Was brauche ich Ihnen noch viel zu erklären? Spaniens Wälder sind von der Hab- und Machtgier des Menschen aufgefressen und damit sein Reichtum. Siebzig Millionen Menschen wohnten einst auf der Halbinsel. Heute kann sie ihre 25 Millionen kaum ernähren. Der Staat, der einst Weltgeltung hatte, ist politisch unbedeutend geworden. Der Karstteufel hat ihn entmannt. Nur 8 % des Bodens sind noch bewaldet."

Die Maschine zog eine Schleife und raste im Gleitflug der Erde zu. Ein verschwommener Fleck in der Landschaft: die Hauptstadt.

Das Land ringsum räudig bis auf wenige begrenzte Grünflecke. Die Sierra de Guadarrama entwaldet und verkarstet. Das Land war tot.

Karst: „Der Wanderer, der noch vor 400 Jahren im Waldschatten von Madrid nach Barcelona marschierte, sähe sich heute vergeblich danach um. 1958!" sprach der Karstteufel und hielt die Zeitspindel an. „Weiter!" Der Pilot griff in die Hebel, und die Erde, die ihnen soeben ganz nahe gewesen, schien vor ihnen in einen Abgrund zu stürzen. Gleich darauf war von ihr nichts mehr zu sehen. Endlose Bläue zog unter ihnen hin.

„Das Meer?" fragte Rolande.

Karst nickte. In diesem Augenblick kam Land auf, Steilküste aus rotem Granit. Sie flogen am Ufer entlang.

„Côte d'Azur", erklärte der Dezernent. „Beachten Sie: verkarstet! Die französischen Seealpen: entwaldet. Die Flußbetten trocken."

Das Ufo machte einen Luftsprung zu einem anderen Gebirge, dessen Höhen nahezu völlig erkahlt waren.

„Etruskischer Apennin", erklärte Karst. „Sie sehen die tief eingeschnittenen Täler der Flüsse Senio, Lamone, Marzeno und Reno. Alle etwa 90 Kilometer lang und völlig ausgetrocknet, weil es seit zwei Wochen nicht geregnet hat und die Einzugsgebiete entwaldet sind. In Regenzeiten aber schwellen sie zu Wildströmen an und verursachen Unglück."

Man sah viele helle Punkte auf den kahlen Hängen verstreut, deren Natur nicht erkennbar war. Rolande fragte danach.

„Ziegen", sagte Karst. „Ich liebe sie."

Sten lachte. „Ein tierliebender Teufel! Was für Tugenden werden wir an diesen Herren noch entdecken?"

Karst blieb freundlich. „Sie werden mich verstehen. Die Ziege ist meine wertvolle und zuverlässige Gehilfin im Kampf gegen den Menschen."

„Sie übertreiben!" verwunderte sich das Mädchen.

„Die Ziege zerstört den Wald und damit die Fruchtbarkeit der Landschaft. Sie macht sie für den Menschen unbewohnbar und vermag ganze Völker zu vernichten."

Rolande wandte sich ab. „Ich finde Ziegen entzückend. Sie sind klug und graziös."

„Welches seiner Geschöpfe hätte der Satan nicht mit einschmeichelndem Liebreiz und Intelligenz ausgestattet? Die Ziegenweide ist eine meiner wirksamsten Waffen gegen den Wald. Ich fördere mit allen Mitteln die Haltung und Zucht der Ziege. In Italien weiden 11 Millionen Ziegen und Schafe, in der Türkei 12 Millionen! In Italien verhindern allein die sehr komplizierten und verbrieften alten Weiderechte das Aufkommen des Waldes, das an vielen Stellen noch möglich wäre. Weite ehemalige Waldgebiete sind infolge der Beweidung völlig verkarstet, der Humus abgeschwemmt."

„Warum hält man nicht Rinder?"

„Weil die Landschaft schon zu sehr verarmt ist, als daß sie Rindvieh ernähren könnte. Es bleibt also nur noch die Ziege."

„Dann müßte man die Ziegenhaltung verbieten, um den Siedlungsraum zu retten", meinte der Schwede. „Man müßte die Leute darüber aufklären, daß ihr Wohlstand nach der Wiederbewaldung viel größer würde, als er mit der Ziegenwirtschaft ist."

„Kluger Rat", spottete Karst. „Der Wald würde hundert Jahre brauchen, um seinen Segen wirksam zu machen. Indessen würden Millionen Menschen verhungern, die heute von der Ziege leben. Lassen Sie nur! Wir haben in diesem Fall dieselbe ausweglose Lage geschaffen wie überall!"

Sie flogen gegen Süden. Das Meer war zu ihrer Seite. Jenseits sah man Korsika und die kleinen Inseln, die dem Festland vorgelagert sind. „Alle verkarstet", erklärte der Kahlschlagteufel. „Karst!" rief er dann dem Piloten zu.

Der Flugkörper wandte nach Osten, übersprang den Apennin und die ganze Halbinsel, schoß über die Adria hinweg, senkte

sich und zog gemächlich über ein im Sonnenglast hell schim-
merndes kahles Gebirge hin.

„Der Karst", rief Karst.

„Haben Sie den Namen von ihm?"

„Umgekehrt. Trostlose Landschaft, nicht wahr? Einst standen dichte Eichen- und Schwarzkiefernwälder darauf. Meine
ersten Maßnahmen auf diesem Gebiet gehen weit zurück. Schon
die Römer haben hier viel Holz geschlagen, die Venezianer
noch viel mehr. Was übrig blieb, vernichteten die Eingeborenen
und die Ziegen. Als die Wälder verschwunden waren, gingen
die Olivengärten zugrunde. Aus reichen Vätern wurden armselige Enkel. 250 000 Hektar wurden auf diese Weise zur Stein-
wüste."

„Ich las von Aufforstungsversuchen ..." bemerkte Alfred.

Karst: „Aussichtslos. Sie datieren über hundert Jahre zurück.
Der Erfolg ist gering. Der Humus ist abgeschwemmt. Man
müßte ihn wieder auf die Berge tragen. Woher nehmen? Die
Sonne erhitzt den Fels auf über 80 Grad, und die Bäumchen verdorren. Man müßte künstlich bewässern. Woher Wasser holen?"

„Auf einem Bild sah ich", sprach das Mädchen, „daß man vor
jeden jungen Baum einen Sonnenschirm aus Schilfrohr stellte."

„Der eisige Karstwind wirft sie um und bläst den Anpflanzungen das Leben aus. Und wie hoch schätzen Sie die Kosten eines solchen Aufforstungsversuches? Sie sind höher als der Wert des Holzes, das jemals in diesen Steinwüsten wieder wachsen könnte.
Nein, es hilft nichts mehr. Hier hat die beleidigte Natur dem
Menschen wieder einmal eine unmißverständliche Quittung geschrieben. Aber er lernt nichts daraus, und das ist für mein Dezernat erfreulich und förderlich. Nach Norden, Ago!"

In rasendem Gleitflug näherte die Gondel sich den Alpen. Ein
Meer von Hochgebirgszacken warf sich ihnen entgegen, drehte
sich unter ihnen weg, mit Schnee- und Gletscherfeldern, von Tä-
lern zerfurcht. Die Zeitspindel surrte. Rolande vernahm es und
blickte fragend auf den Karstteufel. „1927", sagte er.

Das Ufo hatte seinen Flug so sehr verlangsamt, daß sie meinten, stehen zu bleiben. Ein freundliches Waldtal öffnete sich unter ihnen, zwischen himmelragenden Bergen. Sie flogen ganz niedrig darüber hin.

„Finsingtal", erklärte Karst, „ein Seitental des Zillertals, Tirol. Der Waldbestand ist nahezu unversehrt. Der Bach ist friedlich und harmlos. Nun aber baut man eine Straße. Man erschließt das Finsingtal. Es kostet viel Geld. Indes die Leute finden Arbeit, und man ist stolz auf die Kulturtat. Sehen Sie die zwei Dörfer? Fügen und Fügenberg. Ihnen gehören die Holzbestände des Finsingtales als Gemeinschaftswald. Nun kommt für die beiden Gemeinden eine große Zeit, will sagen: das große Geschäft. Der Wegebau hat es ermöglicht. Sie beginnen, die Wälder auszubeuten. Ich lasse die Zeit laufen. Sie sehen die Entwicklung der Jahre 1928 bis 1951. Merken Sie auf!"

Der Pilot hatte die Gondel am Talausgang gewendet und führte sie ganz langsam und niedrig zurück, immer wieder anhaltend. Unter ihnen vollzog sich im Zeitraffertempo das unheimliche und erbärmliche Schauspiel der Verwüstung. Weiß und grün wurde die Erde unter ihnen, Sommer und Winter wechselten in rascher Folge. Immer mehr schmolz das Dunkel der Wälder dahin. Immer neue Kahlschläge fraßen sich in den Baumbestand, zernagten, zerhackten ihn. Lawinen donnerten, von einem zum andern Winter mehr.

„Und was sagte die Forstbehörde dazu?" fragte Sten Stolpe.

Karst lachte. „Die Forstbehörde ist weit. Sie bewilligte 1931 einen Höchstsatz von 3 340 Festmetern. Über 4 100 wurden eingestandenermaßen geschlagen; von dem, was darüber hinausging, wurde nicht gesprochen. Sehen Sie nach unten!"

Das Tal lag tief unter Schnee. Aber es war lebendig. Von den abgeholzten Steilhängen, von den Kahlschlägen lösten sich Lawinen, donnerten stäubend ins Tal, rissen Bäume und Felsen mit sich.

„Hunderzweiundsechzig Lawinen allein im Winter 1934/35!"
frohlockte Karst. „So etwas hat es vorher hier nicht gegeben!"
„Sie rasieren die Wälder!" rief Alfred.

„Gewiß. Der Mensch hat ihnen den Weg gebahnt. Er hat das
Vernichtungswerk begonnen, die Lawinen setzen es fort. 19 000
Festmeter Holz fielen ihnen zum Opfer in nur zwei Monaten.
Wir stehen über der Schellebergalm. Gerade bricht die große La-
wine ab, sehen Sie? Sie nimmt den gesamten Bannwald und 37
Alpgebäude mit. Oh, das Holzgeschäft ist ein gutes Geschäft!"

Rolande: „Nun haben die dort unten wohl endlich eingesehen,
was für Unheil sie heraufbeschworen . . ."

„Im Gegenteil, mein Fräulein. Das Geschäft lockte. 1938 schlos-
sen die Gemeinden einen langfristigen Nutzungsvertrag mit einem
meiner Freunde, dem Holzhändler Kaltenbucher. Er gab dem Finsingtal den Rest. Zwanzig Jahre hindurch trieb er Raubbau mit
einer jährlichen Überschlägerung von 20 bis 50 %, und im Ge-
meindesäckel klimperten die Silberlinge."

Unter ihnen zogen die Jahre hin, in denen das Todesurteil des
Finsingtales vollstreckt wurde, das die Profitgier darüber verhängt
hatte. Von den Bergen, von den Kahlschlägen und abgeholzten
Steillehnen rannen die Schmelzwasser, sammelten sich in den
durch die Holzbringung aufgewühlten Gräben, rissen Erde und
Felsgestein mit sich. Der gute stille Finsingbach wurde zum braunen, brüllenden, tobenden Höllenstrom, der einen Berg von Geschiebe zu Tal führte. Hochwasser überwallte die Äcker und Wiesen. Der Sommer des Jahres 1943 kam. Ein Hochgewitter schüt-
tete sintflutartige Wassermassen in das sterbende Tal, und die
irrsinnige Gewalt der entfesselten Fluten drängte das Geschiebe
erstmals bis zu den Ortschaften am Schuttkegel des Finsingbaches
vor.

„Achten Sie auf die Erdbewegung!" sprach Karst. „Die Hänge
werden lebendig! Sie rutschen, sie schieben sich zu Tal, sie bersten, sie fallen ein. Der Wald, der sie seit zehntausend Jahren
schützte und hielt, ist nicht mehr!"

Das Zeitraffertempo der Bilder verdeutlichte einen Vorgang, der sonst nur an den Auswirkungen erkennbar gewesen wäre. Die Erdlawinen, die Schuttströme versperrten die Schluchten, die Gräben, die Täler. Das Wasser staute sich und brach durch, und eine vernichtende Flutwelle überrannte das Dorf Finsing. Die Felder wurden meterhoch mit Schutt und Schlamm bedeckt. Der geschändete Wald hatte zurückgeschlagen.

Karst wandte sich dem Piloten zu. „Ins Zillertal!"

Ohne daß der Mann einen Hebel berührte, schoß die Gondel davon. Im nächsten Augenblick stand sie wieder. Unter ihnen brandeten braune, schäumende Wasser, rissen Straßen und Eisenbahnbrücken weg. Sie unterwühlten den Bahndamm und trugen ihn davon, zertrümmerten Häuser.

Karst lachte. „Holzgeschäft — gutes Geschäft!" grunzte er. „Die Schäden am Boden bleiben. Ein Teil der Felder ist verschüttet, der Rest versumpft, weil die Abflüsse verstopft sind."

Bob Harding fragte: „Zillertal . . . Da war doch vor einigen Jahren eine Nachricht in der Presse . . ."

„Sie meinen die Katastrophe von 1956. Sie ist nur eine von vielen und nicht die letzte. Presse, Funk und Film berichteten ausführlich und wochenlang darüber."

„Ich erinnere mich", nickte Alfred.

„Ist Ihnen an dieser Berichterstattung nichts aufgefallen?" fragte Karst.

„Ich wüßte nicht . . .", erwiderte Rolande.

„Kein Mensch hat auch nur mit einem Wort über die Ursachen des Unglücks gesprochen."

„Sie haben recht."

„Daraus mögen Sie ersehen, daß meine Organisation zur Vernichtung des Waldes klappt. Aber ich muß noch einmal vom Finsingtal erzählen. Im Juli 1946 folgte eine neue Katastrophe, und von da an verging kein Jahr, in dem sie ausblieben. Und sie nahmen und nehmen immer größeren Umfang an. Ebenso vervielfachen sich die Lawinen und vernichten in jedem Winter rund

5000 Festmeter Holz. Allein im Winter 1950/51 wurden 68 Hektar Wald geworfen."

„Ist man nun endlich so klug geworden, in diesem Tal keinen Baum mehr zu schlagen?"

„Ich habe die Einsicht verwehrt. Man schlägt weiter. Leider konnte ich es nicht verhindern, daß man nun versucht, durch Verbauung der Wildbäche das Unheil zu bannen. Meine Gegner von der Forstbehörde haben die Kahlschläge verboten und den Hiebsatz herabgesetzt. Außerdem müht man sich mit Aufforstungen. Aber das Gute an allen diesen Maßnahmen ist: sie kosten viel, viel mehr, als das ganze Holz wert war."

„Können Sie Zahlen nennen?" fragte der Techniker.

„Gewiß. Von 1928 bis 1955 wurden im Finsingtal geschlagen oder durch Lawinen vernichtet: 150 000 Festmeter Holz, die einen Wert von 18 Millionen Schilling verkörpern. Der fragwürdige Versuch aber, die Schäden wiedergutzumachen, kostete seit 1947 rund 35 Millionen Schilling. In dieser Summe sind die Schäden an Kulturland, Straßen, Brücken, Bahnkörper und Häusern nicht enthalten. Würde man sie berücksichtigen, so kämen wir auf eine Schadenssumme von mindest 150 Millionen Schilling bis heute. Dabei ist die Rechnung noch lange nicht abgeschlossen. Die Schäden der Zukunft werden noch beträchtlicher sein. Oh, in meinem Dezernat geht alles gut, seien Sie versichert!"

„Komisch!" entgegnete der Dichter. „Wenn einer zehn Groschen stiehlt, wird er hochnotpeinlich gerichtet und eingesperrt, und wenn ein Wolf ein Schaf reißt, wird er totgeschossen. Hier aber gibt es Leute, die durch die Wäldervernichtung Millionen verdienen, und auf unabsehbare Zeit hinaus muß aus öffentlichen Mitteln das Vielfache aufgeboten werden, um die dadurch verursachten Schäden zu bezahlen."

Karst: „Sie sind gar nicht zu bezahlen. Die Gesetzgebung ist so ausgezeichnet durchdacht, daß sie ein Verbrechen zuläßt, durch das einige sich auf Kosten der Allgemeinheit bereichern können. Sie bleiben im Rahmen der Gesetze und gelten weiterhin als biedere und ehrenhafte Waldbesitzer, Bürgermeister und Kaufleute. Das bestohlene und geschädigte Volk aber wird gezwungen, mit seinen Steuergeldern nicht nur diese großartigen Geschäfte zu finanzieren, sondern auch für die Folgen dieser Verbrechen aufzukommen. Eine solche Ordnung der Dinge liegt ganz und gar im Interesse unserer teuflischen Pläne." Karst lachte, und aus einer unsichtbaren Lautquelle ertönte plötzlich das heisere Lachen des Teufels. Erschrocken sahen die Menschen auf.

„Der Boß hört mit", erklärte Karst.

„Hat man wenigstens im Finsing- und Zillertal die Schuldigen erkannt und geächtet?" fragte Rolande.

„Keineswegs, meine Dame", lächelte der Kahlschlagteufel. „Ich sorge schon dafür, daß meinen Freunden kein Haar gekrümmt wird. Die Nutznießer der Katastrophen sind reich und angesehen, haben Villen, Autos und fette Bankkonten, und die Leute ziehen tief den Hut vor ihnen. Und wehe dem, der es wagen sollte, meine Beauftragten anzuprangern! Man würde sogleich über ihn als Fortschritts- und Wirtschaftsfeind den Stab brechen."

Die vier Menschen schwiegen. Sie waren beeindruckt. Karst fuhr fort: „Der Fall Finsingtal ist nur ein Beispiel für viele. Nehmen wir etwa das Pitztal —" er gab Ago einen Wink, „— wo die Verhältnisse ebenso liegen."

Die Gondel glitt westwärts. Sie sahen das Tal, das sich endlos aus der Gletscherwelt der Hochberge gegen Norden wand.

Karst erklärte: „Es ist ein altes Gletschertal. Bis zu den Trogschultern in 2 000 Metern Höhe waren die Flanken dicht bewaldet. Heute sind sie fast völlig kahl. Die Lawinengänge folgen einander in etwa hundert Metern Abstand. Die Erosion der Seitenbäche schreitet rückwärts fort und reißt immer neue Kolke auf. Von 1774 bis 1950 sind die Waldflächen von 4 370 auf 927 ha zurückgegangen, also auf 24,8 %. In der neueren Zeit paßte sich die Waldschrumpfung fortschrittlichem Tempo an und beträgt seit 1880 allein 40 %. Im Winter herrschen die Lawinen, im Sommer die Wildbäche. Ein Drittel der Bauernhöfe ist eingegangen, ein Teil der Bevölkerung abgewandert, die Hälfte der Almen aufgelassen. Die Ackerfläche schmolz von 117 auf 40 Hektar, der Viehbestand um 1000 Stück, das ist 36 %.

Ähnlich liegen die Verhältnisse in den anderen Hochtälern der Alpen. Wo der Wald zerstört ist, hat der Mensch das Lebensrecht verloren, und die Bergbauern haben durch ihren Frevel an der Natur sich selbst der Daseinsgrundlagen beraubt. Heute schreien sie um Hilfe, die das ganze Volk bezahlen soll. Die Kosten, die das Land an Lawinen- und Wildbachverbauung für diese verlorenen Täler aufwenden muß, übersteigen weit den Wert des geschlagenen Holzes. In Tirol gehen jährlich über 2000 Lawinen ab, davon 1400 aus den Gebieten unterhalb der Waldgrenze, also infolge Abholzung. Die technische Lawinenverbauung würde dort allein 50 Milliarden Schilling kosten. Seit 1951 erlitt Österreich durch Lawinen einen Schaden von 400 Millionen Schilling. 234 Menschen wurden getötet. Zur Vermeidung der Lawinenschäden müßten in Österreich 150 000 Hektar Kahlfläche in Wald zurückverwandelt werden. Einstweilen baut man unter enormen Kosten Betonhöcker. Die Menschen sind gute Rechner, das muß man ihnen lassen!"

Sten zeigte auf eine Viehherde, die sich auf der Talstraße hinwälzte. „Sind es Kühe?" fragte er.

Karst lachte. „Wo denken Sie hin? Es sind meine Freunde, die Ziegen!"

„Sind die Menschen denn unbelehrbar?" ereiferte sich der Dichter.

„Wer untergehen soll, den schlagen wir mit Blindheit."

Rolande sagte: „Durch Aufforstung könnte also der Schaden nicht wiedergutgemacht werden ..."

Karst zuckte mit den Schultern. „Die Humusdecke ist abgetragen, und auf blankem Schotter und Felsgestein läßt sich schwer ein Wald begründen. Die Hänge sind vernäßt oder ausgetrocknet. Die Lawinen würden zudem alle schüchternen Anpflanzungen hinwegfegen. Kein Tier ist so unklug, die Substanz zu zerstören, von der es lebt. Nur der homo sapiens ist so weise, dies zu tun. Ago! Ab, Richtung Griechenland!"

Berge und Meer rannen unter ihnen weg, einige Minuten lang. Mit zwei blauen Augen sah die Erde nach ihnen: Presba- und Ochridasee. Dann segelten sie über dem Pindus hin, wendeten über dem Othrysgebirge nach Norden zum Olymp, stiegen auf 30 000 Meter und sahen die gegen Süden ausgestreckte Hand des Peloponnes. Die Bilder waren trostlos, was den Wald anbelangt, das Land kahl: Steine, graue unfruchtbare Öde und wenig Grün.

Karst sprach: „In antiken Zeiten waren 70 % des Landes mit Wald bedeckt, die Fluren waren fruchtbar, die Wasserläufe führten das ganze Jahr über Wasser. Überall gab es Brunnen und Quellen in Fülle. Das alte Hellas war eine Weltmacht, kulturschöpferisch, reich, unbesiegt.

Heute ist der Wald auf 5 % des Landes beschränkt. Das wilde Tierleben ist vernichtet. Von allen Berghängen ist die Erde abgeschwemmt und staut sich in den Niederungen, die infolgedessen versumpft und fieberverseucht sind. Nach jedem Regenguß schwellen die Wasserläufe zu brausenden Schlammströmen an, zwei Tage später sind sie staubtrocken und bleiben es bis zum nächsten Regen. Die Quellen und Brunnen sind zum großen Teil versiegt. In vielen Dörfern muß das Trinkwasser Tag für Tag kilometerweit herbeigeholt werden.

Infolge der seit Jahrhunderten anhaltenden Erosion sind nur noch 2 % der ursprünglichen Humusschicht erhalten. Nur 20 % des Bodens sind zum Anbau geeignet, der Rest ist zu wertlosem Ödland geworden. Die Ernten sind kümmerlich und erreichen kaum ein Drittel des mittleren Hektarertrages anderer europäischer Landschaften. Drei Viertel des Brotgetreides müssen eingeführt werden. Die Ausfuhr beschränkt sich auf Tabak, Wein und Oliven, also Güter, die nicht lebensnotwendig und in Krisenzeiten schwer abzusetzen sind. Das durchschnittliche Jahreseinkommen betrug 1938 etwa 300 DM je Kopf der Bevölkerung gegenüber 2000 DM in Deutschland. Das Volk ist arm, der Staat unbedeutend."

„Zweifellos ist der Niedergang Griechenlands nicht auf die Waldzerstörung allein zurückzuführen . . .", wandte Alfred ein.

„Sicher haben noch andere Faktoren mitgespielt. Ich als Dezernent für den Wäldertod würde es indessen nicht zugeben können, ohne meine Verdienste zu schmälern."

„Ein sehr menschlicher Zug für einen Teufel!" lachte Bob, und Karst stimmte ein. Er fuhr fort: „Es gab Völker, die die Wälder verehrten, und solche, die andere Religionen hatten. Ein Wechsel in dieser Hinsicht konnte für den Wald entscheidende Bedeutung haben."

Sten: „Diese Veränderung mochte zugleich ein Übergang vom Leben zum Sterben sein."

„Gewiß; zum Sterben der Landschaften und der Völker. Wenn die Menschen so klug wären, wie sie sich dünken, so würden sie vielleicht einmal beginnen, die Weltgeschichte vom Blickpunkte der Landschaftserhaltung zu betrachten. Sie würden dann entdecken, daß viele blutige Kriege und Schlachten geschlagen und Millionen Menschen gemetzelt werden mußten, weil der Angreifer seine Wälder, sein Wasser und seinen Boden verwirtschaftet hatte und daher gezwungen war, ein anderes Land zu erobern, um leben zu können. Oder weil er seinen übersteigerten Lebensstandard nicht aufgeben wollte und deshalb andere Völker unterwerfen und versklaven mußte. Vielleicht würden auch Zusammenhänge klar werden zwischen dem Untergang Roms und dem Umstand, daß alle Länder des Mittelmeerbeckens, die dem römischen Imperium angehörten, fast ohne Ausnahme entwaldet und verkarstet sind. Denn so wie hier liegen die Dinge überall im Bereich der antiken Welt. Auch die Wälder Nordafrikas, aus denen Hannibal seine Kriegselefanten holte, sind verschwunden, und die Sahara ist ans Mittelmeer vorgerückt. Dies ist der Grund, warum Wiederaufforstungen in Südeuropa so ungeheuer schwierig geworden sind: der Gluthauch der Wüste macht sie verdorren."

„Wozu haben die alten Völker eigentlich solche Unmengen von Holz gebraucht?" fragte das Mädchen.

„Für den Städtebau, für das Brennen der Ziegel, für den Alltagsbedarf, für die stolzen Flotten, die immer wieder untergingen, vor allem aber für die Verhüttung der Metalle. Bei der Erzeugung von einem Kilogramm Roheisen wurden zehn Raummeter Holz verbraucht. An Wiederanpflanzung der Wälder dachte niemand. Und da das Holz schon im Altertum Mangelware war, stand es gut im Preis, und so starben die Wälder einfach nur für das große Geschäft, nicht anders als heute. — Wohin könnte ich Sie noch führen?" überlegte der Waldzerstörer. „Wollen Sie die Stein- und Sandwüsten sehen, die dort entstanden, wo der Mensch der Vorzeit die Wälder schlug? Es gibt deren unzählige. Oder soll ich Ihnen die Ruinen der riesigen alten Städte zeigen, die einst inmitten blühenden Landes standen und sterben mußten, weil die Wälder geschlagen wurden?"

Rolande war müde. „Wir glauben es Ihnen auch so", lächelte sie.

„Was ich Ihnen in Spanien, in Südfrankreich, im Apennin zeigte, wiederholt sich auf dem Balkan, auf Sizilien, in Nordafrika. Kleinasien ist verwüstet, Palästina entwaldet. Kein Teil der Erde ist von den Folgeerscheinungen der Waldverwüstung frei. Ähnliches geschah in Mexiko und Mittelamerika, in den Kordilleren, wo die Entwaldung schon durch die Azteken, Inka und Maya erfolgte. Vom Walde befreit wurden weite Teile der USA, die Negergebiete außerhalb der tropischen Urwälder Afrikas, Neuseeland, China, Ungarn, das Donbecken, die Ukraine." Er wandte sich kurz an den Piloten: „Nach Hause!"

Die Transparenz der Gondel wich einer milchigen Weiße. Sie saßen stumm, in sich gekehrt, einige Minuten. Ein starker Bremsdruck legte sich auf sie. Das Flugzeug stand. Die Tür öffnete sich, und sie stiegen auf der Plattform des großen Hauses aus, von dem aus der Teufel die Welt beherrschte. Der Lift trug sie in die Tiefe. Sie verließen den Aufzug im 116. Stockwerk.

„Gehen wir nicht zu Ihrem Boß?" fragte Rolande.

Karst schüttelte den Kopf. „Er hat heute viel anderes zu tun. Ich werde Sie bitten, den Rest meines Vortrages in meinem bescheidenen Büro anzuhören."

Im Vorübergehen öffnete er eine Tür. Sie sahen in einen hellen und modern eingerichteten Saal, wo etwa vierzig Stenotypistinnen arbeiteten.

„Meine Schreiberinnen", erklärte der Dezernent.

„Sind das lauter Teufelinnen?" fragte Sten.

„Keine Spur!" erwiderte Karst. „Es sind Mädchen wie alle anderen. Sie kriegen ihren Lohn und glauben, in der Holzabteilung einer ehrbaren Firma zu arbeiten. Sie dienen dem Teufel, ohne es zu wissen, so wie Millionen anderer Menschen."

„Und was würde geschehen", fragte der Dichter, „wenn ich jetzt einträte und ihnen sagte, daß sie im Hause des Teufels sind?"

Karst sah ihn freundlich lächelnd an. „Tun Sie das ruhig, Herr Stolpe! Man wird das Rettungsauto kommen lassen, Sie in eine Zwangsjacke stecken und ins Irrenhaus liefern. Dort dürfen Sie hemmungslos berichten, daß Sie in diesem Haus dem Boß, dem Teufel, dem Herrn der Welt, begegneten und mit ihm sprachen, daß Sie die Berichte seiner Mitarbeiter hörten, daß Sie mit einem Ufo in die Vergangenheit reisten. Das dürfen Sie alles sagen, und man wird Sie lebenslang psychiatrisch betreuen. Seien Sie also vorsichtig, Herr Stolpe!"

Sie betraten das Büro des Kahlschlagteufels. Es sah aus wie das eines Staatspräsidenten. Wände und Decke waren mit Edelhölzern getäfelt, die Möbel gaben an Kostbarkeit und Pracht denen im Zimmer des Teufels nichts nach. In einer Ecke stand ein Imbiß bereit.

Rolande griff zuerst zu und sagte: „Ihr Boß muß zu Ihnen großes Vertrauen haben. Sie sind der erste, mit dem er uns allein läßt."

„Tja", erwiderte Karst und kaute. „Er braucht nur auf einen Knopf zu drücken, um alles zu sehen und zu hören, was hier vorgeht. Und er kann jederzeit an unserer Unterhaltung teilnehmen. Darf ich beginnen?"

Sie setzten sich, und Karst begann: „Die Natur ist die Urheimat des Menschen. Der Wald ist das Herzstück der Natur. Im Waldboden verankert sind die Wurzeln der menschlichen Seele. Aus den dunklen Schatzkammern des Waldes quillt der Reichtum der Sprachen. Der Wald ist der Urquell der Musik. Wo der Wald stirbt, wächst die Wüste. In der Musik nennen wir das Jazz."

„Oh, Herr Karst ist ein Jazzfeind! Das ist Wasser auf Stens Mühle!" rief das Mädchen aus.

Karst lächelte nachsichtig. „Sie haben noch immer nicht die rechte Einstellung zu uns und unserer Aufgabe", erwiderte er. „Wenn wir die Kräfte der Zerstörung auch nennen und nach Ursache und Ziel erklären, so heißt das noch nicht, daß wir dagegen sind. Wir sind es doch, die diese Kräfte entwickeln und wirksam machen! Ich bin so wenig gegen den musikalischen Nihilismus, wie ich gegen den Wäldertod oder gegen den Untergang der Menschheit bin. Im Gegenteil! Karst und Jazz passen sehr gut zusammen! Hören Sie weiter! Der Wald bestimmte die Bauformen, er prägte das Brauchtum. Die Hochleistungen der echten Künste wären undenkbar ohne den Wald. Die Seele der edelsten Völker der Erde ist eine Waldseele, und dem Walde verdankt sie alle ihre Kraft. Damit will ich sagen, daß alle Kultur aus dem Walde erwachsen ist, und es ist kein Zufall, daß mit der Unfruchtbarkeit des Kulturlebens die Vernichtung bedeutender Waldbestände in aller Welt Hand in Hand geht.

Der Wald ist Lebens-, Schaffens- und Kulturraum. Er bildet eine Insel der Stille. Stille führt zur Besinnung und damit zur Weisheit. Der Wald könnte das Heilmittel sein für die an der

Überzivilisation erkrankte Menschenseele gegen die von uns geprägte und propagierte Lebenshast. Er öffnet die Quellen der Erkenntnis. Das ist, was wir unter allen Umständen verhindern müssen. Sie können nun verstehen, warum der Wald verschwinden muß.

Aber der Wald hat natürlich auch praktische Bedeutung. Er ist der Hüter des Lebens. Vor allem gewährleistet er die Gesundheit des Wasserkreislaufs, die Klimastetigkeit und die Fruchtbarkeit des Ackerlandes. Sein Kronendach schirmt die Ein- und Ausstrahlung ab und gleicht Temperaturunterschiede aus. 27 % der flüssigen Niederschläge werden in den Baumkronen zurückgehalten und verdunsten von dort wieder. Dadurch entstehen neue Niederschläge.

Eine mittelstarke Kiefer treibt eine Hauptwurzel von 3 bis 8 Metern Länge in den Boden. Von ihr gehen 300 Wurzeln zweiter Ordnung ab; aus jeder von diesen wieder 300 Wurzeln dritter Ordnung. Dies setzt sich etwa sechzehnmal fort. Die letzten Wurzeln sind nur noch millimeterlang. Die Gesamtlänge dieses Wurzelsystems beträgt rund 400 000 Kilometer."

„Ein Wunder ist das!" flüsterte Rolande andächtig.

„Gewiß, ein Wunder", bestätigte Karst. „Und so mancher Baum ist für das Leben auf der Erde wertvoller als die Menschen, die ihn umhauen. Das Wurzelsystem des Waldes durchsetzt den Boden in unvorstellbarer Dichte und hält ihn und das Wasser fest. Der Wurzelraum des Waldes hält bis zu einem Meter Tiefe 2 000 Tonnen Wasser je Hektar fest. Wird der Wald geschlagen, so sterben die Moose und Wurzeln. Der Boden verliert den größten Teil seiner Saugfähigkeit und Festigkeit. Das unmittelbar aufschlagende Regenwasser rinnt ab und nimmt die Erde mit. Der ungehemmte Wind saugt die Feuchtigkeit ab, die Fernwirkungen des Waldes auf das Klima gehen verloren, die Fruchtbarkeit des Landes und die Erträge der Landwirtschaft sinken. Der Wald ist etwas Lebendiges. Durch den Blätterfall der Jahrhunderttausende schuf er die Humusschichten, auf denen das Brot der Menschheit wächst. Wald- und Baumbestand sind innig verbunden mit biologischem, sozialem und geistigem Wohlstand. Der Mensch ist hinsichtlich Nahrung und Kleidung in erster Linie auf das Pflanzenkleid der Erde angewiesen. Ich habe ihn dazu verleitet, die grüne Erdhaut zu zerstören. Damit zerstört er sich selbst. Stirbt der Wald, so stirbt der Mensch, erst seelisch, dann körperlich.

Ferner: vier Fünftel des Treibstoffes der Welt stammen aus Quellen, die sich nicht erneuern lassen und einmal versiegen werden: Kohle, Erdöl, Erdgas. Das Holz ist der einzige Rohstoff, der nachwächst. Daraus ergibt sich, daß ich den Nachwuchs bekämpfen muß. Kranke Seele macht den Wald sterben, sterbender Wald macht die Seele krank. Der Kreislauf des Unheils mußte erst einmal in Gang gesetzt werden, um durch die ins Negative verkehrte Wechselwirkung zwischen Menschenseele und Wald beide zu vernichten. Aus dieser Disposition ergibt sich mein Arbeitsprogramm. Ich habe das Heilmittel unwirksam gemacht.

Die Primitiven, in denen noch Ur-Instinkte wach sind, umgeben mit religiöser Vorstellung und Verehrung die Elemente, die für sie lebenswichtig sind. Damit sichern sie unbewußt das eigene Dasein. Die Ausrottung dieses gefährlichen Irrwahns war mein erster Schritt zur Vernichtung der Wälder."

„Wie man hört, sind viele Völker der Erde zu diesem gefährlichen und lächerlichen Heidentum zurückgekehrt", spottete Sten Stolpe. „Man begeht festlich den ‚Tag des Waldes‘, man feiert den ‚Tag des Baumes‘ . . ."

„Belanglos!" Karst schüttelte den Kopf. „Man redet, man verschmiert Papier. Ein Minister pflanzt unter dem Beifall der Menge einen Baum und läßt sich dabei für die Film-Wochenschau photographieren, und die Blasmusik spielt dazu auf. Zur gleichen Stunde werden in aller Welt Millionen Bäume umgeschnitten. Ahnungslose Schulkinder läßt man ehrenhalber ein paar Waldbäumchen einsetzen, und niemand kommt auf die Frage, weshalb sich darum nicht jene Leute kümmern, die vorher dort den Wald geschlagen und den Profit eingesteckt haben."

„Ich meine", erwiderte der Dichter, „daß es nicht auf die Bäumchen ankommt, die dabei gepflanzt werden, sondern auf die Wiedererweckung einer Gesinnung, aus der die Wälder der Zukunft erwachsen werden, einer Gesinnung, die Ehrfurcht erweckt!"

„Ich nehme den Menschen die Ehrfurcht vor der Natur, ich verschütte den Hang zur Romantik und Poesie, so daß sie gar nicht mehr daran denken, sich an der reich gedeckten Tafel des Naturerlebnisses niederzulassen. Damit habe ich jene Stumpfheit und Verständnislosigkeit gegenüber der Schöpfung erzielt, die ich brauche. Die Stille des Waldes hat ihre Wirkung auf die Menschenseele verloren. Die Menschen sind unfähig geworden, allein und still zu sein. Deshalb sind sie auch nicht mehr schöpferisch. Materialismus, Motorisierung, Tempo, Lärm und Oberflächlichkeit: das sind meine Einsatzmittel bei der Jugend. Ich habe dafür gesorgt, daß der Biologieunterricht an die letzte Stelle gerückt wird und die Bildungsarbeit an den Schulen, wenn sie den Wald schon berühren zu müssen glaubt, sich in der Übermittlung einer ‚Kunde' von äußerlichen Erscheinungen erschöpft. Man führt die Jungen nicht mehr in die Einsamkeit der Wälder, um sie lauschen und schauen zu lehren, um die Stille und das Geheimnis wirksam zu machen."

„Das wäre eine Erziehung, die zu Gott führt...", wagte Rolande einzuwerfen.

Karst hob die Hand. „Schweigen Sie! Haben Sie noch nicht begriffen, daß man dieses Wort hier nicht aussprechen darf? Der Boß würde sehr böse, wenn er es hörte!" Er setzte fort, wo er unterbrochen worden war: „So bleibt der Wald für die jungen Menschen nur noch ein Freigebiet zum Ästebrechen und Nesterausheben, zum Schreien und Toben und Feuermachen. Eine solche Jugend sehnt sich nie mehr nach Stille, sie kennt die Schauer der Ergriffenheit nicht, die der Wald vermitteln kann."

„Wollen Sie als Teufel behaupten, daß Sie sie kennen?" Sten fragte es.

„Wir wissen um alle diese Dinge, aber wir haben keine Seele."

Sten: „Ich weiß, daß viele Schulen Forstgärten anlegen und die Kinder in eigenen Schulwäldern zu einer echten, tätigen Waldgesinnung zu führen trachten . . ."

Der Waldteufel wehrte geringschätzig ab. „Solche Bestrebungen dienen am Ende nur mir, weil dadurch jene Leute beschwichtigt und getröstet werden, die meine Zerstörungspläne zu durchschauen beginnen. — Auf diese Weise habe ich den Menschen das Gefühl der Mitverantwortlichkeit gegenüber dem Wald und ihrer Abhängigkeit von ihm entzogen. Ich habe die Waldgesinnung zerstört und die Menschen seelisch heimatlos gemacht.

Die Methoden der Waldvernichtung und die Art, wie ich sie förderte, änderten sich vielfältig im Laufe der Zeit. In den Anfängen der Entwicklung waren Jahrhunderte und Jahrtausende nötig, um die Folgen der vom Menschen geübten Naturverwüstung wirksam zu machen. Heute gibt es hundertmal so viel Menschen auf der Welt, und wir haben ihnen alle technischen Mittel in die Hand gegeben, damit sie innerhalb weniger Monate blühende Landschaften verwüsten können. In Rußland wie in USA sind, gleich urweltlichen Elefantenherden, gigantische Maschinen dabei, den Waldbestand nach einem raffiniert ausgeklügelten System niederzulegen. Jede Arbeitsphase wird auf rationellstem Wege von der Maschine ausgeführt. Wie ein großer Rasierapparat fegt die wilde Jagd der Technik über die Bartstoppeln der Erde. Die kahlen Flächen bleiben sich selbst überlassen. In vielen Ländern habe ich Einrichtungen geschaffen, die unablässig bemüht sind, fortschrittliche Arbeitsmethoden einzuführen und damit die Produktivität, das heißt das Tempo der Waldzerstörung, zu steigern. Der Baum aber kann sein Wachstum nicht dem Tempo der modernen Zeit anpassen".

Der Techniker unterbrach: „Die Universität Laval in Quebec-City hat eine Methode erprobt, wonach durch chemische Behandlung des Keimlings und des Bodens Bäume schon nach dreißig Jahren so groß werden wie sonst nach hundert Jahren."

„Seit wann erprobt man diese Methode, Herr Ingenieur?"

„Seit ganz kurzer Zeit. Es ist der allerletzte Triumph des Fortschritts auf diesem Gebiet."

„Wieso weiß man dann heute schon, wie solche Bäume nach dreißig Jahren aussehen werden und wie der Boden reagieren wird in der zweiten, dritten Holzgeneration?"

Alfred: „Jedenfalls waren die Bäume in den ersten vier Monaten nach der Keimung schon so hoch wie zweijährige Bäumchen."

„Wenn dies berichtet wurde, darf man annehmen, daß der Versuch erst vier Monate alt ist. Immer nur abwarten, Herr Groot, und Vorsicht mit dem Fortschritt besonders dann, wenn er sich auf dem Gebiet der Chemie vollzieht!"

Der Karstteufel erhob sich, schritt einigemal durch das Zimmer, hin und her. Er sprach weiter, und die Blicke der Anwesenden pendelten mit ihm.

„Darüber hinaus bin ich den Wäldern durch andere Maßnahmen zu Leibe gerückt. Ich darf aufzählen: erstens die Monokultur."

„Was heißt das?" fragte Rolande.

„Anpflanzungen gleicher Art und gleichen Alters auf Großflächen."

„Wie ist es zu verstehen in diesem Fall?"

„Zwischen dem Boden, dem Klima und der Holzartenmischung des Waldes bestehen geheimnisvolle Zusammenhänge. Die Natur setzt auf jeden Fußbreit Boden die Pflanzen, die ihm gebühren."

Sten hob den Kopf. Die Sprache dieses zur Zerstörung des Waldes eingesetzten Teufels ließ aufhorchen. „Der Wind streut die Samen überallhin!" warf er ein.

„Die Pflanzen können sich auf die Dauer nur behaupten, wenn sie auf dem für sie bestimmten Boden erwachsen. Die Holzartenmischung der Urwälder ist kein Zufall, sondern ein Gesetz. Der Mensch, der sich außerhalb des Gesetzes gestellt hat, zerstört die Ordnung der Wildnis, die ihm eine Unordnung scheint. Er tilgt aus, was ihm nichts trägt. Und er pflanzt nach seinem unvernünftigen Willen an, was ihm schnelleren und größeren Gewinn bringt.

Die Natur bildet nur in besonderen Lagen gleichförmige Wälder aus. Im Mittelalter setzte sich der europäische Wald aus etwa $^2/_3$ Laub- und $^1/_3$ Nadelholz zusammen. Der Mensch zwang der Landschaft seine Monokulturen auf. Heute ist das Laubholz auf ein Fünftel der gesamten Waldfläche zurückgedrängt. Fichte und Kiefer sind die Lieblinge des holzverzehrenden Menschen. Sie ergeben größere Massen und höhere Renten. Holz ist kostbar, und die Preise steigen. Was liegt näher, als den Wald der Profitgier zu unterwerfen? Und seit 150 Jahren baut der Mensch an Stelle des natürlichen, gesunden Waldes seine leblosen Balkenfabriken und Stangenäcker.

Fast alle Wälder Mitteleuropas sind nach kapitalistischen Rücksichten unter Anwendung der Regeln der Zinseszins- und Rentenrechnung unter Mißachtung der Naturgesetze aufgebaut. An die Stelle der Vielgestaltigkeit des naturnahen Waldes mit seinem tausendfältigen Leben traten die einförmigen Zahlenkolonnen des Baumkollektivs. Wenn man dem Boden eine Holzart aufzwingt, die nicht zu ihm paßt, verwildert, versauert und versagt er. Die flachwurzelnde Fichte raubt dem Boden jeglichen Wasservorrat und verzehrt die letzten Humusreserven. Darüber hinaus unterdrückt sie durch Lichtentzug und mit ihrer terpentinhaltigen Nadelstreu jedes andere Pflanzenleben. Niederschlagswasser kann nicht versickern. Jeder Wassertropfen rollt wie auf einem ölgetränkten Tuch zu Tal. Also auch die Monokultur darf ich zu den Ursachen von Überschwemmungen und Dürre zählen. Im gleichförmigen Wirtschaftswald sind nahezu alle Wohlfahrtswirkungen herabgesetzt oder ausgelöscht. Hingegen ist die große Zeit für meine Freunde und Mitarbeiter gekommen, die Milliardenheere der zerstörenden Insekten. Denn gerade die Fichte und die Kiefer haben die meisten Feinde unter ihnen. In den einförmigen Forsten finden sie so günstige Lebensbedingungen wie nie zuvor. Von Zeit zu Zeit vermehren sie sich ins Uferlose. Durch sie wird mehr Holz gefressen als durch Waldbrände. In den letzten hundert Jahren haben sie Millionen Festmeter entwertet. Allein in Bayern zerstörte von 1946 bis 1948 der Achtzähnige Fichtenborkenkäfer drei Millionen Festmeter Fichtenholz, was einer vernichteten Waldfläche von 10 000 ha gleichkommt. 1954 wurden 1 000 ha des Ebersberger Forstes von der Nonne befallen. Je Baum zählte man durchschnittlich 10 000 Raupen.

Auch für den Wald ist nichts gefährlicher als das Spezialistentum und die Selbstsucht der einzelnen Wirtschaftszweige. Ich bin infolgedessen bemüht, beide mit allen Mitteln zu fördern. Und bei den Insektenschäden bleibt es nicht. Im Mischwald steht der Tiefwurzelnde neben dem Flachwurzelnden, der Nackensteife neben dem Geschmeidigen, der Lichte neben dem Dichten, der Breitkronige neben dem Schlanken, und in der Not stützen sie einander. Die Holzfabriken des Menschen aber wirft der Wind und bricht der Schnee. Auf diese Weise haben Überheblichkeit des Menschen gegenüber der Naturordnung und nackte Profitgier Verluste gezeigt, die in die Milliarden gehen.«

Sten: »Wie man hört, hat man die Fehler erkannt und ist bemüht, die Wälder wieder gesund und natürlich zu machen...«

»Einige haben es erkannt, und die forstlichen Schulen lehren es. Draußen in der grünen Praxis aber gibt es genug sogenannte Forstwirte, die auch heute noch jeden Kahlschlag auf erschöpftem Boden der Fichte opfern, und ich sorge dafür, daß sie nicht aussterben. Die naturfremde Forstwirtschaft allein muß früher oder später unfehlbar zum Zusammenbruch des Waldes führen.«

»Und selbst wenn der Mensch die Gesundung der Untergangswälder sogleich und allgemein in Angriff nehmen wollte: der Prozeß würde Jahrhunderte dauern, und so viel Zeit billige ich dem Menschen nicht mehr zu«, schnarrte die Stimme des Teufels dazwischen.

Der Kahlschlagteufel griff nach einer Mappe, die auf seinem Tisch lag, schlug sie auf, stellte sich in die Mitte des Raumes.

„Zweitens: das Feuer. Aus einem Baum kann man eine Million Streichhölzer herstellen, aber ein einziges Streichholz kann eine Million Bäume vernichten. Ich bin daher der Schutzpatron aller, die im Walde rauchen. Ich ermutige die kleinen und großen Kinder dazu, im Wald Feuer zu machen. Ich lenke den Funkenflug der Lokomotiven. In allen Epochen der Menschheitsentwicklung leistete mir das Feuer einen ausgezeichneten Beitrag zur Vernichtung des Waldes. In Minnesota brannte im Oktober 1918 eine Waldfläche in der Größe des Landes Württemberg ab. In den letzten fünfzig Jahren verbrannte in Alaska jährlich rund eine halbe Million Hektar Waldfläche. 1947 wurden in den USA 9,2 Millionen Hektar Wald mit einem Sachschaden von 55 Millionen Dollar durch Feuer vernichtet. 1951 kam es in USA zu 164 000 Waldbränden, deren Auswirkung sich auf eine Fläche von 4,36 Millionen Hektar forstlich genutzten Landes erstreckte. Der Wert des vernichteten Nutzholzes belief sich auf über 50 Millionen Dollar. Die durchschnittlichen Jahresverluste der USA durch Waldbrände liegen bei 100 Millionen Dollar. Der Brandverlust eines einzigen Jahres übertrifft manchmal den zehnjährigen Holzbedarf der Vereinigten Staaten. In der Türkei fraß das Feuer 1954 14 000 Hektar, in Spanien 7 000 Hektar Wald. In Deutschland brennen jährlich 4 000 Hektar Wald mit 250 000 Festmetern Nutzholz. Damit könnte der Baubedarf von 20 000 Wohnungen gedeckt werden. Eine weitere waldzerstörende Maßnahme, die als solche meist nicht erkannt wird, in ihren Auswirkungen aber dennoch erfreuliche Erfolge zeitigt, ist drittens: die Mode."

„Was hätte die Mode mit dem Wald zu tun?" fragte erstaunt die Ärztin.

„Mehr, als Sie glauben, Mademoiselle!"

In diesem Augenblick trat der Teufel ein, und die Anwesenden erhoben sich. Er war gut aufgelegt.

„Na, schönen Ausflug gehabt?" fragte er.

„Bezaubernd!" antwortete Rolande. Der Boß setzte sich in einen schweren Ledersessel, der in der Ecke stand.

„Ja", lachte er gemütlich, „bezaubernd, der Untergang der Menschheit! Machen Sie ruhig weiter, Karst!"

Man setzte sich. Karst fuhr fort: „Ich gestehe, daß die Mode nicht meine Erfindung ist."

„Dieses Eingeständnis hätten Sie von ihm wahrscheinlich nicht gehört, wenn ich nicht gekommen wäre!" grunzte der Teufel. Er war vergnügt.

Karst: „Aber sie dient mir ausgezeichnet bei der Verfolgung meiner Ziele, und ich habe alle Ursache, sie mit allen Mitteln zu fördern. Durch das Diktat der Mode wird der Verbrauch an Textilien in aller Welt um das Achtzehnfache des tatsächlich und sachlich Notwendigen gesteigert. Größerer Stoffverbrauch bedingt größere Schafherden. Das Schaf steht an Gefährlichkeit der Ziege nur wenig nach. Mehr Schafe brauchen größere Weideflächen. Um sie zu gewinnen, muß der Wald beseitigt werden. Die Wasserspeicherfähigkeit des gesunden Waldbodens ist bedeutend größer als die eines durch millionenfachen Viehtritt und Graswuchs verdichteten Weidebodens. Die Sickergeschwindigkeit ist dort achtmal so groß wie hier. Jede Vergrößerung der Weideflächen führt daher zwangsläufig zu einer Erhöhung des Abflußkoeffizienten und Verschärfung der Hochwasserkrisen."

„Es lebe die Mode!" grinste der Boß.

„Und die Damen Mayer, Dubois und Babbitt, die in ihren Zeitungen von Überschwemmungen, Dammbrüchen und Wassernot lesen oder sie am eigenen Leib erleiden, werden nicht verstehen, daß sie selber dazu beitragen, weil sie jedes Jahr eine funkelnagelneue, hochmoderne Garderobe haben müssen. Im Mittelalter verlief die Waldgrenze in etwa 2 000 Metern Höhe. Heute ist sie durch gewaltsame Erweiterung der Weideflächen auf 1 800 bis 1 700 Meter herabgedrückt. Damit sind die Einzugsgebiete für Lawinen und Muren freigelegt worden. Der durch Lawinen angerichtete landwirtschaftliche Schaden betrug allein in Tirol im Winter 1950/51: 66,5 Millionen Schilling."

Der Teufel lachte. „Dafür haben die Modeschöpfer dreimal so viel verdient. Karst, Sie verstehen nichts vom Geschäft!"

Rolande meinte: „Ehrlich gesagt: ich weiß, was Sie mit Viehtritt meinen. Daß aber dieser Schaden so enorm sein soll..."

„Der Schafauftrieb hat vielfach zur Vernichtung der Mattenflora und zu starken Erosionserscheinungen geführt. Auf den durch Weidegang entarteten Almböden kann sich der Wald nicht mehr ansiedeln. Hochwertige Futterpflanzen verschwinden, Bitterkräuter und Sauergräser bleiben. Infolgedessen wenden die Schafe sich dem Jungholz in der Höhenzone des Waldes zu. Dadurch werden die Waldränder noch tiefer hinabgedrückt, und die Spirale der Zerstörung setzt sich in Bewegung.

Das von den Kräften des Verfalls und des Untergangs geförderte und gepriesene Diktat der Mode führt dazu, daß die Schafherden immer noch vergrößert werden. 1910 wurden im Hochallgäu etwa 200, 1948 aber 5 500 Schafe gesömmert. Ein konkretes Beispiel von einer Alm am Linkserkopf, Allgäu: die Alm ist katastermäßig nur für 50 Schafe zugelassen. In den letzten Jahren wurden 250 Schafe und 60 Ziegen aufgetrieben. Die vorher völlig geschlossene Grasnarbe ist so aufgerissen und abgetreten, daß es zu Erdrutschen und Abschwemmungen gekommen ist. Aber das allzu gute Geschäft schädigt, wie überall, auch hier sich selber.

Der Schweizer Jura, die Fränkische und die Schwäbische Alb, die zugunsten der Schafweide abgeholzt wurden, sind verkarstet und ertraglos geworden. Eine Wiederbewaldung ist ausgeschlossen. Stellenweise sind Stein- und Felswüsten entstanden. 1828 gab es um den Königssee 35 Almen, heute sind es 15. Der Rest mußte wegen Verkarstung aufgegeben werden."

Alfred wandte ein: „Die Vergrößerung der Viehherden ist aber doch ebensosehr oder noch viel mehr auf den wachsenden Fleischkonsum zurückzuführen..."

Karst: „Das stimmt, aber darüber habe ich nicht zu sprechen."

„Das ist Sache des Wüstenteufels", erklärte der Boß, „dessen Bericht Sie noch hören werden."

„Mich interessieren die Viehherden nur, insoweit sie dem Wald Abbruch tun", fuhr Karst fort. „Die Ausbreitung der Steppen und Wüsten in Trockengebieten ist die Folge der Beweidung, so zum Beispiel an den Rändern der Sahara, in Südafrika, Australien, Innerasien, Kleinasien und Argentinien. Oh, ich lobe mir das Schaf!"

„Mäßigen Sie Ihre Begeisterung!" schnarrte plötzlich die Stimme des Furchtbaren, so daß die Menschen sich erschrocken umsahen. Keiner hatte sein Eintreten bemerkt. Murduscatu sprach: „Sie dürfen die Menschen nicht für dümmer halten, als sie sind! Es gibt noch Leute, die die Zerstörerrolle der Mode und des Schafes erkannt haben. Soeben kommt mir ein Börsenbericht aus Johannesburg zu. Darin steht, daß man in Südafrika eine Organisation zur Gesundung der Landschaft geschaffen hat, das ‚Grüne Kreuz', die von der Industrie finanziert wird."

Karst: „Gestatten Sie mir zu lächeln! Eine von der Industrie finanzierte Organisation wird sich niemals gegen das Geschäft wenden. Und die Schafwolle und die Mode sind nun einmal ein ganz großes Geschäft!"

Murduscatu: „Hören Sie!" Er las vor: „Am Schaf, dem die Südafrikanische Union ihren Reichtum verdankt, wird sie auch zugrunde gehen, denn wenn es so weitergeht, werden die südafrikanischen Millionenstädte in wenigen Jahrzehnten inmitten von Sandwüsten stehen und verdursten."

Karst: „Seien Sie bedankt für die Mitteilung! Aber ähnliche Stimmen erheben sich seit Jahrzehnten in aller Welt. Wer hört sie schon? Und vor allem: wer ist geneigt und in der Lage, ihnen zu folgen? Das Geschäft wird immer stärker und lauter sein. Gesetzt den Fall, man würde sich zur Abschaffung des Schafes durchringen, was ich für ausgeschlossen halte, so bleiben immer noch Baumwolle und Holzfaser, die dann an Ackerfläche und Holzeinschlag ein Vielfaches dessen erfordern werden, was sie heute beanspruchen!

Die Mode ist nicht auszurotten. Sie ist in allzu vielen menschlichen Eigenschaften eingenistet: Geltungstrieb, Eitelkeit, Eros, Minderwertigkeitsgefühl, und vor allem in der Profitsucht der damit Befaßten, die Milliarden verdienen —"

„Milliarden, die vielleicht mit dem Elend kommender Geschlechter bezahlt werden müssen...", sagte Sten.

Karst: „Sehen Sie auf den Bildschirm!"

Die Gäste wandten sich dem großen Fernsehempfänger zu.

„Was führen Sie uns vor?" fragte der Teufel.

„Ritzhotel, Paris. Modeschau bei unserem Freund Diodorus."

„Diodorus? Gut! Er hat in zehn Jahren 16 000 Kilometer Stoff und in Paris allein eine Million Kleider und 250 000 Flaschen Parfüm verkauft. Tüchtiger Bursche!"

Das Bild zeigte die in Grau und Gold gehaltene Halle. Prunkvolle Stühle standen im Halbkreis.

„Was für Leute sind das?" fragte der Teufel.

„Modereporter, Einkäufer der großen Warenhäuser, Textilfabrikanten."

Ein kleiner beweglicher Herr im Cutaway schritt in diesem Augenblick über den Laufsteg, hielt am Ende, dankte mit knappen Verbeugungen für den Applaus.

„Es ist Marcel, der Generalmanager des großen Diodorus."

Marcel begann: „Mesdames, Messieurs! In wenigen Minuten wird sich vor Ihren Augen der rituelle Tanz der Mannequins vollziehen, die Vorführung der Pariser Frühlingskollektion, der geheiligte Augenblick, wo der erste Pariser Couturier seine neuesten Geheimnisse enthüllen wird.

So wie alljährlich wartet die Modeindustrie auf die befruchtende Tat des größten Modekönigs aller Zeiten, eine Kulturtat von weltumspannender, die ganze Wirtschaft beflügelnder Bedeutung. In Kürze werden Tausende von Zeitungen und Zeitschriften mit Donnerstimme die neuen Parolen der Mode verkünden.

Immer wieder bringt der große Meister es fertig, mit einem Schlag die gesamte Damengarderobe in allen Kleiderschränken der Welt unmodern und damit unbrauchbar zu machen. Noch niemals in der Geschichte der Mode hat ein Couturier eine solche Revolution entfacht. Ihm ist es gelungen, die Pariser Couture zu einem Weltfaktor erster Ordnung zu machen.

Lassen Sie mich mit einem Wort des großen Diodorus schließen, wahrhaft einem majestätischen, einem Königswort, das die ganze einmalige Größe dieser schöpferischen Persönlichkeit aufleuchten läßt: Im Maschinenzeitalter ist die Mode eine der letzten Zufluchtsstätten des Menschlichen, des Persönlichen, des Unnachahmlichen. In einer Epoche, die so düster ist wie die unsere, muß die Eleganz Zentimeter um Zentimeter verteidigt werden!"

Marcel verließ seinen erhöhten Standpunkt und verschwand in der applaudierenden Menge. Während seiner Ansprache hatte, beinahe unbeachtet, mit gemimter Bescheidenheit Diodorus in einem thronartigen Sessel inmitten der übrigen Platz genommen.

Der Teufel lachte. „Das Theater ist gut. Auch sein Vater war unser Mann. Er war Kunstdüngerfabrikant."

Der Auftritt der Mannequins begann. Neugierig sahen die Gäste auf den Schirm. Aber Karst schaltete aus. Er ergriff eine andere Mappe, schlug sie auf und begann von neuem:

„Habe ich durch diese drei Maßnahmen in den Wald selbst eingegriffen, um seinen Lebensraum zu schädigen, so habe ich mit einer Reihe weiterer Einrichtungen alles getan, um den Holzverbrauch zu steigern.

Bedeutende Erfolge habe ich in dieser Hinsicht durch die fortlaufende Vermehrung der holzverarbeitenden Industrien erzielt. Je mehr Menschen mit dem Holz beschäftigt werden, umso stärker können die Regierungen, die Waldbesitzer, die Wälder unter sozialen Druck gesetzt werden. Die Frage, ob die Existenz von hunderttausend Arbeitnehmern oder der Wald wichtiger sei, ein

Mensch oder ein Baum, wird von den Eintagsfliegen einer von Menschen geschaffenen und beherrschten Lebensform immer zuungunsten des Waldes entschieden werden.

Ich betreibe daher die Errichtung von Sägewerken, von Papier- und Zellulosefabriken, und ich fördere deren Erweiterung, Modernisierung und Leistungssteigerung, obwohl dies, vom Menschen aus gesehen, durchaus überflüssig und wirtschaftlich nicht gerechtfertigt ist. Die Sägewerke Frankreichs können heute schon den Jahresbedarf in drei Monaten decken. Deutschland ist mit seinen 10 000 Sägewerken weitaus übersetzt. Die rund 7 000 Sägewerke Österreichs sind nur zu 50 % ihrer Leistungsfähigkeit ausgelastet. Aber man fährt eifrig fort, weitere Sägewerke zu bauen und die bestehenden zu vergrößern. Das alles paßt mir ausgezeichnet in mein Konzept zur Zerstörung des Waldes.

Fünftens: das Papier. Auch durch die Ankurbelung des Papierverbrauchs in der ganzen Welt erzielte ich einen entscheidenden Erfolg im Kampf gegen den Wald. Die Menschheit verarbeitet jährlich eine Milliarde Festmeter Holz zu Papier, das sind zwei Fünftel des Jahres-Weltbedarfes an Holz. Sie werden also verstehen, daß ich um den Papierverbrauch in jeder Hinsicht bemüht bin. Meine Beauftragten sprechen von Hebung der Kultur und meinen die Steigerung der Zeitungsauflagen und des Papiermißbrauchs auf allen Gebieten des Lebens. Hinter der beflissenen Wohlfahrtsfassade aber grinst der Tod des Waldes und damit der Menschheit. Ausgezeichnete Hilfe haben mir hier einige Kollegen anderer Dezernate geleistet, so der Hungerteufel, der die Leute vom Land in die Stadt und an die Schreibtische treibt, so daß sie die Bürokratie vergrößern und zu Papierverbrauchern werden; und der Lügenteufel, der für ständige Auflagensteigerung aller Druckwerke sorgt. Die Erfolge sind erfreulich, vor allem natürlich in den gegen Untergang gelegenen Ländern. In jeder Sekunde erscheint auf der Welt eine Zeitung, alle zwei Minuten ein Buch."

„Die Welt will informiert werden, und sie will sich bilden!" warf der Techniker ein. „Sie hat Anspruch darauf!"

166

„Wenn du mir die Notwendigkeit nicht beweisen kannst",
entgegnete der Dichter, „daß die Menschheit täglich mit einer Flut
von schlechten Druckwerken überschwemmt wird, so ist die Zerstörung der Wälder ein nackter Frevel!"

„Sie wäre es auch, wenn diese Notwendigkeit zu beweisen wäre.
Denn wer beweist uns die Notwendigkeit des Menschen?" Der
Waldschlächter sagte es. „Die Zahl der Neuerscheinungen im
deutschen Buchhandel stieg 1951 bis 1955 von 2 286 auf 4 164.
Während im Weltdurchschnitt auf 1 000 Menschen 88 Zeitungsexemplare kommen, betragen die Zahlen für England 611, Schweden 490, Australien 416, USA 363, Japan 360, Westdeutschland
262, Österreich 214. In Westdeutschland erscheinen 671 Tageszeitungen mit einer Auflage von 16 Millionen. Die Gesamtpro-
duktion der Welt beträgt 217,1 Millionen Zeitungsexemplare
täglich. Daran nehmen die englischsprachigen Zeitungen mit
44,4 % teil, Japan mit 15 %, Westdeutschland mit 8 %.

Jeder dritte Amerikaner kauft täglich eine Zeitung. Es erschei-
nen 314 Morgenzeitungen mit 22^1/$_2$ Millionen Auflage, 1 500
Abendzeitungen mit 34^1/$_2$ Millionen Auflage, zusammen 57 Mil-
lionen. Dazu kommen 546 Sonntagszeitungen mit 47^1/$_2$ Millionen
Auflage. Die Gesamtsteigerung der Auflagen aller Zeitungen in
USA beträgt eine Million jährlich.

Eine einzige Nummer der New York Sunday Times frißt 62
Hektar Wald. Von der New York Daily News erscheinen täglich
zwei Millionen Exemplare im Umfang von 48 Seiten. Eine Sonn-
tagsnummer der New York Times wiegt über ein Kilogramm.
Andere Wochenzeitungen weisen einen Umfang von 200 bis 400
Seiten auf."

Rolande sprach: „Es ist doch für den Durchschnittsleser ganz
und gar unmöglich, eine solche Fülle von Stoff in einem Tag oder
in einer Woche zu bewältigen!"

Karst: „Darum geht es gar nicht, mein Fräulein. Hauptsache,
die Zeitungen werden gekauft, und die Wälder sterben! Der Jahresbedarf der USA an Papier beträgt 30 Millionen Tonnen, das

sind 60 % der Weltproduktion. Je größer die Dekadenz, umso größer der Papierverbrauch. Zur Herstellung eines Kilogramms Papier braucht man 3 000 Liter Wasser." Der Berichtende lachte.

„Sie vernichten die Wälder, um Papier zu haben, aber es wird ihnen infolgedessen das Wasser fehlen, um Papier zu machen. Die Welterzeugung an Rotopapier stieg von 12,6 shorttons 1955 auf etwa 13,4 Millionen 1956. Der Preis ist in USA seit Ende des Zweiten Weltkrieges von 64 auf 134 Dollar gestiegen."

Der Teufel: „Das gute Geschäft garantiert mir die Stetigkeit der Entwicklung."

„Der Produktionszuwachs an Papier in USA und Canada beträgt von 1956 auf 1957 401 900 Tonnen. Infolge gewaltiger Neuinvestitionen und Kapazitätsausweitungen werden wir in den nächsten Jahren noch weit größere Waldbestände vernichten können als bisher."

„Es lebe die Wirtschaft!"

„USA beabsichtigen, ihre Kapazität 1958 um 60 %, Canada die seine um 20 % zu erhöhen. Meine Mitarbeiter und ich sind bemüht, diese erfreulichen Verhältnisse auf die anderen Erdteile zu übertragen. Stellen Sie sich vor, was geschehen wird, wenn die asiatischen Massen täglich ihre Zeitungen lesen wollen! Dann haben wir in fünf Jahren die Wälder der Erde liquidiert, und ich bin am Ziel! Ausgezeichnete Arbeit leistet auch die Bürokratie aller Länder. Sie kann ihre Daseinsberechtigung nur durch den Verbrauch von möglichst viel Papier beweisen. Die Zahl der Beamten und Schreibtische ist allgemein im Steigen. Und selbst die Förderung und Zivilisierung sogenannter unterentwickelter Völker bringt ihnen zu allererst etwas, das sie bisher nicht gebraucht haben: Schreibtische und Papier.

Industrie und Handel verbrauchen — zur Hebung des Geschäftes — immer mehr Verpackungsmaterial, das weggeworfen wird. In unzähligen Archiven und Lagern häufen sich Millionen Tonnen von Schriftstücken und Akten, und sie vermehren sich unausgesetzt. Trotz des unbestreitbaren Erfolges dieser wohl organisierten und konzentrierten Angriffe auf den Wald sind in vielen Teilen der Erde, sogar in dem überschlägerten Europa, Waldreserven übriggeblieben, weil sie in unzugänglichen Gebieten lagen. Ich habe daher in allen Teilen der Welt großzügige Waldaufschließungsaktionen eingeleitet. Damit komme ich zur letzten in der Reihe der waldzerstörenden Kräfte, dem Waldwegebau."

„Augenblick!" unterbrach Sten Stolpe. „Zufällig weiß ich etwas davon. Einer meiner Freunde ist Forstmeister. Ich habe die von ihm angelegten Wege gesehen und mich mit ihm lange darüber unterhalten."

„Und Ihr försterlicher Freund hat es unterlassen, Ihnen mitzuteilen, daß er einen Beitrag zum Wäldertod leistete", lachte der Dezernent.

Sten schwieg verwirrt. „Lassen Sie ihn doch reden!" bat das Mädchen. „Erzählen Sie, Sten, es interessiert uns!"

Der Dichter wandte sich dem Mädchen zu. „Das ist so, Rolande: in weglosen Gebirgswäldern muß man das geschlagene Nutzholz über weite Strecken abrutschen lassen, um es dann durch irgendeine Bachschlucht kilometerweit Stück um Stück mühselig an die nächste Straße zu liefern, zu ziehen, zu schieben, zu werfen. Jeder Stamm wird dabei tausendmal angestoßen, der Verlust an Qualität und Quantität durch Bruch und Stauchung ist beträchtlich, und er muß doch wieder durch das Fällen weiterer Bäume wettgemacht werden. Anders, wenn überall gut befahrbare Wege sind. Das Holz kann sogleich unter der Schlagfläche aufgefangen und verladen werden. Der Bau von Forstaufschließungswegen und Waldstraßen ist also zweifellos eine Aktion gegen die Pläne des Herrn Dezernenten!"

Karst lächelte verbindlich. „Sprechen Sie ruhig weiter!" sagte er. Sten besann sich. „Noch etwas: in sehr abgelegenen, unerschlossenen Wäldern mußten bisher für einen einzigen Holzschlag Straßen, Brücken oder Seilbahnen gebaut werden, um das Holz abzutransportieren. Die hohen Kosten der Bringungsanlagen konnten nur dadurch hereingebracht werden, daß man solche

Schläge sehr groß anlegte. Es entstanden riesige Kahlflächen, an denen die Erosion ansetzen kann, wie wir schon gehört haben. Das wird vermieden durch ein gut organisiertes Wegenetz. Man kann kleinere Schläge machen oder das Holz stammweise entnehmen, so daß keine Kahlflächen entstehen. Man kann den Wald besser pflegen. Man kann Durchforstungen einlegen, die bisher, weil man das gewonnene Material nicht wegbringen konnte, unrentabel waren. So gesehen, ist der Waldwegebau entschieden eine Großtat für die Erhaltung des Waldes!"

Der Dezernent verlor seine freundliche Miene keineswegs. „Gut", sprach er, „Sie verstehen einiges davon. Umso besser. Aber jeder neue Weg schafft, vor allem im Gebirge, einen Einschnitt in die naturgewachsene Landschaft. Jeder Weg ist eine einzige große Wunde, die der Erosion Angriffspunkte bietet. Und viele dieser neuen Waldwege führen zu Waldreserven, die seit Jahrhunderten unberührt standen. Nun schließt man sie auf, die geschäftige Menschenwelt stößt zu ihnen vor, man kann sie endlich nutzen. Auf jeden Fall ein gutes Geschäft. Und hinter welchem guten Geschäft steckt nicht der Teufel?"

Er sah mit einem komischen Grinsen von einem zum anderen.

„Mit den Waldreservationen schwinden auch die Vorräte an Wasser, Wärme, Luftfeuchtigkeit, der Erosionsschutz, die Klimasicherheit, die Wetternorm. Und man mag diese Waldstraßen absperren soviel man will: eines Tages werden sie den lärmenden Betrieb der Menschenwelt bis in die entferntesten Winkel der Wälder tragen, und die letzten Oasen der dem Menschen so notwendigen Einsamkeit und Stille werden liquidiert sein. Nein, meine Freunde, es ist schon so, wie ich es Ihnen darstellte. Und die vielen wackeren Experten, die sich schallend ihrer soundsoviel hundert Kilometer neuer Forstwege und ihrer eigenen Fortschrittlichkeit rühmen, vergessen, daß der Teufel auch hier nicht schläft!"

Sten wandte ein: „Die Forstverwaltungen sperren ihre neuen Waldwege hermetisch gegen alle Unberufenen ab, manchmal sogar gegen Fußgänger. Was Sie andeuten, ist also kaum zu befürchten."

Karst: „Alles Geschehen vollzieht sich nach dem Gesetz des Möglichen. Was unmöglich ist, geschieht nicht. Was möglich geworden ist, wird unfehlbar früher oder später geschehen, und das Gesetz wird sich durch menschliche Vorschriften und Verbote kaum ändern lassen."

Sten blickte verdrossen vor sich auf den Teppich. Anscheinend war gegen diesen Teufel ebensowenig auszurichten wie gegen alle anderen!

Karst lächelte: „Sie werden verstehen, daß ich — trotz der von Herrn Stolpe vorgebrachten Argumente — in aller Welt bemüht bin, den Waldwegebau zu fördern, und ich habe dazu bedeutende und sehr billige Kredite zur Verfügung stellen lassen. Südbaden allein baut 500 Kilometer neue Forstwege, durch welche 18 000 Hektar Wald erschlossen werden. Österreich hat seit dem Zweiten Weltkrieg 6 000 Kilometer Waldstraßen gebaut und damit Waldflächen von 500 000 Hektar zugänglich gemacht. Ein ausgezeichneter Erfolg. Die Kosten belaufen sich auf 375 Millionen Schilling. Ja, man läßt sich die Zukunft etwas kosten! Österreich wird im Laufe der nächsten Jahrzehnte noch weitere 30 000 Kilometer Waldwege bauen und den dafür Verantwortlichen Orden und hohe Stellungen verleihen. Sehr gut."

Sten schüttelte langsam den Kopf. „Wenn man Ihnen zuhört, wird man irr am Leben und an der Welt."

„Nur dann, wenn man das Leben und die Welt falsch sieht, Herr Dichter! Durch das Zusammenwirken der von mir gerufenen waldzerstörenden und holzverbrauchenden Kräfte habe ich folgende Weltsituation herbeigeführt: Die Wüsten, Steppen, Karste und Öden sind bereits größer als die Waldflächen. Nordamerika verlor in den letzten 50 Jahren drei Fünftel seines Waldbestandes. Infolge des Wälderschwundes, des Umackerns der Prärien und Verregulierung der Flüsse trocknet das Land aus. 8 % der USA sind arid, 39 % halbarid geworden. Nur die Hälfte des Landes hat noch ausreichende Regenfälle.

171

Auch Südamerika liegt im Kampf gegen die Erosion. Der jährliche Brennholzverbrauch Brasiliens ist mit rund 100 Millionen Kubikmeter größer als der ganz Europas. Bald wird das Rad der Vernichtung endlich auch dort in Schwung kommen. Das Schrumpfen der tropischen Wälder wird die Weltwetterlage entscheidend beeinflussen."

Alfred äußerte sich zweifelnd: „Ich kenne die Wälder Brasiliens. Sie sind unendlich und unerschöpflich!"

Karst: „Dasselbe sagte Tacitus von den Wäldern Germaniens, und auch die nordamerikanischen Wälder waren es. In den Tropen aber ist die Kahllegung des Waldbodens besonders gefährlich: die heiße Sonne tötet den Boden in wenigen Stunden ab.

Auf dem afrikanischen Kontinent schreitet die Katastrophe, ausgelöst durch skrupellose Ausbeutung und Zerstörung der Landschaft und die nachfolgende Erosion, mit Riesenschritten von den Küsten gegen das Innere vorwärts. Riesige Waldflächen wurden abgeholzt. Ebensolche Ausmaße hat die Wind- und Wassererosion angenommen. Durch die schonungslose Abholzung der Niederungen sind in wenigen Jahren Wüsten entstanden. Auch im südöstlichen Nigeria nimmt die Erosion bedrohliche Formen an. Im nördlichen Waldgebiet wird unter dem Druck der zunehmenden Bevölkerung der Wald alljährlich um mehr als 200 000 Hektar zurückgedrängt.

25 % des fruchtbaren Bodens der Südafrikanischen Union gingen durch Erosion verloren. In Algerien sind 7 Millionen Hektar einst fruchtbaren Ackerlandes von der Verwüstung bedroht. Madagaskar kämpft gegen Erosion infolge Waldzerstörung."

Der Teufel lachte. „Der krankhaft vermehrte Parasit frißt die grüne Erdhaut und damit sich selber!"

Karst: „Die abgewaschene Erde fließt in den Flüssen dem Meer zu. Ein kleiner Nebenfluß des Missouri, der täglich eine Tonne Schlamm trägt, beförderte nach einem Platzregen 9 000 Tonnen Erde in einer Stunde. Der Gelbe Fluß in China verfrachtet jährlich 500 Millionen Tonnen Erde, fast 1½ Millionen Tonnen täg-

172

lich. Der Po trägt jährlich 11½ Millionen, der Mississippi und der Jangtsekiang je 200 Millionen Tonnen Erde ins Meer.

In Mitteleuropa waren neun Zehntel des Bodens mit Wald bedeckt, in Deutschland 80 %. Heute ist der Waldbestand auf 27 % abgeschmolzen. In Westdeutschland wurde während des Zweiten Weltkrieges das Zwölffache dessen geschlagen, was zuwachsen konnte. Dadurch sind Kahlflächen von insgesamt 420 000 Hektar entstanden. In den letzten 15 Jahren hat sich die Waldfläche Westdeutschlands um ein volles Drittel verringert."

Murduscatu räusperte sich, und alle sahen auf ihn. Er erwachte aus seiner Regungslosigkeit und schritt langsam heran, legte die graue Knochenhand auf die Schreibtischkante. „Dezernent verschweigt, daß seine Gegner in aller Welt entscheidende Erfolge erzielt haben. Nach einer Mitteilung der europäischen Forstkommission sind in den letzten Jahren in Europa mehr als eine Million Hektar aufgeforstet worden!"

Karst: „Schöngefärbte Berichte von Leuten, die sich wichtig machen wollen! Der gleiche Bericht zählt auf, daß 80 000 ha auf den Holzanbau außerhalb des Waldes entfallen, 80 000 ha auf Nachbesserungen und 85 000 ha auf Neu- und Wiederaufforstungen. Ich frage: Wo sollen die restlichen 755 000 ha und mehr aufgeforstet worden sein, he?"

Murduscatu hielt es für überflüssig zu antworten. Er zog ein Papier hervor und las: „Das waldarme Dänemark hat in den letzten hundert Jahren seine Forstbestände verdoppelt. Spanien forstet jährlich 30 000 ha auf und hat von 1940 bis 1949 275 000 ha wiederbewaldet. Das bolivianische Kultusministerium ordnete kürzlich die Anlage von Waldpflanzgärten für jede Schule an. In Norwegen ist die Bepflanzung von 800 000 ha im Zuge."

„Bisher reichte es dort nur zu 22 000 Hektar!" rief Karst dazwischen. „Für den Rest hat es gute Weile!"

Murduscatu: „Ein Fünfjahrplan Jugoslawiens sieht die Wiederaufforstung von 240 000 ha vor."

„Vom Vorsehen zur Durchführung ist ein weiter Weg! Zwischen dem Ersten Weltkrieg und 1945 haben sie dort nur 10 000 ha geschafft. Zwei Drittel der Anpflanzungen sind wieder eingegangen. Und gleichzeitig haben sie 100 000 ha kahlgeschlagen!"

Murduscatu: „In Canada und USA macht die Wiederaufforstung rasche Fortschritte. 1951 allein bepflanzte man dort 180 000 ha mit Bäumen. Damit hat die erneuerte Waldfläche 3 200 000 ha erreicht."

Karst: „Armselige Versuche gegenüber der unentwegt fortschreitenden Verwüstung. Ich arbeite dagegen mit Abblasung, Übersandung, Trockenheit und Feuer."

Murduscatu: „Unsere Gegner in Schweden beabsichtigen, 400 000 ha ehemaligen Waldbodens wieder zu bepflanzen. Neuseeland hat seit 25 Jahren 138 000 ha neue Wälder angelegt. China will in den nächsten 12 Jahren 100 Millionen ha aufforsten. In Indien sollen im Laufe der nächsten fünf Jahre 250 000 ha bewaldet werden."

Karst: „Man plant, man beabsichtigt, man will, man soll..."

Der Chefmanager wurde plötzlich böse. „Unterbrechen Sie nicht!" rief er, und der Waldteufel zog sich mit einem hämischen Kopfschütteln zurück. Murduscatu fuhr fort:

„In der Ukraine wurden von 1951 bis 1955 über 2,8 Millionen ha wiederbewaldet. Der neue Fünfjahresplan der Sowjetunion sieht eine Aufforstung von weiteren 3 Millionen ha und die natürliche Erneuerung von zusätzlichen 3,8 Millionen ha Wald vor. Die britische Forstkommission ist höchst aktiv —"

„Ja", unterbrach von neuem der Waldteufel. „1920 sah man dort die Aufforstung von 2 Millionen ha vor. Bis 1955 aber hatte man kaum 400 000 ha geschafft."

„In Nordostchina sollen durch einen Schutzwaldgürtel von 1 700 km Länge rund 20 Millionen ha Flugsand gebunden werden."

„Sollen! Was soll nicht alles!" spottete Karst, und der Furchtbare wandte sich erbost nach ihm um.

Murduscatu: „Im nordamerikanischen Tennesseetal wurden 90 000 ha Wald neu angelegt. Österreich bepflanzte in einem einzigen Jahr 27 500 ha mit 128 Millionen Pflanzen. In Westdeutschland macht die Gutmachung der Kriegsschäden am Walde enorme Fortschritte. Man legt Windschutzgürtel an, man bepflanzt Ödländer, Flußufer, Straßen und Bahndämme. In Nordrhein-Westfalen hat man zu letzterem Zwecke sogar einen Bundesbahnforstmeister eingesetzt. In Schleswig-Holstein plant man die Neuanlage von 20 000 ha Wald und Feldhecken und erhofft sich dadurch eine Steigerung der landwirtschaftlichen Produktion um ein Fünftel."

„Man plant, man erhofft!" spottete Karst. „Ich plane auch, aber meine Erwartungen erfüllen sich schneller als die der Waldfreunde."

Der Teufel schüttelte griesgrämig den Kopf. „Ich wünsche nicht, daß Sie diese Sache auf die leichte Schulter nehmen!"

Der Waldteufel nahm es nicht tragisch. „Seien Sie unbekümmert, Boß! Aufforstungen kosten Geld, Schlägerungen bringen Geld. Die Zerstörung des Waldes geht demnach immer schneller vor sich als sein Wiederaufbau."

„Die Forstleute treten allgemein dafür ein, daß nicht mehr geschlagen werden darf als nachwächst...", setzte der Dichter fort, „und einige Staaten haben hervorragende Forstgesetze, die den Fortbestand des Waldes unter allen Umständen sichern werden, zum Beispiel Österreich."

„Graue Theorie! In Österreich beträgt der Jahreszuwachs 8,5 Millionen Festmeter. Es werden 11 Millionen geschlagen. Die Überschlägerung beträgt 85 Millionen Festmeter in den letzten 30 Jahren. Die Blößenfläche dürfte 33 000 Hektar nicht übersteigen. Sie beträgt tatsächlich 165 000 Hektar. 140 000 Hektar wurden nur mangelhaft wiederbewaldet. Es sind also zehn Jahreshiebsätze zu viel genutzt."

Sten: „Dabei ist Österreich das klassische Land der hohen Forstwissenschaft!"

„Die Praxis spricht dagegen. Das Land Kärnten meldet 83 %
Überschlägerung, beim Kleinwaldbesitz bis zu 166 %. Die Stadt
Lienz, Osttirol, schlug in neun Jahren den Zuwachs von 27 Jahren. Der Bezirk Hermagor meldet 253 %, Spittal an der Drau
228 %, Friesach 214 % Überschlägerung. In manchen steirischen
Bezirken liegt der Holzvorrat bis 40 % unter dem ohnehin niedrigen österreichischen Durchschnitt. Sie sind praktisch bereits
ausgeblutet. Die Überschlägerungen im Bauernwald gehen zum
Großteil auf die finanziellen Erfordernisse der Motorisierung und
Mechanisierung der Landwirtschaft zurück."

„Damit schlagen wir zwei Fliegen auf einmal!" frohlockte der
Boß. „Sie werden das noch hören!"

„Sollten die neuen Forstwege damit zusammenhängen?" fragte
Sten.

„Die Forstwege, der Lebensstandard, die Profitgier, alles zusammen. Die Schweiz schlug fünf Jahreshiebsätze zu viel. Polen überschlägerte seit 1945 um 23 Millionen Festmeter. In der Deutschen
Demokratischen Republik haben die Übernutzungen ein katastrophales Ausmaß erreicht. Von 1945 bis Ende 1953 wurden in Mitteldeutschland 136 Millionen Festmeter Holz eingeschlagen. Der
Holzboden der DDR beträgt 2,8 Millionen Hektar. In den Jahren nach 1953 war der Einschlag doppelt so hoch wie der Zuwachs. 1947 fielen in der DDR 37 000 Hektar Wald dem Feuer
zum Opfer, ebensoviel wurden durch Borkenkäfer, Spanner und
Nonne zerstört. Die Kahlflächen machen in der DDR 600 000
Hektar aus, eine weitere Fläche von 750 000 Hektar weist nur
noch halben Bestand auf."

Der Teufel erhob sich plötzlich und alle Anwesenden mit ihm.
„Machen Sie ruhig weiter", sprach er. „Ich habe zu tun."

Er winkte leicht mit der Hand und durchschritt die Tür, die sich,
von unsichtbaren Kräften bewegt, vor ihm lautlos öffnete und

schloß. Auch Murduscatu war plötzlich verschwunden. Man setzte sich.

Sten: „Es steht außer Zweifel, daß die Anstrengungen der Menschheit um die Erhaltung des Waldes der Katastrophe entgegenwirken!"

„Wo das Grundwasser einmal abgesunken ist, wächst kein Wald mehr."

Sten: „Man legt künstliche Seen und Tausende von neuen Teichen an..."

Alfred: „Eine Reihe bedeutender Industriewerke im rheinisch-westfälischen Raum wirft alljährlich hohe Beträge aus für großzügige Aufforstung und Haldenbegrünung."

Karst: „Lächerliches Stück- und Flickwerk an einer räudigen und verlorenen Landschaft. Die Neunmalweisen kriegen es mit der Angst. Aber mit der Angst um das Geschäft, das ohne gesunde Landschaft und vor allem gesundes Wasser nicht mehr möglich ist. Und mit Entsetzen erkennen sie, daß sie mit der Natur das eigene Leben verspielt haben. Aber es ist zu spät! Der Wald ist kein Ackerfeld, das man heute auflassen und morgen nach Belieben wieder anlegen kann.

Ein Baum ist wichtiger als ein Haus, denn ein Haus baut man in einem Jahr, ein Baum aber wächst in Jahrzehnten. Ein Baum ist wichtiger als ein Mensch, denn Menschen gibt es zu viele und Bäume zu wenige.

Dennoch schlägt der Mensch bedenkenlos und überheblich Bäume und Wälder, wie, wo und wann es ihm beliebt. Eine solche Störung der Schöpfungsharmonie kann und wird nicht ohne den rächenden Ausgleich bleiben.

Infolge meiner umfassenden weltweiten Bemühungen steht also die Sache des Waldes heute schon auf des Messers Schneide. Der Holzvorrat Europas wird in 50 bis 60 Jahren, der Nordamerikas in 30 bis 40 Jahren erschöpft sein. Der jährliche Holzzuwachs in den Wäldern der ganzen Welt beträgt 1¹/₂ Milliarden

Festmeter. Der Jahresverbrauch an Holz beträgt auf der ganzen Welt 2½ Milliarden Festmeter. Daraus ergibt sich ein jährliches Defizit von einer Milliarde Festmeter."

„Die für Papier verbraucht werden...!"

„Richtig! Dabei steigt der Weltholzverbrauch alljährlich um 10 %. Jeder Zivilisationsmensch frißt im Laufe seines Lebens durchschnittlich 300 ausgewachsene Bäume. Amerika verbraucht in einem Jahr doppelt so viel Holz, wie ihm zuwächst. An jedem Tag des Jahres wandern in der westdeutschen Bundesrepublik 11 000 Festmeter Grubenholz — das sind zehn Güterzüge voll — in die Erde. Den Zeitpunkt zu ermitteln, wann der letzte Baum fallen wird, ist also nur noch eine Rechenaufgabe. Damit beginnt das Wüstenzeitalter der Erde, allmählicher Rückgang der Bodenfruchtbarkeit bis zum Nullpunkt und damit das allgemeine Hungersterben."

Sten gab zu bedenken: „Es dürfte Ihnen bekannt sein, daß sich allenthalben mächtige Organisationen zum Schutze des Waldes gebildet haben."

„Sie sind gegen das Geschäft gerichtet und daher zur Erfolglosigkeit verurteilt."

„Auf weite Sicht gesehen verbürgen sie aber das bessere Geschäft."

„Die Profitgier duldet keine Aufschübe. Sie will den Gewinn jetzt und nicht einen Augenblick später."

„Homo sapiens!" brummte der Boß im Lautsprecher. Er hörte wieder zu.

„Fürchten Sie nicht, daß die Menschheit endlich Lunte riechen und den Zerstörern das Handwerk legen wird?" fragte das Mädchen.

„Ich fürchte das nicht", erwiderte Karst. „Jeder der heute Lebenden profitiert an der Zerstörung, und was morgen sein wird — wen kümmert das? Außerdem: wozu habe ich meine Experten? So wie wir die Wasserbauer dazu ermutigen, an den alten Prinzipien festzuhalten, damit die Erkrankung der Landschaft fortschreite und auf den Menschen immer mehr übergreife, so ermuntern wir die Holzwürmer, die Waldbestände weiterhin zu zernagen, und reden ihnen ein, die Holzvorräte der Erde seien durchaus hinreichend dazu. Sehen Sie einmal hierher!"

Der Vortragende trat an den Fernseher. Das Antlitz eines würdigen älteren Mannes erschien. „Es ist der als Experte berühmte Holz- und Forstfachmann Professor Dr. Gene Penny. Er spricht anläßlich einer Festtagung der FAO, der Landwirtschaftsabteilung der Vereinten Nationen."

Penny: „Die Wälder des Erdballes sind durchaus in der Lage, den Bedarf einer noch weit zahlreicheren Weltbevölkerung zu decken, als sie die Erde derzeit aufweist. Gegenwärtig ist noch nicht einmal ein Drittel der vorhandenen Waldungen genutzt. Rund die Hälfte derselben ist noch unzugänglich. Daneben gibt es eine Erste Reserve von rund 640 Millionen Hektar an zugänglichen, aber noch ungenutzten Waldgebieten. Bereits in die Nutzung einbezogen sind 1 200 Millionen Hektar."

Karst schaltete um. „Sie hören Kommerzialrat Anton Lindwurmer, einen österreichischen Wirtschaftsexperten."

Lindwurmer: „Von verschiedenen Seiten wird einer Verminderung des Holzeinschlages das Wort geredet. Es ist die Pflicht aller Verantwortlichen, darauf hinzuweisen, daß alle derartigen Maßnahmen eine Störung des Ausfuhrgeschäftes mit sich bringen und immer wieder die Ausnutzung von Verkaufschancen behindern, was zu Devisenverlusten führt. Wenn die Abnehmer österreichischen Nutzholzes im Ausland durch neue Verordnungen immer wieder vor unerwartete Situationen gestellt werden, so besteht die Gefahr, daß man sich nach anderen Lieferländern umsieht."

„Damit könnte am Ende der österreichische Wald erhalten und die Zukunft des Landes gesichert bleiben", lachte der Waldteufel. „Das wäre kaum zu ertragen."

Lindwurmer: „Die Beschränkung der Holzausfuhr ist kein taugliches Mittel zur Drosselung der Nutzung. Die Notwendigkeit, die Schlägerungen einzuschränken, wird zwar eingesehen, doch ist niemandem sehr wohl dabei."

„Mir auch nicht!" schüttelte sich Karst.

Lindwurmer: „Scharfe Schritte gegen die Überschlägerung müßten ein weiteres Ansteigen des Rundholzpreises zur Folge haben. Dies würde die Wettbewerbsfähigkeit der österreichischen Holzindustrie im Export schmälern und damit ein Absinken des Holzexportes herbeiführen."

„Und des heiligen Geschäftes!" sprach Karst. „Sie sehen: die Völker raufen sich geradezu um die Palme, welches zuerst seine Wälder liquidiert haben wird. Ich hoffe, überzeugend dargelegt zu haben, daß auch in meinem Dezernat ganze Arbeit geleistet wird, und daß die Menschheit hinreichend verblendet ist, meinen Anweisungen und Verlockungen zu folgen. Der Wald ist die Grundlage des Wohlstandes. Eine Vermehrung der landwirtschaftlichen Erzeugnisse und damit des Wohlergehens könnte nur durch Wiederbewaldung, niemals aber durch weitere Rodung erzielt werden. Das hysterische Geschrei von der Steigerung des Lebensstandards stimmt demnach ausgezeichnet mit der fortlaufenden Zerstörung der Wälder zusammen.

Überheblich und selbsteitel fühlt sich der Mensch in der Rolle eines genialen Umgestalters der Natur und ist mit den Gaben, die sie ihm gern und im Überfluß spendet, nicht zufrieden. Überlaut gebärdet er sich als Herr der Schöpfung, ein Raubtier, dank seinen hochentwickelten Fähigkeiten und der Begabung mit spekulativer Vernunft gefährlicher als jede andere Kreatur."

Der elegante Waldteufel erhob sich und verbeugte sich vor den Gästen. „Damit, meine sehr verehrte Dame, meine sehr geehrten Herren, bin ich mit meinem Bericht zu Ende. Der Boß erwartet Sie."

Er drückte auf den Klingelknopf. Ein Livrierter erschien, führte die Menschen zum Aufzug.

IX

WER NICHT ARBEITET, MUSS STERBEN!

Der Teufel war nicht allein. Ein hagerer Unterteufel stand neben ihm, als sie eintraten.

„Dies ist Ingur", stellte der Boß vor, „Dezernent für Zerstörung der Arbeitsmoral. Nehmen Sie Platz!"

Anscheinend sollte den Menschen keine Atem- und Gedankenpause vergönnt sein. Ingur begann: „Mit der Geburt allein ist das Leben noch nicht gewonnen. Alles Geborene muß vom ersten bis zum letzten Atemzug um die Erhaltung seines Lebens kämpfen, wenn es leben will. Dieser Kampf ist die erste, unabdingbare Voraussetzung des Weiterlebens und bedeutet Arbeit."

Rolande unterbrach: „Wollen Sie behaupten, daß auch ein Tier oder — sagen wir — ein Grashalm arbeitet?" Der Techniker lachte spöttisch und nickte dem Mädchen beifällig zu. Ingur beachtete es nicht.

„Ich behaupte es. Keinem Wesen wächst die Nahrung in den Mund. Ist die Bewegung und Bemühung der Tiere um das Futter anderes als Arbeit? Emsig und rastlos sind sie unterwegs, um zu suchen und zu finden, Bissen für Bissen."

Sten meinte: „Sie denken an die Ameisen, die Bienen. Sie haben recht!"

Ingur: „Ich nehme kein Wesen aus. Sie arbeiten alle, indem sie warten und spähen, sammeln und horten, lauern, schleichen, hetzen und würgen. Sie zeigen Geschick, Geduld und Beherrschung ihrer selbst, Fleiß und sicheren Griff, Scharfsinn und Aufmerksamkeit, raschen Entschluß und Geschwindigkeit, Kraft und Tüchtigkeit. Was ist es anderes als Leistung? Und weil die Forderungen des Daseins von allen erfüllt werden müssen, die leben wollen, macht die Natur den Lebenden alle Tätigkeit zur Freude. Damit ist die Arbeit zum Selbstzweck und zur sinnvoll moralischen Lebenserfüllung geworden."

Rolande: „Nennen Sie mir eine Pflanze, für die alles das zutrifft!"

Ingur: „Die Erfüllung des Gesetzes ist unabhängig vom Bewußtsein. Wenn die Wurzeln sich suchend in die Erde versenken und nach den nahrungsreichen Stellen wenden, den Boden zersetzen und seine Stoffe aufsaugen; wenn die Gefäße die Lebensströme leiten; wenn die Blätter atmen und verdauen und neue Stoffe bilden; wenn aus dem winzigen Samenkorn der Baum wächst, der Jahrhunderte überdauert: was ist es anderes als Arbeit? Nur durch Arbeit kann Neues entstehen, nur durch sie kann Großes werden aus Kleinem, und wäre es nur die Arbeit der Zellen. Auch die Zelle ist ein lebendes Wesen. Sie sehen: die Forderung zu schaffen durchzieht die ganze lebendige Welt. Vor jedes Körnchen, Tröpfchen, Klümpchen Nahrung hat die Natur die Mühe gesetzt. Mühe ist der Preis des Lebens. Wer sie nicht auf sich nimmt, verdient das Leben nicht, ja, ich möchte sagen, Arbeit und Leben sind eines und dasselbe, und es bedürfte für das Tätigsein an sich keines besonderen Namens. Wer nicht arbeitet, muß sterben.

Aus dem bisher Gesagten ergeben sich drei Gesetze, die allem Lebendigen zugrunde liegen und jedes Dasein sichern, das ihnen gehorcht. Erstens: alles Lebende ist verpflichtet zu arbeiten. Ich mußte daher Mittel und Wege finden, um den Menschen die Arbeit abzunehmen. Wer die Arbeit abschafft, erwürgt das Leben."

Alfred unterbrach: „Das ist Ihnen in keiner Weise gelungen. Nie war die Menschheit rastloser tätig als heute!"

Ingur lächelte. „Wenn Sie mich sprechen ließen, hätten Sie sich diesen Einwurf ersparen können. Denn das zweite Gesetz heißt: Sittliche Tätigkeit liegt nur dann vor, wenn sie dem Leben dient. Daraus erwächst meine Aufgabe, den Tätigkeitstrieb des Menschen gegen das Leben zu richten. Glauben Sie etwa, daß mir dies auch mißlungen ist?"

Alfred schüttelte unsicher den Kopf. „Wie meinen Sie . . .",
stotterte er. „Sie wollen sagen —"

Ingur fuhr fort: „Drittens: Jeder Schaffende hat Anspruch auf
den Erfolg seiner Mühe. Ich sorge dafür, daß Arbeit und Reichtum nicht auf demselben Baum wachsen. Damit ist die anständige
Arbeit, die durch Mühe und Schweiß den Erfolg bringt, abgewertet.

Alles Schaffen ist naturgesetzlich an die Mühe gebunden. Die
Maschine erzeugt mühelos. Durch die Maschine habe ich die Moral
der Leistung zerstört. An ihre Stelle habe ich die Lohnmoral gesetzt. Wer vor der Wahl seines Berufes steht, prüft sein Talent
nicht mehr mit dem Ziel, dem Leben am besten zu dienen, sondern mit der Frage: Wie verdiene ich am meisten? Die Arbeit ist
nicht zweckfreie Lebenserfüllung mehr, sondern Fron, nicht mehr
Lebenswert, sondern Verdienzweck. Damit ist das Glück der Arbeit zertreten.

Die Maschine schafft mehr als Menschenhände. Für ihre Spezialaufgabe ist sie vollkommener als der Mensch. Damit züchte ich
einen weltweiten Minderwertigkeitskomplex, dem sich keiner entziehen kann, ein Gefühl der Inferiorität, die das Selbstbewußtsein
schmälert, die Kraft der Persönlichkeit zerbricht, den Charakter
schwächt und den Menschenhaß steigert. Die Maschine schafft
mehr, als der Mensch braucht. Um die genormten Massenwaren
abzusetzen, braucht die Maschine den genormten Massenmenschen.
Die Maschine ist die Mutter der Vermassung. Sie hat die Werte-
erzeugung zum Laster gemacht.

Und da der Mensch immer weniger arbeiten und vom Leben
immer mehr haben will, werden die Maschinen immer zahlreicher
und mächtiger. Der Mensch ist gegenüber seiner eigenen Schöpfung bereits hoffnungslos ins Hintertreffen geraten. Die Maschine
ist der Herr der Welt, und der Mensch ist ihr Sklave geworden.
Sie ist Zwingherr, Despot, Tyrann und Diktator, gegen den es
keine Hilfe gibt. Mit jeder Maschine wird ein Stück menschlicher
Freiheit begraben.

Der Mensch hat sich eine neue Götterwelt geschaffen, die der Apparate. Er hat sich eine neue Religion geschaffen, die Industriereligion, und verfolgt mit Haß und Verachtung ihre Ketzer. Keinem Wesen gegenüber, den Menschen mit eingeschlossen, hat die Menschheit je so viel Sorgfalt und Aufmerksamkeit gewidmet wie der Maschine. Sie zu verurteilen, bedeutet Majestätsbeleidigung. Die fortschrittliche Welt lauert nur darauf, erbarmungslos über jeden herzufallen, der es wagen sollte, gegen die Maschine aufzustehen.

Endziel der Mechanisierung ist, den Menschen aus dem Arbeitsgang auszuschalten. Schon zeichnen sich die ersten praktischen Erfolge ab: die Kurzarbeit, die 45-Stunden-Woche, die 40-Stunden-Woche. Australien ist im Begriff, die 35-Stunden-Woche einzuführen. In spätestens zehn Jahren werde ich die Dreitagewoche erreicht haben. Immer mehr verdränge ich den Menschen aus dem Bereich sinnvoller Tätigkeit, immer mehr überantworte ich ihn der Langeweile, der ungenutzten Freizeit, dem Müßiggang.

Durch die erste industrielle Revolution, den Aufstand der Maschine, habe ich die Muskelkraft des Menschen ausgeschaltet. Durch die zweite industrielle Revolution, ich meine den Aufstand der Automaten, ersetze ich die Gehirnfunktion. Fähigkeiten, die nicht genützt werden, verkümmern. Die Automation wird den Menschen aus dem Leben vertreiben. Professor Dr. Polak von der Wirtschaftsuniversität Amsterdam meint, daß im Jahr 2000 nur noch einige vollautomatische Riesenbetriebe den gesamten Bedarf an Gütern decken werden."

Sten sprach: „Es gibt genug Leute, die die Gefahren erkennen und gegen die weitere Technisierung des Lebens Sturm laufen!"

Ingur lächelte: „Ich brandmarke sie als Idioten und Fortschrittsfeinde. Hören Sie, wie die Zeitschrift ‚Hobby, Das Magazin der Technik', Jahrgang V, Augustheft 1957, zu plaudern weiß!" Ingur entfaltete ein Heftchen, das er aus der Brusttasche zog, und las: „Als vor gut hundert Jahren die ersten Eisenbahnen durch die Lande fuhren, erhob so mancher kluge Mann warnend seine

Stimme: ‚Das ist eine Vergewaltigung der Natur! Solch wahnsinnige Geschwindigkeiten (30 bis 40 Stundenkilometer) kann der Mensch nicht aushalten! Wer sich in diese Teufelskutschen setzt, wird elend zugrunde gehen!' Streitobjekt und Schreckgespenst unserer Tage ist die Automation. Wieder erheben viele Leute warnend und beschwörend ihre Stimme, halten gelehrte Reden und zeichnen dabei düstere Bilder von einer mehr oder weniger grauenvollen Zukunft, der Zeit, da wir Knechte unserer Maschinen sein werden. Wir Techniker aber wissen, daß man das Leben, das wir den Automaten einhauchten, ihnen auch jederzeit durch den Druck auf einen Knopf wieder nehmen kann!"

Der Teufel lachte. Ingur las weiter: „Wir Techniker ärgern uns aber auch darüber, daß die technischen Fortschritte, die wir in mühevoller Arbeit der Natur abgerungen haben, von Menschen mit Scheuklappen vor den Augen und ohne Gefühl für die Genialität einer Erfindung niedergemacht werden."

Der Boß brummte: „Genialität des Wahnsinns kann freilich nur von Wahnsinnigen gewürdigt werden. Ich sorge dafür, daß ihre Zahl zunimmt!"

‚Hobby': „Die Automation ist eine absolute Notwendigkeit, wenn die zivilisierte Menschheit ihren Lebensstandard halten will."

Der Boß lachte schallend. „Hier liegt der Hase im Pfeffer! Damit ködern wir sie alle! Gut gemacht, Ingur!"

‚Hobby': „Hinzu kommt, daß es gar nicht genügt, den jetzigen Lebensstandard zu halten. Jeder arbeitende und vorwärtsstrebende Mensch will es weiter bringen, will mehr verdienen. Wenn das Sozialprodukt nicht Jahr für Jahr größer wird, dann kann der materielle Fortschritt des einen Menschen nur auf Kosten des anderen gehen!"

Der Teufel grinste. „Das wäre schrecklich, nicht wahr? Das ist noch nie dagewesen!"

‚Hobby': „Außerdem wollen die Menschen weniger arbeiten. Deshalb muß mit allen zur Verfügung stehenden Mitteln rationalisiert und automatisiert werden."

Erstaunt fragte Rolande: „Das steht in einer technischen Zeitschrift?"

„Lesen Sie selbst!" sprach Ingur, trat heran und hielt dem Mädchen das Heft unter die Augen. Rolande las weiter: „Nicht, weil die Automation den Menschen die Arbeit wegnimmt, muß man die Arbeitswoche kürzen, sondern weil niemand mehr arbeiten will, muß die Automation kommen!"

„Unglaublich!" Sten schüttelte den Kopf. „Eine Komödie der Widersprüche und des Irrsinns. Woher soll die unübersehbare Masse der nicht mehr Arbeitenden die Kaufkraft nehmen, um die automatisch hergestellten Massenwaren zu erwerben? Die Rechnung stimmt doch nicht!"

Der Teufel: „Es gibt keine menschliche Rechnung mehr, die stimmt. Haben Sie das noch nicht erkannt? Alles menschliche Streben zielt nach dem Chaos. Wir haben das dazu Nötige getan. Aber wir verhüllen die Entwicklung durch Phrasen à la ‚Hobby' und durch das Versprechen eines gehobenen Lebensstandards."

Sten fragte: „Wie aber sollen die Menschen am Ende mit der dadurch geschaffenen Situation fertig werden?"

Der Teufel: „Das kümmert mich nicht. Ich sorge weiter dafür, daß die Technik immer vollkommener, der Mensch immer unvollkommener wird!"

Sten: „Ich kann nur wiederholen: es sind nicht alle guten Kräfte tot. Es gibt noch Menschen, die der Erkenntnis fähig sind!"

Der Teufel: „Ihre Zahl ist gering, und wir erschlagen jeden, der gegen uns aufsteht. Sie mögen predigen, und man wird sie nicht hören. Man mag sie hören, und man wird sie nicht verstehen. Man mag sie verstehen, aber es werden die Kräfte fehlen, verspätete Erkenntnisse ins Leben umzusetzen.

Und selbst, wenn die Kräfte noch vorhanden und wirksam wären: die Profitgier will konkurrenzfähig bleiben und treibt von sich aus die Entwicklung vorwärts, sie verketzert alle, die für das Leben und die Rettung der Menschheit einzutreten sich erdreisten. Machen Sie sich keine Sorgen, Herr Dichter, es hilft nicht. Die Welt ist des Teufels. Daran ist nichts mehr zu ändern!"

Ingur las weiter: „Dabei ist es für alle Gegner der Technik eine Selbstverständlichkeit, am Lichtschalter zu drehen, in Auto und Eisenbahn zu fahren, zu photographieren und Radio zu hören . . ."

Der Boß lachte. „Ihr Freund ist in Ordnung, Ingur. Er unterscheidet nicht mehr zwischen einer Technik, die dem Leben dient, und einer, die es vernichtet. Man muß die Grenzen verwischen, man muß die Begriffe vernebeln. Man muß den Tod als Leben präsentieren und das Leben lächerlich machen! Noch etwas?"

Ingur klappte das Heft zu und steckte es ein. „Die Ansicht, daß die Abschaffung der menschlichen Arbeit ein dringendes, fortschrittliches und moralisches Anliegen sei, lasse ich auch durch die sogenannte Prominenz vertreten. Sehen Sie auf den Schirm! Das ist Professor Ludwig Frost, ein Politiker."

Frost sprach mit pathetischer, schmalziger Stimme, ganz und gar von seiner eigenen Wichtigkeit durchdrungen: „Automation bedeutet Beschleunigung und Verbesserung der Produktion durch Rationalisierung des Arbeitsprozesses. Die Herstellung der Güter wird in einem Zuge unter Ausschaltung der menschlichen Arbeitskraft erfolgen, wobei die einzelnen Arbeitsphasen, von zwischengeschalteten elektrischen Maschinen überwacht und gesteuert, unmittelbar ineinander übergehen sollen.

Arbeitslosigkeit ist nicht zu befürchten, weil durch die Automation neue Arbeitsmöglichkeiten entstehen und die längere Freizeit neue Bedürfnisse und damit neue Berufe schaffen wird. Infolge der Automation beschäftigt eine Kolbenringfabrik in Moskau statt bisher 200 nur noch 4 Arbeiter. Wo bleibt ein solches Werk der deutschen Regierung? Eine große elektronische Rechenmaschine berechnet und schreibt die Lohnzettel für 10 000 Beschäftigte in vier Stunden aus. Dies taten bisher 37 voll beschäftigte Angestellte. Sie regelt die ganze Lagerhaltung für die Zentrale und alle Filialen, spart 1,2 Millionen DM an Angestelltengehältern, arbeitet mehr als die Hälfte des Tages in Lohn für andere Unternehmungen und macht sich in weniger als einem Jahr bezahlt."

Der Teufel: „Macht sich bezahlt, darum geht es!"

Frost: „Wahrhaftig, der schöpferische Menschengeist strebt sieghaft seiner Vollendung, dem Gipfel der Zivilisation, der Kultur, des Menschtums entgegen. Wir dürfen stolz darauf sein!"

„Schalten Sie aus!" befahl unwirsch der Boß, so als wollte er das Gewäsch nicht mit anhören. „Hier spricht der umnachtete, unschöpferische Menschengeist.."

Alfred begann: „Ich glaube, diese Weiterentwickelung hat noch gute Weile, und die Bilder, die uns Herr Ingur und seine Beauftragten vorführten, gehören einer fernen, ungewissen Zukunft an. Auch die Bäume der Automation wachsen nicht in den Himmel. Die menschliche Arbeitskraft wird dadurch niemals überflüssig, die Arbeit als moralischer Lebenswert wird demnach niemals entthront werden können!"

Ingur: „Meinen Sie, daß sie es noch nicht ist?"

Alfred: „Bisher schaffen noch fast alle Menschen. Die Welt ist fleißig, daran kann kein Zweifel bestehen. Immer noch gilt für alle Berufe das Ethos der werteschaffenden Arbeit!"

Ingur: „Es gilt. Ob aber mit Recht? Arbeit ist nur so lange ein moralischer Lebenswert, wie sie Werte und Zustände schafft, die dem Leben dienen. Sie wird zum Unwert und Laster, sowie sie beginnt, Produkte zu liefern, die weder zur Aufrechterhaltung eines gesunden Lebens noch zu seiner echten Verbesserung im Sinne des Geistes und der Auslese, noch zur Erfüllung des Daseinszwecks notwendig sind. Die Geschäftigkeit wird zur Unmoral, ja strafwürdigen Untat, wo sie gegen das Leben und seine Gesetze gerichtet ist.

Der Herr Ingenieur meint, daß die Menschheit ohnehin schöpferisch, schaffend, produktiv sei. Gut, aber für den Wert einer

Produktion ist entscheidend: inwieweit werden erstens durch die Gewinnung des Rohmaterials, zweitens durch die Fabrikation, drittens durch den Handel mit dem Produkt, viertens durch die Anwendung und den Verbrauch Natur, Landschaft, Luft, Boden, Wasser, Leben, Mensch und kommende Geschlechter oder die natürliche Ordnung überhaupt bedroht oder zerstört? So gesehen, werden Sie entdecken, daß sehr viele Menschen bewußt oder unbewußt, direkt oder indirekt sich gegen das Leben versündigen. Trotzdem deklariert die kurzsichtig zweckgerichtete Welt sie als durchaus ehrenhafte und wertvolle Glieder der Gesellschaft, ja sie billigt ihnen gerne Reichtum, Titel und Ehren zu. Für die Wertbestimmung einer menschlichen Persönlichkeit ist es demnach nötig festzustellen, ob sie für oder gegen das Leben wirkt. Aber sie alle, die Millionen in blinder und krankhafter Geschäftigkeit dem Untergang Dienenden, beanspruchen für sich das Ethos des Werteschaffenden, des königlichen Kaufmanns, des Werktätigen."

„Alle diese Menschen haben aber doch von diesen Dingen und Zusammenhängen keine Ahnung!" ereiferte sich das Mädchen. „Sie sind also unschuldig."

„Auch die Schuld ist unabhängig vom Bewußtsein. Alle werden büßen, und sie büßen bereits, ohne es zu wissen. Eine Welt, die zwischen Tod und Leben nicht mehr unterscheiden kann, ist bereits gestorben."

„Darum stinkt sie an allen Ecken und Enden", lachte der Boß.

Alfred war nachdenklich geworden. Trotzdem klang es spöttisch, als er sagte: „Welche Berufe sind dann Ihrer Meinung nach moralisch und welche unmoralisch?"

„Es gibt Berufe, wo auch das beste Wollen dem Untergang dient, und andere, wo der einzelne sich entscheiden kann, ob er für oder gegen das Leben wirken will. Es wäre also eine allzu grobe Vereinfachung, wollte man den einen Berufszweig auf die Seite des Aufbaues und den anderen auf die Seite der Zerstörung schreiben."

„Dasselbe muß man der Maschine zubilligen!" rief Alfred.

Ingur: „Die überwiegende Mehrzahl — ob Maschinen oder Menschen— dient jenem krankmachenden, heulenden Elend, das der Mensch Wohlstand nennt, und das der Anfang vom Ende ist. Es gibt keinen Staat, der den Wert seiner Bürger abstuft danach, ob sie dem Leben oder dem Untergang dienen. Wer produziert und verschiebt — egal was — ist als Steuerzahler geschätzt. Wer die höchsten Umsätze erzielt, gewinnt Einfluß und Ehre. Welchen Preis die Allgemeinheit und kommende Generationen dafür bezahlen, ist belanglos."

Sten: „Wenn man die Menschen von diesem Gesichtspunkt aus bewertete, blieben nur wenige übrig, die ein moralisches Daseinsrecht haben."

Der Teufel nickte zustimmend. „Sie fahren fast alle mit Vollgas zur Hölle. Fertig, Ingur?"

„Jawohl, Boß! Sie sehen, daß ich auf meine Weise den Menschen einen Weg zur Selbstvernichtung führe. Mit der Moral der dem Leben dienenden Mühe habe ich das Leben selbst zertreten."

X

ZEHN ZENTIMETER ZUM HUNGERTOD

„Sie haben den Bericht des Karstteufels gehört. Sein Endziel war die Aushungerung der Menschheit. Er ist tüchtig, aber die Arbeit wurde ihm zu umfangreich. Ich habe aus diesem Grunde sein Dezernat geteilt und eine neue Abteilung für Zerstörung des Bodens geschaffen. Sie wird von Dust geführt, Nummer 301."

Der wohlbeleibte Mann, der eintrat, machte den Eindruck eines gemütlichen Provinzmenschen. Er lächelte über das ganze feiste

Gesicht, musterte belustigt die Gäste. Der Teufel stellte vor: „Hier ist Bob Harding von der Monday Morning Post —"

Dust nickte Bob herzlich zu. „Wir kennen uns!"

Mit einer beiläufigen Armbewegung wies der Teufel auf die anderen: „Aspiranten. Sie sollen unterrichtet werden. Wir haben keine Geheimnisse vor ihnen. Was bringen Sie?"

„Gute Nachrichten, Boß!"

„Habe von Ihnen nichts anderes erwartet."

„Mein letztes Referat datiert vor dreißig Jahren."

Der Teufel nickte. „Sind mir schnell vergangen bei meiner vielen Arbeit. Also, hören wir! Wie steht es mit der Ernährung der Menschheit?"

„Sprechen Sie besser vom Hunger der Menschheit!"

„Soll mich freuen, wenn Sie recht haben."

Dust: „Seit 1937 ist die Zahl der Hungernden auf der ganzen Welt von 39 auf 60 Prozent der Menschheit gestiegen. Das ist schon mehr als die Hälfte."

„Beachtlicher Erfolg!"

Dust wandte sich völlig den Gästen zu. Er sah auf Rolande. Das Mädchen schien ihm zu gefallen. „Die Erde beherbergt heute rund 2 770 000 000 Menschen. Nur ein Fünftel davon wird regelmäßig satt. Zwei Fünftel können sich gerade noch sättigen und taumeln ständig am Rande einer Hungerkatastrophe."

Der Teufel: „Der von der Natur gewollte normale Zustand, also kein Verdienst von Dust."

„Zwei weitere Fünftel sind unterernährt, und es besteht keine Möglichkeit, sie zu sättigen. Von den 60 Millionen jährlich sterbender Menschen gehen 35 Millionen an Unterernährung zugrunde. Täglich verhungern 100 000 Menschen."

„Sehr schön."

Der Referent kam in Fluß:

„Die Menschheit wächst um 90 in der Minute, 5 400 in der Stunde, 130 000 täglich und 37 Millionen in einem Jahr. Da jeder Mensch für seinen Lebensunterhalt eine Ackerfläche von mindestens einem Hektar braucht, müßte die Menschheit um einen täglichen Zuwachs von 130 000 Hektar Ernährungsfläche bemüht sein. Durch Raubbau am Boden aber verliert der Mensch täglich auf der ganzen Erde rund 200 000 Hektar Ackerbodens. Die Menschheit steht also vor der Tatsache eines täglichen Defizits von 330 000 Hektar Ernährungsfläche. In Europa kommt auf den Kopf der Bevölkerung nur noch ein Drittel Hektar anbaufähigen Bodens, der dazu meist verdorben und geschwächt ist. Die Menschheit nimmt zu, die Ackerfläche wird immer kleiner und unfruchtbarer."

„Ausgezeichnet!" lobte der Boß, „wenn es wahr ist. Aber wir wollen endlich wissen, wie Sie das erreicht haben."

„Ich beginne meinen Bericht mit der Zersiedlung der Landschaft, obwohl der Bodenschwund durch sie nicht an erster Stelle steht. Das Geschwür der Städte und Industriewüsten wächst, erfaßt immer weitere Räume der natürlichen Landschaft und tötet sie. Die Bautätigkeit nimmt zu. Das kleine Österreich verliert auf diese Weise jährlich 5000 ha Bodens. In Nordrhein-Westfalen beträgt der jährliche Bodenverlust durch Ausweitung der Siedlungs- und Industriegebiete, der Verkehrs- und militärischen Anlagen gegen 9000 Hektar, davon sind 2000 Hektar Wald. Von 1939 bis 1954 sind hier auf diese Weise 376 000 Hektar der Urproduktion entzogen worden. Umgerechnet kommt dies 18 800 Bauernwirtschaften von je 20 Hektar Größe gleich. Demnach sind in fünfzehn Jahren durchschnittlich 1 250 Bauernhöfe im Jahr oder 3,4 im Tag für immer verlorengegangen."

Der Boß grinste. „Sie nennen es Wirtschaftswunder. Sie werden sich wundern!"

Dust fuhr fort. „Wo der Mensch in größeren Massen auftritt, wird die Natur zu einem von Landwirtschaft durchsetzten Chicago. Ganz England ist eine einzige Vorstadt geworden. Wer mit dem Auto von London nach Edinburgh oder Southampton fährt, kommt nicht mehr aus den Häusern heraus."

Der Satan: „Gut. Sie werden Häuser und Fabriken, aber kein Brot haben. Sie werden Asphalt und Beton fressen. Sehr gut!"

„Der Bodenverlust für Garagen, Flugplätze, Kasernen und Übungsgelände in aller Welt ist ständig im Steigen. Mit besonderer Vorliebe setze ich das Giftgeschwür der Zivilisation in das Herz bislang unberührter Gebiete. In dem paradiesischen Tananatal, Alaska, beanspruchen unsere Beauftragten jetzt ein 8000 ha großes Territorium für chemische Experimente, die USA-Wehrmacht bewirbt sich um weitere 45 000 ha. Die Epoche der unverdorbenen Fischwässer, der Bären, Rentiere, Elche und Wildschafe ist vorüber. Atomkraftwerke werden wie Pilze aus dem jungfräulichen Boden unbesiedelter Landschaften schießen und sie verseuchen."

„Und all das auf einer Erde, deren Bodenfläche nicht mehr zur Ernährung ausreicht!" lachte der Boß.

Alfred: „Ich bin überzeugt, daß es dennoch in vielen Erdteilen Landreserven gibt, auf die der Mensch zurückgreifen kann. Nehmen wir etwa Sibirien!"

Dust: „Die Erwartungen haben sich nicht erfüllt. In Zentralasien und Ostsibirien hat man mit großen Kosten bisher insgesamt etwa 30 Millionen Hektar jungfräulichen Bodens urbar zu machen versucht. Aber die ackerbauliche Nutzung ist infolge Regenarmut dieser Gebiete unmöglich."

Der Techniker warf ein: „Die zunehmende Bevölkerungszahl erfordert die Vergrößerung der Siedlungs- und Industrieflächen, ganz einfach."

Dust: „Die zunehmende Bevölkerungszahl erfordert die Erweiterung der Ackerflächen, des Waldes, der unberührten Landschaftsreservate, wie der Siedlungsflächen. Alles zugleich aber kann nicht erweitert werden, sondern nur das eine auf Kosten des anderen. Der Mensch tanzt im Teufelskreis, aus dem es kein Entrinnen gibt, verstehen Sie?"

Alfred: „Der Mensch nutzt die Erdoberfläche so, wie es die dringenden Lebenserfordernisse des Augenblicks erzwingen, nichts weiter."

Der Teufel: „Unterscheiden Sie gut zwischen Erfordernissen des nackten Lebens und des Standards! Wenn Sie den Mehrverbrauch in Abzug bringen, der auf die künstlich gesteigerten Ansprüche und die Gier nach Wohlleben zurückzuführen ist, würden Sie entdecken, daß die Lage durchaus noch nicht so schwierig sein müßte. Der Mensch verschleudert zehnmal so viel an Raum, an Boden, an allen Gütern der Erde, wie er zum Lebensunterhalt und zur Lebenserfüllung brauchen würde. Er hat auch hier die Grenzen der absoluten Moral überschritten. Wir haben den Boden zur Handelsware gemacht, und für seine Widmung und Verwendung ist damit nur die höhere Verzinsung des Kapitals maßgebend geworden. Der private Egoismus und die Bodenspekulation betrügen die Menschheit um ihre Lebensrechte."

Dust setzte seinen Bericht fort: „Dennoch bleiben noch ausgedehnte Landflächen übrig, die für die Ernährung der Menschheit zur Verfügung stehen. Ich mußte also der Bodenfruchtbarkeit selbst zu Leibe rücken. Das Leben des Menschen wird immer von dem abhängen, was die Pflanze aus Erde, Wasser, Luft und Licht bereitet, und jede Scheibe Brot, jede Kartoffel, jeder Bissen Fleisch müssen durch einen Brocken Erde ersetzt werden. Der Boden ist eine äußerst komplizierte dynamische Ganzheit von Mineralien, anorganischen und organischen Verbindungen, Lebewesen, Luft und Wasser, ein Wesen höherer Ordnung, von der Natur in Jahrtausenden aus Lebendigem und mit Hilfe von Lebendigem geschaffen und durchwebt von einer unendlichen Lebensfülle. Ein Gramm Sandboden enthält 200 000, ein Gramm Humusboden 100 Millionen Bakterien. Sie sind die zwar kleinsten, aber in ihrer Zahl zugleich mächtigsten Lebewesen. In einer Handvoll Gartenerde leben mehr Wesen als Menschen auf der Welt. Ohne sie gibt es kein Wachstum, keine Fruchtbarkeit, keine menschliche Existenz. Damit zeichnet sich klar meine Aufgabe ab: es gilt, das Bodenleben zu zerstören.

Die von Bakterien belebte Bodenschicht heißt Humus. Sie hat eine Stärke von 10 bis 40 Zentimetern. Von dieser dünnen Bodenkrume hängt alles Leben auf der Erde ab. Sie ist absolut unersetzbar. Die Natur braucht 300 bis 1 000 Jahre, um nur ein Zoll Mutterbodens zu entwickeln. Die geheimsten Zusammenhänge des Bodenlebens sind dem Menschen verborgen und werden unenträtselt bleiben wie das Leben selbst. Diese Gegebenheit habe ich mir zunutze gemacht und durch die weltweite Tätigkeit meines Dezernats für Bodenverwüstung den Menschen dazu verführt, in den letzten 100 Jahren das Bodenerbe von Jahrmillionen zu verwirtschaften."

Der Teufel fragte: „Welche Mittel haben Sie gegen das Bodenleben eingesetzt?"

Dust: „Der Mensch entwickelte sie unter meiner Anleitung und unter dem Druck der Menschheitsvermehrung, des Wirtschaftsnihilismus und des Lebensstandards: Monokultur, Raubbau und Kunstdünger.

Jede naturwidrige Beanspruchung des Bodens stört sein biologisches Gleichgewicht. Sie führt zur Vermehrung bestimmter Bakteriengruppen auf Kosten der übrigen. Die totale und großflächige Monokultur jener Pflanzenart, die den höchsten Ertrag bringt, ist heute in der Land- und Forstwirtschaft an der Tagesordnung. Damit ist nicht nur die Voraussetzung geschaffen für die Massenvermehrung verschiedener Tiere, die bislang harmlos waren und nun plötzlich in Schädlinge verwandelt sind, sondern auch für das Aufhören der Humusbildung.

Wenn der Mensch, ohne dem Boden lebendige Ersatzstoffe zuzuführen, denselben Boden immer wieder mit den gleichen Feldfrüchten bestellt, ihm also ständig die gleichen Wirkstoffe entzieht, wird seine Leistungsfähigkeit immer mehr eingeengt, so daß er schließlich zusammenbrechen muß."

Alfred: „Solche einseitige und kurzsichtige Wirtschaft gibt es wohl kaum noch!"

Dust: „Sie mögen recht haben, soweit Sie an den Fruchtwechsel der bäuerlichen Wirtschaft Europas denken. In der mechanisierten Großflächenwirtschaft aber kommt es sehr wohl vor, daß die Profitgier gegen Vernunft und Erfahrung marktgängige Feldfrüchte immer wieder dort anbaut, wo der Boden schon am Ende ist.

Gesunder Boden ist biologisch und mechanisch gefestigt. Er widersteht den Angriffen von Wind und Wasser. Kranker Boden verändert seine Struktur, er verliert den Zusammenhalt und wird flüchtig. Damit sind der Erosion Tür und Tor geöffnet."

Alfred: „Welcher Farmer könnte so unvernünftig sein, solche Konsequenzen heraufzubeschwören?"

Der Teufel: „Erzählen Sie, was passiert ist!"

„Nehmen wir die Prärien Nordamerikas! Sie waren Grasland von Urzeiten her. Ihre Wurzeln durchzogen und festigten den Boden bis zu neun Metern Tiefe. Vor der Ankunft des weißen Mannes weideten hier 40 Millionen Büffel und viele andere Tiere. Sie wurden vom Abschaum, den Europa nach der Neuen Welt delegierte, zusammengeschossen, zuletzt nur noch ihrer Zungen wegen, während man die Kadaver verstinken ließ. An die Stelle des Wildes traten später die viel zu großen Viehherden. Ihre Überzahl vernichtete den Rasen, legte den Boden frei, so daß er vom Regen ausgewaschen, von der Sonne ausgedörrt, vom Wind abgehoben werden konnte. Nach dem Ersten Weltkrieg hat man dieses Weideland in Weizenäcker umgewandelt. Damit wurde — aus Gründen des guten Geschäftes — die Weizenanbaufläche verfünffacht. Mit dem Ziel eines kurzfristigen hundertprozentigen Ertrages hat man die Prärie vernichtet. Ohne Rücksicht auf die Erfordernisse des Fruchtwechsels baute man Jahr für Jahr immer wieder nur Weizen, Weizen, Weizen. Das Geschäft blühte. Zu Schleuderpreisen ergoß sich eine Weizenflut über die Welt, die zahllose Bauern ruinierte. Die Natur aber hat sich hundertprozentig gerächt."

Dust erhob sich, schritt an die Schalttafel heran. Er senkte einen Hebel, manipulierte an den Drehknöpfen. Ein Donnern wurde vernehmbar. Dann füllte sich der leere Raum der Stirnwand mit schwarzem Rauch.

„Feuer?" fragte Rolande.

„Nein, Wind. Es ist der 11. Mai 1934. Ein Blizzard geht über den nordamerikanischen Mittelwesten hin. Solche Sturmwinde gibt es dort erst seit der Entwaldung."

Die Bilder wechselten. Man sah schwelende Äcker. Der Rauch war fruchtbare Erde. Ein Wirbel hob sie tausend Meter hoch, der Orkan fegte sie hinweg. Als der Humus abgetragen war, kam der Sand an die Reihe. Der blanke grobe Schotter blieb liegen. Farmen sah man inmitten der Staubhölle, bis an die Dächer verschüttet. Die Irrsinnsgewalt des Sturmes knickte Bäume und Masten zu Tausenden, trug Dächer, Fenster, Häuserwände davon. Meterhoch von Erde verweht waren Straßen und Eisenbahnen. Autos und Züge blieben stecken. Verzweifelte, schreiende Menschen schwankten vorbei, bis zu den Knien im Staub watend. Der Sturm verschloß ihnen den Mund, machte sie blind, warf sie nieder. Dust blendete das Donnergeheul der entfesselten Elemente ab.

„Was hier davonfliegt, sind die Weizenfabriken der stolzen Farmer, der fette Prärieboden von einst. Bei jenem ersten Staubsturm wurden 300 Millionen Tonnen fruchtbarer Humus 3 000 Kilometer weit bis in den Atlantik geblasen. Alle Teile des Landes litten unter Staubregen, blühende Kulturen wurden verschüttet. 45 Millionen Hektar Ackerland, ein Gebiet zehnmal so groß wie die Schweiz, wurden vernichtet, 55 Millionen Hektar schwer geschädigt. Mehrere kleinere Katastrophen folgten. Sie haben seither nicht aufgehört. Insgesamt wurden dort Ackerflächen von der Größe Frankreichs zerstört. Die sagenhaft reichen Farmer verarmten und gingen im Proletariat der Städte unter, und wo früher durch Jahrzehntausende blühende Prärie und später wogende Weizensteppe war, sieht es aus wie in der Wüste Sahara."

„Ist der Schaden nicht wiedergutzumachen?" Rolande fragte es.

„Nein." Dust schaltete aus. „Schon im alten Rom habe ich begonnen, den Boden abzubauen, als nach dem Ende der punischen Kriege die Großlandwirtschaft mit Sklavenarbeit eingeführt wurde."

Der Teufel lachte. „Das römische Wirtschaftswunder nach der Niederwerfung der Konkurrenz in Nordafrika!"

„Mit den modernen Maschinen habe ich es dem Menschen ermöglicht, die Verwüstung der Erde in gesteigertem Tempo voranzutreiben. In Chile hat die Wind- und Wassererosion über 4 Millionen, in China über 400 Millionen Hektar vernichtet. Unter der brennenden Sonne Afrikas schwindet der Humus noch schneller als anderswo, vor allem infolge der Monokultur der Baumwolle."

„Es lebe die Mode!" warf der Boß ein.

„Die Raubwirtschaft Eingeborener und Weißer läßt die Wüsten unaufhaltsam wachsen. Süd- und Westafrika sind von Dürre und Sandstürmen heimgesucht. Die Kalahariwüste und die Sahara greifen immer weiter um sich. Nach Einführung neuzeitlicher Ackerbaumethoden und Produktionsverbesserungen hat in Nordafrika wie im Nahen und Fernen Osten die Nahrungsmittelerzeugung in den letzten 20 Jahren um 10 % abgenommen. Ein weiteres hervorragendes Mittel, um den Boden in Bewegung zu setzen, ist der chemische Dünger."

„Ohne Kunstdünger wäre die Menschheit schon längst verhungert, Herr Dust!" wandte Alfred ein.

„Sie haben recht, und darüber sprechen wir später. Hier ist nur von Bedeutung, daß chemische Fremdstoffe das Bodenplankton zerstören, die Bakterien verdrängen und töten, die Regenwürmer und andere Tiere vertreiben. Sie schädigen die Humusschicht und verhindern bei vorwiegender Anwendung die weitere Humusbildung. Dies führt nicht nur zu einem steigenden Schwund an Bodenfruchtbarkeit, sondern abermals zur Änderung der Krümelstruktur und zur Lockerung des Bodengefüges. Um die zerstörende Wirkung von Wasser und Wind zu steigern, ließ ich alle

Landschaftsgehölze beseitigen. Eine Feldhecke vermag den Wind bis zu 40 % abzubremsen und schützt den Boden vor Austrocknung. Der Windschutz durch einen Waldstreifen von 20 Metern Höhe wirkt sich bis auf 500 Meter Entfernung aus."

Alfred hob die Schultern. „Die Zeit der patriarchalischen Heckenlandschaft unserer Großväter ist endgültig vorbei! Die moderne Welt prägt ihre eigenen Landschaften. Wir brauchen Platz, um mit den Großmaschinen freizügig arbeiten zu können. Wir brauchen Raum, und wir brauchen Erträge."

Dust: „Schade, daß das System nicht nur die Erträge, sondern auch die Landschaft und damit den Raum abbaut.

Für die Ausräumung der Landschaft habe ich dem Menschen eine ganze Fülle vernünftiger Argumente zur Verfügung gestellt, vor allem aber das der Erhöhung der Wirtschaftlichkeit. Im Wege der sogenannten Flurbereinigung oder Kommassierung wurden die altmodischen bäuerlichen Streuparzellen zu großen Feldtafeln zusammengelegt. Daß dies nicht ohne gründliche Säuberung der Flächen von allem lästigen Strauchwerk und sinnlosem Baumbestand, sowie Liquidierung der kleinen Moore, Wasserlöcher, Gräben und Teiche möglich sei, war dem Menschen klar."

Alfred: „Die Rentabilität in der Landwirtschaft setzt einheitliche Großflächen voraus..."

Der Teufel: „Wir werden Ihnen das Gegenteil beweisen. Das erstrebte Ziel höchster Ernteerträge kann durch die Zerstörung der Natur ebensowenig erzielt werden wie der spekulativ errechnete Wirtschaftserfolg im naturfremden Wald. Das Unternehmen Menschheit bezieht seine derzeitige Rentabilität aus der Substanz und wird mit Konkurs enden!"

Dust: „So habe ich die Menschen aller Länder dazu verführt, mit einem geradezu an Zerstörungswut grenzenden Eifer alle Flurgehölze abzurasieren. Nun konnte der Tanz beginnen. Sie erinnern sich an den Erdsturm im amerikanischen Mittelwesten, den ich Ihnen vorführte... Es war nicht die erste und nicht die letzte Katastrophe. Inzwischen ist — aus denselben Ursachen wie dort: Leichtsinn und Profitgier — ein neuer Dust Bowl im Umfang von 25 000 Quadratkilometern am Zusammenstoß der Staaten Colorado, Kansas, Neu-Mexiko, Oklahoma, Arizona und Texas entstanden. Das entspricht der Größe Belgiens. Es ist zu hoffen, daß die Verwüstung sich in den nächsten Jahren auf mehr als das Zehnfache ausdehnen wird. Auch in dieser Gegend, die Grasflur war und nur geringen Niederschlag aufwies, wurde im Krieg das Weideland umgebrochen. Zufällig waren damals die Niederschläge übernormal, und die Frucht gedieh. Aber die Prosperity dauerte nur kurze Zeit. Die Niederschläge sind längst wieder zurückgegangen. Jetzt ist der Dust Bowl von Staats wegen zum Notgebiet erklärt worden. Vier Fünftel der Bevölkerung werden öffentlich unterstützt."

Sten nickte. „So wie immer: den Profit hat der einzelne, die Unkosten trägt die Allgemeinheit."

„Gewiß. Wo immer wir hinsehen, bietet sich dasselbe Bild: Neuseeland meldet Bodenverwehung, Palästina leidet unter Flugerde infolge von Abholzungen. Australien trocknet aus, weil Staubstürme den Ertrag schmälern. Eine Farm von 200 acres bringt dort heute den gleichen Ertrag wie vor drei Generationen eine Farm von 45 acres."

„In Mitteleuropa wäre so etwas wohl unmöglich!" meinte der Techniker.

„Warum?" fragte der Wüstenteufel.

„Weil die Landschaft stärker gegliedert ist und wir keine so großen unbewaldeten Ebenen haben."

„Sehen Sie auf den Fernsehschirm!" rief Dust. Er schaltete.

Das bekannte Heulen kam wieder auf. Das Bild zeigte eine gequälte Landschaft im Erdsturm. Dust erklärte: „28. Februar 1947. Es handelt sich um die Landschaft Skane in Südschweden. Sie war drei Tage lang in dichten grauen Nebel gehüllt. Es war die beste Humuserde. Der Ostwind trug sie bis nach Dänemark. Die Stärke der abgewehten Bodenschicht betrug zehn Zentimeter. Südschweden leidet infolge Entwaldung schon seit dem 17. Jahrhundert unter Humusverwehungen. In den letzten Jahrzehnten aber haben die Staubstürme immer mehr zugenommen. In den Landschaften Skane und Halland sind mehr als 35 000 Hektar windgeschädigt. Sehen Sie!"

Die Szene wechselte und vermittelte dennoch dasselbe Bild. Dust sprach: „Eine Gemarkung in Schleswig-Holstein. Mit der Erde fliegen 14 000 Tonnen Roggen und 1 000 Tonnen Hafer im Werte von 5 Millionen DM davon."

Der Teufel lachte und ließ den Kopf pendeln. „Ja, auch die fortschrittliche Landwirtschaft ist ein gutes Geschäft!"

Der Wüstenteufel setzte die Vorführung fort. Die Bilder veränderten sich kaum. „Stade, Hannover, 1949. 30 % der Ackerflächen wurden abgeblasen oder übersandet."

Dust schaltete aus, kehrte zu den Gästen zurück. „Ein Drink gefällig auf den vielen Staub?" fragte er lachend. Er schenkte ein und sprach dabei weiter. „280 000 Morgen wertvoller Ackerfläche in Niedersachsen leiden unter Windverwehungen bis zur Dünenbildung. Die Ertragsminderung beträgt 15 % und 8 Millionen DM jährlich. Im ganzen gibt es hier 16 Windnotgebiete, nicht allein durch Verkahlung der Landschaft, sondern auch durch Kultivierung von Heiden und Hochmooren verursacht. Selbst die Moore werden lebendig, wenn man sie trockenlegt. Im Donauried und Erdinger Ried gibt es Staubstürme, welche die Sonne verfinstern!"

„Dabei las ich erst kürzlich von neuen Entwässerungsplänen . . .", sprach der Dichter.

„Ja", nickte der Teufel. „Ich habe sie blind und blöde gemacht, so daß sie an den tausendfach widerlegten Methoden festhalten müssen und nichts zulernen können." Dust: „Was ich Ihnen bisher zeigte und vortrug, ist indes nicht alles. Sie dürfen mir glauben, wenn ich Ihnen sage, daß die Zahl der durch Menschenschuld verwüsteten Landschaften in die Tausende geht und immer noch ansteigt. In Lößgebieten gibt es Staubstürme infolge ihrer Kahlheit: am Niederrhein, in der Magdeburger Börde, im Unterland des Neckars, in Niederösterreich. Im Marchfeld bei

Wien wurden am 10. April 1949 6 000 Hektar Ackerfläche samt dem Saatgut abgeblasen, und die Züge blieben im Humus stecken. In 80 Jahren werden die Ebenen im Nordosten und Süden von Wien eine einzige ausgedehnte Wüste sein. In China, dessen Boden nur noch zu 5 % bewaldet ist, nehmen die Erdverwehungen immer größeres Ausmaß an. Ganze Dörfer werden unter der Flugerde begraben und müssen von den Einwohnern fluchtartig verlassen werden. Auch die Großstadt Mukden ist von diesem Schicksal bedroht. Sogar die ukrainische Schwarzerde hat das Fliegen gelernt. Aber ebenso wirksam, ja noch viel wirksamer ist die Erosion durch Wasser!"

„Darüber hat schon Ihr Kollege Karst gesprochen", warf das Mädchen ein.

„Karst?" fuhr der Wüstenteufel auf. „Er schmückt sich mit meinen Federn!"

Der Boß zog ein saueres Gesicht. „Es ist der alte Streit zwischen Karst und Wüste. Jeder will den größeren Anteil haben."

Dust: „Die Abtragung durch Wasser erfolgt am schnellsten auf Tonen und Mergeln, aber auch auf losem Moränenschutt. Im Juli 1947 schwemmte das Missouri-Hochwasser rund 115 Millionen Tonnen Mutterbodens weg, das ist ein Viertel der Getreideanbaufläche des Staates Iowa. Der Mississippi trägt 400 Millionen Tonnen Erde jährlich in den Golf von Mexiko. Seine Flußsohle erhöht sich ständig, ebenso müssen die Dämme erhöht werden. Heute wird der Missisippi von 3 000 km Dämmen mit einer durchschnittlichen Höhe von 7 m eingefaßt. Und trotzdem durchbricht der Strom die Mauern, und die weitere Erhöhung der Dämme kostet 250 Millionen Dollar pro Meter. In Trockenzeiten verdurstet das Vieh, die Erde fliegt davon, der Staub deckt die Fluren zu. Sowie es regnet, überfluten die Flüsse, die einst die gütigen befruchtenden Geister der Erde waren, das Land mit Vernichtung. Die Zerstörung nimmt ein immer schnelleres Tempo an. Dürre, Überschwemmung und Erosion steigern einander in einem reizvollen und erfreulichen Teufelsreigen."

„Homo sapiens!" grunzte der Teufel.

„Der Hoangho, der ,Kummer Chinas', wirft jährlich 2¹/₂ Milliarden Tonnen Humus und Löß ins Meer. Die mitteleuropäischen Flüsse nehmen jährlich auf jedem Kilometer 33 Tonnen Bodenmineralien auf, die durch Wassererosion aus den Äckern herausgeschwemmt werden. In USA rechnet man mit Mineralsalzverlusten von 6 % nach jedem gewöhnlichen Regen und bis 64 % nach Wetterkatastrophen. Die Nährstoffauswaschungen führen zu Kalkarmut, Phosphat- und Stickstoffverlusten. Das zwingt zur Erhöhung der Kunstdüngergaben. Das wieder steigert die Erosionsneigung, und der Kreis ist geschlossen.

Betrachten wir nun den chemischen Dünger und die Verkahlung aus dem Blickwinkel der Fruchtbarkeitsminderung! Die Stoffe, die dem Boden mit den Ernten entzogen werden, muß man ihm wieder zuführen. Dieser Vorgang heißt Düngung."

„Sie reden mit uns wie mit kleinen Kindern!" sagte Alfred.

„Ich bin vorsichtig geworden", erwiderte Dust. „Bei Menschen städtischer Prägung pflegt die Unbildung, gerade was die elementaren Dinge des wirklichen Lebens anbelangt, beträchtlich zu sein. Womit nicht gesagt ist, daß sie in belanglosen Dingen gut Bescheid wissen. Düngerstoffe können sich nur dann fruchtbar auswirken, wenn gleichzeitig alle notwendigen Wachstumsfaktoren innerhalb und außerhalb des Bodens, also auch die von Wasser, Luft und Licht, in harmonischem Verhältnis gegeben sind. Das Wirkungsminimum eines Stoffes begrenzt das neu eingestellte Gleichgewicht. Auch die beste Düngung kann wirkungslos bleiben, wenn infolge Grundwasserabsenkung Trockenheit herrscht, wenn die Luft verpestet, wenn das Sonnenlicht durch Dunsthauben abgeschirmt ist, oder einfach, wenn ein einziger notwendiger Lebensstoff im Boden fehlt."

Alfred: „Sie sollen uns nicht unterschätzen! Wir wissen sehr wohl, daß durch chemische Analyse des Bodens die fehlenden Mineralstoffe gewichtsmäßig festgestellt werden können. Man gibt sie dem Boden wieder, und es ist alles in Ordnung."

Dust: „Gewiß, Herr Groot, es ist alles in Ordnung. Freilich in unserem Sinne. Da der Mensch niemals alle Elemente des Bodenlebens kennen wird, kann er Fehlendes nicht feststellen und ersetzen. Ferner: mit der Ernte entnimmt man dem Boden Lebendes, nicht wahr, Pflanzen, Früchte, Samen. Und mit dem Kunstdünger gibt man ihm Totes zurück. Humus ist aber eine lebendige Substanz, und das Leben läßt sich nicht analysieren, in chemischen Fabriken erzeugen, verpacken, verschicken und nach Gewicht verkaufen. Und um die Vernichtung des Lebens geht es uns, haben Sie das noch nicht begriffen? Den Boden düngen heißt den Boden lebendig machen. Das wissen die Menschen nicht."

Der Dichter warf ein: „Doch, Herr Dust! Verschiedene Gelehrte und Landbauer haben dies erkannt und darauf hingewiesen!"

Dust: „Keine Sorge! Wir unterschlagen der Öffentlichkeit diese Erkenntnisse einer kleinen Gruppe von Schnüfflern und Fortschrittsfeinden oder geben sie der Lächerlichkeit preis. Umso mehr propagieren wir den immer stärkeren Einsatz von Kunstdünger, und die daran Verdienenden unterstützen uns bestens darin. Unsere Beauftragten in der Industrie werden dafür sorgen, daß jede Erleuchtung in dieser Hinsicht unterbunden wird. Und sie würden der Presse sogleich die Inserataufträge entziehen, wenn sie darüber ein Wort schriebe!"

„Das ist doch aber gerade das Wunder der Pflanze, daß sie tote Materie in Leben umzusetzen vermag!" ereiferte sich Rolande.

„Und seit Liebig", fiel Alfred ein, „dem Genius, dem Millionen Menschen Nahrung und Dasein verdanken, wissen wir, daß jeder Mangel in der Bodenlösung durch Chemikalien ausgeglichen werden kann."

Dust entgegnete: „Beide Meinungen sind oberflächlich und unrichtig, meine Freunde. Sie setzen sich über die Gesetze des Bodenlebens hinweg. Die geltende Durchschnittsansicht über die Zweckmäßigkeit der künstlichen Düngung beruht auf der falschen Lehre, daß die Pflanze sich mit anorganischem Material ernähren könne.

Sie braucht aber lebendige Substanz, die sie nur im Humus findet, nicht lebloses Material wie chemischen Dünger.

Unter natürlichen Bedingungen ist die Humusbildung ein Vorgang, in dessen Verlauf komplizierte Substanzen durch die Arbeit verschiedener Bakteriengruppen auf biologischem Wege in jene Verbindungen umgebaut werden, die für die Ernährung der Pflanzen geeignet sind. Durch die chemische Düngung aber werden diese Nährstoffe unmittelbar in den Boden gebracht, ohne die Zwischenstufe der Bakterien. Der Prozeß des Abbaues und der Umsetzung geht statt im Boden in der Fabrik vor sich. Dadurch wird das Leben geschädigt: das Leben des Bodens, der Pflanze, des Menschen."

„Was erst zu beweisen wäre!" sprach der Techniker.

Der Boß: „Wir werden Ihnen die Beweise nicht schuldig bleiben! Üben Sie die unmoderne Tugend der Geduld!"

„Es wird aber doch nicht nur künstlicher, sondern auch natürlicher Dünger verwendet", wandte Rolande ein.

Dust: „Die Landwirtschaft verschwendet pflanzliche und tierische wie menschliche Rückstände vollständig oder sie nutzt sie nur teilweise aus. Was der Mensch dem Boden zurückgeben müßte, läßt er in Milliarden Tonnen als städtische Jauche in die Flüsse rinnen oder verbrennt es als Müll. Aus den Abfällen jedes Menschenlebens könnte bei richtiger Behandlung und Verwertung alljährlich ein Kubikmeter Humus hergestellt werden. Wissen Sie, was das bedeutet? Aber die Menschen haben es nicht nötig!"

„Damit wäre wahrscheinlich kein so gutes Geschäft zu machen...", sagte Sten.

„Stimmt! Die Lücke zwischen Humusentzug und Humusersatz wird immer größer und in steigendem Umfang durch Kunstdünger ausgefüllt. Man verkauft die Gesundheit von Wasser und Boden um des augenblicklichen Erfolges willen und möchte es nicht wahr haben, daß die Krankheiten des Bodens auf den Menschen übergreifen müssen. Ich fördere die aus dieser Einstellung erwachsende Entwicklung mit allen Mitteln. Hören und sehen Sie Dr. Richard Bradfield von der Cornell-University!"

Bradfield: „Die Düngung mit organischen Stoffen hat zwar Vorteile, kommt aber für die moderne Landwirtschaft aus verschiedenen Gründen nicht in Frage. Die Versorgung mit organischen Düngern ist weder wirtschaftlich noch physisch möglich. Die alten Methoden des angeblichen Zurückgebens der Bodenkraft durch organische Dünger sind überholt und in einem modernen Land nicht anwendbar!

Die Kunstdünger vermögen ebenso wie die organischen Substanzen die notwendigen Elemente des Bodens zu ersetzen. Für die Erzielung von Höchsterträgen aber ist natürlicher organischer Dünger gänzlich ungeeignet."

Der Teufel lachte sein hohles, triumphierendes Lachen, das die Menschen immer wieder erschauern machte. „Gut, Dust!"

Der Wüstenteufel: „Diese Meinung wird durch meine Experten, die Kunstdüngerfabrikanten und die Fachpresse mit voller Lautstärke unterstützt."

Das Mädchen hob die Hand und begann: „Wenn ich ehrlich sein soll, muß ich gestehen, daß mir nicht ganz klar geworden ist, warum der Kunstdünger die Bodenfruchtbarkeit zerstört . . ."

„Die Natur setzt bestimmte Bakteriengruppen ein, um den bodenfremden chemischen Dünger abzubauen und in organische Verbindungen zu überführen, die von der Pflanze aufgenommen werden können. Diese Bakterien vermehren sich über das natürliche Maß hinaus und fressen andere Bodenorganismen auf, die aber der Humus notwendig braucht, um organische Stoffe zu verarbeiten. Wenn der Boden nicht genug solcher Zerfallsbakterien enthält, wird er außerstande sein, die Nährstoffe für die nächste Wachstumsperiode in harmonischem Verhältnis bereitzustellen. Dann: ein Teil der chemischen Dünger ist zu leicht löslich. Die Wurzeln schwimmen im Überfluß. Die Wirkung ist die gleiche wie auf einen Menschen, der gezwungen wird weiterzuessen, wenn er längst gesättigt ist. Ein anderer Teil der Kunstdünger aber ist nicht ohne weiteres löslich. Man gibt ihnen also eine verwirrende Vielzahl von Lösungsmitteln bei, Stoffe, die der Boden nicht braucht. Sie können von den Pflanzen nicht aufgenommen werden, sammeln sich im Laufe der Jahre im Boden an, stören nachhaltig das Bakterienleben und verhindern die Wiedergesundung eines solchen Bodens. Der Mensch hat heute noch keine Ahnung, welche Folgen dieser Vorgang für den Boden, das Wachstum und die Gesundheit von Tier und Mensch haben wird.

Ein Beispiel: Superphosphat muß Schwefelsäure enthalten, weil es sonst nicht löslich wäre. Die Pflanzen verbrauchen jedoch den Schwefel nicht. Wieder muß die Natur Bakterien einsetzen, die den Schwefel abbauen und sich zum Schaden des übrigen Bodenlebens maßlos vermehren. Jeder chemische Eingriff in den Boden zieht demnach eine Störung des biologischen Gleichgewichts und Erschöpfung der Humusschicht nach sich, die der Mensch durch gesteigerte Gaben von Kunstdünger zu beheben suchen wird. Daraus entwickelt sich eine Kettenreaktion von Vorgängen, die nur mit der völligen Ermüdung und Erkrankung des Bodens enden kann."

Alfred schaltete sich ein: „Übersehen wir doch nicht, daß die Menschheit heute schon in einer Zwangslage ist! Wir brauchen Nahrung für die wachsende Bevölkerung, und zwar schon jetzt, nicht erst morgen. Das führt unter Umständen dazu, daß der Mensch angesichts der schwierigen Situation von heute die Vorsorge für die Zukunft außer acht läßt. Das entscheidende Argument für die Verwendung von chemischen Düngestoffen ist, daß sie tatsächlich alle Erträge in einer Weise steigern, wie es bei Anwendung von natürlichem Dünger kaum möglich wäre."

„Gerade das sollte Ihnen zu denken geben! Kräfte, die nicht auf natürliche, sondern nur auf künstliche Weise ausgelöst werden können, verstoßen gegen die Natur. Was gegen die Natur ist, gefährdet das Leben. Je imponierender die Erträge, umso nachhaltiger ist der Boden geschädigt worden, denn jeder Kunstdünger ist nur ein Hilfsmittel, um alle anderen Stoffe im Boden schneller zu mobilisieren, das heißt, sie zu erschöpfen. Schon vor zehn Jahren wiesen die meisten deutschen Böden Kalkarmut auf. 75 % der Böden in Mitteldeutschland, 80 bis 89 % der Böden in Norddeutschland zeigten Kalkmangel. Nach den Ergebnissen von 1 043 146 in den Jahren 1951 und 1952 im ganzen Gebiet der westdeutschen Bundesrepublik durchgeführten Bodenuntersuchungen waren minder bis schlecht versorgt mit Phosphorsäure 78 %, mit Kalk 68 %, mit Kali 75 % aller untersuchten Böden. 1952 wurden in Bayern Kulturböden im Ausmaß von 220 000 Hektar untersucht. 52 % waren völlig versauert, 96 % litten an außerordentlicher Kalkarmut, und das alles, nachdem jährlich Millionen Tonnen von Kunstdünger über die Fluren ausgeschüttet worden waren. Der Kalziumgehalt der alten, ausgebeuteten Böden Arizonas beträgt nur 0,17 %, auf den jungen Böden Pennsylvanias aber 1,9 %, in British Columbia sogar 2 %. Ähnliches gilt für den Phosphor, dessen Anteil im Boden zwischen 0,03 bei alten und 1,8 % bei neuen Böden schwankt. Je länger die Böden in Nutzung stehen, umso mehr verarmen sie bei der heute üblichen Wirtschaftsweise an Mineralstoffen und Spurenelementen. Einige Gelehrte halten dies für Krebsursache. Dabei hilft der Pflanze alle künstliche Versorgung mit Stickstoff, Phosphor, Kali und Kalk nichts, wenn die Spurenelemente fehlen. Sie sind im organischen Dünger enthalten.

Das Fehlen eines einzigen Spurenelementes im Boden kann bei Pflanzen, Tieren und Menschen Ernährungsstörungen verursachen, auch wenn alle anderen, d. h. dem Menschen bekannten und feststellbaren Stoffe, vorhanden wären."

Nachdenklich sprach Sten: „Es bleibt also, um die Bodenkraft zu erhalten, nichts übrig, als den natürlichen Vorgang der Humusbildung durch Verrottung und Verwesung organischer Substanzen, wie etwa durch den Blätterfall des Waldes, nachzuahmen, um das Leben zu retten."

Der Wüstenteufel streifte den Dichter mit einem stechenden Blick: „Wir werden diesen rettenden Ausweg durch einen Wust von scheinwissenschaftlichen Irrlehren und, wenn es sein muß, mit Gewalt versperren. Unsere Experten wissen die Aufmerksamkeit von einer maßgeblichen Untersuchung solcher natürlicher Düngungsmethoden abzulenken. Durch die fortwährenden Hinweise bezahlter Fachleute und die Geschäftspropaganda für den Kunstdünger sind die organischen Düngestoffe heute in eine völlig untergeordnete Stellung zurückgedrängt."

Der Dichter blieb hartnäckig: „Der Mensch ist ein denkendes Wesen. Sollte es wirklich so schwer sein, der lapidaren Erkenntnis allgemein Geltung zu verschaffen, daß die natürlichen Kräfte des Bodens nur dann erhalten bleiben können, wenn man sie auf natürliche Weise mit natürlichen, lebendigen Stoffen ergänzt? Daß das Leben geschädigt oder zerstört wird, wenn man es der Wirkung chemischer Fremdstoffe aussetzt? Unterwerfung der Natur bedeutet einen vernunftgemäßen Gebrauch der naturgegebenen Hilfsquellen, nicht die Zerstörung der biologischen Abläufe!"

Der Teufel sah auf. „Gefährliche Weisheit, die Sie verzapfen, Herr Dichter! Seien Sie vorsichtig damit, es könnte Sie Kopf und Kragen kosten!"

Dust: „Abgesehen von der absoluten Fruchtbarkeitsminderung auf weite Sicht bringt der chemische Dünger eine Reihe weiterer Vorteile mit sich. Der mit bodenfremden, lebensfeindlichen Stoffen durchsetzte Boden platzt in der Trockenheit auf, die Risse öffnen den Boden metertief und sorgen für gründliche Austrocknung, die wieder dem Wind den Angriff erleichtert. Anspruchsvolle, hochgezüchtete Nutzpflanzen wie Zuckerrüben, Raps, Gerste, Weizen gehen im Ertrag zurück. Die Fortpflanzungsfähigkeit der künstlich ernährten Kulturpflanzen läßt nach."

„Unfruchtbarer Boden macht unfruchtbar", brummte der Teufel.

Dust: „Chemisch gezogene Feldfrüchte sind biologisch abgewertet und weniger nahrhaft als andere. In einer Versuchsreihe reduzierte künstlicher Stickstoff den Prozentsatz von Calcium bei Rüben in 25 von 30 Fällen. Düngung mit Ammoniumsalzen verringert den Vitamin-C-Gehalt. Fast alle Kartoffelsorten sind durch Kunstdünger krank gemacht. Außerdem verlieren auf krankem Boden erwachsende Früchte das natürliche Aroma. Der scharfe Geschmack des Spargels kommt von der Stickstoffdüngung, die Gelierneigung der Erbsen vom Kali. Die künstlichen Feld- und Gartenerzeugnisse sind meist mit Stickstoff übersättigte Mißgeburten, pflanzliche Kunstprodukte. Eine vergewaltigte Erde kann keine guten Lebensmittel schaffen. Der Ordnung halber darf ich bemerken, daß meine Experten beauftragt sind, das Gegenteil zu behaupten. Gesunder Boden erzeugt gesunde Nahrung, gesunde Tiere und Menschen. Sie brauchen weniger zu essen und finden mit einer geringeren Ackerfläche ihr Auslangen, wenn ihre Nahrung von fruchtbarem, humusreichem, unzerstörtem Boden stammt. Künstlicher Dünger führt unfehlbar zu künstlicher Nahrung, zu künstlichen, anfälligen und kranken Tieren und Menschen."

Der Teufel: „Damit allein erscheint eine Fülle menschlicher Problematik von heute geklärt."

„Und eine Fülle von Krankheiten! Etwa ein Drittel aller auf die Äcker gebrachten Düngemittel wird von den Pflanzen nicht aufgenommen, sondern gelangt ins Grundwasser, das wieder Pflanzen, Tiere und Menschen speist. Im Rattenversuch haben wir durch Verabreichung von winzigen Kalimengen schwere Blutgerinnungskrankheiten bei der Nachkommenschaft erzielt. Im Menschenversuch ergab die Störung des Kaliumstoffwechsels erhöhte Thrombosebereitschaft.

Unter den chemischen Düngern herrscht das Kaliumnitrat vor. Getreide, Kartoffeln, Fleisch und Milch aus getriebener Produktion zeigen einen erhöhten Gehalt an Kalisalzen. Dadurch sind die Voraussetzungen für Krebs geschaffen. Wucherndes Krebsgewebe, Blut und Knochenmark Krebskranker enthalten auffallend viel Kali. Die gehäuften Fälle von Krebssterblichkeit in der Landbevölkerung schreibe ich Düngemitteln zu, die mit Schwefelsäure

hergestellt sind. Selbst in äußerster Verdünnung vermag schweflige Säure Krankheitserscheinungen hervorzurufen."

„Gut, Dust!"

„Als besondere Delikatesse darf ich erwähnen, daß stickstoff-
gedüngte Böden gerne das Atomgift Strontium 90 aufnehmen.
Alles in allem kann man wohl sagen, daß im Kunstdünger ein
ausgezeichnetes Hilfsmittel zur Zerstörung der Bodenfruchtbarkeit entwickelt wurde. Dem gleichen Ziel dient die Verkahlung."

„Kann ich mir nicht ohne weiteres erklären...", sagte die
Ärztin. Es war eine Anfrage.

„Im Freiland wird die aus dem Boden aufsteigende Kohlensäure
verweht und geht für die Ernährung der Feldpflanzen verloren.
Die Feldhecke teilt das Land in zahllose verschieden gestaltete
Einzelräume, wo an Stelle der horizontalen mehr vertikale Luftströmungen vorherrschen. Die Kultursteppe aber ist eine einzige,
gestaltlose Fläche.

Ferner: jedes auf dem Feld stehende Gehölz hebt den Grundwasserspiegel und trägt zur besseren Bodendurchfeuchtung und
damit natürlichen Ertragssteigerung bei. Wird das Holz geschlagen, so sinkt die Fruchtbarkeit mit dem Grundwasser ab, und der
Boden trocknet aus, so daß der Wind ihn mitnehmen kann.

Die Erträge der Heckenlandschaft sind bei Halm- und Knollen-
früchten um 15 %, bei Gemüsekulturen um bis zu 300 % höher
als im freien Land. Der Ertrag von Futterrüben steigt durch Hek-
kenschutz um 31 %, von Kohl um 50 %. Windgeschützte Vieh-
weiden liefern 15 bis 20 % Mehrertrag. 85 Hektar Acker im Hek-
kengebiet tragen so viel wie 100 Hektar in der völlig entblößten
Landschaft. In Gegenden, die der Gehölze an den Feldrainen beraubt wurden, ging der Niederschlag um 20 %, der Ernteertrag
um 25 % zurück."

Sten bemerkte: „Wie wir hörten, geht man in vielen Ländern
daran, die Kultursteppen mit einem Netz von Feldgehölzen zu
überziehen..."

Dust zog eine verdrießliche Miene. „Tja", sprach er gedehnt, „einige unserer Gegner haben die Leute in diesem Sinne aufgehetzt, in der Sowjetunion, in den USA. Aber was bedeutet das? Die Hecken brauchen Jahre, um sich auszuwirken. Grundwasserschwund und Erosion schreiten schneller fort."

„Werden Sie nicht hochmütig, Dust! Auch der Teufel ist gegen Rückschläge nicht gefeit, das wissen Sie!"

„Ich bin auf der Hut, Boß. Sehen Sie auf den Schirm! Das ist mein Freund und Beauftragter Dr. Steinreich, der mit schlauer Argumentation gegen die Feldhecken ankämpft!"

Steinreich referierte: „Von entscheidender Bedeutung für die Bestandskulminierung der Feldmäuse sind ihre winterlichen Trokkenrefugien, die Ackerraine, überbreite Weg- und Grabenränder, bewachsene Brachländereien, Dämme und Böschungen. Ihre Beseitigung bzw. radikale Einengung ist anzustreben. Das kann aber nur durch eine grundsätzliche Umstellung der Landwirtschaft erfolgen. Wir denken dabei an eine großräumige Landwirtschaft. Mit den schmalen Ackerstreifen, die im Zeitalter der Rationalisierung der Arbeit wahrhaft mittelalterlich anmuten, verschwänden auch die vielen Ackerraine, welche Schädlingsherde darstellen, ebenso ein Teil der Feldwege mit ihren überbreiten, ungenutzten Rändern. Daß die Landschaft durch fortschreitende Industrialisierung und Nivellierung nicht an Reiz gewänne, ist sicher, man wird aber die Entwicklung in dieser Richtung nicht aufhalten können."

Der Wüstenteufel schaltete aus und begab sich wieder auf seinen alten Platz. „Was ich durch Dr. Steinreich als Schädlingsherde diskriminieren und bekämpfen lasse, sind in Wahrheit die Inseln der biologischen Schädlingsbekämpfung. Denn in den Flurgehölzen fanden die Millionenheere der natürlichen Insekten- und Mäusefeinde: Vögel, Igel, Frösche, Kröten, Schlangen und Eidechsen Schutz und Heimstätten. Mit der Verkahlung der Landschaft sind sie vertrieben, hingegen die Billionenheere der Schädlinge gerufen worden."

Der Teufel nickte: „Es hängt alles mit allem zusammen!"

„Tatsache bleibt", sagte der Techniker, „daß die Intensivierung und die Rentabilität der modernen Großlandwirtschaft die Nutzung auch des letzten Quadratmeters erforderlich machen."

„Konnte ich Ihnen nicht beweisen, daß gerade dieser letzte Quadratmeter Bodens viel mehr trägt, wenn Gebüsch darauf wächst?"

Der Boß: „Mir scheint, das wirtschaftlich-technische Denken hat Ihnen das Hirn so vernebelt, daß Sie nicht mitkommen, Herr Ingenieur, wie?"

Dust: „Zur Urbarmachung eben jenes letzten Quadratmeters starten meine Beauftragten in den Regierungen die bekannten Vier-, Fünf- und Zehnjahrpläne. Die Kriege helfen hier genau so, wie sie die Zerstörung der Wälder vorantreiben.

Und da ist schließlich noch eines, das ich als Erfolg für mich buchen muß: die Landschaft ist nicht nur für Kartoffel und Korn da. Sie ist ein Element des menschlichen Gemütes. Durch die Beseitigung der Feldgehölze ist der Raum zur Fläche reduziert worden. Die Landschaft hat sich aus der dritten in die zweite Dimension zurückgezogen. Sie ist flach geworden wie das Seelenleben der Menschheit. Kranke, verräudete, vom Menschen geschändete Landschaft wirkt psychohygienisch auf den Menschen zurück."

Alfred zog spöttisch die Schultern hoch. „Seltsame Parallelen werden hier gezogen, meine Herren, die mir — verzeihen Sie! — komisch erscheinen!"

„Über die Sie bald nicht mehr lachen werden!" grunzte der Boß.

Alfred: „Da Sie nun, Herr Dust, alles veranlaßt haben, um die Ernteerträge der Welt zu vermindern: wie kommt es, daß die Äcker der zivilisierten Welt in den letzten hundert Jahren weitaus mehr getragen haben als in früheren Zeiten, und daß die Erträge immer noch steigen?"

Dust: „Ihre Mehrleistung ist eine durch Chemikalien gegen die Natur erzwungene Scheinfruchtbarkeit, die keuchende Anstrengung eines abgetriebenen Ackergaules, aus dem man die letzte Kraft herauspeitscht, ehe er zusammenbricht."

Alfred: „Sie wollen also nicht zugeben, daß es sich hier vielleicht doch um einen großartigen Erfolg neuzeitlicher Bodenbearbeitung, intensiver Wirtschaftsmethoden, wissenschaftlichen Nährstoffersatzes und fortschrittlicher Pflanzenzucht handelt? Der Menschengeist läßt sich so leicht nicht besiegen! In der Sowjetunion hat man aus einer Getreide- und einer Queckenart eine neue Getreidesorte gezüchtet, die mehrjährig ist und sogar in den nördlich des Polarkreises gelegenen Gegenden Sibiriens angebaut werden kann. Auch im Westen hat man eine Weizenart gezüchtet, die in diesem Jahr zum ersten Mal in grönländischen Küstengebieten angebaut werden soll. Durch diese Entwicklung werden die Grenzen des menschlichen Lebensraumes polwärts gedrängt und neue Gebiete für die Landwirtschaft erschlossen."

Dust: „Sie haben recht. An die Stelle der genügsamen Landsorten früherer Zeiten treten immer mehr hochintensive Neuzüchtungen mit erheblich größerem Nährstoffbedarf, die das Nachlieferungsvermögen aus dem Bodennährstoffkapital auf eine harte Probe stellen. Fast überall auf der Welt geht man jetzt mit anspruchsvollen Kulturen auf geschwächte Böden. Sie werden mir also verzeihen, wenn ich dieser Entwickelung mit Ruhe entgegensehe." Der Wüstenteufel grinste.

„Abschließend glaube ich, sagen zu dürfen, daß meine Erfolge bemerkenswert und erfreulich sind. Ich habe dem Menschen den Wahn der Produktionssteigerung um jeden Preis eingeblasen. Er hat die Landschaft vergewaltigt und daraus leblose Kultursteppe gemacht. Ich fördere und verbreite die Überzeugung, daß die Landwirtschaft infolge der neuesten Erkenntnisse der Wissenschaft und der Technik vom Boden praktisch unabhängig geworden sei, und der Mensch den Pflanzen ihre Nahrung und das Verhalten diktieren könne. Die Kunstdüngerwirtschaft nimmt dem Bauer die Mühe des Denkens ab. Das Saatgut wird fertig geliefert, alle Jahre neu, zugleich das fertig verpackte, säuberlich nach

Hektar und Anbau errechnete künstliche Futter für die Pflanzen. Infolgedessen auftretende Krankheiten und Schädlinge werden mit Giften vernichtet, die man in umfangreichen Tabellen findet, und die das Geschäft für die chemische Industrie erweitern. Der Bauer braucht nur noch seinen Acker zur Verfügung zu stellen und zu tun, was man ihm vorschreibt, dann funktioniert die Pflanzenfabrik.

Der größte Teil der Welt befindet sich im Zustand der Bodenerschöpfung, und das minderwertige Brot der Menschheit wächst auf ausgemergelten, unterernährten, mißhandelten Böden. Meine wackeren Pioniere in USA haben nach 150jähriger Tätigkeit in meinen Diensten folgende imponierende Erfolgsbilanz zu verzeichnen: 40 % des fruchtbaren Bodens der USA sind verwirtschaftet. Durch Monokulturen wurden dort 150 Millionen Hektar besten Ackerlandes völlig zerstört. 400 Millionen Hektar gehen rapid der Verwüstung entgegen. Vom Winde verweht oder vom Wasser fortgespült werden in USA Jahr für Jahr 5 Milliarden Tonnen, das sind 500 Millionen Waggons fruchtbarer Erde."

„Ein langer Güterzug!"

„Er würde neunzigmal um die Erde reichen. Die neue Wüste in den Vereinigten Staaten dringt in einer Frontbreite von 1 660 Kilometern mit einer Jahresgeschwindigkeit von 60 Kilometern vor. Die Wüstenfront in Afrika ist dagegen nur 1 200 Kilometer breit und dringt mit nur 30 Kilometern Geschwindigkeit vor."

„Hähähä!" lachte krächzend der Boß. „Meine amerikanischen Freunde müssen eben immer und überall an der Spitze marschieren!"

Dust schaltete den Fernseher ein. „Hören Sie Mr. Bennett, Chef des ‚Soil Conservation Service', 1939 vor dem amerikanischen Kongreß!"

Bennett: „In dem kurzen Leben dieses Landes haben wir rund 300 Millionen acres anbaufähigen Bodens, die bestes Getreideland waren, praktisch erledigt. Wir können sie nicht wieder herstellen. Wir haben keine geschlossenen Landmassen mehr, auf die wir zurückgreifen könnten. Infolge Erosion verlieren wir täglich den Gegenwert von 200 Farmen von je 40 acres."

„Wie groß ist ein acre?" fragte Rolande.

„Etwas über 4 000 Quadratmeter."

Bob neigte sich Alfred zu und flüsterte: „Er muß sich sehr sicher fühlen, wenn er freiwillig einen Gegner zu Wort kommen läßt, der seine Erfolge ausplaudert!"

Dust hatte es gehört. „Es kommt mir darauf wirklich nicht an, meine Herren! Meine Organisation steht so fest und funktioniert so hervorragend und lückenlos, daß ich meine Feinde ruhig reden lassen darf, ohne irgend etwas fürchten zu müssen."

Der Dezernent zog eine Zeitung aus seiner Aktentasche. „Hören Sie andererseits einen von mir lancierten Artikel aus den Salzburger Nachrichten vom 8. Februar 1958! ‚Obwohl heute schon auf der Welt Millionen von Menschen nicht mehr genug zu essen haben, droht der Menschheit als Ganzem noch lange nicht der Hungertod. Noch immer gibt es in allen Erdteilen riesige, unerschlossene Gebiete, die landwirtschaftlich genutzt werden können. Darüber hinaus können die Erträge weiter Flächen in Amerika, Afrika, Asien und Australien durch intensive Bodenbearbeitung vervielfacht werden. Schließlich arbeitet die Wissenschaft an zwei vielversprechenden Verfahren, deren Meisterung die Menschheit auf Jahrhunderte hinaus jeder Nahrungssorgen entheben kann.

Erstens wird es in absehbarer Zeit möglich sein, mit Hilfe der Atomenergie riesige Gebiete in den wärmeren Zonen zu bewässern und dadurch für die Landwirtschaft nutzbar zu machen. Darüber hinaus wird es eines Tages möglich sein, mit Atomenergie künstliche Höhensonnen zu betreiben und dadurch Millionen von Quadratkilometern in den arktischen Gebieten Amerikas und Asiens bebaubar zu machen.

Zweitens hofft die Wissenschaft, in nicht allzu ferner Zeit dem Geheimnis der Photosynthese auf die Spur zu kommen. Sobald dieser wunderbare Prozeß, der heute ein Monopol der grünen Pflanzen ist, künstlich nachgeahmt werden kann, wird es möglich sein, Fette, Zucker, Stärke und Eiweiß, die Hauptbestandteile aller Nahrungsmittel, in beliebiger Menge industriell herzustellen!'"

Der Teufel lachte. „Gut, Dust! Solche zweckoptimistischen Schlaftabletten dienen mir ausgezeichnet dazu, die Menschheit auf ihren eigenen Schindanger zu führen, ohne daß sie es merkt!"

Der Wüstenteufel reckte sich selbstbewußt. „Sie werden also verstehen, daß es mir gar nichts ausmacht, wenn zum Beispiel einer meiner Gegner, Professor DDr. Tropp, Koblenz, sich in gegenteiliger Weise äußert. Sehen Sie auf den Schirm!"

Professor Tropp: „Aus dem kranken Boden heraus haben den Menschen die Zivilisationskrankheiten, die Degenerationserscheinungen, Stoffwechselerkrankungen, multiple Sklerose, Krebs angefallen, das Auftreten von Schädlingen an den Kulturpflanzen, der Verfall der Humusstruktur, die Abbau- und Entartungserscheinungen auf allen Gebieten des landwirtschaftlichen Wirkens. Sie werden Natur, Pflanze, Tier und Mensch zerstören und die Kultur auslöschen. Infolge der Erkrankung des Bodens wird die Menschheit in zwei bis drei Generationen eine aussterbende Tierart sein."

Dust lachte und schaltete aus. „Wie gesagt, das alles berührt mich oder gefährdet meine Ziele nicht im mindesten."

„Ich verstehe nur nicht, wieso die Gelehrten völlig gegenteilige Meinungen vertreten können!" sagte Rolande.

„Sie stehen entweder in meinem Dienst, sind von der Kunstdüngerindustrie bestochen oder vom Fortschrittswahnsinn befallen, oder aber — auch das ist möglich — sie handeln in gutem Glauben. Sie lehren das, was sie als Studenten gehört haben, und ihre Hörer werden dieselben Ansichten vertreten. So dauert es 80 bis 100 Jahre, bis eine einmal eingenistete Lehrmeinung überwunden ist. Und in einer solchen Zeitspanne können wir Teufel viel schaffen! Zudem hat unser Boß es schon so eingerichtet, daß alles, was dem Leben dienen könnte, als unbequem und unwissenschaftlich abgelehnt wird!"

Alfred: „Immer noch exportieren die USA, Canada, Australien, Südafrika Getreide in alle Welt. Wie kommt denn das, wenn diese Länder angeblich ihren Boden verwirtschaftet haben?"

„Es liegt in der Weiträumigkeit der Kontinente und ihrer relativ dünnen Besiedlung. Aber Australien und Südafrika werden ab 1960 froh sein müssen, den eigenen Bedarf an Brotgetreide decken zu können. Und auch Nordamerika wird seine Rolle als Weizenexportland bald ausgespielt haben. Dann wird vor allem Europa sehen müssen, wie es sich selber ernährt."

„Was soll werden, wenn es das nicht könnte?" fragte das Mädchen.

Der Teufel: „Ja, was soll dann werden? Der Mensch wird ernten, was er gesät hat. Die fortschreitende Zerstörung der Landschaft bedroht das Gefüge der Gesellschaft, der Wirtschaft, der Völker. Ich werde die einseitige Industrialisierung auf Kosten der Landwirtschaft weiter vorantreiben. Die Erosion der Böden wird immer mehr zur Erosion der Menschenseele führen. Die am wirtschaftlichen Denken erblindeten politischen Eintagsfliegen meinen, Politik sei lediglich dazu da, das Mitsammenleben der Menschen zu ordnen. Sie haben keine Ahnung davon, daß Politik die Verpflichtung einschließt, die Lebensgrundlagen kommender Geschlechter zu erhalten. Die entscheidenden Probleme der Gesunderhaltung der Lebensräume stehen nicht auf der Tagesordnung."

Dust: „Das Denken in Quantitäten und in technischen Begriffen hat die Einsicht in biologische Vorgänge erschwert und verwirrt und ein frühzeitiges Erkennen der Zusammenhänge verhindert. Humusschwund im Boden ist der Beginn des Untergangs der Völker. Der Tod des Bodenlebens aber ist die letzte Lebensphase der Menschheit, der Tragödie letzter Teil."

XI

DER GEHIRNKREBS

Dust ging, und der Boß wandte sich seinen Gästen zu.

„Sie haben in eine Reihe von Dezernaten Einblick gewonnen, die auf die Vernichtung der physischen Existenz des Menschen hinarbeiten. Aber was sind alle diese Bemühungen in der letzten Konsequenz anderes als ein Kampf gegen den Geist? Ob nun die Landschaft, die Nahrung, die lebensgesetzlichen Ordnungen zerstört werden: wo immer das Leben vergiftet und der Mensch krank gemacht wird, dort wird der Geist geschwächt. Wie in der Natur, so hängt auch im Organismus alles mit allem zusammen. In einem kranken Körper ist ein gesunder Gedanke nicht möglich. Wird das Blut, eine Zelle, ein Organ, ein Nerv gestört, so ändert sich sogleich das Gedanken- und Stimmungsbild des Betroffenen. Wir haben die Menschheit krank gemacht, von den Machthabern angefangen bis zum kleinen Mann auf der Straße. Der erkrankte Geist vollendet von sich aus das Zerstörungswerk, das wir eingeleitet haben. Beweis des Wahnsinns: er hält die Symptome der Selbstvernichtung für großartige Errungenschaften. Er wird im Zeichen des Fortschritts — verblendet, verteufelt, gehorsam — sich selbst den Todesstoß versetzen, wenn ich das Signal dazu gebe.

Ich habe die Höherentwicklung des menschlichen Geistes geduldet und gefördert bis zu jenem Punkt, wo er fähig wurde, die Mittel des eigenen Untergangs zu erfinden. Nun hat er die Rückverbindung zu den allheilenden Mächten der Schöpfung durchschnitten, er hat die natürlichen Instinkte verloren, er ist allein. Nur die Kraft eines überragenden Geistes könnte ihn retten vor den Kräften der Zerstörung, die er gegen sich selbst aufgerufen hat. Darum habe ich die Weiterentwicklung des Menschengeistes gestoppt, und nicht nur das. Ich habe ihn bekämpft, geschwächt, verwirrt, irregeführt. Und ich habe andererseits die Weiterentwicklung der Vernichtungsgewalten gefördert: des Geldes, der Technik, der Wirtschaft. Sie sind zum alles beherrschenden Golem geworden, der das Menschentum zertrampelt. Der Golem ist da, er lebt, er gehorcht nicht mehr dem Menschen, sondern seinen eigenen Gesetzen, die den ewigen Ordnungen des Lebens widersprechen. Der Golem wächst an, während der Menschengeist immer mehr zu verzwergen beginnt. Ich habe den Menschen wehrlos gemacht.

Obwohl also alle meine Dezernate auf die Zerstörung des Geistes zielen, habe ich dennoch, zur Vervollkommnung und Verfeinerung des Verfahrens, ein eigenes Dezernat ,Kampf gegen den Geist' geschaffen. Sie wissen, daß ich gründlich bin und in allen Dingen sicher gehen will. Sie werden heute Zurdis hören, den Dummheitsteufel."

Ein hagerer, hochgewachsener Mann mit grauen Schläfen trat ein. Er machte den Eindruck eines mittleren Beamten. Linkisch und bescheiden verneigte er sich vor dem Boß und den Gästen, suchte lange in seinen Papieren, ohne etwas darin zu finden. Er legte sie weg und sah auf den Teufel, seines Winks gewärtig.

„Fangen Sie an", sprach der, „wir hören!"

Zurdis räusperte sich. „Das Tier meistert das Leben durch Instinkt. Er erleuchtet ihm jenen Ausschnitt aus der Gesamtheit der Erscheinungen, der für sein Dasein wichtig ist. Der Mensch versuchte, den schwindenden Instinkt im Wege rastloser Forschung durch Wissen zu ersetzen. Dies gelang ihm nur für einen verschwindend kleinen Teil der Lebensganzheit. Vor Bestehen meines Dezernats konnte Wissen zur Erkenntnis und schließlich zur Weisheit führen. Meine Aufgabe ist es, die Wege zur Erkenntnis zu versperren."

„Warum nicht gleich die Quellen des Wissens zu verstopfen?"

„Weil ich das Wissen brauche. Wissen an sich ist kein sittlicher Lebenswert. Wissen ohne Erkenntnis führt zu jener Schlauheit, mit der der Mensch versucht, das Leben zu betrügen. Ich brauche die Lehrmeinung als Kulisse, um dahinter das Leben zu verbergen, und je bunter und vielfältiger sie ist, umso besser. Ich belasse dem Menschen die Wissenschaft als Beschwichtigung, als Scheinsicherung, als Pille. Umso besser wird er mir in die Falle gehen. Denn die Natur läßt sich nicht betrügen, nicht einmal durch die Wissenschaft." Zurdis lachte.

„Und durch welche Maßnahmen im besonderen glauben Sie, Ihre Ziele zu erreichen?" fragte das Mädchen.

„Ich bekämpfe grundsätzlich alle auf geistig-seelischen Werten beruhenden Weltanschauungen, welcher Art immer sie seien. Damit löse ich den Menschen aus jeglicher Gemeinschaft heraus. Die allein übrigbleibende und von mir geförderte materialistische Weltanschauung ist nicht gemeinschaftsbildend. Sie treibt die Menschen vorübergehend zusammen, wenn das für sie profitabel ist, aber sie fällt sogleich auseinander, wenn der Profit aufhört oder nicht den Erwartungen entspricht. Das Leben wird zum Geschäft aller gegen alle. Der Mensch vereinsamt, er wird haltlos, verpflichtungslos. Er anerkennt keinen Wert mehr außer sich selber. Was bleibt, ist ein Wesen ohne Ideale, ohne höhere Wertsetzungen und selbst wertlos, ein Wesen, das nicht wert ist zu leben.

Der egozentrische Mensch wird sich dem sogenannten Fortschritt gegenüber besonders aufgeschlossen zeigen, weil er sich davon besseres Geschäft und Steigerung seines eigenen Wohllebens verspricht. Nehmen wir also zum Beispiel den Fortschritt als Quelle und Auswirkung der Dummheit und das Märchen vom besseren Leben durch Erhöhung des Lebensstandards!

Das Konsumdiktat der Maschine entthront den Geist und stellt den Geldsack aufs Podest. Ihm allein zu dienen ist das Anliegen der Massen, um das Geld zu erraffen, das sie brauchen, um ihre Sklavenpflicht gegenüber dem Konsumdiktat zu erfüllen, nämlich zu kaufen, was die Reklame befiehlt. Die aus der ständigen Erwerbshast erwachsende Ruhelosigkeit behindert das Denken. Tüchtig ist, wer am besten Geld zu machen versteht. Alle dazu dienlichen Eigenschaften gelten als Tugend des modernen Menschen. Alles, was an Wissen, Können, Gefühlen darüber hinausgeht, ist toter Ballast, ablenkend, daher jobstörend, ergo unerlaubt und unmoralisch, zumindest lächerlich. Man ist bemüht, solche Eigenschaften abzustoßen. Eine davon ist das selbständige Denken.

Inmitten seiner Überheblichkeit aber wird der Materialist das Unterbewußtsein seines Minderwerts niemals los. Um es zu überwinden, macht er einfach aus der gedankenlosen Oberflächlichkeit eine moderne Zeiterrungenschaft, aus Unwissen und Dummheit ein Verdienst und verspottet den ernsten, verantwortungsbewußten Denker als lächerliches Zerrbild, als unzeitgemäße Armseligkeit, als Dummkopf.

Mit dem Kampf gegen den Geist kann nicht früh genug begonnen werden. Wer die Jugend verdirbt, zerstört die Zukunft. Ich habe mich daher schon in das Schulwesen eingeschaltet und bin bemüht, es in eine Einrichtung zu verkehren, die den Geist knebelt und die Erkenntniskräfte mindert. Ich lasse die Kinder das Spielen verlernen. Märchen- und Sagenbücher werden immer weniger benutzt. Blasiertheit und Spezialisierungslust sind frühkindliche Erscheinungen. Mädchen sind noch interesseloser als Knaben. Meine Agenten vernachlässigen bewußt die Grundlagen des Wissens und die daraus abzuleitenden Erkenntnisse und belasten die Kinder mit unwichtigem Firlefanz und intellektuellem Getue. Das Verfahren steigert sich von der Elementarschule bis zur Universität, wo das Studium nur noch aus Examenpaukerei besteht. Man vermittelt Wissen, aber nicht Weisheit."

„Weisheit kann nur vermitteln, der selbst weise ist!" sagte der Teufel.

„Dem großartigen Fortschritt entsprechend, wächst der Wissensstoff von Jahr zu Jahr, und immer mehr muß der Unterricht an der Oberfläche der Dinge bleiben. Man vollzieht die Drachen-

saat einer rein intellektuellen, jeglicher tieferen Erkenntnis abge-
wandten und unfähigen Welt."

Rolande schüttelte den Kopf. „Das dürfte mein Bruder nicht
hören, Herr Zurdis. Er ist Lehrer. Er ist ein Idealist und mit Leib
und Seele seinem Beruf verschrieben, der ihm eine heilige Aufgabe
bedeutet. Er ist in seine Kinder verliebt, er wird glückselig an jedem Anzeichen der Innerlichkeit und höheren Geistigkeit, die er
an seinen Schutzbefohlenen beobachtet."

Zurdis: „Ein seltener Ausnahmefall, Fräulein Rolande. Die
übrigen —"

„Falsch!" unterbrach heftig Sten Stolpe. „Falsch, sage ich! Ich
habe mit Schulen zu tun, und ich kenne die Lehrer. Und ich bin
immer wieder von neuem erstaunt und beglückt ob der Fülle von
reinem Idealismus, von Hingabe an den Beruf, von Verantwortungsbewußtsein gerade bei den Lehrern! Wenn es in vielen anderen Berufen keine Eliten mehr geben mag: hier haben sich die
Eliten versammelt. Hier steht Ihnen eine Armee von Gläubigen
gegenüber, an denen der Teufel sich die Zähne ausbeißen wird,
das sage ich Ihnen!"

Der Dummheitsteufel sank ein wenig in sich zusammen. „Ich
gebe zu: gerade unter den Lehrern und Erziehern ist die Zahl unserer Gegner groß, aber auch sie werden sich der einseitig auf den
Intellekt ausgerichteten und vom Gemüt abgekehrten Tendenz
des modernen Unterrichtswesens nicht entziehen können. In der
Freizeit unterliegt das Kind den Einflüssen eines Elternhauses,
das zumeist keines mehr ist, weil die Erwachsenen in Hast und
Lärm dem Lebensstandard und oberflächlichen Genuß hörig sind
und für ihre Sprößlinge keine Zeit haben. Frühzeitig greifen nach
den Kindern die tausend Verlockungen, Verblendungen und Ver-
führungen, die ich ihnen auf den Weg streue. Seien Sie beruhigt,
Boß! Unsere Gegner unter den Lehrern kämpfen einen aussichts-
losen Kampf. Mit all ihrem Einsatz werden sie die Verteufelung
der Jugend nicht verhindern können."

Der Teufel schüttelte den Kopf. „Trotzdem scheint mir, daß der Erfolg Ihrer Arbeit an den Schulen noch sehr zu wünschen übrig läßt, Zurdis! Ich erwarte und verlange, daß Sie in Kürze die Widerstände an den Schulen gebrochen und unsere Gegner beseitigt haben, verstanden?"

„Ich werde mich sehr bemühen, Boß!"

„Weiter!"

„Wie mit den Schulen, verhält es sich mit allen anderen Erziehungsmitteln. In USA haben die Tageszeitungen einen durchschnittlichen Umfang von 50, Wochenzeitungen bis zu 400 Seiten. Täglich arbeiten dort 3 000 Rundfunkstationen, 93 Millionen Rundfunkempfänger plärren. Jährlich kommen 800 Filmstreifen auf den Markt, 8 Millionen Amerikaner besitzen Fernseher. Noch nie waren die Möglichkeiten weiterzulernen größer als heute. Die Zahl der Bildungseinrichtungen, Redaktionen, Verlage, Theater und Kinos steigt. Das Resultat ist, daß die Leute ungebildet sind wie noch nie und in den einfachsten Fragen des wirklichen Lebens ahnungslos wie Säuglinge."

„Wollen Sie behaupten, daß alle diese Einrichtungen in Ihren Diensten stehen?" fragte Alfred herausfordernd.

„Leider kann ich das nicht uneingeschränkt behaupten. Aber die Zahl meiner Mitarbeiter und Agenten ist groß, Sie dürfen mir glauben!"

Zurdis nahm einen neuen Anlauf. „Fünfzig Jahre Telephon haben die Briefkunst zerstört. Durch den Rundfunk töte ich das Gespräch. Geräte, die das Sprechen ersparen oder verhindern, stehlen dem Menschen das Geschenk der Sprache. Maschinen, die ihm das Musizieren abnehmen, zerstören ihm die eigene innere Musik und den Wunsch, selbst Musik zu machen. Eine Einrichtung, die die Einsamkeit und Ruhe liquidiert, zertrampelt den Geist und die Seele."

Rolande richtete sich auf. „Das ist eine durchaus einseitige und unzutreffende Darstellung. Denken Sie an die Armen, Einsamen und Kranken, die ohne den Rundfunk von der Welt, von der Kunst völlig abgeschnitten wären!"

Zurdis zog die Schultern hoch. „Verzeihen Sie, an sie denke ich nicht, ich bin ein Teufel..."

Sten schaltete sich ein: „Darum können Sie auch gar nicht ermessen, wieviel an Erbauung und Lebensfreude für zahllose Menschen aus dem Lautsprecher tönt!"

Zurdis: „Ich bin bemüht, die illustrierten Wochenblätter mit Geschichten mondäner Skandale, ausführlichen Berichten von Verbrechen und Anomalien oder mit pseudowissenschaftlichem Klatsch zu füllen. In den Kinos bringe ich immer mehr Schaustücke von falschem Luxus, grober Gemeinheit oder blöder Sentimentalität und stelle allgemein das Leben verlogen, albern, gekünstelt und anspruchsvoll dar. Damit habe ich die Massen völlig unter meinen entgeistigenden Einfluß gebracht.

Ich gewöhne den Menschen das Lesen und Schreiben ab, indem ich sie mit Bildern füttere. Ich unterschiebe das Schauen an Stelle des Denkens. Mit Bildern verstelle ich ihnen den Blick in die Welt. Dazu dient mir in hervorragender Weise das neue Laster des Fernsehens."

Alfred wehrte sich: „Was haben Sie gegen das Fernsehen? Ich halte es für die großartigste kulturelle Errungenschaft der Neuzeit. Es bringt die Welt in jedes Haus..."

„Die Welt? Wirklich die Welt? Oder etwa nur ein Abbild davon? Das wäre genau zu unterscheiden! Und welches Abbild der Welt? Jenes, das ein jeder sehen will und kann auf Grund seiner individuellen Erfahrungsmöglichkeiten? Oder eines, das für die Massen ausgesucht, zugeschnitten, chemisch gereinigt und retuschiert und so gezeigt wird, wie wir es zeigen wollen? Die Menschen glauben, die Welt zu sehen, und sehen doch nur Phantome. Damit verlernen sie, den Blick in das wahre Leben zu versenken und sich mit ihm persönlich auseinanderzusetzen. Nach der allgemeinen Einführung des Fernsehens wird das Welterleben nicht mehr in Sehnsucht, Aufbruch, Gefahr, Einsatz und Selbstbehauptung bestehen. Die Millionenherden werden, in kleine Grüppchen zersplittert, stumpf und regungslos in weichen Fauteuils zu Hause sitzen, sich von Gespenstern auf dem Bildschirm eine Scheinwelt vorgaukeln lassen, und das Leben wird wieder eine seiner Bastionen an uns verloren haben."

Alfred bemerkte: „Das würde nur für einen verschwindend kleinen Teil der Menschheit gelten!"

Zurdis: „Daß es mir gelungen ist, diesen Teil vom wirklichen Leben auszuschalten, muß dennoch als Erfolg gewertet werden! Mit Radio und Fernsehen bekämpfe ich die Familie."

Die Ärztin hatte wachsam auf eine Blöße gelauert, die der Dezernent sich geben sollte. Nun griff sie blitzschnell ein: „Jetzt dürften Sie sich abermals vergaloppiert haben, Herr Zurdis, oder wie Sie heißen! Seit Jahren sind die Familien nicht mehr so oft vereint gewesen wie seit der Einführung des Bildfunks. Die Kinobesitzer, die Cafetiers, die Wirte klagen, weil das Fernsehprogramm die Leute zu Hause festhält. Es dient also der Häuslichkeit und der Familie, und Sie wollen uns das Gegenteil einreden!"

Zurdis: „Sie haben recht und auch nicht. Radio und Bildschirm sind zu einem neuen Familientisch geworden, gewiß, aber zu einem negativen Familientisch. Spricht noch jemand außer den Phantomen auf dem Schirm? Hat noch einer etwas zu reden? Denkt noch jemand? Gibt es noch Austausch familiärer oder freundschaftlicher Gefühle? Ist das Glück der Gemeinschaft noch da? Das Leben erstarrt unter der tödlichen Strahlung des Bildschirms, und das ist das Teuflische daran: ich löse die Gesellschaft auf unter dem Anschein trauten Beisammenseins."

„Nicht schlecht, Zurdis!" lobte der Boß. Er schien versöhnt. Der Dezernent richtete sich auf. „Millionen kriegen das gleiche Futter. Gleiches Futter macht gleiche Schweine. Der Mensch ist, was er ißt, und er wird zu dem, was ich ihm zu lesen, zu hören, zu schauen gebe. Alle kriegen dasselbe vorgesetzt, also müssen sie auch alle dasselbe denken oder besser: sie müssen das eigene Denken alle in gleicher Weise opfern. Und jetzt werden Sie mich besser verstehen. Die Rotations-, Sende- und Empfangsmaschinen erzwingen das Schemadenken. Sie sind meine Apparate zur Menschendressur. Ich dressiere ihnen den Geist ab."

„Gut, Zurdis!" Der Teufel lachte befriedigt.

„Presse, Film und Funk produzieren genormte Massenware. Massenware braucht Käufermassen. Wer Massenware konsumiert, macht sich selbst zum Mitwirkenden an der Vermassung."

„Und nun sagen Sie uns endlich, welche Erfolge Sie mit diesen Maßnahmen erzielt haben!" sagte der Boß.

Zurdis: „Auf dem Gebiete des Geistes ist es beinahe unmöglich, Ursache und Wirkung voneinander zu unterscheiden. Wer dumm ist, säuft, wer säuft, wird dumm. Jede Dummheit als Ursache steigert sich selbst durch ihre Wirkung. So wird die Wirkung zur Ursache gesteigerter Dummheit. In meinem Dezernat schließt sich der Teufelskreis so vollkommen wie nirgends. Nehmen Sie also die Maßnahme als Erfolg!"

„Ein sehr bequemes Dezernat!"

„Mit den Maschinen der Neugierindustrie streue ich Unmengen von Pseudowissen unter die Massen. Sie kennen alles und alle und kommen sich ungeheuer gebildet und großartig vor. Nur über sich selbst wissen sie nichts, über sich selbst und das Leben!

Schon die maschinelle Daseinsform allein drängt zur Schablonisierung und zur Abschaffung des Denkens. Die aus ihr erwachsende technisch-wirtschaftliche Gesinnung zerstört die echte Geistigkeit und Religiosität. Sie verhüllt die Zusammenhänge, sie züchtet Oberflächlichkeit und Unruhe. Mit ihrer Hilfe habe ich schon eine ganze Reihe von Menschenwerten liquidieren können. Ich propagiere sie daher allgemein als die einzig berechtigte und moderne Lebensauffassung der sogenannten Gebildeten. Der Mensch ist von dem Wahn befallen, daß der Schlüssel zu wahrem Fortschritt nur in der Vernunft liege. Dies allein ist schon Beweis für eine Erkrankung des Geistes. Es ist die Wurzel für das spekulativ durchdachte System der Naturausbeutung, das den Menschen zum Feind und Zerstörer der Schöpfung macht, ihm ein künstliches Daseinsgebäude schafft und ihn selbst zum Kunstprodukt umwandelt. Es entfernt ihn immer mehr von den gesunden Grundlagen des Lebens und wendet sich in den Auswirkungen immer gegen ihn selbst. Die einseitige Ausrichtung auf die Nützlichkeitsforschung in der Wissenschaft tötet nicht nur den Geist, sondern auch das gesunde, reine Glücksstreben überhaupt, die Schaffensfreude, die Güte und Schönheit des Daseins."

Der Teufel: „Wir haben diese mühselig auf einem lahmen Bein hüpfende, mit zitternden Greisenhänden im Dunkel tappende Wissenschaft zur neuen Religion gemacht und bekämpfen die wissenschaftlichen Ketzer so, wie man einst die kirchlichen verbrannte."

Zurdis: „Immer mehr dränge ich den Menschen aus der erhabenen Welt des Geistes hinaus, ich zertrete ihm den Adel des Denkens, der Seele, des Lebens, des Glaubens. Die Pflege der Geisteswissenschaften erkläre ich als lächerlichen und überflüssigen Luxus, der nichts einträgt, sondern nur Kosten verursacht."

Sten warf ein: „Und doch wird an der Schrumpfung der geistigen Kräfte die Menschheit zugrunde gehen!"

Zurdis: „Das ist mein Ziel. Das wirtschaftlich-technische Denken treibt seine erfreulichsten Blüten im Spezialistentum. Ich präsentiere seine Vertreter als ‚Sachverständige', ‚Fachleute', ‚Wissenschafter', ‚Gelehrte', ‚Experten' oder ‚informierte Kreise'."

„Was haben Sie gegen die Experten? Sie sind eine notwendige und bewährte Einrichtung der modernen Welt. Auf ihren Entscheidungen beruht aller weiterer Fortschritt . . ." Alfred sagte es.

„Ich habe nichts gegen sie, Herr Ingenieur, im Gegenteil! Ich tue alles, um die Fachbeschränktheit und Einseitigkeit voranzutreiben und als fortschrittlich zu propagieren. Das Expertentum ist ein Tropfen von Scheinwissen in einem Meer von Unwissenheit. Der Fachmann sieht nur diesen Tropfen. Er sieht ihn genau, er kennt sein Fachgebiet. Aber er weiß nicht mehr, was einen Schritt daneben liegt. Von den großen Zusammenhängen des Lebens hat er keine Ahnung. Da aber alles mit allem zusammenhängt und zusammenwirkt, sieht er also auch den Punkt seines Spezialgebietes falsch."

Der Techniker fiel ein: „Bei der ungeheuren Weite und Vielfalt der Wissenschaft ist Spezialisierung nicht zu vermeiden. Kein Mensch ist imstande, alles zu wissen. Und nur durch die Konzentration auf einen Punkt sind noch Spitzenleistungen möglich!"

Zurdis: „Richtig. Man experimentiert, man forscht, man erfindet, man behauptet, man lehrt. Auf den Punkt des Fachgebietes bezogen, scheint alles gut, unanfechtbar, großartig. Die negativen Augenblicks- und Spätfolgen auf anderen Gebieten freilich interessieren nicht, weil man davon nichts weiß."

Alfred: „Sie müssen den Experten guten Willen und Glauben zubilligen!"

Zurdis: „Ich will großzügig sein, zumindest hinsichtlich jener, die des Teufels sind, ohne es zu wissen. Sie glauben, im kleinen Gutes zu tun, und tun Böses am großen Ganzen. Experten vergiften die Luft, den Boden, die Landschaft, die Nahrung, den Menschen. Experten treiben zum Fortschritt, regulieren die Flüsse, zerstören die Wälder, verarzten die Menschheit, spielen mit Atombomben und hetzen zum Krieg. Und nach der maßgeblichen Meinung der Experten und dem derzeitigen Stande der Wissenschaft ist das alles nützlich, notwendig, wirtschaftlich, fortschrittlich, logisch und völlig harmlos. Die Logik der Experten. Unter echten Experten gilt es als unmoralisch, mehr zu wissen als zur Spezialaufgabe gehört. Ja, es ist verboten, sich für Dinge zu interessieren, die außerhalb des täglichen maschinellen Arbeitsganges liegen. Die Spezialisierung ist eine Kulturgefahr. Der Experte hat das Denken im Dienste des Fortschritts überwunden. Wer sich von der Gesamtheit des Lebens abwendet, wird gemeinschaftsunfähig. Die Einrichtung der Experten ist asozial.

Experten sind unduldsam. An den Universitäten gibt es Bonzen, die auf jede wissenschaftliche Tätigkeit außerhalb ihrer Kaste verächtlich hinabsehen und es keinem ihrer Schüler verzeihen, wenn er anderer Meinung ist als sie. Ich habe die Experten aufs

Podest gestellt und lasse sie anbeten. Ich sorge dafür, daß sie in ihrer Arbeit unkontrolliert und ganz sich selbst überlassen bleiben. Damit habe ich im Laufe der Jahrhunderte eine Fülle von Greueln, von gewaltsamer Unterdrückung ehrlicher Überzeugungen, dogmatische Verknöcherung der Wahrheit, kindische Irrtümer der Naturwissenschaften und eine ganze Reihe anderer Gewalttätigkeiten und geistiger Verirrungen, von unsinnigsten Irrtümern und schändlichsten Mißbräuchen der Macht erzielt. Ich lobe mir die Experten!

Es ist daher mein Anliegen, daß die Spezialisierung möglichst früh beginnt. Schon im Elternhaus, in der Volksschule soll der junge Weltbürger wissen, was er einst werden will. Durch nette technische Spielsachen und Bücher fördere ich die Seelenverbiegung schon im Kindesalter. Der junge Mensch soll sich, zu Stolz und Freude seiner Erzeuger, frühzeitig als Techniker, Mechaniker, Chemiker, Kaufmann oder Medizinmann, jedenfalls als Sachverständiger fühlen und für nichts anderes mehr Interesse haben. So führe ich schon die Kinder aus dem Leben fort in die Scheuklappenenge, von der Weisheit zur Teilgelehrsamkeit. Wenn sie aus den Lebenszusammenhängen rechtzeitig herausgerissen werden, dienen sie dem Untergang am besten. In den kritischen Augenblicken der Menschheitsgeschichte fragt man die gelehrten Ignoranten, und der Wahrspruch der Blinden entscheidet über Leben und Tod. Sie werden nun verstehen, warum ich die Experten liebe und fördere.

Sollte der heranwachsende Mensch sich bis zum Schulaustritt noch nicht für einen Untergangsberuf entschieden haben, so sorge ich durch die Unterbewertung der Geistesarbeit dafür, daß ihm der Dienst am Leben in einem geistigen Beruf von vornherein verleidet wird. Leute, die uns durch ihre geistige Potenz gefährlich werden könnten, müssen durch geringes Einkommen im Elend und damit in geistiger Unterdrückung gehalten, die Zahl ihrer Kinder muß beschränkt bleiben, ihre Erbmasse darf nicht weitergegeben werden. Es geht darum, die Erkenntnisfähigkeit, aus der etwa noch die Kraft zur Umkehr und Rettung erwachsen könnte, zu erwürgen. Für Kulturfassaden vor geistiger Leere lasse ich mit entsprechendem Propagandalärm Millionen auswerfen, die Schöpferischen lasse ich verkommen. Jeder Handlanger der Wirtschaft erwirbt Villa und Auto und zählt sich damit zur sogenannten Gesellschaft. Die dem Leben Dienenden, in deren Hirnen und Händen das geistige Erbe und die Zukunft der Menschheit ruhen, stehen vereinsamt und verachtet am Straßenrand."

Der Teufel lachte. „Sie müssen das verstehen: unser gefährlichster Widersacher ist der Geist, der einfache, gesunde, schöpferische Menschengeist. Wir müssen den Weg frei machen zur wirtschaftlich-technischen Verblödung der Massen."

„Die wenigen Begabten und Schöpferischen dränge ich ab zum Gehirnlichen, zum Abstrakt-Konstruktiven, zum Gekünstelt-Unnatürlichen, zur komplizierten Wissenschaft, als da sind Physik, Technik, Chemie, zum entarteten Intellekt, zum Geschäft, am besten zum Geschäft. Der Händlergeist ist der Antipode des Lebens. Das gute Geschäft zerstört die Natur und den Menschen. Wer schachert, gibt den Geist auf."

„Und zur Bürokratie!" ergänzte der Boß.

„Richtig! Auch sie ist eines meiner Bollwerke gegen den Geist. An allen Ecken und Enden der Welt vermehren sich die Schreibtische ins Uferlose. Menschen wohnen in Baracken, aber für die Tintenkulis bauen wir Paläste, erfreuliche Anzeichen geistigen Verfalls. Sie bedeuten Zurückdrängung des Schöpferischen und Vormarsch des Unfruchtbaren, Furcht vor der Verantwortung, Flucht aus dem Leben in die Scheinsicherheit eines Büros mit pünktlicher Gehaltszahlung und Pensionsberechtigung."

„Dies ist auch ein biologisches Problem! Außerdem steigert jeder Schreibtisch die Waldvernichtung und die Papierflut, in der die Menschenseele ersticken wird!" Der Teufel sagte es.

„Ich schaffe die Voraussetzungen für den Bürokratismus schon in der Schule. Meinen unlebendigen Erziehungssystemen zuliebe propagiere ich die höhere Schulbildung. Je länger sie währt, umso länger hält sie den jungen Menschen von einer werteschaffenden Tätigkeit ab, umsomehr verbildet sie ihm den Körper und die gesunden Sinne. Sie versorgt die Zivilisation mit einem ständig wachsenden Überschuß an halbgebildeten Intellektuellen, die etwas ‚Besseres' werden wollen. Für jeden Schreibtisch sind zehn Bewerber da. Sie alle finden nach und nach den Weg in das große Sammelbecken des Verwaltungsapparates, der zu einer Krebsbeule am Körper des Staates wird und das Leben der Völker bedroht.

Das Deutsche Reich in der Staatsform der Weimarer Republik zählte 1930 auf 100 000 Einwohner 1 424 Beamte, 1950 auf dem verkleinerten Gebiet der westdeutschen Bundesrepublik 1 699, 1952 schon 1 800 Beamte auf 100 000 Einwohner. Die Steigerung ist erfreulich. Sie beträgt 34 % in 22 Jahren und hält weiter an. In Österreich hat sich die Beamtenschaft seit 1918 verzehnfacht. In keinem zivilisierten Land steht das Beamtentum noch in einem zahlenmäßig gesunden Verhältnis zum produktiven Bevölkerungsanteil, und kein Regime vermag diese Entwicklung zu hemmen oder gar zurückzuschrauben, da alle Machthaber zwar die Nutznießer, aber auch die Gefangenen des bürokratischen Golems sind, der Millionen zur lebensfeindlichen Unbeweglichkeit verdammt. Unbeweglichkeit des Leibes führt zur Erstarrung des Geistes. Mit der Bürokratie halte ich den Geist in Schach."

„Ich kenne eine lange Reihe von Beamten in niederer oder hoher Stellung", sprach Sten, „die trotz Herrn Zurdis gebildete, hervorragende und wertvolle Menschen sind!"

Rolande sagte: „Alles was Herr Zurdis gegen das Beamtentum vorzubringen beliebt, gilt nicht für den untadeligen, unbestechlichen Beamten der alten Schule."

Zurdis: „Die Beamten der alten Schule sterben aus — auf weite Sicht gesehen. Und selbst, wenn das nicht wäre, würden sie in aller Untadeligkeit einem lebensfremden und unpersönlichen Apparat dienen, dem Popanz der Bürokratie. Aber immer mehr trachte ich, unfähige, unintelligente, verantwortungs- und unterneh-

mungsscheue Elemente darin zu verankern. Sie geben einen ausgezeichneten Nährboden für Desorganisation und Korruption ab
und lassen sich von den Schaffenden erhalten.

Die Bürokratie mit iher Schema-Arbeit zerstört die Schaffensfreude und drückt den Leistungswillen. Wer Neuerungen oder
gar Verbesserungen vorschlägt, fällt mißliebig auf und wird kalt-
gestellt. Wer mehr arbeitet als die anderen, macht sich verdäch-
tig. Wer Gesinnung zeigt, hat wenig Aussicht, den nächsten Re-
gimewechsel zu überdauern. Die Bürokratie ist die Schule der
Stumpfheit und Charakterlosigkeit.

Die aus ihr hervorgehenden Gesetzgeber bauen Schutzwälle von
Paragraphen gegen das Denken und die Wirklichkeit des Lebens.
Sie mühen sich, Belanglosigkeiten bis ins kleinste zu ordnen, und
gehen an den großen Fragen des Daseins blind vorüber.

So wie ich die Begabten, die Schöpferischen unterdrücke und
ausmerze, fördere ich anderseits die Aufzucht der Minderwertigen. Wenn im Zeichen des Fortschritts die Menschenwerte schwinden, senke ich die Wertskala und erkläre das Unternormale zur
Norm. Damit wird der Unbegabte begabt, der Durchschnitt
genial. Das Rechenexempel ist verblüffend einfach, und es ist einfach verblüffend, wie die Menschen daran glauben.

Ich komme zur Kunst. Sie ist der Gradmesser für Aufstieg oder
Niedergang einer Gesellschaft. An der modernen Kunst mögen
Sie den durchschlagenden Erfolg meines Kampfes gegen den Geist
ablesen! Was die Menschheit heute Kunst nennt, sind nur noch
die Fieberzuckungen einer kranken Seele, vom instrumentierten
Maschinenlärm über die Exkremente der bildenden Kunst bis zur
sogenannten Literatur. Die Erkrankung der Kunst erschüttert das
gesamte Sozialgefüge. Es fehlt auch hier das Gefühl für das Wesentliche. Das Schizoide und Schizophrene tritt in den verschiedensten Formen der Verrücktheit in Erscheinung.

Ich habe die Kunst kommerzialisiert. In der industriellen Gesellschaft von heute hat der echte Künstler keine Aufgabe mehr.
Seine priesterliche Mittlerrolle zwischen den Menschen unterein-

ander, zwischen Mensch und Natur, zwischen Mensch und Allmacht ist ausgespielt. Er dient bestenfalls noch als Unterhalter, Zerstreuer, als Spaß- und Musikmacher, als Geschichtenschreiber. Man kann sich mit seinen Werken die Zeit vertreiben, wenn man gerade nichts Besseres zu tun hat. Ich lasse den Künstler noch vegetieren, um den Mächtigen der Erde gelegentlich ein Mäzenatentum zu ermöglichen. Das bietet ihnen ein Alibi in anderer Hinsicht."

Sten: „Es gibt noch genug wirkliche Könner und Künstler, die die Menschheit mit unvergänglichen Werken beschenken..."

Zurdis: „Die Menschheit läßt sich von ihnen nicht beschenken, weil ich dafür sorge, daß sie von solchen Künstlern nichts zu wissen bekommt. Und ihre Zahl ist gering. Meine Kritiker sehen an ihnen vorbei oder stampfen sie in Grund und Boden. Umsomehr fördere ich die anderen, deren Werke gegen die Harmonie der Schöpfung verstoßen und die Gesetze der Natur verleugnen. Durch sie propagiere ich das Unförmige, das Unverständliche, das Häßliche, das Chaotische."

Sten: „Eine Kunst, die so weit den Boden der menschlichen Gemeinschaft verläßt, daß sie nur noch ihrem Schöpfer verständlich ist, entzieht sich jeder Wertung."

Zurdis: „Umso höher wird solche ,Kunst' durch meine Experten gewertet. Nach einem wohldurchdachten Schlüssel verteilt, habe ich meine Cliquen im sogenannten Kulturleben sitzen. Sie machen zuverlässig alle tot, die nicht dazu gehören, und sie schlagen unbedenklich zu, wenn es gilt, ein unbequemes Kulturwerk zu vernichten.

Was es noch an edlem Menschentum in der Welt geben mag, das lasse ich mit lautem Geschrei von meinen Literaten aus der Gosse bespritzen. Mit Stolz und Freude sehe ich, wie dank meiner und meiner treuen Mitarbeiter Bemühung sich in modernem Tempo der Fortschritt zu einer Barbarei vollzieht, die sich tief unter die Primitivität australischer Buschnigger placiert. Sehen Sie diese Flut von Büchern voll Mord, Vergewaltigung und Pervertiertheit, voll Toter und Nackter, voll Menschen, die ihre Lust nur in der Grausamkeit und wiehernd wie Pferde in nur sexualpathologisch erfaßbaren Handlungen finden!

Sehen Sie doch, mit welcher Kunst oder Kunstfertigkeit das gemacht wird, mit welchen raffinierten schriftstellerischen Mitteln! Kritiker loben, man prämiiert in Frack und weißer Binde, man zitiert Professoren und Experten, die dann von der ‚Abwesenheit eines ausgleichenden Prinzips‘ sprechen und trotzdem einen ‚absoluten Wert‘ zu erkennen glauben. Die Formen der geordneten und gesunden Welt sind abgeschafft, ihre Vertreter werden verhöhnt."

Sten: „Das Publikum hat solche Machwerke oft und deutlich genug abgelehnt."

Zurdis: „Das hilft nicht, denn die in meinem Geiste geschriebenen Bücher lasse ich mit allen Mitteln der Publicity und den Superlativen meiner Modekritiker hinausposaunen. Auf jeden Fall deklariere ich den Mist als Literatur und preise Verleger und Autoren, die ihn herausbringen. Ich zerreibe jeden, ob Autor, Literat, Kritiker oder Verleger, der den Tanz um das goldene Kalb des Nihilismus und die systematische Zerstörung der geistigen und sprachlichen Welt nicht mitmacht. Die anderen aber empfehle und preise ich als modern, fortschrittlich und mutig."

Rolande: „Obwohl in allen solchen Fällen das Gegenteil wahr ist!"

Der Teufel: „Sicher. Aber ich kann in einer zum Untergang bestimmten Welt nur brauchen, was dem kulturverschlingenden Sog gehorcht."

Zurdis: „Vor allem fördere ich den Abdruck solcher Pamphlete in den Illustrierten. Damit ist der internationale Erfolg meiner Machwerke gesichert. Die Kritiker drängen sich, um zu lobpreisen, damit man sie nicht für blöde hält. Ein Dutzend Länder erwirbt die Übersetzungsrechte, der Film spitzt die Ohren."

Sten: „Solche Bücher bedeuten geistigen Verrat am Menschentum."

Der Teufel lachte zufrieden. „Ja", rief er, „und wir erklären dabei allen, die geistig nicht zu folgen vermögen, daß unsere aus Stumpfsinn und Geisteskrankheit erwachsenen Kunstwerke eben doch nur durch eine erhöhte und verfeinerte Geistigkeit erfaßt werden können. Damit stempeln wir alle noch normal Gebliebenen zu Idioten."

Zurdis setzte fort: „Auf der anderen Seite propagiere ich die rein physischen muskulären Kräfte zum Nachteil der moralischen und geistigen Werte. Echter Sport bedeutet Freude am gesunden Körper, Verbundenheit mit der Natur, Rhythmus und Harmonie, Licht, Luft, Wasser, Bewegung. Ich habe nichts davon übriggelassen. Der moderne Sport ist zum Zerrbild geworden, zur Zirkusvorstellung, gekennzeichnet durch Rekordsucht und Zuschauermassen. Ich habe ihn in ein Mittel zur Befriedigung der Sensationslust verkehrt. Die Akteure sind keine Sportleute mehr, sondern Artisten, die um Zehntelsekunden wie um die Gunst der Massen oder um Stargagen und Filmengagements buhlen.

Mit dem musikalischen Nihilismus und den dazugehörigen ekstatischen Tänzen erweiche ich die Gehirne, zerhämmere ich die Willenskraft, peitsche ich die Sinne zu entnervenden Paroxysmen auf und stachle die Geschlechtlichkeit an. Die ganze schizophrene Zerstreuungstechnik dient mir ausgezeichnet zur Unterdrückung des Geistes. Ich habe die Menschen so sehr daran gewöhnt, unterhalten zu werden, daß sie nicht mehr imstande sind, sich selbst zu beschäftigen. Jede Mußestunde ohne Zerstreuungsrummel wird sohin zur Sinnlosigkeit und Langeweile. Mit meinen Mitteln hindere ich den Menschen daran, zu sich selbst zurückzufinden.

Die Epoche des innengelenkten Menschen ist überwunden, des Menschen, der sich nach bestimmten Wertsetzungen richtete, die er als für sich verbindlich erkannt hat, und die wie ein Kompaß in seinem Wesen verankert waren. Er ist verkümmert gegenüber seinen Vorfahren, die noch von innen her lebten. Das Herz ist tot, der Intellekt hat seine blutrünstige und verwüstende Tyrannis angetreten. Auf diese Weise machen die Verbreitung und Ver-

massung gute Fortschritte. Fast alle Völker der Erde arbeiten rastlos und stolz an ihrer seelischen Selbstauflösung, an ihrer Um-
wandlung in eine Masse von Herdenvieh. In der menschlichen Gesellschaft der Zukunft wird es keine unabhängigen und kämpfe-
rischen Geister mehr geben, die von reformatorischen Ideen besessen sind. Die neue Gesellschaft wird aus kleinen Gruppen bestehen, die von der sozialen Unordnung profitieren, und aus
lethargischen Massen, die sich nach Belieben lenken und ausbeuten
lassen, sofern nur ihre materielle Existenz gesichert ist. Diejenigen,
die sich von der Niedrigkeit der Masse abgestoßen fühlen und
versuchen werden, sich darüber zu erheben, wird man als kranke
oder antisoziale Geschöpfe betrachten und einer psychologischen
Umerziehung unterwerfen oder vernichten."

Alfred sah auf: „Sie scheinen, Herr Zurdis, noch nichts von den
großartigen Errungenschaften der Kybernetik gehört zu haben,
jener neuen Wissenschaft, die durch Roboter und Automaten die
Arbeit des Denkens, ja des Seelenlebens in vervollkommneter
Form zu ersetzen vermag! Schon können mechanische Gehirne
Logik und Mathematik vermitteln!"

Zurdis lächelte. „Die Kybernetik ist meine Erfindung! Ja, ich
ließ jene Automaten entstehen, in denen der Maschinenbau und
die Unterwerfung des Menschen ihren Höhepunkt erreichen. Die
Diktatur der Elektronendenker hat begonnen. Schon gibt es Beispiele, daß die angeblich führenden Köpfe der Weltpolitik sich
ihre Entscheidungen von Maschinen errechnen lassen. Damit sind
der Geist und die sittliche Verantwortung endgültig zertreten.
Das Schicksal der Menschheit ist in die Hände der Roboter übergegangen."

Der Teufel fiel ein: „Und dies ist der Punkt, für den ich eine
andere wirksame und von den Menschen unerwartete Maßnahme
vorgesehen habe: eines Tages wird diese ganze Maschinenwelt die
Arbeit verweigern, und der Mensch, mit ihr aufgewachsen und
von ihr abhängig geworden, wird damit seine Lebensfähigkeit
verlieren."

Rolande fragte: „Warum werden die Maschinen stehenbleiben?"
Zurdis: „Weil der Menschengeist nicht mehr tauglich sein wird, neue Maschinen zu bauen, alte zu reparieren oder auch nur zu bedienen. Das erste Anzeichen für diese Entwicklung ist das Ansteigen der Arbeits- und Verkehrsunfälle auf der ganzen Welt. Langsam, unmerklich holt der Golem aus zum vernichtenden Schlag gegen den Menschen."

Der Dezernent tat einen tiefen Atemzug und richtete sich hoch auf. Er war mit seinem Referat gewachsen. Keine Unsicherheit und Unterwürfigkeit war mehr an ihm. „Wenn ich bisher eine gedrängte und unvollständige Übersicht über die durch mich und mein Dezernat entwickelten und aufgebotenen Verdummungskräfte gab, so komme ich nun doch zur Beantwortung der Frage, die der Boß vorhin an mich stellte, nämlich, welche Erfolge ich zu verzeichnen habe.

Dazu darf ich sagen, daß die Menschheit zweifellos dümmer geworden ist und immer noch dümmer wird. Die Selbständigkeit des Urteils ist verlorengegangen, die wenigen noch Denkenden und Schöpferischen habe ich durch mannigfache Irrlehren auf tote Gleise verschoben oder liquidiert. Die Krankheitszeichen der Bedenkenlosigkeit und Verflachung mehren sich, die Zahl der Geisteskrankheiten steigt. Die Intelligenzschichten schmelzen immer mehr zusammen, die Masse wächst. Die Vermassung merzt alle besseren menschlichen Kräfte aus."

„Bringen Sie Greifbares!" befahl der Boß.

„Zwischen 1790 und 1940 verzeichnet die Menschheit einen Intelligenzverlust von 10 %. Das bedeutet eine Minderung der genialen Begabungen auf ein Sechstel, der überdurchschnittlichen auf die Hälfte, der durchschnittlichen auf ein Drittel der Renaissancezeit. Dafür haben sich die Grenzfälle des störend schwach Normalen verdreifacht, die Zahl der Beschränkten vervierfacht, die Zahl der Halbidioten verdreißigfacht.

Dieser Intelligenzschwund kommt einem Todesurteil gleich. Den Ururgroßeltern der gegenwärtigen Menschheit müßten die heute als unterdurchschnittlich begabt Geltenden wie Halbidioten, der Durchschnitt stark beschränkt erscheinen."

Alfred fragte: „Wie wollen Sie das beweisen? Gerade in den letzten hundert Jahren hat die Menschheit die größten umwälzenden Erfindungen gemacht."

Zurdis: „Geschickte Kombinationen bereits vorhandener Schöpfungen! Sie leben heute noch von den Leistungen längst ausgestorbener genialer Menschen und reden stolz und überheblich von ihrer Kultur, die neu zu schaffen sie unfähig geworden sind. Weiteren Forschungen zufolge ist die durchschnittliche Intelligenz allein in den 25 Jahren zwischen den beiden Weltkriegen um andere 10 % gesunken."

Sten warf ein: „Daraus erklären sich das plötzliche Stehenbleiben und Absinken der Kultur, die Kurzsichtigkeit und Kraftlosigkeit politischer Entscheidungen, der Geltungsverlust der weißen Rasse in aller Welt. Nicht die Farbigen sind plötzlich klüger, sondern die Weißen sind dümmer geworden."

„So ist es", nickte Zurdis. „Wo es sich um Fortschritt handelt, dort marschieren die USA immer an der Spitze, wie man weiß. 30 Millionen Amerikaner beanspruchen ärztliche Hilfe wegen seelischer Störungen. 3 Millionen leiden an Psychoneurosen. 2½ Millionen zeigen charakterliche und sittliche Schäden. Eine Million ist seelisch krank. 20 bis 30 Millionen gelten als Grenzfälle und leiden an vorübergehenden Gemütsstörungen. Das bedeutet, daß zusammen rund 60 Millionen Menschen in USA an ihrer geistigen und sittlichen Gesundheit Schaden erlitten haben."

„Brave USA!" schmunzelte der Boß.

Die Ärztin begann: „Bei dem dort üblichen Arbeits- und Lebenstempo sind solche Erscheinungen erklärlich. Zweifellos konzentrieren sich diese Fälle auf die großen Städte."

„So, meinen Sie?" fragte der Dezernent spöttisch. „Was sagen Sie aber dazu, Frau Doktor, daß man in Vermont, einem kleinen Staat ohne Großstädte, eingehende Untersuchungen durchführte, da man hoffte, dort eine ungewöhnlich gesunde Bevölkerung vorzufinden, und daß man dort auf je 1 000 Einwohner 30 Idioten entdeckte, die über den Zustand eines Achtjährigen niemals hinauskommen, und 300 Personen, die geistig zurückgeblieben waren oder eine so geringe Intelligenz zeigten, daß sie der Pflege und Überwachung bedurften? Das ergibt also ein Drittel der Bevölkerung! Indessen ist die Entwicklung weitergegangen. Zwischen 1938 und 1949 ergibt sich ein weiterer Begabungsrückgang bei den Schulkindern um 14 %."

„Das ist kaum zu glauben!" entsetzte sich Rolande.

Zurdis: „Fragen Sie einen beliebigen Lehrer! Er wird Ihnen bestätigen, daß die Leistungen der Schulkinder von Jahr zu Jahr sinken. Selbst Volksschülern gibt man heute schon Nachhilfestunden. Die Industrie- und Handelskammern verzeichnen ein rapides Absinken der Fähigkeiten bei den Prüfungen der Gehilfen. Und was sagen Sie zu den Qualitätsverlusten, die Professor Huth, München, bei Schulkindern feststellte? An Konzentrationsfähigkeit 12 %, an Gedächtnisleistung 26 %, an Schulleistungen insgesamt 15 %. Untersuchungen an 2 000 Sechsjährigen in Hamburg ergaben bei 55 % nervöse Störungen, bei 20 % Appetitstörungen, bei 20 % Schlafschwierigkeiten, pathologische Gewohnheiten und motorische Unruhe. Eine weitere Begabungsabnahme um 10 % wird das Absinken der Durchschnittsbegabungen auf den Wert der tieferen Halbidiotengruppe und den Untergang aller Kultur zur Folge haben. Die führenden Köpfe der Gegenwart reichen gerade noch an die Durchschnittswerte der Renaissance heran. Urteilen Sie selbst! Ich führe Ihnen meinen Freund Professor Ludwig Frost vor."

„Oh, wir kennen ihn bereits!" rief Rolande.

„Umso besser! Hören Sie!"

Zurdis schritt an den Schirm, schaltete. Das feiste Antlitz Frosts erschien. Er sprach: „Der Genius einzelner, das Ingenium, der schöpferische Geist, auf den der Ingenieur so stolz ist, feiert Triumphe. Die industrielle Revolution schreitet mit Riesenschritten über die Erde. Bei den industriell hochentwickelten Völkern wird der Lebensstandard weiter steigen. Die ständig höhere Anforderung an die Intelligenz aller Schaffenden führt zur Verbesserung des gesamten Ausbildungswesens. Ein erheblicher Teil der Anstrengungen der Industrienationen wird sich der Förderung der wirtschaftlich unterentwickelten Völker zuwenden. Sie werden aus ihrer Armut herausgerissen —"

Der Boß: „Und damit aus dem Paradies!"

Bildschirm: „— und ökonomisch, politisch und sozial gleichberechtigte Glieder in der Reihe der Nationen der Welt. Wahrhaft eine große Aufgabe für die technisch fortgeschrittenen Völker, den Vorwärtsstrebenden zu helfen, aber auch ein zunächst unerschöpfliches Wirkungsfeld für Exportindustrien in der Lieferung von Produktionsmitteln und Konsumgütern —,"

Der Boß: „Zum Beispiel von weißem Mehl, weißem Zucker, Konserven, Giften, Dekadenz..."

Bildschirm: „— für den Aufbau der neuen Wirtschaftsgebiete draußen in Übersee."

Der Boß: „Und für den Abbau des Lebens."

Bildschirm: „Wehe aber der Nation unter den bisher führenden, die jetzt den technisch-wissenschaftlichen Anschluß verpaßt!"

Der Boß: „Und damit das große Geschäft mit dem Untergang!"

Bildschirm: „Die geistige Leistungsfähigkeit ist überall vorhanden. Es ist reiner Hochmut, etwas anderes anzunehmen."

Zurdis: „Vor 200 Jahren hätte man diesen Professor gerade noch zum Schweinehüten verwendet. Heute singt er hohe Töne von Wirtschaft und Politik."

Bildschirm: „Umgekehrt aber können bisherige Industrievölker zurückfallen, wenn sie nicht alles daran setzen, im Rennen zu bleiben."

Der Boß: „Im Rennen um den Profit."

Bildschirm: „Aufmerksame Beobachter können besorgniserregende Anzeichen in dieser Richtung feststellen. Solche Völker werden in Abhängigkeit von denen geraten, die auf den neuen Gebieten die Führung übernommen haben. Ihr Lebensstandard wird zurückbleiben, ihre politische und wirtschaftliche Unabhängigkeit kann bis zu einer neuen Art kolonialer Abhängigkeit gefährdet werden. Die sich überstürzenden Fortschritte der Technik, der Zwang, gleichen Schritt halten zu müssen, haben in der freien Welt zu neuen Formen der Zusammenarbeit zwischen Industrie und Staat geführt."

Der Boß: „Wir wissen bereits, daß die Regierenden und die Jobber einander ausgezeichnet verstehen."

Bildschirm: „Das Heranziehen aller Mittel der Nationalwirtschaft muß sorgfältig geplant werden. Dilettantismus und Verkennen der technischen Situation können hier verhängnisvoll werden."

Der Boß: „Endlich ein Lichtblitz der Selbsterkenntnis!"

Bildschirm: „Dazu kommt Unkenntnis von den großen weltwirtschaftlichen Zusammenhängen."

Der Boß: „Und die großen Zusammenhänge des Lebens, Herr Professor?"

Rolande: „Warum spotten Sie? Sie können mit ihm zufrieden sein!"

Der Boß: „Ich bin es. Dennoch muß ich lachen, wenn ich sehe, wie ernst er es meint mit seiner eigenen Dummheit. Solcher Tröpfe aber sitzen viele in Ministersesseln!"

Bildschirm: „Wir müssen Kontakt halten mit den modernen Methoden volkswirtschaftlicher Zusammenarbeit. Der Fortschritt geht an uns vorüber!"

Bob: „Da sei der Teufel vor!"

Der Boß: „Er ist davor, seien Sie ruhig! Solcher Zweckoptimismus paßt ausgezeichnet in mein Konzept. Ich begrüße alle Stimmen, die vom Frieden in einer reicheren Welt von morgen reden. Es sind die Stimmen meiner Beauftragten oder jener Leute, die ich, weil sie ahnungslos sind wie Säuglinge, in entscheidende Stellungen vorgeschoben habe. Der Pessimismus hingegen ist mein Feind. Er könnte die Menschheit wachrütteln. Sie soll in Sicherheit gewiegt, sie muß eingeschläfert werden durch Figuren wie dieser Herr Frost! Umso leichter wird es für mich sein, die Menschheit auszulöschen."

Zurdis setzte fort: „Aus den gleichen Gründen fördere ich Leute, die durch einige Blitzreisen über Kontinente sich hinreichend informiert zu haben glauben, um in ihren Büchern vom angeblich ungebrochenen, zukunftsfrohen Aufbauwillen, von neuen gigantischen Industriewerken und neuen menschlichen Gemeinschaftsformen zu plappern wissen; daß Europas schöpferischer Geist lebendig sei und immer noch und immer wieder Stein in Brot verwandeln könne. Das ist gut. Das begrüße ich. Und ich bin daran interessiert, daß solche Ansichten nicht als Wunschträume, sondern als handfeste, realistische Argumente hingenommen werden, und stelle solche Bücher in den Vordergrund der Auslagen."

Sten begann: „Täuschen Sie sich nicht, meine Herren! Die Menschheit beginnt allenthalben zu spüren, daß sie einen falschen Weg geht, daß sie eingekreist ist und Katastrophen sich ankündigen!"

Zurdis: „Sie ist nicht mehr intelligent genug, um zu erkennen, daß sie diese Katastrophen selbst gerufen hat und weiterhin konsequent vorbereitet."

Rolande: „Eines Tages wird man die Verantwortlichen dennoch zu finden wissen."

Zurdis lachte geringschätzig. „Wer soll verantwortlich sein? Die Wissenschaft etwa, die Gesellschaft, die Politik, der staatliche Apparat? Lauter unpersönliche, unverantwortliche Gespenster!"

Sten: „Es werden immer wieder Idealisten aufstehen, um der Menschheit die Augen zu öffnen!"

Zurdis: „Was der Geist nicht erfaßt, sehen die Augen nicht mehr. Auf allen Gebieten des Lebens arbeiten sie mit intellektuellem Scharfsinn und einem krankhaft übersteigerten Spieltrieb an ihrem eigenen Untergang. Sie stehen am Abgrund, der sie im nächsten Augenblick verschlingen wird, und sie singen tanzend: Nach uns die Sintflut."

Rolande widersprach: „Zumindest kann man der modernen Menschheit den Mut nicht absprechen."

Zurdis: „Der Mut der Massen ist nichts als Phantasielosigkeit. So wie sie die Kraft des Denkens verloren haben, sind sie unfähig geworden zur Angst. Der Fortschrittswahnsinnige ist auf ein schlechtes Ende nicht eingestellt, da es für ihn in einer von Menschen regierten Welt weder etwas Schlechtes noch ein Ende gibt. Er ist festgerannt in dem blinden und blöden Glauben an den angeblich automatischen Aufstieg der Menschheit. Umso herrlicher wird das große Erwachen sein!"

„Sie verlieren sich, Zurdis!" mahnte der Boß. „Haben Sie noch etwas?"

„Ich komme zum Ende. Ordnung ist ein Merkmal des Geistes. An der Unordnung der Menschenwelt mögen sie ihren Ungeist erkennen. Ich habe den Geist zerstört. Ich, der Teufel der Dummheit, gebiete ihnen, mit den Erzeugnissen ihrer Intelligenz die Intelligenz abzubauen. Und, überzeugendster Beweis der geistigen Umnachtung: auf allen Gebieten bekämpft der Mensch das Symptom an Stelle der Ursache. Der erkennende, verbindende, trennende Geist ist nicht mehr. Man bekämpft die Parasiten, nicht ihren Nährboden; den Schmerz, nicht die Krankheit; das Soldatentum, nicht den Krieg; das Hochwasser, nicht die Entwaldung, und steuert damit sich selbst immer mehr dem Chaos entgegen. An den tiefsten Geheimnissen des Lebens sind die Menschen schon immer vorbeigegangen. Sie sind heute weiter davon entfernt als je. Quer durch die Schöpfung und an ihr vorbei baut der technische Mensch seine künstliche Werkwelt, die den Tod in sich trägt, die Welt der Rast- und Mußelosigkeit, die Welt ohne Schwerpunkt, die Welt ohne Mitte, die in gestrecktem Flug in die Unendlichkeit eilt, getrieben vom Motor des Nützlichkeitsprinzips, gepeitscht von der Habgier.

Gerade bei den westlichen Völkern, den europäischen wie den amerikanischen, die Jahrhunderte hindurch die Vertreter der höchsten schöpferischen Geisteskräfte waren, macht die völlige

Verblödung gute Fortschritte. Nur der Vortrefflichkeit, der Widerstandsfähigkeit und Spannkraft ihrer Nerven verdankte die weiße Rasse ihre Überlegenheit und Vorherrschaft über andere Völker. Heute ist sie nur noch durch einen ordnungslosen Haufen von Psychoneurotikern, Gehemmten, Gestörten und Geisteskranken repräsentiert, eine Gesellschaft, die den Produkten der eigenen Schöpfung erliegt."

Der Teufel lachte zufrieden. „Es ist gut, Zurdis, sehr gut! Und die Menschen haben sich die Mühlen selber gebaut, in denen sie zu Schrott zerrieben werden. Das Geschwür der Städte verschlingt und zerfrißt die grüne Erdhaut immer mehr, von der sie leben sollen. Die Unzulänglichkeit der Erkenntniskräfte läßt diejenigen, die noch auf dem Lande wohnen, nach dem Scheinleben der Städte gieren, das den Geist vollends abtötet. Alle drängen in das Leichenlicht der Neonröhren und dünken sich besser und klüger als jene, die draußen bleiben. Schon im Trichter, deklarieren sie die Symptome des Verreckens als allgemein gültige Gesetze des Lebens. Schon von den Mahlsteinen erfaßt, maßen sie sich an, das Leben zu beherrschen und zu unterjochen, und sie sind noch stolz darauf. Meine Mühlen aber arbeiten unaufhaltsam. Die Menschen wissen es, aber sie erfassen es nicht mehr. Vor lauter Wissen haben sie die Weisheit verloren."

Zurdis: „Die Natur gleicht alles aus. Durch das menschliche Gehirn bewerkstelligt sie Aufstieg und Niedergang. Durch den Qualitätsverlust des Menschen bereitet sie sein Ende vor. Sowie der Mensch sich von den ewigen Gesetzen der Schöpfung abwandte, sank er unter das Tier. Das ist, was ich erreicht habe. Das Gefälle zwischen Wissen und Erkennen ist unüberbrückbar geworden. Ich lasse zwar zu, daß der Mensch lesen und schreiben lernt. Aber ich verwehre ihm, seine Fertigkeiten zur Erkenntnisgewinnung einzusetzen. Er liest und schreibt Worte, aber er erfaßt keinen Gedanken mehr. Deshalb sind auch die gewaltigsten Geisteswerke der Vergangenheit für ihn unverständlich und ungenießbar geworden. Dafür reiche ich ihm Surrogate."

Der Teufel: „Surrogate in der Menschenwelt bedeuten Gift, das ist Ihnen schon bekannt."

Zurdis: „Pseudoliteratur, Pseudokunst, Pseudoreligion, Ersatz für das Menschsein. Für das Leben aber gibt es keinen Ersatz. Wo es schwindet, bleibt nur der Tod."

XII

DIE AXT AN DER WURZEL

Das rote Lämpchen der Sprechanlage glühte auf. Der Teufel drückte auf den Knopf: „Was ist?"

Man hörte die gequetschte Stimme der Generalsekretärin Do im Lautsprecher: „384 bittet, referieren zu dürfen."

„Tibu? Ausgezeichnet! Herein mit ihm!"

Breit und behäbig wälzte sich der Dezernent Nummer 384 herein, aus lauernden Äuglein unter niedriger Stirn die Gäste prüfend. Bärenhaft verneigte er sich vor dem Boß. Rolande stieß mit dem Ellbogen den Techniker an. Sie wechselten einen lächelnden Blick des Einverständnisses. Er bedeutete, daß sie diesem komischen und eingebildeten Bauer durch viele Zwischenfragen in Verlegenheit bringen wollten.

„Ich bin beauftragt, das Bauerntum zu zerstören", begann der Dezernent.

„Warum gerade das Bauertum?" fragte die Ärztin.

Tibu: „Mit dem Bauerntum steht und fällt die Existenz der Menschheit."

Alfred: „Ich glaube, daß Sie die Bedeutung des Bauerntums überschätzen."

„Das Bauerntum hat drei lebenswichtige Aufgaben zu erfüllen: es hat die anwachsende Erdbevölkerung zu ernähren, es hat die nicht landwirtschaftlich tätige Menschheit durch Abnahme ihrer Erzeugnisse zu beschäftigen, und es hat die Geburtenausfälle der Städte zu ersetzen."

„Damit ist auch Tibus Aufgabe klar umrissen", ergänzte der Teufel. „Wenn diese Funktionen des Bauerntums unterbunden werden, hört das Leben auf."

Tibu verbeugte sich. „Und da ist noch etwas anderes: Mit dem Seßhaftwerden der Menschen und der Bebauung des Bodens beginnt die Geschichte der menschlichen Kultur. Mit der Landflucht und Verstädterung muß demnach der Niedergang einsetzen."

„Kommen Sie zur Sache!" befahl der Teufel.

„Um richtig verstanden zu werden, muß ich Sie für den Anfang leider mit einigen statistischen Daten quälen . . ."

„Wenn es sein muß . . .", brummte der Teufel.

„Die Hektarerträge, auf Weizenwert umgerechnet, betragen in Holland 50, in Deutschland 28, in Österreich 19, in USA 6, in Australien 0,5 Zentner."

Rolande fragte: „Liegt das an der Verschiedenheit der Bodengüte?"

„Es liegt an der Verschiedenheit der Bewirtschaftung. In den Ländern mit bäuerlicher Wirtschaftsweise gibt der Boden hohe Erträge, und zwar nachhaltig und dauernd. In Ländern mit mechanischer Großflächenwirtschaft leistet der Boden wenig, und auch das wenige verweigert er nach kurzer Zeit, sobald er erschöpft ist. Der Bauer pflegt seinen Boden, d. h. er gibt ihm seit Jahrhunderten die Lebensstoffe zurück, die er ihm entzieht, und der Humus bleibt erhalten, der Boden bleibt fruchtbar."

Bob: „Solche wirtschaftliche Klugheit müßte man ebensogut beim Großfarmer voraussetzen."

Tibu: „Sie irren sich, Bob Harding! Der echte, in seiner Seele ungebrochene Bauer ist durch die Überlieferung an seinen Boden gebunden. Er liebt seine Erde, er hat ein persönliches Verhältnis zu ihr und spürt eine Verpflichtung ihr gegenüber. Die seelische Bindung an den Boden ist die Voraussetzung für seine Erhaltung."

Bob wandte sich Alfred zu: „Reichlich sentimentale Formulierungen hört man im Hauptquartier des Teufels, nicht wahr?"

Mit einer Handbewegung schaltete der Teufel sich ein: „Die Menschenseele ist unser Feind Nummer eins. Auf welchem Gebiete des Lebens Sie auch Krankheit, Entartung, Zerstörung, Überheblichkeit und Habgier finden, dort haben wir immer zuerst die Seele angegriffen."

Tibu hielt es für angebracht, weitere Erklärungen abzugeben: „Der Erfolg unserer Arbeit hängt davon ab, ob wir die geheimsten Zusammenhänge und Hintergründe erkennen oder nicht. Der Bauer ist noch ein Stück beseelter Schöpfung, in unbewußter Wechselbeziehung zu Pflanzen und Tieren, Wassern und Wolken, Winden und Sternen.

In der Großflächenwirtschaft liegen die Dinge ganz anders. Mit der Verfarmung wechselt der Schwerpunkt von der Qualität zur Quantität. Der kommerzielle Erfolg hängt von der Standardisierung der Hilfsmittel und der landwirtschaftlichen Bodennormung ab. Diese Aufgabe übernimmt im weitesten Umfang die Chemie, der sich mit dem Wandel vom bäuerlichen Kleinbetrieb zur Riesenfarm alle Tore öffnen. Die Unterschiedlichkeiten der Böden und Umweltumstände werden durch Kunstdünger, chemische Hormone und Wachstums-Triebstoffe beseitigt. Die Vermassung des Bodens ist erreicht. Von hier zur Vermassung des Menschen ist nur ein Schritt. Der Besitzer wie der Arbeiter einer Großfarm steht dem Landbau völlig gleichgültig gegenüber. Die Arbeitsteilung in Großbetrieben verbietet die ganzheitliche Betrachtung der landwirtschaftlichen Situation. Die Art der Betriebführung wird von Geschäftsinteressen diktiert, nicht mehr von den Erfordernissen und Gesetzen des Lebens. Damit haben wir der Bodenfruchtbarkeit den vernichtenden Schlag versetzt."

Der Teufel wurde ungeduldig: „Genug! Kommen Sie zum Praktischen!"

„Ich habe zuerst die finanzpolitischen Voraussetzungen für die Vernichtung des Bauerntums geschaffen."

„Welche?"

„Die Industrie kann für geliehenes Geld viel höhere Zinsen bezahlen als die Landwirtschaft. Infolgedessen fließt das Kapital ausschließlich in die Industrie. Sie bietet den größeren Gewinn. Die Industrie bläht sich gigantisch auf, die Landwirtschaft kümmert, weil sie abseits des befruchtenden Geldstromes liegen bleibt."

Der Teufel nickte: „Gut ausgedacht, Tibu!"

„Und da die Menschen alle dorthin rennen, wo das Geld ist, und von dort weglaufen, wo es nicht ist, führt diese Einrichtung zur Vertreibung der Menschen vom Land in die Stadt."

„Sehr gut!"

Tibu: „Ich habe dafür gesorgt, daß das Einkommen der Stadtmenschen steigt und das des Landmenschen sinkt."

„Beispiele!" forderte der Boß.

„Das durchschnittliche Jahreseinkommen eines in der westdeutschen Bundesrepublik Erwerbstätigen beträgt 4 300 DM. Wenn er aber in der Landwirtschaft arbeitete, würde er nur 2 100 DM verdienen."

Der Techniker war nicht überzeugt. „Das mag hinsichtlich des Bareinkommens zutreffen. Aber die in der Landwirtschaft Tätigen beziehen außerdem noch Naturalien: Lebensmittel, Brennmaterial und Licht. Sie haben Dienstwohnungen und Dienstland . . ."

Tibu: „Das ist inbegriffen."

„Unglaublich!" staunte Rolande.

Der dicke Unterteufel wandte sich ihr zu: „Nehmen wir das Einkommen eines Schaffenden mit 100 % an, so verdient der in der Landwirtschaft Tätige in Österreich nur 63 %, in USA nur 42 %."

Bob: „Klar, daß unter diesen Umständen kein Mensch auf dem Land arbeiten will!"

„In Österreich beträgt der Anteil der landwirtschaftlichen Bevölkerung 20 %. Sie leistet 38 % des gesamten Volksschaffens und erhält dafür 15 % des Volkseinkommens. Durch diese Maßnahmen habe ich dem Bauern seine Arbeitskräfte genommen und sie in die Industrie verpflanzt. Nicht nur das. Ich habe zahllose Bauern entwurzelt und aus der Landwirtschaft davongejagt."

„Ich habe gewußt, daß Sie ein tüchtiger Bursche sind, Tibu!"

„Danke, Boß! Durch eine schlaue, völlig auf die künstlich gesteigerten Bedürfnisse der städtischen Massen ausgerichtete Lohn- und Preispolitik ist es mir gelungen, das Bauerntum auch in anderer Weise zu schädigen: für landwirtschaftliche Erzeugnisse erhält der Bauer ab Hof im Mittel das Sechseinhalbfache des Jahres 1937, während er für Erzeugnisse der Stadt, für Löhne und Soziallasten das Zehnfache des Jahres 1937 zu bezahlen hat."

„Eines zum andern", knurrte der Teufel.

„In den letzten 40 Jahren hat die Bauernschaft Mitteleuropas ihren gesamten Geburtenüberschuß an die Städte abgegeben. Sie hat die Kosten der Menschenaufzucht getragen, aber davon nichts gehabt. Dadurch ist das Bauerntum einer schweren wirtschaftlichen Belastung und Schwächung unterworfen gewesen.

Aber das Bauertum setzt in steigendem Umfang auch von seinem menschlichen Bestand zu: in Österreich ist die bäuerliche Bevölkerung seit 1914 um 600 000 geringer geworden. Das bedeutet ein vergebliches Opfer an Aufzuchtkosten in der Höhe von 2½ Milliarden Dollar."

Rolande entsetzte sich: „Ungeheuerlich für ein so kleines Land!"

„Täglich wandern hier 37 Menschen von der Landarbeit ab. Von 1940 bis 1950 verringerte sich die Zahl der Farmer in USA um 11 %. Der gesamte Bauernstand Europas befindet sich im Rückgang. Vor hundert Jahren lebten in Mitteleuropa von je 100 Menschen 75 in der Landwirtschaft, die außer sich selbst mit ihren

Überschüssen etwa 25 Städter ernähren konnten. Heute müssen 20 bäuerliche Menschen 65 nichtbäuerliche Menschen ernähren. Die Versorgungsleistung des Bauernstandes hat sich in den letzten 100 Jahren rund verzehnfacht. Der Bauer muß also mit immer weniger Arbeitskräften immer mehr erzeugen.

Der Anteil der Bauernschaft am Gesamtvolk sinkt ständig. In England beträgt er 4 %, in Westdeutschland 14, in der Schweiz 18, in Österreich 20, in Dänemark 23 %. Damit hat sich die Arbeitslast des Bauern zur pausenlosen, drückenden, erschöpfenden Fron gesteigert. Die durchschnittliche Arbeitsdauer eines Industriearbeiters beträgt 2 500 Stunden im Jahr, die des Bauern aber 3 500, die der Bäuerin bis zu 4 700 Stunden. Die Folge dieser Belastung sind Vernachlässigung der Gebäude und des Bodens, Raubbau am Wald und an der Erde. Von Jahr zu Jahr verringern sich die bäuerlichen Anbauflächen, weil die Bauern einfach nicht mehr nachkommen."

„Angesichts der bedrohlichen Ernährungslage der Welt in höchstem Grade erfreulich!" lachte der Teufel.

„Der Arbeitstag des Bauern wird immer länger, die Ruhezeit immer kürzer. Die Fron der täglichen Arbeitslast verhindert das arteigene bäuerliche Denken, sie tötet den Geist und die Seele. Damit habe ich auch alles das ausgeschaltet, was an wertvollem und frohsinnigem Brauchtum das Leben des Bauern umrahmte: Trachten, Spiele und Lieder. Ich habe die Freude am bäuerlichen Schaffen zertreten."

Rolande war aufgescheucht. „Unglaublich, unerhört ist das! Warum schreiben die Zeitungen nicht darüber? Warum ruft die Regierung nicht das Volk auf?"

Tibu lächelte höflich. „Weil wir gewisse Schlüsselpositionen mit unseren Beauftragten besetzt haben, mein Fräulein. Durch eine klug gelenkte Presse sorgen wir für eine ständige Vernebelung der städtischen Verbraucherschaft. Die Versuche unserer Gegner, die Massen über die Bedrohlichkeit der Lage aufzuklären, wissen wir ebenso zu verhindern wie die Verwirklichung von Vorschlägen für eine Erwachsenenschulung, Erziehung zur Landhilfe oder die Schaffung eines freiwilligen Landdienstjahres."

Der Journalist hob die Hand. „Dem Menschenschwund auf dem Land kann man durch die Technisierung steuern . . ."

„Allerdings", gab Tibu hämisch zu, „und dies ist schon der erste Schritt zu der von mir angestrebten Verfarmerung. Durch Jahrtausende wurde der Landbau mit gleichbleibenden technischen Hilfsmitteln betrieben. Dennoch hat der Bodenschwund schon vor Jahrtausenden begonnen. Mit Hilfe der Landmaschinen geht die Sache nun in schärferem Tempo vorwärts.

Aber auch Traktoren und Mähdrescher müssen durch Menschen bedient werden. Zudem: Maschinen haben, soviel ich weiß, keine Kinder. Sie werden den Menschennachschub vom Land in die Stadt nicht mehr bewerkstelligen, und sie werden vor allem die Altersrenten und Pensionen für die kinderarmen Volksschichten nicht aufbringen können. Darf ich den Bildschirm einschalten?"

„Was gibt es?"

Ein altes Bauernhaus erschien. Auf der Hausbank unter dem Obstspalier saßen zwei Männer im Gespräch.

Tibu erklärte: „Der Alte ist der Mittermoser, ein Bauer. Der andere ist sein Neffe Franz, der als Maschinenschlosser in der Stadt arbeitet. Hören Sie!"

Der junge Gast aus der Stadt sprach:

„Geschieht euch Bauern schon recht, daß euch die Leute davonlaufen! Warum laßt ihr so lang arbeiten? Ich mach' meine acht Stunden in der Fabrik, dann bin ich ein freier Mensch. Aber bei euch muß ein jeder schuften und schinden von vier Uhr morgens bis in die Nacht!"

Der Mittermoser nahm die Pfeife aus dem Mund. Langsam wandte er sich seinem Neffen zu. „Wer läßt so lang arbeiten, wer?" fragte er mit Nachdruck.

„Der Bauer! Du und die anderen, alle!"

Der Alte paffte eine Weile. Bedächtig, langsam begann er: „Sag einmal, Franz, wer ist denn eigentlich dein Chef?"

„Mein Chef? Der Ingenieur Brandtner, das weißt du doch!" Der Bauer nickte sinnend mit dem Kopf. „Soso, der Ingenieur Brandtner! Weißt du, der Herr Brandtner kann sich das einteilen, wie lang gearbeitet wird: acht Stunden oder zehn Stunden oder sechs Stunden . . . Aber bei meinem Chef, da kannst du dir nichts einteilen, mein Lieber, und es könnte auch nichts helfen, wenn die Bauern einmal schimpfen oder vielleicht gar streiken würden. Denn unser Chef ist — das Wetter, die Jahreszeit, die Hitze und die Kälte, der Regen und die Trockenheit, der Boden, die Fruchtbarkeit und der Mißwachs, der Hagelschauer, der Wind, die ganze Natur eben. Und beim Vieh gibt es auch keinen Achtstundentag, und das Getreide wächst, solang es licht ist, und der Baum im Wald auch. Bei uns ist alles ganz anders als bei euch in der Stadt. Für euch gilt das alles nimmer, was für uns gilt. Und darum müssen der Bauer und seine Leute auch arbeiten, solang das Wetter hält und solang es licht ist . . ."

„Das verstehe ich schon, Onkel, aber das ist auch der Grund, warum ihr keine Arbeitsleute mehr habt."

„Dafür müssen bei uns schon die kleinen Kinder schwer arbeiten. Dann kommen sie in der Schule beim Lernen nicht mit, und dann sagen die Stadtleute hochmütig, die Bauernkinder sind zurückgeblieben und dumm. Und alles, was getan wird, wird nur für die Stadt geschaffen: die sozialen und die kulturellen Einrichtungen, Theater und Spitäler, Schulen und Kindergärten — alles für die Stadt . . ."

„Ist ja gar nicht wahr! Was wird nicht alles für den Bauer gemacht! Die Milch wird gestützt und die Butter, das Getreide wird gestützt, und das alles müssen wir Stadtleute bezahlen!"

Der Mittermoser lachte still vor sich hin. Nach einer Weile sagte er: „Hast du schon einmal was davon gehört, daß in einer Autofabrik durch den Ernteregen die Motoren ausgewachsen und hin geworden sind? Ist in einer Gießerei durch den Spätfrost schon das Eisen eingefroren? Wenn das so wäre, da möchten sie gleich alle um Hilfe schreien, und wenn in einer Brauerei durch den Barfrost die Gerste auswintern tät, da möcht ein Krügel Bier gleich hundert Mark kosten! Siehst du: der Bauer ist noch allen Gefahren der Natur ausgesetzt, so wie vor tausend und zehntausend Jahren, die anderen alle nimmer. Die können in Ruhe und Sicherheit ihre Gestehungskosten ausrechnen, die Preise und Gewinne und Handelsspannen oder wie das heißt, mit soundsoviel Prozent. Das gibts bei uns alles nicht, mein Lieber, denn mit der Natur läßt sich so leicht kein Geschäft machen!"

Der Junge war nachdenklich geworden. Er schwieg eine Zeit. Dann begann er: „Magst ja recht haben, Onkel. Aber schau: in der Stadt ist halt das Leben doch viel schöner und leichter. Und man verdient viel mehr . . ."

„Dafür gibt man auch mehr aus."

„Richtig. Aber jeder Mensch will für seine Arbeit etwas haben und sein Leben genießen. Ist das was Schlechtes?"

„Nein, nein, gewiß nicht, Franzl. Aber bei uns am Land, bei der Bauernarbeit, ist — so denk ich halt — doch das wirkliche Leben, das eigentliche Leben."

„Was willst du damit sagen?"

„Das wirkliche Leben, das ist, wenn man mit etwas Lebendigem zu tun hat, mit dem Acker oder mit dem Wald oder mit dem Vieh, mit etwas Lebendigem halt. Aber immer nur Papier und Maschinen — das sind lauter tote Sachen. Und wenn einer sich immer nur mit toten Sachen abgibt, könnt es leicht sein, daß er dabei abstirbt und merkt es nicht . . ."

„Schalten Sie aus!" rief der Teufel dazwischen. Er wandte sich seinen Zöglingen zu: „Haben Sie das gehört? Der Mann hat es erfaßt und damit unser ganzes teuflisches Programm umrissen: wir müssen die Menschen vom Lebendigen wegführen und mit Totem beschäftigen. Dann sterben sie, erst seelisch, dann körperlich. Wenn alle Bauern so denken würden wie dieser Mittermoser, dann hätten wir einen schweren Stand!"

Der Techniker hatte nachgedacht: „Wollen wir einmal ganz nüchtern überlegen! Wenn ein Betrieb nicht rationell arbeitet, muß man ihn rationalisieren, oder man gibt ihn auf ... Und wenn die Landarbeit unrationell wird, dann muß eben das Bauerntum abtreten. Es hat seine Aufgabe nicht erfüllt, und es wird die neue Aufgabe der Chemiker sein, die Menschheit mit s y n t h e t i - s c h e r Nahrung zu versorgen."

Der Teufel: „Auch das gehört zu unseren teuflischen Zielen, die wir mit allen Mitteln anstreben, weil wir genau wissen, daß sich der Bauer niemals durch den Chemiker, die Natur nicht durch Tabletten ersetzen läßt."

„Gut. Dann wird man eben die Nahrungsmittel einführen!"

Tibu: „Sie sind naiv, Herr Ingenieur! Glauben Sie denn, daß unsere Bemühungen, die Landarbeit zu entwerten, nur auf Europa beschränkt sind? Wenn das Bauerntum in Europa stirbt, gut, dann kann man aus anderen Ländern Getreide einführen, sofern man es bezahlen kann. Aber wenn nun die anderen Völker und Rassen die Feldarbeit eines Tages auch als zu niedrig, zu schmutzig und zu unrentabel ansehen?

Ist Ihnen bekannt, daß große Teile der Landbevölkerung Chinas in die Städte abwandern, wo sie keine Arbeit und keine Existenz finden; daß infolgedessen heute schon die Erfüllung des staatlichen Ackerbauprogramms unmöglich geworden ist? Wissen Sie, daß der Stand der Landarbeiter in USA im August 1957 eine Verminderung von 637 000 gegenüber dem Jahr 1956 ergibt? Daß der Stand der Land- und Forstarbeiter in der Steiermark sich von 1953 bis 1955 um volle 25 000 verringert hat? Wenn dank meiner unermüdlichen Arbeit auf der ganzen Welt niemand mehr sein wird, der den Acker bestellen will, was dann? Dann ist der Hunger da und damit das Ende der ganzen aufgeblasenen Herr- lichkeit!"

Selbstzufrieden blies der fette Hungerteufel die Backen auf. Seine runden schwarzen Äuglein blitzten. Er wirkte komisch und war guter Dinge. Belustigt sah er von einem zum anderen. Dann setzte er sein Referat fort.

„Auf diese Weise habe ich den ständig wachsenden großen Aderlaß des Bauerntums herbeigeführt, an dem es sich verbluten wird. Leider muß ich auch weniger Erfreuliches berichten, Boß."

„Was ist?" fragte griesgrämig der Meister.

„Vor kurzem ist ein neuer Mann aufgetaucht, der mir und uns allen gefährlicher werden kann als die Mittermosers . . ."

„Wer ist es?"

„Paul Gröger, ein Bauernsohn, der seinen väterlichen Hof verlor. Er reist von Stadt zu Stadt, von Dorf zu Dorf, um die Menschen gegen uns aufzuhetzen. Darf ich den Bildschirm einschalten?"

„Tun Sie das!"

Das Bild zeigte eine halbdunkle Halle. Kopf an Kopf saß darin eine atemlos lauschende Menschenmenge. In hinreißender Rede sprach der Bauernsohn Paul Gröger, ein stämmiger Mann unbestimmbaren Alters.

„Man spricht von uns Bauern heute in den Städten immer noch als von einer Landwirtschaft. Das ist ein Irrtum! Wir sind keine Wirtschaft, wir sind Bauern! Und wenn wir für die Ernährung des Volkes sorgen, so tun wir das nicht aus wirtschaftlichen oder geschäftlichen Gründen, sondern weil wir vom Herrgott als Bauern dazu berufen sind."

„Oh, das tut mir weh!" ächzte der Boß. „Schalten Sie aus!"

Tibu: „Hören Sie! Es ist wichtig!"

Gröger sprach: „Deshalb müssen wir auch fordern, daß man uns das Recht läßt, Bauern zu sein, und zwar so, wie es die ewigen Gesetze der Natur vorschreiben, und nicht, wie es die Hirne der großen Städte wahrhaben wollen!

Maschinen, Motoren, ja, wir brauchen sie auch! Aber sie können uns nicht zum atemberaubenden Tempo des Fließbandes zwingen. Die Rohstoffe des Bauern sind die lebendige Pflanze, das lebendige Tier, und seine Maschine ist die lebendige Erde. Ihr

Arbeitsgang dauert ein Jahr, drei Jahre, hundert Jahre! In einem Jahr reift das Korn, in drei Jahren reift das Vieh, in einem Jahrhundert reift der Baum. Und in diesem Reifen der Werke der Erde ist in jahrtausendelangen Ketten von Geschlechtern der Mensch zum Bauern gereift!"

Anhaltender Applaus folgte. Der Teufel und sein Trabant waren in griesgrämige Meditation versunken. Bob und Alfred hörten gleichmütig zu. Rolande und Sten aber lauschten mit heißen Gesichtern. Gröger sprach weiter:

„Wer in die Stadt zieht, stirbt in der dritten Generation. Die Landflucht ist eine Flucht in den Tod. Die h ö h e r e n Mächte, die bleibenden und schöpferischen, sind im ewigen Bauerntum verwurzelt."

Beifall rauschte auf. Die begeisterte Menge erhob sich, Zurufe wurden laut. Tibu schaltete ab.

Der Teufel brummte: „Ein vertrottelter Idealist. Er wird keinen Erfolg haben."

„Im Gegenteil, Boß! Im kommenden Monat wird er eine Vortragsreise durch halb Europa machen . . ."

Eiskalt erwiderte der Satan: „Er wird sie nicht machen! Veranlassen Sie sogleich alles Nötige! Benachrichtigen Sie unsere Beauftragten in den Ministerien und in der Presse! Der Mann muß totgeschwiegen, abgelehnt, verleumdet, unterdrückt, nötigenfalls totgeschlagen werden, verstanden?"

„Ich notiere. Solange die Menschheit bei bäuerlicher Beschäftigung auf dem Lande lebte, hat sie sich durch Jahrzehntausende hindurch unverändert gesund und kulturschöpferisch erhalten können. Die vom Land in die Stadt abwandernden Menschen aber haben, wie wir soeben hörten, durchschnittlich in der dritten Generation keine Kinder mehr. Wenn nun der Menschennachschub vom Land her unterbunden würde, so könnten wir unseren Zielen sehr schnell näherkommen. Ich habe daher in den letzten zwanzig Jahren alles getan, um die Unfruchtbarkeit der Stadt auf das Land hinauszutragen. Auch die Bauern haben nur noch wenige oder gar keine Kinder mehr."

„Beweise!"

„In Schweden sitzen auf 50 000 Höfen Bauern im Alter von über 50 Jahren, ohne daß ein Sohn im Hause ist. In Schleswig-Holstein wird jeder siebente Hof von einem Bauer über 65 Jahren, im Allgäu jeder fünfte Hof von einem Bauer über 70 Jahren bewirtschaftet. Die 319 000 österreichischen Bauernfamilien haben 382 000 Kinder unter 14 Jahren. Es kommen also nur noch 12 Kinder dieses Alters auf 10 Bauernbetriebe. Nur 22 000 Bauernfamilien haben mehr als drei Kinder. 133 000 Bauernfamilien sind gegenwärtig ohne Nachkommenschaft. Im Burgenland sind von 44 000 Bauernhöfen schon 34 000 ohne ein einziges Kind im Alter unter 14 Jahren. Im Durchschnitt weisen 50 % aller bäuerlichen Familien kein Kind unter 14 Jahren auf."

Der Teufel lachte: „Sie treffen den Lebensnerv, Tibu! Sie sind ein feinfühliger Mitarbeiter!"

Tibu: „Am Ende dieser erfreulichen Entwicklung stehen die auslaufenden Höfe, das sind die Höfe ohne Erben. Mehr als ein Drittel aller Bauernhöfe in Österreich hat keine Erben. Von 433 000 landwirtschaftlichen Betrieben sind nicht weniger als 193 000 ohne Erben. Ein Drittel der Bergbauernhöfe verfällt, ein weiteres Drittel geht dem Verfall entgegen. In Bayern sind von 600 000 Höfen 120 000 ohne männliche Erben. In Frankreich sind in den letzten 17 Jahren über 700 000 Bauernhöfe eingegangen, wodurch rund 11 Millionen Hektar Fläche aus der intensiven Nutzung ausschieden, das ist ein Zehntel des ackerfähigen Landes. Meine Beauftragten in der Regierung haben die Ausgaben für die Landwirtschaft im Haushaltsplan an die letzte Stelle gerückt. In Schweden werden jährlich rund 6 000 Höfe unter dem Vorwand der mangelnden Rentabilität aufgelassen, wodurch je 40 000 Personen in die Städte getrieben werden. Der Anteil der bäuerlichen Bevölkerung hat sich von 1939 bis 1956 von 30 auf 15 % erniedrigt. Von den derzeit 305 000 schwedischen Bauernhöfen werden 1970 nur noch 210 000 vorhanden sein. In den anderen Ländern liegen die Dinge ähnlich."

„Prächtig, Tibu! Angesichts der drohenden Hungerkatastrophe ein brillanter Erfolg!"

Tibu: „Die zivilisierte Menschheit lebt also heute sozusagen nur noch vom aufgeschobenen Tod."

„Gut gesagt!"

„Erschütternd! Und es wird nichts dagegen getan!" flüsterte Rolande.

Tibu hatte es dennoch vernommen. „Im Gegenteil! Unsere Beauftragten und Agenten in den Regierungen, Ministerien, Behörden und Ämtern, in der Presse und so fort sind von mir angewiesen, nichts unversucht zu lassen, um das Bauerntum weiterhin zu schwächen und damit die Fruchtbarkeit der Erde abzudrosseln. Es ist nachgewiesen, daß der höchste Bodenertrag und die beste Marktleistung durch den kleinbäuerlichen Betrieb gewährleistet sind. Der Hektarertrag beträgt in Holland, das die meisten Kleinbetriebe aufweist, 210 Dollar, in der Schweiz 180 Dollar, in Österreich 78 Dollar, in den USA 15 Dollar. Angesichts dieser Sachlage arbeiten unsere Beauftragten in den Regierungen daran, die Mittel- und Kleinbetriebe zu beseitigen. In Schweden wird die Aufsaugung der kleinen und Mittelbetriebe unter zehn Hektar durch langfristige und billige Kredite staatlicherseits gefördert und die Auflassung eines Viertels der landwirtschaftlichen Nutzfläche vorgeschlagen."

„Unseren schwedischen Freunden meinen innigsten Gruß und meine allerhöchste teuflische Anerkennung!"

„In der westdeutschen Bundesrepublik allerdings haben unsere Beauftragten vorläufig noch nicht den angestrebten Erfolg erzielt. Es sind Auseinandersetzungen um eine sogenannte neue Agrarstruktur im Gange, wobei die Beseitigung der Kleinbetriebe vorgesehen ist. Dadurch würden rund 40 % aller landwirtschaftlichen Betriebe und ebensoviele Bauernfamilien verschwinden."

„Woran liegt die Verzögerung, Tibu? Greifen Sie rücksichtslos ein!"

„Meine Arbeit in Deutschland geht gute Wege, Boß. Sehen Sie auf den Schirm! Das ist Herr Landwirtschaftsrat Holtz auf einer Tagung in Burgwedel im Januar 1958."

Holtz sprach: „Die Zeit ist vergangen, wo der Bauer noch der Blutquell der Nation war und unbekümmert im Hof seinen Hof sah, der für die Ernährung des Volkes bestimmt war. Heute müssen wir die Landwirtschaft als einen Betriebszweig der gesamten Volkswirtschaft ansehen. Mit konservativen Anschauungen oder Überlieferungen, ob sie das Dorf, die Familie, den Bildungsgrad, die Betriebsstruktur oder die Betriebsweise betreffen, kommen wir in den nächsten Jahren, in welchen die deutsche Landwirtschaft sich in die Europäische Union einfügen muß, nicht mehr weiter. Der Bauer wird zum Unternehmer von morgen. Ob uns die Jacke paßt oder nicht, der Weg ist uns klar vorgezeichnet. Es wird nicht ausbleiben, daß nur die Betriebe bestehen werden, die sich diesem Prozeß unterwerfen und ihn auch zu meistern verstehen. Dänemark, Holland, Schweden und der Farmer in Amerika haben diesen Prozeß uns schon lange voraus und auch bestanden."

„Ein Holzweg, wie uns scheint", spottete der Teufel.

Holtz: „Große Teile der deutschen Bevölkerung sprechen ganz offen die Frage aus: Können wir uns eine Landwirtschaft in ihrer jetzigen Verfassung noch leisten? Wie weit kann sie ein 50-Millionen-Volk ernähren? Brauchen wir überhaupt eine Landwirtschaft?"

„Wovon will Herr Holtz denn die Menschen ernähren?" fragte Rolande.

Tibu: „Hören Sie weiter, er ist mit seiner Weisheit noch nicht am Ende!"

Holtz: „Es ist nachgewiesen, daß durch eine künstliche Beregnung und die Entwässerung der drainagewürdigen Flächen die

Nahrungsproduktion in der Welt auf das Doppelte gesteigert werden könnte."

Der Teufel lachte: „Was wollen Sie? Er ist Experte! Er weiß nichts davon, daß durch Entwässerung eben jenes Wasser vertan wird, das er zur Beregnung verwenden will. Er weiß nichts davon, daß die Krankheit der Böden zunimmt, und er ahnt davon nichts, daß der Boden außer der Beregnung auch noch andere Stoffe braucht, Stoffe, die in der chemischen Fabrik nicht hergestellt werden können, nämlich das Leben. Schalten Sie aus!

Ich bin zufrieden, Tibu! In fünfzig Jahren will ich Ihren nächsten Bericht haben. Bis dahin darf es kein Bauerntum mehr geben, verstehen Sie? Fahren Sie mit allen zur Verfügung stehenden Waffen gegen die Bauern auf! Vertreiben Sie sie aus dem Paradies ihrer angestammten Naturlandschaft in die Hölle der Vorstädte und Mietkasernen, aus der Geborgenheit in die Heimatlosigkeit, aus dem Leben in den Tod! Nehmen Sie dem Bauer alles, woran er noch mit der Seele hängt: die Überlieferung, den Stolz, den Kinderreichtum, den Glauben, und sorgen Sie dafür, daß jeder Bauernbub sein Moped und jedes Dorfwirtshaus seine Musikbox mit den neuesten Schlagern bekommt! Die hunderttausend Jahre alte Bauernseele ist eines der bedeutendsten Hindernisse auf dem Weg zu unserem Ziel. Zerbrechen Sie sie mit allen Mitteln! Das ist die Voraussetzung für den Untergang des Abendlandes, und er ist die Voraussetzung für den Untergang der ganzen Menschheit. Wir müssen mit allen Kräften daran arbeiten!"

XIII

SITZSTREIK DES LEBENS

„Mit der Mechanisierung, mit der Vertreibung vom Land in die Städte, vom Leben an den Schreibtisch, habe ich einen anderen Lebensnerv der Menschheit angeschlagen. Was immer wir dem

Menschen an Giften eintrichtern, er könnte es durch ausreichende, gesunde Bewegung leichter verarbeiten und ausscheiden. Aber ich habe ihn zum Sitzen verurteilt. In der Regungslosigkeit wirken alle meine Gifte doppelt. Sie setzen sich fest, sie bleiben, sie durchdringen alle Gewebe und Organe. Der Sitzteufel erst gibt dem Menschen die letzte Ölung!" Der Teufel lachte.

Pisk trat ein, ein spindeldürrer, langer Geselle, mit eingefallenen Wangen und in einem schlotternden grauen Anzug. Linkisch knickte er vor dem Boß zusammen, schielte unsicher nach den Gästen. Dann sprach er wie ein Schulkind, das seine Aufgabe auswendig gelernt hat:

„Ich bin der Sachbearbeiter für Muskeltod. Leben ist Bewegung. Alle Organe und Muskeln brauchen die natürliche Bewegung, um gesund und leistungsfähig zu bleiben. Ich habe die Menschen in die Bewegungslosigkeit abgedrängt, aus dem Leben in das langsame Sterben. Ich habe dafür gesorgt, daß die Menschen schon möglichst früh zur Regungslosigkeit verurteilt werden: alles strebt nach dem Studium. In einem Lebensalter, wo Bewegung besonders wichtig wäre, beginnt die Schulbankhockerei. Wer ein höheres Studium belegt, sitzt vom sechsten bis zum fünfundzwanzigsten Lebensjahr. Unsere Beauftragten in den Regierungen fördern diese Entwicklung nach besten Kräften durch Stipendien und Studienbeihilfen, von denen manchmal auch die Begabten betroffen werden. Das liegt in unserem Interesse. Wer sein Studium hinter sich gebracht hat, tritt als halb kranker Mensch in den Beruf und ins Leben ein. Das bedeutet, daß die geistige Elite angeschlagen ist, noch ehe sie zu wirken beginnt. Kranker Leib macht kranken Geist. Dies ist unsere erste Vorsorge, die Führung der Menschheit den morbiden Gehirnen zu überantworten.

Wer die Schule verlassen hat, bleibt der Regungslosigkeit treu: sie hocken an Schreib- und Konferenztischen, Werkbänken, Schalttafeln und Automaten, in Autos, Kinos und Kaffeehäusern. Darüber hinaus beschneiden wir ihnen die gesunde Bewegung, wo immer es nur möglich ist. Modernste USA-Städte kennen keine Gehsteige mehr, weil niemand mehr zu Fuß geht. Die Kinder werden in Bussen zur und von der Schule gefahren. Wir preisen dies als Fortschritt."

„Sie vergessen, daß Hunderttausende dem Sport huldigen und damit einen gesunden Ausgleich finden", wandte Alfred ein.

„Wenn Sie die Hunderttausende meinen, die sonntags die Fußballarenen füllen, so haben Sie recht. Ihre Sportbegeisterung ist groß. Ihre Bewegung indes beschränkt sich auf die Stimmbänder. Für die Jugend ist Sport zumeist nur noch Schausport: Fußball, Boxen, Motorrad- und Autorennen. Sie haben keine Neigung mehr, etwas zu tun, das anstrengt. Sie neigen eher dem Wohlleben zu als der Strapaze. In den Volksschulen wird heute nur noch der 20. Teil der Schüler im Turnen und Sport gut ausgebildet. In den Unterklassen der Volksschulen entfällt der Sportunterricht aus Zeit- und Lehrermangel meist überhaupt. Es fehlt an Sportplätzen und Turnhallen, und es fehlt an geeigneten, mit der Jugend Sport treibenden Lehrkräften. Die Beteiligung am ‚Freiwilligen Sport' innerhalb der Studentenschaft beträgt kaum 10 %. Darin sind die Sportstudenten inbegriffen. Sportentfremdete Lehrer, sportfeindliche Betriebsführer und unsportliche Eltern bilden auch eine sportlich untüchtige Jugend heran.

Selbst die Golfspieler wollen bei ihrem Sport nicht mehr zu Fuß gehen. Im Golfmobile reisen sie stolz von einem Green zum andern. Und damit der arme geplagte Mensch nur ja nicht sein Auto verlassen und einen Schritt mit eigener Kraft tun muß, bauen wir Kinos und Kirchen, wo man Vergnügen und Andacht vom Stinkwagen aus genießt, und Bankschalter und Polizeiwachen, die man im Auto besuchen kann. Darüber hinaus sind wir bemüht, mit Hilfe von Rolltreppen und Aufzügen die Eigenbewegung des Menschen möglichst auszuschalten. Und wo immer solch verdienstvolle Einrichtungen erbaut und eröffnet werden, setzen wir unsere Schlagzeilen in die Presse und preisen den großartigen modernen Fortschritt. Damit wird effektvoll zu einer weiteren Schwächung des Lebens beigetragen."

„Kann mir vorstellen", brummte der Journalist, „daß es nicht gesund ist. Aber Krankheit braucht daraus noch nicht zu entstehen ..."

„Nicht gleich, aber sicher. Für die Muskeln ist Bewegung ebenso wichtig wie Ernährung. Organe, die nicht beansprucht werden, verlieren die Gewohnheit der Funktion. Muskeln, die nicht bewegt werden, erhalten zu wenig Blut und verkümmern. Die Folgen sind Versteifung der Gelenke, Schleimbeutelentzündungen, Asthma, Atmungserkrankungen, Fettleibigkeit, Herz-, Kreislauf- und Nervenstörungen, chronische Müdigkeit, Schlaflosigkeit, Kopfschmerz, hoher Blutdruck, träge Verdauung und eine Reihe anderer Leiden. Für typische Stubenhocker habe ich typische Krankheiten bereit: Überdehnung der Wirbelsäule, Bandscheibenschäden, Wirbelverschiebung, Störungen an den weiblichen Beckenorganen. Ja", — der Referent lachte belustigt, — „ich, der Sitzteufel, habe sie krank gemacht. Sie sind verwöhnt und verweichlicht, verstopft und lebenslahm, sie schleppen sich schwunglos dahin und seufzen unter Neurosen, Depressionen und Minderwertigkeitsgefühlen.

Der gehirnmechanisch Arbeitende bewegt sich weniger als der andere. Der Sitzende wird eher krank als der körperlich Arbeitende. Der Briefträger ist gesünder als der Schalterbeamte, der Fahrer kränker als der Schaffner, und, Merkmal einer kranken Welt: der Kränkere wird besser bezahlt als der Gesündere."

Der Teufel unterbrach: „Jetzt wollen wir etwas Konkretes hören!"

Der Referent verbeugte sich gehorsam. „Am weitesten fortgeschritten sind wir mit unseren Maßnahmen zur Ausschaltung der Bewegung in USA."

„Wackere USA!" lobte der Boß.

Pisk: „Aus der überheblichen Einbildung, von den Gesetzen des Lebens durchaus unabhängig zu sein, und aus dem Hang zur Bequemlichkeit entwickelte man dort Druckknopfsysteme, die durch Mechanisierung selbst der geringfügigsten Handgriffe alle Arbeiten ohne Aufwand von Muskelkraft bewerkstelligen. Man hat sich daran derart gewöhnt, daß der Mensch nach Fortfall der technischen Hilfsmittel lebensunfähig sein wird."

Bob wandte ein: „Gerade in USA wird aber der Sport groß geschrieben!"

„Es ist statistisch erwiesen, daß die USA-Jugend nur 1 % ihrer Freizeit für Sport aufwendet. Die Folgen sind erfreulich. Sie taugt nicht einmal mehr für den Wehrdienst. Von den zwischen 1948 und 1955 Einberufenen wurden 52 % als zu schwach zurückgestellt. Amerikanische Jungen können kaum noch einen einzigen Klimmzug machen. Die Beinmuskulatur ist noch ein wenig ausgeprägt, wenn auch kümmerlich, Schulter- und Armmuskeln jedoch sind beinahe geschwunden. Die amerikanischen Herzen kommen nicht durch Leistungen, sondern durch Ruhe und genießerischen Luxus zum Stillstand."

Bob war eigensinnig: „Wenn das wahr ist, wie kommt es, daß die USA bei internationalen Wettkämpfen immer noch die Führung haben, he?"

Pisk: „Eine Scheinhülle, die eine passive Nation deckt, von einigen Professionals und Supersportlern gehalten. Was wollen Sie noch von einem Volk, dessen Jugend neben 25 Schulstunden in der Woche 40 Stunden beim Fernsehgerät verbringt? Wir fördern und verbreiten mit allen Mitteln der kommerziellen Propaganda das Fernsehen und hoffen, die amerikanischen Verfallserscheinungen unter der Maske des modernen Fortschritts auch in den übrigen Ländern der Erde, vor allem in dem hartnäckigen Europa, auf breiter Basis einzuführen."

Der Journalist wurde unwirsch. Abermals fühlte er sich in seiner Nationalehre angegriffen. „Mag sein, daß es in einigen Großstädten solche Erscheinungen gibt. Aber der Amerikaner auf dem flachen Lande, die Farmerbevölkerung, ist gesund und widerstandsfähig."

Pisk lächelte verbindlich. „Wie kommt es dann, daß bei einem Leistungswettbewerb zwischen amerikanischen Farmern und europäischen Bauern die letzteren in derselben Zeit dreimal so viel fertigbrachten wie die Amerikaner?"

„Und was treiben unsere Gegner in Ihrem Ressort?" fragte der Teufel.

„Sie sind wenig aktiv, Boß. Auf einer Tagung in Colorado suchten Regierungsbeamte und Sportler nach einem Weg, die Jugend vom Fernsehgerät auf den Sportplatz zu locken. Sie fanden keinen. Und wenn sie auch einen finden sollten, so wird es auf dem Sportplatz doch nur beim Zuschauen bleiben. In einigen modernen Sanatorien hat man gelernt, Herz- und Kreislaufstörungen mit Erfolg durch Bewegungstherapie zu behandeln. Aber die Erkenntnis bleibt begrenzt. Die Patienten ziehen die Drogenbehandlung vor, und damit ist ja auch mehr zu verdienen. Einige große Lebensversicherungsgesellschaften in USA allerdings finanzieren jetzt teuere Propagandafeldzüge für das Radfahren, weil sie zu viel Geld bezahlen müssen für Leute, die an der Bewegungslosigkeit gestorben sind."

„Ein Symptom, das Sie überwachen müssen, Pisk! Wenn sich die Profitsucht dahinterklemmt, könnte es zu einer Wende führen!"

„Es ist kaum zu befürchten, Boß! Die Vereinigten Staaten sind meine bevorzugte und bewährte Domäne. Sie sind dem Sitzteufel rettungslos verfallen!"

Der Boß ließ den Kopf mit schmunzelnder Miene hin und her pendeln. Es war der Ausdruck seines Wohlbehagens. Zu den Gästen sprach er: „Jetzt werden Sie auch verstehen, warum es den nordamerikanischen Staaten so sehr um die Einwanderung zu tun ist. Ihr Fortbestand ist einzig und allein von der Zufuhr gesünderen Menschentums abhängig. Nun, infolge unserer weltweiten Bemühungen und Fortschritte wird es auch in anderen Nationen kein gesünderes Menschentum mehr geben. Und wenn auch: wir ziehen es ab und führen es nach Nordamerika. So schwächen wir die einen, ohne den anderen zu nützen. Denn in der nächsten Generation werden auch die Eingewanderten verlottert sein. Ich habe daher unseren Vertretern bei den Regierungen aufgetragen, mit allen Mitteln die Aus- und Einwanderung nach Amerika zu fördern."

XIV

SEI GESEGNET, HEIMATERDE!

Der Sitzteufel verschwand. Lächelnd sah der Boß auf das Mädchen. „Müde?" fragte er.

„Ein wenig", nickte Rolande.

Der Teufel drückte auf einen Knopf. „Ein Referat müssen Sie dennoch hören, wir würden sonst bis morgen nicht fertig. Aber ich werde Sie wieder munter machen!"

Der Diener bot Kaffee und andere Getränke. Es war den Menschen klar, daß man ihnen Drogen reichte. Allmählich aber nahm von ihnen eine gefährliche Resignation Besitz. Selbst der Dichter griff, wenn auch innerlich widerstrebend, zu und trank. War nicht schon alles egal?

Plötzlich stand Murduscatu im Zimmer. Er war durch das Transparent eingetreten. Sein Erscheinen vermittelte einen leichten Schock und sprach dafür, daß sie einen wichtigen Bericht hören würden.

„Spray wird sprechen", sagte der Teufel aufgeräumt, „Nummer 205, eine gute Nummer. Sie haben nun schon erkannt, daß wir mit Erfolg bemüht sind, die gesamte Umwelt des Menschen systematisch zu vergiften und damit ihn selbst. Nummer 205 hat den Sektor Landschaft übernommen."

Der Sprühteufel war ein hagerer, mittelgroßer und äußerst beweglicher Mann. Er sprang von den Gästen zum Boß und wieder zurück. Den Furchtbaren, der, wie gewöhnlich, regungslos stand, schien er nicht zu beachten. Er begann:

„Zwischen Boden und Vegetation bestehen geheimnisvolle und für den Menschen unerforschbare Wechselwirkungen. Es beeinflußt nicht nur der Boden die Pflanze, sondern auch umgekehrt. Auf erkrankten Böden siedelt die Natur bestimmte Pflanzengesellschaften an mit der Aufgabe, das biologische Gleichgewicht im Boden wieder herzustellen. Für diese Pflanzengesellschaften erfand ich die Bezeichnung ‚Unkraut'. Ich blies dem Menschen ein, das Unkraut mit chemischen Giften, den sogenannten Herbiziden, zu bekämpfen. Damit unterbindet er nicht nur den natürlichen Genesungsprozeß, sondern vergrößert noch das Übel, weil diese Gifte mit dem Regenwasser in den Boden gelangen und seine Erkrankung steigern.

Die Herbizide sind den Wuchshormonen der Pflanzen nachgebildet. Damit können wir, wenn wir wollen, eine blühende Landschaft in den Irrsinn treiben. Es kommt zu degenerativen Formveränderungen, Tumorbildung und schließlich zum Absterben der Pflanzen. Die Anwendung bedeutet einen schweren Eingriff in die Erbmasse und damit in die Schöpfung. Für die Größe dieses Verbrechens sind dem Menschen die Erkenntniskräfte geschwunden. Dabei sind ihm die physiologischen Folgen dieser Gifte auf den Boden, auf Mensch und Tier noch völlig unbekannt.

Diese Herbizide verpesten mit ihrem scharfen Geruch die Landschaft und bleiben im Boden jahrelang wirksam. Geringste Spuren können andere Kulturen schwer schädigen."

„Eh!" machte der Furchtbare, und alle sahen auf ihn. Ohne sich zu regen oder den Blick zu wenden, begann er: „Allen unseren Dezernenten wurde die Verfolgung schleichender Methoden zur Pflicht gemacht. Ich stelle fest, daß 205 sich nicht an die Vorschriften hält. Wie wäre es sonst möglich, daß die folgende Meldung in die Presse kommt?" Er entrollte ein großes Papier, das er aus den tiefen Falten seiner Toga geholt hatte, und las: „Am 6. Januar 1955 spritzte in Charham, Australien, ein vierzehnjähriger Junge mit Wuchsstoffmitteln. Es handelte sich um Pentachlorphenat. Am anderen Morgen fühlte er sich schlecht, um halb sieben Uhr abends starb er. Der medizinische Befund stellte PCP als unmittelbare Ursache fest. Das Mittel hatte die Lunge so stark angegriffen, daß eine akute Virusinfektion eintrat. Der dortige Amtsarzt erklärte, es lägen bereits vier Vergiftungen durch dieses Mittel vor, davon drei tödliche. Was sagen Sie dazu?"

„Eine kleine Panne, wie sie immer und überall passieren kann."

„Es besteht Anlaß zu der Befürchtung, daß dieses Mittel in seiner Gefährlichkeit erkannt und verboten wird!"

„Die Gefahr ist durch unsere Beauftragten umgangen worden. Man hat das Mittel offiziell zurückgezogen und kurz nachher unter anderem Namen wieder in den Handel gebracht. Der Absatz ist zufriedenstellend."

„Ich sehe, Sie wissen sich zu helfen!" nickte der Boß anerkennend.

Spray schlug eine neue Mappe auf. „Wo Parasiten überhandnehmen, stehen in der gesunden Landschaft Millionen natürlicher Feinde auf, um sie zu vernichten und das Gleichgewicht wieder herzustellen. Wenn es mir gelingen sollte, den Menschen zu einer totalen Begiftung der Landschaft zu verführen, mußte ich für eine uferlose Vermehrung der Parasiten sorgen. Ich begann damit, daß ich den Menschen mit Blindheit schlug hinsichtlich der für sein eigenes Weiterleben entscheidenden Bedeutung der Insektenfresser."

„Dies ist dem Dezernenten keineswegs gelungen!" unterbrach der Furchtbare. Er las: „In einem 2 ha großen Wäldchen bei Steckby wurde durch Ansiedlung von nur 20 Vogelpaaren der Eichenwickler völlig zum Verschwinden gebracht. Auf 500 ha des Frankfurter Stadtwaldes wurden 7 000 Fliegenschnäpper, 4 000 Kohlmeisen und andere Kleinvogelarten angesiedelt. Sie brachten eine Masseninvasion schädlicher Forstinsekten zum Stillstand und ersparten 600 000 DM an Auslagen für Gifte. Auf dem Gut Boschhof bei München wurden durch Vogelschutzmaßnahmen 80 000 freilebende Vögel konzentriert, die täglich 1 500 kg Insekten fressen. Ohne daß chemische Mittel verwendet werden, gibt es kein wurmiges Obst und in den Ställen keine Fliegen mehr."

Spray lächelte geringschätzig. „Örtlich begrenzte Versuche lächerlicher Fortschrittsfeinde, die mein großes Konzept in keiner Weise stören werden. Was bedeuten sie gegen die gewaltige und ausgezeichnet funktionierende Organisation, die ich im ganzen Mittelmeerraum aufgezogen und mit denen ich die ersten Voraussetzungen für den Großeinsatz der Spritzgifte in Europa geschaffen habe? Ich machte den Südländern das Fleisch der Rotkehlchen, Drosseln, Finken und Lerchen, Spötter und Nachtigallen schmackhaft. Ein Singvogel ergibt 5 Gramm Fleisch. Um die Massen der Feinschmecker zu befriedigen, müssen demnach enorme Mengen solcher Vögel getötet werden. Außerdem habe ich den Vogelfang im alten und daher ehrwürdig erscheinenden Volksbrauchtum verankert."

Der Techniker wandte ein: „Der Vogelfang wird dort seit Jahrtausenden betrieben, und die Singvögel sind noch immer nicht ausgerottet."

Spray: „Dafür gibt es in Mitteleuropa kaum noch einen Quadratmeter gesunder Landschaft, der nicht begiftet ist. Und in früheren Zeiten wurde der Vogelmord nicht so allgemein und vor allem nicht von einer so zahlreichen Bevölkerung betrieben wie heute. In den Zugzeiten stehen an allen Küsten, Berghängen und Gewässern Hunderttausende von Fangapparaten. Der Rundfunk meldet den Anflug der Vogelschwärme, damit die Jäger und Fänger sich auf ihre Posten begeben können. Man spielt Tonbänder mit Vogelrufen ab, die Millionen Vögel in die Netze locken. In einem einzigen Netz können 30 000 Vögel pro Tag gefangen werden. Italien allein mordet alljährlich 240 Millionen Zugvögel. Dazu kommen Spanien, Südfrankreich und die Südschweiz, der Balkan, Nordafrika. Ich schätze die Zahl der jährlich im Mittelmeerraum vernichteten Zugvögel auf rund eine Milliarde. Die vereinigte chemische Industrie Europas ist heute noch nicht imstande, die durch den Tod dieser Vogelmassen überlebenden Schadinsekten restlos zu bekämpfen. Aber Europa ist nicht undankbar! Es entsendet alljährlich einige Millionen Ferienreisende nach dem Süden, die ihre Ersparnisse gern auf die Altäre der braven Vogelfänger legen."

Rolande schüttelte sich. „Es ist schrecklich!" sprach sie. „Es müßte etwas geschehen! Die Staatsmänner Europas müßten gemeinsame Schritte tun . . ."

Sten lachte. „Die Staatsmänner leben in dem Irrtum, daß die Natur außerhalb der Politik stehe. Sie streiten um Krieg oder Frieden und ahnen nicht, daß der Vogelmord das Vorspiel zum Hungertod eines ganzen Kontinents bedeutet."

Spray: „Ich glaube, sagen zu dürfen, daß nichts unterlassen wurde, um die natürlichen Insektenfeinde zu dezimieren. Das Dezernat Durst und Dürre hat für die Verwirtschaftung des Wassers und die Versteinung der Flußlandschaft gesorgt, Kollege Karst ließ den Wald beseitigen, der Wüstenteufel die Feldgehölze rasieren. Damit sind allen Insektenfressern die Heimstätten genommen. Die zweite Voraussetzung für die hypertrophische Vermehrung der Parasiten wurde durch Kollegen Dust geschaffen. Jede gesunde Pflanze vermag bis zu einem gewissen Grade sich selbst zu schützen. Gesund kann sie nur bleiben, solange der Boden gesund bleibt. Durch die Beimengung lebensfeindlicher chemischer Stoffe zum Boden haben wir den Nutzpflanzen die natürlichen Abwehrkräfte genommen. Der vernichtenden Masseninvasion der

271

Parasiten ist damit bestens der Weg geebnet. Ihr kann der Mensch nur noch durch den Masseneinsatz chemischer Gifte begegnen."

„Können für die Degeneration der Kulturpflanzen nicht auch andere Ursachen herangezogen werden, etwa züchterische und klimatische . . .?" fragte Rolande.

„Es ist bewiesen, daß Pflanzen, die mit Kunstdünger aufwachsen, die Vermehrung der Insekten und Krankheitserreger fördern und von ihnen vorgezogen werden. Inmitten einer kunstgedüngten und vom Kartoffelkäfer befallenen Flur blieb ein mit Kompost gedüngter Kartoffelacker vollkommen immun. Auf krankem Boden erwachsende Pflanzen sind krank. Die Natur duldet nichts Krankes. Sie versucht, es zu heilen, oder sie vernichtet es. Und sie unterwirft die erkrankten Pflanzen dem Parasitenbefall mit dem Ziel einer heilsamen Auslese: in der Sturmflut der Schädlinge sollen die Schwachen untergehen, die Überlebenden aber eine neue, unangreifbare Rasse herausbilden.

Die von der Natur als Heilmittel eingesetzten Insektenmassen betrachtet der Mensch als schädlich und versucht, sie durch Gifte auszutilgen. Damit verhindert er den zweiten Versuch der Natur, aus sich selbst heraus zu gesunden. Da auch die Insektizide durch Niederschlagswasser abgewaschen werden, steigert er abermals die Erkrankung des Bodens. Für die chemische Bekämpfung der sogenannten Schadinsekten habe ich eine unübersehbare Vielzahl von ausgezeichneten Giften entwickelt und dem Menschen zum Spielen gegeben."

Alfred: „Meines Wissens werden nur Mittel angewendet, die für den Menschen völlig unschädlich sind."

Spray lachte freundlich: „So steht es auf der Verpackung und in der Reklame, und so versichern allenthalben unsere Beauftragten. Aber seien Sie beruhigt! Unschädliche Schädlingsbekämpfungsmittel gibt es nicht, denn nur durch ihre Giftwirkung auf die Enzymtätigkeit wirken sie tödlich auf die Parasiten."

„Was heißt Enzym?" fragte der Journalist.

„Enzyme sind Fermente, die alle biologischen Vorgänge wie Atmung und Stoffwechsel in den Zellen der Lebewesen zum Ablauf bringen. Ist der Mensch etwa kein Lebewesen? Besteht sein Körper nicht aus Zellen? Ist er unabhängig von Atmung und Stoffwechsel? Was dem Leben dort schadet, muß ihm auch hier schaden, oder es schadet ihm nirgends!"

„Das müßten doch, denke ich, die Ärzte längst herausgefunden haben!" Rolande sagte es.

Spray: „Meine Methoden wirken schleichend, auf weite Sicht, auf die nachfolgenden Geschlechter, so daß sie dem Menschen sachte an die Kehle greifen und ihm ganz langsam und allmählich die Luft abschnüren. Wenn er es merkt, wird es zu spät sein! Für die Medizin ist die Feststellung, ob eines meiner Mittel für den Menschen schädlich ist oder nicht, sehr schwierig, da die ursächlichen Spuren später zumeist nicht mehr aufgenommen werden können. Abnorme Stoffwechselveränderungen bleiben ohne anatomische Anhaltspunkte.

In wenigen Jahren ist es mir gelungen, aus unbedeutenden Anfängen heraus ein die ganze Welt umspannendes Vernichtungssystem aufzubauen, das sich offiziell gegen Schädlinge und Krankheiten der Kulturpflanzen richtet, in seinen Spätfolgen aber den Menschen selbst, seine Gesundheit und sein Leben angreift."

Der Teufel nickte beifällig. „So habe ich es gemeint."

Der Sprühteufel verbeugte sich geschmeichelt. „Entsetzliche Gifte, mit denen die Natur — wenn überhaupt — nur milligrammweise arbeitet, streut der Mensch tausendtonnenweise in die Landschaft."

Alfred: „Die Welternährung würde nicht ausreichen, wenn man diese Mittel nicht gebrauchte."

Spray: „Sie sprechen eine Propagandaphrase nach, die ich erfunden habe, denn im Endeffekt verkleinern die Gifte die Ernten, weil sie in den Boden gelangen und nicht nur das Wachstum vieler Kulturpflanzen hemmen, sondern den Nährwert der menschlichen Nahrungsmittel mindern."

„Haben Sie Beweise dafür?" fragte herausfordernd der Techniker.

„Mehr als Ihrer Gelehrsamkeit lieb sein wird. Geduld, mein Herr! Trotz der hohen Giftigkeit dieser Mittel gibt es keine Institution, die sie vom medizinischen und volksgesundheitlichen Gesichtspunkt aus hinreichend erprobt und prüft. Die erzeugende Industrie hat es, um im Konkurrenzkampf zu bestehen, verdammt eilig, ihre neuen Präparate massenhaft abzusetzen, so daß zur jahrelangen Erforschung und Erprobung keine Zeit bleibt, und in jedem Dorfladen kann jedes Kind sie kaufen und nach Belieben verwenden."

Murduscatu brummte etwas, das niemand verstand. Der Boß beachtete es nicht. Es war die Pflicht des Furchtbaren, immer unzufrieden zu sein, überall Fehler und Lücken zu entdecken, um die Organisation der Vernichtung immer noch zu vervollkommnen.

Der Boß wandte sich an die Gäste: „Wir haben, so wie immer, auch die Vergiftung der Landschaft zum großen Geschäft gestempelt. Das erleichtert unseren Beauftragten die Arbeit bedeutend. Sogleich schließen sich ihnen — ob in Kenntnis oder Unkenntnis der verheerenden Folgen, ist für uns uninteressant — Tausende von großen und kleinen Geschäftemachern an, die unsere Angelegenheiten vorantreiben."

„Welche Mittel haben Sie in erster Linie im Auge?" fragte Rolande.

Der Boß antwortete an Sprays Stelle: „Er wird Ihnen eine Übersicht geben!" Der Sprühteufel begann:

„Das deutsche Pflanzenschutzmittelverzeichnis für 1955 enthält 1 295 chemische Mittel. Daneben ist noch eine Fülle anderer Mittel im Handel, die nicht registriert sind. Mit dem Inkrafttreten des US-Bundesgesetzes von 1947 über Insektenvertilgungsmittel wurden ungefähr 16 000 Schutzmarken und Warenzeichen für Insektizide bei der Regierung angemeldet. Die meisten meiner Mittel sind hoch konzentriert, viele hochgradig und akut toxisch, andere anhaltend und kumulierend wirksam. Ich setze damit den menschlichen Organismus einer Flut von neuen und komplizierten chemischen Verbindungen aus, gegen die er keine Warn- und Abwehrkräfte besitzt."

Alfred: „Er wird sie entwickeln!"

Spray: „Sollte dies jemals der Fall sein, so werden diese Mittel längst durch eine Reihe neuer, noch wirksamerer, das heißt noch giftigerer Stoffe ersetzt sein. Das Tempo eures Fortschritts duldet keine Anpassung. Ich spreche nur von den wichtigsten Mitteln, die am meisten verwendet werden. Da haben wir zuerst 41 Präparate zur Begiftung des Saatgutes, 153 pilztötende Gifte, 204 insektentötende Gifte auf organisch-synthetischer Grundlage. Sie zerfallen in zwei Gruppen: die chlorierten Kohlenwasserstoffe und die Phosphorsäure-Ester. Zu jenen gehören das ausgezeichnete Dichlor-Diphenyl-Trychloräthan, genannt DDT oder Gesarol, die HCH-Hexa-Mittel, Hexachlorcyclohexan mit dem prachtvollen Lindan, doppelt so giftig wie DDT; Aldrin und Dieldrin, 4- bis 5mal so giftig wie DDT. In der Gruppe der Phosphorsäure-Ester haben wir die herrlichen Präparate Parathion, Diäthyl-paranitrophenyl-monothiophosphat, genannt E 605, und Systox, 39mal so giftig wie DDT."

„Sie sehen", grinste der Teufel, „daß wir an Stelle der langen und gefährlich klingenden Bezeichnungen niedliche kleine Kürzungen und Kosenamen erfunden haben, damit unsere Mittelchen sich leichter einbürgern und man ihre Giftigkeit nicht ohne weiteres erkennt." Spray: „Wir haben ferner 15 Insektizide anorganischer Art mit Kalkarsen und Bleiarsen, 84 insektentötende Mittel auf Teer- und Mineralölbasis mit Dinitrolkresol, DNC genannt; 118 Mittel gegen Tiere, die in und auf dem Boden leben, 31 insektizide Spezialpräparate, 76 Unkrautgifte, 10 Wuchsmittel, 122 Mittel gegen Nagetiere, 64 Mittel gegen Vorrats- und Materialschädlinge, 279 Holzschutzgifte, 83 Gifte gegen Hausungeziefer und Gesundheitsschädlinge."

„Dieser Irrsinnsflut von Giften hat die Natur freilich nichts entgegenzusetzen . . .", sagte Sten.

„Das stimmt nicht ganz, Herr Stolpe", erwiderte der Sprühteufel, „dennoch verläuft das große Krepieren in der Natur zufriedenstellend.

Es ist ein wesentlicher Bestandteil meiner Planung, daß die meisten Menschen, die die chemischen sogenannten Schutzmittel erzeugen, verkaufen und anwenden, von der Gefährlichkeit nicht oder nur unzureichend unterrichtet bleiben. Die Industrie ist an dieser Unwissenheit interessiert, weil das Wissen um die Gefahr viele Menschen abhalten würde, die Mittel zu verwenden. Das könnte den Umsatz beeinträchtigen.

So können wir die schwersten Gifte, deren Handhabung bestenfalls Ärzten und Apothekern überlassen bleiben müßte, einfachen und ungebildeten Leuten in die Hände spielen, Halbwüchsigen, Gärtnerlehrlingen, Bauernburschen. Und nach dem Grundsatz ‚Sicher ist sicher' oder ‚Viel hilft viel' werden die von den Erzeugern empfohlenen Mengen bis zum Acht- und Zwölffachen überschritten, im Großeinsatz mit Hilfe von Motorspritzen und Flugzeugen. In solchen Fällen krepieren 90 % aller Tiere des betroffenen Gebietes. Mit der gleichen Großzügigkeit und Unbekümmertheit gehen solche Leute über die Einhaltung der vorgeschriebenen Zeitabstände zwischen Anwendung und Ernte hinweg.

Ich greife aus der unübersehbaren Fülle meiner Berichte einen heraus: Niederjagdrevier Pont, Rheinland, 10 000 Morgen groß, 1955: Als man begann, die Kulturen mit E 605 und Bleiarsen zu bespritzen — dies wird jährlich vier- bis fünfmal wiederholt — gab es allgemeines großes Wildsterben in der ganzen Umgebung. Zu Hunderten fand man Rebhühner und Fasane verendet umherliegen, den Bauern gingen die Haustauben ein.

Auch mit dem Phosphorester TEPP haben wir ausgezeichnete Resultate erzielt! Er ist dreimal so giftig wie E 605. Bei Verwendung von einer Unze je acre, das sind 28 Gramm auf 4 000 Quadratmeter, weist schon ein Zehntel Quadratmeter genügend

Gift auf, um eine ausgewachsene Wachtel oder 16 Wachtelkücken zu töten. Sie dürfen aber nicht glauben, daß man, um die Wirkung eines Giftes abzuschätzen, nur die toten und lebenden Tiere abzuzählen braucht, nein! Wir haben Versuche mit Fasanen angestellt. Durch zwei Monate erhielten sie täglich 0,0003 bis 0,0006 Gramm Aldrin und Dieldrin. Sie starben nicht, aber die Fruchtbarkeit ihrer Eier war herabgesetzt, die daraus geschlüpften Kücken wiesen eine außerordentlich hohe Sterblichkeitsrate auf. Die Überlebenden waren zum Teil unfruchtbar. Und wenn man vergiftete Säugetiere und Vögel gefunden hat, so darf nicht nur die fünf- oder zehnfache Zahl derer angenommen werden, die man nicht findet, sondern darüber hinaus die noch viel größere Menge jener Tiere, die erbgeschädigt und dauernd oder vorübergehend krank gemacht sind. Ich denke, daß man auf durchaus zufriedenstellende Ergebnisse kommen wird."

„Die Zusammenhänge wären erst zu beweisen!" unterbrach der Techniker.

„Für mich ist die Giftigkeit meiner Mittel zur Genüge bewiesen. Vom gesunden Leben bis zum Tod gibt es tausend Zwischenstufen der Krankheit. Das Gute für uns ist, daß die Chemiker nur die Endstufe des Todes als Beweis gelten lassen wollen und damit das Publikum von der Ungefährlichkeit der Anwendung zu überzeugen wissen."

Der Teufel lachte. „Von der Großartigkeit seines Fortschritts ist der Mensch leicht zu überzeugen. An die schädlichen Folgen aber will er nicht glauben. Ich begrüße und fördere diese Haltung außerordentlich."

Der Sprühteufel setzte fort: „Besonders interessant und wirksam wird der Gifttod, wenn er auf die natürlichen Feinde der zu bekämpfenden Schädlinge übergreift. Da war zum Beispiel das große Vogelsterben 1934/35! Damals wurde in Deutschland von Amts wegen das Ausstreuen von Giftkörnern gegen Mäuse angeordnet. Das Ergebnis war, daß Zehntausende von Eulen, Bussarden, Habichten, Sperbern, Turm- und Wanderfalken, Hasen, großen und kleinen Wieseln, Iltissen und Mardern erbärmlich und qualvoll krepierten. Sie lagen verwesend auf den Feldern und verpesteten die Landschaft; aber auch ungezählte Rebhühner und Fasane, Tauben, Kiebitze und alle Arten von Klein- und Singvögeln gingen an Giftweizen zugrunde. Zwei Jahre später kehrte die Mäuseplage verdoppelt wieder, weil die natürlichen Feinde dezimiert waren."

„So ist es überall", fügte der Boß hinzu. „Wo immer der Mensch blind und überheblich in das vielhunderttausendjährige Uhrwerk der Natur eingreift, löst er eine Kettenreaktion von Unheil aus, das sich zuletzt immer gegen ihn selbst wendet."

Mit einer Geste bedauernder Verlegenheit sprach der Techniker: „Das ist im höchsten Grade traurig, aber doch unvermeidlich. Da die Schädlinge unsere Ernten auffressen, müssen sie begiftet werden, sonst haben wir selbst am Ende nichts zu essen."

„Dieses Ende wird der Menschheit nicht erspart bleiben, Herr Ingenieur!" lächelte Spray. „Die Insekten, die vernichtet werden sollen, gewöhnen sich nämlich an das Gift und vermögen widerstandsfähige Stämme auszubilden. Das aber können die Singvögel, Igel, Spitzmäuse, Eidechsen, Kröten, Frösche, Schlangen und andere Insekten- und Mäusefeinde erfreulicherweise nicht, und dort, wo es nach der gründlichen Verkahlung der Landschaft noch Restbestände von ihnen gibt, fallen sie in steigendem Ausmaß den Spritzgiften zum Opfer. Je mehr der Mensch spritzt, umso mehr treten Schädlinge aller Art auf, umso häufiger werden bislang ganz harmlose Lebewesen zu Schädlingen, weil man durch das Gift ihre natürlichen Feinde vernichtet hat, so daß sie sich nun uferlos vermehren können. Es muß also immer mehr gespritzt und gestäubt werden. In manchen Gegenden müssen die Obstbauern sechzehnmal jährlich spritzen, wenn sie noch etwas ernten wollen. Klar, daß dort kein Singvogel mehr lebt. Menge und Stärke des Giftes müssen immer mehr gesteigert werden. Daher setzt eine von der Industrie gut honorierte wilde Forscherjagd nach giftigeren Vernichtungsmitteln ein."

„Das kann doch aber nicht so weiter gehen!" sagte die Ärztin. „Eines Tages wird eine Grenze erreicht sein, wo die Gifte auch für den Menschen gefährlich werden..."

„Das sind sie bereits, meine Dame! Sie wollen sagen: die Grenze, wo die Stärke der Gifte auf den Menschen akut tödlich wirkt. Man wird sie demnach nicht mehr anwenden können..." Spray sah auf, selbstbewußt lächelnd, von einem zum anderen. Rolande hatte die Stirn in sorgenvolle Falten gezogen.

„Augenblick!" sprach sie nachdenklich, „wenn einerseits die Schädlinge immun werden, andererseits die Giftstärke nicht mehr gesteigert werden darf, dabei die natürlichen Feinde ausgerottet sind, dann..."

Spray lächelte geschmeidig. „Dann werden eines Tages die Insekten die Ernten der Menschheit auffressen, und es bleibt dem Menschen nur noch, ins Gras zu beißen, das es dann auch nicht mehr geben wird."

„Homo sapiens!" grunzte der Boß.

„Das große Rennen zwischen Schädling und Bekämpfung ist heute schon ganz eindeutig vom Schädling gewonnen. Der Mensch hat also durch den Einsatz chemischer Mittel gegen die Natur nichts erreicht, als daß er die Landschaft mit Baum, Busch, Kraut, Tier und Menschen und den Boden mit allen kommenden Ernten auf Jahre hinaus vergiftet hat. Die Schädlinge aber sind noch da, stärker denn je. Das ist ein beachtlicher Erfolg, glaube ich. Besonders wertvoll und nachhaltig wirkt sich der gesprühte Tod begreiflicherweise gegen die nützliche Insektenwelt aus. Unsere modernen Gifte töten alles, was sich regt. Bei sachlicher Betrachtung kann der Mensch jedoch bestenfalls im Durchschnitt nur 5 % aller Insekten als für sich schädlich ansehen.

Bei der Begiftung der Wälder etwa werden auch die von der Natur als Katastrophensicherung eingesetzten Heere der Schlupfwespen, Raupenfliegen und Ameisen vernichtet. Das Bienensterben notiere ich als erfreuliche und dankbare Nebenerscheinung.

In Nordrhein-Westfalen wurden im Frühjahr 1949 20 000 Bienenvölker durch Anwendung von Insektiziden vernichtet."

„Honig ist nicht so wichtig, wenn es um die Sicherung der Ernte geht!" sprach der Techniker.

„Es geht nicht um den Honig, es geht um die Biene. Sie gewährleistet durch ihre blütenstet ausgerichtete Befruchtungstätigkeit die Erhaltung der Pflanzenarten. 90 % aller Blüten werden von ihr befruchtet. Ihr Aussterben allein würde die allmähliche Versteppung der Erde bedeuten. Ohne Biene gibt es keine Menschheit. Im Juli 1956 starben in Östergotland über 100 Bienenvölker durch das Einstauben eines Rapsfeldes. In Motala folgte nach Obstbaumspritzung eine Massenvergiftung der Bienen. Durch Pflanzenschutzmittel wurden 1954 in Württemberg Bienen im Werte von 122 000 DM vernichtet. In Colorado, USA, war die natürliche Insektenfauna durch Giftspritzung in solchem Ausmaß vernichtet worden, daß man im Sommer 1950 nicht weniger als 7 000 Millionen Bienen einführen mußte, um die für den Obstbau unentbehrlichen Pollenüberträger zu haben. Ja, so ist das, Herr Ingenieur! Man spritzt mit Gift, weil man glaubt, dadurch höhere Ernten zu erzielen. Und man macht damit jegliche Ernte unmöglich, weil man die pollenübertragenden Insekten vernichtet."

„Homo sapiens!" brummte der Boß.

„Bei der Giftanwendung in der Landschaft ist demnach der Schaden zumeist größer als der Nutzen. Das Besprühen ganzer Gebiete vernichtet stets mehr Nutzinsekten als Schadinsekten. Die Überheblichkeit des modernen Menschen gegenüber der Natur läßt ihn die Bedeutung der Tierwelt verkennen.

Alle organisch-synthetischen Insektizide sind Atem-, Magen- und Nerven- sowie hochwirksame Kreislaufgifte. Sie werden über die Atmung, über die Haut und über die Nahrung aufgenommen. Oh, es geht nichts über die ausgezeichnete Wirksamkeit dieser Art von Pülverchen und Limonaden!" Der Sprühteufel zog die Schultern hoch und kicherte. „Sie sind beständig, und wo sie sich einmal eingenistet haben, dort sind sie nicht mehr wegzubringen.

Sie hemmen das Pflanzenwachstum. In höherer Konzentration oder bei längerer Einwirkungsdauer machen sie jede Zellteilungstätigkeit unmöglich. Auch ganz kleine Dosen führen zu Wachstumshemmung und Entartung der Gewebe. Sie mindern die biologische Wertigkeit des Pflanzeneiweißes und zerstören den Geschmack. Sie senken Haltbarkeit und Ernährungsgrad der Früchte. Sie steigern den Schädlingsbefall. Viele dieser Mittel werden durch Speicherung in Fett, Milch, Butter, Rahm, Speck, Schmalz wie durch einen Vergrößerungsapparat multipliziert. Manche sind prachtvoll giftig. Ihre Wirkung ist heimtückisch, launisch und daher im Einzelfalle ungemein schwer nachzuweisen. Ich hege die sichere frohe Erwartung, daß Millionen Ahnungsloser von neuen, dauernden degenerativen Schädigungen ihrer Gesundheit, ihrer Arbeitskraft, ihres Lebensglücks, wenn nicht von beschleunigtem Siechtum und Tod betroffen und die meisten Kulturböden mit diesen unvertreiblichen Mitteln abgetötet und damit unbrauchbar werden. So viel zu dieser Gruppe von Giften im allgemeinen. Mein Lieblingsgiftchen aber ist und bleibt das herrliche, wunderbare und unausrottbare DDT."

In diesem Augenblick schaltete sich mit Nachdruck der Furchtbare ein. „Halt!" rief er, und die Menschen drehten sich erschrocken nach ihm um. „Sehen Sie auf den Schirm!" Murduscatu trat an den Schalttisch und betätigte Hebel und Knöpfe.

„Was zeigen Sie?" fragte der Boß.

„Sitzung des Ausschusses des USA-Repräsentantenhauses zur Untersuchung chemischer Zusätze in Nahrungsmitteln am 12. 12. 1955. Sie sehen den Vorsitzenden, Mr. Johnstone, von rechts nach links die Herren Cohen aus West-Virginia, Barger aus Nebraska, Frances K. Mitchum, schließlich den Sachverständigen Vincent A. Carpenter. Der Ausschuß hat den jungen Arzt Dr. Morton S. Biskind vorgeladen. Er sagt unter Eid aus. Hören Sie!"

„Im Jahre 1945 wurde das DDT für den allgemeinen Gebrauch freigegeben. In Forscherkreisen war damals schon bekannt, daß dieses Mittel für alles tierische Leben vom Insekt bis zum Säugetier gefährlich ist. 1951 hat es in USA bereits zahlreiche Vergiftungs- und Todesfälle verursacht. Dennoch hat die an dem neuen großen Geschäft interessierte Industrie dieses Mittel durch eine weltumspannende Propaganda und auf Grund gekaufter speudowissenschaftlicher Gutachten zu einem Siegeszug über die ganze Welt geführt. Das DDT hat die Insektenbekämpfung seit 10 Jahren geradezu revolutioniert. Seiner unkontrollierten Großanwendung mit ihren katastrophalen Massenvergiftungen von Tieren und Menschen ist in der Menschheitsgeschichte nichts Vergleichbares an die Seite zu stellen. Aber alle Möglichkeiten der öffentlichen Presse und Fachliteratur sind aufgeboten worden, um überzeugende Tatsachen zu verneinen, zu verbergen, zu unterdrükken und zu verdrehen. Allein in den ersten 9 Monaten des Jahres 1949 wurden in USA 18 Millionen Pfund DDT verbraucht. Seither hat sich der Verbrauch um das Sechsfache erhöht. Um dem DDT zu entgehen, müßte man eine Reise nach einem anderen Planeten machen. Dem Schweizer Chemiker Paul Müller wurde für die Erfindung des DDT der Nobelpreis verliehen."

Mr. Carpenter schaltete sich ein: „Dies geschah deshalb, weil im DDT erstmals ein wirksames Mittel gegen die Anophelesmücke und damit die Malaria gefunden wurde. In Südeuropa von Spanien bis Bulgarien zählte man vor Beginn der DDT-Spritzung rund 4 Millionen Malariafälle im Jahr, während es heute weniger als 10 000 Fälle sind. In manchen Ländern, wie z. B. in Italien und auf Zypern, ist heute die Malaria verschwunden. Die Weltgesundheitsorganisation ist also ihrem Ziele, die Malaria in den europäischen Mittelmeerregionen auszurotten, durch den Einsatz von DDT näher gekommen. Die systematische Malariabekämpfung hatte in Griechenland zur Folge, daß der Reis- und Weizenanbau ganz erheblich gesteigert werden konnte, so daß auf dem Umweg über die Seuchenbekämpfung eine Ausdehnung der Wirtschaftslandschaft möglich war. Gleichlautende Meldungen liegen aus anderen Erdteilen vor."

Biskind: „Schon 1951 kamen aus Griechenland die ersten Berichte, daß die Malariamücken gegen DDT unempfindlich geworden seien. Seither haben alle Insektenarten widerstandsfähige Stämme ausgebildet. Manche Stubenfliegen vertragen heute schon 1 000mal mehr DDT als vor zehn Jahren. Einige Fliegen- und Mückenarten, die Typhus und andere Krankheiten übertragen, sind gegen DDT immun geworden. Und schon flackert allenthalben wieder die Malaria auf, die der Mensch in voreiliger Weise besiegt zu haben glaubte. Die Insekten sind unangreifbar geworden, ihre natürlichen Feinde aber wurden durch Gift vernichtet."

Johnstone: „Sind Sie in der Lage, Mr. Biskind, uns konkrete Beispiele für diese Behauptungen zu geben?"

Biskind: „Gewiß. In einem Vogelschutzgebiet in Florida setzte ein Massensterben unter Fischen, Krabben und Vögeln ein, nachdem es mit DDT als Öllösung in der Menge von 225 Gramm je Hektar vom Flugzeuge aus wiederholt übersprüht worden war. Die Vergiftungserscheinungen verliefen typisch unter abwechselnden Krämpfen und Lähmungen. Die untersuchten toten Krabben wiesen einen DDT-Gehalt von 2,18 ppm auf. Die Mückenbestände zeigten einen leichten Rückgang."

Johnstone: „Also doch!"

Barger: „Was verstehen Sie unter ppm?"

Biskind: „Ein Teil auf eine Million."

Barger: „Eine unvorstellbar winzige Menge."

Biskind: „Im folgenden Jahr kam es zu elf DDT-Einsätzen. Auf einer Probefläche von 2 000 Quadratmetern fand man 15 000 tote Fische. Noch zwei Tage nach der letzten Spritzung dauerte das Sterben an. Eine benachbarte Fischzüchterei beklagte den Verlust von 18 000 tropischen Fischen. Die Krabben enthielten 46 DDT ppm, also die zwanzigfache Menge des Vorjahres. Die Mückenbestände blieben im zweiten Jahr unvermindert. In den Jahren nachher nahmen sie in unvorstellbarem Ausmaß zu, weil die natürlichen Feinde vernichtet waren. Und die Malaria blühte."

Barger: „Können Sie über Ergebnisse von Säugetierversuchen mit DDT genaue Angaben machen?"

Biskind: „Im Säugetierversuch behindert DDT Wachstum und Entwicklung der Jungtiere. Darüber hinaus bewirkt es funktionelle Störungen und degenerative Veränderungen in Haut, Leber, Gallenblase, Lunge, Niere, Milz, Schilddrüse, Nebenniere, Geschlechtsorganen, Herzmuskel, Blutgefäßen, Muskeln, Hirn sowie im Rückenmark, im peripheren Nervensystem, im Verdauungstrakt und im Blut. Ebenso gefährlich ist DDT für Vögel, Fische, Krustentiere, Eidechsen, Frösche, Kröten und Schlangen. Im Jahre 1945 war auch bereits bekannt, daß sich DDT im Körperfett der Säugetiere speichert und in der Milch erscheint. Wissenschafter vom Utah-State-Agriculture-College bespritzten Luzerne mit DDT. Dann trieb man dort Kühe auf die Weide. Aus ihrer Milch wurde Butter gemacht, die Butter wurde an Ratten verfüttert. In den Bindegeweben der Ratten fand man bedeutende Mengen von DDT mit unzerstörter Giftwirkung. Auf einem mit DDT bespritzten Kleefeld starben Fasane, Wachteln, Rebhühner. In einem Freilauf, der mit 5 Kilogramm DDT auf 4 000 Quadratmeter gesprayt wurde, starben 60 Kücken. Junge Mäuse, Kaninchen und Kälber starben nach dem Saugen DDT-haltiger Milch."

Mitchum: „Ist Ihnen bekannt, woher das zu diesen Versuchen verwendete DDT bezogen wurde?"

Biskind: „Es war die in jedem Drugstore erhältliche Packung mit der Aufschrift: Garantiert unschädlich für Mensch und Tier. Es wurde festgestellt, daß DDT in wiederholten kleinen Mengen ebenso tödlich wirkt wie in einzelnen großen Gaben."

Mitchum: „Inwieweit ist, Ihrer Meinung nach, DDT für den Menschen gefährlich?"

Biskind: „Es wandert mit der Nahrung. Der Mensch nimmt es durch alle damit bespritzten Vegetabilien und durch die Produkte von Tieren in sich auf, die solche Pflanzen gefressen haben."

Mitchum: „Bekanntlich baut der Körper aber Fremdstoffe auch ab!"

Biskind: „Er vermag von diesem Nervengift nicht mehr als höchstens 10 bis 20 % jährlich auszuscheiden. Es kommt demnach zu gefährlichen Ansammlungen. Durch Kochen wird DDT in Lebensmitteln nicht zerstört."

Johnstone: „Welche Organe greift DDT in erster Linie an?"

Biskind: „Das zentrale Nervensystem, also Rückenmark und Gehirn. Bei 5 ppm in der Nahrung treten ernstliche Leberschäden auf. Die akut tödliche Dosis DDT kann beim Menschen absolut mit 5 bis 10 Gramm angenommen werden. Nach einer Mitteilung der American Public Health Association weisen alle in verschiedenen Teilen der USA untersuchten Speisen Spuren von DDT auf. Die tägliche Kost des Durchschnittsamerikaners enthält 184 Milligramm DDT. Westdeutschland steht diesbezüglich kaum nach. Jeder Mensch ist heute praktisch mit DDT chronisch vergiftet. Akute Vergiftungen finden dann statt, wenn das Fett durch Krankheit, Not oder Abmagerungskuren mobilisiert wird. Das im Fettgewebe deponierte Gift kann dann in den Blutkreislauf eintreten und den Tod herbeiführen."

Barger: „Die Erfahrungen, die Sie auf diesem Gebiet mit Ihren Patienten gesammelt haben, sind uns aus Ihren Schriften bekannt. Uns sind Gutachten vorgelegt worden, worin Ihre Diagnose als Phantasie, Ihre Befunde als vollständig unbegründet, unkontrolliert und hysterisch bezeichnet werden."

Biskind: „Die Schulmedizin huldigt der Meinung, daß auch bei ernsten Symptomen keine Krankheit vorliege, sofern die klinischen Untersuchungen und Laboratoriumsbefunde negativ bleiben. Erregung, Verwirrung, Konzentrationsunfähigkeit, Vergeßlichkeit, Depressionen, Angstzustände und Selbstmordneigung, wie ich sie als Symptome von DDT-Vergiftung wiederholt festgestellt habe, werden im allgemeinen von der Schulmedizin nicht als klinische Befunde erachtet."

Cohen: „Haben Sie Ihren bisherigen Befunden etwas Bemerkenswertes hinzuzufügen?"

Biskind: „Vor kurzem behandelte ich einen 25jährigen Mann. Er klagte über Unwohlsein, Schwindelgefühl, Leibschmerzen. Der Befund ergab einen Leberschaden. Später stellten sich Blasen- und Darmstörungen ein. Er war im ganzen fünf Wochen krank. Es ergab sich, daß der Patient fünf Stunden vor dem Eintreten der ersten Erscheinungen einen Kartoffelacker mit Multanin bestreut hatte, das ist eine Mischung von DDT und Lindan. Ein Patient, der Butter aus DDT-haltiger Milch verzehrte, verlor 20 Pfund an Gewicht, wurde arbeitsunfähig, zeigte Zittern und nervöse Störungen. Ein Elektriker, der in einem mit 5 %iger DDT-Lösung ausgespritzten Raum arbeitete, erkrankte und starb an einem Hautleiden.

Für besonders durch DDT gefährdet halte ich die Kleinkinder. Eine Frau, die vor der Geburt ihres Kindes der Einwirkung von DDT ausgesetzt war, zeigte nach der Geburt an aufeinanderfolgenden Tagen in ihrer Milch 116, 18, 2, 5, 5 ppm DDT. Noch nach sieben Wochen enthielt ihre Milch 8 ppm."

Cohen: „Welche Mindestdosis halten Sie für gefährlich?"

Biskind: „Es gibt kein Minimum für einen DDT-Gehalt, unterhalb welchem keine Aufnahme und Speicherung des Stoffes stattfindet. Jede, auch die kleinste Dosis ist gefährlich. Schon bei einem Gehalt von 3 ppm wurde eine Beeinträchtigung der Herzfunktion festgestellt."

Mitchum: „Halten Sie die Heilung der von Ihnen beobachteten klinischen Schäden für möglich, Mr. Biskind?"

Biskind: „Heilung ist nur dann möglich, wenn man die Ursache erkennt. Und da man diese Stoffe allgemein für unschädlich hält, ist es für den Arzt schwierig, die richtige Diagnose und die richtige Therapie zu finden. Die Heilung meiner an DDT erkrankten Patienten beanspruchte Monate und Jahre. Aber sowie sie irgendwie mit demselben Stoff in Berührung kamen — sei es etwa durch Besuch eines Restaurants oder Hotels, das mit DDT ausgespritzt war —, kehrte die Krankheit binnen einer halben Stunde mit allen Symptomen wieder."

Cohen: „Haben Sie, Herr Doktor, auch mit Patienten zu tun gehabt, die durch andere chemische Schutzmittel erkrankt waren?"

Biskind: „Jawohl. Zwei Patienten litten zehn Tage lang unter Gastroenteritis, anhaltendem Kopfschmerz, Schweißausbrüchen, Sehstörungen, Ermüdungserscheinungen. Man fand heraus, daß ihr Bäcker kurz vorher eine neue Mehlsorte eingeführt hatte. Die Probe ergab, daß das Mehl 1 ppm E 605 enthielt. Der daraufhin in der Öffentlichkeit sich erhebende Sturm veranlaßte den Experten Professor McEwen zu der Erklärung, der Mensch könne 1 bis 2,5 ppm E 605 täglich ohne Schaden zu sich nehmen. Daraufhin beruhigte sich die öffentliche Meinung wieder. Der Bäcker bäckt weiter mit diesem Mehl.

Carpenter: „Werden eigentlich die chemischen Stoffe, von denen Sie sprechen, sehr häufig und in großen Mengen verwendet?"

Biskind: „Ich kann beides bejahen. Im allgemeinen vergegenwärtigt man sich nicht, in welchen ungeheuren Mengen diese neuen Gifte eingesetzt werden. Man verwendet sie in der Landwirtschaft, in der Mückenbekämpfung, in Gärten, in Wohnungen, in Krankenhäusern, in Betrieben der Nahrungsmittelverarbeitung und des Kleinhandels."

Mitchum: „Es gibt aber Landwirte, die von den neuzeitlichen Pflanzenschutzmitteln keinen Gebrauch machen ..."

Biskind: „Solche Fälle sind selten. Außerdem werden die Nahrungsmittel auf ihrem weiteren Weg über Lager, Versand, Verarbeitung, Verpackung und Laden kaum einer Behandlung mit Insektiziden entgehen."

Barger: „An Feldfrüchten wie Getreide, Mais, Sonnenblumen haftet DDT doch nur rein äußerlich, wie?"

Biskind: „In allen Fällen drang das Mittel bis in das Innere des Samenkornes durch und war dort in Mengen von 4 bis 7,4 ppm festzustellen. Man hat übrigens auch Menschen untersucht. Bei fast allen fand man DDT im Körperfett bis zu 34 ppm, der höchste Anteil ergab sich bei einem Kleinkind. Abschließend darf ich noch darauf hinweisen, daß DDT eine enorme Stabilität zeigt.

Die Chemie hat der Menschheit hier ein gefährliches Gift geschenkt, das aus der Natur überhaupt nicht mehr entfernt werden kann. Versuchen Sie, eine Schachtel DDT zu beseitigen! Werfen Sie es ins Wasser, so vergiftet es die Fische. Vergraben Sie es im Boden, so tötet es ihn. Verbrennen Sie das Gift: aus der Asche aufersteht es wieder. Kurz, DDT ist ein wahrhaftiges Teufelsgeschenk, dessen der Mensch sich nicht mehr entledigen kann."

Der Teufel gähnte. „Schalten Sie aus!" rief der Furchtbare, und Spray gehorchte.

Murduscatu: „Aus dem Gehörten geht hervor, daß das Gesamtkonzept des vom Boß geschaffenen Dezernates für Vergiftung der Landschaft durchschaut und in allen seinen geheimzuhaltenden Details vor einem staatlichen Forum offiziell und in aller Öffentlichkeit aufgerollt wurde. Es ist zu befürchten, daß sich ein Sturm der Entrüstung erheben wird, wenn solche Fälle sich häufen und allgemein bekannt werden."

Spray bohrte die Hände in die Hosentaschen, wiegte erheitert den Oberkörper hin und her. Er grinste. Die Haltung mußte für Murduscatu beleidigend sein. Aber auch der Satan schien die Situation nicht allzu tragisch zu nehmen. „Ist Ihnen von dieser Sitzung eines Ausschusses des US-Repräsentantenhauses etwas bekannt?" fragte er.

„Gewiß, Boß."

„Sie haben das Wort!"

Spray hob die Schultern. „Das war am 12. Dezember 1955, also vor langer Zeit. In den seit damals vergangenen Jahren haben die Insektizide ihren unvergleichlichen Siegeszug über die ganze Welt fortgesetzt, an der Spitze unser geliebtes, ausgezeichnetes, unentthronbares DDT. Der Gesamtumsatz ist um weitere 300 % gestiegen. Die Originalprotokolle des Untersuchungsausschusses verstauben in einem Archiv. Sie mögen in irgendwelchen Büchern und Broschüren abgedruckt worden sein, aber niemand liest so etwas heute noch. Vergessen Sie indes nicht, daß meine Leute in gewissen Schlüsselstellungen sitzen und auf der Hut sind. So haben die ‚Federal Security Agency‘ und das ‚Department of Agriculture‘ folgende Erklärung ausgegeben, die durch die gesamte Presse ging:

‚In letzter Zeit sind verschiedene Berichte erschienen über angebliche Gefahren bei der Verwendung von DDT als Insektenmittel, die die Öffentlichkeit irregeführt und beunruhigt haben. DDT ist ein sehr wertvolles Insektenvertilgungsmittel, das wirtschaftlich zur allgemeinen Wohlfahrt auf der ganzen Welt beigetragen hat. Es ist mit bemerkenswertem Erfolg eingesetzt worden zur Bekämpfung und Verhütung von Krankheiten, die durch Insekten verbreitet werden, wie Malaria und Typhus, sowie gegen Insekten, die die Kulturpflanzen und das Vieh schädigen und in Wohnungen lästig werden. Es liegt kein Beweis dafür vor, daß DDT als solches Krankheiten beim Menschen hervorruft, wenn es den Anweisungen gemäß verwendet wird. Dabei wurden innerhalb der letzten Jahre tatsächlich Tausende von Tonnen jährlich eingesetzt.

Auf Grund des Federal Food, Drug and Cosmetic Gesetzes ist die ‚Food and Drug Administration‘ dazu verpflichtet festzustellen, daß die Nahrungsmittel des amerikanischen Volkes frei von giftigen und schädlichen Stoffen sind, die nicht in der Nahrungsmittelherstellung gebraucht werden‘.“

Lachend unterbrach der Satan: „Beachten Sie die schlaue Formulierung! Schädliche Stoffe, die nicht gebraucht werden, sind nicht enthalten!“

„Dieses Gutachten mag der Chemie einen Batzen Geld gekostet haben,“ sprach Sten.

Spray setzte fort: „Meine Agenten sind beauftragt, die Giftigkeit meiner Spritzmittel zu verschleiern und zu verleugnen, wie Sie auch aus der von einer Gesundheitsbehörde herausgegebenen Zeitschrift ‚Das deutsche Gesundheitswesen‘ ersehen können. Hier heißt es: ‚Die Kontaktinsektizide haben alle den großen Vorteil gemeinsam, daß sie erst in sehr hohen Dosen beim Menschen giftig wirken, Dosen, die bei der in starker Verdünnung vor sich gehenden Schädlingsbekämpfung überhaupt nicht in Betracht kommen. Daher sind sie auch ungefährlich beim Schutz von Nahrungsmitteln.'

Wir sorgen dafür, daß solche irreführenden Belehrungen immer wieder verbreitet werden. In den Fachblättern der Nahrungsmittelindustrie, der Müllerei, der Land- und Forstwirtschaft, des Gartenbaues, der Hygiene setzen sich unsere Beauftragten vorbehaltlos für die Verwendung giftiger Schutzmittel ein und stellen sie als für Mensch und Tier unschädlich und völlig harmlos dar. Ganz zu schweigen von den auf Werbung abgestellten Gebrauchsanweisungen."

„Was haben Sie gegen Biskind veranlaßt?" fragte der Teufel.

„Oh", lachte Spray siegesbewußt, „ich hetze ihn mit tausend Hunden! Er ist abserviert! Seine Anstellung im öffentlichen Gesundheitsdienst hat er verloren. Heimatlos zieht er von Stadt zu Stadt, um in öffentlichen Vorträgen gegen meinen Vergiftungsplan zu hetzen. Aber niemand will ihn hören außer ein paar alten hysterischen Weibern. Er schreibt, aber keine Zeitung druckt ein Wort von ihm oder über ihn, weil die Industrie ihr sonst die Inserataufträge entziehen könnte. Jahrelang versuchte er vergeblich, einen Verleger für ein Buchmanuskript zu gewinnen. Als er endlich einen fand, weigerte sich die Druckerei, es zu drucken, weil sie fürchtete, daß Industrie und Handel die Druckaufträge stoppen würden. Im Winter 1955/56 allein hat die chemische Industrie 1 200 000 Dollar springen lassen, um Biskind das Handwerk zu legen. Seien Sie beruhigt, Boß, Mister Biskind und Konsorten sind bei mir gut aufgehoben! Sie können uns nicht gefährlich werden."

„Sind Sie fertig?" fragte der Teufel.

„Ich fange erst an! „Doppelt so giftig wie DDT, aber leider nicht so weltweit verbreitet und wirksam sind meine HCH-Hexamittel mit den kombinierten Lindanpräparaten. Schon 0,376 Milligramm Lindan je Quadratmeter wirken bei Roggen hemmend auf das Wurzelwachstum. 1954 gab es in Gussenstedt ein großes Schwalbensterben nach Maikäferbekämpfung mit Hexapräparaten. Im Landkreis Uffenheim wurden 110 ha durch Nebelmaschinen mit Hexa- und Gamma-Mitteln begiftet. Nachher lebten je Quadratmeter immer noch 27 Engerlinge. Im Menschenversuch verabreichte ich eine kleine Dosis HCH. 30 Minuten nachher traten Schwindelanfälle, Kopfschmerz, Brennen im Munde auf. Nach 3 Stunden erfolgte ein 15 Minuten dauernder Anfall von Schreikrämpfen, Tobsucht, Bewußtlosigkeit und blaurotem Anlaufen des Gesichts. 5½ Stunden später setzte ein heftiger Anfall mit Kurzatmigkeit, Blutschaum vor dem Mund, Bewußtseinstrübung, starken Krämpfen und Tod ein. Im allgemeinen bewirkt HCH beim Menschen Ödeme, Hautempfindlichkeit, Nesselsucht, Entzündung der Augen und Atmungsorgane, Husten, Niesen, Kopfschmerz, Brennen der Augen, Schmerzen der Kehle und der Nasenlöcher, Übelkeit, Neuritis, Leberschäden, Anämie mit tödlichem Ausgang. HCH wurde im Fett der Niere, in der Leber und im Gehirn nachgewiesen. Die HCH-Mittel verändern die Chromosomen der Pflanzen und Tiere. Es ist daher auch beim Menschen mit Schädigungen der Erbmasse zu rechnen.“

„Gut, Spray!“

„Seit man die Baumwollfelder in USA mit DDT und HCH spritzt, werden die Ernten von Jahr zu Jahr schlechter. Das verdampfende Lindan wirkt nur in geringem Maße über den Nahrungsweg, die eingeatmeten Dämpfe jedoch sind hochgradig giftig. Es speichert sich in beträchtlichen Mengen im Gehirn und im Lebergewebe und zieht langanhaltende Beeinträchtigungen des zentralen Nervensystems nach sich.

Wo die Parasiten gegen Chlorwasserstoffe immun geworden sind, propagieren wir mit Erfolg unsere Phosphorsäure-Ester. Sie sind fettlöslich und können leicht durch die Haut aufgenommen werden. Mein großartiges Parathion oder E 605 ist 39mal so giftig wie DDT, und in geringsten Mengen für den Menschen verhängnisvoll. Sie werden in der Landwirtschaft weitgehend eingesetzt.

Die akute tödliche Dosis für den Menschen beträgt 6 bis 10 Milligramm."

Rolande: „Ich glaube gelesen zu haben: Parathion verdunstet bei vorschriftsmäßigem Gebrauch so schnell, daß es unschädlich ist."

„Das hängt weitgehend davon ab, welchen anderen Giften der Mensch gleichzeitig ausgesetzt ist. Wenn in seiner Umgebung etwa DDT wirkt, so bleibt das Parathion im Körper mindestens zweieinhalb Jahre lang wirksam."

Sten: „Woraus sich ergibt, daß diese Gifte nicht einzeln, ein jedes für sich, den Menschen überfallen, sondern alle gemeinsam und vielleicht in Form von neuen, unbekannten Verbindungen, die sie miteinander im menschlichen Körper eingehen!"

Spray nickte ihm freundlich zu. „Ich bewundere Ihre Einsichten. Glücklicherweise sind sie nicht verbreitet. Parathion wirkt auf Mensch und Tier tödlich. Gespritztes Gelände darf innerhalb der ersten 30 Tage ohne Gasmaske und Schutzkleidung nicht betreten werden. Die Nichtbeachtung dieser Maßnahme hat zu tödlichen Unfällen geführt."

„Was geschieht mit Vögeln und anderen Tieren, die nicht lesen können?"

„Die Gifteinwirkung von Parathion ist unmittelbarer als die des Nervenkampfgases Lewisit. Dieses Giftgas lagert unter bewaffneter Bewachung in den Kellern der Rüstungsindustrie. Parathion aber kann von jedermann jederzeit in jedem Geschäft erstanden und ohne Wissen um die Furchtbarkeit dieses Stoffes nach Belieben zur Vergiftung der Natur und der menschlichen Nahrungsmittel verwendet werden. Ich halte das für einen beachtlichen Fortschritt."

„Zweifellos!" pflichtete der Boß bei.

„In einigen Staaten wird es nur gegen Giftschein verkauft", trumpfte Rolande auf.

„Eine reine Formalität, weil der Giftschein für jeden zu haben ist. Auch Parathion hemmt das Wachstum bestimmter Pflanzen und vergiftet nachhaltig den Boden. Einige Staaten haben die Gifte der Parathiongruppe sogar in den Bestand ihrer chemischen Kampfstoffe übernommen."

Der Furchtbare erhob seine knarrende Stimme: „Ihr Optimismus ist verfrüht. Seit die Oliven gegen die Ölfliege mit E 605 bespritzt werden, ist der Giftgehalt des Öls so sehr angestiegen, daß die USA die Einfuhr solchen Öls gesperrt haben."

Spray lächelte verbindlich. „Eine vorübergehende Maßnahme. Und wenn die USA solches Öl auch nicht kaufen dürfen: die Europäer schlucken es gerne!"

Murduscatu blieb unbeeindruckt. Er las: „ ‚Münchner Kurier, 6. Mai 1954: In einer 4 Hektar großen Apfelplantage im Rheinland wurde an drei Tagen hintereinander mit einer 0,075 %oigen Lösung von E 605 gespritzt (normale Lösung ist 0,03 %). Das Gelände hatte vorher einen dichten Vogelbestand. Nach der Spritzung fand man 21 schwer kranke und 35 tote Singvögel wie Meisen, Finken und Rotkehlchen.‘ Wie kann so etwas in die Presse kommen?"

„Sicher nicht durch meine Schuld! Ziehen Sie doch, bitte, den Lügenteufel zur Verantwortung! Er hätte dafür sorgen müssen, daß die Redaktionen entsprechend besetzt werden!"

Der Teufel grunzte: „Wir wissen leider, daß das nicht immer nach unseren Wünschen geschehen kann. Weiter!"

Spray: „Ich darf dazu noch bemerken, daß Pressemeldungen dieser Art äußerst selten sind, meine Leute also doch gut funktionieren!"

Murduscatu: „Ich bin anderer Meinung."

„Neuerdings habe ich die Kartoffel, die als Welternährungsmittel wichtig ist, ganz besonders aufs Korn genommen. Die Kartoffelstauden werden — um den Blattschimmel und die Braunfäule zu bekämpfen — mit Kupferoxydchlorid, Kupferoxydulpräparaten, Bordeauxflüssigkeit, Schwefelsäure, Teersäure, Botyphenol, Arsen und Natriumchlorat bespritzt. Am 13. 9. 1956 verendeten in Västergötland 19 Kühe und ein Stier nach Anwendung eines dieser Mittel, weil man vergessen hatte, die Koppeltür zu schließen. Durch Windverwehung wurden außerdem 5 Morgen Hafer vergiftet. Ein Landwirt in Südschweden verlor am 22. 9. 1956 sechs Rinder, die in einen bespritzten Kartoffelacker gelaufen waren. In der Nähe Stockholms fand man nach solcher Kartoffelkrautspritzung 18 tote Rehe. Auf einem anderen Gut verlor ein Bauer durch diese Bespritzung am 22. 9. 1956 seinen gesamten Viehbestand. Drei Kinder starben, weil sie am Ackerrand Beeren gepflückt und gegessen hatten. Auch die Kartoffelgifte gelangen durch den Regen in den Boden, töten das Leben darin ab und machen die Erde für die Saat des nächsten Jahres steril."

„Gut, Spray! Der Tod hat auf den Kartoffelfeldern Einzug gehalten!"

„Gegen Kartoffelkäfer empfehle ich Potasan, Methyl-hydroxydiäthylthiophosphat, genannt E 838, noch viel giftiger als E 605. Die Kartoffelpflanze nimmt das Gift durch Blätter und Wurzeln auf. Zum Einpudern des Saatgutes werden DDT und Hexapräparate mit Quecksilberpräparaten gemischt. Die Giftigkeit ist hervorragend. Die zur Saatgutbeizung verwendeten Alkylquecksilberverbindungen bewirken Kopfschmerz, Müdigkeit, Magen- und Darmstörungen, Binde- und Hornhautentzündungen, Seh- und Gehstörungen. 1943 starben in einem chemischen Betrieb in Oberfranken fünf Menschen, 1947 acht Menschen an diesem Gift. Gegen den Roten Mehlkäfer habe ich zwei neue Phosphor-Insektizide empfohlen, das Diäthylchlorvinylphosphat und Dimethylcarbomethyloxypropenylphosphat. Die Wirksamkeit ist höher als bei dem Kampfgas Chlorpikrin. Bei Warmblütern kommt die Giftigkeit jener von Systox und OMPA gleich. Toxaphen als Atem-, Haut- und Magengift wirkt erregend auf das Zentralnervensystem, bewirkt Erbrechen und Speichelfluß, Krämpfe und dieselben Schädigungen wie HCH und DDT. Für Warmblüter ist es viermal so giftig wie DDT. An einem einzigen Tag also kann der Mensch heute mit der Nahrung eine ganze Reihe meiner erprobten Landschaftsgifte aufnehmen."

„Ein ausgezeichneter Cocktail!" lachte der Teufel.

„Was sagt der menschliche Organismus dazu?" fragte Sten.

„Er reagiert mit Vermehrung der weißen Blutkörper, Steigerung des Cholesteringehaltes im Blut, Störung des Milchsäurestoffwechsels, Überreizung des Herzmuskels, Erbrechen, Leibschmerzen und Durchfall, Schnupfen und Husten, hartnäckigen Halsschmerzen mit dem Gefühl eines Klumpens in der Luftröhre, Gelenkschmerzen, allgemeiner Muskelschwäche, schweren Erschöpfungszuständen bis zur Lähmung, Überempfindlichkeit der Haut, Muskelzuckungen, Gleichgewichtsstörungen, Pulsbeschleunigung, Angstgefühl; Seh-, Geruchs-, Geschmacks- und Gehörstörungen, schneller Ermüdbarkeit."

Der Boß mußte lachen. „Und was meinen die Ärzte?"

„Im wesentlichen wissen sie nicht zu helfen, weil sie die Ursachen nicht erkennen. Einige der Mittel bewirken Entzündung der Magen- und Darmschleimhäute und hartnäckige, wechselweise auftretende nervöse Symptome. Viele dieser Mittel vernichten Vitamine und andere Lebensstoffe in der Nahrung. Dadurch wird die Verdauung wesentlicher Nährstoffe im Körper gestört. Die Leber verliert die Fähigkeit, gewisse Hormone zu verarbeiten, wenn bestimmte Vitamine fehlen. Das führt zu zahlreichen Drüsen- und Stoffwechselstörungen, Unterbindung der Geschlechtsfunktion, Zuckerkrankheit, Schilddrüsenleiden. Der großartige Einsatz unserer neuen Insektengifte ist zweifellos auch an dem Ansteigen der Todesfälle infolge von Herz- und Kreislaufschäden, besonders bei jungen Menschen, maßgeblich beteiligt. Die Sterblichkeitszahl bei diesen Krankheiten erhöht sich jährlich um 11 %.

Die Speicherung der synthetischen Giftstoffe vollzieht sich aber nicht nur im menschlichen Organismus, sondern auch im Boden. Die Folge ist, daß eine ganze Reihe wichtiger Lebewesen, von den Bodenbakterien bis zum Regenwurm, vernichtet oder vertrieben werden. Damit verliert der Boden die Fruchtbarkeit und den Zusammenhalt, so daß er der Erosion leichter zum Opfer fällt. Ich sorge für eine intensive, lückenlose Propaganda, ich schreibe durch meine farbenprächtigen Plakate und Spritzkalender vor, wann und welche Stoffe gesprüht werden müssen, und die Menschen beugen sich meinem Diktat und setzen sich gehorsam die Pistole an die Stirn."

Murduscatu, der Furchtbare, hob die Hand. „Wenn man ihm zuhört, so sehen die Dinge alle großartig aus. Sie könnten es sein, wenn der Dezernent und seine Beauftragten, verblendet durch gewisse Erfolge, die man ihnen zubilligen muß, nicht bei verschiedenen Gelegenheiten über das Ziel hinausgeschossen oder in vielen Belangen es an der erforderlichen Diskretion hätten fehlen lassen. Es handelt sich um eine Reihe von Vorfällen, die unter allen Umständen geheim oder zumindest ihren Ursachen nach ungeklärt hätten bleiben müssen. Dies ist nicht der Fall. Sie wurden, im Gegenteil, in den Nachrichtendiensten breitgetreten und sogar in ihren Zusammenhängen durchschaut. Dadurch ist der vom Boß angestrebte Enderfolg im Dezernat des Sprühteufels in Frage gestellt. Ich bringe aus der Fülle des mir vorliegenden Materials nur einige wenige Presse- und Rundfunknachrichten zur Kenntnis:

Im Frühjahr 1954 wurde die Öffentlichkeit Mitteleuropas durch zahlreiche Morde und Selbstmorde mit E 605 auf das schwerste beunruhigt!"

Spray lachte nur. „Ich ließ sogleich bunt gestrichene Autos durch die deutschen Städte fahren mit der Aufschrift: ,Gesunde volle Ernten durch E 605!' "

Murduscatu las weiter: „ ,Nach sieben bis acht Jahren unvorstellbar intensiver Giftanwendung wurde die gesamte Kornkammer der Vereinigten Staaten im Jahre 1953 von Insekten befallen und in manchen Staaten weit herum die Ernte zerstört.' "

„Na also!" rief Spray aus. „Das ist doch ein hervorragender Erfolg! Was wollen Sie?"

„Gewiß. Aber das veranlaßte das US-Landwirtschaftsdepartment zu einer Erklärung, daß weitere chemische Angriffe fruchtlos seien und zu unterbleiben hätten. Wegen der unlösbaren Probleme, die infolge der Giftanwendung für die öffentliche Gesundheit entstanden sind, befürwortet ein Mr. A. D. Hess vom US Public Health Service die Rückkehr zu biologischen Methoden und den älteren Praktiken. Wissen Sie, was das bedeutet? Das bedeutet, daß Ihre ganze, durch Jahrzehnte aufgebaute Vergiftungsorganisation mit einem Schlag außer Gefecht gesetzt werden kann!

In verschiedenen Staaten wehren sich die Farmer bereits und weigern sich, ihre Böden weiterhin mit chemischen Giften zu verseuchen. Schon hat das Gesundheitsministerium in USA Schutzmaßnahmen verfügt."

Der Teufel warf den Kopf auf. „Was sagt Spray dazu?"

Der zuckte mit den Schultern. „Ein vorübergehender kleiner Erfolg unserer Gegner, Boß. Die Schutzmaßnahmen stehen auf dem Papier, und das Millionengeschäft der chemischen Industrie muß und wird weiterlaufen. Zudem: was in USA verboten wird, findet in Europa als letzte Errungenschaft von jenseits des großen Teiches willige Aufnahme."

Murduscatu setzte fort: „Fortan ist die Verwendung von DDT in Ställen und im Tierfutter verboten, ebenso in Milch verarbeitenden Betrieben."

Spray: „Ich bringe täglich neue und giftigere Bonbons heraus oder ich plakatiere alte Gifte unter neuen Namen!"

Murduscatu: „Ich verlese wahllos Pressemeldungen aus aller Welt. Ein 49 Jahre alter Farmhelfer in Wyoming stäubte am 11. und 12. Mai 1952 mit DDT und HCH, wobei er wegen des starken Windes beträchtliche Mengen einatmete. Am Abend fühlte er sich müde, im Laufe der nächsten Tage krank mit Rückenschmerzen, Gliederschmerzen, Schüttelfrost. Da sich die Symptome verschlimmerten, kam er am 19. Mai ins Hospital. Trotz Penicillin- und Streptomycinbehandlung sowie wiederholter Bluttransfusionen starb der Patient am 24. Juli an allgemeiner Sepsis.

Bei einem fünfjährigen Kind trat nach oraler Aufnahme von 15 ccm einer 30 %igen HCH-Lösung innerhalb von drei Stunden unter Krämpfen der Tod ein.

Ein 54jähriger Mann, der etwa 20 Monate lang Räume vernebelt hatte, erkrankte an schwerer Polyneuritis aller Extremitäten. Erst nach 1½jähriger Behandlung wurde Besserung erzielt. Das Insektenmittel bestand aus 5 % DDT, 1 % HCH mit Pyrolan, gelöst in 94 % Kerosen.

Ein 16jähriger Schüler war 1952 und 1953 als landwirtschaftlicher Helfer sowohl DDT wie Lindan ausgesetzt gewesen, einmal hatte er eine größere Viehherde mit diesem Mittel abgesprüht. Erst zwei Monate später fiel sein blasses Aussehen auf. Später zeigten sich Anzeichen einer Rückenmarksschädigung. Trotz 12 Bluttransfusionen starb der Junge am 9. 2. 1954.

Die Verwendung von Dinitrokresol gegen Obstbaumschädlinge hatte in England in den Jahren 1946 bis 1950 acht tödliche Vergiftungen nach einer Beschäftigungsdauer von zwei bis vier, in einem Fall von sechs bis acht Wochen zur Folge. Die Symptome waren Krämpfe, Lungenödem, Schwellungen von Milz und Leber, Schleimhautblutungen.

1956 erfolgte eine Maikäfervertilgungsaktion in der Umgebung von Basel. Einige Tage darauf wurde das Trinkwasser der Stadt ungenießbar. Nach Eindampfen reichte der Rückstand hin, um Fliegen zu töten.

Ein 47jähriger Mann streute 250 g Hexan-Lindan auf den Mehlboden seiner Bäckerei. 15 Minuten später litt er an heftigster Atemnot, zeigte starke Parästhesien an beiden Beinen und motorische Schwäche der ganzen linken Körperhälfte, die durch 3½ Monate andauerten.

Bei Carpenissi, Griechenland, erkrankten im Sommer 1951 nach Anwendung von HCH-Lösung in Häusern und Kleidern 79 Personen, davon 18 schwer, 61 leicht. Sechs Personen starben, eine wurde blind.

Australien: Schafe, die gegen Räude mit HCH-Mitteln gebadet wurden, erkrankten an schwersten Vergiftungserscheinungen. 26 Schafe starben. Bei einer anderen Herde wurden 34 Tiere schwer vergiftet, 18 Schafe verendeten.

In England starben drei Kinder nach dem Genuß von Obst, das mit Toxaphen gespritzt worden war. Bei Erwachsenen wurden zehn schwere Vergiftungsfälle aus derselben Ursache beobachtet. Ein 17jähriger Gärtnerlehrling spritzte am Vormittag im Freien und im Treibhaus mit einer Spritzlösung von einem halben Teelöffel E 605 auf acht Liter Wasser. Um 13 Uhr 10 starb er.

USA: ein 38jähriger Farmer spritzte sein Tabakfeld mit Phosphorsäureestermittel. 15 Stunden später starb er. Ein 26jähriger Mann hatte die Behälter von drei Obstgarten-Spray-Apparaten zu füllen. Er tat dies in zwei aufeinanderfolgenden Wochen je fünf Tage, erkrankte ernstlich und wurde ins Krankenhaus gebracht. Einen Monat später nahm er die gleiche Beschäftigung wieder auf. Am zweiten Tage starb er.

Ein 35jähriger Mann war vier Monate mit Mischen von flüssigem Parathion und Tonstaub beschäftigt. Er trug Schutzkleider und Atemschützer, nur Arme und Hals waren nicht ganz bedeckt. Plötzlich erkrankte er und starb zehn Stunden später.

Ein 31jähriger Entomologe bei dem Forschungsinstitut der Universität Kalifornien hatte durch vier Monate mit Parathion zu tun. Er erkrankte mittags und starb um 17 Uhr.

Um bei einem dreieinhalbjährigen Kind in Bremen die Kopfläuse abzutöten, wurde seine Kopfhaut mit einer 3,7 %igen E-605-f-Emulsion eingerieben. Nach vier Stunden wurde der Kopf mittels Waschpulver abgewaschen. Zwei Stunden später traten Angstzustände, Atembeschwerden und Konvulsionen des ganzen Körpers auf. Das Kind starb mit Anzeichen von Lungenödem und Atemlähmung. Und so geht es fort in infinitum!"

Der Teufel ließ verdrießlich den Kopf pendeln. „So erfreulich alle diese Vorkommnisse an sich sind, Spray, so muß doch der Umstand, daß sie der Öffentlichkeit bekannt und in den Zusammenhängen durchschaut wurden, als sehr schwerer Verstoß gegen die Ihnen von mir gegebenen Richtlinien angesehen werden." Er hob den Blick und sah seinen Mitarbeiter drohend an. „Ich bitte um Ihre Stellungnahme, Spray!"

Spray war nicht einen Augenblick verlegen. Selbstbewußt trat er in die Mitte des Raumes.

„Alle diese Umstände und Nachrichten sind mir bekannt, Boß. Gesetzt den Fall, sie wären imstande, den Menschen aus seiner Stumpfheit aufzurütteln und meine künftige Arbeit zu erschweren oder gar zu unterbinden: was geschehen ist, kann nicht mehr rückgängig gemacht werden. Die Böden sind vergiftet, die natürlichen Insektenfeinde ausgerottet, die Schädlinge immun geworden."

Murduscatu regte sich unwillig. „Das ist kindisches Geschwätz! Der Mensch brauchte seinen Böden nur natürlichen Humus an Stelle von Giften zuzuführen, und die Böden würden in einigen Jahrzehnten wieder gesund. Er brauchte nur die Feldgehölze wieder herzustellen und die Insektenfeinde anzusiedeln, und die Ungezieferplage wäre gebannt und Ihr Dezernat erledigt."

Spray schüttelte lächelnd den Kopf. „An allen diesen Einzelfällen ist nichts Bemerkenswertes. Sie mögen zum Teil auf besondere Empfindlichkeit oder auf falsche und unvorsichtige Anwendung zurückzuführen sein. Entscheidend ist, daß es praktisch keinen Menschen mehr auf der Welt gibt, der sich der Giftwirkung zu entziehen vermag. Millionen sind bereits vergiftet und wissen es nicht, Millionen erlitten und erleiden täglich krankhafte Veränderungen innerer Organe und glauben, gesund zu sein. Wir lassen uns Zeit. Wir vertuschen die Einzelfälle von akuten Vergiftungen, um die Welt weiter an die völlige Unschädlichkeit unserer Mittel glauben zu machen. Umso sicherer vernichten wir sie alle, langsam, unmerklich, von innen her, mit der Zeit.

Von seinem selbstmörderischen Prinzip der geistig Irren, die Erscheinung an Stelle der Ursache zu bekämpfen, wird der Mensch niemals lassen können. Er muß daher am Ende erfolglos bleiben.

Um einer Augenblickserscheinung abzuhelfen, löst er mit einer wissenschaftlichen Waffe Lawinen aus, deren Ausmaß er weder geahnt noch gewollt hat, die aber zuletzt ihn selbst verschütten werden. Die von Jahr zu Jahr schärfer werdende Bekämpfungsmethodik ist das Zeichen dafür, daß die Duldsamkeit der Natur ihre Grenzen erreicht hat.

Eine Reihe meiner ausgezeichneten Gifte ist aus den Böden nie mehr zu entfernen. Die natürliche Gesundheit und Fruchtbarkeit der Scholle ist für immer verloren, bestimmte Pflanzenarten können darauf gar nicht mehr angebaut werden, ja es besteht die Hoffnung, daß Millionen Hektar Ackerlandes aufgegeben werden müssen. Die Erzeugung organischer Dünger in weltweitem Ausmaß, etwa durch Kompostierung, wie einige meiner Gegner vorschlagen, werden die Kunstdüngerfabrikanten niemals zulassen. Und die Landschaftsgifte? Ich brauche Ihnen nur einige Zahlen zu nennen, und Sie werden einsehen, daß die von Ihnen vorgetragenen Tatarennachrichten hysterischer Journalisten mir nichts anhaben können, daß andererseits die Millionenumsätze der Industrie allein die Beibehaltung meiner Methoden gewährleisten. Hören Sie! Nur in der Landwirtschaft betrug der Verbrauch von chemischen Landschaftsgiften in USA im Jahre 1951 205 000 Tonnen und 244 000 Tonnen im Jahre 1952. Seither ist der Verbrauch im Jahresdurchschnitt um 20 % gestiegen und steht heute bei 730 000 Tonnen. Dabei werden infolge Immunisierung der Schädlinge die Schäden jedes Jahr größer. Ich darf also ohne Übertreibung behaupten, daß ich durch meine Landschaftsgifte das allgemeine Hungerkrepieren der Menschheit bestens vorbereite. Die Ernährungs- und Landwirtschaftsorganisation der Vereinten Nationen, die sogenannte FAO, gibt den jährlichen Weltverlust an Brotgetreide und Reis durch Schädlinge mit 33 Millionen Tonnen an, was dem Jahresbedarf von 150 Millionen Menschen entspricht. In der westdeutschen Bundesrepublik fallen jährlich etwa 18 % der Erzeugung an Nahrungspflanzen im Werte von 1 Milliarde DM den Schädlingen zum Opfer. Der Mäuse- und Rattenschaden am Getreide in Südamerika beläuft sich auf 25 % der Ernte. Die Nager sind klug genug, ausgelegtes Gift zu meiden, aber Haustiere gehen daran zugrunde.

Schon 1950 waren von 24 556 Gemeinden der westdeutschen Bundesrepublik nur 667 noch nicht vom Kartoffelkäfer befallen. Für seine Bekämpfung wurden damals 12 Millionen DM ausgegeben. 1953 wurden 90 % der Kartoffel-Anbauflächen begiftet. Durch das staatliche Beihilfeverfahren wurde in Bayern die Anschaffung von Bekämpfungsgeräten mit einem Kostenaufwand von 2,086 Millionen DM in zwei Jahren ermöglicht, und zwar von 4 936 fahrbaren und motorisierten Apparaten neuester Bauart. Der Kartoffelkäferbefall ist aber nur kaum merkbar zurückgegangen, und zwar bei den Gemeinden um 1,3 %, bei der Fläche um 3,9 %, in der Dichte um 20 %.

Die österreichische Land- und Forstwirtschaft erleidet jährlich einen Schaden durch tierische und pflanzliche Schädlinge von 2 Milliarden Schilling. 1957 wurden in Österreich drei Viertel aller Kartoffelanbauflächen gegen Käfer gespritzt. Im Laufe der letzten zehn Jahre wurden in Oberösterreich 454 Schädlingsbekämpfungsstationen errichtet. In der Steiermark waren bis Ende 1956 rund tausend Motorspritzgeräte in Gebrauch genommen. Die landwirtschaftlichen Stellen preisen diese Entwicklung als Fortschritt. Als besondere Delikatesse erwähne ich, daß es meinen Beauftragten in einzelnen Staaten gelungen ist, Gesetze durchzudrücken, wonach alle Landwirte bestraft werden können, wenn sie sich weigern, meine Gifte zu verwenden.

Den steigenden Schäden begegnet der Mensch, von einer geschickten Absatzpropaganda dazu verführt, mit steigender Begiftung, die das Übel nur noch verschlimmert. Ich vermag also durchaus nicht einzusehen, wer und was meine gut fundierten Zukunftspläne durchkreuzen sollte.

Der Wert des Gesamtumsatzes an Pflanzenschutzmitteln in Westdeutschland im Wirtschaftsjahr 1952/53 kann mit über 100 Millionen DM beziffert werden. An der Spitze steht der Verbrauch von Insektiziden, bei denen HCH- und DDT-Mittel führend sind. Auch hier nimmt der Verbrauch um 20 % jährlich zu. Zur Bekämpfung des Kartoffelkäfers wurden 210 000 Hektar mit arsenhaltigen Spritzmitteln, 650 000 Hektar mit HCH und DDT im Gesamtwert von 14 Millionen DM behandelt. Die Anbaufläche für Ölfrüchte haben wir mit 80 % erfaßt, d. s. 26 000 Hektar mit 800 t HCH und DDT im Wert von 1 Million DM.

Im Weinbau betrug der Wert der verwendeten chemischen Giftstoffe 4,6 Millionen DM. Darin sind enthalten etwa 1 500 Tonnen organische Phosphorpräparate und 1 000 Tonnen DDT. Im Obstbau konnten trotz eifrigster Werbung nur etwa 25 % der Obstbäume, also 20 Millionen, begiftet werden. Es handelt sich um Winterspritzmittel auf Teeröl- und Dinitrokresolbasis, und zwar etwa 100 Millionen Liter Spritzbrühe im Handelswert von 5,6 Millionen DM.

Hingegen ist es gelungen, 65 % des Getreidesaatgutes mit etwa 920 Tonnen quecksilberhaltiger Beizmittel im Wert von 4,2 Millionen DM zu behandeln. Von 15—50 %igen Kupfermitteln wurden im Weinbau 4 500 Tonnen, im Kartoffelbau 2 000 Tonnen, im Obstbau 150 Tonnen für zusammen 15,2 Millionen DM verbraucht, im Weinbau fanden 3 100 Tonnen Schwefelmittel für 5,4 Millionen DM Verwendung.

Mit 715 Tonnen Wuchsstoffmitteln im Werte von 11 Millionen DM wurden 550 000 Hektar Getreidefläche begiftet. Eine 1953 in Bayern zur Bekämpfung der Maikäfer durchgeführte Aktion erfaßte 2 040 Hektar und kostete 120 000 DM. Es wurden über 96 000 kg Chemikalien verbraucht. Der Gesamtaufwand an chemischen Landschaftsgiften in der westdeutschen Bundesrepublik kann zur Zeit auf 8 kg je Person und Jahr geschätzt werden. Es werden rund 600- bis 800mal mehr Spritzmittel verbraucht, als gerechtfertigt wären."

Murduscatu stand schon wieder an der Schalttafel. Er sprach: „Im Oktober 1957 fand in Stuttgart der Dritte Internationale Ernährungskonvent statt, an dem 700 Mediziner und andere

Fachleute aus 36 Nationen teilnahmen. Sie sehen und hören den deutschen Professor Heupke!"

Heupke erschien: „An der Zunahme der allergischen Hautkrankheiten, der vegetativen Neurosen, der Erkrankung der Nieren, des Herzgefäßsystems und der Leber sind erwiesenermaßen die vielen Chemikalien in hohem Maß beteiligt. Wir müssen daher mit allem Nachdruck fordern, daß die chemischen Mittel zur Schädlingsbekämpfung durch biologische ersetzt werden. Es sind 2 000 Pflanzenarten bekannt, die Stoffe zur Abwehr von Schädlingen enthalten und doch für Säugetiere und Menschen unschädlich sind. Nur zwölf davon werden gegenwärtig ausgenützt. Daneben muß die Schädlingsbekämpfung durch biologische Hebung des Gesamtkräftezustandes der Pflanzen erfolgen. Dadurch würden viele Schädlinge von selbst wirkungslos werden."

„Das wäre für uns allerdings gefährlich, Spray!" grunzte der Boß.

Der Furchtbare schaltete aus.

„Professor Heupke hat in den Wind gesprochen!" rief Spray.

Sten: „Er teilt das Schicksal aller, die ihrer Zeit voraus sind. Aber es werden immer wieder und immer neue Heupkes und Biskinds aufstehen und predigen, so lange, bis die Menschheit hellhörig geworden ist."

Spray: „Sie werden aufstehen, aber keinen Erfolg haben. Wer gegen mich ankämpfen wollte, würde überall auf Widerstände stoßen, ohne meine eingreifende Hand zu sehen. Maßgebende wissenschaftliche und administrative Kapazitäten werden von mir im stillen beeinflußt, ohne daß sie es selber merken. Die Gründung von Abwehrorganisationen schweigen wir tot oder verdächtigen sie politisch. Auf alle Fälle verhindern wir die Bewilligung finanzieller Mittel.

Aber ich lege auch der reinen Forschung Hindernisse in den Weg, wo sie zur Aufdeckung meiner Pläne führen könnte. Zudem beurteilen die maß- und geldgebenden Stellen jedes Forschungsvorhaben nur nach seinem vermeintlichen praktischen Wert oder nach der Möglichkeit, die Ergebnisse rasch zu verwerten, daß heißt zu Geld zu machen. In einem Kampf gegen die Vergiftung des Lebens aber ist nur Geld zu verlieren, nämlich die Milliardengewinne der mit der Chemie befaßten Industrie- und Handelsunternehmungen und die daraus resultierenden Steuerbeträge. Es ist demnach jeder Rebell von vornherein als Staats- und Wirtschaftsfeind leicht zu brandmarken."

„Man kann sich schwer vorstellen", begann Rolande, „die Erzeuger und Händler seien so hartgesottene Burschen, daß sie bei ihrer vielversprechenden Reklame die gefährlichen Folgen ihrer Gifte wissentlich und absichtlich übergehen."

Der Boß: „Die meisten dieser Leute haben keine Ahnung, daß sie in harmloser Verpackung Siechtum und Tod verkaufen. Die es ahnen, schlucken als Gewissenspille die Gutachten ihrer Experten, die beauftragt und bezahlt werden, einen neuen Begriff der Unschädlichkeit zu konstruieren."

Spray: „Und wenn trotzdem ein Mensch bei Gebrauch dieser Mittel den Tod findet, so schieben wir alle Schuld dem Opfer zu, das wir für überempfindlich oder allergisch erklären. Oder wir behaupten ganz einfach, daß die Mittel nicht richtig angewendet wurden. Die Natur ist ein unteilbares Ganzes. Der Mensch aber teilt in Nützlich und Schädlich und vernichtet alles, was ihm nicht notwendig oder gewinnbringend erscheint. Er rottet um sich her alles Leben aus, von dem er in seiner Engstirnigkeit glaubt, er benötige es nicht direkt. Alle Lebensprozesse in Boden, Pflanze, Tier und Mensch aber sind eine einzige lebendige Kette. Das hat man vor lauter Stolz auf den technischen Fortschritt vergessen. Die Unkenntnis und Gleichgültigkeit des sogenannten Normalverbrauchers in dieser Hinsicht ist erfreulich."

Der Boß: „Sie wird von uns gefördert, wie wir nur können. Wir züchten den Mythus von der menschlichen Unabhängigkeit gegenüber den ordnenden Gewalten der Schöpfung. Die Menschen schenken daher warnenden Feststellungen keinen Glauben.

Man übersieht sie, legt sie falsch aus, verdreht und unterdrückt sie, behandelt sie als phantastische Gerüchte. Die menschliche Überheblichkeit und die immer mehr um sich greifende Einbildung der eigenen Unantastbarkeit kommt uns dabei sehr zustatten."

Spray klappte seine letzte Mappe zu und schloß: „Mit erheiternder Indolenz aber und Leichtfertigkeit überhören die berufenen Volksvertreter und Minister alle Alarmzeichen auf diesem Gebiet. Man läßt es seelenruhig zu, daß der Boden, die Natur, die Lebensmittel und damit die Menschheit weiter in zunehmendem Maße vergiftet werden, und glaubt, dies alles hätte mit der sogenannten großen Politik nichts zu tun."

XV

WARTEZIMMER DES TODES

Als Rolande die Augen öffnete, fiel ihr Blick auf einen großen Strauß roter Rosen, der auf dem Tisch ihres Zimmers stand. Elastisch und froh erhob sie sich und wurde doch im selben Augenblick vom Alpdruck der Situation überfallen. Eine Lähmung von innen her verlangsamte ihre Bewegungen. In der Tiefe ihres Herzens freilich regte sich noch etwas anderes, die Andeutung, der Versuch eines kleinen Glücks: Sten. Aber wo gab es noch ein Glück in dieser von den Mächten des Teuflischen unterjochten Welt? War noch ein Weg, der anderswohin führte als in ein elendes, erbärmliches Verrecken? Was würde dieser lachende Sommertag ihnen noch an Schrecklichem, Bedrohlichem, Ausweglosem enthüllen?

Daß dies ein Tag der Entscheidung war, hatte in diesem Augenblick beinahe kein Gewicht für sie. Waren nicht alle Entscheidungen schon gefallen? Was bedeutete noch der Wille eines einzelnen Menschen in dieser Welt?

Sie vermochte das Frühstück kaum anzurühren. Als das Diktat des Lautsprechers sie nach oben berief, tastete sie mit zitternden Fingern nach dem Leinensäckchen, das sie um den Hals trug. Dann gehorchte sie.

Der Teufel war gut aufgelegt. „Wichtiger Tag heute für meine Gäste!" feixte er. „Großer Tag, vielleicht auch für mich, da ich so tüchtige Mitarbeiter kriege!" Er blickte zwinkernd von einem zum anderen.

Der Techniker sah ihn einverstanden an. Auf Sten und Rolande ruhte der Blick des Satans nachdenklich und lange. Er spürte, daß sie noch nicht überzeugt, geschweige denn unterworfen waren. Man mußte sie in die Zange nehmen. Er war seiner Sache sicher. Aber auch der Techniker schien noch nicht gewonnen. Er wandte ein:

„Ich gestehe, daß ich von allem, was wir zu hören und zu sehen bekamen, nicht sonderlich beeindruckt bin."

„So", schmunzelte der Teufel. „Und warum nicht, wenn ich fragen darf?"

„Seit zwei Tagen bemüht man sich hier, uns zu beweisen, daß an allen Ecken und Enden der Welt der Untergang der Menschheit erfolgreich vorbereitet wird. Man sollte also glauben, daß die Menschen dahinsiechen, dahinschwinden und bald ausgestorben sein werden. Wie aber sieht es wirklich aus? Die Menschheit blüht und gedeiht, sie wächst von Tag zu Tag an, und das Durchschnittsalter, das in früheren Jahrhunderten, als das Leben angeblich noch gesünder war, bei 22 Jahren lag, ist auf 68 Jahre gestiegen. Der Erfolg aller teuflischen Bemühungen ist, daß die Welt von immer mehr Menschen bewohnt wird, die immer älter werden, also von ausnehmend guter Gesundheit sein müssen."

„Sie haben recht hinsichtlich der Lebensdauer, unrecht hinsichtlich der Gesundheit, denn die höhere Lebenserwartung ist mit einer höheren Krankheitserwartung in immer jüngeren Jahren erkauft. Die Lebensverlängerung ist nur auf die Bekämpfung des akuten Seuchentodes zurückzuführen."

Rolande: „Immerhin ein großartiger Erfolg der modernen Medizin!"

Der Boß: „Das Hinausschieben des Sterbens hat mit einer Veredlung des Lebens nichts zu tun. Man spart Gräber und hat dafür zu wenig Spitalsbetten. Wenn Sie das als großartigen Erfolg buchen wollen . . ."

„Ich bin nicht Ihrer Ansicht", erwiderte die Ärztin. „Zweifellos hat die Hygiene das Menschenleben schöner und besser gemacht, dazu das durchschnittliche Lebensalter um 46 Jahre verlängert. Wir Ärzte können zufrieden sein."

Der Teufel lächelte. „Auch ich bin es, meine Dame! Die Hygiene schützt die Anfälligen und macht die Gesunden anfällig. In den zivilisierten Ländern gibt es — als Auswirkung der Hygiene und des medizinischen Fortschritts — keine gesunden Menschen mehr."

Rolande war in ihrem Element: „Die Hygiene hat den Rückgang der bakteriellen Krankheiten bewirkt!"

„Die Volksgesundheit ist nicht nur eine Bazillenfrage. Das Kranksein beginnt bei der geistig-seelischen Fehlsteuerung und Inaktivität. An den Reibungen der überorganisierten sozialen Ordnung entzünden sich geistige, körperliche, eingebildete und wirkliche Leiden. Der weitgehende Sozialschutz nimmt dem Schwächeren die Vitalität. Naturwidrige Lebensrhythmen, Hast und Lärm, Vergiftung der Umwelt und Nahrung, mangelhafte Atmung und Bewegung — die Quellen des Krankheitselends sind unaufzählbar und unausschöpflich. Übrigens habe ich meine Mitarbeiter auch auf diesem Feld, das können Sie sich denken!" Der Teufel drückte auf den Knopf der Sprechanlage. „Ich brauche Mekus, dringend, sofort!"

„Wie heißt sein Dezernat?" fragte Bob.

„Mekus arbeitet gegen den Bestand der Menschheit unter der Maske der Medizin."

„Also mein persönlicher Gegner!" rief die Ärztin. „Jetzt wird es interessant!" Dabei pochte ihr plötzlich das Herz in Bangigkeit.

„Warten Sie ab, ob er so sehr Ihr Gegner ist, wie Sie meinen!" Man schwieg eine Weile im Warten auf den Gerufenen. Rolande begann: „Der Hygienestandard wird dank der Errungenschaften der modernen Medizin noch weiter gehoben werden."

Der Teufel nickte zustimmend. „Das hoffen wir. Die Krankheiten nehmen dort am stärksten zu, wo die wirtschaftlichen und sanitären Lebensbedingungen am höchsten entwickelt sind."

„Zum Beispiel die Kinderlähmung!" sprach in diesem Augenblick Mekus, der plötzlich im Zimmer stand. Der Dezernent war hochgewachsen, trug Brille und weißen Mantel.

Der Teufel nickte ihm zu. „Mekus wird uns Konkretes sagen können!"

Der Krankheitsteufel sprach: „Nehmen wir Kenya: bei der Polio-Epidemie 1954 erkrankten von je 100 000 Menschen in diesem Gebiet 250 Weiße, 60 Asiaten, 12 Schwarze. Nehmen wir Rumänien: 1955/56 trat Polio zum erstenmal epidemisch auf, vor allem in den Industriezentren, wo 60 % aller Fälle registriert wurden, obwohl dort nur 27 % der Gesamtbevölkerung leben."

Rolande: „Wir haben ein ausgezeichnetes Serum entwickelt."

„Ein ausgezeichnetes Gift, dessen Gefährlichkeit der Mensch noch nicht erkannt hat."

„Immerhin macht das Gift 75 % aller Geimpften immun."

„Nur, wenn die Impfung fortgesetzt wird. Man bekämpft das Symptom, nicht die Ursache."

„Das wissen wir!" lachte der Boß.

Mekus: „Für die Gewinnung des Serums und die Testimpfungen müssen Zehntausende aus Indien kommender Rhesusaffen unter gräßlichen Schmerzen ihr Leben lassen."

Rolande: „Menschen sind wertvoller als Affen."

Der Boß: „Der Beweis für diese Behauptung dürfte Ihnen schwer fallen!"

Rolande: „Die Tuberkulose ist keine tödliche Krankheit mehr!"

Mekus: „Aber Heilung tritt oft nicht ein. Das jahrzehntelange Siechtum gehört ebenfalls zu den Errungenschaften der modernen Hygiene. Es greift um sich. 1938, 1945 und 1954 gab es in Hamburg 26, 28 und 42 ansteckend Tuberkulöse auf 10 000 Einwohner."

Rolande: „Wir haben die Säuglingssterblichkeit besiegt!"

Mekus: „Es werden sohin konstitutionell schwächere Kinder am Leben bleiben und später als chronisch Kranke der Öffentlichkeit zur Last fallen. Wenn Epidemien sich nicht mehr auswirken können und auf diese Weise keine Ausmerzung kränklicher Menschen erfolgt, so werden diese das Gesamtbild der Menschheit verschlechtern. Und wo ein dem Tode Verfallener durch die Tricks der Medizinmänner gerettet wird, ist der Menschheit einer gewonnen, der sein weiteres Scheinleben als Dauerpatient fristet."

„Ich kann solche Ansichten nur als unmenschlich und teuflisch ablehnen und verurteilen! Die Medizin hat großartige Siege errungen. Das ist eine Tatsache, die durch nichts aus der Welt zu schaffen ist!" verteidigte sich Rolande.

Mekus wandte sich ihr freundlich zu. „Wie kommt es dann, daß die Zahl der Kranken und der Krankheiten ebenso zunimmt wie die Zahl der Ärzte? Man lobt die großen Leistungen der Medizin, die herrlichen Möglichkeiten neuester Diagnostik und spezifischer Therapie. Man feiert Scheinsiege über Einzelsymptome und übersieht dabei vollständig, daß die Gesundheit der zivilisierten Völker rapid zugrunde geht."

Rolande: „Die Medizin ist auf dem Posten. Sie forscht, sie entdeckt, sie schreitet fort. Wo Mängel erscheinen, soll man bedenken, daß die wissenschaftliche Entwicklung nur nach den Endergebnissen, nicht nach ihren Stationen zu beurteilen ist!"

Die Gäste nickten zustimmend. Auch diese junge Ärztin war sichtlich auf dem Posten.

Der Teufel erwiderte: „Die Forschung mag sich beeilen, wie sie kann, sie wird der steigenden Morbidität niemals Herr werden."

Mekus hatte eine Frage an die Ärztin: „Sie sprechen von der Fortschrittlichkeit und Entwicklungshöhe der modernen Medizin. Aber wo gibt es in der zivilisierten Welt ein Volk, ein Land, ja nur eine Stadt, einen Bezirk oder eine Volksgruppe, die vollkommen gesund sind und ohne Arzt, Zahnarzt und Krankenhaus auskommen? Welche Vorstellung, Frau Doktor, verbinden Sie überhaupt mit dem Begriff ‚Gesundheit'?"

„Meines Erachtens hat jeder als gesund zu gelten, der sich frei von Leiden fühlt, oder bei dem der Arzt kein Krankheitsgeschehen feststellen kann."

„Nichts ist so bezeichnend für den Krankheitszustand der zivilisierten Welt als diese kümmerliche Vorstellung! Sie ist — auch wenn Sie dies für sich selber bestreiten mögen — ein Erfolg, den mein Dezernat für sich buchen darf. Damit habe ich Ihnen schon einen Einblick in meine Arbeitsweise gegeben. Ich sorge durch meine Agenten und Beauftragten dafür, daß die Medizin von heute einen falschen oder vielmehr gar keinen Begriff von menschlicher Gesundheit entwickelt."

Rolande: „Wer die Krankheit bekämpfen will, muß in erster Linie die Krankheit studieren!"

„Ein Holzweg! Man müßte den vollgesunden Menschen in einer gesunden Umwelt suchen und zum Gegenstand wissenschaftlicher Studien machen."

Sten fragte: „Wo gibt es ihn noch?"

„Es gibt ihn nicht mehr, weil die Medizin versäumt hat, ihn zu entdecken!"

„Es gibt leider noch Reservationen, Mekus!" warf der Teufel ein.

Mekus: „Ja, in den einsamsten und abgelegensten Gegenden, wo der Fortschritt, die Prosperity, der Segen der Technik und der Medizin noch nicht hin reichen. Die wird es aber bald nicht mehr geben.

Das Londoner Peckham-Institut stellte vier Jahre lang Massenuntersuchungen an gesunden, arbeitsfähigen Menschen unter 42 Jahren an. 91 % davon wurden als krank und behandlungsbedürftig befunden. Durchschnittlich 40 % der jungen Männer der Gegenwart sind körperlich oder geistig-seelisch oder in beiderlei Hinsicht untauglich für schweren Daseinskampf. Das bedeutet, daß im Alter zwischen 50 und 60 achtzig und mehr Prozent dieser Männer lebensuntauglich sein werden. Dies aber ist das Alter, in dem die Männer in führende Stellungen der Politik, Wirtschaft und der sogenannten Wissenschaft hinein wachsen. Damit gleitet das Schicksal der Menschheit immer mehr in die Hände von Debilen, Kranken, Kümmerern und Schwachköpfen ab. Dies gibt zu den besten Zukunftshoffnungen Anlaß. Der chronisch leidende Mensch beherrscht das Weltbild."

„Ich muß als Ärztin die Dinge anders sehen. Dank der modernen Medizin vermag der Mensch Störungen, die in früheren Zeiten lebensgefährlich waren, heute mit Hilfe fortschrittlicher Arzneimittel leicht zu überwinden, und meiner Überzeugung nach ist die Menschheit im ganzen gesund, jedenfalls gesünder als in vergangenen Jahrhunderten."

Mekus: „Und was sagen Sie zu all den Müdigkeiten, den ständigen Kränklichkeiten, dem Mangel an Widerstandsfähigkeit, der Unlust und Nervosität, Schlaflosigkeit, Appetitlosigkeit und Schlingsucht, Darmträgheit und den vielen Beschränktheiten des menschlichen Daseins, die der Primitive nicht kennt? Das alles nennen Sie Gesundheit?

Um überhaupt die Vorstellung einer Scheingesundheit aufrechterhalten zu können, seid ihr gezwungen, einen Trick anzuwenden: ihr müßt von Jahrzehnt zu Jahrzehnt immer mehr Krankheitsvorgänge ausklammern, oder, anders ausgedrückt, ihr setzt die Norm der Gesundheit immer weiter herab. Ihr seid krank und wollt es nicht wahrhaben. Ihr belügt euch selbst, um das Leben überhaupt lebenswert zu finden, um euer angeschlagenes Selbstbewußtsein als Lebende zu stützen. Der an Zahnfäule leidende Mensch gilt noch als gesund. Der augenkranke, der fußkranke, der magen- und darmkranke Mensch erscheint noch gesund, wenn er ‚im übrigen‘ keine spürbaren und sichtbaren Leiden aufweist. Rheumatische Beschwerden, allergische Empfindlichkeiten, allerlei Kreislaufstörungen werden in die Gesundheit einbezogen, soweit sie keine ärztliche Behandlung erfordern. So entsteht eine immer breiter werdende Zone des Zwielichts, in der auch der Arzt nicht mehr genau sagen kann, wo denn eigentlich die Gesundheit aufhört und die Krankheit beginnt. Der neue Gesundheitsbegriff erschöpft sich mit den Maximen, daß der Mensch um jeden Preis möglichst lange leben soll, um arbeits-, steuer- und konsumfähig zu bleiben. Die moderne Medizin darf nicht menschenorientiert, sondern sie muß marktorientiert sein, verstehen Sie? Dem modernen Menschen bedeutet Gesundheit nur noch ein Nichtkranksein. Er lebt abhängig von bestimmten Ernährungsvorschriften, Chemikalien, Drüsenpräparaten, Vitaminen, regelmäßigen ärztlichen Untersuchungen und Geldausgaben für Krankenhäuser, Ärzte und Pflegerinnen. Die natürliche Gesundheit ist abgeschafft.“

Der Teufel unterbrach: „Auch Herr Ingenieur Groot ist der Ansicht, daß trotz unserer weltweiten Bemühungen um den Untergang der Menschheit der Gesundheitszustand allenthalben brillant sei.“

Mekus dachte einen Augenblick nach.

„Einen Moment bitte!“

Er suchte in seiner Aktentasche. „In den USA kommen auf 100 Schwangerschaften 25 Totgeburten, davon weisen jeweils 15 schwerste Mißbildungen auf. Von den 75 Lebendgeborenen zeigen

313

schon in den ersten 15 Lebensjahren 37 %, also 27,7 Individuen Gebrechen. So ergibt sich, daß von 100 Schwangerschaften rund 52 Kinder entweder nicht ins Leben treten oder eine Belastung für die Gemeinschaft bedeuten. Die gesamte Arbeit und Verantwortung für das öffentliche und private Leben ruht auf den verbleibenden 48 %, jeweils 24 Männern und 24 Frauen. Aber von diesen 24 Männern sind nach amtlichen Unterlagen wiederum nur 60 % für den Militärdienst tauglich.

In New York, einer Stadt mit vorbildlichen hygienischen Einrichtungen, sind täglich 700 000 Menschen krank. 1925 gab man zur Heilung von 8 Millionen Rheumakranken in USA 900 Millionen Dollar aus, ohne daß die Zahl der Kranken sich verringerte. 2,5 Millionen Amerikaner sind wegen chronischer Krankheiten — Herzleiden, Arterienverkalkung, Rheumatismus, Nervenkrankheiten — in dauernder Behandlung. 1 Million sind unheilbare Krüppel."

Der Teufel sah schmunzelnd auf den Techniker: „Nun, wie gefällt Ihnen das?"

Alfred schwieg, und der Krankheitsteufel fuhr fort: „60 % aller Amerikaner leiden an Herz- und Kreislaufstörungen. Die Zahl der geistig und seelisch Kranken, die in USA in Anstalten eingewiesen werden müssen, stieg von 1931 bis 1951 um 60 %. Die Zahl der ständigen Insassen wuchs im gleichen Ausmaß. 1900 war jedes zehnte Spitalsbett in USA von einem Nerven- oder Geisteskranken belegt, 1950 jedes zweite. Der Fortschritt ist erfreulich. In Europa liegen die Dinge nicht anders. 1944 gab es in Deutschland zwei Landkreise, wo fast alle jungen Menschen gesund waren: Samland und Jagstfeld. Heute sind in den besten Landschaften kaum noch 60 % der jungen Menschen voll gesund. Dabei hat seit 1914 die Zahl der Ärzte in Deutschland sich verdreifacht. In der ganzen zivilisierten Welt sind die chronischen Krankheiten so gewaltig angestiegen, daß weder Ärzte noch Krankenhäuser ausreichen, um ihrer Herr zu werden. Immer größer wird die Zahl der Herz-, Kreislauf- und Stoffwechselstörungen, der Magen-, Darm-, Leber- und Nierenkrankheiten, der Diabetes- und Krebsfälle. Man hat diese Krankheiten früher als Alterskrankheiten bezeichnet. Jetzt sind sogar schon die Kinder davon betroffen. Die Nervenleiden streben immer höheren Rekordzahlen zu. Die schweren Fälle von Asthma, Migräne, das ganze Durcheinander des vegetativen Nervensystems mit seinen Folgeerscheinungen, sie alle werden durch die steigende Vergiftung aller Lebensbereiche bestens gefördert.

Die Zahl der Brillenträger und Zahnkarieskranken unter den Kindern steigt dauernd. Man hilft dem Symtom ab: man ersetzt die Zähne und verordnet Brillen. Der Degenerationsprozeß wird dadurch nicht aufgehalten. 30 % der Menschheit sind mit Neurosen behaftet. 30 % innerer Krankheiten sind auf neurotische Anlagen zurückzuführen. Dazu kommt das unübersehbare und unbesiegbare Heer der Zivilisationsschäden. Der Rheumatismus steht an erster Stelle. Es gibt keinen Menschen von vierzig Jahren, der noch niemals daran gelitten hätte. Dann die gute Managerkrankheit. Ihr liegen verschiedene Herz- und Gefäßveränderungen zugrunde, die sich im Laufe vieler Jahre unbemerkt entwickeln. Sie führt zum plötzlichen Tod inmitten scheinbarer Gesundheit. Die Wirbelsäulenschäden, die Drüsenstörungen, Basedow, Addison, bei Frauen Regelwidrigkeiten und Beschwerden der Wechseljahre, Überempfindlichkeiten, Durchblutungsstörungen, psychische Labilität und immer wieder mein bester Freund, der Krebs!"

Der Teufel konnte zu dieser Vorlesung aus dem Leidensregister der Menschheit nur lachen. „Es ist doch eine gute Sache um die brillante Gesundheit, wie, Herr Groot?"

Mekus war noch nicht fertig. „Unrichtige Ernährung und gehetzte Lebensweise haben die Arteriosklerose, einst ein Signum des Alters, zu einer Jugendkrankheit gemacht. Sie ist so häufig geworden, daß man sie als eine allgemeine Zivilisationsschädigung ansehen muß. Dasselbe gilt vom Bluthochdruck, Magengeschwür und noch einmal vom Krebs. Der Dickdarm ist eine vom Untergang bedrohte Werkstätte.

Der Teufel: „Gut, Mekus! Man sieht, es herrscht überall dasselbe Prinzip, mein Prinzip: einige machen das große Geschäft mit der Vergiftung des Lebens, mit Lärm und Gestank, mit Hast und Begehrlichkeit, und alle müssen dafür bezahlen: die an der Zivilisation und am guten Geschäft anderer Leute Erkrankten durch ihre unheilbaren Leiden, das Volksvermögen für den Ausfall von Milliarden Arbeitsstunden und die Krankenbehandlung."

Mekus: „Der kleinen, ärztlich, hygienisch und standardmäßig umhegten Bevölkerung Schwedens kostet die Krankheit jährlich zehn Milliarden Kronen, die Erkältungskrankheiten allein fressen 300 Millionen Kronen auf."

Der Teufel: „Erfreulich!"

Mekus fuhr fort: „Ich sorge für den Frühtod der Führungs-kräfte und die vorzeitige Arbeitsunfähigkeit in allen Berufsgruppen. Noch vor zehn Jahren lag der Häufigkeitsgipfel für Herzschlag bei 58 Jahren. Heute ist er bei 50 Jahren angelangt. Die Übersterblichkeit der verantwortlich Tätigen zwischen 50 und 65 Jahren beträgt 50 %. Bei 75 % aller Beschäftigten tritt die Invalidität um rund 12 Arbeitsjahre zu früh ein. 4 bis 5 % aller Menschen sind dauernd krank und belasten damit die soziale Gemeinschaft. Um diese alarmierende Entwicklung vor den Augen der Öffentlichkeit zu verschleiern, faseln meine Beauftragten unermüdlich vom zunehmenden Gesundheitsstandard, und die Menschheit glaubt ihnen." Mekus trat an die Schalttafel. „Sehen und hören Sie Professor Dr. von Bohrmann auf dem Deutschen Therapiekongreß 1955":

„Wir leben heute länger, glücklicher und gesünder als früher. Das viele Gerede von den sogenannten Zivilisationskrankheiten ist zumindest irreführend. Es sollte besser heißen: gesund durch Zivilisation."

Der Teufel freute sich. „Braver Mann!" rief er. „Und was meint unsere kluge Ärztin zu dieser Erfolgsbilanz der modernen Medizin?"

Rolande hob die Schultern. „Ich sage, daß die Medizin dafür nicht verantwortlich zu machen ist. Sie ist angesichts der Flut von Krankheiten notwendiger und aktiver denn je zuvor. Man muß zumindest jedem Arzt persönliche Ehrenhaftigkeit und guten Willen zubilligen!"

„Und Sie meinen, daß es der modernen Medizin gelingen wird, die steigende Flut der Krankheiten einzudämmen!" schielte der Teufel.

„Als Ärztin muß ich daran glauben und auf jeden Fall mein Bestes dazu beitragen!"

Der Boß nickte. „Was ich fördern will, mache ich zum Geschäft, das wissen Sie bereits."

„Ich verbitte mir diesen unerhörten und ungerechtfertigten Angriff auf das Ethos meines Berufes!" fuhr Rolande hoch.

Zu Mekus gewandt, sagte der Boß: „Reden wir vom Geschäft!"

Der Krankheitsteufel verneigte sich. „Die Krankenbehandlung in der westdeutschen Bundesrepublik erforderte 1954 rund 6 000 Millionen DM. Fast 4 000 Millionen DM beträgt der jährliche Umsatz in der bundesdeutschen Krankenversicherung. Mehr als 1 000 Millionen DM umfaßt der Wert der von der westdeutschen pharmazeutischen Industrie erzeugten Medikamente. Sie sehen, ich habe die Krankheit zu einem Wirtschaftsfaktor ersten Ranges gemacht. Sie ist die Grundlage eines riesigen Geschäftes." Mekus lachte. „Die Milliardenumsätze der Krankenbehandlung sind mein verborgener Motor für die fortlaufende Erzeugung krankmachender Güter und für die Begünstigung der Gleichgültigkeit und Verantwortungslosigkeit in allen Gesundheitsfragen. Durch geheime Fernlenkung fördere ich die Gesellschaftsfähigkeit dieser Haltung, gegen soziale Vernunft und gegen soziales Gewissen."

Rolande starrte den Sprecher aus entstellter Miene an. „Nein, nein!" rief sie. „Das ist doch — das ist doch alles nicht so! Sie sehen das falsch! Die Ärzte —"

„Versuchen Sie doch einmal, es richtig zu sehen, meine Dame!" lächelte Mekus. „Vorbeugen ist besser als heilen, nicht wahr? Ich aber habe das Krankmachen und die Krankenbehandlung einträglicher gemacht als das Vorbeugen. Und wollen Sie etwa behaupten, es gebe keine Mediziner, die lieber eine fragwürdige Dauerbehandlung mit Medikamenten, Spritzen und Strahlen durchführen als eine Vorbeugung, an der nichts zu verdienen ist?"

„Es gibt Außenseiter in allen Berufen. Sie sind in der Minderzahl und werden von allen anständigen Ärzten geächtet."

„Die Anständigkeit der Ärzte im allgemeinen vermag nichts an der Gesamtsituation zu ändern. Sie sind keine Fachleute für Gesundheit mehr, sondern nur noch Spezialisten für Krankheit, die von der Krankheit leben."

Das Mädchen war nachdenklich geworden. „Man müßte als Apostel hinausziehen und den Menschen erklären, was Gesundheit ist und wie man sie gewinnt und erhält!"

„Ein Arzt, der das täte, würde wirtschaftlichen Selbstmord begehen. Und er wäre zur Erfolglosigkeit verurteilt. Meine Leute passen höllisch auf! Eine Gesellschaft, in der ein Viertel des wirtschaftlichen Umsatzes vom Kranksein abhängt, muß jeden, der für die Gesundheit eintritt, diffamieren, verfolgen, vernichten. Ein Apostel der Gesundheit würde gegen die Kapitalinteressen mächtiger Berufs- und Wirtschaftsgruppen verstoßen, die von der gesundheitlichen Unwissenheit der breiten Massen profitieren, die die Unmäßigkeit in allen Schichten propagandistisch fördern, um ihre krankmachenden Produkte abzusetzen. Eine wirkliche gesundheitliche Volksaufklärung würde einen wirtschaftlichen Erdrutsch im Gefolge haben. Sie wird daher mit allen Mitteln verhindert werden. Ja, selbst der einzelne, der es wagen wollte, unter Konsumverzicht gesund und einfach zu leben, liefe Gefahr, als Wirtschafts- und damit Staatsfeind verurteilt zu werden. Da die Krankheit ein gutes Geschäft ist, darf der Mensch nicht gesund sein, das gehört einfach zum guten Ton!"

Rolande war erregt und entschlossen. „Ich muß mich allen Ernstes und mit allem Nachdruck dagegen verwahren, wie hier der Berufsstand des Arztes angegriffen und beleidigt wird! Der Ärztestand verwaltet die höchsten Werte der Menschheit, und er lebt sie vor!"

Mekus: „Kein Stand kommt so leicht in Versuchung, diese höchsten Werte zu verraten und in den Staub zu treten!"

„Das echte, unvergängliche Arzttum hat in der Geschichte der Medizin leuchtende Beispiele aufzuweisen. Es setzt ein hohes Ethos und ein edles Menschentum voraus."

„Nicht wenige seiner Jünger haben es zu einem reinen Gewerbe herabgewürdigt! Es gibt solche, die mir dienen, und solche, die mich bekämpfen, leider. Ich bin mir längst darüber im klaren, daß die Ärzte eine enorme Gefahr für die Arbeit meines Dezernats darstellen. Ich habe ihnen daher meine Freunde, Agenten und Beauftragten entgegengestellt, ich habe die Medizinmänner geschaffen. Bei Pasteur gabelt sich der Weg. Auf dem einen ziehen die ihrer menschlichen Verantwortung bewußten Ärzte, die meine Feinde sind. Auf dem anderen marschiert die selbstbewußte Armee der Medizinmänner."

„Ich glaube zu verstehen", sprach das Mädchen nachdenklich.

„Ich habe im 20. Jahrhundert ein medizinisches System entwickelt und eingesetzt, das zwar scheinbar wissenschaftlich exakt, in Wirklichkeit aber einseitig und dogmatisch ist."

Rolande: „Ohne die wissenschaftlich exakt betriebene Forschung hätte der Mensch die vielen Ansteckungskrankheiten niemals bekämpfen können!"

„Dies liegt völlig in unserem Sinne. Die Abwehr von Krankheiten aus eigener Kraft ist eine Lebensfunktion des gesunden Körpers. Wird ihm diese Aufgabe abgenommen, so verliert er die Fähigkeit dazu, und im Augenblick einer Katastrophe, welche die gewohnte Allgegenwart der ärztlichen Hilfe ausschaltet, ist der Mensch verloren."

Der Teufel lachte. „Und solcher Katastrophen sehe ich viele heranreifen!"

„Welcher Art könnten sie sein?"

„Entartung, neue unbekannte und unheilbare Krankheiten, Krieg, Not, Unordnung oder Versiegen der Intelligenz", klärte der Boß auf.

„Ja", stimmte der Krankheitsteufel zu, „dann wird das herrliche große Krepieren beginnen, auf das der weise und allmächtige Mensch seit Jahrzehnten hinarbeitet. Wir unterstützen ihn dabei nach Kräften und freuen uns auf das Leichenfest der Milliarden."

„Leider sind wir noch nicht so weit!" grollte der Teufel.

„Durch die Erfindung des Medizinmannes habe ich den Arzt totgeschlagen, mit der Medizin habe ich die Heilkunst liquidiert. Durch wissenschaftlichen Drill würge ich die natürlichen Heilinstinkte ab. Ich liefere die um die Krankheit Bemühten der analytischen Gelehrsamkeit aus, die den Kontakt mit dem Leben unterbindet. Sie können nur noch Medizinmänner, aber keine Ärzte werden. Das Zahlenverhältnis zwischen beiden hat sich in den letzten dreißig Jahren sehr zu ungunsten der Ärzte verschoben. Die Entwicklung läuft in diesem Sinne weiter. Am Ende stehen Spezialisten und Dilettanten. Beide sind blind gegenüber der Ganzheit des Lebens."

Sten meinte: „Sie irren sich aber sehr, wenn Sie glauben, die Menschen spürten oder ahnten das nicht! Viele sind mißtrauisch und skeptisch geworden gegen Ihren therapeutischen Nihilismus!"

„Ich tue sie als Phantasten und Mystiker ab!"

„Die modernen Therapien", sagte die Ärztin, „sind oft höchst wirkungsvoll und greifen in vielen Fällen radikal ein —"

Mekus: „Und die Patienten sind von Augenblickserfolgen begeistert, ohne von den Spätfolgen zu wissen. Gemessen an dem apparativen Aufwand und der Brillanz des Krankenhausbetriebes sind die therapeutischen Erfolge freilich recht bescheiden, und sie werden mit Fortschreiten der Morbidität immer geringer werden. Zudem können sie auf die Dauer höchst unerwartete und gegenläufige Folgen haben. Darüber täuschen auch gekachelte und chromstahlblitzende Ordinationsräume mit uniformierten Girls nicht hinweg."

Rolande erhob sich. „Ich bin empört über Ihren alle Dinge und Werte entstellenden Zynismus! Sie wissen sehr wohl, daß es Tausende von Ärzten gibt, die selbstlos und aufopfernd Tag und Nacht bereit sind, um kostbares Leben zu ringen, Chirurgen, die mit gesegneten Händen Wunder wirken, Krankenschwestern, die Auslese des Frauentums, die um einen Bettellohn, oder, in Nonnentracht, ohne jedes Entgelt und auf ihr Eigenleben verzichtend, sich den Leidenden widmen! Sie alle verkörpern einen strahlenden Gipfelpunkt der menschlichen Erscheinungsform, der durch nichts und niemanden verdunkelt und erniedrigt werden kann, nicht einmal vom Teufel!"

Gelangweilt, mit gesenkten Lidern, hatte der Medizinteufel das Ende des Ausbruchs abgewartet. Nun fuhr er zusammenhanglos fort: „Die Medizinmänner verewigen das Krankheitselend der Menschheit, weil die Symptombekämpfung fast immer das Grundleiden verschlimmert und zur Ursache neuer Krankheiten wird. Sie betrachten die Krankheit als eine isolierte Erscheinung, die Ursache und Sitz im menschlichen Körper hat, und verstehen nicht, daß ihre Wurzeln in der gesamten Umwelt, in Luft, Wasser und Boden gesucht, daß der Tod in der Technik, in der Chemie, in der Profitgier, im Geltungswahn, im Fortschritt, im Lebensstandard bekämpft werden muß. Jede Krankheit ist nur die Folge eines Fehlers in der Lebensweise. Hoffnungslos ist es, die Degeneration zu bekämpfen, wenn man ihre Quellen nicht verstopft. Dabei schirme ich meine Leute sorgfältig gegen Einblicke und Einmischungen von außen ab, verhindere die Belehrung des Volkes und hüte das Scheinwissen als Heiligtum, übersteigere durch eine geschickte Propaganda maßlos den Nimbus des modernen Medizinmannes."

Rolande setzte sich energisch zur Wehr: „Ich protestiere gegen diese böswillige, völlig falsche und einseitige Definition des Mediziners!"

Mekus: „Sie müssen sich entscheiden, ob Sie sich zu den Medizinmännern oder zu den Ärzten zählen wollen. Im letzten Falle brauchen Sie sich nicht betroffen zu fühlen!"

Sten: „Sie gehört zu den Ärzten, darüber kann kein Zweifel bestehen!"

„Auch die Mediziner haben das Leben an die Maschine verraten. Sie haben die Heilkunst mechanisiert. Durch die Herrschaft der Apparaturen verdränge ich die ärztlichen Fähigkeiten, die alle bedeutenden Ärzte, von Hippokrates angefangen, auszeichneten: das einfache, naive Schauen und Denken, die heilenden Hände, die heilende Seele des Arztes. Die intuitive Diagnose, die klassische Anamnese, Inspektion, Palpation, Perkussion und Auskultation sind entwertet. Man versucht, mit ausgeklügelten technischen Hilfsmitteln und einem unübersehbaren Wust von Wissen und Pseudowissen die Krankheit gehirnlich einzukreisen, außerhalb jeden Gefühls, um Tests und Scheindiagnosen auf dem Papier zu errechnen. Man hat dem Leben abgeschworen und die wahre Heilkunst verlernt.

Die mechanistische Weltanschauung in der Medizin hat zur Mißachtung der Naturheilung zugunsten einer gedankenlos und schematisch forcierten Kunst- und Scheinheilung geführt. Der Mediziner der Massengesellschaft hat das Antlitz des Massenmenschen angenommen. Er weiß heute gar nicht mehr, ob er dem Patienten nützt oder schadet. Die automatische Massenabfertigung der überfüllten und gehetzten Sprechstunde verführt ihn dazu, mit Rezept, Spritze und Tablette eine Scheintherapie zu treiben, Steine statt Brot, Schlagworte statt Diagnosen, Pillen statt Behandlung zu geben. Er meint, durch die Zivilisation entstandene Störungen des lebendigen Organismus mit zivilisatorisch-unlebendigen Mitteln korrigieren zu können. Durch Verordnung von toten Dingen glaubt er, dem Leben zu dienen, und verursacht damit nur noch umso größere Schäden im Bereich des Lebendigen. Auf dieser Basis konnte ich die chemisch-pharmazeutische Industrie überdimensional entwickeln. Für jede sogenannte Krankheit hat sie hundert unfehlbare Mittelchen auf Lager, die sie mit einer weltweiten Rührigkeit empfiehlt, und sie erzeugt immer wieder andere. Täglich streut sie dem Mediziner eine Auswahl neuester, allerneuester Wunderdrogen auf den Tisch, so daß er zu immer neuen und mehr Verordnungen verleitet wird. Der Apotheker ist kein Berater mehr, sondern nur noch Verteiler für die Produkte der chemisch-pharmazeutischen Industrie, der Arzt nicht mehr Hüter und Bewahrer der Volksgesundheit, sondern Kaufmann."

Der Boß fügte hinzu: „Und von allen diesen Mittelchen der chemischen Medizin ist noch kein ganzes Promille wirklich treffsicher und zuverlässig. Auf der anderen Seite aber sorgen wir für die Heranzüchtung immer neuer und gefährlicherer Bakterienstämme!"

Mekus: „Die Zahl der Menschen, die an Medikamenten sterben, ist in erfreulicher Steigerung begriffen. Die Zahl jener, die infolge Tablettenschluckens an schweren Vergiftungserscheinungen leiden oder sich schwere organische Krankheiten zugezogen haben, ist kaum zu erfassen und geht in die Millionen. Das Gute daran ist, daß die meisten dieser Menschen die Ursache ihrer Erkrankung nicht kennen. Das manische Medikamenteschlucken ist zu einer neuen Krankheit geworden. Es ist in der zivilisierten Welt seit 1950 um 110 % gestiegen.

Jeder vierte Zivilisationsmensch leidet an Schlaflosigkeit. Der Schlafmittelumsatz steigt mit der Zahl der Kraftfahrzeuge. Größte Mengen von Pseudoheilmitteln werden ohne ärztliche Kontrolle wahllos durch Jahr und Tag genommen."

Sten: „Dafür können Sie aber die Ärzte nicht verantwortlich machen!"

„Es gibt kaum ein Mittelchen, dessen Verpackung oder Gebrauchsanweisung nicht die Empfehlung eines mehr oder weniger prominenten Medizinmannes trägt! Dänemark mit 4 Millionen Einwohnern schluckt jährlich 150 Millionen Tabletten Aspirin, ebensoviele Kopfschmerztabletten und rund 9 000 kg Schlafmittel. Auf der Deutschen Therapiewoche 1952 wurden rund 100 000 verschiedene Arzneimittel gezählt. Nur knapp ein Drittel davon ist rezeptpflichtig. Die Bevölkerung der westdeutschen Bundesrepublik konsumiert täglich 2 200 000 Tabletten, das sind rund 800 Millionen im Jahr, davon etwa 350 Millionen schmerzstillende, 125 Millionen Aspirin, 145 Millionen Schlafmittel und 180 Millionen abführende Pillen."

Der Teufel: „Die Höhe des Umsatzes garantiert mir die Aufrechterhaltung des Zustandes!"

„Alle diese Mittel führen, auch wenn die beabsichtigte Hauptwirkung erzielt wird, schädliche Nebenwirkungen herbei. Die verschiedenen Vergiftungserscheinungen werden als neue Krankheiten angesehen, die man mit neuen ‚Happypills' bekämpft. Eine sichere Diagnose ist unmöglich, weil hunderterlei Giftwirkungen zusammenkommen."

„Sie sprechen aber nicht von den tatsächlichen Erfolgen, die in vielen Fällen zu verzeichnen sind", sagte das Mädchen.

„Niemand spricht von den Spätmißerfolgen, meine Dame! Die primitive Aspirinmedizin schafft zwar vorübergehend das oberflächliche Bild einer Massenwohlfahrt, greift aber am Ende an die Wurzeln des Lebens. Jede neue Therapie zieht unfehlbar ihre neue Pathologie nach sich. Neue Medikamente erzeugen neue Krankheiten.

Drei Erscheinungen sind es vor allem, die durch dauernde unkontrollierte Anwendung von Medikamenten ausgelöst werden: Gewöhnung bis zur Süchtigkeit, organische Schädigungen und schließlich die Gefahr, daß das Mittel das rechtzeitige Erkennen der Verschlimmerung oder des Entstehens einer neuen Krankheit, etwa Krebs, verhindert.

Viele sogenannte Heilmittel rufen bei längerem Gebrauch schwere Schäden des blutbildenden Knochenmarks hervor. Ein großer Teil der allergischen Krankheiten, wozu auch Migräne und Asthma gehören, wird dadurch ausgelöst. Im Gefolge der Insulinbehandlung erscheinen Gefäß- und Augenkrankheiten bis zur Erblindung, Nierensiechtum, Herzinsuffizienz, Apoplexie und Gangrän. Penicillin, ACTH und Cortison führen zum Versiegen der natürlichen Abwehrkräfte. Ich lasse diese Mittel und ihre Augenblickserfolge mit voller Lautstärke hinausposaunen. Indes die Opfer sind schon unter uns.

Der Mensch kennt weder die Gesamtfunktion des Lebens noch die des eigenen Körpers, ich flöße ihm aber den überheblichen Glauben ein, sehr viel davon zu wissen. Dies verführt ihn dazu, immer mehr und immer kühner zu experimentieren. Auch die Bedeutung und Wirkung der synthetisch gewonnenen Hormone und Vitamine ist dem Menschen noch völlig unklar.

Außer Zweifel steht für mich, daß der Arzneimittelmißbrauch zur Ausbreitung des Krebses führt. Für zahlreiche chemische Stoffe steht die krebserregende Wirkung fest. Und fast alle sogenannten Heilmittel werden aus dem Steinkohlenteer gewonnen. Man legt größten Wert auf die Vernichtung der Krankheitskeime und vergißt, daß auch die Bakterien ihre Aufgabe im Schöpfungsplan haben. Haut und Schleimhäute des Menschen sind von unzähligen Mikroorganismen besiedelt, die in ihren lebenerhaltenden Funktionen einem zusätzlichen Organ gleichkommen. Wenn sie vernichtet werden, so hört dieses Organ zu arbeiten auf."

„Gut!" lobte der Teufel. „Und was haben Sie veranlaßt, um die Entwicklung auf dieser Linie voranzutreiben?"

„Die großen Werbebüros der pharmazeutischen Giftküchen setzen alles daran, die Menschheit für den Ankauf ihrer Pseudomedikamente empfänglich und kaufwillig zu erhalten. Täglich lasse ich in Zeitungen und Zeitschriften gut aufgemachte große Ankündigungen neuester und wirksamster angeblicher Heilmittel setzen, die nicht nur Befreiung von allen Leiden, sondern auch Verjüngung und Lebensverlängerung versprechen."

Der Teufel brummte. „Übrigens — interessant! Ist Ihnen, meine Gäste, das noch nicht aufgefallen? Die Chemikalien, die den Boden, die Landschaft, Pflanzen, Tiere, Nahrung und Menschen krank machen, werden in denselben Fabriken hergestellt wie jene, die den Menschen angeblich wieder gesund machen sollen. Tjä!" Er zog die Schultern schief und lachte sein heiseres Lachen. „Es gibt Geschäfte, die einen goldenen Boden, und solche, die einen doppelten Boden haben!"

Mekus hatte nach einer anderen Mappe gegriffen. „Um die Selbstverantwortlichkeit zu zerstören und den Gesundheitswillen zu lähmen, habe ich die soziale Krankenversicherung erfunden. Mit ihr gaukle ich dem Menschen den willkommenen Traum vor, daß ihm jede Sorge, jedes eigene Bemühen um seine Gesundheit abgenommen ist. Wer fürs Kranksein belohnt wird, das heißt einen Krankenschein und Geld ohne Arbeit bekommt, wird gerne krank."

„Sie haben eine seltsame und verschrobene Art, die Dinge zu sehen, Herr Mekus!" sprach die Ärztin. „Kranksein ist ein Unglück, und die kostenlose Hilfe ist nur ein bescheidener Ausgleich dafür. Und jeder hat die Gelder vorher eingezahlt, die er im Krankheitsfall erhält."

„Stimmt. Wer einzahlt, will auch etwas davon haben. Haben kann er nur etwas, wenn er krank wird. Damit züchte ich die innere Disposition zur Krankheit. Und gibt es nicht auch solche, die viel mehr herausbekommen, als sie eingezahlt haben?"

„Nur in schweren Krankheitsfällen, und diesen armen Menschen sind die aus der Versicherung erwachsenden Vorteile zu gönnen, die immer noch nicht die Gesundheit aufwiegen."

Mekus: „Das bedeutet aber, daß viele Gesunde für einen Kranken bezahlen müssen . . ."

Rolande: „Wer das Glück hat, gesund zu sein, darf freudig für den durch Krankheit heimgesuchten Menschenbruder einstehen. Darin liegt das Ethos der sozialen Krankenversicherung."

„Ebenso wie zweifellos darin, daß einer, der durch maßvolle und natürliche Lebensweise sich verantwortungsbewußt gesund erhält, für jene die Rechnung bezahlen darf, die ihre Gesundheit gedankenlos und fahrlässig zerstört haben. Im übrigen gibt es in manchen Ländern Krankenkassen, die das zwangsweise eingehobene Geld des Volkes in erster Linie für ihren aufgeblähten Apparat und Marmorpaläste ausgeben. Ich habe mir ausgerechnet, daß sich nach 40 Arbeitsjahren die Beiträge für die soziale Krankenversicherung, auf Zinseszinsen angelegt, bei einem Monatseinkommen von 300 DM auf rund 30 000 DM belaufen. Meinen Sie, daß es einen Versicherten gibt, der in seinem ganzen Leben so viel herausbekam?"

Rolande: „Bevor es Krankenkassen gab, konnte ein Kranker, der das Geld für den Arzt nicht hatte, einfach verrecken. Es ist noch gar nicht lange her!"

„Sie wollen sagen: der das Geld für den Medizinmann nicht hatte. Denn Ärzte waren immer bereit, den Kranken auch ohne Honorar zu helfen." Sten sagte es.

Mekus: „Im Endeffekt bleibt es dabei, daß Nichtversicherte schneller gesunden als Versicherte. Selbst Verwundungen nach Unfällen heilen früher bei denen, die zum Kranksein keine Zeit haben und selber dafür bezahlen müssen. Für den Neurotiker bedeutet die soziale Krankenfürsorge geradezu eine persönliche Gefahr.

Um vom Anfang jedes Menschenlebens an die natürlichen Abwehrkräfte des Organismus zu schwächen, habe ich die Zwangsimpfung aller Kinder vom Säuglingsalter an eingeführt. Dadurch werden die unter der Einwirkung von Zivilisationsschäden ohnehin schon verkümmerten natürlichen Widerstandskräfte unwirksam gemacht."

Die Ärztin konnte diesen Angriff auf die Doktrin nicht unwidersprochen lassen. „Sie werden selbst wissen, daß für eine Reihe von Viruserkrankungen nur die Alternative Impfen oder Sterben bleibt."

„Auch ich sehe zwei Möglichkeiten, aber andere: gesund leben oder impfen. Ein Drittes gibt es nicht. Ich habe die Schutzpockenimpfung zur allgemeinen Pflicht gemacht, weil die Schutzpockenlymphe ein Gift ist. Sie hat an der laufenden Konstitutionsverschlechterung ganzer Völker erheblichen Anteil. Kinder zeigen nach der Impfung häufig einen auffallenden Knick in der geistigen Entwicklung."

„Gut, Mekus!" brummte der Teufel.

„Die latent verlaufenden Gehirnkrankheiten infolge Impfung werden meist von den Medizinern nicht erkannt. Ich komme zum Wichtigsten. Wenn von Krankheit und Medizinmännern gesprochen wird, dürfen wir unseren geliebten, wunderbaren, ausgezeichneten Krebs nicht vergessen!"

Plötzlich, aus dem Nichts, tauchte neben dem Dezernenten Murduscatu auf, der Mann mit dem Totenschädel. Stumm blieb er stehen, sah ins Leere. Die beiden anderen Teufel beachteten ihn nicht. Sie schienen auf sein Kommen immer gefaßt zu sein. Nach einer kurzen Unterbrechung fuhr Mekus fort:

„Sie haben gehört, wie wir Krebs züchten. Er lauert überall, in allen Dingen, Mitteln und Stoffen, in jedem Trunk, in jedem Bissen Nahrung, und die Menschheit weiß es nicht oder glaubt es nicht."

„Was ist nun wirklich die Ursache der Krebskrankheit?" fragte Sten.

„Krebs entsteht durch Sauerstoffnot in den Zellen. Der Sauerstoffbedarf des Körpers muß durch Atmung und Nahrung aufgebracht werden. Wir haben den Sauerstoffgehalt der Luft und aller Nahrungsmittel durch Beimengung chemischer Substanzen herabgesetzt, wir haben andererseits durch die Masseninvasion von Giften in den menschlichen Körper die Enzymtätigkeit geschwächt, die die Zellatmung regelt. Dazu ist der Zivilisationsmensch vom Sitzteufel besessen. Die Folgen sind Sauerstoffmangel des Gesamtorganismus. Damit ist der Boden für den Krebs vorbereitet. Die geschädigten Zellen geraten in einen abnormen Teilungs- und Wucherungszustand. Die Krebsgeschwulst ist geboren."

„Die Einsicht ist klar und logisch", sagte Alfred. „Und das hat noch kein Mensch erkannt?"

„Das hat noch kein Mensch erkannt!" triumphierte Mekus.

„Er lügt!" grollte Murduscatu, und alle sahen auf ihn. „Professor Otto Warburg, Direktor des Max-Planck-Institutes für Zellphysiologie in Berlin, hat klipp und klar bewiesen, daß Krebs durch Schädigung der Zellatmung infolge Sauerstoffmangels entsteht."

Mekus: „Die Menschheit ist, dem Teufel sei Dank! auch an dieser Erkenntnis vorbeigegangen. Meine Erfolge auf dem Krebssektor werden durch solche Indiskretionen verschiedener Besserwisser kaum beeinträchtigt. Meine Beauftragten sind angewiesen, keinesfalls die Meinung hochkommen zu lassen, daß die Krebgeschwulst das Endstadium eines langen pathologischen Entwicklungsverlaufes ist, der durch die Vergiftung der Umwelt ausgelöst worden ist. So betrachtet man den Krebs als eine lokale Erscheinung und versucht, ihn lokal zu heilen. Der Wahnsinnige will die Wanne ausschöpfen, während aus tausend Hähnen weiter Wasser rinnt."

„Es steht außer Zweifel, daß durch Operation oder Bestrahlung gute Erfolge erzielt wurden", sprach die Ärztin.

„Operation beseitigt vorübergehend die örtliche Geschwulstdisposition, nicht die allgemeine. Der zurückgeschnittene Organteil ist für kurze Zeit vor Krebs geschützt, nicht der Organismus. Wenn der Patient überlebt, hat er ebensoviel Aussicht, einen bösartigen Tumor zu bekommen wie der Nichtoperierte. Selbst eine zeitliche Verzögerung der Geschwulstbildung ist nicht nachweisbar. Um die Menschen in Sicherheit zu wiegen, habe ich ein Subdezernat für Krebspropaganda geschaffen. Ich mache in Optimismus, um die Menschheit von jeder Einsicht und Änderung der Lebensweise abzuhalten. Ich schläfere sie ein, damit sie der Gefahr nicht inne wird. Von Zeit zu Zeit lasse ich meine Beauftragten in irgendwelchen Illustrierten mit groß und sensationell aufgemachten Artikelserien zu Wort kommen, wonach der Krebserreger gefunden und die Gefahr gebannt sei."

Murduscatu unterbrach: „Große Worte! Ihr Komplott ist durchschaut und damit der Erfolg Ihrer Arbeit in Frage gestellt. Die Krebskonferenz 1951/52 ergab, daß 82 % der behandelten Krebskranken innerhalb von 1/2 bis 5 Jahren starben. 16 % der behandelten Fälle starben später, jedoch ebenfalls an Krebs. Nur 2 % der Behandelten wurden durch Radikalchirurgie geheilt.

Die letzte amerikanische Statistik ergibt, daß nach den Methoden der Schulmedizin nicht geheilt werden konnten: 96 % Magen- und Darmkrebs, 65 % Brustkrebs, 86 % Dickdarmkrebs, 85 % Gebärmutterkrebs. Die Patienten starben innerhalb von fünf Jahren nach Beginn der Behandlung. Viele Forscher behaupten heute schon, daß es besser sei, den Krebs überhaupt nicht zu behandeln! Wohin schwimmt Ihr Dezernat ab, wenn solche Ansichten zum Durchbruch kommen? Das ist noch nicht alles. Immer mehr Stimmen melden sich, die empfehlen, den Krebs dort zu bekämpfen, wo wir ihn machen: Sie planen eine Weltrevolution der Lebensweise nach der Seite der echten Gesundheit hin. Sie wollen das Leben entgiften. Damit würde unser ganzes Krankheits-Dezernat auffliegen. Was sagt der Dezernent dazu?"

Der Teufel schaltete sich ein. „Murduscatu weiß, daß eine solche Umkehr ausgeschlossen ist. Wir wollen mit Utopien nicht unsere Zeit vergeuden!"

Mekus war an die Schalttafel getreten. „Sehen und hören Sie Dr. med. Charles S. Cameron, Direktor der Amerikanischen Krebsgesellschaft, der in einem Buch mit dem Titel ‚Die Wahrheit über Krebs‘ die Welt beglückt hat!"

Überlebensgroß erschien das glatt rasierte, geistig geprägte Antlitz des Gelehrten: „Jede andere als die schulmedizinische Krebstherapie durch Bestrahlung und Operation ist verbrecherisch, ja sie ist Mord! Heute können wir 50 % aller Krebsfälle durch schulmedizinische Behandlung heilen! Die Menschheit könnte den Lungenkrebs im kurzen Wege besiegen, wenn alle Menschen

über 45 Jahren halbjährlich Röntgenuntersuchungen der Brust-
höhle unterzogen würden, und jeder Tumor in der Lunge sofort
operiert würde!"

Mekus: „Operierte Lungenkrebskranke leben höchstens noch
1½ Jahre nach dem chirurgischen Eingriff. Die halbjährlichen
Röntgenuntersuchungen würden eine Fülle weiterer Krebserkrankungen auslösen, aber sie und ihre Folgen wären ein gutes Geschäft für unsere Medizinmänner."

Cameron: „Alle Bemühungen um eine Senkung der Krebszahl
durch vernünftiges Leben oder durch Reinhaltung und zweck-
mäßige Verwendung der Nahrungsmittel, wie gewisse Gesund-
heitsapostel empfehlen, erkläre ich für utopisch!"

„Ausgezeichnet! Ich freue mich, in Mister Cameron einen so
hervorragenden Freund und Mitarbeiter gefunden zu haben!" Der
Teufel war guter Laune. „Übermitteln Sie ihm meinen allerhöchsten teuflischen Gruß und Dank!"

Mekus verbeugte sich. „Der Präsident des ‚Deutschen Zentral-
ausschusses für Krebsforschung und Krebsbekämpfung e. V.', Professor Dr. Martius, Göttingen, hat dem Buch von Cameron als
Vorwort ein uneingeschränktes Loblied gesungen, und der ‚Bun-
desausschuß für gesundheitliche Volksbelehrung e. V.' in Bonn
hat das Werk dringend zur weitesten Verbreitung empfohlen."

„Wackere Burschen!"

„Es scheint demnach", sprach nachdenklich Alfred, „daß auch
die Strahlentherapie in der Krebsbehandlung Schwindel ist..."

„Sie haben mich verstanden. Bestrahlung hemmt die Zellatmung. Sie kann also das Wachstum eines Tumors vorübergehend
verzögern. Da aber gleichzeitig und unvermeidlich auch gesundes
Gewebe bestrahlt werden muß, führt dies zur Schädigung an der
Umgebung des Tumors und damit zu krebsiger Entartung nor-
maler Zellen.

Durch die Bestrahlung werden die allgemeinen Abwehrkräfte
des Körpers geschwächt und Tochtergeschwülste begünstigt. Mit
Ausnahme von Hautkrebs hat die Bestrahlung nie eine Besserung,

nie einen Stillstand des Leidens, sehr oft aber Verbrennungen und zum Tode führende Verschlimmerungen zur Folge. In manchen Fällen ist es ganz sicher, daß Operationen und Bestrahlung zum Wildwerden, das heißt zur Ausbreitung des Krebses, sehr beigetragen haben. Zahlreiche Todesfälle an Krebs fallen der Operation zur Last."

„Ehem!" machte der Totenkopf, und das war das Zeichen, daß er etwas sagen wollte. „Der Plan ist gut ausgedacht und durchgeführt, aber Mekus hat nicht mit der nötigen Diskretion gearbeitet, oder seine Medizinmänner halten nicht dicht. Er hat also seine Mitarbeiter nicht mit der nötigen Sorgfalt ausgesucht. Was sagt Mekus dazu, daß ein amerikanischer Senatsausschuß eine Untersuchungskommission zur Prüfung der Machenschaften in der amerikanischen Krebsmedizin eingesetzt hat? Sehen Sie auf das Bild! Das ist Mister FitzGerald, der Leiter dieser Kommission!"

FitzGerald: „Medizinische Kapazitäten in Amerika und anderen Staaten haben einwandfrei festgestellt, daß Röntgenstrahlen selbst Krebs verursachen können. Ein Gutachten des Leiters der Abteilung für Krebsforschung und -pathologie im Gotham-Hospital, New York, weist nach, daß jene Kranken, die keinerlei Behandlung erhalten haben, länger am Leben bleiben als diejenigen, die chirurgisch, mit Radium- oder Röntgenstrahlen, behandelt worden sind, daß ferner die Anwendung von Radium- und Röntgenstrahlen dem Krebspatienten mehr Schaden als Gutes zufüge. Wenn Radium, Röntgenstrahlen und Operation die einzige Antwort auf das Krebsproblem böten, würde mit der unentwegten Forderung nach weiteren Geldmitteln für die Forschung der größte Volksbetrug unserer Zeit betrieben! Hinter und über allem findet sich die unheimlichste Mischung aus verwerflichen Motiven, Intrigen, Selbstsucht, Neid, Obstruktion und Verschwörung, die ich je gesehen habe. Ich muß hiermit die amerikanische Ärztevereinigung, die Medical Association, ferner den Rat des Nationalen Krebsinstitutes und andere höchste Stellen amtlich der planmäßigen Sabotage an der Volksgesundheit beschuldigen!"

„Donnerwetter! Der Mann hat Mut!" nickte der Teufel anerkennend.

„Es gibt auch solche, Boß!" rief Sten. „Sie werden Ihnen noch
schwer zu schaffen machen!"

Der Teufel winkte gelangweilt ab. FitzGerald fuhr fort: „Es
besteht tatsächlich ein Komplott, dessen Ziel es ist, die freie Verbreitung und Anwendung von Heilmitteln in den USA zu verhindern, die zweifellos einen klaren therapeutischen Wert haben.
Man hat private und öffentliche Gelder mit beiden Händen zum
Fenster hinausgeworfen, mit dem einzigen Ziel, jene Kliniken,
Krankenhäuser und wissenschaftlichen Forschungslaboratorien zu
schließen und zu zerstören, die nicht mit den Ansichten der ärztlichen Organisationen übereinstimmen, das heißt natürliche und
ungiftige Heilmethoden anwenden."

„Bin begierig zu hören, wie unser Dezernent für Krankheit sich
herausreden wird!" sagte der Teufel.

Mekus zog die Schultern hoch. „Meine Medizinmänner auf der
ganzen Welt bekämpfen weiterhin den Krebs durch Bestrahlung
und Operation, was wollen Sie? Unsere Beauftragten, die wir als
sogenannte wissenschaftliche Mitarbeiter in den Redaktionen sitzen haben, ließen den FitzGerald-Bericht ausnahmslos unter den
Tisch fallen. Diese chinesische Mauer kann von keinem durchbrochen werden, Boß! Nur eine einzige Zeitschrift, der ‚Defender‘,
hatte die Unverschämtheit, den FitzGerald-Bericht zu veröffent-
lichen. Aber sie hat nur eine geringe Auflage. Der Prüfungsaus-
schuß wurde aufgelöst und der Bericht ad acta gelegt. Gegen den
Krebstrust ist nichts unternommen worden, und auch die Justiz
war machtlos.

Sie sehen also: die Autoritätsmedizin ist ein totalitärer Über-
staat oder ein Staat im Staate, der das gesamte öffentliche Leben
lahmlegen und die Meinungen aller gleichschalten kann, wenn es
um die Selbstbehauptung eines irrigen Prinzips und nackter Mo-
nopolinteressen geht. Hier liegen unsere Belange in guten Händen.
Murduscatu braucht keine Angst zu haben! Dazu darf ich mittei-

len, daß der deutsche ‚Zentralausschuß für Krebsforschung und Krebsbekämpfung e. V.‘ in seiner Hauptversammlung in Göttingen 1955 eine Erklärung abgab, wonach jeder Artikel über Krebskrankheiten vor der Veröffentlichung vom Zentralausschuß begutachtet werden soll. Wir haben demnach von seiten unserer Krebsoperateure und Bestrahler eine zusätzliche Zensur für alle Pressemeldungen über den Krebs zu erwarten. Es braucht also niemand zu fürchten, daß das Volk die Wahrheit erfährt."

„Es gibt noch eine Menge anderer", sprach der Furchtbare, „die Mekus in die Suppe spucken, und die in ihrem bornierten Eigensinn nicht unterschätzt werden dürfen. Da ist ein gewisser Morris A. Bealle, der ein Buch mit dem Titel ‚The Drug Story‘ geschrieben und damit die Arbeit unseres Krankheitsdezernats aufgedeckt hat. Er schreibt: ‚Die Naturheilungen des Krebses lassen den Arzneimitteltrust und die Medizinalpolitiker rot sehen. Das ist auch der Grund, warum die Heilungen der Naturärzte niemals in der von den Finanzmächten kontrollierten Presse erwähnt werden, deren ‚wissenschaftliche Mitarbeiter‘ alle Gesundheitsberichte unterdrücken, die den Verkauf von Drogen, Seren, Röntgen- und Radiumstrahlen beeinträchtigen könnten.‘ "

Mekus winkte hochmütig ab. „Der Krebs marschiert weiter, trotz des Gewinsels unserer Gegner. Er befällt immer jüngere Jahrgänge. Dreißigjährige Krebskranke sind keine Seltenheit mehr. Bald werden die Kinder drankommen. Auch bei den Haustieren, die unter der Gifteinwirkung der Zivilisation stehen, wird er immer häufiger. Sie sind die Opfer des Menschen und müssen mit ihm bezahlen.

Am fortschrittlichsten, was den Krebstod anbelangt, ist mein liebes Österreich. Hier stirbt ein Fünftel der Bevölkerung an Krebs, alle 50 Minuten einer in Wien, alle 120 Minuten einer auf dem Land. Auf 100 000 Einwohner starben an Krebs 1951 333 Männer und 273 Frauen, 1956 aber schon 596 Männer und 415 Frauen."

„Gut, Mekus. Der Erfolg ist erfreulich und gibt zu den besten Hoffnungen Anlaß!"

„1956 starben in Österreich 70 770 Menschen an Krebs."

„Ich bin beinahe zufrieden", sagte der Boß. „Ich bin überzeugt, daß fast alle heute bekannten Krankheiten durch einfache und gesunde Lebensführung abzuschaffen wären. Wir werden daher in allen Dezernaten mehr als bisher darauf hinarbeiten, eine solche Lebensführung zu verhindern und ihre Apostel dem Fluch der Lächerlichkeit preiszugeben.

Das Medizinalgeschäft ist ein zu gutes Geschäft, als daß wir eine Änderung der Praktiken zu befürchten hätten. Durch eine allgemeine Lebensreform könnten die Ausgaben für Krankheit auf ein Zehntel der gegenwärtigen herabgesetzt werden. Das würde für rund hundert Berufszweige einen Umsatzrückgang um etwa 90 % bedeuten. Es ist klar, daß es dazu niemals kommen wird."

„Achten Sie dennoch darauf, daß uns die sogenannten Naturheilkundigen keinen Strich durch die Rechnung machen!"

„Sie sind in fast allen Staaten gesetzlich geknebelt. Ich habe alle Anträge auf Errichtung eines Lehrstuhls für Naturheilkunde an den Universitäten hintertrieben. Der Vorschlag, in Westdeutschland ein neues Schulfach ,Gesundheitslehre' einzuführen, wurde von höchster Instanz abgelehnt. Meine Medizinmänner schirmen sich und ihre Praktiken wasserdicht gegen jede Einflußnahme und laienhafte Einmengung ab. Die Österreichische Ärztekammer flehte in einer Denkschrift die Regierung an, die Naturheilkunde, durch deren ganz unglaublichen Aufschwung die Ärzte schwer geschädigt seien, mit allen Mitteln zu bekämpfen. Auch in Deutschland streben die Medizinmänner danach, die Regierung zur Gewalttat gegen die Naturheilkunde zu veranlassen. Im übrigen habe ich durch die Schulmedizin alles, was der Mensch in Jahrtausenden an praktischen Heilkenntnissen sammelte und erprobte, als veraltet und wertlos über Bord werfen lassen, und das sind neun Zehntel des alten intuitiven Wissens."

„Kommen Sie zum Ende!" mahnte der Boß.

„Abschließend und zusammenfassend kann ich sagen, daß durch die Arbeit meines Dezernats und die konzentrierten Anstrengungen der Medizinmänner der allgemeine gesundheitliche Verfall unaufhaltsam und in zufriedenstellendem Umfang fortschreitet."

„Es lebe der Fortschritt!" lachte der Teufel.

Mekus: „Noch nie in der Geschichte der Menschheit ist ein solcher Gefahrenzustand erreicht worden wie in der Gegenwart. Am hohen Krankenstand, an den gewaltig angestiegenen und weiter steigenden Kosten für das Krankheitswesen ist niemand anders schuld als der Medizinmann und die übersteigerte Krankenfürsorge. Das geistig und sozial Minderwertige, das sich in allen Gesellschaftsschichten vorfindet, wird weiter vordringen und Boden und Einfluß gewinnen. Das ist die Folge der durch die Medizin betriebenen negativen Auslese der letzten Jahrhunderte. Die Menschheit wird diesen immer intensiver fortschreitenden Prozeß nicht überleben."

Rolande sprach: „Ich bin überzeugt, daß die Medizin Fehler, die sie vielleicht begangen hat, erkennen und gutmachen wird!"

Mekus: „Die Medizin hat sich selbst durch Mechanisierung, Verflachung und Einengung des Denkens unter der Maske der Exaktheit und Wissenschaftlichkeit in eine weltweite Krise hineinmanövriert, in der sie versinken wird. Sie führt stur den Kampf ihrer Doktrinen gegen alles Neue und Lebenrettende."

Sten: „Eine teuflische Auffassung, nicht die unsere! Jede Not aktiviert den Widerstand gegen sie. Wie wäre es mit der Organisation einer weltweiten Widerstandsbewegung gegen den Tod, einer Aktion zur Rettung des Lebens?"

Mekus: „Aussichtslos, junger Freund! Der Nimbus der medizinischen Wissenschaft und ihre Monopolstellung sind unerschütterlich. Hier habe ich mir einen Dämon gemästet, der kathedergewaltig genug ist, um jede Stimme der Vernunft zu ersticken und unter Umgehung einer sachlichen Auseinandersetzung die Warner in wissenschaftshöhnender Weise abzutun."

„Alle Irrlehren laufen sich tot!"

„Irrlehren in der Wissenschaft brauchen fünfzig Jahre, bis sie durch neuere Erkenntnisse abgelöst werden, weil nicht nur die alten Professoren, sondern auch ihre Schüler aussterben müssen."

Sten: „Dann wird die Menschheit nach diesen fünfzig Jahren gesunden!"

„Dann wird es zu spät sein!" fiel der Boß ein.

Mekus: „Vergessen Sie doch nicht, daß wir alle Schlüsselstellungen in der Hand haben! Wir sorgen schon dafür, daß das träge Festhalten an liebgewordenen, krankmachenden Gewohnheiten, Gaumenfreuden und sogenannten Lebensgenüssen und die Gewöhnung an Krankheitsbilder die Menschheit in einen lähmenden Sumpf von Skeptizismus und Resignation versinken lassen! Sie werden im System der Zivilisation die vielen Widerstände gegen das Leben niemals mehr überwinden können!

Lassen Sie mich mit dem Wort eines meiner schärfsten, wenn auch erfolglosen Gegner schließen! Hören Sie, was Dr. med. Lungwitz in seinem ‚Lehrbuch der Psychobiologie' zu verzapfen weiß, und nehmen Sie es als Bestätigung meines Referats und meiner erfolgreichen Arbeit: ‚Die Hochschulen betrachten alles Neue als Einbruch in ihre Welt und lehnen ab, was sie gar nicht kennen. Die Professoren, die ausgelernt haben, sind unfähig, noch hinzuzulernen oder gar umzulernen. Viele Fachleute ignorieren alles, was über ihr Fach und über ihr Denkniveau hinausgeht. Die führenden Ärzte bilden einen wissenschaftlichen Klerus, und es ist ihre Eigentümlichkeit, für sich die Allwissenheit, Unfehlbarkeit und Ausschließlichkeit in Anspruch zu nehmen. Sie haben alle Weisheit mit Löffeln gegessen, so daß für die anderen keine mehr da ist. Das Totschweigen und die verächtliche Diffamierung alles dessen, was nicht in ihren Gärten gewachsen ist, war und ist die Methode der wissenschaftlichen Bonzokratie, um ihren Nimbus, ihr Tabu zu retten, solange es geht.'"

XVI

DIE HENKERSMAHLZEIT

Der Medizinteufel ging. Er hinterließ ein nachdenkliches Schweigen.

„Nun", schmunzelte der Boß und sah auf die Ärztin, „was denken Sie jetzt?"

Das Mädchen mußte sich sammeln. „Ich entdecke, daß mein ganzes bisheriges Leben, mein Studium, meine Arbeit, alles, was ich dachte und tat, falsch war!"

„Durchaus nicht, Mademoiselle!"

„Ich erkenne, daß ich einen Irrweg ging, in der Meinung, einen guten Weg zum Heil der Menschheit zu gehen."

„Sie werden als meine bevorzugte Agentin und Helferin denselben Weg zum Unheil der Menschheit weitergehen!"

„Ich glaubte zu helfen und stiftete Schaden. Ich war des Teufels, nichts weiter."

Der Boß setzte sein gewinnendstes Lächeln auf. „Sie sollen es auch bleiben!" Rolande erwiderte nichts darauf. Sinnend fügte sie hinzu: „Ich muß ein neues Leben beginnen!"

Der Teufel nickte zufrieden. Er deutete es in seinem Sinne. „Dazu sind Sie hierher gekommen! Und jetzt zu einem anderen Dezernat! Sie haben gehört, wie wir es anstellen, um der menschlichen Nahrung Lebensnotwendiges zu entziehen. Sie werden dem Bericht meines Dezernenten ‚Gift in der Nahrung' entnehmen können, daß ich auch Lebensfeindliches hinzufügen lasse."

Azo, der Dezernent Nr. 19, war ein hochgewachsener, breitschultriger Mann im besten Alter.

„Wann haben Sie zum letztenmal berichtet?" fragte der Boß.

„Vor zehn Jahren."

„Ich bewundere Ihre Organisation", lobte Rolande, „die Ihnen gestattet, Ihre Mitarbeiter nur alle zehn Jahre zu hören. Was kann in dieser Zeit geschehen!"

„Nichts, was nicht in meiner Planung läge", erwiderte der Satan, „und zehn oder hundert oder tausend Jahre sind für unsereinen nur wie ein Augenblick . . . Azo ist ein verhältnismäßig junger Mitarbeiter. Sein Dezernat ist erst etwa hundert Jahre alt."

Azo begann: „Ich habe den Auftrag, die von meinem Kollegen Morf der Menschennahrung entzogenen Lebensstoffe durch chemische Gifte zu ersetzen. Dies geschieht unter dem Vorwand der Konservierung, Schönung und Veredlung."

Alfred unterbrach: „Sie haben eine seltsame Art, die Dinge zu verdrehen. Konservierung ist notwendig, weil die Menschenmassen sich an wenigen Stellen des Globus zusammenballen. Die Nahrung wird aus allen Ländern der Erde über weite Entfernungen herbeigeschafft. Monatelang liegt sie in Schiffsbäuchen und Waggons, jahrelang in Lagerhäusern. Wenn sie vor Verderbnis bewahrt wird, so ist das zweifellos im Interesse der Menschheit."

„Und der Landschaft, die alle Nahrung liefern muß", ergänzte der Dichter.

„Hören Sie!" fiel der Teufel ein. „Alles Leben spannt sich zwischen Werden, Sein und Verwesen. Fehlt eine von diesen drei Erscheinungen, so liegt kein Leben vor. Konservierte Nahrung ist aus dem kosmischen Kreislauf herausgerissen. Sie ist nichts Lebendiges mehr. Wer den Tod ißt, der stirbt."

Azo: „Da die menschliche Nahrung zudem schon vor der Konservierung durch die Landschaftsgifte und vielseitige mechanische Vorbearbeitung aus den natürlichen Zusammenhängen herausgelöst ist, kommt der Schutz vor Verderbnis einem Produkt zu, das im Grunde keine Nahrung mehr ist."

„Immerhin bewahrt dieser Schutz die Menschheit vor dem Hunger", sagte die Ärztin.

„Aber nicht vor Krankheit und Entartung. Das System ermöglicht mir, dem Konsumenten ohne jede Kontrolle Chemikalien einzugeben."

„Konservierungsmittel werden doch nur in kleinsten Dosen angewendet!" wandte Alfred ein.

„Es sind manchmal gerade die kleinsten Dosen, welche die größte Wirkung haben. Dennoch begnüge ich mich in meiner Apotheke durchaus nicht mit minimalen Mengen. Mit allen Nahrungsmitteln zusammen gebe ich jedem in zivilisierten Ländern lebenden Menschen Tag für Tag 2,6 Gramm Chemikalien zu schlucken, darunter Blausäure, Arsen, Blei, Kupfer, Salpeter, Borsäure, Paraffin, Teerfarben und vieles andere mehr. Nähme man es auf einmal, so würde an einem Tag die halbe Menschheit aussterben. Im Laufe eines Menschenlebens macht das ungefähr einen Zentnersack voll Gift aus. Manche meiner Lebenselixiere sind so wirksam wie Strychnin und Morphium. Die Fremdstoffe im Brot allein füllen nur in Europa einen Güterzug mit 20 000 Waggons jährlich. Meine Giftchen zerstören den Rest des durch die Abteilung Morf etwa noch übriggelassenen Lebens in der Nahrung.

Der Mensch ist das einzige Lebewesen, das seine Nahrung verdirbt, ehe es sie ißt. In einem großen Feinkostladen mit 18 Angestellten in Stockholm haben wir die Warenbestände geprüft. Unter 628 verschiedenen sogenannten Lebensmitteln fanden wir zu unserer Freude nicht ein einziges, das nicht chemisch konserviert, geschönt, gebleicht, gefärbt, gezuckert, gewürzt, gesalzen, erhitzt, also mit einem Wort entlebendigt worden wäre.

Kein Nahrungsmittelchemiker mehr kennt heute alle im Verkehr befindlichen Konservierungsmittel ihrem Namen, geschweige denn ihrer Zusammensetzung nach."

„Ich denke, daß man nur unschädliche Stoffe verwendet...", sagte Rolande naiv. Azo: „Harmlose Konservierungsmittel gibt es nicht. Ihre Aufgabe ist die Tötung von Fäulnisbakterien, Schimmelpilzen und anderen Mikroorganismen. Es handelt sich um Stoffe, die auf Grund ihrer Fettlöslichkeit die Zellmembranen der Bakterien durchdringen können und daselbst das Protoplasma schädigen."

„Was ist dagegen einzuwenden?"

„Daß auch der menschliche Organismus aus Zellen, Zellmembranen und Protoplasma besteht, wenn ich Frau Doktor daran erinnern darf. Bakterielles Protoplasma wird nicht leichter geschädigt als menschliches. Zuckerharnruhr, Arterienverkalkung, Krebs beruhen auf plasmatischen Schädigungen, hervorgerufen durch Mangel an lebensnotwendigen oder durch Überschwemmung mit lebensfeindlichen Stoffen. Und schließlich müssen die Konservierungsgifte auch auf die Bakterien wirken, die im menschlichen Körper beheimatet sind und lebenswichtige Aufgaben zu erfüllen haben. Jeder Stoff, der mit der Nahrung aufgenommen wird, ist im Organismus wirksam. Die Aufnahme von Nahrungsgiften führt zur Häufung der Reize und zur Zerstörung des Lebens."

„Der Körper vermag solchen Angriffen ausgleichend entgegenzuwirken!" sagte die Ärztin.

„Gewiß, eine Zeitlang. Wäre es anders, so würde es keine Menschheit mehr geben. Aber alle Abwehrbestrebungen des Körpers gegen lebensfeindliche Einflüsse bedeuten einen Verlust von Lebenskraft. Er kann zwar jahrelang ohne fühlbare Krankheitssymptome bleiben, aber er gleicht einem Staat, der seine Kräfte in endlosen Kriegen vergeudet und daran zugrunde geht."

Alfred verbohrte sich in seinen unfruchtbaren Skeptizismus. Er schüttelte den Kopf. „Steht denn die Aufregung überhaupt dafür? Wieviele solcher Fremdstoffe, wie Sie sie nennen, mögen es sein? Einige Dutzend vielleicht . . ."

Azo lächelte. „Sie unterschätzen mich, Herr Ingenieur! Die Food and Drug Administration in USA hat 804 Chemikalien als Lebensmittelzusätze registriert."

Rolande fuhr hoch: „Damit ist gesagt, daß ihre Unschädlichkeit nachgewiesen ist!"

Azo: „Keineswegs. Ihre Schädlichkeit ist nicht nachgewiesen. Das ist ein Unterschied. Nur 428 dieser Mittel werden — nach dem derzeitigen Stande der sogenannten Wissenschaft — als unschädlich angesehen."

„Und nach dem Stande von morgen, von übermorgen?" höhnte der Boß.

„Die Wirkung der restlichen 376 Substanzen sowie der zahllosen nicht registrierten Nahrungszusätze ist unbekannt. Man gebraucht sie trotzdem. England verwendet rund 780 Nahrungsgifte. Den absoluten Weltrekord hält mit rund 1 000 chemischen Konservierungs-, Färbe- und Zusatzmitteln unser geliebtes Deutschland."

„Meinen Freunden und Mitarbeitern in Deutschland meinen teuflischen Gruß!" grunzte der Boß. „Wir haben auch auf diesem Gebiete die Verhältnisse zu unseren Gunsten entwickeln können. Es besteht für den Nahrungsmittelfabrikanten keine Verpflichtung, die Unschädlichkeit einer chemischen Substanz nachzuweisen, obwohl die Industrie sehr wohl in der Lage wäre, die dazu erforderlichen langwierigen und kostspieligen Experimente zu finanzieren. Erst wenn die Behörde nachzuweisen vermag, daß eine Droge schädlich ist, könnte sie verboten werden. Der Behörde aber fehlt das Geld für die Forschung und Erprobung, die sich über Jahrzehnte erstrecken müßte, um alle Gefahren für den Menschen auszuschließen. Und übersehen Sie nicht, daß wir überall unsere Experten sitzen haben, die von uns beauftragt sind, jedes gegnerische Gutachten unter den Tisch fallen zu lassen oder zu widerlegen und die Harmlosigkeit der Nahrungsgifte zu verfechten. Mit dem Meinungsstreit, der sich daraus entwickelt, vergehen Jahre, und indessen wird das Gift von den Menschen gefressen, und es tut seine Wirkung!"

„So ist es!" pflichtete Azo bei. „Unsere Beauftragten in der Wissenschaft und ihre Nachbeter fördern weiterhin das Dogma, daß in der Welt nur das Bewiesene gilt. Damit wird erreicht, daß ein Giftstoff so lange als unschädlich angesehen zu werden hat, bis sich seine Gefährlichkeit zufällig ergibt."

„Mit dieser Anschauung", ergänzte der Boß, „geht die menschliche Wissenschaft am größten Teil des Lebens vorbei, der für den Menschen nie erforschbar und daher nie nachweisbar und begreifbar werden wird. Das ist gut!"

Rolande: „Die Wissenschaft kann sich nicht auf Hypothesen stützen!"

„Ohne Hypothesen gibt es überhaupt keine Wissenschaft", erwiderte Azo. „Wissenschaftliche Gutachten über Gesundheitsunschädlichkeit eines künstlichen Stoffes sind daher von zweifelhaftem Wert. Wenn es noch einen gesunden Menschenverstand gäbe, müßte ohne weiteres einleuchten, daß alles, was gegen die Natur ist und was nicht von ihr kommt, lebensfeindlich und damit schädlich sein muß."

„Das erscheint mir als eine allzu bequeme Vereinfachung!"

„Die Lösung der schwierigsten Probleme ist immer verblüffend einfach, mein Fräulein!"

Der Teufel: „Das chemische Labor der Natur experimentiert seit Milliarden von Jahren. Es hat alle Stoffe der Welt in Weißglut und Eiskälte millionenmal vermengt und getrennt. Man muß glauben, daß die Natur alle nur denkbaren und überhaupt möglichen Verbindungen längst fand und erprobte. Sie löste wieder auf, was ihr mißfiel, sie behielt, was ihr taugte. Daraus ergibt sich, daß alle menschliche Experimentierkunst, soweit sie von der Natur abweicht, dem Leben abträglich sein muß."

Azo: „Drei Ziele bestimmen die Richtung meiner Arbeit. Durch die Beimengung von Fremdstoffen zur menschlichen Nahrung zerstöre ich Nährwerte und Lebenskräfte, die der Mensch aus der Landschaft unter schweren Einbußen an ihrer natürlichen Substanz herausgeholt hat. Zweitens: durch die Chemisierung kann ich machen, daß schlechte Ware aussieht wie gute. Verwestes Fleisch wird wieder verkaufsfähig, alte Ware wird frisch, Minderwertiges täuscht erste Güte vor. Ich sorge dafür, daß Desinfektionsmittel, Konservierungsgifte und Farbstoffe weder durch unangenehmen Geruch noch Geschmack auffallen."

„Also Betrug!" sagte Sten.

„Richtig, mein Herr. Drittens: ich mache die Menschen krank. Mein weltweites Experiment, die Nahrung chemisch zu verderben, muß schließlich zum Absterben der Menschheit führen. Mit geringsten Mengen erziele ich erfreuliche Wirkungen. Wenn die Oxydationsfermente schwinden, kann eine bösartige Entwicklung der Zellen erfolgen."

„Das bedeutet Krebs!" lachte der Satan.

Azo: „Fremdstoffe in der Nahrung sind Krebsverursacher. Die meisten entstammen dem Steinkohlenteer."

„Wozu", fragte Sten, „haben wir Lebensmittelchemiker, wozu gibt es Universitäten und Forschungsinstitute, wenn es möglich ist, die Menschheit einer solchen Giftflut auszusetzen?"

„Die meisten Chemikalien, die für menschliche Nahrungsmittel verwendet werden, sind in bezug auf ihre krebserzeugenden Eigenschaften noch unerforscht.

Man hat sie vorerst ganz oberflächlich auf ihre akute Giftigkeit geprüft. Nun, für sich allein und in geringen Dosen mögen sie wenig schädlich sein. Aber jedes von ihnen trifft auf Hunderte von für sich allein jeweils auch als unbedenklich geltenden Chemikalien. Die Giftwirkung der einzelnen Substanzen vervielfältigt sich in der Vermischung. Diese Gefahrenhäufung ist jeglicher Kontrolle entglitten."

Der Teufel lachte.

„Und wenn der Mensch krank wird, läuft er zum Medizinmann, der seine Arzneistoffe ungewollt mit Chemikalien verbindet, die ihm nach Namen, Zusammensetzung und Dosierung unbekannt sind. Und der ohnehin schon mit lebensfeindlichen Stoffen überladene und verseuchte Organismus muß dann auch noch mit jenen Giften fertig werden, die ihm der Arzt verschreibt!"

Azo: „Zusammen mit den in allen Nahrungsmitteln enthaltenen chemischen Landschafts- und Lagerungsgiften ergibt sich mit der Zeit eine Summenwirkung kleinster schädlicher Einflüsse, die kein Arzt jemals zu entwirren vermag. Nach dem großartigen, durch unseren Boß aufgestellten Heimtückeplan, der allen Mitarbeitern die Anwendung des schleichenden Verfahrens zur Pflicht macht, treffen die verschiedensten Arten von Giften zusammen, stets in so feiner Dosierung, daß eine akute Vergiftung oder deren Vorstufen nie eintreten. Aber die Zeit arbeitet für uns. Im Laufe von zehn, zwanzig und mehr Jahren lagern sich feinste Mengen von Gift ab und häufen sich eines Tages zu schwerwiegenden Konzentrationen. Neue Krankheiten treten auf, deren Ursprung verwischt ist. Es gibt keine Nahrung mehr, die nicht vorbehandelt wurde. 90 % sind chemisch versetzt. Ich habe die Chemie aus den Laboratorien in die Lagerhäuser, Mühlen, Backstuben, Fleischläden und die zahllosen anderen Betriebe der Nahrungsmittelindustrie verpflanzt, aus den Händen der Chemiker in die Hände der Händler, die sie willkürlich zu ihrem Geschäftsvorteil verabreichen."

„Das ist ein ausgezeichneter Fortschritt!" triumphierte der Boß.

„Sobald eine chemische Behandlung welcher Art immer erfolgt, ist der naturgemäße Zusammenhang gestört, die Nahrung ist krank oder getötet.

Da wäre zum Beispiel mein reizendes Nierengiftchen, die Salizylsäure. Die schädlichen Nebenwirkungen sind so mannigfaltig wie bei keinem anderen Präparat."

Die Ärztin unterbrach: „Die Salizylsäure ist Bestandteil zahlloser bewährter Medikamente. Sie ist aus der Medizin gar nicht wegzudenken!"

Azo: „Es ist mir bekannt. Trotzdem hemmt sie die Absonderung der Verdauungsfermente, zerstört das Vitamin C im Körper, verursacht Entzündungen der Haut und Schleimhaut, Erweichung des Zahnbeins, Schleimhautgeschwüre des Magens,

Harndrang, Blutungen der Niere und der weiblichen Geschlechts-
organe, Unregelmäßigkeit der Herzarbeit, nervöse Störungen bis
zum Tobsuchtsanfall, Schwächung der Sinnesorgane. Alle Lun-
genkrankheiten werden durch Salizylsäure verschlimmert.

Angesichts dieser Tatsachen schreibt einer meiner Beauftragten
in seinem Buch ,Das Konservieren der Nahrungs- und Genuß-
mittel' folgendes: ,Bezüglich der Salizylsäure sprechen die allgemeinen Erfahrungen für die völlige Indifferenz dem menschlichen
Organismus gegenüber. Seit dem Bekanntwerden der Salizylsäure sind alljährlich viele tausend Kilogramm dieses Stoffes in
Konserven aller Art verzehrt worden. Es liegt auch nicht ein Fall
vor, in welchem irgendeine Gesundheitsstörung durch den Genuß salizylierter Nahrungsmittel bekannt geworden wäre. Es
hat sich sogar eine große Anzahl angesehener französischer Ärzte
für die allgemeine Anwendung der Salizylsäure ausgesprochen,
darunter auch Pasteur.' "

Der Teufel grinste. „Gut, Azo!"

Rolande sprach: „Was sagen Sie dazu, daß Salizylsäure auch in
Kirschen, Johannisbeeren, Pflaumen, Weintrauben enthalten ist?"

Azo: „Ich sage dazu, daß Sie Leben und Tod unterscheiden
lernen müssen! Ein Stoff, der auf natürliche Weise organisch
wächst, und einer, der aus toten Bestandteilen im Laboratorium
künstlich gemischt wird, sind grundverschiedene Dinge!

Betrachten wir die Benzoesäure! Sie ist ein Abkömmling des
Benzols. In größerer Menge ist sie ein schweres Gift. Mit ihren
Salzen und Estern übt sie örtliche Reizwirkungen auf die Zellen
und in größeren Mengen eine zunächst erregende, dann lähmende
Wirkung aus. Genau so wie die schwefelige Säure und Hexamethylentetramin hemmt sie die Tätigkeit der Darmbakterien und
führt zur Erkrankung und Entartung der Darmflora, zur Vernichtung der Vitamine im Darm und zur Dickdarmentzündung.
Sie ist in allen Kulturstaaten zugelassen und kommt fast in allen
zivilisierten Nahrungsmitteln vor, so daß auch bei minimalen
Dosen beachtliche Krankheitserfolge zu erwarten sind. Allein

mit der Margarine werden in der westdeutschen Bundesrepublik 75 000 kg Benzoesäure jährlich verzehrt."

Rolande: „Zahlreiche Gutachten angesehener Forscher beweisen, daß Benzoesäure völlig unschädlich ist!"

Azo: „Ja, unsere Beauftragten bezeichnen sie sogar als bekömmlich und wissen dafür raffinierte Argumentationen zu unterbreiten."

„Welchen Nahrungsmitteln wird sie beigegeben?" fragte Sten.

„Sie ist das chemische Mittel zur Unterdrückung der Gärung im Süßmost. Man ißt sie mit Wurst und Hackfleisch, Mayonnaise und ölhaltigen Tunken, flüssigen Eikonserven, Essig, Obst und Obstkonserven, Konfitüren, Marmeladen, Obstsäften, Limonaden, Aromen, Kaviar, Fischpasten, Fleischsalat, Margarine, Marzipan, Creme- und Fruchtfüllungen, Glasuren, Fondantmasse, Makronenmasse, Senf, Gewürzsoßen, Schmelzkäse, Marinaden aller Art, Geleeware, Lachs- und Lachsersatz, Pflaumenmus, Kaffee- und Malzextrakten und fast allen anderen Nahrungsmitteln. Dabei ist die Beigabe von Benzoesäure praktisch wertlos. Sie dient nur der Krankheit der Esser. Erst in 3%iger Zugabe wirkt sie desinfizierend. In dieser Menge aber schmeckt sie so bitter, daß die Nahrungsmittel nicht genießbar sind. Nimmt man weniger Benzoesäure, so geht die gepriesene Wirkung zurück."

Der Teufel lachte. „Das ist bei fast allen sogenannten Konservierungsmitteln so: sie vernichten die sonst harmlosen Schimmelpilze und Milchsäurebakterien. Die Fäulniskeime aber bleiben unversehrt, werden höchstens im Wachstum gehemmt. Sie sehen also, daß das zutrifft, was unser Herr Ingenieur vorhin bezweifelte: wir geben der Nahrung die Chemikalien in erster Linie deswegen bei, weil sie den menschlichen Organismus schädigen."

Der Konserventeufel setzte seinen Bericht fort: „Auch meine gute Borsäure hat nur eine ganz geringe antiseptische Wirkung, ist dafür aber in kleinsten Mengen giftig. Größere Dosen führen zum Tod. Bei 0,9 Gramm kommt es zu Erbrechen und Durchfall, nach vier bis sechs Tagen zu Eiweißharnen."

347

„Borsäure wird nach 12 bis 20 Stunden im Harn ausgeschieden", sagte die Ärztin.

Azo: „Nicht ganz, denn bei wiederholten Gaben finden beträchtliche Anhäufungen statt. Sie schädigt die Schleimhäute des Verdauungstraktes, so daß die Nahrung nicht mehr voll ausgenutzt werden kann."

„Wofür verwendet man sie?" fragte der Techniker.

„Wir verabreichen sie in Milch, Butter, Margarine, in der Wurst. Im Schweinepökelfleisch fand man 6 Gramm Borsäure auf das Pfund. Sie ist in frischen und konservierten Krabben, Anchovis und Gabelbissen, in den Eikonserven, die für Feingebäck und Teigwaren in Mengen verbraucht werden, im Kaviar. Die Aufzählung ist nicht vollständig!

Wir nehmen Wasserstoffsuperoxyd für Käse, Marinaden und Geleeware, schweflige Säure für Müllereierzeugnisse, Obstkonserven und Obstsäfte, für die Weinbereitung; ferner Formaldehyd, Ameisensäure, Fluorwasserstoff, Hexamethylentetramin. Sie alle härten die Eiweißstoffe, erschweren die Verdaulichkeit, wirken auf die Schleimhäute.

Da fast alle abgetöteten Nahrungsmittel Duft, Farbe und Geschmack verlieren, habe ich eine unbegrenzte Menge von Chemikalien bereitgestellt, um auf künstliche Weise Ersatz zu schaffen. Damit allein geben wir der Menschheit unsere Pülverchen und Tränklein tonnenweise ein."

„Welche die Nahrungs- und Genußmittelindustrie in langjähriger Praxis erprobt und als völlig unschädlich und giftfrei erklärt hat", fügte der Teufel hämisch hinzu.

„Selbstverständlich. Auf jeden Fall sind meine prachtvollen Farben ein gutes Nierentraining."

Der Techniker schaltete sich ein: „Transport und Lagerung sowie die Verfahren zur Haltbarmachung nehmen der Nahrung die Lebensfrische. Um sie appetitlich und auf dem Weltmarkt konkurrenzfähig zu machen, muß sie geschönt werden. Das ist verständlich!"

„Meines Wissens", sprach die Ärztin, „verlangt das Publikum selbst die Färbung der Lebensmittel!"

„Das ist das Gute daran. Der entartete Gaumen unterwirft sich auch die Augen."

Rolande: „Dann ist die Lebensmittelindustrie ja geradezu gezwungen, die Nahrung zu färben."

Azo: „So behaupten zumindest meine Beauftragten und die Produzenten. Das Publikum weiß heute überhaupt nicht mehr, wie ein einwandfreies Lebensmittel aussieht. Die meisten Nahrungsmittelfarben werden aus dem Steinkohlenteer gewonnen. Seine krebserregende Wirkung ist nachgewiesen. Andere enthalten Arsen, Antimon, Barium, Blei, Cadmium, Chrom, Kupfer, Quecksilber, Selen, Uran, Zink. Auch unter den organischen Farbstoffen gibt es eine Reihe giftiger Substanzen."

Rolande räusperte sich: „Sie verschweigen, daß es auch harmlose Farbstoffe pflanzlicher Herkunft gibt."

Azo: „Sie sind teuer, künstliche Farbstoffe billig. Die Entscheidung ist demnach klar. Lebensmittelfarben hemmen das Darmferment Trypsin und damit die Eiweißverdauung. 150 verschiedene Farbstoffe werden angeboten, ungeheure Mengen davon in allen Ländern der Welt verbraucht. Sie täuschen den Käufer über Güte und Frische der Ware, weil sie die beginnende Zersetzung zum Schaden des Verbrauchers verdecken. Wir färben Lachs, Lachsersatz, die Eikonserven für den Bäcker und Zuckerbäcker, Teigwaren, Zwieback, Feinbäckerei aller Art, Konfitüren und Marmeladen, Suppenwürfel, Kaviar, Kunsthonig, Sardellenpaste und fast alle Büchsennahrung, Speiseeis, Gemüse und Früchte, Konditorwaren, Senf, Puddingpulver, Limonaden und Liköre, sogar Tabak und selbstverständlich die Butter.

Für alle Arten der Nahrung werden ferner über 200 chemische Gewürz- und Aromamittel verwendet, deren Wirksamkeit jener der synthetischen Farbstoffe nicht nachsteht. Auch aus dem Steinkohlenteer hergestelltes Paraffin verwenden wir weitgehend."

„Da es wasserunlöslich ist, kommen wohl nur geringste Spuren in den Körper!" wandte die Ärztin ein.

„Sie wissen bereits, was von den zahllosen ‚geringsten Spuren' tausend verschiedener Gifte zu halten ist. Selbst die verschwindend kleinen Mengen der zur Imprägnierung des Packmaterials verwendeten Gifte können ernsthafte Krankheitssymptome hervorrufen. Diese Chemikalien bewirken, daß paketierte Nahrung jahrelang ohne Verlust für den Erzeuger und Händler gelagert werden kann.

Die Ausdünstungen des chemisch präparierten Verpackungsmaterials übertragen sich auf den Inhalt. Holzgefäße, Wickelpapiere, Papierbecher und Schachteln werden paraffiniert oder mit verschiedenen chemischen Giften getränkt. Papiersäcke werden mit Schädlingsbekämpfungsmitteln imprägniert. Trockenmilch, feine Backwaren, Früchte und Gemüse — sie alle unterliegen den Ausatmungen chemisch versetzter Packmittel.

Am liebsten freilich ist mir die Konservierung in Dosen. Die Wechselwirkung zwischen Dose und Inhalt ist umso lebhafter, je stärker die Säuren und je länger die Dosen gelagert sind. Fast jede Büchsenkonservennahrung weist wägbare Spuren von Zinn auf. Dieses Metall ist physiologisch sehr aktiv, die Vergiftung äußert sich in Lähmungserscheinungen des Zentralnervensystems, in Magen-, Darm- und Nierenreizung. Es ist sohin erfreulich, daß die Konservenindustrie ein Viertel der Weltzinnproduktion verbraucht.

Die Konserve ist vor allem deshalb wichtig, weil sie uns hilft, einen bedeutenden Teil der Ernte, die um den Preis der Landschaftszerstörung eingebracht wurde, zu entwerten. Alles, was in Blechdosen am Verwesen gehindert wird, ist zwei- bis dreimal gekocht. Damit sind alle Lebensstoffe zerstört. Dann wird chemisch gebleicht, gewürzt, gefärbt. Das Ergebnis ist ein wertloses Kunstprodukt.

Da auch dies mörderische Verfahren noch keine Dauerkonservierung gewährleistet, gibt man Chemikalien zu, unter anderem die gute Salizylsäure. Das Endprodukt ist eine totgekochte, krankmachende Mangelnahrung.

In den letzten Jahren habe ich den bisher üblichen Konservierungsmitteln eine Reihe ganz neuer Wirkstoffe zugefügt, deren Giftwirkung ungeheuerlich ist, und deren Anwendung zu den besten Hoffnungen berechtigt. Damit man ihre lebensfeindliche Natur nicht erkennen soll, habe ich ihnen entsprechende Namen gegeben, die nicht alle Menschen ohne weiteres verstehen. Die gegen das Leben gerichteten Stoffe nenne ich Antibiotika, die den lebensnotwendigen Sauerstoff vernichtenden und daher krebserzeugenden heißen Antioxydantien, die den normalen Ablauf der Lebensprozesse verhindernden sind die Fungizide.

Ich komme zur Behandlung der einzelnen Lebensmittel.“

„Sie meinen wohl Nahrungsmittel!“ rügte der Teufel.

„Gewiß doch, Boß, verzeihen Sie!“

„Machen Sie es kurz, Azo!“ mahnte der Satan, und, zu den Gästen gewandt: „Er kommt vom Hundertsten ins Tausendste, wenn man ihn reden läßt!“

„Was ich Ihnen bringe“, verteidigte sich der Giftteufel, „ist nur ein winzig kleiner Ausschnitt aus einem immens großen Kapitel! Man könnte ein zehnbändiges Werk darüber schreiben!“

„Wir wollen aber kein Privatissimum über Lebensmittelchemie hören!“ polterte der Satan.

„Wir glauben es Ihnen auch so!“ lächelte die Ärztin.

„Ich habe erst angefangen!“ rief Azo gekränkt aus. „Sie müssen über die Entwertung des Brotes, die Chemisierung des Wassers, die Zerstörung von Milch, Butter und Käse, Gemüse, Obst und Kartoffeln, die Vergiftung von Fleisch und Fisch und — denken Sie doch! — über die Zuckerwaren unterrichtet werden!“

Der Boß schüttelte den Kopf. „Wir werden es bei passender Gelegenheit nachholen. Heute fehlt uns die Zeit dazu!“

Das grüne Licht an der Sprechanlage blitzte auf. Die Stimme der Generalsekretärin meldete sich.

„Die öffentliche Meinung ist im Netz!“

„Was ist?" rüpelte der Teufel.

„Sie haben die Beauftragten in der Presse bestellt!"

„Paßt mir jetzt gar nicht! Wen haben Sie versammelt?"

„Unsere Agenten und Verbindungsmänner in den Zeitungs-
redaktionen, Presse- und Nachrichtendiensten, im Wort- und Bild-
funk, in der Filmproduktion, im Verlagswesen und alle uns ver-
traglich verpflichteten Autoren und Kunstkritiker", erwiderte Do.

„Gut, schalten Sie durch! — Hallo, hier spricht der Boß! Achtung, hier spricht der Boß! Es ist mir trotz größter Anstrengung
noch immer nicht gelungen, alle Vertreter der öffentlichen Mei-
nungsbildung unter Kontrolle zu bringen. Umso mehr müssen
Sie alle Kräfte anspannen, um die Äußerungen unserer Gegner
unwirksam zu machen!

Achtung! Vergessen Sie niemals, daß es Ihre erste und wichtigste Aufgabe ist, die öffentliche Meinung zu verwirren! Lenken
Sie vom Lebenswichtigen ab und stellen Sie das Belanglose in
den Vordergrund! Schweigen Sie die großen Probleme der Menschheit tot! Wo das nicht ohne weiteres durchführbar ist, verdrehen
und zersetzen Sie sie oder geben Sie sie der Lächerlichkeit preis!

Propagieren Sie das Unnütze, das Entartete, das Krankhafte,
das Schädliche, jedenfalls die Steigerung des sogenannten Lebensstandards! Loben Sie das Verwerfliche und verdammen Sie das
Gute! Preisen Sie alles, was den Untergang fördert, und wirken
Sie auf allen Linien gegen das gesunde Leben! Lügen Sie das Gute
zum Bösen um, das Häßliche zum Schönen, die Mache zur Kunst,
den Rummel zur Leistung, den Lumpen zum Helden und umgekehrt! Beschreiben, verniedlichen und verherrlichen Sie das Minderwertige, Verkommene und Verbrecherische!

Wo es um die Natur geht, wirken Sie grundsätzlich immer gegen die Natur! Beschäftigen und ermüden Sie den Geist Ihres Pu-
blikums mit den Belanglosigkeiten der Weltpolitik und des Mas-
sensports, mit Sensationen und Utopien, damit sie vom Tatsächlichen weggeführt werden! Berichten Sie fesselnd über Modenar-
heiten, Skandalaffären und Verbrechen, über Erdsatelliten oder

die wirtschaftliche Erschließung des Mars, damit der Blick Ihrer Abnehmer für die Erfordernisse des Lebens auf der Erde getrübt und der feste Boden ihnen entzogen werde!

In Ihren Berichten haben Sie grundsätzlich die Wirkung von der Ursache zu trennen! Behandeln Sie ein jedes für sich! Verfälschen, verschweigen, verschleiern Sie die Hintergründe allen Geschehens, insbesondere dort, wo es sich um Anzeichen der Entartung oder um Katastrophen handelt, die durch den Menschen selbst verschuldet sind!

Fördern Sie mit allen Mitteln die Industrialisierung, Mechanisierung, Motorisierung und Technisierung! Preisen Sie die Stationen des Untergangs als Fortschritt!

Setzen Sie weiterhin alles daran, das selbständige Denken zu unterdrücken! Wann und wo immer eine überragende Persönlichkeit gegen uns aufstehen, ein Licht der Erkenntnis aufleuchten sollte: schlagen Sie unbedenklich zu! Heben Sie den Minderwert auf den Thron!

Entwickeln Sie weiter das Geschick, mit vielen Worten nichts zu sagen, und propagieren Sie diese Fertigkeit als Bildung! Übersteigern und preisen Sie den kalten, zersetzenden Intellekt, verhöhnen und unterdrücken Sie die Kräfte des Herzens!

Durch geschickte Auswahl, Unterlassung, Färbung und Teilung von Informationen werden Sie eine unkontrollierbare Zensurfunktion ausüben können. Was Sie schreiben und sagen, sei so gebracht, als wäre alles gesagt worden. So werden Sie lügen, indem Sie die Wahrheit schreiben. Dies preise ich als das höchste Ziel des modernen Journalismus. Fördern Sie das Unmaß, die Überheblichkeit, den Machtwahn, die Profitgier und die Unwissenheit! Vergessen Sie niemals den alten chinesischen Spruch: ,Willst du die Welt verbessern, beginne mit der Richtigstellung der Begriffe! Wenn die Begriffe nicht richtig sind, stimmen die Worte nicht! Stimmen die Worte nicht, so kommen die Werke nicht zustande, und es herrscht nirgends Ordnung. Herrscht nirgends Ordnung, so bringt keine Mühe den Erfolg, und alles ist umsonst.'

Damit, meine mit der Verbildung der öffentlichen Meinung Beauftragten, ist zugleich unser ganzes Programm umrissen: Sie haben den Auftrag, nicht nur jede Besserung der Welt zu verhindern, sondern im Gegenteil, sie dem Untergang entgegenzuführen. Beginnen Sie also mit der Verwirrung und Verfälschung der Begriffe! Umschreiben Sie sie mit einem Wust falscher und nichtssagender intellektueller Dialektik! Aus falschen Worten und Begriffen werden niemals Werke des Heils und der Rettung erwachsen können. Die Unordnung, die Sie damit im Bereiche des Gehirnlichen bereiten, wird sich auf alle Bezirke des äußeren Lebens übertragen müssen. In einem großen Teil der Welt haben wir diesen Zustand bereits erreicht. Den daran verdienstvoll Beteiligten spreche ich hiermit meinen allerhöchsten teuflischen Dank aus. Haben wir erst diesen Zustand über die ganze Welt ausgebreitet, so wird keine irdische Macht mehr, weder Gewalt noch Güte, den Untergang der Menschheit verhindern können.

Schließlich denken Sie immer daran, daß die Zerstörung der Wälder ein wesentlicher Punkt unseres Vernichtungsprogrammes ist! Sie müssen daher unentwegt bemüht sein, die Auflagen aller Druckwerke zu steigern! Um dieses zu erreichen, müssen Sie die Massen gewinnen. Das ist nur möglich, wenn Sie das geistige und sittliche Niveau Ihrer Druckwerke senken.

Aus demselben Grunde streben Sie die Erweiterung Ihrer Blätter an! Es muß mehr geschrieben werden! Schmieren und drucken Sie so viel Sie können, auch wenn Sie nichts zu sagen haben! Es geht um die Steigerung des Papierverbrauches. Ich werde alle meine treuen Mitarbeiter durch erhöhte Honorare und gesteigerte Gewinne belohnen. Ende. Ich sage: Ende!"

Der Teufel schaltete aus. Tief atmend setzte er sich zurecht. Er lächelte glückselig.

Die Gäste saßen wie erstarrt. Rolandes zitternde, schweißnasse und kalte Hand fand wie zufällig die des Dichters. Sten nahm sie und drückte sie fest. Scheu sah das Mädchen nach Alfred. Der aber saß und starrte unbewegt vor sich hin. Bobs Blick traf sich mit dem seines Herrn. Sie sahen einander in frohem Einverständnis an. Bob gab dem Teufel das Lächeln wieder.

Neuerlich meldete sich die Generalsekretärin.

„Zum Teufel!" rief der Teufel, „Ist denn heute keine Ruhe?" Sachlich antwortete Do: „12 Uhr 10 Minuten. Die Fremdenverkehrsindustrie wartet."

„Schalten Sie in Teufels Namen durch!"

„Dort hat er auch seine Hände im Spiel!" flüsterte Rolande.

Der Boß hatte es vernommen. „Ja!" grunzte er. „Aber das Dezernat ist noch jung. Seine Mitarbeiter sind dumm wie Säuglinge. Man muß ihnen alles vorkauen.

Hallo! Hier spricht der Boß. Achtung! Je mehr der Mensch der Seuche der Zivilisation verfällt, umso mehr braucht er die Wildnis, in der die teuflischen Wert- und Zeitbegriffe noch keine Geltung haben. Es ist Ihre Aufgabe, die zweckfreie Landschaft zu zerstören! Verpesten Sie den Schöpfungsatem der Natur durch Asphaltbänder, Stinkwagen, Seilbahnen, Luxushotels und Nepplokale! Der Fremdenverkehr macht die Mutter Natur zur Hure. Was an urtümlicher Landschaft verlorengeht, kann nie mehr zurückgewonnen werden. Propagieren Sie sie als kostbaren Rohstoff der Fremdenindustrie! Verkaufen Sie die Einsamkeit, die Stille, die Unberührtheit der Erde an den Meistbietenden! Schänden Sie die letzten weltfernen Winkel durch Komfort! Bieten Sie dem mondänen Reisemob ganz nach Wunsch Alpenglühen, Sonnenuntergang oder elektrisch beleuchtete Wasserfälle, die er im Abendkleid und Smoking begaffen kann.

Spannen Sie vor Ihre Bestrebungen den Profit und die Wirtschaft! Bieten Sie Ihren Ausführenden das Argument der Devisenbeschaffung und den verlogenen moralischen Vorwand, daß durch die Aufschließung der Wildnis auch Alten und Gebrechlichen die Schönheit der Natur zugänglich gemacht wird. Verhindern Sie die Erkenntnis, daß es Naturschönheit nach der industriellen

Aufschließung nicht mehr gibt. Wahre Schönheit ist eine Eigenschaft der Seele. Und es ist die Seele der Landschaft, die durch den Fremdenverkehr getötet wird, auch wenn das äußere Bild fast gleich geblieben ist.

Fremdenverkehr korrumpiert das Bauerntum und vermehrt die Trinkgeldberufe. Fördern Sie die Überzeugung, daß Schönheit, die sich nicht verkauft, keine Schönheit, und Güte, die sich nicht plakatiert, keine Güte ist; daß ein Bach, der nicht Kilowattstunden liefert, ein Baum, der nicht umgeschlagen wird, keine Daseinsberechtigung haben! Aus solcher Überzeugung wird jene Haltung entspringen, für die jeder Feind sinnlos wird, den man nicht totschlägt, die jeden Menschen für wertlos hält, sofern er sich nicht als Arbeitssklave, als Steuerkuli, als Konsumvieh beherrschen und ausbeuten läßt. An Menschen, die nicht auszubeuten sind, haben die Mächtigen meiner teuflischen Welt kein Interesse. Es ist ein verdienstvolles Werk, sie zu liquidieren — so wie die freie Natur. Jene aber, die sich ausbeuten lassen, stellen wir unter den Schutz der sogenannten Humanität. Wer die Natur erniedrigt, erniedrigt auch den Menschen. Der Mensch ist ein Stück davon. Mit der Materialisierung und inneren Entweihung der Natur verlieren auch der Mensch und das Leben seinen Wert. Hegen und steigern Sie den abgründigen Haß alles Kranken und Minderwertigen gegen die unberührte Natur, der sie keinesfalls mehr ursprünglich erhalten will, sondern im Gegenteil keine Ruhe findet, bevor nicht das letzte erreichbare Stück urtümlicher Landschaft zivilisiert, entweiht und geschändet ist. Da Zerstörungstendenzen im Irrationalen ihre Wurzel haben, wird jeder Kampf unserer Gegner, die mit Vernunftgründen arbeiten, erfolglos bleiben. Ende!"

Der Boß schlug mit der Faust auf den Tisch. Er freute sich, als wäre ihm etwas ganz besonders gut gelungen. Dann erhob er sich, öffnete weit die Doppeltür zur Terrasse.

„Kommen Sie!" befahl er. Die Gäste traten hinaus in den Sonnenschein. Ein strahlend blauer Himmel begrüßte sie.

Wie schön ist die Welt! dachte Rolande. Die Erde könnte ein Paradies sein. Sie war es gewesen. Der Mensch hatte es zerstört. War er Krone oder Fluch der Schöpfung?

„Wie heißt die Stadt?" wagte Sten den Teufel zu fragen.

„Ist Ihnen daran etwas Besonderes aufgefallen?"

„Nein. Sie sieht aus wie hundert andere."

„Dann braucht sie auch keinen Namen. Sie ist so gut wie jede andere."

„Ich wollte wissen, wo wir uns befinden."

„Sie werden in jedem Haus der Erde in des Teufels Haus sein, Herr Dichter, trösten Sie sich. Und fragen Sie nicht nach Dingen, die unwesentlich sind."

Tief unter ihnen schob sich in Straßenschluchten das Gewimmel der Fahrzeuge hin, lautlos. In dieser Höhe war der Lärm der Stadt erstorben. Diener trugen eine Garnitur leichter Gartenmöbel heran, andere servierten Kaffee.

„Schon wieder Gift!" scherzte die Ärztin.

„Ich sagte Ihnen schon, daß Ihnen in meinem Hause nichts schadet."

„Nach allem, was wir hörten", begann der Techniker, „spüre ich alle Gifte der Welt in mir rumoren, ich leide an sämtlichen Krankheiten, die es nur gibt, ja, ich bin überhaupt schon tot."

Der Teufel sah ihn an und nickte langsam mit dem Kopf. „Sie ahnen nicht, wie recht Sie haben, Herr Ingenieur!"

Sten überlegte, ob er den herrlich duftenden Trank zu sich nehmen oder zurückweisen sollte. Ach, dachte er, es ist ja schon alles gleich! Und er nahm ein Stück Zucker mehr.

Es war später Nachmittag, als sie in das Zimmer zurückkehrten. Sie waren ausgeruht und erfrischt. Aus der leeren Wand trat Azo in den Raum, gleich darauf gesellte sich Murduscatu zu ihm. Rolande, die beim Anblick des Gespenstes immer einen Schock erlitten hatte, war schon daran gewöhnt. Sie sah dem Furchtbaren in sein Totengesicht und empfand nichts mehr dabei.

„Was soll man denn eigentlich noch essen, Herr Azo?" fragte Alfred.

Der Konserventeufel lächelte selbstbewußt. „Das dürfen Sie nicht mich, sondern müssen Sie Ihren Kaufmann fragen!"

Sten sprach: „Ich glaube, daß Sie weniger Tatsachen als Möglichkeiten schilderten, Herr Azo."

„Sie beleidigen mich!"

„Sicher gibt es Erzeuger und Händler, die saubere und vollwertige Ware verkaufen!"

„Warum gibt es dann niemanden, sei er Farmer, Großhändler, Verarbeiter oder Krämer, der verbindlich erklärt: Meine Ware ist lebendig und frei von Gift? Warum gibt es das nicht? Haben Sie schon ein Nahrungsmittel gefunden, für das der Erzeuger oder Händler verantwortlich einstehen konnte, es sei weder entwertet noch chemisiert? Sehen Sie! Und wenn einer das wagte, würden meine Beauftragten ihm sogleich den Schädel einschlagen, um den Absatz der entwerteten Nahrung nicht zu beeinträchtigen. Sie sehen, daß keine Lücke bleibt, durch die der Mensch mir entschlüpfen könnte."

„Ich bin zufrieden, Azo!" sagte der Boß.

„Halt!" rief in diesem Augenblick Murduscatu. „Kein übereiltes Lob, ehe Sie nicht wissen, was der Dezernent verschwiegen hat. In Frankreich und Holland sind die das Wachstum verändernden Antibiotika verboten. In Brasilien sind Farbstoffe und Konservierungsmittel bei Gemüse verboten. Kolumbien und Chile haben jede künstliche Färbung der Nahrung verboten. Argentinien verbietet Borsäure, Salizylsäure, Benzoesäure, Formaldehyd, Natriumbisulfit und Natriumbisulfat, ferner alle künstlichen Süßstoffe! Diese unerhörten Maßnahmen kommen einer Sprengung des Dezernats Azo gleich, ja, sie können ruhig als eine Katastrophe bezeichnet werden. Was hat der Dezernent dazu zu sagen?"

„Warum haben Sie das nicht verhindert, Azo?"

„Leider ist es hier und da unseren Gegnern gelungen, einige formelle Verbote durchzusetzen. Aber es ist ohne Bedeutung. Eine vollständige Kontrolle ist undurchführbar, und das gute Geschäft lockt unwiderstehlich. Man chemisiert weiter. Und die Aufregung steht kaum dafür: der Importhandel sorgt für reichlichen Nachschub von allen Giften aus den Ländern, wo sie nicht verboten sind."

Murduscatu war noch nicht fertig: „In Westdeutschland droht ein neues, ganz modernes Lebensmittelgesetz herauszukommen!"

Azo: „Meine Beauftragten haben es seit acht Jahren planmäßig verschleppt. Immer noch gelten die alten Gesetze aus den Jahren 1880 und 1912, also aus einer Zeit, bevor ich meine tausend Mittelchen, Pülverchen und Limonaden erfinden ließ. Sie gestatten alle Gifte, die nicht auf der Stelle töten, und erklären sie als unschädlich. Einzelne Verordnungen, die fallweise herausgegeben wurden, sind nur lächerliches Flickwerk. Und der neue Gesetzentwurf weist hinreichend Lücken auf, durch die ich meine Giftchen — vielleicht mit anderen Namen und ein wenig anders zusammengesetzt — weiterhin verabreichen kann."

Murduscatu: „In der Schweiz und in Italien geben die zuständigen Ministerien periodische Listen der Stoffe heraus, deren Unschädlichkeit erwiesen ist."

Azo lachte. „Solche Stoffe gibt es nicht."

Murduscatu: „Alle anderen Zusätze sind damit automatisch verboten, und ihre Anwendung ist strafbar. Diese Einrichtung zerstört unsere Organisation in jenen Ländern. Warum hat der Dezernent dagegen nichts unternommen?"

Azo: „Da es keine Kontrolle gibt, bleibt praktisch alles beim alten."

Murduscatu: „Auch eine Reihe anderer Länder ist im Begriff, die veralteten Lebensmittelgesetze zu erneuern und zu modernisieren."

Azo: „Diese neuen sogenannten Gesetze stehen lediglich auf dem Papier. Sie befassen sich zudem nur mit den allerdringlichsten und offenkundigsten Erscheinungen. Im wesentlichen behalten meine Beauftragten völlig freie Hand."

Murduscatu: „Die USA haben die Nahrung durch strenge Gesetze unter Kontrolle gestellt."

Azo: „Nirgends ist der Verbrauch meiner Gifte so groß wie dort. Nein, Boß, wir brauchen nicht zu fürchten, daß der Mensch uns aus den Maschen schlüpft. Damit ein wirksames Gesetz zustandekomme, müßten vorerst die Meinungen und Forderungen von Wissenschaft, Industrie und Verbrauchern unter einen Hut gebracht werden. Das ist unmöglich. Wo etwa die Vernunft sich Bahn zu brechen droht, dort sorge ich schon dafür, daß merkantile Interessen im Wege stehen und jeden solchen Versuch zunichte machen. Da die Menschen von den Lebensvorgängen nichts wissen, ist die einwandfreie Feststellung der durch Gifte in der Nahrung ausgelösten Sofort- und Spätprozesse außerordentlich kompliziert und ohne jahrzehntelange Forschung und Beobachtung unmöglich. Wo es dennoch gelingen sollte, stehen mächtige Wirtschaftsgruppen bereit, gesundheitliche Besorgnisse im Dienste des Absatzes ihrer Erzeugnisse zu bagatellisieren. Erkenntnisse der Wissenschaft können zudem unterschlagen, angefochten oder durch unsere Beauftragten wissenschaftlich widerlegt werden. Der Verbraucher bleibt unaufgeklärt, er ist machtlos. Seine verdammte Pflicht ist, zu kaufen, zu verbrauchen und zu kuschen, nichts weiter. Bleibt also nur die Industrie, meine allmächtige Industrie, die diktiert, was zu geschehen und was zu unterbleiben hat.

So wie wir jegliche Nahrung entwerten und vergiften, machen wir andererseits die reine Nahrung unerreichbar."

„Ach", entgegnete der Dichter, „es gibt doch Läden, wo man ungebleichtes Mehl ohne chemische Zusätze, unpolierten Reis, Vollkornbrot, ungeschwefelte Dörrfrüchte, biologisch gezogenes Gemüse und kalt gepreßtes Öl bekommt..."

„Das gibt es, Herr Stolpe, aber nur in unzureichendem Ausmaß. Der Verbraucher ist auch wenig geneigt, sich auf Neues umzustellen, er beharrt lieber bei seinen altgewohnten Gepflogenheiten. Und dann — vergessen Sie nicht, was ich Ihnen sagte — die Industrie diktiert."

„Unter diesen Umständen ist es unmöglich geworden, in zivilisierten Ländern giftfrei zu leben", sagte die Ärztin.

„Die Erkenntnis ist bemerkenswert", höhnte der Teufel.

„Sie wird um sich greifen und eines Tages die große Wende erzwingen!" ereiferte sich Sten.

„Geben Sie sich keinen Illusionen hin! Die Menschheit unterliegt der dämonischen Weltherrschaft unserer gigantischen Chemiekonzerne. Die hemmungslos auf Absatzsteigerung gerichtete Technik wird eine Änderung der Praktiken niemals zulassen. Und selbst wenn es der Menschheit jemals gelingen sollte, sich ihrem Diktat zu entwinden, werden die bis dahin an der Weltgesundheit entstandenen Schäden nicht mehr behoben werden können. Und es müßte vorerst die beispiellose Blindheit und Überheblichkeit besiegt werden: Auch in den Krebsspitälern verfüttert man heute noch an die Patienten Konservennahrung, gefärbte Marmelade und Teigwaren, gebleichtes Mehl, raffinierten Zukker und den ganzen Rattenschwanz der von mir gesegneten sogenannten Nahrungsmittel."

„Es ist ein Witz!" lachte der Boß. „Die Natur schenkt im Überfluß Reinheit, Nährkraft, Heilkraft. Der Mensch aber ist krankhaft bemüht, in hunderttausend Fabriken und Betrieben, die er eigens zu diesem Zweck errichtet hat, in verwickelten und ausgeklügelten Arbeitsgängen die Gaben der Schöpfung zu vernichten. Er bildet sich ein, durch dieses einzigartige Verbrechen die Natur zu meistern."

„Und die Entwicklung geht weiter!" schloß Azo, der Konserventeufel. „Meine Beauftragten in den chemischen Labors werden nicht müde, immer neue Giftchen zu erfinden, und jede neue Errungenschaft posaunen wir als die Lösung des Lebensrätsels in alle Welt hinaus."

„Sie werden auch hier zu früh triumphiert haben, meine Herren!" sagte Sten. „Eine führende Persönlichkeit der deutschen chemischen Industrie ist auf Grund privater Forschungen in der Frage der Giftanwendung in der Landschaft und in der Nahrung vorgestoßen, um der verhängnisvollen Entwicklung in die Speichen zu fallen!"

„Hört, hört!" spottete der Boß. „Sollte man es im Generalstab der chemischen Industrie mit der Angst oder mit dem Gewissen zu tun kriegen?"

„Das ist kaum zu befürchten!" beruhigte Azo.

Sten: „Es genügt uns zu wissen, daß es auch in der Chemie Menschen gibt, die sich ihrer hohen Verantwortung bewußt sind!"

„Wer ist der Mann?" fragte der Satan. „Ist er dem Dezernenten bekannt?"

„Nein", erwiderte Azo. „Nennen Sie seinen Namen!"

„Damit Sie ihn liquidieren können, wie? Ich denke nicht daran!"

„Bilden Sie sich doch nicht ein, daß wir das nicht erfahren werden! Wir danken für die Warnung! Wir werden dafür sorgen, daß die anderen über den weißen Raben herfallen und ihm das Gefieder zausen! Weiter, Azo!"

„Die vernunftwidrige Gesellschaftsordnung, die wir eingesetzt haben, duldet keine Umkehr, und sie rühmt sich dessen noch. Unter dem Vorwand der Volksgesundheit gebe ich der Profitgier die Zügel frei, um die Volksgesundheit zu unterhöhlen. Der Mensch gleicht einem Fisch, in dessen Aquarium von allen Seiten immer mehr Giftstoffe eingeträufelt werden. Wie lange wird er widerstehen können? Ich habe den menschlichen Organismus zu einer brodelnden Giftküche gemacht, die sich selbst zerstört."

Der Teufel nickte mit dem Kopf. Er lächelte. „Ich bin zufrieden, Azo. Vervollkommnen Sie die Verfahren, treiben Sie den Erfindergeist vorwärts, steigern Sie die Profitsucht und die technische Entwicklung auf Ihrem Sektor mit allen Kräften, so daß

die Menschheit keine Zeit mehr findet, darüber nachzudenken
oder Schutzmaßnahmen zu erarbeiten!"

XVII

DER VERWÜSTENDE GEIST MACHT DIE HIMMEL ÄCHZEN

(Babylonische Keilschrift)

„Sie werden Stiff hören, meinen Dezernenten Nummer sechs."
„Die niedrige Nummer läßt darauf schließen, daß er eine wich-
tige Aufgabe zu lösen hat." Bob sagte es.
„Er führt die Abteilung für Atomtod."
Alfred: „Dann wundert es mich, daß er nicht die Nummer eins
trägt."
„Oh", winkte der Teufel ab, „das Dezernat Stiff ist durchaus
nicht das entscheidende! Es ist nur ein Abschnitt in meiner Ver-
nichtungsfront, wenn auch ein wichtiger. Stiff ist ein schlauer
Teufel! Vor etwa sechzig Jahren beauftragte ich ihn, eine neue
Zerstörungsgewalt zu erfinden und zu entwickeln, Kraft oder
Stoff, mit dem man die ganze Welt durchsetzen und vergiften
könnte, ohne daß die Menschen es vorerst merken: Boden, Pflanzen, Tiere, Luft, Wasser und den Menschen selbst."
„Dazu haben Sie doch die Chemie...!" wandte Sten ein.
Der Teufel: „Es könnte sein, daß die Menschheit sich einmal
aus der Umklammerung durch die Chemie befreit. Dann brauche
ich einen anderen Trumpf, der ebensogut sticht. Nummer sechs
fand Kraft und Stoff in einem: die Spaltung des Atomkernes. Er
war es, der jenen über die Schulter sah, die, besessen und vom

363

Leben gelöst, die großen Erkenntnisse der Atomwissenschaft erarbeiteten, und denen die Menschen vorläufig noch Denkmäler setzen und große Preise verleihen. Oh, er ist ein tüchtiger Bursche, der Dezernent Nummer sechs! Da ist er!"

Die Mienen der Gäste strafften sich unwillkürlich wie unter dem Zugriff einer glühenden Zange. Dieser Unterteufel trug das Gesicht eines Mörders. Ein kaltes Licht ging davon aus. Es war ausdruckslos und durchgeistigt zugleich, schläfrig und doch voll verhaltener Energie. Der hoch aufgewölbte Schädel war völlig enthaart und glatt poliert. Stiff trat näher, in seiner Mappe blätternd, ohne den Blick zu heben. Er begrüßte weder den Boß noch die Gäste. Als er zu sprechen begann, erstaunten sie über den Wohlklang und die Vollendung seiner Rede.

„Wo der natürliche Instinkt geschwunden ist, kann das Leben nur durch gesundes Denken aufrechterhalten werden. Jedes gesunde Denken beginnt mit der Ehrfurcht vor dem Leben. Ich habe die Ehrfurcht zerstört. Der Mangel an Ehrfurcht vor dem Leben ermöglicht heute die kaltblütige Anwendung dessen, was die Menschen wissenschaftliche Erkenntnis nennen, der letzten beglückenden Konsequenz des Fortschritts: Zerstörung, Verseuchung, Schädigung der Erbmasse und Erlöschen der Menschheit in Elend und völliger Entartung."

„Ich wollte, es wäre schon so weit", quengelte der Teufel.

Stiff fuhr fort: „Die von der Atomenergie vergewaltigte Zivilisation wird die Vorherrschaft alles höheren Lebendigen in Kürze beseitigen. Dies wird sich umso rascher vollziehen, als der Mensch auch hier — wie überall — die Zusammenhänge verkennt."

„Genug der Einleitungen!" mahnte der Boß.

„Um das kommende große Krepieren auf das beste vorzubereiten und möglichst effektvoll zu machen, haben meine Beauftragten vorerst eine Reihe interessanter Versuche mit neuen Atomkampfmitteln gestartet. Das bedeutet im Grunde nichts anderes als die Ouvertüre zur letzten Lebensphase der Menschheit."

„Nur sachte, Stiff!" Der Teufel winkte ab. „Achten Sie darauf, daß Ihr Temperament mit Ihnen nicht durchgeht! Das Zeichen zum großen Finale muß ich mir auf alle Fälle vorbehalten!"

„Ohne Sorge, Boß! Ich stimme sozusagen nur die Instrumente. Auch dies ergibt schon ein recht gutes Katzenkonzert. Die Aktionen, von denen ich spreche, werden indes nur zu Unrecht Versuche genannt. Die Bombe löscht den Unterschied zwischen Vorbereitung und Anwendung, Probe und Ernstfall aus. Es gibt keine nuklearen Experimente. Jedes Experiment ist bereits eine Anwendung. Oder sind die infolge der Versuche Erkrankten und Gestorbenen etwa experimentell erkrankt und gestorben? Auf alle Fälle wird der Versuch von heute zum Ernstfall für die Menschen von morgen!"

„Lassen Sie hören!"

„Durch die in zwölf Jahren von verschiedenen Staaten unter dem Vorwand der Sicherung des Lebens angestellten etwa 170 A- und H-Bomben-Versuche ist es mir gelungen, die ganze Erde radioaktiv zu verseuchen."

„Ich nehme an, daß Sie mir die Beweise dafür nicht vorenthalten werden..."

„Ich bitte um Geduld! Am 1. März 1954 ließ eine amerikanische Versuchsgruppe der Atomenergiekommission eine Wasserstoffbombe auf den Marshallinseln detonieren. Der Rauchpilz erreichte eine Höhe von 32 000 Metern, die Schallwellen konnten noch in London registriert werden. Die sogenannten Experten erwarteten damals eine Wirkung von 4 bis 6 Milliarden Kilogramm des Vergleichs-Sprengstoffes Trinitrotoluol. Statt dessen entwickelte die Bombe die Sprengwirkung von rund 14 Milliarden Kilogramm TNT. Damit ist die erfreuliche Tatsache offenbar geworden, daß die Menschen die Kontrolle über die Atomgewalten verloren hatten. Das Kind war ihnen über den Kopf gewachsen."

Der Teufel: „Ich weiß. Leider berichteten die Zeitungen darüber."

Stiff: „Unsere Leute haben es kurz darauf dementiert, und das Unglaubliche ist eingetreten: die Welt hat es ihnen geglaubt."

Der Teufel: „Ich habe dafür gesorgt, daß sie dazu dumm genug ist."

Stiff: „Die Spätwirkungen entziehen sich auf jeden Fall der Kontrolle."

„Weiter!"

„Bei den Explosionen werden Schweine und Affen, Ziegen, Hunde und Mäuse in verschiedenem Abstand vom Versuchsturm ausgesetzt. Man führt in ihre Körper Meßgeräte ein, um die Strahlung messen zu können und festzustellen, in welcher Entfernung sie tödlich wirkt."

„Sehr gut."

Stiff schwieg eine Weile betroffen, so daß der Teufel den Kopf hob und ihn fragend ansah. „Was ist?"

Der Referent zögerte. „Boß", sprach er dann, „ich bin ein Teufel. Aber als ich das sah, habe ich mich beinahe geschämt."

Der Satan fuhr hoch. „Geschämt? Warum?"

Stiff: „Was bin ich doch für eine armselige, lächerliche Kreatur gegen diese Atomwissenschafter!"

„Sie sind tüchtige Leute, Stiff, unsere Leute, was wollen Sie? Nur keine Minderwertigkeitskomplexe!"

„Jede H-Bomben-Explosion schleudert Milliarden Tonnen radioaktiven Staubes in die Stratosphäre. Diese winzigen Staubteilchen von durchschnittlich 1/1000 Millimeter Größe umkreisen jahrelang die Erde, beeinflussen die Windströmungen und dienen als Kondensatoren für den radioaktiven Regen und Schnee. 30 bis 40 Jahre dauert es, ehe die hochgeschleuderten Staubmassen zur Erde kommen."

„Die radioaktive Strahlung erlischt aber doch nach einer gewissen Zeit...", warf Sten ein.

„Sie werden diese Zeit nicht erleben, Herr Stolpe. Das radioaktive Jod 129 bleibt 200 Millionen Jahre wirksam. Jede Explosion steigert die Radioaktivität auf der Erde. Schon die geringste

Erhöhung kann die Fortpflanzungsfähigkeit aller Lebewesen entscheidend verändern. Mäuse, die als Versuchstiere der Strahlung der Bikiniversuche ausgesetzt waren, bekamen Tumoren an der Hypophyse. Diese winzige Drüse entartete so, daß sie schließlich ein Viertel bis ein Drittel der Schädelhöhle ausfüllte und das Gehirn verdrängte. Außerdem zeigten die Mäuse Verlust der Haarfarbe, Vermehrung der weißen Blutkörper, Grauen Star. Seit 1952 sind die Weltmeere verseucht. Zwei radioaktive Strömungen führen aus dem Pazifik nördlich und südlich an Japan vorbei. Sie vergiften nicht nur die Fische, sondern auch die Küsten und alle Meerespflanzen und -tiere. Das Plankton hat eine hundert- bis tausendfach höhere Radioaktivität als das umgebende Wasser. Es wurden Fische gefangen, die 30 000mal radioaktiver waren als das Wasser, in dem sie gelebt hatten. Außerdem wurden jetzt eindeutig zwei große radioaktive Felder festgestellt, die in der Stratosphäre von einem Kontinent zum anderen eilen und das Wetter und die Lebensbedingungen verschlechtern."

Alfred meldete sich: „Soviel mir bekannt ist, haben wir stratophysikalische Institute eingerichtet, um die Gefahren zu überwachen."

Stiff lachte: „Mit solchen Mätzchen streuen wir den Menschen Sand in die Augen. Durch Beobachtung sind Todeswolken noch nicht unschädlich gemacht. Euere stratophysikalischen Institute werden am Ende bestenfalls vermelden können, daß die Menschheit zu krepieren beginnt, nichts weiter. Und das wird sie auch so merken. Selbstverständlich betonen unsere Experten, daß der Gefahrenpunkt noch lange nicht erreicht sei und niemals erreicht sein werde. Die Zahl der nach dem Genuß verseuchten Regenwassers Erkrankten in aller Welt geht in die Tausende, ohne daß die Ursache der Leiden von den Medizinmännern erkannt oder zugegeben wird. Wassertropfen, die nur geringe Mengen radioaktiver Isotope enthalten, erzeugen zunächst harmlos erscheinende Brandwunden, die sich später zu Hautkrebs entwickeln.

Eine Reihe von Inseln im Stillen Ozean ist für lange Zeit unbewohnbar. Auf vielen anderen sind die Menschen durch Strahlung geschädigt worden. In Kalifornien sind Erde und Wasser bereits radioaktiv. Aus dem Boden gelangt das Gift in Pflanzen und Tiere, die der Mensch ißt. In Quincy, Kalifornien, strahlte der Salat die gleiche Menge Radioaktivität aus wie eine zweiprozentige Probe von Uranerz. Als Folge von H-Bomben-Versuchen war in Japan 1954 das Getreide atomverseucht, die Blätter der Maulbeerbäume wurden radioaktiv, damit natürlich auch die Seidenraupen, die daran fraßen, und schließlich die Seide.

Zahlreiche landwirtschaftliche Produkte aus verschiedenen Teilen der USA, besonders aus dem Staate Nevada, haben sich als außerordentlich stark radioaktiv erwiesen. Die Konservierung dieser Nahrungsmittel in Dosen bietet uns die Möglichkeit, den Atomtod genußfertig frei Haus zu liefern und in der ganzen Welt zu verbreiten."

„Gut, Stiff!" lobte der Teufel.

„Fischkonserven, die aus Fängen im Pazifik stammen, sind besonders stark verseucht. Ich hoffe, mit ihrer Hilfe die chronische Anämie rasch verbreiten zu können. Die USA haben solche Dosen in großen Mengen als Überschußgüter kostenlos oder zu verbilligten Preisen nach Asien und Afrika versandt."

„Verstehe. Förderung unterentwickelter Völker. Sehr gut."

Stiff setzte fort: „Amerika ist heute schon zehnmal stärker strahlenbetroffen als Europa. Dennoch sind auch die in Europa erreichten Ergebnisse befriedigend. In der westdeutschen Bundesrepublik zeigen Wiesen und Weiden gefährliche Radioaktivität, die bereits in die Milch übergegangen ist. Die mittlere Radioaktivität der Milch ist seit 1955 um das Dreifache gestiegen. In Niedersachsen hat das Zisternenwasser die zulässige Höchstgrenze für Radioaktivität überstiegen. Das Leitungswasser der Stadt München wies eine Aktivität auf, die hundertmal größer als normal und zwölfmal größer als die sogenannte Verträglichkeitsmenge war.

Im August 1957 stieg die Radioaktivität der Luft in Wien auf das Siebenfache der bisher ermittelten Durchschnittswerte. Es ist die stärkste Verseuchung, die je über Wien gemessen wurde. Das auf dem Schweizer Jura gefallene Regenwasser überstieg an vielen Orten die angebliche Toleranzgrenze."

Alfred: „Das sind zweifellos nur vorübergehende Erscheinungen."

„Da alle Organismen das Atomgift zu speichern vermögen, gibt es hier keine vorübergehenden Erscheinungen."

„Sie meinen Strontium 90?" fragte Bob.

„Ja. Ein Isotop des natürlichen Strontiums. Es speichert sich in allen Lebewesen, in Pflanzen besonders auf kalkarmen Böden. Auf dem Nahrungsweg dringt es in den menschlichen Körper ein, lagert sich im Kalk der Knochen ab, beraubt das Knochenmark seiner blutbildenden Kraft, erzeugt Leukämie, Sarkom, Krebs, bildet tödliche Strahlungsherde. Es bevorzugt die Jugend. Kinderknochen zeigen gegenüber denen von Erwachsenen den fünffachen Gehalt an radioaktivem Strontium 90. Vom 1. 7. 1956 bis 30. 6. 1957 hat der Strontiumgehalt in den Knochen Erwachsener um 30 %, in Kinderknochen um 50 % zugenommen. Was die Augenblickswirkung anbelangt, ist die innere Radioaktivität gefährlicher als jeder Strahleneinfluß von außen."

Alfred: „Die Gelehrten sagen, daß die Verträglichkeitsgrenze noch lange nicht erreicht sei..."

Stiff: „In meinem Auftrag und mit überlegenem Lächeln geben hervorragende Experten ihre Gutachten ab, wonach die Angst vor den gesundheitlichen Schäden der Atomversuche völlig unbegründet sei.

Und nun denken Sie einmal scharf nach, was es bedeutet, wenn einer der sogenannten Wissenschafter erklärt: Die Toleranzmenge ist noch lange nicht erreicht! Wenn sie erreicht würde, wäre es schon zu spät. Für die Wissenschaft steht der Gefährdungsgrad noch gar nicht fest. Er ist nicht meßbar. Man versucht, die angeblich maximal zulässige Dosis zu erklügeln, die der menschliche Organismus gerade noch ohne Schaden ertragen soll, und jongliert dabei mit Begriffen, die es nicht gibt. Die Mediziner, Biologen, Vererbungswissenschafter, die Atomspezialisten streiten, ob eine Schädigung möglich oder schon eingetreten sei. Sie wissen es nicht. Jede noch so geringe Strahlenmenge hat eine biologische Wirkung, vorwiegend auf den Zellkern. Sie ändert das Gefüge der Chromosomen und beeinflußt deren Fähigkeit, sich zu verdoppeln, also die Voraussetzung für das Wachstum eines Gewebes und die Erneuerung der Zellen. Die Strahlen setzen die Keimfähigkeit der Samen herab, verursachen Entwicklungshemmungen und körperliche Mißbildungen. Bei Fortsetzung der sogenannten Versuche wird bis zum Jahre 1962 jeder Mensch auf der Erde der heute als höchstzulässig bezeichneten Strahlenmenge ausgesetzt sein. Der Tod wird erst in den Siebzigerjahren kommen. Die Geigerprüfung der Schilddrüse, die das radioaktive Jod aufspeichert, hat im Umkreis von 1 500 Meilen um die Versuchsgelände bereits das Hundertfache der normalen Radioaktivität ergeben. Auch die geringste Spur von Strontium 90 erhöht die Mutation der Gene. Jede Menge wird gespeichert und muß in der Häufung unfehlbar schädlich und tödlich wirken.

Um die Gehirne zu vernebeln und die Gefahr zu verschleiern, sagen die von uns bezahlten Experten zu allen diesen Erscheinungen Nein. Hören Sie dazu Herrn Professor Libby, Chicago!"

Der Atomteufel schritt an den Schalttisch. Das gerötete Antlitz des Gelehrten erschien:

„Ich stelle fest, daß kein Grund besteht, in der wachsenden Anwendung der Kernenergie im Alltag eine latente Gefahr für den Menschen zu erblicken. Alle bis Ende 1957 auf der ganzen Welt durchgeführten Atomversuche haben die Radioaktivität der Erdhülle nur um etwa 1 Milli-Röntgen im Jahr erhöht. Um Strahlenvergiftung auszulösen, sind jedoch mindestens 100 000 Milli-Röntgen in einer Dosis erforderlich. Ich stelle weiterhin fest —"

„Schalten Sie aus!" befahl der Boß. „Herr Libby stellt fest, also muß es auch so sein. Veranlassen Sie, daß die Naturkräfte sich streng an Mr. Libbys Feststellungen gebunden erachten!"

Stiff schaltete um. „Zur Frage des Atomstaubes erklärt Dr. Merril Eisenbud folgendes:"

„Nehmen Sie Wasser und Seife und waschen Sie den Atomstaub von der Haut ab, dann kann gar nichts passieren!"

Der Atomteufel schaltete aus und lachte. „So einfach ist das, meine Herrschaften!"

Sten: „Schade, daß die Leute von Hiroshima das Rezept nicht kannten!"

„Noch einen interessanten Herrn muß ich Ihnen in Bild und Ton vorführen", sprach Stiff und schaltete wieder. „Es ist der Potsdamer Meteorologe Ernst Heyer."

Heyer: „Wenn die Atomversuche so gefährlich wären, so müßte jedes einfache Gewitter für die ganze Menschheit tödlich werden; denn ein normales Gewitter setzt ebensoviel Energie um wie 15 H-Bomben. Wollte man nur einen einzigen Sturm künstlich hervorrufen, müßte man ungefähr jede Sekunde eine Atombombe zur Explosion bringen."

Stiff unterbrach: „Wohlgemerkt, er spricht von der Energie, und das ist richtig. Er spricht nicht von der Strahlung. Die große Masse aber fängt nur die Behauptung der Harmlosigkeit auf und überträgt sie auf alle Erscheinungen der Atomversuche.

Ich führe Ihnen schließlich noch den Vorsitzenden der amerikanischen Atomkommission, Mr. Lewis Strauß, vor:"

„Die durch alle bisherigen Atombombenversuche in den USA hervorgerufene Strahlung entspricht der einmaligen Röntgenbestrahlung der Brust. Auch die gesundheitliche Gefährdung durch Aufnahme radioaktiver Substanzen in Speisen und Getränken ist zu gering, um eine öffentliche Gefährdung darzustellen. Der Totalstrahlungsbetrag von allen amerikanischen, britischen und russischen Bombenversuchen beträgt bis heute nur insgesamt ein Zehntel von einem Röntgen oder etwa ein Hundertstel des Betrages, dem ein Mensch in seinem ganzen Leben aus natürlichen Gründen ausgesetzt ist."

Stiff schaltete aus und kehrte zu den Menschen zurück.

„Wenn ein solcher Mann etwas behauptet, muß es stimmen!" sagte Rolande.

„Das allmächtige Atomkapital würde ihn sofort abservieren, wenn er anderes behauptete. Unseren Beauftragten in Westdeutschland ist es gelungen durchzusetzen, daß die von den Versuchsstellen gemessene Radioaktivität nicht mehr öffentlich bekanntgegeben wird."

„Ausgezeichneter Erfolg!" brummte der Boß.

„Man will die Öffentlichkeit nicht beunruhigen!" sagte der Techniker.

„Wie rücksichtsvoll!" miaute der Teufel.

Stiff: „Alles in allem kann ich zu meinen sogenannten Versuchen sagen, daß die Erfolge bisher zufriedenstellend sind. Ich habe damit das größte aller möglichen Verbrechen eingeleitet, ein Geschehen, das im Weltall ohne Beispiel ist."

Die Ärztin meldete sich zu Wort: „Die Patienten sprechen in der letzten Zeit immer wieder vom Atomwetter und führen eine lange Reihe von Beschwerden darauf zurück. Ich habe ihre Bedenken und Einbildungen bisher stets zerstreuen können. Wie verhält es sich wirklich damit?"

„Es ist nachgewiesen, daß die Radioaktivität der Luft sich im Wettertief zusammenballt, also überall dort, wo sie in Nebel, Feuchtigkeit, Regenfeldern und Gewitterelektrizität geeignete Kondensatoren findet. Mit ihnen zieht sie über die Kontinente. Zweifellos ist die zunehmende Wetterabhängigkeit des Menschen darauf zurückzuführen. Bei Hochdruckwetter bessern sich die Krankheitsbilder, im Tiefdruck verschlimmern sie sich auffallend. Das Atomgift im Wettertief kräftigt die Krankheitserreger. Sie vergrößern sich, beschleunigen Wachstum und Vermehrung, werden widerstandsfähig gegen Medikamente. Zugleich wird die Abwehrkraft der Kranken geschwächt. Daraus können wir die Hoffnung ableiten, daß bisher harmlose Krankheiten wie Grippe, Schnupfen, Bronchialkatarrh und einfache Erkältungen sich zu verheerenden Geißeln der Menschheit entwickeln werden. Ernsthafte Erkrankungen werden bis zur unausweichlichen Tödlichkeit gesteigert, vor allem Herz- und Kreislaufleiden. Ich darf also heute schon ohne Übertreibung sagen: Mit dem Wettertief kommt der Tod.

Die Depressionen und Selbstmorde, die Unfallzahlen steigen, die chronischen und epidemischen Leiden, allergischen Störungen infolge Beeinträchtigung des vegetativen Nervensystems nehmen an Ausbreitung und Stärke zu. Unsere Freunde unter den Atomphysikern, Nervenspezialisten, Röntgenologen und Strahlenfachleuten bemühen sich unausgesetzt, diese Erscheinungen zu leugnen oder auf andere Ursachen zurückzuführen.

Nach dem heutigen Stande der Wetterkunde wäre es ohne weiteres möglich, langfristige Wettervorhersagen herauszugeben. Die A-Explosionen aber haben die Gesetze der klassischen Meteorologie über den Haufen geworfen."

„Hoffentlich haben die Burschen sich nicht weich machen lassen und zugegeben, daß dies auf unsere Versuche zurückzuführen ist...!"

„Im Gegenteil, Boß! Sie haben kategorisch jeden Zusammenhang zwischen A-Versuchen und Wetterkatastrophen als Unsinn abgelehnt und finden Schützenhilfe seitens der uns ergebenen Regierungssprecher und Atomphysiker, die ausgezeichnete Beschwichtigungsanweisungen gaben. Hören und sehen Sie dazu meinen Freund, Professor Cyrill Bare von der Yale-Universität!"

Bare: „Es ist völlig unsinnig, von einer Beeinflussung der Wetterlage durch die Atomversuche zu reden. Die Windsysteme der Erde, durch welche die Atmosphäre in Bewegung gehalten wird, weisen eine totale kinetische Energie auf, die der von beinahe sieben Millionen Atombomben gleichkommt, und von mehr elektrischer Kraft, als sämtliche Kraftanlagen der USA in 100 Jahren erzeugen könnten. Daran ist zu erkennen, was für ungeheure Energiemengen erforderlich wären, um künstlich eine Änderung der Großwetterlage oder des Großklimas zu schaffen."

„Beachten Sie", sagte Stiff, „daß auch er nur von der Energie redet, nicht von der Strahlung. Er lügt, in dem er die Wahrheit spricht."

„Schalten Sie Kreis B-Y, 34-56-77!" schnarrte der Furchtbare, und Stiff gehorchte. Man sah einen von aufmerksam lauschenden Menschen aller Altersstufen gefüllten Hörsaal.

„Es ist die Internationale Konferenz der Geophysiker in Toronto, Canada, Herbst 1957. Es spricht Dr. Byers:"

„Das Gleichgewicht der Atmosphäre ist sehr empfindlich. Die Fortsetzung der Atomversuche wird das Klima der Erde verändern. Allein die Atomversuchsstationen schleudern jeden Tag viele Pfund Radium in die Atmosphäre. Dadurch wird die ganze Atmosphäre ionisiert, und dies beeinflußt zwangsläufig die Wetterbildung. Es genügt die doppelte Anzahl der Wasserstoff- und Atombombenversuche von 1954, um das Weltwetter im Sommer wie im Winter zu einem wahren Hexenkessel werden zu lassen. Die Leitfähigkeit der Luft hat sich seit Beginn der Kernwaffenversuche in aller Welt um das Sechsfache verstärkt. Damit ist das elektrische Gleichgewicht der Erdatmosphäre gestört. Das führt zu einer Verstärkung der Gewittertätigkeit, Vermehrung der Stürme und Naturkatastrophen."

„Schalten Sie aus und verantworten Sie sich!" befahl Murduscatu.

Stiff: „Byers beweist nur die Richtigkeit meiner Behauptungen. Seine Auslassungen hörten und lasen nur einige wenige Fachleute, die ohnehin immer anderer Ansicht sind. Hingegen lasse ich durch die gesamte Weltpresse Notizen etwa folgenden Inhalts gehen:"

Er entfaltete ein Zeitungsblatt und las: „Atombomben haben Wetter nicht beeinflußt. Nach einjährigen wissenschaftlichen Untersuchungen und Messungen hat der von der Bundesregierung eingesetzte Sonderausschuß festgestellt, daß die Radioaktivität der Luft noch keine Gefahr darstelle. Es wurde auch erörtert, ob durch die Kernwaffenversuche das Wetter beeinflußt wurde. Eine solche Beeinflussung hat nach den Untersuchungen der Wissenschafter nicht stattgefunden."

Lächelnd sah der Atomteufel auf die Gäste. „Also: was jeder Mensch weiß und spürt, hat nicht stattgefunden. Die Menschheit unterliegt meiner Hypnose und glaubt es.

Die Atmosphäre ist ein komplizierter und vor allem lebendiger Organismus. Der Atomstaub behindert die Sonneneinstrahlung. Es kommt zu Temperaturschwankungen und örtlichen sintflutartigen Regen- und Schneefällen. Durch eine möglichst dichte Fortsetzung unserer Atomversuche erhoffe ich mir eine völlige Umkehrung des Witterungsverlaufes, wobei mir als Wunschziel etwa Dürre und Frost zur Saatzeit, Regen und Schnee zur Erntezeit vorschweben, so daß sowohl mit Vernichtung der Saaten als auch der Ernten zu rechnen ist. Damit würde die Menschheit in eine gefährliche Hungerkatastrophe gestürzt werden."

Der Teufel fragte: „Ist noch keiner auf die Idee gekommen, unsere experimentierenden wissenschaftlichen Kannibalen für die Millionenschäden haftbar zu machen, die sie in aller Welt verursachen?"

„Ich habe alle Bestrebungen in dieser Richtung unterdrückt, Boß.

Das Atomgift ist etwas Wunderbares! Nach dem heutigen Stande der Dinge wird es in einer Bevölkerung von 150 Millionen — wie etwa jener der USA — zu strahlenbedingten Todesfällen bis zu 450 000 in jeder Generation kommen."

„Die Menschheit wird Gegenmittel entwickeln oder sich daran gewöhnen", wandte Bob ein.

Stiff: „Gewöhnung oder auch nur Anpassung ist völlig ausgeschlossen!"

Alfred sagte: „Sie sprachen von schädigender Wirkung. Es wäre richtiger, von einer verändernden Wirkung zu reden. Sie braucht nicht unbedingt negativ zu sein..."

„Oh", höhnte Stiff, „ich weiß, woran Sie denken. Geburt einer neuen Menschheit, Züchtung einer Hoch- und Herrenrasse durch schlau gelenkte Veränderung der Erbfaktoren mit Hilfe von Radioaktivität! Gestatten Sie mir, Sie zu enttäuschen! In mehr als 99 % der Fälle hat die Genmutation eine schädigende Wirkung. Sie ist so eingreifend, daß mit Sicherheit jedes Individuum daran zugrunde geht, das von beiden Eltern dasselbe mutierte Gen übernimmt. Für gewöhnlich aber wirkt ein solches Gen nur begrenzt schädigend, so daß es bestenfalls zu Krüppelhaftigkeit, Siechtum, Blödsinn, Unfruchtbarkeit und vorzeitigem Tod führt. Mutationen der Gene brauchen sich nicht immer sogleich bemerkbar zu machen, äußern sich aber später mit Sicherheit als Herzfehler, Sinnesstörungen, Taub- und Blindwerden, Wehrlosigkeit gegen Infektionen."

Der Teufel brummte etwas, das nicht zu verstehen war. „Bringen Sie Tatsächliches!" befahl er.

„Infolge der Atomvergiftung sind bisher mindestens zwei Millionen Kinder mit Anomalien oder als Monstren geboren worden. In spätestens zehn Jahren werden etwa drei Tausendstel der Menschheit derartige Mutationen zeigen. Für das Jahr 1967 dürfen wir demnach mit etwa 7½ Millionen Krüppeln und Blödsinnigen rechnen, die wir unseren wackeren Atomgelehrten zu verdanken haben."

„Gut. Aber das geht mir zu langsam!"

„Geduld, Boß! Die Versuchsreihen werden, gesteigert in Zahl, Umfang und Folge, weitergehen. Durch die radioaktive Entartung der Luft, der Niederschläge, des Wassers, der Feldfrüchte, des Gemüses, des Obstes sind heute bereits alle Erdbewohner gefährdet. Die Fälle von Krebs, Kinderlähmung und Leukämie mehren sich in erfreulichem Umfang. Überall treten unbekannte neue Krankheiten und gesundheitliche Störungen auf. Im Falle gleichzeitiger Detonation mehrerer Atombomben — etwa in einem Krieg — ist zu erwarten, daß die Erdachse aus dem Gleichgewicht gerät. Eine Reihe vernichtender Erdbebenkatastrophen, Flutwellen und Klimastürze wäre die Folge, die einigen Hundert Millionen Menschen das Leben kosten würde."

„Hypothesen!" knurrte der Teufel.

„Die Zahl der Früh- und Fehlgeburten, der unfruchtbaren Männer und Frauen, der unheilbaren und Erb-Krankheiten wird in erfreulichem Tempo steigen. In hundert Jahren wird die Menschheit aus einer Überzahl von schwachsinnigen Krüppeln bestehen. Die endgültige Entartung und Selbstausrottung der Menschheit hat begonnen."

Sten richtete sich auf. Lauter als nötig sprach er: „Sie freuen sich zu früh, meine Herren! Eines Tages wird auch dem letzten von uns die Erkenntnis von der Größe der Gefahr aufgehen. Ich bin überzeugt, daß die Vernunft obsiegen und die Menschheit die unsinnigen Versuche einstellen wird!"

Die Teufel lachten. Stiff antwortete: „Sie sind ein komischer Kauz, Herr Dichter. Man merkt, daß Sie in anderen Sphären schweben. Alle anderen zerstörerischen Eingriffe des Menschen in das Naturgeschehen wären gegebenenfalls reparabel. Aber was hinsichtlich Atomkernspaltung geschehen ist, kann nie mehr rückgängig oder gutgemacht werden. Das tödliche Strontium 90 bleibt jahrelang wirksam. Nur der kleinste Teil des hochgeschleuderten Staubes ist bisher zur Erde zurückgekehrt. Die Masse der Giftwolken schwebt noch über der Menschheit, und jede neue Explosion vermehrt sie. Noch in dreißig Jahren wird das Gift vom Himmel fallen und das Leben auf der Erde in immer noch sich steigendem Ausmaß durchsetzen, auch wenn der Mensch die Atomversuche beenden und einen Atomkrieg vermeiden sollte. Es hilft euch nichts mehr, ihr überschlauen, gehirnkranken Menschlein! Jetzt werdet ihr eures Fortschrittssegens buchstäblich von oben her teilhaftig werden, ob ihr wollt oder nicht!" Er lachte, und der Boß stimmte ein.

„Sehen Sie auf den Bildschirm! Sie sehen und hören Mr. Arbott von der US Atomenergie-Kommission."

Arbott: „Wir müssen uns mit allem Nachdruck gegen das hysterische Angstgeschrei verschiedener Leute verwahren, die kranke Nerven zu haben scheinen und sich lieber in Anstaltspflege begeben sollten, als die Welt und die Menschheit durch ihre Alarmnachrichten zu beunruhigen. Die Atomenergiekommission hat wiederholt die Versicherung abgegeben, und sie tut dies auch jetzt wieder, daß wir nichts zu befürchten haben!"

Der Furchtbare schien unbeeindruckt zu sein. „Ich sehe überall wachsenden Widerstand gegen Stiffs Atompläne. Wenn er nicht auf der Hut ist, kann ihm ein dicker Strich durch seine schöne Rechnung gemacht werden. Mehr als hundert Mitglieder des akademischen Stabes der Universität Manchester wandten sich in einer Bittschrift an den Ministerpräsidenten, um die Einstellung der Kernwaffenversuche zu erwirken."

„Die Versuche gehen weiter, soviel ich weiß", spottete Stiff.

Murduscatu: „Die japanische Regierung hat ihr Volk davor gewarnt, Gemüse und Obst aus Mitteljapan zu essen. Die US-Nahrungsmittelkommission unter Dr. Geoffrey Norman, Universität Michigan, meldet: Die Radioaktivität der Lebensmittel steigt. Die Tagung der Nobelpreisträger in Lindau hat 1955 und 1956 ernste Warnungen vor dem Atomkrieg ausgesprochen. Professor Tadayoshi Doke erklärte am 29. April 1957 in Tokio, daß die Maximaldosis von radioaktivem Strontium 90, die in der Welt geduldet werden darf, schon überschritten wurde. Die Nationale Akademie der Wissenschaften in USA hat 1956 einen Bericht veröffentlicht, wonach ein Krieg mit Wasserstoff- und Kobaltbomben die Erde unbewohnbar machen werde. Noch viel wahrscheinlicher sei es, daß der zunehmende Gebrauch von Strahlen und strahlenden Substanzen die ganze Menschheit in ein unentrinnbares Labyrinth des Todes führe. Die Frankfurter Allgemeine Zeitung vom 24. Juli 1956 schrieb, die Zivilverteidigungsübung in USA und Canada im Juli 1956 habe nach amtlicher Darstellung ergeben, daß man einem modernen totalen Krieg mit H-Bomben hilflos gegenüberstehen werde. Ähnliche Tatarennachrichten finden sich in allen Zeitungen der Welt."

„Ich kann nichts dafür", schmollte Stiff, „daß mein Kollege vom Lügendezernat noch nicht die gesamte Presse unter seine Kontrolle gebracht hat."

Der Teufel schien sehr böse zu sein. „Reden Sie sich nicht auf andere aus!" schrie er. „Die Presse könnte darüber nicht schreiben, wenn Sie mit der entsprechenden Vorsicht und Umsicht vorgegangen wären!"

Ehe der Gemaßregelte etwas erwidern konnte, sprach schon wieder Murduscatu. „Schalten Sie den Bildschirm!" Verdrießlich gehorchte Stiff.

Man erkannte General Gavin, den Chef für alle Forschungsvorhaben der amerikanischen Wehrmacht, der vor einem Ausschuß des Abgeordnetenhauses sprach: „In einem kommenden Atomkrieg werden die USA nicht verhindern können, daß es im Gebiet der radioaktiven Niederschläge bei ihren eigenen Verbündeten mehrere hundert Millionen Tote geben wird. Je nach Windrichtung kann sich die Radioaktivität bis nach Japan und auf die Philippinen oder auch weit nach Europa hinein erstrecken."

„Ausschalten!" befahl Murduscatu. „Auch dieses Geschwätz fand den Weg in die Presse. Senator Jackson äußerte sich dazu: ,Ich bin entsetzt darüber, daß dieser Bericht für die Öffentlichkeit freigegeben wurde.' "

„Ich auch!" schrie der Teufel.

Stiff: „Das Entsetzen des Herrn Jackson ist nur Beweis dafür, daß hundert andere solcher und noch aufschlußreicherer Berichte durch meine Leute unterschlagen werden!"

„Bildschirm!" rief Murduscatu. Man sah und hörte Dr. Shields Warren, den Vorsitzenden der Pathologischen Kommission der Medizinischen Harvardschule.

„Jede Strahlenmenge, auch die kleinste, ist schädlich für die Fortpflanzungsorgane aller Lebewesen. Es kommt nicht auf die Einzeldosis an, sondern auf die Summenwirkung. Und jede Strahlungsmenge verkürzt das Leben, auch das Leben der Nachkommen. Schon müssen etwa eine Million Menschen sich damit abfinden, daß die Atomgelehrten ihr Leben um fünf bis zehn Jahre beschnitten haben. Alle Strahlen stören das chemische Gleichgewicht der Zellen. Auch bei ganz geringer Einwirkung ergeben sich langwierige Spätfolgen. Die Schleimhautgewebe des Magens und des Darmes, der Bronchien und Lungen werden angegriffen, das Binde- und Muskelgewebe, die Knochen-, Fett- und Nervenzellen werden geschädigt.

In den letzten zehn Jahren hat der Mensch die Menge der starken radioaktiven Strahlung in der Welt in ungeheurem Maß und willkürlich vermehrt. Die Wissenschafter erklären dazu, daß dies völlig belanglos und unschädlich sei. In Wahrheit wissen die Menschen gar nichts. Strahlung ist etwas ganz Heimtückisches."

Der Teufel war unwirsch. „Es ergibt sich eindeutig, daß Ihre Organisation Lücken aufweist, durch die unsere Gegner eindringen, um unsere Absichten zu durchkreuzen!"

„Solche Querschüsse sind Ausnahmen, welche die Regel bestätigen, Boß."

„Welche Regel?"

„Die Regel, wonach die Öffentlichkeit von allen meinen Beauftragten nach Strich und Faden belogen wird."

Murduscatu: „Das hilft wenig, wenn ein einziger aus der Reihe tanzt. Sehen Sie auf den Schirm! Es handelt sich um ein Fernsehinterview mit dem amerikanischen Nobelpreisträger Dr. Linus Pauling."

Pauling: „Die Strahlung einer einzigen H-Bomben-Explosion kann sprunghafte Veränderungen der Erbanlagen hervorrufen, die erst nach Generationen sichtbar werden. Bei 25 % der Kinder von strahlungsgeschädigten Frauen sind Anzeichen körperlicher und geistiger Fehlentwicklung feststellbar. An dem verheerenden Einfluß direkter Strahleneinwirkung auf das Kind im Mutterleib kann heute nicht mehr gezweifelt werden. Aber nicht nur eine einmalige starke Strahlendosis kann Veränderungen in der Erbmasse herbeiführen, auch geringfügige Strahlungen reichen aus, wenn sie längere Zeit hindurch anhalten. Für ein Volk ist der Erbschaden gleich groß, ob man hundert Personen einer Dosis von 10 Röntgen oder 10 000 Personen einer Strahlung von 0,1 Röntgen aussetzt.

In der jetzigen Generation sind rund 300 000 Menschen bereits an Leukämie infolge der Atomversuche erkrankt oder gestorben. In den nächsten zehn Generationen sind etwa 20 Millionen Kinder mit körperlichen und geistigen Gebrechen aus demselben Anlaß zu erwarten. Jede neue Strahlenmenge führt Schäden an der Gesundheit der ganzen Menschheit herbei. Die Gelehrten wissen es und schweigen."

„Ausschalten!" befahl Murduscatu. „Infolge solcher und einer Fülle anderer Indiskretionen ist ein großer Teil der Menschheit hellhörig geworden. Amerikanische Farmer machen die USA-Regierung dafür verantwortlich, daß Tausende von Schafen im weiteren Umkreis der Atomforschungszentren elend krepierten. Leute, die auf den Feldern arbeiteten, als die Wolken der Versuchsexplosionen vorüberzogen, verloren die Haare und verklagten den Staat. Allenthalben macht sich organisierter Widerstand bemerkbar, der die weitere geordnete Durchführung unserer Atompläne in Frage stellt."

„Also doch!" triumphierte Sten. Man beachtete ihn nicht.

Murduscatu fuhr fort: „In England, Ägypten, Deutschland, Brasilien, Frankreich, China, Ecuador, Belgien, Österreich, Indien, Australien, Griechenland, Italien, Argentinien und im Sudan sind aufgehetzte Massen auf die Straße gegangen, um gegen den Atomkrieg zu demonstrieren."

Fragend sah der Teufel auf Stiff. Der versuchte zu bagatellisieren: „Es ist ohne Bedeutung, Boß!"

„Ich bin nicht Ihrer Ansicht", erwiderte der Furchtbare. „Japanische Wissenschafter weigerten sich, mit Atomwaffen in Verbindung stehende Forschungen zu betreiben. In USA haben die Gewerkschaften, die Quäker und Baptisten, Geistliche, Pastoren und

Rabbiner gegen die Fortsetzung der Atomversuche Stellung genommen."

Stiff: „Die Versuche gehen weiter!"

Murduscatu: „In New York hat sich ein Komitee gegen die Kernwaffenversuche gebildet, dem Kirchenvertreter und Sozialistenführer angehören. In Australien wettern Militärs und Kirchenfürsten gegen die Fortsetzung der Versuche. Die gegen uns wirkende Presse unternimmt es in immer stärkerem Umfang, die Weltöffentlichkeit zu beunruhigen und in eine Angstpsychose hineinzumanövrieren."

Der Teufel schüttelte grämlich den Kopf. „Das alles ist in höchstem Grade ärgerlich, Stiff!"

„Gar nicht, Boß! Auch die Angst habe ich in meine Rechnung gestellt. Angst ist gut. Angst zerstört den letzten Rest vernünftiger Überlegung. Sie werden aus Angst Dinge tun, die mir ausgezeichnet in den Kram passen. Und was die Presse anbelangt: gerade in der Häufung und Wiederholung solcher Pamphlete liegt eine positive Wirkung. Man liest über sie hinweg. Sie werden langweilig."

Der Furchtbare blieb ungerührt. „Schalten Sie den Bildschirm!"

„Was ist das?"

„Eine Studentenversammlung in der Aula der Universität Indiana. Passen Sie auf! Der Lärm wird sogleich beginnen ..."

Über den Köpfen der wimmelnden Menge erschien plötzlich die Gestalt eines Studenten, den seine Kollegen auf die Schultern gehoben hatten. Die Köpfe wendeten sich ihm zu, die Gespräche verebbten. Mit einer hellen durchdringenden Stimme schrie er:

„Hängt die Atomforscher! Rettet die Menschheit!" und aus hundert Kehlen schrie es ungeordnet, so daß es kaum zu verstehen war: „Die Wahnsinnigen ins Irrenhaus, die Verbrecher auf den elektrischen Stuhl! Rettet die Menschheit!"

Der Furchtbare sah auf Stiff. „Was sagen Sie dazu?"

„Nichts, als daß Sie noch einmal auf den Schirm sehen sollen!"

Wüstes Getöse quoll auf. In der Aula der Universität war eine Prügelei aller gegen alle im Gange. Man hatte den Sprecher von den Schultern seiner Freunde heruntergerissen, man schlug auf ihn ein, trampelte ihn nieder. Als der Knäuel sich löste, lagen einige der jungen Männer blutend auf dem Boden, andere zogen sich, zerschlagen und zerrissen, zurück. Stiff schaltete aus.

„Genügt es Ihnen?" fragte er. „Sie sehen, daß meine Leute wach sind."

„Was ist mit den Demonstranten geschehen?" fragte Rolande.

„Sie wurden nach hochnotpeinlicher Untersuchung relegiert wegen ‚unwissenschaftlichen Verhaltens'. Keine Universität der Staaten wird sie mehr aufnehmen dürfen. So wie jenen Studenten wird es allen gehen, die sich dem Fortschritt in den Weg stellen wollen!"

Sten Stolpe meldete sich zum Wort. „Wie war das mit den Wissenschaftern, die gegen besseres Wissen schweigen? Mit den angeblich bestochenen Gelehrten? Ich werde irre am Ethos der Wissenschaft . . ." Der Dichter schwieg verwirrt.

Stiff antwortete ihm. „Was die Menschen mit den Ergebnissen der Atomforschung treiben, hat mit Wissenschaft nichts zu tun. Es ist die Auswirkung des krankhaften Experimentier- und Spieltriebes von Wahnsinnigen."

Der Teufel unterbrach ihn. Bissig fuhr er den Dichter an. „Quatschen Sie nicht von Wissenschaft! Es gibt keine Wissenschaft, verstehen Sie? Die Menschen nennen Wissenschaft, was sie heute für richtig halten, was sie morgen für richtig halten werden und was sie gestern für richtig gehalten haben. Drei grundverschiedene Begriffe. Jeder von ihnen schließt die beiden anderen aus. Das einzige, was feststeht, ist, daß die Menschen nichts wissen."

Stiff löste seinen Herrn und Meister ab. „Und die Gelehrten? Es gibt zwei Arten davon. Unsere Gegner: die uns durchschauen und zu bekämpfen versuchen, wenn auch vergeblich. Denn ihre Warnungen verhallen ungehört und ungedruckt, ihre Gutachten versinken in den Tresoren der Kommissionen und Generalstäbe.

Die andere Art von Wissenschaftern: unsere Freunde und Beauftragten. Sie schweigen oder sie lügen, je nachdem, wieviel sie bezahlt bekommen."

Der Teufel sprach: „Es bleibt unbestreitbar, daß unsere Gegner Boden gewonnen haben. Mir scheint, daß Sie versagt haben, Stiff! Habe ich Ihnen nicht unbegrenzte Geldmittel zur Verfügung gestellt, um Gelehrte und Zeitungsschreiber zu kaufen?"

„Sie haben gesehen, daß es seine Wirkung hat, Boß. Aber es gibt leider immer noch Wissenschafter und Presseleute, die unbestechlich sind und sich nicht vorschreiben lassen, was sie zu tun oder zu schreiben haben."

Der Amerikaner erwachte aus seiner Nachdenklichkeit: „Der Teufel soll sie holen!"

Der Satan antwortete ihm. „Leicht gesagt, aber schwer getan, Bob. Wer nicht des Teufels ist, den kann er leider nicht holen. Aber sie alle werden meinem Fluch nicht entgehen!"

Stiff sprach: „Im übrigen überschätzen Sie die Betriebsamkeit unserer Gegner in ihrer Wirkung, Boß! Die Menschen sind träge und dumm geworden. Sie schließen bewußt Augen und Ohren und leben fatalistisch und scheinbar unbekümmert ihr materialistisches Leben. Ab und zu mögen sie einen Brocken aufschnappen von angeblich drohenden Gefahren. Aber sie sind uninteressiert gegenüber allem, was ihnen die Selbstherrlichkeit und Ruhe stören, was sie aus ihrer satten Bequemlichkeit aufschrecken könnte. Sie leben in den Tag hinein und sind zufrieden, wenn sie sich den Wanst füllen und ihr Talmivergnügen haben können, und wenn vor allem die Geschäfte gut gehen. Alles übrige ficht sie nicht an."

Der Teufel nickte lächelnd. „Wir können uns keine günstigere Reaktion wünschen!"

„Die Menschheit ist phantasielos und apathisch. Man kann ihr ruhig das gräßlichste Ende prophezeien: es macht ihr nichts aus. Sie glaubt es nicht oder meint, es würde schon nicht so schlimm kommen. Inzwischen läßt man es sich wohlergehen. Nach uns die Sintflut!

Wenn sie von den gewaltigen Kräften der entfesselten Atomenergie hören oder lesen, so finden sie eher noch Gefallen daran, als daß es sie erschreckte. Der Fortschrittswahnsinn hat sie so fest in den Krallen, daß ihnen alles imponiert, was groß, gigantisch, titanisch erscheint. Das halten sie schon für Leistung. Und daran richten sie ihr schwankendes Selbstbewußtsein auf. Man braucht also nicht allzu ängstlich zu sein, wenn einer der Eingeweihten einmal aus der Schule plaudert.

Andererseits erheben meine Mitarbeiter in den Atomenergiekommissionen und in den Regierungen immer wieder ihre Stimmen, die gerade das Gegenteil behaupten. Sehen Sie auf den Bildschirm! Sie sehen und hören meinen Beauftragten, Professor Leigh von der amerikanischen Atomenergiekommission in Washington."

Leigh: „Die genetischen Schäden durch Radioaktivität nach Atombombenversuchen halten sich in durchaus erträglichen Grenzen. Da die Vereinigten Staaten auf die Erhaltung einer erstklassigen militärischen Rüstung angewiesen sind, müssen die Versuche fortgesetzt werden. Bedenklich, wenn auch nicht ausgesprochen gefährlich, würde die Situation erst dann, wenn noch weitere Nationen mit Kernwaffenversuchen begännen. Bei einer Fortsetzung der Versuche im gleichen Umfang wie in den letzten fünf Jahren wird die Zahl der von Geburt an geschädigten Kinder jährlich nur um 160 bis 800 ansteigen, doch ist diese Schätzung wahrscheinlich zu hoch. Die Zahl der Leukämiekranken wird in USA durch die Radioaktivität nur um etwa 36 jährlich erhöht werden. Und selbst wenn, wie einige Gelehrte behaupten, in den nächsten dreißig Jahren 100 000 an Knochenkrebs und Leukämie infolge unserer Atomversuche sterben sollten, so wäre dies gar nichts gegenüber den Verlusten, die durch den Straßenverkehr oder durch einen mittleren Krieg entstehen. Zudem bin ich der Ansicht, daß die Menschheit bereit sein muß, für den wissenschaftlichen Fortschritt Opfer zu bringen und unter Umständen auch eine Zunahme der körperlichen und geistigen Mißgeburten in Kauf zu nehmen!"

Der Teufel lachte. „Der Mann gefällt mir! Er scheint ein Menschenfreund zu sein . . ."

Stiff: „Er ist ein Atomfachmann, Boß, was wollen Sie? Amerika bildet jährlich 200 davon aus, England 50, die Sowjetunion 2 000, die übrige Welt zusammen 100. Meine Armee der gehirnkranken Massenmörder ist im Wachsen! Ein anderer, Professor Dr. Keystone, angesehener Physiker der westlichen Welt, Träger des Großen Preises, hat erklärt, daß radioaktive Niederschläge von Atomwaffenversuchen weder jetzt noch für künftige Geschlechter gefährlich seien. Durch die Strahleneinwirkung werde es vielmehr zu günstigen Erbänderungen bei den Menschen kommen, also zu einer Verbesserung der Art und einer Züchtung von Genies im großen. Die Versuche selbst seien durchaus unschädlich und unbedenklich."

Der Teufel grinste. „Unser Keystone hat den Großen Preis nicht umsonst bekommen!"

Sten fuhr hoch. „Es wäre an der Zeit, schwarze Listen anzulegen von jenen Wissenschaftern und Politikern, die aus leicht durchschaubaren Gründen die Situation immer noch als harmlos darstellen . . ."

Der Teufel lachte ihn aus. „Diese Listen gibt es bereits, mein poetischer Freund, sie liegen in meinem Tresor und enthalten die Namen meiner besten Mitarbeiter! Weiter, Stiff!"

„Unsere Beauftragten im britischen Zeitungswesen berichteten, daß die Radioaktivität in der Nähe des englischen Atomzentrums Harwell die Intelligenz der Schulkinder erhöhe."

Der Teufel lachte. „Und das Volk glaubt es?"

„Einige finden sich immer, die es glauben. Die übrigen aber meinen, es könne demnach alles nicht so schlimm sein . . ."

„Das ist gut."

„Sehen Sie auf den Bildschirm! Das ist unser Freund, Professor Dr. Hans Thirring. Hören Sie!"

Thirring: „Jeder friedliebende Mensch muß die Atomversuche und ihre Fortsetzung begrüßen, weil sie ein ausgezeichnetes Abschreckungsmittel darstellen und jeden Staat veranlassen werden, sich den Eintritt in einen Krieg gründlich zu überlegen. Die Versuche sind also ein Mittel des Friedens, ja eine Garantie für den Frieden. Besorgnisse hinsichtlich der augenblicklichen und späteren Auswirkung der dadurch gesteigerten Radioaktivität halte ich für unbegründet. Die Strahlung in der Welt hat noch weitaus nicht die Strahlungsstärke der Leuchtzifferblätter in Uhren erreicht und ist deshalb gefahrlos."

„Gut, Stiff!"

„Nach den fünf Großversuchen des Jahres 1957 bat Japan in Moskau um Einstellung der Experimente. Es wurde abgewiesen, weil die Sicherheit der Sowjetunion die Fortsetzung der Versuche erfordere."

„Sehr gut. Um der Sicherheit willen geben sie das Leben preis!"

„Auch der britische Sicherheitsminister Sandys erklärte im Unterhaus, Großbritannien sei um seiner und der freien Welt Sicherheit willen gezwungen, eigene A- und H-Waffen zu erzeugen und die USA, solche in England zu lagern. Wenn es aber notwendig sei, solche Waffen zu erzeugen, so sei es logischerweise auch nötig, sie auszuprobieren, weshalb England die Versuche nicht aufgeben könne.

Sie sehen also: ungeachtet aller Einwände werden meine Beauftragten weiter experimentieren, in USA, im Stillen Ozean, in Australien, auf Kamtschatka und in Nordsibirien, so lange, bis die von mir angestrebte Wirkung erreicht ist. Ich drehe die Dinge so, daß die verantwortlichen Regierungsmänner, die diese neuen und immer umfangreicheren Versuche veranlassen, als Staatsmänner von großem Weitblick gefeiert werden. Sie alle geben an, im Namen und Lebensinteresse des Volkes zu handeln."

„Welches Volk wählt seine Politiker, um ihnen Vollmacht zur Vernichtung der Menschheit zu erteilen?" fragte Rolande.

„Man müßte diese Verbrecher vor einen Weltgerichtshof stellen!" eiferte sich der Schwede.

„Es wird nie einen geben!" sagte Bob Harding.

„Und wenn auch: er würde immer nur die Falschen verurteilen!" resignierte Sten.

Der Teufel blickte nachsichtig lächelnd auf ihn. „Der Weltgerichtshof bin ich, mein Herr Dichter, ich und meine braven Mitarbeiter. Und wir holen uns immer die Richtigen!"

„Worauf Sie sich verlassen können!" sekundierte Stiff. „Manchmal gibt es kleine unliebsame Zwischenfälle und Indiskretionen. Ich
gebe das zu. Aber das ist in einem so weltweiten Dezernat wie dem
meinen kaum zu vermeiden. Entscheidend ist, daß die Menschen in
Unklarheit und Unwissenheit gehalten werden. Ich verwickle sie
in Irrtümer und Aberglauben, ich setze sie dem Widerstreit der
Gelehrtenmeinungen aus. Das verwirrt. Es läßt sie die Gefahr verkennen, so daß sie dem größten Attentat gegen das Leben, das je
inszeniert wurde, wehrlos ausgeliefert sind. In Kürze werden
starke Kräfte der Wirtschaft es durchsetzen, daß die Bestimmun-
gen, die zum Schutz der in Strahlungsbetrieben Arbeitenden von
der Internationalen Strahlenschutzkommission empfohlen wurden, gelockert werden. Damit wird noch einmal die Harmlosigkeit
vor aller Welt dokumentiert sein. Im wesentlichen steht die von
mir organisierte Verschwörung des Schweigens und der Lüge fest
und lückenlos. Erinnern Sie sich an den Fall des amerikanischen
Biologen Professor Dr. Muller?"

„Was war damit?"

„Er ist einer unserer Feinde. Vor drei Jahren sollte er auf
einer Tagung in Genf einen Vortrag über die Gefahren der Atomverseuchung halten. Man fürchtete einen Angriff auf die Forschung und eine Gefährdung des Atomgeschäftes. Meine Agenten
haben dafür gesorgt, daß der Vortrag in letzter Minute abgesetzt
wurde. Mister Muller ist verärgert abgereist und hüllt sich seither in Schweigen."

„Gut, daß Sie ihn mundtot gemacht haben!" lobte der Teufel.

Stiff schaltete den Bildschirm. „Die große Tagung der Atomwissenschaft in Washington, April 1955. Professor Livingston,

Physikprofessor am Massachusetts Institute of Technology, spricht."

Livingston: „Es ist heute beinahe unmöglich, Physiker zu finden, die bereit sind, über das Thema ‚Gefahren radioaktiver Kernstrahlung und ihre politische Tragweite' zu sprechen. Die Ablehnungen, die uns erreichten, hatten verschiedene Begründungen. Die einen schrieben, es sei ihnen unmöglich, zuverlässig über ein Gebiet zu sprechen, in dem so viel als geheim zu behandeln ist. Andere erklärten, sie fürchteten, durch die Diskussion in Schwierigkeiten mit den Sicherheitsbehörden zu kommen. Nach vielen Ablehnungen erhielten wir schließlich zwei Zusagen von Physikern, die zum Verteidigungsministerium gehören. Aber die beiden haben leider wieder abgesagt. Wir fanden schließlich einige weniger kompetente Wissenschafter, die bereit gewesen wären zu sprechen, wenn sie nicht schon andere Verpflichtungen gehabt hätten."

Stiff: „Sie sehen, daß meine Leute dicht halten. Seien Sie unbesorgt, Boß! Es hat zudem das Wettrennen um die Eroberung des Atomweltmarktes begonnen. Es geht also um das Geschäft. Und da fallen alle Rücksichten, das wissen wir. Die Leute, die an der Kernspaltung verdienen wollen — sei es zu kriegerischen oder friedlichen Zwecken, — sind mächtig, sie werden sich ihre Milliardenprofite nicht entreißen lassen. Sie beherrschen die öffentliche Meinung und die Politik. Unbequeme Warner und Störenfriede bleiben ungehört oder werden unauffällig abserviert.

Infolgedessen gehen die Atomversuche in beschleunigtem Tempo weiter. Man vergiftet die Gegenwart und in gleicher Weise und ebenso unbekümmert die Zukunft. Die Zahl der Explosionen ist gegenüber früheren Jahren gestiegen. England hat 1957 die bisher größte H-Bombe krepieren lassen. Auch Frankreich hat angekündigt, daß es mittun will. Immer mehr weitet sich der Kreis der Atomwaffenbesitzer und Atomwaffenhersteller, und bald wird jede größere Stadt, die etwas auf sich hält, einen Atommeiler zu angeblich friedlichen Zwecken bauen. Wir propagieren diese

Phase vor dem Untergang in allen Farben der Verlogenheit und gaukeln den Dummen das goldene Zeitalter der Atomenergie vor."

Der Teufel wandte sich nach dem Furchtbaren um. „Ist dazu noch etwas zu sagen?" fragte er. Aber der Ministerpräsident hatte den Raum verlassen.

Stiff antwortete an seiner Statt: „Nichts weiter zu sagen. Ich komme zum Atomkrieg. Die Geschichte lehrt, daß noch alle Waffen töteten, die man bereit legte. Wer den Krieg will, rüste zum Krieg! Die Nichtverwendung eines Produkts wie der Atombombe, in das man so ungeheuer viel investiert hat, muß in der profithörigen Welt als Vergeudung, zumindest als ein geschäftlich unmoralischer Zustand gelten. Es erschien mir daher vordringlich, den Fortschritt der sogenannten Wissenschaft gerade auf dem Gebiet der Atomwaffen vorwärtszupeitschen.

Die alte TNT-Bombe ist heute zur belächelten Harmlosigkeit herabgesunken. Im zweiten Weltkrieg haben in Japan 1 700 Tonnen TNT und Brennphosphor 16 Quadratmeilen zerstört, wobei je Quadratmeile 500 Tote und 12 000 Verletzte erzielt wurden. Die Wirkung der Atombombe von Hiroshima erstreckte sich auf 4 Quadratmeilen mit 15 000 Toten je Quadratmeile, in Nagasaki wurden 20 000 Tote je Quadratmeile gezählt."

„Gut, Stiff."

„Infolge der Bombardierungen mit TNT starben in Tokio 4 % der Gesamtbevölkerung, in Hiroshima durch eine einzige Atombombe 43 %, in Nagasaki 32 %. Dabei erstreckt sich der Umkreis der Totalvernichtung bei einer solchen kleinen A-Bombe auf nur einen Kilometer. Mit der H-Bombe können wir einen viel größeren Raum erfassen und die Zahl der Todesopfer auf 70 bis 90 % der Gesamtbevölkerung steigern."

„Ausgezeichneter Fortschritt!"

„Die H-Bombe entwickelt Temperaturen bis zu 50 Millionen Grad. Noch in 80 Kilometern Entfernung reicht die Hitzewirkung aus, um Holz zu entzünden. Die Wasserstoffbombe von 1954 hatte eine größere Sprengkraft als alle im Zweiten Weltkrieg auf Deutschland und Japan abgeworfenen TNT-Bomben zusammen. Ein Atomgeschütz hat die gleiche Vernichtungskraft wie 50 000 gewöhnliche Artilleriegeschütze. Das Trommelfeuer auf Berlin am 21. 4. 1945 kam von der stärksten Artilleriemassierung aller Zeiten, aus 16 000 Rohren. Hundertmal so viel Vernichtungskraft wohnt den 30 Atomkanonen inne, die die USA in Westdeutschland stationiert haben. Sie gleicht jener von 1 500 000 gewöhnlicher Geschützrohre. Die Zerstörungskraft von 150 Matadorbombern entspricht jener von 4 500 000 viermotorigen Flugzeugen des Zweiten Weltkrieges.

Im Zweiten Weltkrieg hat die USA rund 100 viermotorige Bomber gegen Deutschland eingesetzt. Im März 1945 haben sie täglich etwa 1 000 Tonnen Bomben abgeworfen. Mit Hilfe der Atombombe kann heute ein einziger Pilot in einem einzigen Flugzeug bei einem einzigen Einsatz denselben Erfolg erzielen, wie man damals mit 1 000 Einsätzen in einem ganzen Monat erzielte.

Übrigens ist der Vergleich einer Atombombe mit einer gegebenen Menge TNT irreführend. Kurze Zeit nach einer Explosion von TNT ist es ohne Gefahr für die Gesundheit möglich, in dem verwüsteten Gebiet sich zu bewegen und zu arbeiten. Das trifft nicht zu bei einer Kernwaffenexplosion. Das Atomgift verharrt lange am Explosionsort und braucht Jahrzehnte, um zu verschwinden. Das Phänomen ist ferner nicht örtlicher Natur wie bei TNT. Das Gift treibt in der Luft um die Erde und erreicht alle Teile des Planeten."

„Sie wollen uns mit überholten Greuelmärchen erschrecken, Stiff!" bemerkte blasiert der Journalist. „Haben Sie noch nichts von der sogenannten sauberen Bombe gehört, die einen um 96 % geringeren oder gar keinen radioaktiven Niederschlag hinterläßt?"

„Haben Sie sich auch von dem salbungsvollen Beschwichtigungsgerede der Politiker übertölpeln lassen, Bob? Die angeblich sauberen Bomben erzeugen nicht weniger Radioaktivität als die anderen. Meine Beauftragten haben dieses Gerücht in die Welt gesetzt, um die Abwehrfronten zu spalten, Verwirrung zu stiften und unsere Gegner zu schwächen. Das ist uns gelungen. Es gibt keine sauberen Bomben!

Die Perfektion der Massentötung aber haben wir vorläufig mit der Kobaltbombe erreicht. Sie ermöglicht Totalvernichtung auf einer Fläche von 20 000 Quadratkilometern, das ist die Größe Westfalens oder Württembergs. Wenn wir die Kobaltbombe kalibermäßig noch um 50 % verstärken, so kann die totale Vernichtungskraft auf einen Raum von 50 000 Quadratkilometern erweitert werden."

„Wie groß ist das?"

„Die Schweiz hat einen Flächenraum von 41 000 Quadratkilometern."

„Gut."

„Nur 20 Kobaltbomben sind nötig, um 80 % der Menschheit eines grauenvollen Todes sterben zu lassen."

„Erfreulich."

„Dieser Spaß würde nur lumpige 40 Milliarden Dollar kosten."

„Machen wir, machen wir!" nickte der Boß.

„Die Radioaktivität nach der Kobaltbombe wird die Superpest von morgen sein. Gegen diese Krankheit gibt es kein Mittel als den Tod."

Der Boß schmunzelte über sein feistes Gesicht. „Sie malen teuflische Bilder, Stiff! Sie malen gut." Er wandte sich den Gästen zu. „Nun, was sagen Sie, meine Freunde? Zweifeln Sie noch an meiner Macht und ihrer Unerschütterlichkeit?"

Die jungen Leute schwiegen. Bob zog seine Armbanduhr auf. Alfred blickte mit verschränkten Armen und verbissener Miene vor sich hin zu Boden. Der Dichter saß mit geschlossenen Augen. Die geballten Fäuste lagen auf seinen Knien. Er schien von einem inneren Schluchzen geschüttelt. Rolande sah aus weit offenen Augen in des Teufels lächelndes Gesicht.

„Da hilft nur noch beten . . .", flüsterte sie kaum hörbar.

Die Teufel lachten. „Das hat vor kurzem Eisenhower auch gesagt", meckerte der Boß. „Aber er hat seinen eigenen Rat nicht befolgt. Er betet nicht, er experimentiert weiter. Und wenn die Menschheit etwa plötzlich sich aufs Beten verlegen sollte: zu wem? Zum schöpferischen Geist, dessen Schöpfung zu vernichten sie gerade im Begriffe steht? Ich glaube, er würde nur taube Ohren haben für das Angstgewinsel vor der Hinrichtung!"

Sten erwachte aus seiner Erstarrung. „Beten allein hilft uns nicht mehr. Nicht mehr. Wir müssen..."

Stiff unterbrach ihn. „Euch hilft nichts mehr. Nichts hilft euch und niemand. Das ist das Ende, das ihr selber gewollt habt. Endlich habe ich euch so weit, daß ihr einen Krieg vorbereitet, der sinnlos ist, weil nachher nichts Lebendes mehr übrig bleiben wird. Nach einem Atomkrieg wird das Leben völlig aufhören. Nicht ein Prozent der Menschheit, niemand würde überleben. Da habt ihr die letzte logische Konsequenz eurer ganzen weltweiten wie kurzsichtigen Fortschritts- und Nützlichkeitsplanung: den Druckknopfkrieg, der nichts mehr hinterläßt, was geschützt werden könnte."

„Der Widerstand der Massen wird einen solchen Krieg niemals gestatten!" entgegnete der Dichter.

Der Teufel lachte. „Ich habe dem Menschen die Erde zur Hölle gemacht. Millionen Unglücklicher werden die Kettenreaktion als Erlösung aus dem schizophrenen Taumel der Welt ersehnen. In dieser Sehnsucht wird jeder Widerstand gegen einen Atomkrieg versinken."

Stiff: „Ich wiederhole, daß wir den Atomkrieg für die Vernichtung der Menschheit nicht unbedingt brauchen. Wir brauchen ihn nur für das ganz große, das größte und allerletzte Geschäft. Am Tag der ersten Explosion im kommenden Atomkrieg wird die Weltgeschichte mit explodieren. In den ersten Stunden werden größere Zerstörungen erfolgen als in fünf Jahren des Zweiten Weltkrieges. Durch Direkteinwirkung und radioaktive Niederschläge dürfen wir Augenblicksverluste von mehreren Hundert Millionen Menschen erhoffen."

„Was Sie erhoffen, ist uninteressant", murrte der Teufel. „Für mich gilt nur, was ist!"

„Sie brauchen nur das Zeichen zu geben, Boß, und es wird sein. Aber ich rate zur Geduld. Meine Beauftragten stehen inmitten gewaltiger Fortschritte, und es wäre schade, den Atomkrieg zu entfesseln, ehe diese großartige und erfreuliche Entwicklung abgeschlossen ist. Ein Atomkrieg im Jahre 1955 hätte im ersten Augenblick nur etwa 100 Millionen Menschen umgebracht. 1957 sind die Möglichkeiten schon auf rund 300 Millionen gestiegen. 1960 werden wir bei 1 000 Millionen sein."

„Es lebe der Fortschritt!" grunzte der Teufel.

„Das Erfreuliche des Atomkrieges aber liegt nicht so sehr in der Zahl der Toten wie in der Zahl der Überlebenden. Die Toten werden es überstanden haben —"

„Bis auf jene, die ich mir in die Hölle hole!"

„Die Restmenschheit aber wird sich vor dem Sterben mit den Spätfolgen auseinanderzusetzen haben: ein erbärmliches Scheinleben mit furchtbaren Krankheiten, grauenhaften Schmerzen, jahrelangem Siechtum und scheußlichen Entstellungen."

„So gesehen, ist es ein Fehler von uns, den Atomkrieg nicht längst entfesselt zu haben", feixte der Boß, „um einer möglichst großen Zahl von Überlebenden dieses herrliche Schicksal zu vermitteln."

„Das Geheimnis des Erfolges liegt in der goldenen Mitte. Wir dürfen weder zu früh noch zu spät losschlagen! Zehn Atombomben würden hinreichen, um die westdeutsche Bundesrepublik in ihrer Ausdehnung von 250 000 Quadratkilometern auszuradieren. In den ersten zwölf Stunden des Krieges werden jedoch über Mitteleuropa allein hundert Atombomben niedergehen."

„Leicht übertrieben", widersprach Alfred. „Atombomben sind teuer. Warum so viele, wenn auch zehn hinreichen?"

Stiff wandte sich ihm zu, verbeugte sich leicht. „Bei dem Nato-Manöver ‚Carte Blanche' 1955 wurde ein begrenzter Atomkrieg angenommen. Es wurden 335 imaginäre Atombomben abgeworfen. Man schätzte, daß im Ernstfall das Gebiet zwischen Helgoland und Salzburg, Dünkirchen und Dijon verwüstet worden wäre."

Der Teufel zog kichernd die Schultern hoch. „Begrenzter Atomkrieg ist gut! Im Atomkrieg gibt es keine Grenzen. Weiter, Stiff!"

„Ein Überraschungsangriff mit Atomwaffen auf die USA würde bereits heute der Hälfte der Bevölkerung das Leben kosten."

„Sie vergessen unsere ausgezeichnete Verteidigung!" protestierte Bob Harding. Obwohl er ein Mann des Teufels war, regte sich in ihm der Nationalstolz.

Stiff lächelte. „Die USA sind nicht in der Lage, eine Verteidigung aufzubauen, die von Fernbombern nicht durchbrochen werden könnte. Die Hälfte der angreifenden Atombombenflugzeuge wird vielleicht vor Erreichung ihrer Ziele abgeschossen werden können. Der Rest oder allein hundert würden hinreichen, um das gesamte Leben der USA lahmzulegen."

„Das ist Sowjetpropaganda!" schrie der Journalist.

Stiff blieb sachlich. „Es ist die Meinung des Stabschefs der amerikanischen strategischen Luftwaffe, Sir."

„Wir werden die Städte evakuieren!" wandte Bob ein.

„Die Warnzeit beträgt für die USA bestenfalls eine Stunde, Mr. Harding. Und das Atomgift wirkt auf dem Lande genau so gut wie in der Stadt."

Alfred: „Man baut bei uns bereits absolut sichere Atombunker!"

„Sie werden sich beeilen müssen hineinzukommen, mein Herr Die Warnzeit für Deutschland beträgt nur drei Minuten! Da hilft Ihnen auch kein Atomwarndienst mehr, von dem gewisse Leute faseln. Im kommenden Atomkrieg wird sich jeder Erdenbürger im genußreichen Vollbesitz seiner feierlich garantierten Menschenrechte fühlen dürfen, frei von Furcht und Zwang!"

Der Boß durchschnitt mit einer schnellen Handbewegung die Luft. „Es gibt keinen Schutz gegen den Atomkrieg, damit müssen die Menschen sich abfinden. Das ist das Ende und der Lohn für den Fortschritt, den sie mit allen Mitteln erstreben und vorbereiten. Sie werden ernten, was sie gesät haben."

Sten begehrte auf. „Was Ihre Beauftragten oder einige Wahnsinnige geplant und vorbereitet haben!"

„Setzen!" befahl der Teufel. Er behandelte den Dichter als kleinen Jungen.

Rolande: „Ich hörte oder las aber doch wiederholt Anweisungen, wie man sich zu verhalten habe, um mit Sicherheit davonzukommen . . ."

Die Teufel lachten. Stiff sagte: „Ja! Um die Wachsamkeit einzuschläfern, verbreiten unsere Atomschutzexperten überall die Irrmeinung, daß man sich vor Atombomben schützen könne. Und sie geben Verhaltungsmaßregeln für die Einzelperson. Zum Beispiel: Niederknien, den Rücken beugen und sich mit Zeitungspapier zudecken! Das meinen Sie wohl?" Er schaltete den Bildschirm ein. „Sie hören Professor Dr. Rühl, Ingenieurschule am Berliner Tor, Februar 1957."

Der Gelehrte sprach: „Beim Aufblitzen des Feuerballes sofort Deckung suchen, am besten in einem Erdloch, notfalls aber auch hinter einem Baumstamm, einer Mauer oder einer Bodenwelle! So ist man gleichermaßen gegen die mörderische Druckwelle und gegen die Hitzestrahlung geschützt."

Stiff schaltete ab. „Wenn Sie solches hören, so müssen Sie als unsere Mitarbeiter sofort erkennen: Narr oder Agent des Teufels. Eine andere Möglichkeit gibt es nicht. Unsere Leute haben den Auftrag, solche Anweisungen auszustreuen, um die Gefahr zu verschleiern."

„Auch in diesem Punkt gibt es welche, die uns entgegenarbeiten." Die Stimme des Furchtbaren klang plötzlich wieder auf. Er war zurückgekehrt. „Da war doch dieser Sir Christopher Steel, britischer Botschafter in der westdeutschen Bundesrepublik, der sagte: ‚Meine Regierung wird keine Maßnahme zum Schutze der britischen Bevölkerung gegen Atombombenangriffe treffen, weil es dagegen keinen Schutz gibt.'"

„Solche Eingeständnisse sind für uns blamabel, Stiff!" sagte verdrießlich der Teufel.

„Unsere Macht ist groß, Boß, aber wir sind nicht allmächtig. Und es gibt immer noch Menschen, über die wir keine Gewalt gewinnen konnten!"

„Bravo!" begeisterte sich Sten.

„Albernes Geschwätz!" brummte der Teufel. „Weiter!"

„Die radioaktive Verseuchung im Atomkrieg wird halbe Kontinente für Mensch und Tier unbewohnbar machen. Jede Hilfeleistung ist unmöglich. Alles noch Lebende, das aus der Todeszone auszubrechen versucht, wird erbarmungslos zusammengeschossen werden müssen, um die Verseuchung nicht zu übertragen."

„Hübsch!" lächelte der Boß.

Stiff: „Noch zehn oder zwanzig Jahre nach dem Fall der letzten Bombe werden sich die Auswirkungen steigern. Damit werden wir die Hölle, das millionenfache endlose Dahinsiechen und Sterben, auf die ganze Oberfläche der Erde ausgedehnt haben. Oh, es wird ein prachtvolles Krepieren werden!" Er freute sich.

„Es wird zum Atomkrieg nicht kommen!" versuchte Rolande sich zu wehren. Der Teufel drehte sich nach ihr um.

„Sie reden wie ein kleines Kind. Wir sind bereits inmitten des Atomkrieges, und unsere Beauftragten, die wir vor der Weltöffentlichkeit als prominente Politiker, Experten, Gelehrte und Wissenschafter ausgeben, experimentieren längst mit dem Sein oder besser mit dem Nichtsein der gesamten Menschheit, ohne daß sie es merkt. Es ist, wie Stiff sagte: Der große Selbstmord hat schon begonnen."

„Sehen Sie den Bildschirm!" rief Stiff. „Den Mann kennen Sie wohl, wie?"

„O ja", bestätigte Bob, „das ist unser Marschall Montgomery!"

„Die Aufnahme stammt aus dem Jahre 1954. Hören Sie!"

Montgomery: „Ich möchte keinen Zweifel darüber lassen, daß wir im Obersten Hauptquartier der Alliierten Streitkräfte in Europa alle unsere Organisationsplanungen unter dem Gesichtspunkt der Verwendung von Atom- und Wasserstoffwaffen zu unserer Verteidigung vornehmen. Es heißt für uns nicht mehr: sie können möglicherweise eingesetzt werden. Es ist jetzt ganz eindeutig: Sie werden eingesetzt, wenn man uns angreift."

„Genügt Ihnen das? Im gleichen Sinne haben sich viele andere hohe Militärs geäußert, im Westen wie im Osten."

Sten warf ein: „Sie haben recht. Die Bombe ist bereits eingesetzt, wenn auch nicht auf Menschen abgeworfen. Sie wirkt durch die Angst, sie beeinflußt die Politik, sie tyrannisiert das Leben. Dennoch bin ich überzeugt, daß trotz aller scheinbaren Gegenbeweise, die dieser Gentleman uns zu präsentieren beliebt, der vernünftige, das heißt, der geistig gesunde Teil der Menschheit einen Atomkrieg nie zulassen, und daß man eines Tages auch die Versuche einstellen wird."

„Jawohl!" pflichtete der Techniker bei. „Man wird sich auf die Atomkernspaltung zu friedlichen Zwecken beschränken, zum Segen der Menschheit."

„Ich bin völlig deiner Meinung", ergänzte Bob Harding. Das Mädchen atmete auf. Seine Trostlosigkeit war sichtlich durch einen Hoffnungsschimmer gemildert.

Stiff lächelte höflich. „Ich bin völlig anderer Meinung, meine Herren. Aber selbst wenn Sie recht behalten sollten: auch die Erzeugung von Spaltprodukten zu sogenannten friedlichen Zwecken steht auf meinem Programm, und ich begrüße jeglichen Fortschritt auf diesem Sektor."

Alfred wurde unwirsch. „Was immer Sie dagegen oder vielmehr dafür ins Treffen führen sollten: Die friedliche Verwertung der Atomkraft ist einfach eine Lebensfrage der Menschheit geworden. In Europa verdoppelt sich der Energiebedarf alle 10 Jahre. Die gegenwärtige Lücke steht bei 15 % und wird sich laufend vergrößern."

„Es lebe der Lebensstandard!" grunzte der Teufel.

Alfred: „Die Vorräte an Kohle und Öl schwinden dahin, die Wälder schrumpfen. In zwanzig Jahren werden 40 % des gesamten europäischen Energiebedarfs durch Öl- und Kohleimporte gedeckt werden müssen. Es wird eines Tages keine anderen Kraftquellen mehr geben als die Atomreaktoren."

„Richtig, richtig, mein Freund", nickte der Boß lebhaft. „Dann wird es selbstverständlich, notwendig, logisch, unausweichlich und wirtschaftlich sein, Atommeiler zu bauen, überall, große und kleine, und vor allem viele, sehr viele. Das ist gut!"

Alfred war nachdenklich. „Ich verstehe", sprach er langsam. „Die Beseitigung der Atomabfälle ist bis jetzt ein ungelöstes Problem . . ."

„Allerdings", bestätigte Stiff. „Wie erst dann, wenn meine großen Atomprogramme anlaufen, die ich in allen Ländern der Welt vorantreibe?"

„Ich las", sagte die Ärztin, „daß man die Abfälle in Betonkammern einschließen und ins Meer versenken kann . . ."

Stiff: „Sie haben große Mülleimer aus Beton und Stahl, die sie eingraben, in aufgelassenen Bergwerken abstellen oder ins Meer werfen. Aber die enorme Hitze der strahlenden Stoffe schmilzt die Stahlwände und sprengt die Betonmauern. Das Atomgift wird frei, verseucht den Boden, die Luft, das Grundwasser, das Oberflächenwasser, das Meer mit allen darin lebenden Pflanzen und Tieren."

„Einmal geht die Reaktion zu Ende!" erklärte Alfred.

Stiff: „Wenn Sie Geduld haben, können Sie es abwarten, mein Herr. Die Halbwertzeit des reinen Radiums liegt bei 1 580 Jahren."

„Ach was!" meinte der Techniker, „der Menschengeist ist rege und unbesiegbar! Man wird die auf der Erde unbequem werdenden Stoffe eines Tages mit Raketen in den Weltraum schießen. Dann werden sie endgültig aus dem Wege geräumt sein . . ."

„Vortrefflich!" erwiderte Stiff. „Aber zuerst muß man solche Raketen in unbegrenzter Menge besitzen. Ein Kilogramm Atomabfall in den Weltraum zu schießen, kostet noch die Kleinigkeit von 20 000 DM. Die Welt produziert zur Zeit etwa 50 Kilogramm Atomabfall täglich, das sind über 18 Tonnen im Jahr. 1965 wird die Menge auf mindestens 150 Kilogramm täglich angewachsen sein. Man wird also etwas Kleingeld riskieren müssen, wenn man dem Raketensport huldigen will. Bis auf weiteres werden die Atomrückstände auf der Erde bleiben. Sie sind heute schon so umfangreich, daß ihre Strahlung ganze Provinzen zerstören könnte."

Bob meldete sich: „Man hörte davon, daß Atommülleimer aus Stahl oder Blei auf das Inlandeis von Grönland abgeworfen werden sollen..."

„Nach einigen hundert Jahren werden diese Mülleimer mit dem wandernden Eis an die Küste gelangen."

„Mein Gott, was ist in einigen hundert Jahren!"

Stiff: „Daran erkennt man den Techniker! Was ist in einigen hundert Jahren! Sie leben dann sicher nicht mehr, Herr Groot, aber vielleicht doch noch genug Menschen, die Sie und Ihresgleichen verfluchen können."

„Das schadet ihm nicht mehr!" grinste der Teufel.

Alfred: „Man wird andere Möglichkeiten finden. Ein aus Atomschutt zusammengesetzter Würfel von zwei Metern Seitenlänge würde genügen, um ein zweistöckiges Haus vierzig Jahre lang zu beheizen."

Stiff: „Bestechend, dieser Fortschritt! Aber die Möglichkeit ist technisch noch nicht gelöst. Und wenn sie je gelöst werden sollte: Würden Sie den Anfang machen? Wollten Sie in ständiger Nachbarschaft des grinsenden Todes leben, wären Sie bereit, Ihre Angehörigen, Ihre Kinder dem Risiko der unheilbaren Verseuchung, Ihre Nachkommen dem Blödsinn, dem Krüppeltum, einem elenden Verrecken auszusetzen, damit Ihr Haus wohl geheizt sei? Es ist leicht, Ratschläge zu erteilen, wenn man sie nicht selber zu befolgen gedenkt. Im Jahre 2 000 werden auf der ganzen Erde Atomrückstände vorhanden sein, deren Strahlung einer Menge von 400 Millionen Kilogramm Radium entspricht. Bis jetzt gibt es keine Möglichkeit, sie strahlungssicher abzuschirmen. Dabei hat es vor zwanzig Jahren auf dem ganzen Planeten nur 2,5 Kilogramm reines Radium gegeben. Aber ganz abgesehen vom Müllproblem führt die sogenannte friedliche Anwendung der Atomenergie allein mit Sicherheit zur Vergiftung des Lebens, zu schwerster Erkrankung, Siechtum und Tod."

Der Furchtbare machte sich vernehmbar. Es war immer wieder wie ein Schock, wenn er seine Stimme erhob. „Das haben außer Ihnen leider auch einige Ihrer Gegner in Erfahrung gebracht, und sie halten mit ihrer Meinung nicht zurück."

„Wen meinen Sie?" fragte Stiff.

„Schalten Sie den Bildschirm!"

Stiff tat es. Ein würdiger alter Herr erschien.

„Doktor Warren Weaver, Rockefeller-Stiftung, Kommission für Erbfragen", erklärte Murduscatu. „Hören Sie!"

Weaver sprach: „Wir müssen sofortige Maßnahmen gegen die Anlage von Atomreaktoren, sei es zu kriegerischen oder friedlichen Zwecken, ergreifen, wenn sich die Menschheit nicht selber auf kaltem Wege ausrotten will."

„Soll wohl bedeuten auf heißem Wege!" meckerte der Teufel.

„Schalten Sie um!" befahl Murduscatu. „Sie hören Dr. Abel Wolman, John-Hopkins-Universität, Kommission für radioaktive Abfallprodukte."

Wolman: „Die durch die friedliche Anwendung der Kernenergie entstehende radioaktive Strahlung dürfte für die menschlichen Erbanlagen erheblich schädlicher sein, als man bisher vermutet hat. Dämpfe aus Atomanlagen können sich auf die Bevölkerung katastrophal auswirken."

„Nun, was sagen Sie dazu, Stiff?" fragte der Teufel. „Kluge Männer, wie?"

„Man beachtet sie nicht, Boß, wir dürfen beruhigt sein! Hören Sie, was demgegenüber mein Freund Louis Olivier, Professor an der Sorbonne, zu sagen hat!"

Der Atomteufel schaltete. Ein fettes, glatt rasiertes Gesicht mit Brille erschien. Es lächelte.

Olivier: „Die Vermeidung von radioaktiven Schädigungen und der allmählichen Verseuchung eines Gebietes ist ein Problem, das heute schon durchaus bewältigt werden kann. Außerdem plant man die Errichtung von Atomkraftwerken in abgelegenen, wenig besiedelten Gebieten."

Stiff schaltete aus. Der Boß war unzufrieden. „Ich halte das nicht für gut", betonte er. „Damit geben unsere Beauftragten öffentlich zu, daß dennoch gewisse Gefahren bestehen!"

Stiff: „Auf alle Fälle werden die wenigen von der Zivilisation noch unverdorbenen Gebiete auf diese Weise wirksam und endgültig ruiniert!"

Bob sprach: „Wenn man alle Vorsichtsmaßregeln beobachtet, vermag ich nicht einzusehen, wieso ein Atommeiler mit friedlichen Zielen gefährlich werden könnte."

Stiff wandte sich ihm zu. „Hören Sie: Der in Hanford, USA, stehende Atomreaktor arbeitet mit Wasserkühlung und gibt sein verseuchtes Wasser in den Columbiafluß ab."

„Bewußte Entstellung!" fuhr Alfred auf. „Die Abwässer werden selbstverständlich entseucht!"

„Richtig, sie werden entseucht, aber doch nicht ganz. Sie bleiben ein wenig aktiv, ganz klein wenig. Infolgedessen ist auch das Flußwasser unterhalb des Atomwerkes nur ganz wenig aktiv. Aber das Plankton des Flusses zeigt 2 000mal mehr Radioaktivität als das Wasser selbst. Die Enten, die sich von diesem Plankton ernähren, zeigen eine 40 000mal größere Aktivität, die Flußfische gar das 150 000fache, junge Schwalben, die mit Wasserinsekten geatzt werden, das 500 000fache. Das Eigelb von Flußvogeleiern wies die anderthalbmillionenfache Radioaktivität des Flußwassers auf. Wissen Sie, was das bedeutet?"

„Beängstigend!" flüsterte Rolande.

„Für wen?" höhnte Stiff. „Die Atomforscher läßt das kalt, und die Bevölkerung wird in Unwissenheit gehalten. Wer also sollte Angst bekommen?"

„Aber das ist ein Verbrechen!" rief das Mädchen.

„Wir sprechen seit einer Stunde von nichts anderem, Mademoiselle", brummte der Teufel.

Stiff schlug eine neue Mappe auf. „Haben Sie schon einmal versucht, sich vorzustellen, was im Falle einer Störung beim Betrieb von Kernreaktoren möglich ist?"

„Welcher Art könnte diese Störung sein?" fragte Bob.

„Ausbruch des Reaktorinhalts oder schleichender Austritt von radioaktivem Material. Die besondere Gefahr liegt in der Langlebigkeit der Zerfallsprodukte. Die Amerikaner Healey und Parker berechneten den Schaden, der bei Entweichen radioaktiver Stoffe aus einem Reaktor von etwa hundert Megawatt Größe entstehen kann, mit 220 Millionen Dollar.

Bei einem unkontrollierten Energieausbruch würde eine schlagartige Verdampfung der Spaltprodukte stattfinden und eine radioaktive Wolke von hoher Temperatur entstehen, die in eine Höhe von mehreren tausend Metern steigt, dann absinkt und sich zerstreut.

Der Ausfall der Kühlmittelzufuhr würde zu einem Schmelzen der Brennstoffelemente und zur Verdampfung von Spaltstoffen infolge der Selbstaufheizung der Spaltprodukte führen. Bei diesem etwas gemächlicheren Prozeß ergibt sich eine geringere Wärmeentwicklung, die Wolke würde an der Erdoberfläche wandern. Ein ähnliches Bild würde sich ergeben, wenn ein Reaktor durch Brand vernichtet wird.

„Ist so etwas nicht schon vorgekommen?" fragte Sten Stolpe.

„Ich glaube, darüber gelesen zu haben..."

„Ja. Einige Zeitungen haben darüber leider kurze Notizen gebracht. Im allgemeinen aber hat sich unsere Presse anläßlich dieser Katastrophe ausgezeichnet bewährt. Das Wesentliche ist der Öffentlichkeit fast ausnahmslos unterschlagen worden. Es geschah in der Plutoniumfabrik Windscale, England, am 10. Oktober 1957. Im Reaktor Nummer eins sprengten zwei Urankartuschen die Schutzhüllen aus Aluminium und gerieten in Brand. Das Feuer wurde zwar sogleich gelöscht, dennoch wurde der Reaktor so heiß, daß er stillgelegt werden mußte. Das Geschehen blieb 24 Stunden lang geheim. Eine Untersuchung aller im Werk Beschäftigten ergab, daß ein großer Teil der Leute radioaktiv verseucht war. Sie durften das Werk nicht verlassen. Die übrigen entließ man nach Hause mit der strengen Weisung, niemanden zu berühren oder gar zu küssen. Dadurch wurde zum erstenmal außerhalb des Werkes etwas ruchbar. Sehen Sie auf den Bildschirm!"

Eine Gruppe erregt debattierender Männer erschien. Stiff erklärte: „Die Ingenieure und Ärzte des Werkes Windscale am 11. Oktober 1957."

„Meine Herren!" begann der Leiter des Werkes, Professor Dr. Henry Stadford, „ich verbiete hiermit ausdrücklich und strengstens jede Auskunfterteilung an Außenstehende oder gar an Vertreter der Presse! Was in unserem Werk vorgeht, hat niemanden zu interessieren!"

„Verzeihung, Herr Professor", wandte der junge Ingenieur Rogers ein, „in diesem Falle hätten wir keinen Menschen aus dem Werk hinauslassen dürfen. Und auch dann hätte das Ausbleiben zu Besorgnis der Angehörigen und zur Entstehung von Gerüchten Anlaß gegeben."

Ein älterer beleibter Mann trat ein. Der Professor wandte sich ihm lebhaft zu. „Wie steht es, Galloway?"

Der Dicke drängte sich schnaufend vor. Mit einem müden, resignierten Ausdruck und tonloser Stimme sagte er: „Wir müssen damit rechnen, daß trotz aller Filter in den Schornsteinen stark radioaktive Stoffe in die Atmosphäre entwichen sind."

„Wie steht der Wind?"

„Nach dem Land."

Der Professor richtete sich auf. „Nehmen Sie zur Kenntnis, meine Herren, daß — wenn überhaupt — nur ganz geringe Mengen solcher Stoffe entwichen sind, und daß der Wind sie auf das Meer hinausgeblasen hat, wo sie unschädlich sind. Haben Sie verstanden?"

Einer der jüngeren Ingenieure trat vor. „Das können wir doch nicht tun, Herr Professor! Eine solche Verdrehung der Tatsachen können wir nicht zulassen! Unsere Verantwortung —"

Der Direktor unterbrach ihn. „Unsere Verantwortung gehört vor allem unserem Werk und der Aufgabe, die wir darin zu erfüllen haben. Eine geheime Aufgabe, wie Sie wissen!"

„Gewiß. Aber die radioaktive Wolke, die der Wind ins Land bläst, wird ein weites Gebiet verseuchen. Wenn wir die Bevölkerung nicht warnen . . ."

„Wir würden sie nur in Panikstimmung versetzen, ohne ihr helfen zu können. Die Verseuchung, von der Sie sprechen, ist vielleicht schon seit dem Bestehen unseres Werkes gegeben. Was meinen Sie, Mister Cohen?"

„Ich weiß es nicht, Professor."

„Und Sie, Mister Braithwaite?" Der Professor wandte sich dem Chefarzt zu. Der zog die Schultern hoch.

„Ich weiß es nicht . . ."

Stiff schaltete aus. Er lachte. „Er weiß es nicht, und der andere weiß es auch nicht. Keiner weiß etwas, aber sie experimentieren, und sind stolz darauf."

„Seien wir froh, daß es so ist!" stellte der Boß fest. „Sie sind des Teufels und wissen es nicht!"

„Was begab sich weiter?" fragte Rolande.

„Am anderen Tag erfuhr die Presse von der Sache. Man erklärte ihr, es bestünde keine Gefahr. Inzwischen wurde festgestellt, daß unter den entwichenen Stoffen sich auch Strontium 90 befand. In der Nacht darauf fuhren Polizeiautos zu allen Bauernhöfen, um die Milch zu beschlagnahmen. Von da an werden täglich 600 000 Liter Milch weggeschüttet. Durch das Ausbleiben der Milchliefe-

405

rung erfuhr die breite Öffentlichkeit von dem Geschehen. Unsere Beauftragten bei den Behörden verabreichten natürlich sogleich Beruhigungspillen: Es sei nur eine Vorsichtsmaßnahme, selbstverständlich, die sich zudem auf ein Gebiet von nur vierzig Quadratkilometern beschränke. Am Abend des 12. Oktober mußte das als verseucht geltende Gebiet auf 500 Quadratkilometer ausgedehnt werden. In dem 500 Kilometer weit entfernten London stieg die Radioaktivität der Luft auf das 20fache des normalen Wertes.

Ich muß hervorheben, daß meine Leute sich richtig verhielten. Behörden und Presse schwiegen sich aus. Die Menschheit erfuhr im wesentlichen nichts. Wo eine kurze Notiz unvermeidlich war, versicherten unsere Experten zum tausendsten Male: ‚Es besteht keine Gefahr für die Bevölkerung.' Inzwischen ist auch der Reaktor Nummer zwei stillgelegt worden, womit die britische Atomrüstung auf mindestens ein Jahr zu zwei Dritteln gelähmt ist. Die Landschaft aber wird die Folgen dieser Panne länger zu tragen haben. 160 Bauernhöfe, die Erde, die Weiden, Feldfrüchte, Obstbäume und Gemüsegärten sind auf mindestens fünf Jahre als verseucht anzusehen. Die Spätfolgen am Menschen werden nicht auf sich warten lassen. Indessen raufen sich die anderen Völker um das Vorrecht, neue Atommeiler zu bauen. Sie sehen also: Die sogenannte friedliche Verwendung der Atomenergie bringt uns eine Menge erfreulicher Erfolge. Bei Ausbruch eines Reaktors in der Größenordnung von einer Million Kilowatt ergeben sich tödliche Strahlungen im Umkreis bis zu achtzig Kilometern. Die Gefahr steigt, je länger ein Reaktor in Betrieb ist. Noch günstiger wäre das langsame Entweichen von Reaktorkühlmitteln. Sie enthalten eine bedeutende Menge von Spaltprodukten. Dadurch würde eine schwere Verseuchung der Gewässer herbeigeführt und der Bevölkerung eine starke Strahlungsdosis zugeführt werden, ohne daß es vorerst bemerkt wird. Bei Ausbruch eines Reaktors von einer Million Kilowatt würde sich der Schaden an den Grundstücken und Ernten auf etwa eine Milliarde Dollar belaufen. Je nach der Siedlungsdichte wäre mit dem Tod von bis zu 500 und einer Strahlungsschädigung von bis zu 5 000 Menschen zu rechnen. Der Schaden an Sachvermögen würde in industrialisierten Zonen und Städten um ein Vielfaches höher liegen als auf dem Lande.

Bei einer Reaktorenergie von 100 000 Kilowatt ist abwindwärts einer solchen Katastrophe zu erwarten: direkte Strahleneinwirkung der radioaktiven Wolke mit tödlichen oder schwer gesundheitsschädlichen Folgen bis zu einer Reichweite von 2 Kilometern, Verseuchung des Geländes, die Evakuierung erforderlich macht, bis zu 11 Kilometern. Wahrscheinliche Grenze der Gefährdung durch äußere Strahlung aus abgelagertem radioaktivem Material bis zu 23 Kilometern; empfindliche Einschränkungen der normalen Lebensgewohnheiten: Boden, Pflanzen, Wasser und Milch radioaktiv verseucht, stärkere Gefahr der Inkorporierung radioaktiver Stoffe bis 52 Kilometer. Wahrscheinliche Grenze der Restriktionen, aber Milch allenfalls noch radioaktiv bis 180 Kilometer. Wahrscheinliche äußere Grenze aller Beeinträchtigungen durch radioaktive Spaltprodukte bis 600 Kilometer. Bei Auswaschung der radioaktiven Spaltprodukte aus der Atmosphäre durch Niederschläge ist unter Umständen mit einer bis zu zehnfach stärkeren Gefährdung und einer Ausweitung der Gefahrenzonen um das 2,8fache zu rechnen."

„Ausgezeichnet, Stiff! Ich nehme an, daß Sie unter diesen Umständen den Bau von Atomreaktoren für alle diese friedlichen Zwecke propagiert haben!"

„Mit allen Kräften, Boß! Schon 1956 wurden in USA 29 Atomreaktoren betrieben. Die USA werden bis 1980 mit einem Aufwand von 25 Milliarden Dollar so viele Atomkraftwerke bauen, daß 20 % des Bedarfes an Strom gedeckt werden können. Bis 1965 wird England 12 Atomkraftwerke mit einer Kapazität von 2 Millionen Kilowatt bauen. Das vorläufige Gesamtprogramm sieht 6 Millionen kW Atomstrom vor. In der Sowjetunion werden bis 1960 Atomkraftwerke mit 2½ Millionen kW gebaut werden. In den Ländern der Euratom, Deutschland, Frankreich, Italien und die Beneluxländer, sollen bis 1967 insgesamt 75 bis 100 Atomkraftwerke mit einer Gesamtkapazität von 15 Millionen Kilowatt errichtet werden."

„Gut."

„Hören Sie, was unser Freund, Professor Ludwig Frost, zu diesem Punkt zu sagen hat!"

Stiff schaltete. Auf dem Bildschirm zwei erschien das nicht sehr intelligente Brillengesicht des Politikers. Frost:

„Wir müssen endlich die schreckhafte Reaktion bei dem Wort ‚Atom' ablegen und uns des Segens bewußt werden, der in der Atomkernenergie liegt! Der neue Brennstoff Uran 235 ist dreimillionenmal besser als Kohle. Die bisher bekannten Uran- und Thoriumlager der Erde werden für 10 000 Jahre ausreichen. Die friedliche Nutzbarmachung der darin ruhenden Urkräfte ist die zweite prometheische Tat der Menschheit.

Losgelöst von den natürlichen Lagerstätten werden unbegrenzte Energien überall zur Verfügung stehen, die unterentwickelten Völker werden die notwendigen Energiebasen erhalten. Der Bau von Atomkraftwerken ist für die westdeutsche Bundesrepublik wie für jeden anderen Industriestaat zur Lebensnotwendigkeit geworden. Er führt zur Schonung der Kohle, zur Verhütung übermäßigen Ausbaues von Wasserkraftwerken, damit zur Erhaltung der Natur!"

„Und zur Vernichtung des Lebens", unterbrach der Teufel, „ausgezeichnet! Vom Maßhalten, von Bescheidung, von Rückführung des Lebens auf das natürliche und sittliche Maß spricht keiner, das würde dem Geschäft schaden!"

Frost: „Wir müssen die törichten Unwahrheiten unserer Gegner aus dem Felde schlagen! Die Atomforschung soll erheblich verbreitert werden. Die Förderung der Forschung in Deutschland ist unzureichend. Wir haben in Deutschland noch kein Atomkraftwerk und erzeugen keine Isotope. England baut zwölf solcher Werke für 3,6 Milliarden DM und gibt 360 Millionen DM für Atomforschung aus, für die Herstellung eines einzigen kernphysikalischen Gerätes wendete Rußland eine halbe Milliarde DM auf. Wir dürfen nicht zurückfallen. Wenn wir jetzt den Anschluß versäumen, sind wir verloren. Der Fortschritt geht an uns vorüber!"

Der Boß: „Sehen Sie dazu, daß die Sache auch in Deutschland weitergeht! Diese Porzellanköpfe werden mir noch den ganzen schönen Atomplan verderben!"

Frost: „In allen Ländern werden bedeutende Mittel bereitgestellt, um den technischen Fortschritt voranzutreiben. England, in der Furcht gegenüber Rußland zurückzubleiben, beschloß, in den nächsten drei Jahren für den technischen Studienbetrieb 1,2 Milliarden DM und für Stipendien noch einmal 133 Millionen DM aufzuwenden. 1950 bildete Rußland 28 000 Universitätsingenieure aus. Heute verlassen die russischen Universitäten und Fachschulen jährlich 130 000 Ingenieure. 1960 werden es 200 000 sein."

Der Boß: „Gut. Die Armee des Untergangs wächst in erfreulicher Weise an."

Frost: „Die Entwicklung von Kernkraftmaschinen an Stelle der Dieselmotoren und anderer Verbrennungsmaschinen für feste und fahrbare Kraftstationen, Schiffe, Flugzeuge, Eisenbahnen und Autos muß den Platz Deutschlands in der Reihe der Industrievölker sichern. Schiffahrt und Luftfahrt werden auf den neuen Brennstoff übergehen. Ein halbes Kilo davon wird künftig ein Flugzeug achtmal um die Erde treiben können. Die Forschung im Bereich der Atomwissenschaft muß mit allen Mitteln gefördert werden.

Wir brauchen einen Atomplan! Ich schlage vor, eine unabhängige ‚Deutsche Atomkommission' zu bilden, die die erforderlichen Ziele und Wege für Deutschland aufzuzeigen hat. Seien wir uns der überragenden Größe der Aufgabe, auf dem Felde der Atomwissenschaft wieder gleichzuziehen, und der finanziellen Opfer, die das verlangt, bewußt!

Hatten Wasserkraft, Dampfkraft und Motorenkraft bisher die Muskelkraft ersetzt und vervielfältigt, so wird dies künftig in weit höherem Maße mit Hilfe der Kernenergie der Fall sein.

Die Atomenergie wird zu einem Segen für Hunderte von Millionen Menschen werden, die noch im Schatten leben."

Der Teufel lachte: „Im Schatten leben, gut. Morgen werden sie, dank Herrn Frost und Konsorten, in der Sonne des Atomzeitalters krepieren. Sehr gut!"

Frost: „Deutschland muß in der Hilfe für diese Völker mitwirken, aber auch die Lebensmöglichkeiten des eigenen Volkes verbessern. Die Steigerung des Lebensstandards für das ganze Volk kann entscheidend beschleunigt werden. Die Hebung des Wohlstandes, die von der neuen Energiequelle als einem der Hauptfaktoren der zweiten industriellen Revolution ausgehen kann, muß allen Menschen zugute kommen. In solchem Sinne entwickelt und verwendet, wird die Atomenergie entscheidend helfen, die Demokratie im Innern und den Frieden zwischen den Völkern zu festigen. Dann wird das Atomzeitalter die Epoche werden von Frieden und Freiheit für alle!"

Stiff schaltete aus. Der Teufel grunzte:

„Gut gebrüllt, Herr Professor! Frieden des Friedhofs, Freiheit von Gesundheit und Leben! Schalten Sie aus! Was können wir für Herrn Frost tun? Ich möchte ihn belohnen."

„Er wird demnächst Minister werden, Boß. Er ist einer jener sogenannten Führer der Gegenwart, die den Ausweg aus allen Dilemmen darin sehen, daß alle jene Mittel umso konsequenter weiterbenutzt werden, die bereits Katastrophen verursacht haben. Sie operieren mit Größenordnungen, die sie weder für sich noch in ihren Folgen überblicken können."

„Ist er ein Gauner oder ein Schwachkopf?" fragte Sten.

Stiff: „Sie meinen, ob er in meinem Auftrag oder nach eigener Meinung redet?"

„Ja."

„Er ist bei mir nicht registriert. Aber er dient mir damit ebenso gut, als wäre er mein Agent. Er hatte Erfolg. Soeben legte die Atomkommission ein deutsches sogenanntes Minimalprogramm vor: In fünf Jahren sollen vier bis fünf Leistungsreaktoren mit einer Gesamtkapazität von 500 Megawatt aufgestellt werden. Die Kosten werden eine Milliarde DM betragen."

„Begräbnis erster Klasse sozusagen ...", grinste der Teufel.

„Die nächste Stufe sieht die Ausweitung des Programms auf 1 500 Megawatt vor. Meine Beauftragten werden vor allem die Errichtung der deutschen Atomwerke bei Karlsruhe und Freiburg vorantreiben. Damit wird die unheilbare Blutvergiftung einer dichtest bevölkerten europäischen Herzlandschaft, das Rheintal und seine großen Industrien, erreicht sein. Für den Atommeiler bei Karlsruhe müssen vorerst einmal 135 Hektar Wald geopfert werden. Sie sehen, es verläuft alles programmgemäß.

Wenn wir den Weltenergiebedarf dereinst aus Atommeilern werden decken können, wird mehr strahlende Energie frei werden als in einem Atomkrieg."

Alfred ergriff das Wort: „Meine Herren! Können Sie sich den Menschen vorstellen ohne elektrisches Licht, ohne Radio und Fernsehen, ohne Auto und Flugzeug, ohne Maschinen und all den Komfort, der das Leben lebenswert und den Menschen erst zum Menschen macht?"

„Ich kann mir das sehr gut vorstellen, Herr Groot", erwiderte der Teufel, „weil der Mensch nämlich durch Jahrmillionen alle diese Dinge entbehrt hat und dennoch oder gerade deswegen ein gesünderer und daher besserer Mensch war als heute. Sie haben seltsame Vorstellungen von einem Menschtum, dessen Wert und Sinnerfüllung vom Komfort abhängt!"

Der Techniker ging darauf nicht ein. Eigensinnig setzte er seinen Gedankengang fort: „Wir müssen und werden Mittel und Wege finden, um die Atomenergie gefahrlos anzuwenden, sonst ist angesichts des Schwindens der anderen Energiequellen die Zivilisation gefährdet ..."

„Ihre Ansicht ist falsch und verdient deshalb weiteste Propagierung in der Menschenwelt. Man wird die Atomenergie bedenken- und schrankenlos anwenden, seien Sie beruhigt! Die Zivilisation wird gerettet sein, aber das Leben wird vernichtet werden. Und darum geht es mir! Nach einigen Jahren werden die Menschen allerdings gerne bereit sein, auf allen Komfort zu verzichten, um nur das nackte Leben zu retten. Auf den Knien und mit aufgehobenen Händen werden sie bekennen und betteln: ‚Laßt uns in Lehmhütten und unter Strohdächern wohnen, laßt uns bescheiden und einfach sein wie die Tiere im Wald! Mit Kienspan wollen wir unseren Feierabend erhellen und im Schweiße unseres Angesichts unseren Brotacker bebauen. Alles, alles, was die Zivilisation uns geschenkt hat, wollen wir gerne hingeben, aber leben wollen wir, nichts als leben und gesund sein!‘ — Das wird kommen. Dann aber wird es zu spät sein!“

„Wer an den Menschen und an die Güte des Lebens glaubt“, schaltete sich Sten Stolpe ein, „kann nicht an ein solches Ende glauben, er darf nicht!“

Der Boß brummte mit einem schiefen Blick: „Unverbesserlicher Narr! Glauben kann man nur an den, der selbst noch etwas glaubt. Und von der Güte des Lebens hat der Mensch sich abgewendet.“

Der Dichter blickte starr vor sich hin. „Es wird nicht sein!“ entgegnete er verbissen. „Sie werden es erkennen. Die Wahrheit wird siegen am Ende!“

Der Teufel wandte mit einer ärgerlichen und verächtlichen Geste den Kopf weg. „Erzählen Sie ihm von Du Pont!“ befahl er.

Stiff gehorchte. „Kennen Sie E. I. Du Pont de Nemours & Co.?“

Sten schüttelte den Kopf. „Nein.“

„Das größte Chemieunternehmen der Welt. Die Firma lieferte fast die Hälfte des Schießpulverbedarfes der alliierten Armeen im Ersten Weltkrieg. 1913 beschäftigte sie nur 4 000 Arbeiter. Am Ende des Ersten Krieges waren es schon 50 000. Als der Zweite Weltkrieg begann, war Du Pont der mächtigste Munitionslieferant der Welt. Er ist darüber hinaus ein vielseitiger Industrieller. In 72 Werken mit 85 000 Arbeitern stellt er für 135 Konzerne 1 200 verschiedene Artikel her. Im Laufe eines Jahres meldete Du Pont 500 Patente an."

„Was erzeugt er?"

„Alles, was überflüssig ist: Nagelpolituren, Parfüm, Nylon, Lippenstifte. 1913 versteuerte die Familie Du Pont 80 Millionen Dollar. 1920 waren es 300 Millionen, ab 1922 steigen die Summen in die Milliarden. Das Gesamtvermögen darf auf 50 Milliarden Dollar geschätzt werden. Die Macht des Konzerns ist ungeheuerlich und praktisch unkontrollierbar. Als Präsident Truman durch den Generalstaatsanwalt gegen Du Pont und 128 Mitglieder seiner Familie sechsmal Anklage wegen Umgehung des Antitrustgesetzes erheben ließ, gelang es elf Gerichten, sieben Appellationsgerichten und dem Obersten Gerichtshof nicht, die Macht des Du Pont Konzerns zu brechen."

Stiff schaltete den Bildschirm ein. Der Kopf eines jungen Mannes erschien. „Ein Rundfunksprecher", erklärte der Atomteufel. „Er wird uns etwas über Du Pont erzählen. Hören Sie:"

„Die erste Atombombenfabrik der Welt errichtete der große amerikanische Rüstungskonzern Du Pont. Dieses Werk übertrifft an Größe und Großartigkeit alle Fabrikanlagen, die je in Amerika erbaut worden sind. Sein gesichertes Gelände umfaßt 820 km², also mehr als das Gebiet der Weltstadt Chicago. Das Werk liegt in einer Länge von 45 Kilometern am Ufer des Savannahflusses. Sein Bau hat 1 400 Millionen Dollar verschlungen.

Sechs Ortschaften wurden entvölkert und dem Erdboden gleich gemacht, um für das gigantische Werk Platz zu schaffen, 1 500 Familien mußten umgesiedelt werden. Während des Baues waren hier 38 500 Leute beschäftigt, während die Belegschaft des fertigen Werkes nur 8 500 Köpfe umfaßt.

Wie graue Ungetüme, in einer noch nie dagewesenen Stahl- und Betonarchitektur, ja ich darf wohl sagen in schmuckloser, überwältigender Majestät, ragen die Gebäude in den Himmel oder ziehen sich niedrig und weitläufig dahin."

„Mir scheint, ihm zittert die Stimme vor Ergriffenheit. Er wird poetisch!" höhnte der Boß.

„Ja", sagte Stiff. „Sie sind gar stolz auf die Fabrik des eigenen Untergangs."

Der Sprecher: „Manche Dämpfe in diesem Werk wirken unmittelbar tödlich. Man leitet sie daher in einen 120 Meter hohen Turm ab und verbrennt sie hoch oben im Luftmeer, bei Nacht ein gespenstischer Anblick, strudelnde Flammen, die in wilden Windungen emporwirbeln. Zur Kühlung der Atombrenner braucht man eine Wassermenge, die zur Versorgung einer Zweimillionenstadt ausreichen würde. Bei seiner Arbeit durchläuft das Wasser fast 140 Kilometer unterirdischer Leitungen. Die Hauptmasse fließt nach ihrem Kreislauf in den Savannahstrom zurück. Zwischen den Bauten besteht ein Spinnennetz von Starkstromfreileitungen in der Länge von 200 km. Der Stromverbrauch kommt dem einer Industriegroßstadt gleich."

„Sie lassen sich den Selbstmord etwas kosten!" kicherte der Teufel.

„Gewiß. Wo es um den Untergang geht, sind sie großzügig. Aus öffentlichen Mitteln wird für Atomforschung und Atomwirtschaft auf den Kopf der Bevölkerung jährlich ausgegeben: in USA 79,40 DM, in Großbritannien 15,70 DM, in Kanada 8,08 DM, in Frankreich 5,48 DM, in Schweden 4,07 DM, in Australien 2,26 DM, in Norwegen 1,33 DM, in der Schweiz 0,58 DM."

„Wozu erzählt man uns das alles?" fragte Alfred.

Der Teufel antwortete für Stiff: „Ich muß hier wiederholen, was Sie schon gehört haben. Anscheinend haben Sie es noch nicht erfaßt: ich mache alles, was ich fördern will und was dem Untergang dient, zum großen Geschäft. Nun, hier wird investiert, nicht wahr? Investiertes Kapital hat ein Eigenleben. Es befiehlt. Es tyrannisiert. Es schreit nach Rentabilität. Auch der Tod ist ein Geschäft, das beste Geschäft. Und umso besser, je mehr Tote es gibt.

In die Atomwerke wurden Milliarden hineingesteckt. Sie brauchen Milliarden Tote, um sich zu amortisieren. Du Pont gibt sein Geld nicht umsonst aus. Du Pont ist mächtig. Wenn ich es nicht für opportun halte, gibt es keinen Krieg. Aber wenn ich den Krieg will, so wird Du Pont auf den Knopf drücken, und es wird zum Krieg kommen. Die aufgewendeten Milliarden, die aufgestapelten Munitionsvorräte und Waffen fordern ihn. Das Geschäft fordert ihn. Darum wird es Atomkrieg geben, selbst wenn ihn niemand wollte als ich und Herr Du Pont."

„Ich glaube es nicht, denn dann würde Herr Du Pont selber daran zugrunde gehen", widersprach Rolande.

„Ihr Einwand beweist, daß Sie das Ethos des modernen, mir dienstbaren Geschäftsmannes nicht erfaßt haben: wenn er nur am Strick und am Galgenholz noch etwas verdienen kann, willigt er selbst in seine eigene Hinrichtung ein."

„Das ist Wahnsinn."

„Ich sagte bereits, daß Profitgier eine Geisteskrankheit ist."

„So wäre das Schicksal der Welt in den Händen von Wahnsinnigen?"

„Von Wahnsinnigen und Verbrechern, jawohl."

„Was ist dagegen zu tun?"

„Dagegen nichts, dafür alles. Bekennen Sie sich zum Teufel, ergreifen Sie ein Untergangsgeschäft, und ich werde Sie reich machen!"

Rolande fragte: „Was macht diese Riesenfabrik Du Ponts mit der Atomasche?"

„Man fährt sie zum Atomfriedhof am Fluß, wo sie beerdigt wird. Strahlenverseuchtes Material, wofür man vorläufig keinerlei Verwendung weiß, steckt man in riesige unterirdische Tanks, jeder so groß wie ein zehnstöckiger Wolkenkratzer."

„Genügt das, um es ein für allemal unschädlich zu machen?"

„Keineswegs. Mit dem Grundwasser gelangt die Radioaktivität in den Fluß und verseucht von hier aus das Land. Ein Hochwasser oder ein geringfügiges Erdbeben wird die vergrabene Asche zu

Tage befördern, so daß sie mir uneingeschränkt zur Verfügung steht."

„Fertig, Stiff?"

„Fertig, Boß. Das heißt — vielleicht soll ich noch am Rande bemerken, daß meine Beauftragten unentwegt den kolossalen Nutzen der Radioaktivität preisen. Sie predigen begeistert, sie habe sich beim Vulkanisieren von Gummi, bei der Herstellung von Plastikmaterial, von Röhren und elektrischen Kabeln bestens bewährt, man könne mit ihr prächtig konservieren ... Zudem lassen sich verschiedene Antibiotica, insbesondere das Penicillin, durch Atombestrahlung ohne Verlust ihrer Leistungskraft sterilisieren."

„Sterilisieren! Gut! Es geht um die Sterilisierung des Lebens! Sehr gut!"

„Auch für die Sterilisierung chirurgischen Materials, bei Gewebekonservierung für Knochen, Arterienverpflanzungen und so fort wird das radioaktive Verfahren empfohlen."

Der Teufel lachte. „Man tut, was man kann!"

„Durch Radioaktivität läßt sich das Keimen der Kartoffel verhindern, durch radioaktive Bestrahlung von Getreidespeichern lassen sich die Schädlinge samt ihrer Nachkommenschaft töten oder unfruchtbar machen. Und die Versuche gehen weiter, um paketierte Lebensmittel, wie Fleisch, Gewürze, getrocknete Früchte durch Bestrahlung radioaktiv zu verseuchen. Wenn diese Methoden sich durchsetzen, wird der schleichende Tod einen Siegeszug um die Welt antreten, an dem wir unsere reine Freude haben werden."

„Gut, Stiff. Ich bin zufrieden. Sie haben es schlau eingefädelt. Sie haben zudem auf der Welt zwei Machtblöcke geschaffen, die mit der Atomteufelei operieren. Einer hat Angst vor dem anderen. Beide wollen Leben und Freiheit verteidigen und zahlen dafür mit dem Leben. Sehr gut."

Stiff packte seine Papiere und Mappen ein. Er hatte ein eisiges, zufriedenes Lächeln. „Sie waren gerade noch schlau genug, in die

Schöpfungsgeheimnisse des Atoms einzudringen. Nun spielen die Feuerwerker des Untergangs mit Atomkräften wie kleine Kinder mit Bällen. Aber sie sind nicht klug genug, die dadurch geschaffenen Gegebenheiten zu beherrschen. Sie sind schlau, aber nicht weise."

Der Teufel: „Nur gute Menschen sind weise. Die dummen wie die bösen gehören mir unentrinnbar. Es gibt keine guten mehr oder ihre Zahl ist zu gering, um sich auszuwirken. Die Menschheit ist reif zum Einschmelzen. Wir werden den Menschen, diesen Schandfleck der Schöpfung, austilgen und das All von dieser Fehlkonstruktion des schöpferischen Geistes befreien. In drei Jahren sehen wir einander wieder, Stiff! Schaffen Sie weiter bis dahin! Ans Werk!"

XVIII

DIE HINRICHTUNG FINDET MORGEN STATT

Man servierte auf der Terrasse, die in der Sonne des Spätnachmittags lag. Rolande hatte Tee gewünscht.

„Woher nehmen Sie eigentlich Ihren abgrundtiefen, Ihren grenzenlosen Menschenhaß?" fragte der Dichter.

„Ich hasse nichts und niemanden", erwiderte der Boß. „Wie kommen Sie auf diesen Gedanken?"

„Der Haß spricht aus allen Ihren Äußerungen. Aber die individuelle Macht des Guten vermag auch über einen kollektiven Haß zu triumphieren."

„Nur, wenn der Haß ihm Zeit läßt, seine Güte zu beweisen. Ich sorge dafür, daß das Gute auf halbem Wege im Morast

der Widerstände stecken bleibt. Umso besser kann ich es ver-
klagen, nur Unvollkommenes geschaffen zu haben."

„Sie sind das Fleisch gewordene Prinzip des Bösen! Warum
eigentlich?"

„Frage nicht so einfältig!" unterbrach der Techniker. „Er ist
der Teufel!"

„Lassen Sie ihn doch!" wehrte der Boß ab. „Er soll sich informieren! Für mich persönlich aber muß ich den Vorwurf zurückweisen. Ich stehe jenseits von Gut und Böse, von Liebe und Haß.
Ich habe einen Auftrag zu erfüllen. Ich fördere alles, was mir dabei hilft, ich unterdrücke alles, was mir im Wege steht, nichts
weiter."

„Wer ist Ihr Auftraggeber?" fragte Rolande.

„Nennen Sie seinen Namen nicht!" beschwor der Boß. „Glauben
Sie etwa, daß er sich des bösen Prinzips zu bedienen vermöchte,
um seinen Willen durchzusetzen? Was er will, ist gut. So ist am
Ende auch alles gut, was euch heute böse erscheint, weil ihr die
Schuldigen und Betroffenen seid. Nehmen Sie noch Toast, Mister
Harding?"

Der Teufel winkte einem Diener, ihm die Tasse wieder anzu-
füllen. Dann sprach er weiter. „Sie erinnern sich der drei Grund-
gesetze des Lebens, von denen Mondo am ersten Tag sprach:
Arbeit, Härte, Erneuerung. Die Menschen haben vor allem gegen
das Ordnungsgesetz der Härte verstoßen. Sein Mittel ist die gütige
Not: Hunger und Kälte, Dürre und Nässe, das reißende Tier,
die zerstörende Naturgewalt, der auslesende Kampf und die
Krankheit. Und wo immer ein Geschöpf seine Grenzen überschreitet, greifen diese Gewalten ein, um im Sinne der kosmischen
Gerechtigkeit die Harmonie der Schöpfung wieder herzustellen.
Vor dem Schöpfer sind alle Wesen gleich."

„Ich bin nicht Ihrer Ansicht, Boß!" erklärte das Mädchen. „Es
ist die Aufgabe des Menschen, kraft seines Geistes die Barbarei

der Natur zu überwinden und eine höhere sittliche Ordnung herzustellen."

Der Teufel schüttelte bekümmert das Haupt ob soviel Unbelehrbarkeit. „Die Natur ist der Urgrund aller Weisheit. Sie ist die sinnvolle Ordnung des wachsenden und blühenden, zeugenden und zerstörenden Lebens. Ihre Liebe zum Leben ist so unendlich groß, daß sie sich selbst der unbarmherzigsten Grausamkeit bedienen darf und muß, um diese Liebe wirksam zu machen. Ihre Welt dreht sich zwischen den Polen des glücklichen Daseins und des guten Todes. Mit raffinierter Schlauheit hat der Mensch es verstanden, alle Ordnungsgewalten der regierenden Allmacht für sich unwirksam zu machen. Die Folge davon ist, daß er sich in unerlaubter, krankhafter Weise vermehrt.

Heute gibt es um 2¹/₂ Milliarden Menschen zuviel auf der Welt, Menschen, die kein Lebensrecht haben, weil sie sich das Leben gegen die Gesetze der Natur zu erschleichen wußten. Schon ihre Vorfahren wären von Schöpfungs wegen durch die natürlichen Nöte des Daseins längst ausgemerzt worden.

Ja, es gibt mehr Tote als Lebende in der Menschenwelt! Tote schaffen, reden und schreiben, auch Tote bestimmen die Gesetze der Gesellschaft und des Staates, entscheiden über das Schicksal der Menschheit.

Wundert es Sie noch, daß diese ganze Menschenwelt nichts mehr ist als ein einziger großer Totentanz, daß das Leben in allen seinen Belangen abgeschrieben ist, das Leben, das heißt: Gesundheit, Kraft, Geist, Weisheit, Edelmut, Güte, Schönheit, Gerechtigkeit und das einfache, wahre Glück des Daseins?"

„Demagogie des Teufels!" rief Sten.

„Diese Toten atmen aber noch, Boß!" warf der Techniker ein.

„Wer das Leben für selbstverständlich hinnimmt, wer andere Dinge für wichtiger hält als das Leben an sich, der ist tot, obwohl er atmet. Der Wahnsinnige glaubt, sich außerhalb der großen ewigen Ordnung stellen zu können, die Voraussetzung allen Lebens ist und alles Lebendige durchdringt. Er ist abtrünnig. Er streifte alle lästigen Abhängigkeiten ab und konstruierte für sich eine neue Ordnung. Er erkennt keinerlei Moral mehr über sich an, sofern sie nicht durch ihn selbst zurechtgeflickt ist. Er glaubt, das Leben gemeistert zu haben, und wagt es, in Unwissenheit, Überheblichkeit und Habgier mit dem Hammer in das ewige Uhrwerk der Schöpfung zu schlagen, weil er sich dazu klug und erhaben genug dünkt. Der Wurm glaubt, sich über den Schöpfer stellen zu können. Damit hat er sein Daseinsrecht verwirkt. Da er aber immer noch sich anmaßt, weiterleben zu wollen, da er fortfährt, die Schöpfungsordnung zu stören, ist er ein Rebell geworden.

Jedes Wesen hat so viel Anspruch, wie zu seinem Dasein und zur Erfüllung seines Schöpfungsauftrages gerechtfertigt ist. Sowie seine Bedürfnisse und sein Verbrauch darüber hinausgehen, überschreitet es die Grenzen der absoluten Moral. Es beginnt, vom Diebstahl zu leben, zum Nachteil der Schöpfungsgesellschaft. Damit wird es zum Parasiten. Die Natur läßt Parasiten nur zu, soweit sie eine Aufgabe haben.

Der Mensch ist das gefährlichste Raubtier der Erde. Da er schon mehr dem Bereiche des Toten als dem des Lebendigen angehört, sät er den Tod, wo immer er hingreift, und mit Hilfe des sogenannten Fortschrittes hat er die Technik der Lebensvernichtung vervollkommnet. Der Mensch ist die gewaltigste Naturkatastrophe, die es je auf der Erde gegeben hat. Er ist ein Schadinsekt im Zustand der Massenvermehrung, eine tödliche Erkrankung der Erdhaut. Unter dieser Krankheit sterben die Böden, die Gewässer, die Lüfte, die ganze belebte Welt.

Unter dem schwachsinnigsten aller Vorwände, daß unzählige Tierarten schädlich seien, hat er Milliarden von gesunden, edlen, schönen, notwendigen und völlig harmlosen Geschöpfen, die das gleiche Lebensrecht hatten wie er, in beispiellosen Metzeleien auf die grausamste Weise vernichtet. Er hat die Erde zu einem einzigen gigantischen Friedhof gemacht um der Gaumenlust willen

oder einfach, um seine Mord- und Zerstörungsinstinkte auszu-
leben. Zahllose Tierarten hat er ausgerottet, und er fährt fort,
dies zu tun."

„Die wachsende Menschheit will essen!" bemerkte Alfred.

„Es starben und sterben wertvolle Tiere für wertlose Menschen.
Und nicht dem Hunger werden sie geopfert, sondern dem Wohlleben und dem Geschäft! Damit die sogenannte Kulturmensch-
heit mit Billardkugeln, Stockknöpfen, Schachfiguren und ähnli-
chen ungeheuer notwendigen Gegenständen versehen werden
kann, müssen jährlich Tausende von Elefanten niedergemetzelt
werden. Wo die Zivilisation hingreift, verdorrt das Leben unter
ihrem giftigen Anhauch, und in einer Verwüstungsorgie ohne-
gleichen vergreift sich der Massenmörder Mensch an der Schöpfung. Über alles natürliche Maß hinaus mästet und bereichert sich
der Parasit auf Kosten der übrigen Lebenden.

Die Menschheit ist zum Krebsgeschwür am Leib der Schöpfung
geworden. Sie vermag sich der Ganzheit des Lebensorganismus
nicht mehr gliedhaft einzufügen. Das Geschwür hat sich selbständig gemacht, und nun wuchert es fort und zerstört den Organismus. Dieser Organismus aber ist ein Hobby des Chefs, verstehen
Sie, da er ihn geschaffen hat."

Alfred: „Sie sprechen immer vom Chef ... Wer ist Chef?"

„Ich glaube zu wissen, wer Ihr Chef ist ...", sagte leise der
Dichter.

„Nennen Sie seinen Namen nicht!" befahl der Teufel mit erhobener Hand.

„Der Chef hat aber auch den Menschen geschaffen ...", warf
das Mädchen ein.

„Der Mensch hat sich eine Rolle außerhalb der Schöpfungs-
gemeinschaft angemaßt. Er hat sein Dasein und die ihm verlie-
henen Erkenntniskräfte mißbraucht. Er hat sich als unfähig und
unwürdig erwiesen. Er hebt die Hand auf in seiner Maßlosigkeit
und Überheblichkeit gegen die Schöpfung, gegen den Himmel.
Oh, meine Herren! Der Mensch ist einfältig und ahnungslos wie

ein Kind! Er will alles, was bisher natürlich und ursprünglich wuchs und lebte, unterjochen, verändern und seinen Zwecken dienstbar machen. Die Eintagsfliege will die Dinge, Wesen und Zustände, die in Jahrmilliarden geworden sind, in das Joch zwingen. Der Mensch will nach der Allmacht greifen!

Aus diesem Grunde hat der Chef seine Bestrafung verfügt und mich mit der Durchführung beauftragt. Ich bin nur Werkzeug. Ich bin frei von Haß. Ich tue lediglich meine Pflicht. Meinen Sie wirklich noch, daß man sehr böse sein muß, um den Verbrecher, den Usurpator, den Verräter und Massenmörder, den Abschaum der Schöpfung am Strick hochzuziehen? Und glauben Sie nicht, daß einem so verkommenen Geschöpf gegenüber unter Umständen sogar der Menschenhaß zur Tugend werden kann?"

Der Teufel sah interessiert von einem zum anderen Gesicht, um die Verwirrung zu beobachten, die seine Erklärung verursachte.

Sten erwiderte: „Wenn Sie mit dem Chef einig sind, so ist es unverständlich, warum Sie nicht kurzen Prozeß machen. Ein allgemeiner Ausbruch der Erdglut könnte das ganze Problem im Handumdrehen lösen. Das wäre doch viel einfacher als Ihre zahllosen schleichenden Methoden."

„Der weltweiten Katastrophe würden auch alle Tiere und Pflanzen zum Opfer fallen. Warum sollen sie noch einmal für den Parasiten büßen? Und die Naturgewalt vermag nur mit ihren durch Jahrmillionen entwickelten und erprobten Mitteln zu wirken. Da der Mensch die Polizeikräfte der Schöpfung für sich vorübergehend außer Kraft gesetzt hat, muß er die eigene Vernichtung selbst besorgen. Ich habe gerade jenes Organ, durch dessen Überentwicklung der Mensch sich der Botmäßigkeit entziehen zu können glaubte, das Gehirn, dazu verdammt, unablässig und in krankhafter Steigerung zu arbeiten, zu erfinden und zu entdecken, bis es die Mittel des eigenen Untergangs entwickelt hat.

Durch den Fortschritt wird die Erfüllung des Gesetzes erzwungen werden, und indem der Mensch sich immer weiter von der

Natur entfernt, beweist er, wie sehr er ihr doch untertan ist. Mit tausend Lockungen und Spitzfindigkeiten führe ich den Menschen immer weiter aus dem Leben hinaus und ins Sterben hinein, und er merkt es nicht. Seine eigene, der Natur entgegengesetzte Welt wird das Todesurteil an ihm vollstrecken. Diese Welt anerkennt und lobpreist alles, was dem Untergang dient, und ich sorge dafür, daß sie alles ächtet, bekämpft und unterdrückt, was auf der Seite des Lebens steht.

Ich habe den Menschen das Unkraut des wirtschaftlich-technischen Denkens eingepflanzt. Es umwuchert die Gehirne und macht sie blöde. In der merkantilen Geisteshaltung habe ich das entscheidende Hindernis für die Einsicht, für die Umkehr, für die Rettung der Menschheit geschaffen. Nicht das Leben gilt ihnen mehr, sondern die Wirtschaft; nicht die Natur, sondern die Wirtschaft; nicht der Mensch, sondern die Wirtschaft. Stolz auf die Scheinerfolge ihrer Wirtschaft und ihrer Technik arbeiten sie unentwegt an der Vernichtung ihrer selbst. Geschäft! Das ist der neue, allein seligmachende Götze, die Pseudoreligion, die alle Werte bestimmt, meine neue Moral, der die Menschheit hörig geworden ist. Ich habe die Geschäftsteufel losgelassen. Das Geschäft ist das Maß aller Dinge. Der merkantile Geist richtet das Leben stur nach den Erfordernissen des Tages aus. Um des Augenblicksvorteils willen zerstört er die Lebensgrundlagen der Zukunft. Gegen Geschäft und Dummheit ist kein Kraut gewachsen.

Dabei wird der Mensch nicht gewahr, daß er in eine immer trostlosere Sklaverei versinkt. Die Maschine ist sein Zwingherr. Der Ausstoß der Erzeugnisse muß erhöht werden, um die größte Rentabilität zu erzielen. Die Erzeugnisse müssen verkauft werden, sonst bleiben die Maschinen stehen, und das wäre gleichbedeutend mit ihrer Entmachtung. Daher rufen, schreien, brüllen alle Maschinen der Erde von einem Ende der Welt zum anderen pausenlos, Tag und Nacht: Kauft! Kauft! Kauft! Die Reklame ist das Diktat der Maschine. Sie ist ein suggestiver Eingriff in die menschliche Persönlichkeit, ein hypnotischer Zwang, etwas zu tun, was man aus eigenem Antrieb und eigener Erkenntnis nicht tun würde. Sie ist eine Seelenverwundung, die durch keinen Strafgesetzparagraphen geahndet wird. Sie endet mit der Versklavung aller, die ihr unterliegen.

Das meiste Geld ist an den Leidenschaften und Schwächen der Menschen zu verdienen. Sie zu steigern sind meine Beauftragten im Wirtschaftsleben unausgesetzt bemüht."

„Und ein paar obskure Gestalten der Geschäftsunterwelt bringen den ganzen ehrbaren Kaufmannsstand in Verruf!" äußerte sich Alfred. Der Teufel streifte ihn mit einem höhnischen Blick.

„Das Ethos des Kaufmannes kommt ins Wanken, wo er versucht, die Bedürfnisse der Menschen über das natürlich Gegebene und daher Notwendige hinaus künstlich zu steigern und in ihnen neue Bedürfnisse zu wecken, nur um ein größeres Geschäft zu machen. Er tut damit dreimal unrecht. Zuerst durch Zerstörung der Bedürfnislosigkeit, die ein sittlicher Wert ist, zweitens durch die Steigerung des Verbrauches, wodurch die Erschöpfung der Landschaft beschleunigt wird, drittens dadurch, daß er ohne natürliche Berechtigung einen Teil des Einkommens und damit der Lebenskraft, der Lebenszeit, der Lebenssubstanz seiner Kunden für sich beschlagnahmt.

Für die industrielle Gesellschaft von heute hat die Ankurbelung von Bedarf und Konsum überragende Bedeutung. Sie ist ein Teil der Warenproduktion Die Angebote sind Befehle. Befehlsverweigerung wird bestraft. Der Zwang zum Verbrauch erstreckt sich auch auf lebensfeindliche, auf schädliche Dinge. Die am Geschäft Interessierten dulden weder die Mäßigkeit des Konsumenten noch seine Aufklärung. Das würde den Umsatz senken. Wer es wagen wollte, Zurückhaltung, Bescheidenheit, Anspruchslosigkeit und Verantwortung zu leben oder gar zu predigen, würde als Wirtschafts- und damit als Staatsfeind, als Saboteur des Fortschritts, zumindest aber als reaktionär und verrückt angeprangert werden. Dem Kaufmann von heute ist ein Dieb lieber als einer, der nichts kauft. Die Moral, einst das Gesetz für Tun und Lassen, habe ich verdreht in das Gesetz dessen, was der Mensch zu kaufen hat.

Ein auch nur teilweiser Konsumverzicht eines Volksteiles müßte einen wirtschaftlichen Erdrutsch zur Folge haben. Man fördert daher propagandistisch in allen Schichten die Unmäßigkeit. Das liegt in meinem Programm. Die Begehrlichkeit steigert die Hast und den Lärm. Das Tempo des Verbrauchs beschleunigt das Tempo des Untergangs. Ich setze Wissenschaft und Technik ein zur Erweckung immer neuer und gesteigerter Ansprüche, und die Wunschliste des modernen Menschen wächst ins Uferlose. Und da jeder Bissen Nahrung, jeder Trunk, jeder Gegenstand des täglichen Gebrauches der Natur, der Landschaft abgerungen werden muß, bedeutet der immer mehr sich steigernde Verbrauch aller Güter ein immer tieferes und rücksichtsloseres Eingreifen in den Bestand der Schöpfung."

Der Techniker schaltete sich ein. „Die Wirtschaft folgt ihren eigenen Gesetzen. Alles, was außerhalb liegt: die Natur, das Leben, das Wohl der Menschheit ist für die Wirtschaft belanglos. Das Unternehmen, die Rentabilität, die Arbeitsplätze müssen gesichert werden."

Der Teufel nickte beifällig. „Sie haben das Wesen der Wirtschaft gut definiert. Aber übersehen Sie nicht, daß auch die Menschen, deren Arbeitsplätze — im Interesse der Wirtschaft — erhalten bleiben sollen, dem Konsumdiktat unterliegen, daß ihnen die Wirtschaft fast alles wieder wegnimmt, was sie verdienen, daß also am Ende von der Besetzung eines Arbeitsplatzes nichts übrigbleibt als ein sinnloses Dasein.

In Hunderttausenden von Auslagen zeige ich den Menschen in verführerischer Aufmachung und magischer Beleuchtung tausend schöne, bunte, glänzende Dinge: das Schönste, das Neueste, das Beste! Die Ladenstraße ist die permanente Ausstellung dessen, was man nicht hat. Ich aber vermittle den Menschen durch das Trommelfeuer der Geschäftspropaganda die Überzeugung, daß alle diese Dinge unbedingt nötig seien, um ihr Leben lebenswert und menschenwürdig zu gestalten, um als modern zu gelten, um glücklich zu werden. Nicht mehr die Notwendigkeit ist es, der die Ware ihre Entstehung verdankt, sondern die Ware erzeugt die Begierde.

Da aber alle die glänzenden und zur Aufrechterhaltung eines edlen Menschentums so höchst notwendigen Sachen nur für Geld zu haben sind, rücken das Geld und der Gelderwerb in den Mittelpunkt aller Gedanken und Erwägungen. Die einzige Frage, die der Mensch noch an das Leben zu stellen weiß, ist: Wie kann ich mein Leben zu Geld machen?

Sie kaufen, was sie nicht brauchen, und sie glauben zu brauchen, was sie kaufen. Oder sie wollen es lediglich den anderen gleichtun. So opfern sie ihr Leben dafür, um pausenlos Geld zu erraffen, damit sie es für überflüssige Dinge wieder ausgeben können. Auf diese Weise ist es mir gelungen, die in der Menschheit etwa noch vorhandenen guten Lebenskräfte auf ein totes Gleis zu schieben.

Und meine Waren haben es in sich! Ich steigere unentwegt die Produktion des Überflüssigen, des Entarteten und Entartenden, und preise es als unentbehrlichen Fortschritt an. Ich umzingle das Leben mit dem Ring des Künstlichen, des Abstrakten, damit es immer mehr in Abhängigkeit von der Mechanik gerate und der Natur entfremdet werde. Die Unsterblichkeit eines Produktes würde den Tod der Produktion bedeuten. Ich bin daher bemüht, die Qualität aller Waren fortlaufend zu senken. Das gewährleistet die Beständigkeit des Absatzes, den Materialverbrauch, die Naturverwüstung und frühzeitige Erschöpfung der Rohstoffquellen.

Die Waren sind standardisiert. Daraus erwächst die Gleichschaltung der Bedürfnisse und des Menschen. Durch die Serienproduktion mache ich aus dem Individuum ein Serienwesen. Damit ist der Mensch zu Scherben zerschlagen.

Jede erworbene Ware verlangt die Erwerbung einer weiteren. Die raffiniertesten Waren sind jene, durch deren Kauf die Menschen gezwungen werden, fortlaufend etwas Dazugehöriges zu kaufen und zu verbrauchen. So versklave ich sie auf zweierlei

Weise: zuerst durch die Dinge, die sie sich wünschen, dann durch die Dinge, die sie besitzen. Sie verbringen ihr sogenanntes Leben unter der Tyrannis des Angebotes und der künstlich erzeugten Bedürfnisse, immer unzufrieden, immer hin- und hergerissen, immer ausgeschöpft von der Jagd nach dem Geld, immer gehetzt, und haben Zeit und Freiheit zum Menschsein verloren.

Das Konsumdiktat ist die Mutter des Imperialismus. Heute versteckt er sich hinter dem heuchlerischen Schlagwort von der Förderung unterentwickelter Völker. Die Angst um das große Weltgeschäft läuft unter der Maske der Fortschrittlichkeit und Humanität umher. Selbst aus dem Paradies vertrieben, kann der Zivilisierte es nicht ertragen zu sehen, daß andere noch im Paradies leben. Da er sich zu einem Dasein erniedrigt hat, wo nur der Gelderwerb gilt, gleichgültig, ob der Mensch dabei ausgelöscht wird, ist ihm der angeborene Adel der Primitiven und die sittliche Höhe ihrer Lebensform ein Greuel.

Zeigen Sie mir in Mitteleuropa noch eine Wohnungstür, die unverschlossen bleiben kann, wenn niemand zu Hause ist! In kanadischen Indianersiedlungen, deren Bevölkerung auf langwährendem Jagdzug ist, findet man alle Hütten unverschlossen, die wertvolle Habe der Indianer offen daliegend. Es handelt sich aber nicht um die Kinkerlitzchen der Zivilisation, sondern um einen Hausrat, von dessen Besitz im harten nordischen Winter Sein oder Nichtsein abhängt.

Der nackte Wilde im Busch kann weder Kattun noch Taschenmesser, noch Konserven kaufen, weil er kein Geld hat. Man bringt ihm das Elend der Zivilisation und redet von Förderung. Man macht ihn gnädig zum Arbeitssklaven, damit man ihn alsbald zum Kaufsklaven und Konsumvieh vorrücken lassen kann. Oft schicke ich als erste Vorhut meine wackeren Medizinmänner mit Spritzen und Tabletten vor. Sie bringen ,Gesundheit'. Ich steigere die Lebensansprüche. Umso eher wird dem Menschen der Erdball zu eng werden. Und schon drängen die Farbigen in die Städte, schon haben sie die uralten Sitten und Gebräuche von sich abgetan. Schon tragen sie die konfektionierten Lumpen der Zivilisation, da man ihnen predigte, daß die göttliche Nacktheit unsittlich sei. Handwerk und Kunstfertigkeit gehen zurück, seit der Kulturbringer ihnen Massenware und Kitsch verkauft. Sagen und Überlieferungen, die noch vor 50 Jahren lebendig waren, sind versunken. Die junge Generation wird ‚modern‘ und verlacht die Alten. Schon sind die Krankheiten da, die Mangelkrankheiten, die diese Menschen früher nicht kannten.

Die Zivilisation ist jener Zustand, in dem das Unbelebte über das Leben zu herrschen versucht. Sie dient der Masse zum Nachteil der Güte. Nicht der Mensch, sondern die Maschine ist die Krone der Schöpfung. Europäische Bauernburschen schimpfen sich noch Jimmy, Jolly, Bobby. Sowjetkinder tragen Vornamen wie Dynamo, Traktor, Lokomobil."

Der Techniker hob die Hand. „Einzelne Übertreibungen dürfen das Gesamtbild nicht trüben! Es bleibt unbestritten, daß manche Konstruktionen des Menschengeistes überragend, genial, epochal, inspiriert sind."

„Gewiß! Aber sie sind nur Produkte des menschlichen Geistes. Die Natur funktioniert seit Urzeiten mit Selbstverständlichkeit und Pünktlichkeit, so daß ihr geneigt seid zu glauben, die Werke eures eigenen Geistes wären wunder was gegenüber der Natur.

Eine Millionenzahl von biologischen und technischen Wundern vollzieht sich in jeder Sekunde rund um euch und in euch, von denen ihr nie alles wissen werdet. Euer größtes Atomgehirn ist eine Kinderrassel dagegen. Aber ihr seid nicht geneigt, die Natur als das vollkommenste und größte Heiligtum anzuerkennen.

Der technische Mensch von heute ist ehrfurchtlos genug, das Leben geringzuschätzen. Das führt ihn zu seinen größten Irrtümern. Die Erkenntnis der eigenen Winzigkeit ist ihm verloren gegangen. So erscheint ihm alles, was er tut und denkt, als Gesetz, das er der entmachteten Schöpfung aufzwingen will. Die Lächerlichkeiten seiner kleinen Welt sind ihm zum Fetisch geworden.

Er berauscht sich am eigenen Weihrauch, begeistert sich an seinen Werken, die ihm mammuthaft und genial erscheinen. Isoliert, geschlagen an Körper, Geist und Seele, erblindet und ertaubt gegenüber dem Lebendigen, der Wahrheit, dem Ewigen, von allen guten Geistern verlassen, besessen vom Teufel und von der Sucht nach Selbstzerstörung, mehr sterbend schon als lebendig, gibt er sich seinen Fieberträumen von der Eroberung des Weltalls hin, armseliger und lächerlicher als ein Lahmer, der einen Wettlauf gewinnen will.

In allen diesen Erscheinungen ist die beginnende Müdigkeit der organischen Substanz und der Abbau der Nervenkraft erkennbar. Der biologische Verfall wird in den nächsten Jahrzehnten ein Tempo erreichen, daß euch Menschen Hören und Sehen vergehen wird! Die Natur beginnt zu stoßen, was fallen soll, und nach bewährtem Rezept verschließt sie dem Verurteilten die Augen vor der Gefahr.

Der Mensch überschreitet alle Grenzen und Lebensgesetze, weil sein Geist in einem krankhaften Gehäuse wohnt, weil seine Erschöpfung, seine Abspannung es nicht mehr zulassen, überlegen zu sein und das Wahre und Gute zu verwirklichen. Jeder denkt nur an den Augenblicksvorteil, niemand fühlt sich für das Kommende verantwortlich."

Die Ärztin sagte: „Ein natürliches Leben zu führen ist eine religiöse Frage. Wo aber findet man heute noch in der Menschenwelt Religion?"

„Sie haben recht", stimmte der Teufel bei. „Nicht umsonst habe ich den Kampf gegen die re-ligio geführt. Aus der Glaubenslosigkeit entspringt der Verlust aller Maßstäbe und die Nichtachtung kosmischer Zusammenhänge. Die Überbewertung der gedanklichen Spekulation zertrümmert die Persönlichkeit. Der gesunde Rhythmus des Lebens wird gestört. Die natürliche Polarität von Tag und Nacht, Arbeit und Ruhe, Hunger und Sättigung, Gefahr und Sicherheit ist beseitigt. Sie wollen nur noch satt sein, sie können sich aus der seelenzermürbenden Hast nicht lösen und finden die schöpferische Ruhe nicht mehr. Oder sie wollen nur noch viel Geld verdienen und nichts dafür leisten. Sie machen die Nächte zum Tag. Sie bekämpfen die notwendige Not, die Gefahr, die das Leben jung erhält."

Der Teufel wandte sich dem Techniker zu. „Sie haben mir noch vor drei Tagen sagen dürfen, Herr Ingenieur, daß der Mensch der Herr der Natur sei. Ich weiß nicht, wie Sie heute darüber denken. Aber Herr der Natur kann er nur so lange sein, wie er ihr Diener ist. Da er sie zu unterjochen versuchte, hat er sich selber versklavt. Mein erster Sieg über den Menschen war die Beseitigung der Härten. Härte ist ein Naturgesetz. Sie wirkt durch Auslese. Edel bleiben oder gar besser werden kann das Leben nur durch sie. Der Mensch anerkennt die Gesetze der Auslese für Kühe, Pferde, Hunde, Kartoffeln, und dort wendet er sie an. Für sich selbst aber lehnt er sie hochmütig ab. Darum werden die Menschen und ihr Leben immer wertloser.

Die Unsicherheit ist ein Element des Lebens. Ich habe sie ausgeschaltet und dem Menschen damit den Verantwortungssinn genommen. Ich habe eine Lebensform begründet, in der man Gefahren nicht mehr zu überwinden braucht, weil man sie vorher schon abgeschafft hat. Ich habe den Menschen die Flügel gebrochen. Ich ließ sie die kleine Unsicherheit bekämpfen, die das Leben stählt. So haben sie die große Unsicherheit gerufen, die alles Lebende lähmt. Sie haben den guten Tod in seiner moralischen und auslesenden Wirkung entmachtet und damit den bösen Tod beschworen, der alles Leben verschlingen wird.

Kultur heißt die Gesetze des Lebens dem Dasein überordnen, das Unbelebte sinnvoll formen, die Technik dem Leben unterwerfen, sich der Maschine bedienen zum Wohl des Lebendigen. Der Mensch ist der Natur angepaßt, nicht der Zivilisation. Da die Zivilisation ein unnatürlicher Vorgang ist, muß auch die menschliche Reaktion darauf unnatürlich sein. Das Anomale ist dem zivilisierten Menschen von heute schon so alltäglich geworden, daß er es für normal hält. Er erkennt seine Reaktionen nicht mehr als krankhaft und ist daher nicht bereit, die Zivilisation dafür verantwortlich zu machen. Er versucht vielmehr, die durch die Zivilisation verursachte Erkrankung und allgemeine Desorganisation durch weitere zivilisatorische Mittel zu heilen. Die dadurch gestiftete Verwirrung ist ungeheuer. Die offiziell zur Behebung von Mißständen beschrittenen Wege können daher niemals zum Ziel führen.

Es wirkt auch hier das Naturgesetz, dem der Mensch nicht entrinnen kann: Wo immer sich eine Art über das natürliche Maß und zum Schaden des natürlichen Gleichgewichts vermehrt, dort steigt ihre Anfälligkeit. Die zahllosen Versuche der forschenden Medizin, ein ultramikroskopisches Virus der Dekadenz zu finden und mit Tabletten und Spritzen zu bekämpfen, sind daher von vornherein zum Scheitern verurteilt. Das Ungeziefer frißt sich selber auf. Dagegen gibt es keine Medizin.

Das menschliche Gehirn ist zum Automaten geworden. Es müßte seinen Sitz nicht mehr im Kopf haben. Das Gesicht verwandelte sich zum bloßen Körperteil. Es müßte nicht mehr über dem Hemd getragen werden. Gegenüber dem kollektiven Ungeist, der Antlitzlosigkeit des modernen Menschen und der dämonischen Unordnungsbürokratie erstirbt jede Regung des Lebens. Die Welt ist voller Hinterhalte, wo niemand mehr mit offenem Visier für das Gute kämpfen kann. Und da ich die ganze Umwelt schlecht gemacht habe, können auch die wenigen noch vorhandenen guten Kräfte sich nicht mehr auswirken.

In Städten und unter Dächern lebt die Menschheit erst seit einigen hundert oder tausend Jahren. Durch Millionen Jahre aber lebte sie draußen an der lebendigen Erde, unter dem freien Himmel, als Bestandteil der Schöpfung, in steter lebendiger Wechselbeziehung zu allen Erscheinungen der Natur.

Der Mensch ist zum Menschen geworden nicht auf dem Asphalt, in den Straßenschluchten der Städte, in den Steinwüsten. Er hat die Vielfalt seiner Seele und seines Geistes entwickelt in der lebendigen Schöpfung, in der Natur, die in ihrer Gesamtheit auf ihn einwirkte, zu ihm sprach, sich mit ihm auseinandersetzte freundschaftlich und feindselig. So ist jeder Grashalm, jeder Baum, jegliches Getier ein Bestandteil des menschlichen Seelenlebens geworden.

Sie wissen bereits, daß es mir in allen Belangen um die Zerstörung der Seele geht. Nur in der Naturnähe können die dem Menschen geschenkten schöpferischen Kräfte aufkeimen, sich entfalten und zu gesunden Früchten reifen. Darum habe ich ihn vom Land in die Städte vertrieben. In der städtischen Unnatur verliert er in wenigen Jahrzehnten, was er als natürliches Wesen im Umgang mit der Schöpfung erworben hat. Die Städte sind der Sitz der Regierungen. Die Städte maßen sich an, die Gesetze für die künstliche Menschenwelt zu erlassen und sie der natürlichen Welt aufzuzwingen, so daß sie zu kümmern beginnt. Und sie breiten sich aus. Immer mehr verdrängen sie die atmende, blühende Erde durch die graue Trostlosigkeit ihrer Häuser, durch Straßen und Bahnen, mit der Verworrenheit ihrer Draht- und Röhrensysteme. Und mit jedem alten Baum, mit jedem Moor, mit jedem Stück Schöpfung, mit jeder verborgenen und erhabenen Schönheit der Landschaft, die der habgierige Mensch seinen Maschinen unterwirft, zerstört er ein Stück seiner Seele.

Ich habe die Lüge zur Weltmacht Nummer eins gemacht. Sie ist gefällig, sie schmeichelt der Selbstherrlichkeit. Sie schleicht sich ein und macht sich angenehm. Kein Wunder, daß man den Teufel gerne einläßt und auf ihn hört. Die öffentlich verkündeten Grundsätze stimmen mit den tatsächlich praktizierten nicht überein. Das einzige, worin die zivilisierte Menschheit sich von den Barbaren unterscheidet, ist die Heuchelei. Der Primitive schlägt tot, was er umbringen will. Der moderne Mensch erwürgt mit Glacéhandschuhen und salbungsvollen Worten von Humanität und Fortschritt.

Die Attrappe ist das Idol meiner verlogenen Welt. Mehr scheinen als sein ist das Motto der Charakterlosen. Sie werden nun verstehen, warum ich die Mode auf den Thron hebe. Ich entthrone damit die Persönlichkeit. Wer die Mode als gesellschaftliche Doktrin akzeptiert, nimmt das Minderwertige als vollwertig, wenn es nur modisch auftritt. Damit vermag ich die Welt zu täuschen und Einfluß zu gewinnen.

Mit der allgemein herrschenden Heuchelei habe ich die Gerechtigkeit liquidiert. Das Naturrecht ist tot. Die schöpferische, nach den Maßstäben der absoluten Moral urteilende Richterpersönlichkeit ist abgeschafft. Durch Abstimmung und Mehrheitsbeschluß vermag ich jedes Unrecht zum Gesetz zu erheben und die sogenannten Rechtsbeflissenen zu seelenlosen Handlangern des Papierrechts zu degradieren. Ich lasse die Übertretung der künstlich konstruierten Paragraphen peinlichst ahnden und mache die weltweiten Verbrechen gegen das Leben straffrei. Wenn schon aber einer meiner Freunde in die Maschinerie der menschlichen Justiz gerät, so lasse ich ihn in modernen Strafanstalten zärtlich betreuen und bringe ihn mit dem kriminellen Nachwuchs zusammen, damit er seine Erfahrungen auf ihn übertragen kann: die Zuchthäuser sind die Hochschulen des Verbrechens.

Die Verbreitung der Lüge und der Glaube daran macht charakterlos. Aus der Charakterlosigkeit erwächst die Maßlosigkeit. Maßlos ist alles in der Menschenwelt: die Gier, die Treulosigkeit, die Dummheit, die Gewalt und das Leid. Der Mangel an Weltanschauung ist die Voraussetzung für alle Zivilisationsschäden. Aus ihnen wieder entspringen das Anwachsen der geistigen Mangelerscheinungen, die Verkümmerung der Denk- und Urteilsfähigkeit, die Widerstandslosigkeit gegen Umwelteinflüsse. Auf dem von langer Hand vorbereiteten Boden einer durch und durch korrupten Menschheit erblüht die Ernte meiner Massenbeeinflussung.

Das ganze öffentliche Leben unterliegt in allen Dingen meiner ferngesteuerten Hypnose. Die Absatzpropaganda ist nur ein kleiner Teil davon. Ich habe einen neuen Menschentyp gezüchtet, der widerstandslos bereit ist, sich von der Propaganda lenken zu lassen und das zu tun, was ich ihm befehle, den Massentyp des 20.

Jahrhunderts: gemeinschaftsfremd, egoistisch, raffend, naturfern, ehrfurchtslos, glaubenslos, heimatlos. Er unterliegt dem unausweichlichen Zwang zur gesellschaftlichen Anpassung, der Abhängigkeit vom Urteil der anderen, der panischen Angst, sich mehr als zwei Schritte vom großen Haufen zu entfernen.

Im Interesse meiner wirtschaftlichen und politischen Ziele erhalte ich die breite Masse fügsam und stumpf. Durch die Suggestion von falschen Werten erwecke ich einen neuen verirrten Idealismus, den ich gegen das Leben einsetze, und der dennoch für das Leben zu kämpfen glaubt.

Die Unzähligen, die an der allgemeinen Auflösung verdienen, bringen das Übel in ein System, sie verwalten und organisieren die Desorganisation. Organisation ist der Gegenpol des Organischen, des natürlich Wachsenden und Gewachsenen. Die Glätte und Vollendung einer Organisation wirkt als Moralität. So kommt es, daß meine gut organisierten Massenverbrechen nicht als solche erkannt werden.

Die am ungestörten Funktionieren der gegenwärtigen Weltordnung interessierten Mächte unterstützen mich bestens darin, den automatisierten Arbeits-, Konsum- und Wahlsklaven zu züchten, der sich gedankenlos für fremde Interessen ruinieren läßt. Das trübe Wasser der allgemeinen Auflösung ist für einflußreichste Interessentengruppen zu unantastbaren Fischgründen geworden. Die Verantwortungslosigkeit und Gewissenlosigkeit hat so riesige Ausmaße angenommen, daß sie für den Arm des Gesetzes, der bekanntlich nur die kleinen Diebe hängt, nicht mehr faßbar ist.

Durch die Mächte des biologischen Verfalls lasse ich die gesellschaftlichen Werttafeln aufrichten und die Masse auf deren Anbetung dressieren. Dem Menschen, der sie widerspruchslos anerkennt und mit sich glatt und reibungslos umspringen läßt, billigt man gerne das Prädikat des freundlichen, gutwilligen und friedlichen Mitbürgers, des Vernünftigen und Lebenstüchtigen zu. Er gilt als aufbauendes Element des Staates. Für ihn gibt es die sogenannte Freiheit und die fragwürdigen Menschenrechte. Wer freilich hinter die Kulissen schaut, wer Individualität zeigt, wer die Pseudowerte und Fetische der modernen Zeit nicht anbetet, wird als Sektierer, als Ketzer, als Querkopf, Narr und Phantast, Friedensstörer und Revoluzzer, als unvornehmer und gesellschaftsunfähiger Schädling an den Pranger gestellt. Er stößt auf die ungeheure Übermacht der Mittelmäßigen, die es sich in ihrer moralischen und intellektuellen Aufweichung bequem gemacht haben. Er wird verfolgt, lächerlich gemacht, eingesperrt. Im Namen des Geschäftes!

Wo immer in der Menschheitsgeschichte einer unter dem Wutgeheul der Masse verleumdet, geschändet, gekreuzigt, geviertteilt und erschlagen wurde, dort war es einer von denen, die die Umkehr und Rettung hätten bewirken können.

Solche Eruptionen der sogenannten Volkswut auszulösen ist möglich, weil der Mensch ein Herdentier ist. 70 % der Menschen billigen kritiklos die herrschende Ordnung und nutzen sie zum eigenen Vorteil aus. Sie alle dienen mir, ohne es zu wissen. Meine Stützen in der menschlichen Gesellschaft aber sind jene 25 %, deren Verantwortungsbewußtsein sowohl dem eigenen als dem Leben der Gemeinschaft und der Zukunft gegenüber mangelhaft ist, die sogar gute Ordnung mißachten oder zur Befriedigung von Besitz-, Macht-, Geltungs- oder Zerstörungstrieben korrumpieren, jene massenseligen Herdenmenschen von den Ausbeutern bis zum Verbrecher.

Das Gesindel aber steht in meinem Dienst. Ich habe es gleichmäßig über die ganze Welt und alle Lebenskreise und Branchen verteilt, von der Lehmhütte bis in die Polstersessel der Machthaber. Das Gesindel überschüttet die Menschheit mit einer nie verebbenden Flut von Niedertracht und Gemeinheit, mit Lüge, mit offenen und — was mir bei weitem lieber ist — verstecktem Raub und Mord. Der Berg des ungesühnten und unsühnbaren Unrechts türmt sich von Tag zu Tag, von Stunde zu Stunde höher, und die Edlen sind es zuerst, die sich empören und die

Fahne des Naturrechts dagegen erheben. Eine Gelegenheit mehr, um sie durch die Überzahl der Minderwertigen zu erdrücken. In einer teuflischen Welt gerät jede menschliche Regung zum Teuflischen, mag sie aus der Güte oder der Niedertracht entspringen. Dabei könnten die Menschen noch umkehren, wenn sie wollten! Aber sie wollen nicht, weil ich nicht will, daß sie wollen. Die öffentliche Meinung liegt fest in meinen Händen. Wirtschaft und Wissenschaft sind Gebiete der menschlichen Geschäftigkeit, deren Stillstand oder auch nur Abbremsen mit keinem Mittel der Welt zu erreichen ist. Die fortschreitende Morbidität und überall sichtbar werdende Degeneration werte ich nicht nur wirtschaftlich, sondern auch politisch aus.

Die Menschheitsgeschichte ist nichts als das grausame Ringen zwischen Bewegern und Bewegten, Werteschöpfern und Werteverschiebern, der ewige, heimliche und offene Kampf der Normabweichenden gegen die Normentsprechenden, der wenigen gegen die vielen, der Persönlichkeit gegen die Masse, des Wertes gegen den Minderwert, meiner Gegner gegen meine Freunde. Die einen machen Weltgeschichte, die anderen machen Politik. Die einen verlieren immer, auch wenn sie siegen; die anderen siegen immer, auch wenn sie geschlagen werden.

Ich mache, daß die Werteverschieber die Werteschöpfer mit Erbitterung verfolgen, obwohl sie ohne diese nichts zu verschieben hätten. Ich serviere die Kämpfer, die Helden, die Gläubigen, die Idealisten ab, sobald sie den Sieg errungen haben, und überantworte die Früchte ihres Kampfes den Schiebern, die es besser verstehen, den Sieg geschäftlich auszuwerten.

Sollten hier und dort die politischen Geschäftemacher den Unwillen eines Volkes erregen, so lenke ich die Volkswut nicht gegen sie, sondern gegen die ahnungslosen Idealisten, die an die Wand gestellt werden. Das gibt eine ausgezeichnete Gegenauslese. So mache ich am Ende jedes Ringen um die Höherentwickelung der Menschheit unwirksam und verhindere ihr Entrinnen aus dem

Irrgarten der Sinnlosigkeit, der Dummheit, der immer wieder sich wiederholenden Katastrophen.

Ich bewirke, daß die in privaten Händen ruhende Macht der Wirtschaft, mächtiger als der Staat, zum Beherrscher des Staates wird. Hier gibt es Zusammenhänge, die der Weltöffentlichkeit niemals enthüllt sein werden."

„Ich denke, die Politiker werden am Ende vom Volk gewählt...", sagte das Mädchen.

„Die Massen wählen das, was man ihnen eintrommelt, vorausgesetzt, daß genügend Geld zur Verfügung steht. Sie sind bereit, unter der Hypnose der Propaganda heute zu verfluchen, was sie gestern anbeteten, und umgekehrt. Sie glauben zu wählen und werden doch gelenkt, sie glauben eine eigene Willensbildung zu haben und folgen doch willenlos dem Willen der anderen. Die Demokratie hat für ihre Diktatoren aber einen bedeutsamen Vorteil: sie nimmt ihnen die Verantwortung ab und belastet damit den Mann auf der Straße, der stolz und im Bewußtsein seines sogenannten Mitbestimmungsrechtes den Zettel in die Urne wirft.

Der Staat ist dem Moloch des Geldsackes gerne zu willen. Denn die Wirtschaft erweist ein höheres Steueraufkommen als der Einzelmensch. Aus der Sicht des Staates ist darum der Mensch weniger wichtig geworden. Der Volksvertreter ist noch nicht geboren, der es wagte, den nie endenden großen Fischzug des Profits, die flutartig sich steigernde, von der Wirtschaft ausgehende Vergiftung des gesamten körperlichen, geistigen und seelischen Lebens, die zahllosen Torheiten, Egoismen und Verbrechen anzuprangern. Sie fürchten alle den Gegenschlag des Unternehmertums, dem der Kamm geschwollen ist. Wenn Krieg die Fortsetzung der Diplomatie mit anderen Mitteln ist, so ist Politik die Fortsetzung des Geschäftes mit den Mitteln der Gewalt.

Meine Beauftragten beginnen alle Politik mit bestimmten, immer gleich bleibenden Schlagwörtern. Sie predigen und propagieren Begriffe, die es nicht gibt, zum Beispiel: Freiheit. Eine Chimäre, ein Hirngespinst, eine Utopie. Nirgends im ganzen Bereich der Schöpfung gibt es Freiheit, sondern überall Gebundenheit und Pflichterfüllung, kritikloses Sichfügen in die natürlichen Gegebenheiten und Erfordernisse, schweigenden Gehorsam gegenüber dem ewigen Gesetz, und Strenge und Tod für alle, die nicht können oder nicht wollen. Nur das erbärmliche Tier Mensch soll frei sein und dem rächenden Schicksal entgehen?

Deshalb rede ich ihnen von Freiheit und gaukle ihnen ein Leben ohne Pflichten und Verantwortung, in eitel Lust und Wonne vor. Unter der Parole ‚Freiheit' versuchen sie, sich jeglicher Unterordnung zu entschlagen. Aber ein Wesen, das sich dem Zwang der natürlichen Gesetze entzieht, ist unter die Ebene der übrigen gesunken; jener, die ihre Pflicht gegen das Leben erfüllen und sich diesem Zwang beugen. Die Summe der sittlichen Werte ist größer bei den Gehorchenden als bei den Genießenden. Es hat die Strafe zu erwarten, die die Natur dafür bereit hat: den Tod.

Ich rede ihnen von Freiheit und versenke sie in tiefere Sklaverei als je zuvor. Ich unterwerfe alle Gebiete menschlichen Daseins dem Terror. Keine Entmachtung des Menschen ist erfolgreicher als jene, die die Freiheit der Persönlichkeit und das Recht der Individualität scheinbar wahrt. Es ist heute unmöglich geworden, als freier Mensch zu leben. Die Gesellschaftsstruktur ist zu engmaschig, um die Entfaltung einer starken Eigenpersönlichkeit zu gestatten. Jeder ist eingeengt, unterdrückt, beeinflußt von oben und unten. Daraus ergibt sich ein ununterbrochenes, nagendes und verzehrendes Geltungsstreben, gesteigerte Sucht nach sichtbarem Lebensstandard, damit verbunden ein krankhaftes soziales Ressentiment sowie neurotisches Mißtrauen aller gegen alle.

Für die sogenannte Freiheit steigen sie auf die Barrikaden und bieten doch gerne beide Hände, um sich fesseln zu lassen. Sie gieren geradezu nach Sklaverei, und dort, wo sie nicht gegeben ist, bauen sie eifrig und künstlich eine Zelle, in der sie sich selber gefangen setzen.

Da ich den Sklaven die Einbildung von Kraft und von Freiheit eintrommle, kriegen sie es mit der Angst. Die Angst ist ein teuflisches Ding! Die Angst begleitet das Menschenleben, die Angst vor der eigenen Leere, vor dem Nichts, vor sich selbst. Vergeblich versuchen sie, der Angst zu entfliehen: in rauschendes Talmivergnügen, in die Geschwindigkeit, ins Geschäftemachen. Sie können nicht mehr allein sein, sie haben Angst davor.

Oder nehmen wir etwa die Parole ‚Gleichheit'! Ich mache damit zur Grundlage des Menschentums etwas, das die Natur nicht kennt. Zur Grundlage? Sie ist eine schiefe Ebene, auf der das Menschsein abrutscht. Sind etwa alle Bäume im Wald gleich stark, gleich hoch, gleich besonnt? Ist ihnen jeder Fußbreit Bodens zugemessen? Frißt nicht ein Tier das andere? Die Natur fordert eine strenge gesellschaftliche Rangordnung überall. Sie gibt nicht jedem das gleiche und nicht allen alles. Sie gibt jedem das Seine. In der Herde, im Wildrudel herrscht der Maßstab der Persönlichkeit, ein jedes hat seinen Platz, von dem aus es herrschen oder gehorchen muß unausweichlich.

Auch für den Menschen gilt diese Ordnung. Ich aber habe sie frühzeitig zerstört. Ich habe den Bösen über den Guten triumphieren lassen und den Gemeinen über den Edlen. Ich habe die menschliche Rangordnung in Verwirrung gebracht, ich habe die seelische Atmosphäre vergiftet. Und ich habe eine neue Rangordnung eingeführt, die alle inneren und äußeren Wertsetzungen über den Haufen wirft: die Rangordnung des Besitzes. Nicht mehr der Gute hat recht, sondern der Reiche. Ein Schuft, der Geld hat, gilt tausendmal mehr als ein Edler, der arm ist. Mit lebensfremden Parolen ersticke ich das Leben."

„Sie vergessen die Brüderlichkeit!" rief Alfred dazwischen.

„Geben Sie sich nicht der Illusion hin, daß der Teufel etwas vergißt! Freiheit und Gleichheit sind meine teuflischen Erfindungen. Brüderlichkeit ist ein hoher sittlicher Wert, der als Tugend gelebt werden kann. Sie werden mir nicht zumuten, daß ich ihn propagiere. Zudem schließt die Freiheit, die ich meine, auch die Verpflichtung aus, seinem Mitmenschen gegenüber anständig, also brüderlich zu sein. Und die Gleichheit aller würde die Brüderlichkeit entwerten. Aber die Ungleichheit aller Dinge und Wesen erkennen und dennoch brüderlich sein, das wäre ein Licht auf dem Bild des Menschen. Sie können nicht erwarten, daß ich es entzünde!

Habe ich die Gehirne hinreichend weichgeklopft, beginne ich meine Politik. Politik ist eine bestimmte Form des Geldverdienens. Der Staat ist eine personell wechselnde, aber ihrer Mentalität nach gleichbleibende Oberschicht, die jeweils ein Regime lang das Vaterland für sich gepachtet hat. Die Verschiedenheit der Staatsform besteht nur in der Unterschiedlichkeit der Wege, auf denen die Machthaber zu Geld kommen wollen.

Das Kampfziel jeder politischen Partei ist nicht darauf gerichtet, den Status zu ändern, sondern die Vertreter der aktuellen Machtkonstellation aus ihren Positionen zu vertreiben und möglichst viele Kommandostellen mit eigenen Leuten zu besetzen. Zur Erreichung dieses Zieles verspricht man den Wählern das Blaue vom Himmel. Die Blankowechsel für die Zukunft sind auf die Taschen des Gegners ausgestellt. Das einigende Band der Parteigänger ist die gemeinsame in Aussicht gestellte Beute.

Die Spielregeln des politischen Kampfes habe ich ein für allemal festgelegt: Propaganda, List und Gewalt, Verleumdung, Intrige, Fälschung, Gerüchtemacherei, Anhaltung, Verhaftung, Einkerkerung, Verschickung, Vermögensberaubung, Folterung, Liquidierung.

Im 20. Jahrhundert habe ich zur Beseitigung von Mißliebigen das sogenannte objektive Rechtsverfahren eingeführt und beliebt gemacht. Zu diesem Zwecke bedient sich jedes Regime einer bestimmten Art von Anschuldigung, die unter schwerer Strafandrohung steht, aber im Gesetz so dehnbar oder unbestimmt formuliert ist, daß der öffentliche Ankläger aus jedem beliebigen Sachverhalt einen Tatbestand konstruieren kann. So können unbequeme politische Rivalen unter dem Mantel der sogenannten Legalität beseitigt werden.

Die stetige Angst der jeweils Regierenden vor Umstürzen und Gewaltakten füllt die Gefängnisse, Konzentrationslager und Verschickungszonen und gibt den Henkern Arbeit. Solange es einen Kampf um die Macht gibt, gleichgültig in welcher Form und unter welchen Vorzeichen, wird die Politik mit Blut geschrieben. Im Vordergrund steht die Fiktion, im Hintergrund der Galgen."

Sten Stolpe warf ein: „Man las in letzter Zeit von dem Vorschlag, alle Staatsmänner von Zeit zu Zeit zu psychiatrieren..."

„Keine Gefahr für meine Leute!" lachte der Boß. „Eine solche Maßnahme müßte verfassungsmäßig verankert werden. Wer macht die Verfassung? Die Staatsmänner. Sie werden sich selber das Wasser nicht abgraben wollen. Und die Experten werden sich dem jeweils herrschenden Machtsystem gefällig erweisen. Zweifeln Sie daran?

Die Politiker sichern sich durch die Gesetzgebung ihren Anteil am Volkseinkommen und begründen ihre Geldinteressen mit der Sorge für das Allgemeinwohl. Meine Beauftragten verstehen es, die Zusammenhänge geschickt zu verbergen oder als harmlos darzustellen."

„Das wird nicht mehr allzu lange möglich sein, Boß!" rief Sten Stolpe. „Allmählich werden die Völker erwachen!"

„Haben Ihnen meine Dezernenten nicht beweisen können, daß die Menschheit immer dümmer wird? Das politische Geschäft kann sohin nur immer leichter und einträglicher werden. Im Grunde seines Wesens ist der Mensch arglos. Das erleichtert seine Vernichtung. Auch nach den schwersten Enttäuschungen beginnt er immer wieder zu glauben. Anscheinend ist ihm der Glaube an irgendetwas ein Bedürfnis, wäre es auch nur ein Trugbild. Ich fördere diese Eigenschaft durch entsprechende Beeinflussung der öffentlichen Meinung, so daß es uns möglich wird, die dunkelsten Machenschaften unter den Augen des Volkes zu vollziehen, ohne daß jemand Argwohn schöpft."

„Eines Tages wird die betrogene Menschheit den ganzen politischen Hexensabbat in einer einzigen weltweiten Revolution hinwegfegen!" ereiferte sich Sten mit leuchtenden Augen.

„Meinen Sie, daß in einem solchen Generalaufstand der Teufel nicht die Drähte ziehen wird? Kann man aus alten Lumpen Gold machen? Nein. So wenig kann man die Grundeigenschaften des Menschen ändern. Die Naturgeschichte liegt fest. Jede Revolution endet bei jenen Mißständen, die sie bekämpft hat: Lüge, Korruption, Gewalttat. Solange Menschen leben, wird unter ihnen Haß, Mißgunst und Zwietracht sein. Die großen Fische werden die kleinen fressen, Kain wird seinen Bruder Abel erschlagen. Geschichtliche Ereignisse, mögen sie im Augenblick noch so umwälzend sein, bringen keine echten Veränderungen der Gemeinschaftsseele mit sich.

In manchen Geschichtsabschnitten sieht es so aus, als würde die Gesellschaft unausgesetzt verändert und umgebildet werden. In Wirklichkeit wechseln nur die Namen und die Kulissen. Durch die immer wieder veränderte Aufmachung entsteht der Eindruck lebhafter Umschwünge und Verbesserungen, während in Wahrheit das Wesen der Dinge völlig gleich bleibt. Die einander ablösenden Machthaber gaukeln den Beherrschten ein Fortschreiten vor, das in Wahrheit ein Im-Kreis-Gehen ist. Auf lange Sicht gesehen kompensieren sich alle geschichtlichen Änderungen. Sie sind daher für das Leben und Wesen der Gesamtmenschheit ohne Bedeutung.

Wie die Karussellbesitzer, so leben auch die Politiker von der Kunst, ihre Mitmenschen durch Illusionen von den Nöten des Daseins abzulenken. Bald bemerken auch die Revolutionäre von gestern, daß die Unzufriedenheit, die Notlage, die Urteilslosigkeit und Leichtgläubigkeit der Massen die sichersten Garanten für die Karriere, den Vorteil und Reichtum der Politiker darstellen. Sie sind daher bemüht, diese Elemente zu erhalten, zu hegen und zu pflegen, obwohl sie vorgeben, für deren Beseitigung zu arbeiten. Wichtiger als die Abschaffung von Mißständen ist das

Vortäuschen eines heftigen, wenn auch vergeblichen Kampfes gegen sie. Für die Vertreter der Politik ist das angebliche Wohl des eigenen Landes untrennbar mit der Erhöhung des eigenen Vermögens verknüpft. Und da der Mensch ein unveränderliches Wesen ist, muß auch jede noch so gewaltsame Änderung der politischen Systeme immer wieder zum gleichen Ergebnis führen.

Wollen Sie noch mehr hören? Fürchten Sie sich nicht! Ich bin am Ende. Ich verberge der Menschheit die Erkenntnis, daß das Problem der menschlichen Zukunft nicht der Kampf eines Menschen gegen den anderen, einer Partei, einer Nation gegen die andere, sondern der Kampf des Lebens gegen den Untergang ist. Um so mehr hetze ich unter nichtssagenden Parolen Mensch gegen Mensch, so daß sie einander schwächen und aufreiben und nicht merken, daß das Leben als solches ihnen indessen verloren geht. Infolge der Mißachtung der Gesetze des Lebendigen, der Vergewaltigung von Leib und Seele wird die Menschheit sich ins Nichts auflösen, die weiße Rasse zuerst.

Weiterhin verführe ich die Profithörigen dazu, ihre Sonderinteressen rücksichtslos und zum Schaden der anderen zu verfolgen. Sie denken nicht mehr nach. Sie entscheiden sich nicht mehr. Sie leben ein erbärmliches Leben der Kompromisse in einer Welt der Kompromisse. Ja- oder Neinsagen ist ihnen ebenso fremd geworden wie entschlossenes Handeln. Wer es von ihnen fordert, ist ihr Feind.

Hinter den prunkvollen Fassaden einer in Selbstbeweihräucherung gepriesenen Fortschrittlichkeit verbergen sich Erfolge ohne Werte, Erfolge, mit denen die Ordnung alles Lebendigen zerschlagen wird, der man zu dienen vorgibt. Sie führen zur Auflösung und Zersetzung alles körperlich, geistig und seelisch Gesunden. Immer mehr entfernt die Allmacht den zum Tode Verurteilten von den Quellen des Lebens.

Diese Menschheit, in sich friedlos geworden und Unfrieden säend mit allen Gedanken und Regungen, unentwegt einen unbarmherzigen Vernichtungsfeldzug führend gegen alles, was natürlich und gut ist, vermißt sich, vom ewigen Frieden auf Erden zu reden. Sie faselt von der Ächtung des Krieges, und ihr Leben ist nichts als ein Krieg aller gegen alle und alles. Es mordet einer den anderen, und keiner ahnt, daß hinter ihm schon einer steht, der ihm die Schlinge um den Hals legt.

Ich habe sie der Lebenssicherheit beraubt, ich habe sie heimatlos, ich habe sie zu modernen Nomaden gemacht. Sie sind mir hörig geworden und lauschen andächtig meiner todbringenden Musik. Es sind die Lieder eines Lebens, das seine eigene Vernichtung will.

Der Mensch hat sich selbst zur Handelsware erniedrigt, deren Quantität gesiegt hat über die Qualität. Im Geld und in der Technik gebraucht er meine altbewährten Mittel, um alle Ordnungen zu zerstören und politische und religiöse Formen aufzulösen. Ich habe es dahin gebracht, daß die Menschenwelt in allen ihren Erscheinungen und Äußerungen nichts ist als eine einzige gewaltige Verschwörung gegen das Leben.

Es ist erfreulich und belustigend zu sehen, wie die führenden Köpfe dieser herrlichen Zeit einander mit Vorschlägen überbieten, auf welche neue Art das Leben vernichtet werden könnte. So blind sind sie, daß sie jeden erbittert bekämpfen, der es wagen sollte, sie am Selbstmord zu hindern."

„Wo aber bleibt die Summe von Güte, Liebe, Ehrlichkeit und Anständigkeit, die immer noch in der Menschenwelt lebendig ist?" fragte Sten.

„Ich verbrauche sie, indem ich die Ideen und Werke der Vernichtung als Werke der Güte, der Liebe und Barmherzigkeit, des Edelmutes, der menschlichen Größe, der Moral propagiere, der Wissenschaft, des Fortschritts, so daß Tausende mir dienen in der Meinung, dem Leben zu dienen."

„Teuflisch!"

„Und sie sind ahnungslos. Die Satten glauben, sie würden ewig satt bleiben, die Reichen meinen, ihr Besitz sei für immer begründet, die pfiffigen Konjunkturritter begeifern weiterhin die ewigen

Werte. Amtlich wird über alle verhängnisvolle Entwicklung geschwiegen. Meine Beauftragten in der Presse halten dicht. Ich werde immer zu verhindern suchen, daß die Menschheit geniale Köpfe und Seelen hervorbringt, die sie brauchen würde, um das in den Abgrund rasende Fahrzeug anzuhalten."

„Und wenn auch", sagte der Techniker, „Sie würden solche Köpfe sicherlich rechtzeitig rollen lassen!"

„Ich würde sie rollen lassen", lachte der Teufel, „obwohl das gar nicht nötig wäre. Denn was nützen der Menschheit noch alle Weisen und Gelehrten, alle Hochschulen und Nobelpreisträger, wenn es keine Luft, keinen Humus, kein Wasser mehr geben wird?"

„Wann kommt das Ende?" fragte Bob.

„Vorsichtige Forscher der Menschenwelt berechneten das Jahr 2400. Ich bin optimistischer und hoffe, in spätestens hundert Jahren am Ziel zu sein."

XIX

SINTFLUT

Ein bleiern lastendes Schweigen unterbrach die Gespräche. Die Gewißheit des unabänderlichen grausamen Endes legte sich um die Herzen, die Hirne, die Seelen, wie ein lähmender Teig, der alle Regungen unterband. Rolande blickte mit verzweifeltem Ausdruck vor sich hin.

Sten wandte sich ihr zu. „Müde?" fragte er leise.

Das Mädchen nickte. „Müde und traurig."

Alfred wollte forsch sein. „Kein Anlaß, traurig zu sein, meine Lieben! Was unvermeidlich ist, müssen wir auf uns nehmen."

„Unvermeidlich?" fragte Sten, ohne aufzusehen. „Wir sind selber schuld an allem!"

„Wenn auch! Heute ist nichts mehr zu ändern. Umso mehr müssen wir uns des Lebens freuen! Nichts macht das Leben so kostbar wie die Bedrohung durch den Tod. Leben wir! Heute haben wir es noch, das Leben. Was nachher kommt — was kümmert das uns?"

Der Dichter sah ihn an. „Spürst du nichts von Schuld, Alfred?"

„Laß das Gerede!" Alfred wandte sich Bob zu, der gleichmütig aus dem Fenster sah. „Nachdenken ist ungesund!"

„Ich denke aber nach." Rolande sagte es.

Ein Diener reichte Erfrischungen. Bob und Alfred griffen ungehemmt zu. Sten und Rolande lehnten ab. Der Teufel lächelte.

„Habe ich Sie überzeugen können?" fragte er.

„Ganz und gar", sagte Alfred, und Bob nickte.

„Wir sind überzeugt", gab Rolande leise dazu. „Hoffentlich sind Sie mit Ihrer Vorstellung fertig!"

„Noch nicht ganz."

„Ich habe genug davon!" Rolande schüttelte sich leicht in den Schultern. „Haben wir nicht schon alles gehört? Den Rest können wir uns zusammenreimen. Die Welt ist des Teufels, und wir sind verloren. Was noch?"

Der Teufel wurde geschmeidig: „Es ist nicht gleich, auf welche Weise ein Mensch die letzte Spanne hinter sich bringt: in Saus und Braus, Reichtum und Herrlichkeit, in Ansehen und Freuden als mein Gefolgsmann, oder armselig, verachtet und verfolgt als mein Gegner. Überlegen Sie es gut! Nummer eins müssen Sie noch hören. Er ist der wichtigste Dezernent. Mit Nummer eins kommen wir den Dingen auf den Grund. Sie werden den bewegenden Motor des Untergangs erkennen, die Quelle aller Vernichtungsmächte."

„Wir sind gespannt", sagte Alfred.

Der Teufel drückte auf den Knopf der Sprechanlage. „Turduk soll kommen!"

Turduk sei noch nicht da, erwiderte die Stimme Dos.

„Er soll sich beeilen!" grunzte der Teufel.

Auch in Rolandes und Stens Mienen zeigte sich eine Spur von neuer Interessiertheit.

„Wie heißt das Dezernat Nummer eins?" fragte Alfred.

„Sintflut."

Sten: „Soll das heißen, daß eine neue Überflutung —?"

Der Teufel: „Gewiß. Das letztemal war es Wasser. Die neue Sintflut wird aus Menschen bestehen."

Alfred: „Ich verstehe nicht."

Der Teufel: „Gefährlicher als die Atombombe ist die Bevölkerungsbombe. Die Atombombe könnte zudem, wenn meine Gegner auf diesem Sektor einen Sieg davontragen sollten, geächtet und abgeschafft werden. Die Menschenbombe aber wird zur Detonation kommen, so wahr ich hier sitze."

Alfred: „Sie sprechen in Rätseln."

Der Teufel: „Der Mensch war gerade noch klug genug, die Naturgewalt für sich auszuschalten. Aber seine Gehirnwindungen reichten nicht aus, zu erkennen, daß der überwundene natürliche Zwang durch sittlichen Zwang hätte ersetzt werden müssen. Er wich von der Urmoral ab und damit vom Leben. Seither vermehrt er sich über alles natürliche und zulässige Maß hinaus. Und so sehr seine Überzahl ihn zum scheinbaren Sieg über die Natur befähigte, so sicher wird seine Überzahl ihm den Untergang bringen. Sehen Sie auf den Schirm! Das ist Turduks letzter Bericht vor etwa dreißig Jahren."

Man sah das Arbeitszimmer des Teufels, in dem sie selber saßen. Murduscatu, der Furchtbare, und Turduk, der Dezernent Nummer eins für Sintflut, waren anwesend. Er sah gut aus, hoch gewachsen, von gepflegter, eleganter Erscheinung. Man hätte ihn für einen Universitätsprofessor oder einen bedeutenden Arzt halten können. Die Einblendung griff mitten ins Geschehen ein.

Der Teufel: „Was wird mit Europa geschehen?"

Turduk: „Die Mongoliden werden es zertrampeln. Aber das Erbe wird ihnen nicht wohl bekommen. Sie haben bereits begonnen, sich an der Zivilisation zu vergiften, die sie nicht selber entwickelt haben. Sie werden daran zugrunde gehen wie die Indianer am Alkohol. In kurzer Zeit werden sie verweichlichen und entarten. Sie werden sich vom Boden lösen und die Äcker nicht mehr bearbeiten wollen."

„Wer wird es für sie tun?"

„Die Gelben."

„Und dann?"

„Wer den Acker bebaut, ergreift von ihm Besitz, früher oder später, eine historische Erfahrungstatsache. Die Mongoliden werden von den Gelben abgelöst werden."

„Für wie lange?"

„Für zweihundert Jahre."

„Dann?"

„Dann wird die Drachensaat unserer wackeren Pioniere, Zivilisatoren, Löwenschießer und Medizinmänner in Afrika gereift sein. Die schwarze Welle wird sich erheben und die Gelben überfluten. Die Schwarzen werden obsiegen."

„Was wird indessen mit Amerika?"

„Der weiße Mann in Amerika wird noch früher ausgelöscht werden als in Europa."

„Wer soll ihn auslöschen?"

„Im Norden die Asiaten, im Süden die Braunen aus dem südamerikanischen Urwald."

„Sie erscheinen mir zu primitiv und weltscheu..."

„Heute noch. Aber die Lunte brennt schon. Herr Holloway ist am Werk. Er und sein kluges Weib fahren im Motorboot zu den Eingeborenen, vermitteln ihnen Kino und Radio und kommen sich großartig vor. Sie bauen Sanitätsstationen, bekämpfen mit Spritzen und Pillen den guten Tod und halten sich für Wohltäter der Menschheit. So wie diese beiden handeln viele andere, die ihre Rasse und das Leben verraten. Die Bombe im Urwald ist scharf gemacht. Sie wird krepieren, wenn die Zeit gekommen ist, und die durch den Weißen verschuldete braune Hochflut wird den Kontinent verschlingen . . ."

In diesem Augenblick trat Turduk ein, und der Teufel schaltete den Bildschirm aus. Der Dezernent verbeugte sich schon an der Tür, trat dann mit schnellen, elastischen Schritten vor den Schreibtisch seines Meisters und verneigte sich noch einmal.

„Lange nicht gesehen, Turduk!" sagte der Teufel. Es war das erste Mal, daß er sich vor einem seiner Mitarbeiter erhob. Sie drückten einander die Hände. Dann begrüßte Turduk mit vollendeten Manieren und vorbehaltloser Freundlichkeit die Gäste.

„Da Sie uns warten ließen", begann der Teufel, „habe ich meinen Gästen Ihren letzten Bericht vorgespielt . . ."

„Überholt, Boß!" erwiderte Turduk lebhaft. „Völlig überholt und unaktuell! Ich habe die Entwicklung in so rasendem Tempo vorangetrieben, daß sich heute ein wesentlich anderes und günstigeres Bild ergibt als noch vor dreißig Jahren!"

„Soll mich freuen!"

Der Dezernent wandte sich den Gästen zu. „Ich nehme an, daß vor mir eine Reihe anderer Dezernenten zu Ihnen sprach . . ."

„Fast alle!" warf der Teufel ein.

Turduk: „Was immer Sie erfahren haben, es hat alles eine und dieselbe Ursache: die Massenvermehrung des Menschen. Meine Aufgabe war es, die menschliche Fruchtbarkeit aller Hemmungen und Fesseln zu entkleiden.

Die Menschheit brauchte 500 000 Jahre, um auf eine Milliarde zu kommen. Das war 1850. Seither hat sie sich mehr als verdoppelt. Von 1800 bis 1914 vermehrte sich die Bevölkerung Deutschlands von 24 auf 70 Millionen. Ohne die krankhaft hypertrophische Heranzüchtung von Massen wären alle übrigen Dezernate unseres Ministeriums weder möglich noch notwendig geworden.

Der Mensch glaubt, sich der Naturgewalt entzogen zu haben. In Wahrheit hat er die Vollstreckungskräfte der Schöpfung nur vorübergehend in ihrer Wirkung eingeschränkt. Sie sind zurückgedrängt an die Ränder der Welt und warten, bis ihre Stunde kommt.

Die Gelehrten prophezeien für das Jahr 2000 eine Erdbevölkerungszahl von 4,5, für 2160 von 18,5 Milliarden."

„Gut, Turduk. Aber der Prozeß dauert mir zu lang! Kann man das Wachstum der Menschheit nicht beschleunigen?"

„Da die Menschheit progressiv wächst, ist mit viel höheren Wachstumszahlen zu rechnen, als ich eben angab. Aber ich verlasse mich nicht auf die Progressivität allein. Ich habe alles veranlaßt, um die Katastrophe so schnell wie möglich herbeizuführen."

„Was?"

„Ich habe eine lange Reihe von Organisationen ins Leben gerufen, welche die Hygiene und die sogenannte Gesundheit auf der ganzen Welt einführen sollen. In verschiedenen Völkern Asiens kommen meine öffentlichen Gesundheitsmaßnahmen erst jetzt zum Zuge. Mehr als 350 Millionen Menschen leben in Indien. Bisher hat der gute Tod in Form von Seuchen, Giftschlangen, Tigern und Hungersnöten die zerstörende Fruchtbarkeit des Menschen in Schranken gehalten. Jetzt laufen dort meine Gesundheits- und Ernährungsprogramme an. Die Todeszahlen sinken, die Geburtenzahlen steigen an. Man bekämpft die Kindersterblichkeit, die Tuberkulose, die Malaria, den Hunger. Bald werden auch hier die Bevölkerungszahlen sprunghaft in die Höhe klettern. Welche ausgezeichneten Folgen solche Gesundheitsprogramme zeitigen, ersehen Sie, bitte, auf dem Bildschirm! Das ist San Juan auf der Insel Portorico, das heißt ‚reicher Hafen'. Es war also einmal, vor Jahrhunderten, zweifellos der Hafen einer reichen, blühenden Insel. Heute herrscht hier das entsetzlichste Elend, das wir uns nur wünschen können.

1898 fiel die Insel an die USA. Damals hatte Portorico eine Million Einwohner. Unsere Beauftragten starteten ein Gesundheitsprogramm. Die Folgen waren in höchstem Grade erfreulich: bis 1950 wuchs die Einwohnerzahl auf 2,2 Millionen. Auf einem

Quadratkilometer wohnen jetzt 250 Menschen. Auf jeden Portoricaner entfallen etwa 800 qm Ernährungsfläche, während ein Mensch, um sich hinreichend zu ernähren, eine Fläche von mindestens 10 000 qm braucht.

Sie sehen auf dem Schirm die Elendsviertel von San Juan, die als Folge unseres großen Gesundheitsprogramms entstanden sind. Man hat sie als Pfahlbauten ins Meer hinausgebaut, weil auf dem Land kein Platz mehr dafür ist. In jeder dieser winzigen Hütten wohnen zwanzig bis vierzig Menschen in unbeschreiblichem Elend. In der stagnierenden Jauche unter der Pfahlbaustadt schwimmen stinkende Abfälle, Tierkadaver und die Leichen neugeborener Kinder. Niemand findet etwas daran, wenn die verzweifelten Eltern ihre Neugeborenen einfach ins Wasser werfen. Dem Mann, der das Gesundheitsprogramm für Portorico erfand, hat man ein Denkmal gesetzt. Es ist Mr. Cowborrow, einer meiner bewährten Mitarbeiter. Erfreulich ist, daß Mr. Cowborrow in allen Teilen der Welt eifrige Nachahmer gefunden hat, die im Glauben an Barmherzigkeit und Nächstenliebe die furchtbarste Katastrophe der Menschheit in unserem Auftrag vorbereiten."

„Aber — das ist ein Verbrechen!" schrie Sten auf.

„Sie irren!" erwiderte Turduk. „Die Menschen nennen es Humanität."

Der Teufel: „Werden Sie nicht hysterisch, Herr Dichter!"

„Ja, aber —", wandte Rolande beunruhigt ein, „diese Menschen handeln doch wirklich aus Humanität, sie sind Gläubige, Idealisten, Pioniere, voll guten Willens und der ehrlichsten und ehrbarsten Absichten ..."

Turduk: „Gewiß. Sie glauben es, und die Welt glaubt es, und ihr Edelmut lockt Tausende, die ihnen nacheifern. Das paßt alles ausgezeichnet in mein Programm."

Der Teufel unterbrach. „Und es wäre nicht das erste Mal, daß wir die sogenannten Idealisten — wir nennen sie die Dummen — für unsere Ziele arbeiten und sich hinopfern lassen." Er lachte. „Das eben ist das Teuflische daran, daß sie Gutes zu tun glauben und doch die Vollstrecker des Urteils sind, das wir Teuflischen in teuflischer Weise über die Menschheit verhängt haben. Sie beten und sind doch verflucht. Sie sind Pioniere, jawohl, aber Pioniere des Untergangs!"

„Furchtbar!" flüsterte das Mädchen. „Man müßte... man müßte etwas dagegen tun!"

Turduk: „Durch meine Propaganda habe ich die Menschheit dahin gebracht, daß sie nichts im Sinn hat, als alles dafür zu tun!"

Der Teufel: „Es soll nur einer versuchen, dagegen aufzustehen! Sie würden ihn kreuzigen — wegen Verbrechens gegen die Menschlichkeit." Er lachte.

„Ist denn die Menschheit wirklich des Teufels?" fragte Sten.

„Das ist sie, mein Freund!"

Rolande: „Man müßte die Fruchtbarkeit eindämmen."

Turduk: „Sie meinen Geburtenkontrolle. Gut. Aber Verhütung von Nachwuchs ist nur ein Aufschub, kein Ausweg. Da sie gegen die Natur ist, führt sie nur noch näher an den Abgrund. Und wer würde verhüten? Die Wissenden, die Verantwortungsbewußten, also die Wertvollen. Wer würde nicht verhüten? Die große Masse der Mittelmäßigen. Was steht am Ende?"

Rolande: „Eine vernünftige Gesetzgebung würde es niemandem freistellen. Sie würde alle gleich verpflichten."

„Gut. Und was würde in solchem Falle verhütet? Der gute wie der schlechte Nachwuchs. Was käme zur Welt und würde mit allen Mitteln der ärztlichen Kunst am Leben erhalten? Der gute und der schlechte Nachwuchs. Geburtenkontrolle ist nur ein Weg mehr zur Krankheit und zum Seelenproletentum. Wo die Auslese fehlt, wird das Leben krank."

„Wie also wäre der Massenvermehrung zu steuern?" fragte Sten.

„Gar nicht. Das ist die Endkonsequenz eines jeden teuflischen Dilemmas: es darf keinen Ausweg geben. Wir hoffen daher, für das Jahr 2050 mit einer menschlichen Erdbevölkerung von insgesamt 36,8 Milliarden rechnen zu können."

„Kann die Welt so viele überhaupt ernähren?" fragte Alfred.

Turduk: „Heute leben in Deutschland 200 Menschen auf dem Quadratkilometer. Dann würden auf der ganzen Erde 4 000 Menschen je Quadratkilometer leben. Die Welt wäre so dicht besiedelt wie Manhattan. Die auf den einzelnen entfallende Ernährungsfläche wäre auf 250 Quadratmeter geschrumpft."

„Gut. Was noch?"

„Es ist nicht gleichgültig, welche Sorte von Mensch das Übergewicht gewinnt: die Weisen oder die Dummen. Ich darf hier aufzeigen, daß ich in meinem Sektor — bestens unterstützt durch meinen Kollegen vom Dezernat ‚Kampf gegen den Geist' — einen wesentlichen Beitrag zur Verdummung geleistet habe, so daß, parallel mit der Vermehrung des Menschen der geistige Verfall verläuft."

Der Teufel lachte. „Wenn das stimmt, Turduk, eröffnen sich mir großartige Perspektiven!"

„Das stimmt wohl nicht ganz", wagte Alfred einzuwerfen. „Alles drängt sich zu einer höheren Bildung, zu einer besseren beruflichen Qualifikation..."

Der Boß wurde unwirsch. „Sie sind ein hartnäckiger Bursche, Herr Groot! Haben Sie aus dem bisher Gehörten noch nicht entnehmen können, daß Dummheit und intellektuelle Bildung sich durchaus miteinander vertragen, und daß von da bis zur Weisheit ein weiter und kaum begangener Weg ist?"

„Auf jeden Fall steht fest, daß niemand mehr dumm und unbedeutend sein will, und darauf kommt es an!"

Turduk: „Stimmt. Niemand will mehr unbedeutend sein. Sie streben nach höherer Bildung, aber nicht um der Bildung willen, sondern weil sie mehr gelten, weil sie ein bequemeres und besseres Leben führen wollen. Sie gehorchen nur jenen Trieben, die wir ihnen eingeimpft haben: Geltungsdrang und Begehrlichkeit. Herr Groot hat recht: die Zahl der nach sogenannter Bildung Strebenden ist groß. Die Entwicklung wird von mir gelenkt und verläuft planmäßig. Die meisten dieser Leute bleiben in der Halbbildung stecken. Da sie sich indes gebildet dünken, sind sie weiterer Erkenntnis verschlossen. Einige gelangen zur Bildung, wenige zur Weisheit. Darauf aber kommt es mir nicht an, sondern auf etwas ganz anderes:

Je mehr sie lernen, umso weniger Kinder kriegen sie. Unter 2 700 000 Frauen in USA hatten solche mit Volksschulbildung durchschnittlich 4,33 Kinder; wenn sie acht Schulklassen absolviert hatten, nur 2,78 Kinder. Sobald sie eine höhere Schule besucht haben, sinkt ihre Kinderzahl auf 1,75, wenn sie an einer Universität studierten, auf 1,25. Das bedeutet: das geschulte Gehirn verringert die Fruchtbarkeit. Die hohen Kinderzahlen sind bei den Armen ohne Intelligenz und Schulbildung, bei der großen Masse der angeblich unterentwickelten Völker, nicht bei den Menschen und auf den Kontinenten der Überzivilisation.

Die Intelligenz erwirbt akademische Grade, die Fleißigen und Leistungsfähigen erarbeiten Häuser, Bankkonten und Magengeschwüre. Die Armen ohne höhere geistige Potenz kriegen Kinder. Damit ist eine Entwicklung von größter Wichtigkeit eingeleitet. Je näher die Menschheit der großen vernichtenden Endkatastrophe kommt, umso mehr müßte sie alle Kräfte des Geistes steigern und zusammenballen, um ihr zu begegnen; umso mehr aber sinkt der Anteil der Intelligenz und steigt zugleich der Anteil der großen urteilslosen Masse. Einer immer kleiner werdenden Gruppe von erkenntnisfähigen Menschen steht die täglich mehr ins Ungeheuerliche anwachsende Masse der Unbildung gegenüber, die der Weisheit ebensowenig zugänglich ist wie Doktrinen und politischen Programmen und also nicht mehr sinnvoll gelenkt werden kann.

Das, Boß, ich darf es ohne Überheblichkeit sagen, ist der Sieg, der Endsieg, unser Sieg über den Menschen! Es macht uns heute nichts mehr aus, wenn einige wenige Denkende mühsam versuchen, sich unseren Plänen entgegenzustellen. Sie sind ausweglos eingekreist von den hungernden, raumbeengten Massen der armen, unbegabten Durchschnittsmenschen, die sich nach der Zinseszinsrechnung vermehren."

Der Teufel rieb sich mit einem tiefen inneren Wohlbehagen das feiste Kinn. Turduk sprach Bob und Alfred an:

„Was meinen Sie, meine Herren, was geschieht, wenn die Völker Asiens mit ihren Analphabeten den Hauptanteil der Menschheit bilden werden? Wer wird der Lawine Widerstand zu leisten vermögen? Und dabei — ich wiederhole es — laufen meine Gesundheitsprogramme dort erst an!"

Die Teufel lachten.

Rolande hatte beide Hände an den Mund gepreßt. „Wie wird es weitergehen?" fragte sie mit flatterndem Herzen.

„Es wird dem auf allen Linien gegen das Leben wütenden Menschen der Erfolg beschieden sein, den er mit seinem Fortschritt erstrebt hat: am Ende wird die Menschheit eine Milliardenherde von Beschränkten, Gebrechlichen, Kranken, Schwachen und Blödsinnigen sein, die ohne fremde Hilfe nicht mehr werden existieren können. Heulendes Elend, Siechtum, Schmerzen und Hunger werden die sogenannte Humanität belohnen."

Der Boß löste seinen Dezernenten ab: „Dann wird die Stunde der Schöpfungsgewalten gekommen sein. Jahrtausendelang haben sie, von Menschenlist zurückgedrängt, am Rande des Lebens gewartet. Es wird sich gelohnt haben! Wie die Schießhunde werden sie sich auf die von ihrer ärztlichen Leibgarde entblößte Menschenherrlichkeit stürzen und sie anpacken, wo sie sie kriegen. Oh, sie werden krepieren wie die Mücken!" Er lachte ein heiseres, dämonisches Lachen. „Verwöhnt durch ihre Apparate und Maschinen, die plötzlich den Dienst verweigern werden, geschwächt, ausgehöhlt von ihren Giften, werden sie durch die Gossen kriechen, vom Geist so verlassen wie von den Schöpfungen ihres Ungeistes, hilflos, verloren und verflucht! Das ist mein Tag, mein Tag Null! Der Tag des Triumphes! Er ist nicht mehr fern!"

Geduldig hatte Turduk den Ausbruch seines Meisters abgewartet. Nun fuhr er fort:

„Wir werden ihnen das Leben so erbärmlich und furchtbar machen, daß sie nicht mehr werden leben wollen. Sie werden keine Kinder mehr zeugen, sie werden die Neugeborenen morden, um ihnen die Qual dieses Lebens zu ersparen. Millionen werden sich freiwillig töten, Millionen werden aus Liebe den Nächsten töten, um sich und ihn der Hölle zu entziehen, die sie sich selber geschaffen haben, und weil der Zustand des Todes ihnen herrlicher und verlockender erscheinen wird als das Dasein. Dann aber wird der große Irrsinn ausbrechen."

Er machte eine Pause und sah triumphierend von einem dieser angstvoll entstellten Gesichter zum anderen.

„Reden Sie!" stieß Rolande hervor, da sie die Spannung nicht mehr ertrug.

Turduk genoß den großen Augenblick. Langsam begann er: „Zuerst —"

„Was zuerst?" keuchte Bob. Alfred schlug ihm mit der Hand auf den Mund.

„Zuerst wird man Denkmäler stürzen."

„Welche?"

„Viele, sehr viele. Fast alle. Vielleicht wird man beginnen bei Louis Pasteur, Robert Koch, Philipp Semmelweis, Rudolf Virchow, Joseph Lister; vielleicht bei Einstein und Meitner, oder mit dem Überwinder des Gelben Fiebers, den Erfindern des DDT, des Penicillins, der Sulfonamide. Die Auswahl ist groß, und der Denkmäler gibt es viele, in Stein, Bronze oder Papier."

„Dann?"

„Dann wird man alle umbringen, deren Mienenspiel selbständiges Denken verrät. Man wird sie erschlagen und hoffen, mit jedem von ihnen einen Erfinder, Techniker, Arzt, Gelehrten oder Händler liquidiert und die Menschheit gerettet zu haben. Man wird alle töten, denen man den Fortschritt zur Last legt."

„Wenn die Masse wütet, findet sie niemals die Schuldigen!" warf der Teufel ein.

„Wie wird es enden?" fragte Alfred aufgestört.

Turduk lächelte. Ruhig, verbindlich, freundlich sagte er: „Das Ende ist der Kampf aller gegen alle. Jeder wird morden, jeder wird gemordet werden. Wer früher zuschlägt, überlebt — bis zum nächsten Mal. Es werden der Freund den Freund, die Eltern die Kinder, die Kinder die Eltern töten, der Bruder die Schwester. Das Fleisch der Erschlagenen wird den Hunger der Überlebenden stillen."

Der Fruchtbarkeitsteufel schwieg. Der Boß lachte still in sich hinein. Seine Augen glänzten vor Begeisterung. Die schweren Atemzüge der Menschen, verschieden schnell, waren das einzige Geräusch.

Das Mädchen raffte sich zuerst auf. Mit einer heiseren, durch das Entsetzen veränderten Stimme fragte sie:

„Haben die Menschen dieses Furchtbare wirklich verdient? Sicherlich haben nur die wenigsten bewußt auf dieses Ende hingearbeitet..."

Turduk antwortete: „Verdient oder nicht, bewußt oder unbewußt: sie haben gegen das Gesetz gehandelt. Sie haben den guten Tod bekämpft."

Rolande: „Ich höre diesen Ausdruck zum zehnten Mal. Was heißt das: der gute Tod?"

„Zwei Arten von Tod gibt es. Der gute Tod düngt das Feld der Lebenden, der böse Tod vergiftet es. Der gute Tod macht den Baum des Lebens erblühen und fruchten, der böse Tod läßt ihn verdorren. Der gute Tod ist eingesetzt zur Erhaltung der Welt. Er tötet das Leid und stärkt das Leben. Er vernichtet das Unglück und steigert das Glück der Überlebenden.

Ihr habt die ewige Weisheit der Weltordnung nicht verstanden. Ihr habt gegen den guten Tod gekämpft und ihr glaubtet, den Tod an sich besiegt zu haben. Es war euer Triumph. Ein trauriger Triumph. Denn ihr habt das Leben krank gemacht. Ihr habt die Auslese beseitigt und damit das Absinken des menschlichen Wesens und die Drosselung der Erkenntnisquellen erreicht. Ihr habt den bösen Tod heraufbeschworen, milliardenfach und unentrinnbar, einen Tod, gegen den keine Tränklein und Pülverchen helfen, den Tod, der das Leben überhaupt vernichten und die Menschheit in namenlosem Leid und Elend ersticken wird."

„Euer Bild gefällt mir", lobte der Boß. „Ein wahrhaft teuflisches Werk!"

Turduk: „Ein Werk der Gerechtigkeit. Ein Werk, das die Menschheit arm und demütig machen wird."

„Schwer zu glauben, daß der Teufel um die Demut bemüht ist...", warf Rolande hin.

Turduk: „Die Reichtümer der Erde werden erschöpft, die Werke des Menschen zerstört sein. Die Restmenschheit wird elend, hungernd und nackt sich in Erdlöchern verkriechen und beginnen, mit den bloßen Händen den Boden umzugraben, um ihm neue Fruchtbarkeit abzuringen. Sie werden wieder die Ehrfurcht lernen vor der Handvoll Erde, vor dem Grashalm, der ihnen ein Körnlein Nahrung trägt. Und sie werden in ihrer Erbärmlichkeit erkennen müssen, daß sie nichtig sind vor der Allgewalt. Sie werden wieder beten lernen. Dann wird das natürliche Maß wieder hergestellt sein, innerlich und äußerlich."

„Seltsam!" flüsterte Sten, „ein Teufel, der beten lehren will!"

„Sprechen Sie weiter!" befahl der Boß.

Turduk: „Von den letzten Winkeln der Gebirge und Wüsten her werden die vom Menschen unterjochten Reste der Tier- und Pflanzenwelt die Erde wieder in Besitz nehmen, von wo der Überhebliche, der Unersättliche sie widerrechtlich verdrängt hat, und ein neues Paradies wird erwachsen auf den Trümmern der vom Menschen zerstörten Welt."

„Werden wir es noch erleben?" fragte das Mädchen.

„Nein. Euer Los ist das Grauen und der Untergang. Ihr habt sie selber gerufen."

Alfred fragte: „Und wird es dauern, das neue Paradies?"

„Es wird dauern, solange die Menschen arm und ehrfürchtig bleiben."

Alfred: „Was wird dann aus dem Teufel?"

Der Boß sprach: „Dann ist mein Auftrag auf der Erde erfüllt. Man wird mich vielleicht abberufen zu neuen Aufgaben, auf einen anderen Stern . . ."

Sten: „Zu der Aufgabe, ein Paradies wiederherzustellen?"

„Ja. Die Harmonie, die Gerechtigkeit."

Sten: „Dann ist das kein teuflischer Auftrag!"

Alfred: „Wie lange wird die neue Welt bestehen, die ehrfürchtige, die gute, die paradiesische?"

Der Teufel: „So lange, bis der Mensch den Apfel pflückt."

„Dann wird das Paradies verloren sein?"

„Ja. Und ich werde wieder eine Aufgabe auf der Erde bekommen."

„Welche?"

„Den Abtrünnigen in eine neue Hölle zu hetzen."

„So wäre das Teuflische in unserer heutigen Welt ein moralisches Prinzip?"

Der Teufel: „Die Menschen sind blind und dumm. Entscheidend für alles Tun und Geschehen ist das Ergebnis. An ihren Früchten sollt ihr die Teufelei erkennen."

XX

DIE NACHT DER ENTSCHEIDUNG

Der Satan schaltete an der Sprechanlage. „Versammlung!" rief er. Dann setzte er sich in seinem breiten Polstersessel zurecht und sah mit einem triumphierenden Schmunzeln von einem der Menschen zum anderen.

„Wir sind am Ende unseres Lehrkurses, meine Freunde. Ich habe die Karten aufgedeckt. Sie wissen nun alles, beinahe alles.

Damit sind Sie meine Mitwisser geworden, meine Komplicen, wenn ich so sagen darf, Sie sind des Teufels geworden, noch ehe Sie sich mir verschrieben hatten. Sie werden begreifen, daß ich nichts umsonst tue. Es bleibt uns nur noch, den letzten formellen Akt unserer Verbrüderung zu vollziehen. Ich zweifle keinen Augenblick daran, wie Sie sich entscheiden werden.

Sie haben gehört und gesehen, wie ich und meine Mitarbeiter die Offensive gegen den Menschen planmäßig vorwärtstragen. Ich bereite meine Maßnahmen langsam vor, aber ich vergesse nichts! Es bleibt keine Lücke. Ich habe die Hand voller Trümpfe. Sticht die Atomreaktion nicht, so sticht die Chemie. Sollte die Menschheit sich aus der tödlichen Umstrickung der Giftmischer befreien, so droht ihr der Hunger. Wenn sie sich etwa auf die Rettung von Wasser, Boden und Bauerntum besinnen sollte, so bringe ich sie mit meinen tausend anderen Mittelchen um, die ich dafür bereit habe. Die Menschheit ist verloren. Und ich lasse sie singend und sorglos auf dem Vulkan tanzen."

„Was sollte sie auch anderes tun angesichts der Ausweglosigkeit der Lage?" fragte Alfred.

„Sage das nicht!" entgegnete das Mädchen. „Was jeden Tag eintreten kann trotz aller teuflischen Bemühungen, ist, daß einer kommt, der die Kraft hat, die Menschheit aufzurufen…"

Der Teufel winkte geringschätzig ab. „Ich würde ihn mit allen meinen Machtmitteln als Narren, als Verbrecher, als Menschenfeind anprangern, und der von mir gelenkte Mob würde ihn lynchen. Keine Sorge, meine Freunde! Die Welt ist mein, und die Menschheit gehört mir!"

„Nein!" Plötzlich stand der Dichter Sten Stolpe inmitten des Raumes, mit aufgehobenen Armen. „Nein!" schrie er, und noch einmal: „Nein!"

Verwundert maß ihn der Boß und hatte ein bösartiges Lächeln. „Der Dichter wird hysterisch", bemerkte er sachlich.

Sten ließ die Arme sinken. Schlicht und aufrecht stand er, ein Mensch gegenüber der Macht des Bösen.

„Keine Dummheiten, Sten!" beschwor Bob. „Wer sich weigert, verläßt nie mehr dieses Haus!"

„Mach' dich und uns nicht unglücklich!" rief der Techniker dem Dichter zu.

Im Innersten aufgerufen, voll Angst und doch beglückt, sah das Mädchen auf Sten Stolpe.

Der Boß hatte Versammlung befohlen, und aus offenen und verborgenen Türen, durch das geheimnisvolle Transparent der Stirnwand, strömten die Dezernenten herein, die Mitarbeiter, die Unterteufel. Sie scharten sich um den Satan, stellten sich im Halbkreis hinter ihm auf. Da stand der sympathische Mondo in erster Reihe, der Stinkteufel neben ihm, der unscheinbare Eiw, der ordinäre Soft, die Lärm-, Freß- und Karstteufel, der dicke Dust, der Hungerteufel, der Dummteufel, die Giftteufel und alle die anderen, die in den vergangenen drei Tagen ihre Berichte erstattet hatten. Und, nicht zu vergessen und zu übersehen: Murduscatu, der Teufel mit dem Totenkopf.

Sten sah von einem dieser kalten, verschmitzten, belustigten oder drohenden Gesichter zum anderen. Er war ganz ruhig geworden. Klar und deutlich sagte er noch einmal:

„Nein!"

„Was heißt hier ‚Nein'?" fragte der Teufel scharf.

„Sie mögen alle Bezirke des Lebens verteufelt haben: Solange in Millionen reiner Menschenherzen die Liebe, die Güte, die fromme Sehnsucht lebendig sind, hat der Satan kein Recht auf die Welt!"

Der Teufel lachte vor sich hin. „Die Liebe, Güte und fromme Sehnsucht stellen sich gern in den Dienst der sogenannten Humanität. Unter dem Deckmantel der Humanität aber habe ich Gewalttat, Lüge und Geschäft auf die Throne der Welt gesetzt, und wehe dem, der sie zu demaskieren wagt!"

„Es bedarf nur eines Gedankens, eines Wortes, einer Tat, um den Teufel zu entmachten!"

461

„Zum gesunden Gedanken sind die Menschen zu krank, zur befreienden Tat zu schwach geworden. Das wahre Wort verstehen sie nicht mehr!"

„In allen Wesen lebt die verborgene Wahrheit. Sie steht vor den Augen. Man muß der Menschheit helfen, die Wahrheit zu finden!"

„Nichts ist gefährlicher als das! Ich habe die Wahrheit totgemacht."

„Wir wissen nun, worauf der Satan seine Herrschaft begründet hat: auf Überheblichkeit und Habgier!"

„Was haben Sie dagegen zu setzen?"

„Bescheidung und Ehrfurcht!"

„Bescheidung übt nur der Weise, Ehrfurcht fühlt nur der Große. Die Massen sind der Größe so fern wie der Weisheit! Die Menschen werden Sie steinigen, ehe Sie noch drei Sätze gepredigt haben!"

Bob Harding, der Journalist, mengte sich ein. Er war ein Mann des Teufels und hatte sich zu den übrigen gesellt, an das Ende der Versammlung. „Du Narr!" rief er. „Meinst du etwa, du könntest auch nur einen Menschen gewinnen mit einem Programm für ein Leben in Hunger und Lumpen? Versprich ihnen Reichtum ohne Arbeit, Fraß, Völlerei, Wohlleben und Entartung, und sie werden dich preisen und dir nachfolgen!"

„Die Seligkeit des Atmens und die Erfüllung eines Lebens sind unabhängig vom Reichtum. Braucht ein Baum einen Schatz unter der Wurzel, um zu blühen? Braucht der Vogel ein goldenes Nest, um zu singen? Wollt ihr behaupten, es könne nur der Gemästete glücklich, nur der Reiche gut sein, nur der Entartete lieben, nur der Sklave menschlich fühlen?"

Rolande wandte sich Sten zu: „Die Schuld des Menschen ist unermeßlich und beinahe unsühnbar! Warum hat der Schöpfer sie zugelassen?"

„Die Natur ist geduldig und von unendlicher Güte! Sie hat uns Zeit zur Besinnung und Umkehr gelassen. Statt dessen sind wir

462

den Weg des Untergangs weitergeschritten. Oh!" rief er dann plötzlich, „warum bin ich verflucht, ein Mensch zu sein? Wäre ich ein Tier, ein Baum, ein armseliger Wurm nur, ein Grashalm neben dem Weg! Was hilft uns das Menschsein, wenn wir dafür sterben müssen? Alle Erkenntnis wiegt doch das Leben nicht auf!"

„Ihr seid Menschen, und das Übergehirn zieht euch hinab!" erwiderte der Satan.

Sten wandte sich seinen Freunden zu. „Rolande! Alfred! Bob! Wir haben es doch noch, das Leben, wir sind doch noch da! Und wer wagt es, vom verlorenen Paradies zu sprechen? Noch wird die Erde grün, noch summen die Bienen im Lindenbaum, noch sprechen die tausend Wunder der Schöpfung zu uns! Wir müssen das Leben suchen, wir müssen es rufen!"

Der Teufel: „Ich habe den Menschen eingeschläfert."

„Wir werden ihn wecken!"

Der Teufel lachte. „Gegenüber einem Gegner, der zur Vernichtung entschlossen ist, hilft nur das Argument der stärkeren Bataillone! Die unbesiegbaren Streitmächte des Geldes werden jeden vernichten, der ihnen das Geschäft verderben will."

„Die Zahl der Opfer ist größer als die der Nutznießer."

„Jeder Mensch ist für den Augenblick Nutznießer des Unterganges. Keiner wird verzichten wollen!"

„Ich werde rufen, und Millionen werden auf mich hören!"

„Es wird den Tod von Millionen zur Folge haben, und der Haß der Verblendeten wird den Rufer verschlingen!"

„Vielleicht werden sie sterben müssen, damit die Menschheit zum Leben zurückkehrt, zum wahren Leben! Das Überleben eines edlen Paares würde hinreichen zur Begründung einer neuen Menschheit!"

„Laden Sie die Massen immerhin zum freiwilligen Opfertod zugunsten der Überlebenden ein, Herr Stolpe!" spottete der Boß.

„Ich meine, daß sich nicht ein einziger findet, der Ihnen folgt! Und stünden Millionen auf, die umkehren wollten angesichts der unabwendbaren Katastrophe, die sie selber verschuldet haben, es hülfe nichts mehr. Ich führe die Gewalten der Vernichtung geschlossen und wohl organisiert gegen den Menschen. Von allen guten Geistern verlassen, steht er am Ende verloren und allein."

„Allein?" fragte Sten, und es war wie eine Frage an sich selbst. „Allein, sagen Sie? Wir sind nicht allein …"

Plötzlich stand Rolande neben Sten, bleich, entschlossen, tapfer. Ihr Herz pochte, und sie hielt die Hand auf die Brust gedrückt, wo sie unter dem Kleid das gesegnete Korn spürte, das Geheimnis des Lebens, unzerstörbar über die Zeiten hinweg. Ihr Blick flakkerte. „Wir sind nicht allein!" sprach sie. „Hinter uns steht Gott!"

„Nennen Sie diesen Namen nicht!" brüllte der Boß und fuhr auf. Die Versammlung der Teuflischen bewegte sich wie unter dem Anprall einer furchtbaren Gewalt.

„Und ihr glaubt, ihr Wahnsinnigen, daß er euch helfen wird, er, der täglich tausendfach erniedrigt, verleugnet und verleumdet, beleidigt und bespien ist durch jeden eurer Gedanken, durch jedes Wort, durch jede Regung eurer vergifteten Herzen, durch jede eurer Handlungen, durch eure ganze verdrehte, verdorbene und verfluchte Welt; ihr meint, daß ihr von ihm etwas zu erwarten habt? Sagte ich euch nicht, daß der Chef den Stab über euch brach, daß er es war, der mir den Auftrag erteilte, euch zu vernichten, weil ihr gegen sein Gesetz verstoßen habt? Es ist sein Wille, daß die Mißgeburt vertilgt werde. Ihr wollt euch gegen diesen Willen wenden und hofft, daß er euch darin beistehen wird?"

„Gott wird uns helfen!" sprach Sten.

„Noch einmal dieses Wort, und ihr fahrt zur Hölle, elende Würmer!" schäumte der Teufel.

Sten richtete sich auf und sah dem Boß in die wutentstellte Fratze. Es wurde ihm bewußt in diesem Augenblick, daß er nicht furchtlos war. Dennoch oder eben deswegen sprach er überlaut und entschlossen: „Noch einmal und tausendmal den Namen Gottes, verfluchter Dämon! Gott, Gott, Gott wird uns helfen!" Es war wie eine Beschwörung, ein Hilferuf, ein Rettungsanker.

Der Teufelshaufen um den Boß verwandelte sich in eine Meute wilder, zähnefletschender Tiere, die Miene machten, sich auf die zwei Menschen zu stürzen, mit krallenden Händen, und der Boß feuerte sie noch an: „Faßt sie! Schlagt sie! In die Kammern mit ihnen!"

Um Sten und Rolande her quirlte ein Teufelstanz von haßerfüllten, heulenden Dämonen, die dennoch eine unsichtbare Grenze nicht zu überschreiten vermochten. Der Boß drückte zehn Klingelknöpfe zugleich, und aus allen Ecken und Nischen des Raumes quollen neue Scharen von Teufelsgelichter, kamen heran, steigerten das Irrsinnsgewühl. Rolande und Sten waren inmitten, umschlangen einander eng, voll Angst.

Das Mädchen sank auf die Knie, Sten aber stand und hob bittend die gebreiteten Arme gegen den Himmel: „Ist es denn wahr, allmächtiger Gott, daß Du uns verlassen hast, weil wir Dich verlassen haben? Ist es denn wahr, daß Du uns verurteilt hast, weil wir irrten? Ja, wir bekennen es: Wir haben die Gesetze des Lebens mit Füßen getreten. Wir haben Deine Schöpfung verhöhnt mit jedem Geschehen unserer entarteten Welt. Wir haben ihrer Weisheit und Liebe gespottet. Wir haben das Not wendende Leid verabscheut und bekämpft, das doch eingesetzt ist zur Erhaltung der Welt. Wir sind zu Feinden der Natur geworden, obwohl sie aller Lebendigen und also auch unser Freund ist von Anfang der Welt. Wir haben uns für besser gehalten als das beste ihrer Geschöpfe und sind die letzten und elendsten ihrer Geschöpfe geworden durch eigene Schuld. Wir haben die Hand ausgestreckt, um Dir die Herrscherkrone vom Haupt zu nehmen, und wir haben uns angeschickt, uns auf Deinen Thron zu setzen."

Stumm hatte Rolande jedes Wort nachgesprochen, die Hände gefaltet und den Kopf gesenkt. Jetzt hob sie den Blick, als wollte sie den Schöpfer suchen in den Weiten eines Himmels, der nicht zu sehen war. „Höre uns, allmächtiger Gott!" rief sie, „höre uns!"

Sten fuhr fort: „Wir bekennen demütig und voll Reue: wir sind schuldig geworden und haben den Tod verdient, der nach dem ewigen Gesetz über uns kommt als eine Handlung der Gerechtigkeit. Selbst in unserem Untergang ist die Güte der Schöpfung lebendig, da sie den Frevler austilgt, damit das Paradies wiederhergestellt sei. Weil wir dies erkennen, sind wir bereit, zu sühnen und die Vollstreckung des Urteils auf uns zu nehmen ohne Murren. Aber da Deine Allmacht die Liebe ist in allem und jedem, so wissen wir, daß sie uns wieder in ihre Obhut nehmen wird, wenn wir uns besinnen und wenn wir umkehren, um bescheiden uns einzuordnen in die Reihe der Lebendigen, um den Platz zu suchen, den sie uns angewiesen hat, und den keines verlassen darf bei Strafe des Todes.

Wir bekehren und wir unterwerfen uns. Gehorsam wollen wir heimkehren an die ewigen Quellen des Lebens, die wir verachtet haben. Wir wollen rein sein. Wir wollen still sein, wir wollen arm sein, wir wollen echt sein. Mit Deiner Güte und mit Deiner Hilfe wollen wir versuchen, das einfache und wahre Leben wiederzugewinnen. Brüder wollen wir sein alles Lebendigen, vom Grashalm bis zum Tier. Heiligen wollen wir Dich, indem wir Deine göttliche Schöpfung heiligen. Wir bitten Dich, uns zu verzeihen und uns wieder aufzunehmen in die Gemeinschaft der Lebendigen, aus der wir uns hochmütig ausgeschlossen haben. Wir wollen der Ungerechtigkeit abschwören und zur Gerechtigkeit zurückkehren. Und wir wissen, daß Du uns verzeihen wirst, denn Deine Güte und Deine Liebe zu allem Gerechten sind grenzenlos."

Während die zwei Menschen beteten, hatte der tolle Teufelsreigen aufgehört. In ohnmächtiger Wut sich windend, krochen die Teufel in den Winkeln umher, lang ausgestreckt und zuckend lag der Boß auf der Höhe des unheimlich sich regenden Haufens, mit dem breiten wulstigen Mund mühsam nach Luft schnappend. Nur Murduscatu, der Teufel mit dem Totenkopf, hatte sich bislang aufrecht erhalten. Nun aber sank er steif vornüber, schlug hart auf den Boden, und sein Knochenschädel löste sich und rollte holpernd durch den Raum.

„Allmächtiger Gott!" sprach Sten weiter. „Verzeihe uns und stehe uns bei in der größten Not unseres Daseins! Wir wollen dem Leben dienen. Wir sind in Deiner Hand, und wir wissen, daß nichts geschieht ohne Deinen weisen und ewigen Willen. Gib uns eine Frist, uns zu bewähren! Wir wollen die Werke des Teufels zerstören auf dieser Welt. Wir wollen den Apfel, den wir vom Baum stahlen gegen Dein Verbot, zurück in Deine Hände legen. Nimm, was Dein ist, und vergib uns unsere verbrecherische Schuld! Herr, erbarme Dich unser! Herr, erbarme Dich unser!"

„Herr, erbarme Dich unser!" sprach Rolande nach.

Plötzlich machte ein Donnerschlag das riesige Teufelshaus und die Erde erzittern. Der Boden unter den Füßen begann zu schwanken. Der millionenfache Schrei einer gequälten Menschheit erhob sich aus der Tiefe. Die Mauern barsten, Rauch und Flammen hüllten die Welt ein. Dann sank das ganze gewaltige Bauwerk des Teufels mit einem betäubenden Donnergrollen in sich zusammen.

XXI

MORGENDÄMMERUNG

Es war eine lange Nacht. Sie roch nach Brand, nach Staub, nach Zerstörung. Sie war totenstill. Kein Stern leuchtete. Gott hatte den Finger nach der künstlichen Welt gestreckt, und mit ihren tausend Wolkenkratzern, Prunkläden, Maschinen und Reklamen war sie in Trümmer gesunken, so wie eine Handvoll Sand zerfällt, die man ins Wasser wirft.

Als Rolande die Augen aufschlug, stand strahlend in ruhigem Licht ein großer Stern über ihr. Es war kalt. Sie richtete sich auf, und der Leib schmerzte sie. Sie strich sich die Haare aus der Stirn. Ein krampfhaftes Schluchzen, aus tiefster Seele her, erschütterte ihre Brust. Langsam, ganz langsam gewann sie die Erinnerung an das, was geschehen war.

Sie sah um sich. Der Osthorizont war hell, zeichnete scharf die Umrisse der Ruinen, der Schuttberge, die Rauchsäulen. Das Mädchen wollte sich erheben, aber Kälte und Schmerzen lähmten es. Mit einem Wehlaut sank es zurück.

„Sten!" rief Rolande, „Sten!"

Keine Antwort kam. Dann erst rief sie: „Alfred! Bob Harding!" und wieder: „Sten!"

Mühsam erhob sie sich, betastete die Glieder. Das Kleid hing in Fetzen an ihr. Auf der Brust erfühlte ihre Hand das Säckchen mit den geweihten Körnern, und ein Trost, eine Kraft ging davon auf sie über.

„Sten!"

Langsam begann sie, einen Weg zu suchen, zwischen den Trümmern. Die Dämmerung ließ die Hindernisse gerade erkennen. Da trat ihr Fuß auf Weiches. Mit einem Schrecklaut sank das Mädchen zusammen.

Aus starren, offenen Augen blickte der Tote über sich ins All. Bob Harding war es. Seine Glieder waren zerschmettert. Rolande drückte ihm die Lider zu. Sie ging weiter. Sie mußte Sten finden!

Wenige Schritte weiter lag Alfred, halb verschüttet, tot. Sie hielt sich nicht bei ihm auf.

„Sten!" rief sie, „Sten!"

Schwankend, strauchelnd durchwankte sie die Mondlandschaft der verwüsteten Erde, und ihr Rufen war wie das Schluchzen einer verlorenen Seele.

Der Osthimmel wurde rot. Noch also drehte sich dieser gequälte, geschändete Stern. Noch gab es eine Sonne. Oh, die Sonne!

„Sten!"

Dann fand sie ihn. Er lag auf dem Gesicht, mit ausgebreiteten Armen, und regte sich nicht. Aufweinend warf Rolande sich über ihn, drehte ihn um. Sein Gesicht war blutig und regungslos. Sie betastete seine Arme und Beine, die unversehrt waren. Sie horchte an seiner Brust und jubelte auf. Das Herz schlug.

Rolande verfiel in eine fieberhafte Hast, ihm zu helfen, ihn zu betreuen, ihn zu pflegen. Die Haare strich sie ihm zurück, den Staub vom Gesicht wischte sie ihm. Mit allen ihren Kräften hob sie ihn auf und schleppte ihn ein kleines Stück weiter, wo die Schutthalden ein Fleckchen weichen Rasens freigelassen hatten.

„Sten!" rief sie, und küßte ihn ungezählte Male.

Plötzlich schlug er die Augen auf, sah Rolande an, begann zu lächeln. Aber eine neue Ohnmacht nahm ihn hinweg. Rolande blieb neben ihm liegen, dicht ihm angeschmiegt. Sie wärmten einander. Erschöpft versank das Mädchen in Schlummer. Als sie erwachten, stand eine strahlende Sonne am Himmel.

„Wo sind die anderen?" fragte Sten.

„Sie sind tot."

„Rolande!" rief der Mann plötzlich, „schau doch!"

Inmitten der Trümmerlandschaft stand, blütenüberladen, ein Baum. Sie gingen heran und bestaunten ihn wie ein Wunder. Ein Apfelbaum war es. Er duftete, Bienen summten, flogen von Kelch zu Kelch.

„Wie ist es möglich", sprach der Mann, „daß inmitten der Zerstörung dieser Baum übrigblieb, als ob nichts geschehen wäre? Die Bienen..."

Auf dem Apfelbaum hing ein Nistkasten aus Holz. Junge Vögel piepten darin, und die Alten flogen ab und an, Atzung im Schnabel. Weiß Gott, wo sie sie finden mochten...

„Rolande!" flüsterte er, „wie kann so etwas sein?"

„Über Tiere und Pflanzen hat der Teufel keine Macht. Sie sind nicht sündig geworden."

„Gut. Aber der Kasten, der Nistkasten, ist doch zweifellos von Menschen gemacht..."

„Wenn das Menschenwerk dem Leben dient, steht es in Gott."

Sie gingen. Sie begruben Alfred und Bob, türmten Trümmerblöcke darüber. Sie wanderten weiter, und die Sonne beschien sie. Kein lebender Mensch war zu sehen. Der Himmel blaute. Einzelne Vögel flogen nach unbekannten Zielen. Die Ruinen der riesigen Stadt bedeckten stundenweit die Erde. Müde, hungrig, durstig kehrten sie gegen Abend zu dem blühenden Baum zurück. Hier war der Boden unversehrt geblieben. Es mochte ein Garten gewesen sein. Schwarze, lockere Erde wellte sich unter den Füßen. Unweit sickerte Wasser aus einer zerstörten Rohrleitung.

„Was nun, Sten?"

„Wir leben, Rolande, also müssen wir glauben, daß wir leben sollen. Wir müssen uns ganz in Gottes Hand geben und frohmütig nehmen, was er schickt: Leben oder Sterben."

Die Frau holte das Säckchen mit dem Weizen aus ihrem Kleid hervor. Das goldgelbe Korn rieselte in ihre Hand. Ein uraltes Lied fiel ihr ein, wie es die Bauern einer vergangenen Epoche gesungen hatten, wenn sie säten. Zaghaft, leise versuchte sie, es zu singen, voll Andacht, fand dann Worte und Weise, und ihre Stimme erklang tief und klar. Sten sah sie bewundernd an.

Mit den Händen grub er die Erde auf, und die Frau legte Korn um Korn die Saat eines neuen Weltalters in die atmende warme Scholle. Singend strich sie die Erde darüber.

LITERATUR- UND QUELLENNACHWEIS (Gekürzt)

Abderhalden, E.: Vitamine, Hormone, Fermente.
Verlag Urban & Schwarzenberg, Berlin und Wien, 1944.
Abele, Dr. Ulrich: Volksgesundheit oder Krankenbehandlung?
Vortrag Bielefeld, 1956.
Addison, Herbert: Land, water and food.
London, Chapman & Hall, 1955.
Arendt, P. R.: Über die Tolerenzdosis und ihre Beziehungen zu balneo-
logischen Erfahrungen.
Atomenergie, H 9, München, September 1956.
Ayres, Eugene: The fuel situation.
Scientific American, Vol. 195, Nr. 4, New York, Oktober 1956.

Bär, F.: Hygienische Forderungen im Pflanzenschutz.
Mitteilungen der Biol. Zentralanstalt, 1956.
Barker, E.: Krebs. Seine Ursachen und sichere Verhütung.
Emil Pahl, Dresden, 1925.
Barnes, J. M.: Toxic hazards of certain pesticides to man.
Genf, 1953.
Bartussek, Dr. Alfred: Die Lösung des Ernährungsproblems als Weg zu
wahrer Gesundheit.
Verlag Neues Leben, Bad Goisern.
Bauer, Prof. K. H.: Krebsursachen.
Vortrag am 74. Chirurgenkongreß München, 1957.
Bauer, Ludwig: Hochwasserabfluß und Landschaftshaushalt.
Gotha, H. Haack, 1956
Bechert, Prof. Dr. Karl: Unsere Verantwortung im Atomzeitalter.
Stimme der Gemeinde, Darmstadt, 15. 9. 1956.
Béguin, G.: Vers une nouvelle solution juridique pour la justification
et le maintien en droit, des zones interdites à la construction?
Plan, Solothurn, August 1955.
Behre, A.: Kurzgefaßtes Handbuch der Lebensmittelkontrolle.
Akademische Verlagsgesellschaft, Leipzig, 1931.
Beisswenger, Dr. Eberhard: Atomkernspaltung — Ende der Menschheit?
Vortrag Stuttgart, 1957.
Bernatzky, A.: Die Bonifikation in Italien.
Bremen-Horn, 1953.
Beythien, A.: Einführung in die Lebensmittelchemie.
Theodor Steinkopf, Dresden und Leipzig, 1950.
Bicknell, Fr.: The English Complaint.
London, 1951.
Biebl, Univ.-Prof. Dr. Richard: Wasser — die Sorge Europas.
Universum, 6/1957, Wien.
Bieri, R. H.: Neue Atomkraftwerke.
Umschau, Frankfurt a. M., November 1955.
Bircher-Benner: Vom Werden des neuen Arztes.
Biskind, M. S.: Public health aspects of new insecticides.
American Digest, 11. 11. 1953.

Blaedel, Nicolai: Forbrydelse og Dumhed.
1946.
Blechschmidt, Manfred: Rauchschäden in unseren Wäldern.
Urania, Leipzig/Jena, Januar 1955.
Böhm, Anton: Epoche des Teufels.
Gustav Kilpper Verlag, Stuttgart, 1955.
Bodamer, Joachim: Gesundheit und technische Welt.
Natur und Landschaft. Mainz, 1957.
Bolin, Lorentz: Skoldrädgarden.
Stockholm, Natur och Kultur, 1956.
Bopp, Peter: Wie lange soll die Fluorkatastrophe im unteren Aargau noch andauern?
Schweizer Naturschutz, Basel, August 1956.
Boustedt, O.: Wirtschaftsbelebung durch Fremdenverkehr.
Bremen-Horn, Walter Dorn Verlag, 1956.
Bowie, S. H. U.: The raw materials of atomic fuel.
London, The Financial Times, April 1956.
Brandt, Leo: Die zweite industrielle Revolution.
Bonn, SPD-Parteivorstand, Juli 1956.
Bredemann, Gustav: Biochemie und Physiologie des Fluors und der industriellen Fluorrauchschäden.
Berlin, Akademie-Verlag, 1956.
Brown, A. W. A.: Insect control by chemicals.
New York, 1951.
Bruns, Herbert: Pflanzenschutz und Schutz unserer freilebenden Tierwelt.
Gesunde Pflanzen, H. 2, 1955.
Bucherer, H. Th.: Die Teerfarbstoffe mit besonderer Berücksichtigung der synthetischen Methoden.
Vereinigung wissenschaftlicher Verleger, Sammlung Göschen, Berlin und Leipzig.
Buchwald, Konrad: Gesundes Land — gesundes Volk.
Natur und Landschaft, H 6, Mainz, 1957.
Burhenne, Wolfgang: Die Strahlengefährdung des Menschen.
Bericht des Medizinischen Forschungsrates in Großbritannien. Bonn, IPA u. DRK, 1956.
Burnjaschew, L.: Die Sommererholung der Sowjetmenschen.
Die Sowjetunion heute. Bonn, August 1957.

Cameron, Dr. med. Charles S.: Die Wahrheit über Krebs.
Campbell, Charles I.: Radiostrontium fallout from continuing nuclear tests.
Science, Washington, November 1956.
Carrel, Alexis: Der Mensch, das unbekannte Wesen.
Paul List Verlag, München, 1955.
Catsch, A.: Neue Ergebnisse der Radiobiologie.
Atomenergie, München, Oktober 1956.
Cook, Robert C.: Wer wird morgen leben?

Crecelius, W.: Ernährungslehre. Richtlinien für die Ernährung des Gesunden und Kranken.
Theodor Steinkopf, Dresden und Leipzig, 1954.
Crowe, Sylvia: Tomorrow's landscape.
London, Architectural Press, 1956.
Czapek, Fr.: Biochemie der Pflanzen.
Gustav Fischer, Jena.

Dale, Tom & Vernon Gill Carter: Topsoil and Civilisation.
University of Oklahoma Press, 1955.
Degen, H.: Der radioaktive Niederschlag der Atomexplosionen.
Naturwiss. Rundschau, Stuttgart, Februar 1957.
Demoll, R.: Grundwasser — eine Lebensfrage.
Umschau, 1/1952.
— Ketten für Prometheus.
München, 1954.
Diemair, W.: Die Haltbarmachung von Lebensmitteln.
F. Enke Verlag, Stuttgart, 1941.
Donat, J. und F. v. Tischendorf: Lärmprobleme der Gegenwart.
Gildeverlag Dobler, Alfeld/Leine, 1956.
Driesch, H.: Philosophie des Organischen.
Verlag Quelle & Meyer, Leipzig, 1928.

Egli, Emil: Auftrag und Grenzen der Technisierung.
Bern, Buchdruckerei Buri & Cie., 1956.
Eichholtz, Prof. Dr. Fritz: Die toxische Gesamtsituation auf dem Gebiet der menschlichen Ernährung.
Springer Verlag, Wien-Heidelberg, 1956.
Eichler, W.: Insektizide heutzutage.
Berlin, 1954.
Engelhardt, Dr. Wolfgang: Naturschutz.
Bayerischer Schulbuchverlag, München, 1954.
Erbel, Alfons: Atommüll.
Städtetag, Stuttgart, September 1956.

Fabre, R., und Truhaut, R.: Toxicologie des produits phytopharmaceutiques.
Paris, 1954.
Faust, H.: Waren Atombombenexplosionen schuld am verregneten Sommer?
Naturwiss. Rundschau, Stuttgart, November 1956.
Fels, E.: Der wirtschaftende Mensch als Gestalter der Erde.
Stuttgart, 1954.
Fervers, Hans: Der allmächtige Mensch?
Grote'sche Verlagsbuchhandlung, Hamm i. W., 1954.
Francé-Harrar, Annie: Die letzte Chance für eine Zukunft ohne Not.
Bayerischer Landwirtschaftsverlag, München, 1950.

473

Franke, Klaus: Die Heilkraft des Waldes.
Unser Wald, Frankfurt a. M., August 1957.
Frankl, Univ.-Prof. Dr. Viktor: Kollektive Neurosen der Gegenwart.
Rundfunkvortrag, Wien, 1956.
Frerich, Heinrich: Die Schuljugend im Dienste der Aufforstung und
Landschaftspflege in Recklinghausen.
Protokoll der 4. Österr. Naturschutztagung 1956 in Wien.
Friedel, Karl: Erziehung zum Naturschutz.
1955, Leipzig, Urania- Verlag.
Friedrichs, Günter: Zum Kernenergiegesetz.
Atombrief, Regensburg, September 1956.
Fromme, G.: Die Folgen der Waldverwüstung in Tirol.
*Mitteilungsblatt des Verbandes der Waldgenossenschaften
Tirols, 8/9/10, 1953, Innsbruck.*
Furon, R.: L'Erosion du sol.
Paris, 1947.
Fürth, O.: Lehrbuch der physiologischen und pathologischen Chemie.
Verlag F. C. W. Vogel, Leipzig, 1925.

Gäbler, H.: Naturschutz in der Sowjetunion und in der Volksrepublik
Polen.
Forst und Jagd, Berlin, September 1956.
Gamber, E.: Luzifers Griff nach dem Lebendigen.
Turm-Verlag, Bietigheim, 1953.
Gancz, F.: Der Weg der wenigen.
Eigenverlag, Wien, 1953.
Gerlach, Walther: Die Verantwortung der Naturwissenschaft für die
Natur.
Garten und Landschaft, München, September 1957.
— Fortschritte der Atomforschung und ihre Bedeutung für die Mensch-
heit.
Naturwiss. Rundschau, Stuttgart, Juni 1956.
— Wesen und Bedeutung der Atomkraftwerke.
Deutsches Museum, Abh. u. Berichte, H 2, München, 1955.
Gerster, Georg: Die Natur rächt sich.
Kristall Nr. 20, 1957, Hamburg.
Giercke, Albert: Lebensreformer — Außenseiter der Gesellschaft?
Waerlands Monatshefte 12/1956.
Gilsenbach, Reimar u. Nickels, Annegret: Naturschutz und Landeskultur.
Leipzig, Urania-Verl., 1955.
— Reichtum und Not der Natur.
Dresden, Sachsenverlag, 1956.
Gmelin, Dr. W.: Die Verstaatlichung des Ärztestandes — eine sittliche
Forderung.
1927.
Gopal-Ayengar, A. R.: Die Wirkung von Strahlen und radiomimetischen
Substanzen auf Zellstruktur und Zellchemie wachsender biologischer
Systeme.
Atomenergie, München, Oktober 1956.

Gottinger, Franz: Volkstag des Waldes.
Graz, 1956.
Graul, E. H. und L. Rausch: Sicherheits- und Schutzprobleme bei Reaktorprojekten und Umgang mit Radioisotopen..
Atompraxis, Karlsruhe, Januar 1957.
Grimm, H.: Naturschutz und Volksgesundheit.
Naturschutz-Schnellbrief, Halle (Saale), November 1956.
Grober, J.: Raumforschung, Bioklimatik und Geomedizin.
Bremen-Horn, Walter Dorn Verlag, 1956.
Grosse, Will: „Kernprobleme" und ihre Organisationen.
Bulletin des Presse- und Informationsamtes der Bundesregierung, Bonn, 17. April 1956.

von Haller, Albert: Gefährdete Menschheit.
Hippokrates-Verlag, Stuttgart, 1956.
von Haller, W.: Vergiftung durch Schutzmittel.
Hippokrates-Verlag, Stuttgart, 1956.
Harrison, George R.: The control of energy.
Atlantic, Boston, September 1955.
Hauer, Ekkehard: Land und Stadt. Gegen Hunger und Vermassung.
Graz, 1955.
Heisenberg, Werner: Die Möglichkeiten der angewandten Atomforschung in Deutschland.
Vortrag. München, Landtagsamt, 1956.
Hellpach, Willy: Erholungswert und Läuterungskraft der Landschaft.
Natur und Landschaft, H 6, Mainz, 1957.
Henze, O.: Vogelschutz gegen Insektenschaden in der Forstwirtschaft.
München, 1943.
Hepp, F. A.: Lebensfaktor Nr. 2.
Waerlands Monatshefte, 11/1955.
— Biologisches.
Waerlands Monatshefte, 10/1956.
Herber-Ohly: Lebensgefährliche Lebensmittel.
H. G. Müller Verlag, Krailling bei München, 1954.
Herrmann, Ewald: Naturschutz und Schule.
Naturschutz-Schnellbrief, H 4, Halle (Saale), 1957.
Hirsch, P.: Die chemische Konservierung von Lebensmitteln.
Technische Fortschrittsberichte, Band 54. Verlag Theodor Steinkopf, Dresden und Leipzig, 1952.
Hoffellner, Ludwig: Vom Wagnis und Geheimnis des Lebens.
Lebe dich gesund, 4/1947 ff., Wien.
Hoffmann, Werner: Das Wasser in der Landschaft Hamburgs.
Garten und Landschaft, München, September 1957.
Hollweg, Günther: Das Stadtklima und Maßnahmen gegen Staub- und Rauchschäden.
Protokoll der 4. Österr. Naturschutztagung 1956 in Wien.
Holz, W., und Lange, B.: Fortschritte in der chemischen Schädlingsbekämpfung.
Oldenburg, 1955.

475

Hornsmann, Dr. Erich: Innere Kolonisation.
Verlag Oskar Angerer, Stuttgart.
Hornsmann, Erich: Sonst Untergang.
Verlagsanstalt Rheinhausen, 1951.
Hoesli, Bernhard: Landschaftsgestaltung in den Vereinigten Staaten von Nordamerika.
Atlantis, Freiburg i. Br., September 1956.
Hufnagl, Hans: Die Rauchschäden am Walde im Raume von Linz.
Naturkundliches Jahrbuch der Stadt Linz, 1957.
Hurcomb, Lord: Hydro-Electricity and nature protection.
Paris, Soc. d'Edition d'Enseignement Supérieur, 1955.
Hyams, Edward: Soil and civilization.
— Der Mensch — ein Parasit der Erde?
Kultur und Boden im Wandel der Zeitalter. Düsseldorf-Köln, Eugen Diederichs Verlag, 1956.

Illner, Kurt, und Gandert, Klaus-Dietrich: Windschutzhecken.
Berlin, Deutscher Bauernverlag, 1956.
Ingraham, Samuel C., Terrill James G., und Moeller, Dade W.: Concepts of radiological health.
Washington, US Govmt Print Off, Januar 1954.
Isbary, Gerhard: Die Verunreinigung der Luft durch den wirtschaftenden Menschen.
Institut für Raumforschung, Bad Godesberg, September 1957.
Iwersen, Jens: Windschutz in Schleswig-Holstein.
Arbeitsgemeinschaft für Landes- und Volkstumsforschung, 1953.
Jaeger, Hermann: Rationelle Verwertung städtischer Abfälle.
Waerlands Monatshefte, 9/1954.
Jung, Dr. Heinrich: Zellatmung, Verunstaltung der Nahrung und Krebs.
Medizinalpolitischer Verlag, Hilchenbach, Westfalen.

Katz, Richard: Drei Gesichter Luzifers — Lärm, Maschine, Geschäft.
Eugen Rentsch Verlag, Erlenbach-Zürich, 1934.
Kelley, Dr. Douglas: Geistig krank.
Oberösterreichische Nachrichten, 1. 2. 1956.
Kilian, Dr. Hans: Die Krise der Heilkunst.
Vortrag im Süddeutschen Rundfunk, 28. 4. 1955.
Kirchgäßner, A.: Die Grundwasserkatastrophe am Oberrhein.
Natur und Landschaft, 2/1953, Bonn.
Kirwald, Eduard: Naturnahe Behandlung von Wasserläufen.
Ludwigsburg, 1956.
Klages, Ludwig: Der Mensch und das Leben.
Eugen Diederichs Verlag, Jena, 1937.
Knapp, Horst: Wann werden Atomkraftwerke rentabel?
Berichte und Informationen, Salzburg, September 1955.
Koch, Hermann: Ich Bauer bin das Volk.
Der stille ·Weg, 1/1953.
Kollath, W.: Der Vollwert der Nahrung und seine Bedeutung für Wachstum und Zellersatz.
Wissenschaftliche Verlagsgesellschaft, Stuttgart, 1950.

Kollath, Prof. Dr. W.: Die Ernährung des Menschen — ein Problem.
Vortrag in Oberstedten bei Bad Homburg, August 1957.
Kollath, Dr. W.: Die Ordnung der Nahrung.
Stuttgart, 1955.
König, F.: Über Arzneiwirkung und Naturheilung.
Medizinisch-biologische Schriftenreihe, Heft 7. Verlag Dr. Madaus & Co., Berlin.
Kötschau, Dr. K.: Contra naturam.
Hippokratesverlag, 1954.
Kragh, Gert: Naturschutz und Landschaftspflege in unserer Zeit.
Gemeinschaft und Politik, Bad Godesberg, November 1953.
— Naturschutz, Landschaftspflege und Lärmbekämpfung.
Alfeld/Leine, Gildeverlag Dobler, 1956.
Kratzer, P. Albert: Das Stadtklima.
Die Wissenschaft, Braunschweig, 1956.
Kraus, O.: Die Flut ist vorüber.
Natur und Landschaft, 1/1955.
— Vom Primat der Landschaft.
Jahrbuch des Vereins zum Schutze der Alpenpflanzen und -tiere, 1950.
— Der Lech in neuen Fesseln? — Erhaltung oder Untergang einer Urlandschaft.
Jahrbuch des Vereins zum Schutze der Alpenpflanzen und -tiere, München, 1955.
Kretschmer, Univ.-Prof. Dr. Ernst: Die Neurosen im Gefüge der menschlichen Gesellschaft.
Vortrag an der Universität Wien, 1. 2. 1958.
Krieg, Hans: Wir brauchen Naturschutzparke.
Kosmos, 5/1956.
Kuhn, R.: Die Chemie der Gegenwart und die Biologie der Zukunft.
Verlag Rascher & Co. A. G., Zürich, Leipzig, Stuttgart.
Kuhn, Dr. Wolfgang: Der Mensch als Feind des Lebens.
Waerlands Monatshefte, 3/1957.
Kulzer, Erwin: Naturschutzsorgen in Ostafrika.
Orion, Nr. 8, Murnau, 1957.
Kumpf, W.: Radioaktive Substanzen und Wasser.
Unser Wasser, Frankfurt am Main, 6/7, 1956.
Künkel, H. A.: Zum Problem der Beseitigung radioaktiver Abfälle.
Atompraxis, Karlsruhe, August 1956.

Lämmle, August: Der Bauer und sein Land.
Veröff. d. Landesstelle Baden-Württemberg, Ludwigsburg, 1956.
Leifer, H., Oelfke, E., und Kahrs, F.: ABC der Lebensmittel-Warenkunde.
Oldenburg, 1950.
Lenzner, Kurt, und Tornow, Elisabeth: Gift in der Nahrung.
Hyperion Verlag, Freiburg i. B., 1956.
Lersch, Prof. Dr. Philipp: Der Mensch in der Gegenwart.
Ernst Reinhardt Verlag, München.

Liek, E.: Krebsverbreitung, Krebsbekämpfung, Krebsverhütung.
J. F. Lehmanns Verlag, München, 1932.
Lienenkämper, Wilhelm: Über den großräumigen Landschaftsschutz.
Sauerländischer Gebirgsbote. Iserlohn, Februar 1956.
Linduska, J. P.: DDT.
Sverigs Natur, Stockholm, 6/1953.
Linser, Dr. Hans: Morphoregulatoren.
Universum, Wien, 4/1957.
Lorch, Walter, und Burhenne, Wolfgang, u. a.: Die Natur im Atomzeitalter.
Bonn, Schutzgemeinschaft Deutsches Wild, 1957.
Löwy, J.: Die Klinik der Berufskrankheiten.
Verlag Emil Haim & Co., Wien und Breslau, 1924.
Lunde, G., und Erlandsen, L.: Vitamine in frischen und konservierten Nahrungsmitteln.
Springer Verlag, Berlin, 1943.
Lungwitz, Dr. med.: Lehrbuch der Psychobiologie.

McCann: The science of eating (Kultursiechtum und Säuretod).
Verlag Emil Pahl, Dresden.
Mc Carrison, Sir Richard: Nutrition and Health.
London, 1953.
McKinney, Robert u. a.: Report of the Panel on the impact of the peaceful uses of atomic energy.
Washington, US Govmt Print Off, Januar 1956.
Machura, Lothar: Naturschutzprobleme der Umgebung Wiens.
Protokoll der 4. Österr. Naturschutztagung 1956 in Wien.
— Reklame und Landschaftsschutz.
Natur und Land, Wien, März/April 1955.
Marduk: Medizin ohne Maske.
Medizinal-Politischer Verlag, Hilchenbach, 1957.
Marquardt, Hans: Die Genfer Atomkonferenz in medizinischer und biologischer Sicht.
Naturwiss. Rundschau, Stuttgart, Februar 1956.
Maurizio, A., und Staub, M.: Bienenvergiftungen mit fluorhaltigen Industrieabgasen in der Schweiz.
Schweizerische Bienenzeitung, Aarau, November 1956.
Mausbach, Josef: Landschaftspflege als Faktor der Jagdwirtschaft.
Jagd und Hege in aller Welt, Düsseldorf, H. Kölzig, 1955.
Mayr, Dr. Franz Xaver: Die verhängnisvollste Frage.
Eigenverlag, Wien, 1949.
Mayr, F. X.: Darmträgheit.
Verlag Neues Leben, Schwarzach, 1953.
— Schönheit und Verdauung.
Verlag Neues Leben, Schwarzach, 1954.
Meißner, Hans: Ein neuer Weg der Flußverbesserung.
Landesstelle Baden-Württemberg, Ludwigsburg, H 24/1956.
Meldau, Robert: Zusammenhänge zwischen Wasser- und Luftwirtschaft.
Wasser, Luft und Betrieb, Oktober 1957.

Mellanby, M.: The role of nutrition as a factor in resistance to dental caries.
Brit. Med. Journal, 62/1952.
Menke, Heinrich: Erholungslandschaft und Flurbereinigung.
Bad Godesberg, 1956.
Merck: Rauchplage in Japan.
Städtehygiene, Vienenburg am Harz, August 1956.
Metternich, A.: Die Wüste droht.
Friedrich Trüjen Verlag, Bremen, 1947.
Meusel, Hermann: Gegenwartsaufgaben des Naturschutzes.
Heimatkundliche Blätter, Dresden, 1956.
— Gegenwartsaufgaben des Naturschutzes.
Natur und Heimat, Dresden, Januar 1957.
Miller, A.: Das Kraftwerk auf Atombasis in Großbritannien.
Naturwiss. Rundschau, Stuttgart, Dezember 1956.
Miller, A. A.: The use and misuse of climatic resources.
Advancement of Science, London, September 1956.
Muller, Hermann J.: Strahlenwirkung und Mutation beim Menschen.
Naturwiss. Rundschau, Stuttgart, April 1956.
Müller, M.: Erkrankte Flußtäler in Bayern. Wirksame Landschaftspflege durch wissenschaftliche Forschung.
Bremen-Horn, 1953.

Nesmejanow, A. N.: Naturschutz — eine Sache von gesamtstaatlicher Bedeutung.
Übersetzung aus der „Prawda" vom 13. Juli 1957.
Neuner, Erich: Das Gewissen regt sich.
Neues Leben, Goisern, 3/4, 1957.
von Novitzky, Dipl.-Ing. S.: Naturschutz und Bedrohung der Nützlinge durch Chemikalien.
Natur und Land, Wien, 8/9, 1957.

Ohly, Götz: Die Lehre von Salzburg.
Reform-Rundschau, Frankfurt a. M., Oktober 1956.
Olschowy, Gerhard: Landespflegerische Maßnahmen als Mittel zur Klimalenkung.
Landesstelle f. N. u. L. Baden-Württemberg, Ludwigsburg, 1956.
Oeschger, Kurt: Gedanken eines Juristen zur Bauplanung.
Plan, Solothurn, August 1955.

Paczkowski: Die schädlichen Nebenwirkungen mancher Arzneimittel.
Verlag Edmund Demme, Leipzig.
Panse, Friedrich: Die psychische Gefährdung durch Großstadtleben und Industriearbeit.
Hilfe durch Grün, H 4, Bonn, 1956.
Parker, H. M., und Healy, J. W.: Auswirkungen einer größeren Reaktorkatastrophe auf die Umgebung.
General Electric Company, Richland, Wash.

Pfeiffer, E.: Gesunde und kranke Landschaft.
Berlin, 1942.
Pichler, Dr. Robert: Zivilisationsschäden und Ganzheitsmedizin.
Lebe dich gesund! Wien, 5/1957.
Pilon, Jan J.: Ontstaan en groei van de Natuurbescherming in Neder-
land.
Amsterdam, März 1956.
Pockberger, Josef: Ist naturnahe Waldbewirtschaftung noch zeitgemäß?
Allg. Forstzeitung, Wien, 9-10/1958.
Popovic, Vladeta: Nature protection from legal point of view (Original
serbisch).
Protection de la Nature, Nr. 4-5, Belgrad, 1953.
Poppinger, Josef: Stadt und Natur im Fremdenverkehr.
Protokoll der 4. Österr. Naturschutztagung 1956 in Wien.
Price, Weston A.: Dental Infections and the Degenerative Diseases.
Cleveland, 1923.
— Nutrition and Physical Degeneration.
Redlands, 1945.
Pyke, M.: Industrial Nutrition.
Verlag Macdonald & Evans, London, 1950.
— Townsman's Food.
Turnstile Press, London 1952.

Rauschnig, S.: Lebensmittel-ABC.
Fachbuch-Verlag, Leipzig, 1952.
Römpp, H.: Chemie-Lexikon.
Stuttgart, 1952.
Rusch, Hans Peter: Biologie zwischen Physik und Philosophie.
H. G. Müller Verlag, München-Krailling, 1955.
Rusch, Dr. Hans Peter: Naturwissenschaft von morgen.
H. G. Müller Verlag, München-Krailling, 1955.

Saunderson, Mont H.: Western land and water use.
Norman/Oklahoma, 1950.
Seifert, Prof. A.: Das Rennen zwischen Schädling und Schädlings-
bekämpfung.
H. G. Müller Verlag, München-Krailling, 1951.
— Im Zeitalter des Lebendigen.
H. G. Müller Verlag, München-Krailling, 1951.
Seifert, Alwin: Gesunde und kranke Landschaft.
Bayerland, München, Juli 1957.
Sherman, H. C.: Chemistry of Foods and Nutrition.
New York, 1933.
— The Nutritional Improvement of Life.
New York, 1952.
Siburg, Fr. W.: Zur Kernenergie-Gesetzgebung in der Bundesrepublik.
Atompraxis, Karlsruhe, Juli 1956.

Sickenburg, O.: Kartierung von Landschaftsschäden in Niedersachsen.
Bremen-Horn, 1953.
Siebert, Anneliese: Urbild, Wandlung und Gestaltung der deutschen Landschaften.
Atlantis, Freiburg i. Br., September 1956.
Sorauer: Handbuch der Pflanzenkrankheiten.
Berlin, 1952.
Spiegel, L.: Heilmittel und Gifte im Lichte der Chemie.
Verlag Ferdinand Enke, Stuttgart, 1923.
Spiel, Oskar: Naturverbundenheit — ein Faktor psychischer Hygiene.
Protokoll der 4. Österr. Naturschutztagung 1956 in Wien.
Sosna, Milan: Einflüsse der kosmischen Strahlung auf die lebenden Organismen.
Urania, Leipzig-Jena, März, 1956.
Suffert, Oskar: Landschwund.
32. Jahrbuch des Lippischen Heimatbundes, Detmold, 1957.

Schanderl, Prof. Dr. Hugo: Botanische Bakteriologie.
— Stickstoffhaushalt der Pflanzen auf neuer Grundlage.
Schauberger, Ing., Walter:
Die grüne Front, 3/1953.
Scheidwimmer, Max: Das künftige Atomgesetz.
Bulletin des Presse- und Informationsamtes der Bundesregierung, Bonn, 17. August 1956.
Schippke, Ulrich: Gift im Kochtopf.
Hannoversche Presse Nr. 35/1958.
Schmidt, Hans Ulrich: Kleines ABC der Luftverbesserung durch Grünräume.
Garten und Landschaft, München, November 1956.
Schmitt, Dr. L.: Vom Segen der Düngung.
Deutsche Landw. Gesellschaft, Frankfurt/M.
Schobesberger, Dr. O.: Sozialversicherung und soziale Sicherung.
1953.
Scholaster, Adelbert: Heckenschutz.
Natur und Heimat, Münster i. W.
Schoenichen, Walther: Naturschutz — Romantik oder Wirtschaftsfaktor?
Neues Archiv für Niedersachsen, H 1/3, Bremen-Horn, 1954.
Schücking, Günter: Abwasser und Abluft.
Wasser, Luft und Betrieb, Wiesbaden, Oktober 1957.
Schumacher, E. F.: Treibstoff und die Gefahr der Erschöpfung.
Atombrief, Regensburg, September 1956.
Schweigart, Prof. Dr. Hans: Wie sollen wir uns ernähren?
Waerlands Monatshefte, 4/1957.
Schweitzer, Dr. Albert: Die Gefahr der Atombombenversuche.
Eine Warnung an die Menschheit.
Schwenkel, Hans: Die Landschaft als Natur und Menschenwerk.
Stuttgart, Franckh'sche Verlagsbuchhandlung, 1957.

Stare, F. J.: Nutrition and Resistance.
Ann. Internal Med. 19/1940.

Steckhahn, Hans: Naturentfremdung.
Naturschutz und Landschaftspflege, Köln, Nov./Dez. 1952.
Steckhan, H.: Busch und Baum im Kampf gegen den Sand.
Allg. Forstzeitschrift, 21/22, 1952, München.
Steinklauber, Dr. Karl: Medizin und Zivilisationsschäden.
Der steirische Arzt, Graz, 1/1956 ff.
— Verantwortung.
Der steirische Arzt, Graz, 12/1957.
Stiegler: Die Wüste droht.
Du und das Tier, München, 3/1951.
Stierstadt, Klaus: Die Messung der Radioaktivität atmosphärischer
Niederschläge.
Kosmos, Stuttgart, Juli 1957.
Strauss, Lewis L.: The effects of high-yield nuclear explosions.
Washington, Govmt Print Off, Februar 1955.
Strubell-Herkort, A.: Die Reizmittel des Kulturmenschen.
Verlag Norddeutsches Druck- und Verlagshaus, Hannover, 1930.

Thiele, A.: Industrieabgase bedrohen unsere freilebende Tierwelt.
Schutzgemeinschaft Deutsches Wild, I/II 1956.
Thirring, Prof. Dr. H.: Sind radioaktive Strahlen gefährlich?
Salzburger Nachrichten, 5. 10. 1957.
Tillmans, J.: Lehrbuch der Lebensmittelchemie.
Verlag J. F. Bergmann, München, 1927.
Tischbein, Heinrich: Rauch-, Gas- und Staubschäden im Wald.
Allg. Forstzeitschrift, München, Mai 1956.
Tischendorf, F. von: Gesundheitsgefährdung durch Lärm.
Natur und Landschaft, H 6, Mainz, 1957.
Tornow, E.: Nachweis von Gift und Unkraut im Getreide und Mehl.
Selbstverlag, München, 1952.
Tornow, Dipl.-Chem., Elisabeth: Die Wirkung der Konservierungs-
mittel.
Gesundes Leben, Hilchenbach, 5/6, 1957.
Trappmann, W., und Zeumer, H.: Kleiner Ratgeber über Pflanzen-
schutzmittel.
Frankfurt/M., 1954.
Traunmüller, W.: Die Fichte in der Lebensgemeinschaft des Waldes.
Natur und Land, 5/6, 1952, Wien.
Trumpp, Dr. med. R.: Wenn das Grauen da ist, so ist es zu spät!
Gesundes Leben, Hilchenbach, 5/6, 1957.
Tuchel, E.: Grundriß der Pharmakologie, Toxikologie und Arzneiver-
ordnungslehre.
Rudolph Müller & Steinicke, München, 1947.

Ullmann: Enzyklopädie der technischen Chemie.
1954.
Urbach, Otto: Ortega y Gasset und die europäische Gegenwart.
Der stille Weg, 1/1952 ff., Salzburg.

Varlet, René: La Réserve nationale de la Vanoise sera-t-elle bientôt une réalité?
Schweizer Naturschutz, September 1955.
Veith, Lutz: Flüsternde Städte wider die Lärmflut.
Salzburger Nachrichten, 16. 2. 1957.
Vogt, William: Die Erde rächt sich.
Nestverlag, Nürnberg, 1950.

Waerland, Are: Befreiung aus dem Hexenkessel der Krankheiten.
— Künstliche und natürliche Gesundheit.
Waerlands Monatshefte, 5/1955.
— Der weiße Zucker — das Unheil der weißen Völker.
Waerlands Monatshefte, 10/1956 ff.
— Der Unglücksweg der Zivilisation.
Waerlands Monatshefte, 11/1956.
Waerland, Ebba: Anbruch des biologischen Zeitalters.
Waerlands Monatshefte, 9/1954.
Walker-Smith, Derek und Sturge, Lewis F. und Dawson, Alistair B.:
The Town and Country Planning.
London, Eyre & Spottiswoode, 1955.
Weimann, Reinhold: Über naturverbundenen Wasserbau.
Düsseldorf, H. Kölzig, 1955.
Wendelberger, Dr. Gustav: Pflanz' einen Baum ...!
Natur und Land, 9/10. 38. Jahrgang.
Wendelberger, Gustav: Vom Ethos des modernen Naturschutzes.
Natur und Land, Wien, Juni/Juli 1957.
Wenninger, Dr. Heribert: Die Ödlandfrage.
Mitteilungen des Österreichischen Alpenvereins, 1952.
Werkmeister, Hans Friedrich: Rauchschäden bereiten Sorgen.
Garten und Landschaft. München, November 1956.
Werndl, Leopoldine: Rettet unsere Erde!
Verlag Gutenberg, St. Pölten.
Willerding, Klaus: Der Stalinsche Plan „Große Wolga" wird verwirklicht.
Berlin, Verlag Kultur und Fortschritt, 1953.
Winkler, Ernst: Gefährdung und Regeneration des menschlichen Lebensraumes.
Atlantis, Freiburg i. Br., September 1956.
Wolf, Fr.: Die Natur als Arzt und Helfer.
Deutsche Verlagsanstalt Stuttgart, Berlin und Leipzig, 1928.
Wolfrum, Dr. Walter: Zivilisationskrankheiten.
Neues Leben, Goisern, 3/4, 1957.
Wooten, Hugh H. & Anderson, James R.: Agricultural land resources in the United States.
Washington, Govmt Print Off, Juni 1955.

Yoshii, Giichi und Watabe, Norimitsu und Okada, Yaiichiro: Biological decontamination of fission products.
Science, Washington, August 1956.

Zemanek-Targoszowa, Jadwiga: Bibliografia ochrony przyrody w Polsce za lata 1948—1952.
Krakau, 1954.
Zeumer, H.: Chemischer Nachweis von DDT und HCH in Getreide und Mehl vor und nach der Reinigung.
Die Mühle, 31/1952.
Ziegelmayer, W.: Rohstoff-Fragen der deutschen Volksernährung.
Theodor Steinkopff. Dresden und Leipzig, 1941.
Ziesel, Kurt: Deutsche „Literatur" 1956.
Publikation, Bremen, 6/1956.
Zuckerman, S., und Gray, John: A survey of world resources.
Progress, London, 1955.

QUELLENVERZEICHNIS

Als weitere Quellen wurden Beiträge, deren Autoren nicht genannt sind, aus folgenden Zeitschriften und Publikationen herangezogen:

Agriculture Information Bulletin, Washington; American City, New York; Arbeiten der Deutschen Landwirtschaftsgesellschaft, Frankfurt/Main; Atombrief, Regensburg; Atomkernenergie, München. — Bauamt und Gemeindebau, Hannover; Bayerland, München; Bericht der Kommission Reinhaltung der Luft, Düsseldorf; Boletin semanal de asuntos alemanes, Bonn; British Chemical Engineering, London; Bulletin der Indischen Botschaft, Bonn; Bulletin des Presse- und Informationsamtes der Bundesregierung, Bonn; Bundesgesetzblatt Bonn/Köln. — Clean Air Act, Edinburgh; Contact-Commissie voor Natuur- en Landschapsbescherming, Amsterdam. — Das Fenster, Hamburg; Dept. of Scientific and Industrial Research, London, HM Stat Off; Der Deutsche Naturschutzkalender, Mainz; Der Diplomlandwirt, München; Der Freiheitsbote, Marburg/Lahn; Der kleine Landbote, Wien; Der stille Weg, Salzburg; Dezernat Gesundheitsdienst, Hamburg; Die Kommenden, Freiburg; Die Pirsch, München; Die Sowjetunion heute, Bonn; Die Tat, Zürich. — Englische Rundschau, Bad Godesberg. — Garten und Landschaft, München; Gartenamt, Frankfurt/M-Berlin; Gesundes Leben, Hilchenbach; Gesundes Leben, Linz/Donau. — Handbuch der Lebensmittelchemie; Hannoversche Presse; Harpers Magazine; Hobby, Stuttgart. — Jaarboekje van de Provinciale Verenigung vor Naturbescherming, Leeuwarden. — Kosmos, Stuttgart. — La Documentation Francaise Illustree, Paris; Lebenserneuerung, Salzburg. — Manchester Guardian; Meteorology and atomic energy, Washington. US Govt Print Off.; Mitteilungen der Bundesanstalt für Gewässerkunde, Koblenz; Mitteilungen der Deutschen Landwirtschaftsgesellschaft, Frankfurt/Main; Mitteilungen über Landespflege, Bad Godesberg. — National Bureau od Standards, Washington, US Govmt Print Off.; Natur und Land, Wien; Nature, London; Naturschutz als nationale Aufgabe, Jena, Uraniaverlag; Naturwissenschaftliche Rundschau, Stuttgart; Neues Leben, Goisern. — Protokolle der Atomkonferenz, Genf. — Rijksdienst voor het nationale plan publikatie, s' Gravenhage: Staatsdrukkerijen Uitgeverijbedrijf. — Salzburger

Nachrichten; Salzburger Volksblatt; Salzburger Volksbote; Science, Washington; Spur des Lebendigen, Krailling bei München; Schriftenreihe der Vereinigung Deutscher Gewässerschutz, Frankfurt/M.; Schutz dem Walde, Graz; Schweizer Naturschutz, Basel; Städtehygiene, Vienenburg am Harz. — The Times, London. — US Atomic Energy Commission, Washington, US Govmt Print Off.; US Informationsdienst, Bad Godesberg; US News and World Report, Dayton/Ohio. — Waerlands Monatshefte, Mannheim; Wasser, Luft und Betrieb, Wiesbaden; Wasserhaushalt und Landwirtschaft, Frankfurt/M.; Wild und Hund, Hamburg. — Zeitschrift für ärztliche Fortbildung, Jena; Zeitschrift für den Erdkundeunterricht, Berlin (Ost).

STICHWORTVERZEICHNIS

INHALT

Über den Autor:

geboren 1904 in Prag. Die Vorfahren stammen aus dem Erzgebirge und dem Böhmerwald. Seit 1918 in Österreich. Wanderjahre in Italien, Frankreich, Korsika, Algier, Marokko, Deutschland, Polen. Seit 1930 Forstmann in der Steiermark.

Günther Schwab erhielt für sein Gesamtwerk, in erster Linie für sein epochales Buch „Der Tanz mit dem Teufel", mehrfach Ehrungen: 1950 Verleihung der akademischen Ehrenbürgerschaft der Hochschule für Bodenkultur, Wien; 1962 Verleihung des Professortitels durch den Präsidenten der Republik Österreich; 1964 Verleihung des Ordens Nederlands Laureaat van de Arbeid 1e Klas; 1966 Verleihung der Albert-Schweitzer-Medaille; 1967 Verleihung der Medaille „Cum esset filius Dei" durch Papst Paul VI.; 1972 Verleihung der Adalbert-Stifter-Medaille; 1974 Verleihung des Wappenringes der Stadt Salzburg.